项目资助

国家社会科学基金重大项目《民国话体文学批评文献整理与研究》

批准号：15ZDB079

民国旧体文论与文学研究（二）

黄霖 主编

凤凰出版社

图书在版编目（ＣＩＰ）数据

民国旧体文论与文学研究. 二 / 黄霖主编. -- 南京：
凤凰出版社，2020.7
ISBN 978-7-5506-3205-9

Ⅰ．①民… Ⅱ．①黄… Ⅲ．①中国文学－现代文学－
文学研究－民国 Ⅳ．①I206.6

中国版本图书馆CIP数据核字(2020)第091976号

书　　　名	民国旧体文论与文学研究(二)	
主　　　编	黄　霖	
责 任 编 辑	李相东	
装 帧 设 计	徐　慧	
出 版 发 行	凤凰出版社(原江苏古籍出版社)	
	发行部电话025-83223462	
出版社地址	江苏省南京市中央路165号,邮编:210009	
出版社网址	http://www.fhcbs.com	
照　　　排	南京凯建文化发展有限公司	
印　　　刷	江苏凤凰通达印刷有限公司	
	江苏省南京市六合区冶山镇,邮编:211523	
开　　　本	787毫米×1092毫米　1/16	
印　　　张	25.75	
字　　　数	611千字	
版　　　次	2020年7月第1版	
印　　　次	2020年7月第1次印刷	
标 准 书 号	ISBN 978-7-5506-3205-9	
定　　　价	148.00元	

(本书凡印装错误可向承印厂调换,电话:025-57572508)

目　　录

说两句话*

复旦大学　黄　霖

　　屈指算来,逸云离开我已经有十五年了。她不急不躁,如今将当年的博士论文几经打磨、交付出版之际,希望我写几句话。我在忙乱之中,就挑两句话,简单说说我的感想。

　　一句话是,很感慨她当年能耐得了孤寂,下得了工夫。本来,做学问也有凑热闹的,一窝蜂,你上我上大家上。这里我并不是说一窝蜂不好,人多主意多,热气高。中间也总有人能别出心裁,利用现存的材料而发出非同一般的高论;也有人能另辟蹊径,独自下工夫再去挖出些新的材料来推动研究的深入,像好一阵子的《红楼梦》研究就是如此。怕只怕是多数人只是附和陈说,东抄西抄一大抄,那就无补于学术的进步了。而有一种学问是着眼于前人没有做过,而现在看来还是值得去做一做的工作,像逸云要做的关于清末民初文言小说的研究就是。她将清末民初的文言小说看成是一种"收官"性质的作品,但在白话文浪潮的冲击下,长期以来人们认为这时的文言小说已经是走到了"穷途末路",属于"没落""守旧"乃至"腐朽"的一类,因而几乎没有人认真地去过问它,一切都要从头做起。想当年,还没有现在那么多的数据库,所以非得一天一天地从复旦到上海图书馆,一头扎进海量的资料堆里,一本一本地翻出来看。多孤寂,多辛劳啊!一个弱女子,终于挺过来了。我现在不好说这本书写得如何如何好,但至少可以说它把清末民初文言小说的基本情况勾勒出来了吧。想在清末民初那个时代里,陈石遗曾说写诗要"不屑流俗之喧好","勿寂与困之畏",这样才能写出个性。做学问也要做出个性,做出成绩,恐怕难免要走一段"荒寒之路"。这"荒寒之路",又难免是崎岖不平,要披荆斩棘,要经受"孤寂"的心里考验。但只有走过了这一段路,才能找到自己真正想要的真东西,才能有真正的快乐。

　　第二句话是,欣赏她能有一种"通"与"变"眼光,去面对一时小说新与旧的激变,去面对一部文学史。"通变"论,本是我们老祖宗的事物发展观。事物发展总是穷则变,变则通;变中有通,通后又变。但是,大概从甲午战争以来,我们的舆论压倒性的倾向是强调变与新,这是大势所趋,时代的需要。影响所及,我翻翻过去编的一些有关中国古代文论的资料集,几乎是清一色的只讲"变",很少有人去关注我国古代阐发有关承前启后,脉络贯通的文学理论。有之(如多年来胡建次先生所做的工作),一时也不能引起人们的兴奋。而在眼睛盯着求新谋变时,又往往简单化地向西方看。于是民族传统在不知不觉中慢慢地被销蚀,看待清末民初后的小说一股脑儿地唯"新"是好,一部文学史就只成了"新"文学史。实际上,文学之

　　* 本文原发于庄逸云《收官——中国文言小说的最后五十年》卷首,权作本论文集的弁言。

"新"与"旧"总是相对的,今日为新,明日即旧,新中有旧,旧中有新;而文学的好坏之根本又不在于"新"与"旧",而在于能否写出一个时代的真、善、美,广大百姓的理、事、情。如今逸云的这本书,既赞扬了当时的小说在"诸多方面都出现了程度不同的新变",又看到了当时的文言小说所内蕴的一些"精神"和"意识""却一直遗响犹在,为一些现代小说家所继承和发展"。当然,这个"现代小说家"应当包括所谓"新文学家"与"旧文学家"。感到不能满足的是,由于书题的范围所限,这个"遗响"没有进一步写下去。不过,我相信,这个"遗响"一定会有人认真地做下去的。我等待着。

本当打住了,但将题署日期时,发现今天是 3 月 8 号,就权当十八年来第一次送她的节日礼物吧!

2019 年 3 月 8 日

"文学"概念的古今榫合

北京大学　周兴陆

　　中国近现代的"文学"概念,不是自然地从传统文化中发展而来,而是在 19、20 世纪之交,由日本学者和欧美传教士从汉语传统中发掘出"文学"一词以对译英语的 Literature。目前的研究,多关注于这种中西对译的源头和路径的勾稽和描述。但是,因为现代的"文学"是一个引入的概念,引入后需要与传统对接,对传统的文学观念加以重释和改造,这就存在一个古今"文学"概念相互榫合的问题。这里的"古今榫合",不是通常意义上的"古今演变"。从内涵上说,固有的骈俪论接引了外来的审美文学观念,形成了中国的"纯文学"思想,试图取代过去的载道文学观;而在现代艰难时势中,"文以载道"并没有被审美超功利文学观完全取代,反而在三四十年代得到重新确立。从外延上说,传统的"文章"被排斥挤压,小说戏曲进入现代"文学"的中心;而强大的"文章"传统又使得"三分法"渐被"四分法"所代替。中外"文学"概念相互修正,而最终硬性铆合起来。

一、从骈体正宗论到纯文学观

　　"美在形式"是西方美学的一个基本命题,具体到文学,语言美是文学之美的一个重要方面。早在西方"纯文学"观念引入之前的清嘉庆、道光年间,阮元就将文笔之论转释为骈散之争,强调"文"用韵比偶的语言之美。至近代,刘师培在中西文化冲突交融中重提乡贤阮元的"文笔论"并作出新的发挥,阮元立论的侧重点在用韵比偶,刘师培在此基础上进一步强调藻饰,提出:"词之饰者,乃得而文;不饰词者,即不得为文。"①把藻饰之美视作"文之为文"的本质属性。基于这种藻饰论,他提出"骈文一体,实为文体之正宗"。在 1917 年的《中国中古文学史讲义》开篇就强调:"惟俪文律诗为华夏所独有,今与外域文学竞长,唯资斯体。"刘师培提出藻饰文学观,一方面是继续与当时势头依然强劲的桐城古文相争锋,另一方面是对梁启超等效法日本的"报章体""新民体"的扼制,同时也是应对自西方而来的审美文学观。他标举讲究藻饰的"俪文律诗"为中国的审美文学,以与西方文学相对应。骈文在从唐宋明清时

---

　　①　刘师培:《文章原始》,《国粹学报》1905 年第 1 卷第 1 期。

期被人"以为不美之名也"①，到近代被视为"固自有其特殊之美，不可磨灭"的文学样式②，固然是阮元、刘师培等自觉努力的结果，但也是因为西方近代审美文学观传入中国后带来的一种新认识。

以藻饰为文学之美，是当时许多人的共同看法。早期的新派文人也是从这个意义上理解文学美的，如常乃德致陈独秀信说："吾国之骈文，实世界唯一最优美之文。……愚意此后文学改良，说理纪事之文，必当以白话行之，但不可施于美术之文耳。"③意思是骈文作为最优美之文，还可以继续存在。蔡元培 1919 年 11 月 17 日在北京女子高等师范学校演说，谓："美术文，或者有一部分仍用文言。……旧式的五七言律诗与骈文，音调铿锵，合乎调适的原则，对仗工整，合乎均齐的原则，在美术上不能说毫无价值。"④显然在"美文"这一点上是认同刘师培的，与年轻的常乃德也比较接近。这样来看，蔡元培担任北大校长后聘请刘师培为国文系教授，解聘姚永朴等桐城派文人，未尝没有文学观念上的考量。新文化运动的主将陈独秀虽排斥骈文，但他也是从语言角度理解文学美的，在回复常乃德的信中，陈独秀说："结构之佳，择词之丽（即俗语亦丽，非必骈与典也），文气之清新，表情之真切而动人，此四者其为文学美文之要素乎。"⑤在《我们为甚么要做白话文》里，陈独秀从意思充足明了、声韵调协、趣味动人三个方面阐述文学的"饰美"⑥。比起阮元的"声韵排偶"论、刘师培的"藻绘成章"论，陈独秀对"文学美文"的界定更为宽泛，但他依然是从"饰美"，即语言美的角度认识文学的审美性。这实际上是中国文学观念中一个纵贯古今的传统，即重视文学的语言之美。

在"骈文正宗论"的氛围中，有人开始把传统的骈文与自西方而来的"美文"作对接。谢无量就认同刘师培的藻饰文学观，在《中国大文学史》中称"中国文章形式之最美者，莫如骈文律诗，此诸夏所独有者也。……故吾国文章，所长虽非一端，骈文律诗，则尤独有之美文也"⑦；又撰《论中国文学之特质》说：

> 中国文学为最美之文学。今世以文学为美术之尤美者，故谓之 Fine Art，然文学中又有美文 Belle-lettres，中国文字本为单音，形式整齐，易致于美，而六朝时之文，殆又美文之尤者焉。自汉魏以后，渐有文笔之分，其所谓文，大抵即如今所指美文，虽曰有韵为文，无韵谓笔，有韵云者，非专指句末之韵，一句之中取其平仄调适，亦谓之韵，故骈俪之文，声律之诗，皆是昔之所谓文，而美之至者也。……故欧美诸邦虽有美文而欲使体制谨密，差肩于吾国之骈文律诗，当属万不可能之事。

谢无量对于外国的审美文学观已有充分的了解，他把"文笔论"中的"文"解释为"美文"Belle-lettres，这远远超出了阮元和刘师培的界定，对稍后杨鸿烈、郭绍虞等都不无启发。

"五四"新文化运动后，杨鸿烈在《文心雕龙的研究》中径直地说："我们中国从晋代以后，

---

① 李兆洛《答庄卿珊》："今日之所谓骈体者，以为不美之名也。"《养一斋文集》卷八，《清代诗文集汇编》第 493 册，第 119 页。

② 梁启超：《痛苦中的小玩意儿》，《晨报纪念增刊》，晨报社出版部 1924 年版，第 288 页。

③ 常乃德：《致陈独秀》，《新青年》1916 年第 4 号。

④ 蔡元培：《国文之将来》，《北京高师教育丛刊》1919 年第 1 期。

⑤ 陈独秀：《答常乃德》，《新青年》1916 年第 2 卷第 4 期。

⑥ 陈独秀：《我们为甚么要做白话文》，1920 年 2 月 12 日《晨报》。

⑦ 谢无量：《中国大文学史》，中华书局 1918 年版，第 40、41 页。

文学的观念就渐渐地确定;所谓'文笔之分'就是纯文学和杂文学有分别,狭义的文学和广义的文学有分别,这是文学观念进化的一件可喜的事!"①说"文"就是纯文学,"笔"就是杂文学,显然不符合刘勰、萧绎的原意,也超越了阮元、刘师培的解释,是"纯文学"观念引入之后的牵强比附。但这却是二三十年代比较流行的说法。郭绍虞继续这种"以西律中"的阐释方式,创造性地解释"文笔":"'笔'重在知,'文'重在情;'笔'重在应用,'文'重在美感:始与近人所云纯文学、杂文学之分,其意义亦相似。"②通过这种重新阐释,自西方引入的"纯文学"观念在中国传统文论中找到了相对应的概念,相互嫁接,传统文论被赋予了现代意义。这种阐释是以对传统文论的扭曲为代价的。当时,李笠就敏锐地发现用西方纯杂文学观解释中国"文笔"论之不妥:与西洋相比,我国文字更侧重于形式之美,"是以文笔之分,与西洋文学之区纯文、杂文,终难共轨"③。

二、审美超功利与"情的文学"

欧洲美学自康德提出"审美无利害"理论以后,超功利主义审美观成为近代美学的主流,席勒、叔本华、斯宾塞和王尔德等都主张审美超功利主义。在 19 世纪末 20 世纪初,这种超功利主义审美观念传入中国,汇聚为一股冲决传统文学功利论的巨大力量。

在对西洋美学的介绍上,王国维得风气之先。他接受西方的审美超功利文艺观,突出文学的游戏功能、情感慰藉功能,反对以文学为手段追求眼前的实利。他说:"文学者,游戏的事业也。"④这是源自于席勒的艺术观。他引述席勒所谓"文学美术亦不过成人之精神的游戏"的观点⑤,基于此而抨击传统的实用文学为"饣甫饣双的文学",将文学当作奉和应制、巴结逢迎的手段,攫取眼前的实利,绝非真正的文学;甚至于说过"生百政治家,不如生一大文学家"这样极端的话⑥。王国维是近代中国审美超功利主义文学论的先行者。

在 20 世纪初,西方超功利主义美学和文论的引介成为一股热潮。除了王国维介绍较多的康德、席勒、叔本华美学外,如法国维龙⑦、英国斯宾塞⑧、德国黑格尔⑨等美学思想也纷纷介绍到国内,文学的审美属性得到前所未有的重视,被标举为文学的本质特征。1904 年左右,黄人编撰《中国文学史》,采纳日本太田善男《文学概论》的文学观念而提出:"文学则属于美之一部分。……自广义观之,则实为代表文明之要具,达审美之目的,而并以达求诚明善

① 杨鸿烈:《文心雕龙的研究》,《晨报副刊》1922 年 10 月 28 日。按,杨氏《中国文学观念的进化》《为萧统的〈文选〉呼冤》(分别载《京报副刊》1924 年第 1—5 期、第 7 期)表达了相近的认识,参张健《纯文学、杂文学观念与中国文学批评史》,《复旦学报》2018 年第 2 期。
② 郭绍虞:《中国文学批评史》上册,商务印书馆 1934 年版,第 3 页。
③ 李笠:《中国文学述评》,中华书局 1928 年版,第 11 页。
④ 王国维:《文学小言》,《王国维全集》第 14 卷,浙江教育出版社 2009 年版,第 92 页。
⑤ 王国维:《人间嗜好之研究》,《教育世界》1907 年第 146 期。
⑥ 王国维:《教育偶感四则·文学与教育》,《教育世界》1904 年第 81 期。
⑦ 蒋智由(观云):《维朗氏诗学论》,《新民丛报》第三年第 22、24 号。
⑧ 蓝公武:《斯宾塞之美论》(《教育》1906 年第 1 卷第 2 期)、周越然翻译《实用与美观:英国斯宾塞杂说之一》(《江苏高等学堂校友会杂志》1911 年第 1 期)等。
⑨ 徐念慈:《〈小说林〉缘起》,《小说林》1907 年第 1 期。

之目的者也。"1907 年又撰文说:"盖文学之性质,多倾向于美的一方面而不暇兼及于真、善。"①同时金天羽提出文学的双重美术性,即:"文之为物,其第一之效用,固在表其心之感,其第二之效用,则以其感之美,将俪乎物之美以传,此文学者之心所以有时而显其双性也。"②心感之美,指作者因外物感动而兴起的美好情感;俪物之美,指这种情感通过生动直观的形象而得到逼真的显现。

随着在认知上将审美尊为文学的本质属性而带来了文学观念的两大变化:

一、接受康德、斯宾塞等人理论,将实用与审美明确地划分开来,强调"纯文学"的审美超实用性。王国维 1905 年在《论哲学家与美术家之天职》中明确揭橥了"纯文学"的概念③,在他心目中纯文学是审美超功利的,决不能有现实的功利目的。1907 年,周树人在《摩罗诗力说》中说:"由纯文学上言之,则以一切美术之本质,皆在使观听之人,为之兴感怡悦。文章为美术之一,质当亦然。"文学,"益智不如史乘,诚人不如格言,致富不如工商,弋功名不如卒业之券","实利既尽,究理弗存",因此对于国家和个人没有实际的功用。但是,"涵养人之神思,即文章之职与用也"。这就是文学的"不用之用"。同年,严复翻译英人倭斯弗《美术通诠》按语说:"文字分为创意、实录二种,中国亦然。"④创意、实录,就是后来所谓美术文与应用文的区别。1913 年,汪炳台撰文区别"应用文字"和"著述文字"。所谓应用文字,就是实用的文章;所谓著述文字,主乎隐秀,不求人人必知,不必求达一时之目的,相当于当时的"纯文学"。⑤ 到了"五四"新文化运动前后,美术文与应用文,成为文章的基本分类。前者为纯文学,后者为杂文学。1917 年,方孝岳对"纯文学"的性质作出明晰的阐释:

> 今日言改良文学,首当知文学以美观为主,知见之事,不当厕入。以文学概各种学术,实为大谬,物各有其所长,分功而功益精,学术亦犹是也。今一纳之于文学,是诸学术皆无价值,必以文学之价值为价值,学与文遂并沉滞,此为其大原因。故着手改良,当定文学之界说,凡单表感想之著作,不关他种学术者,谓之文学(即西方的纯文学是文学)。诗、文、戏曲、小说及文学批评等是也。本此定义,则著述之文,学术家用之;记载之文,史家用之;告语之文,官府用之。是皆应用之作,以辞达意尽为极,不必以美观施之也。世有作者,首当从事戏曲、小说,为国人先导,而寻常诗文集,亦当大改面目。⑥

方孝岳对文学的内涵与外延作了明确的界定:文学以美观为主,单表感想,与以知见为主的学术相区别;文学包括诗、文、戏曲、小说及文学批评;各种著述、记载、告语之文都以实用为目的,不属于文学。此外,如张学古说:"文章不出于美术、应用二端。"⑦王世瑛说:"不明文学之义,混应用文与文学以为一,是不可也。……文学属于美之范围,应用文则只祈于实用。"⑧按照是否有功利目的,把文章划分为应用文与美术文是当时比较通行的做法。超功利的非

---

① 黄人:《国文学赘说》,《东吴月报》1907 年第 8 期。
② 金天羽:《文学上之美术观》,《国粹学报》1907 年第 3 卷第 3 期。
③ 王国维:《论哲学家与美术家之天职》,《教育世界》1905 年第 99 期。
④ 严复译、(英)倭斯弗著:《美术通诠》,《寰球中国学生报》1907 年第 1 卷第 5、6 期。
⑤ 汪炳台:《论应用文字与著述文字之区别》,《吴县教育杂志》1913 年第 2 期。
⑥ 方孝岳:《我之改良文学观》,《新青年》1917 年第 3 卷第 2 期。
⑦ 张学古:《美术文与应用文之根本谈》,《南开思潮》1918 年第 2 期。
⑧ 王世瑛:《文学与应用文之区别》,《北京女子高等师范文艺会刊》1919 年第 1 期。

实用性,似乎成为"纯文学"不证自明的特征,成为现代文论的一条原则。

二、接受英国浪漫主义文学批评家戴昆西(De Quincey)的"知的文学""情的文学"的划分,强调"纯文学"的情感特征。日人太田善男的《文学概论》中引述了戴昆西的理论:"文学有二:一知之文学,一情之文学。前者以教人为事,后者以感人为事。知之文学为舵,情之文学则棹与帆也。"黄人《中国文学史》从中引录了戴昆西之论,并据以界定"纯文学"。1911 年黄人编纂《普通百科新大辞典》为"文学"下定义说:"以广义言,则能以言语表出思想感情者,皆为文学。然注重在动读者之感情,必当使寻常皆可会解,是名纯文学。而欲动人感情,其文词不可不美。故文学虽与人之知意上皆有关系,而大端在美,所以美文学亦为美术之一。"这就是根据戴昆西对情与知的分辨而视文学"注重在动读者之感情","大端在美"。1914年,吕思勉《小说丛话》也接受了戴昆西的理论,从情与知的角度分辨纯文学与杂文学。此后出版的各类《文学概论》和《中国文学史》类著作,多引述并认同戴昆西所谓"知的文学"和"情的文学"(或译为"力的文学")。金受申《文学概论讲义》说得非常明白:

> 台昆雪氏(按,即戴昆西)曾把文学与其他科学的界限,分得十分清楚;他说:"先有知的文学,后有力的文学;前者职能是教,后者职能是动。"这里所谓"知的文学",便是指一切普通科学来说;所谓"力的文学",方是指纯文学来说的。知的文学——普通科学——的任务,是输入一切知识。力的文学——纯文学的任务,是予人以心灵上的感动。所以他这样的分法实在是最精当不过了。[1]

这种看法在当时有一定的代表性,不少文论家奉戴昆西为"纯文学"的先导者。戴昆西这种"情的文学"之所以能毫无阻碍地为国人所接受,除了"五四"浪漫主义文学的时代精神需求以外,还与中国古代的抒情传统有关系,正是久远而强大的抒情文学传统,使得戴昆西的理论容易得到国人的认同。许啸天和曹百川等文论家都从传统中发掘出曾国藩《湖南文征》所谓"人心各具自然之文,约有二端:曰理,曰情",以与戴昆西的"知的文学""情的文学"相对接。

纯文学的上面两个特征,即以情感人和审美超实用性,在一般论者眼里多是融合在一起的。如谢无量《中国大文学史》在引述章太炎和戴昆西等中外论者的文学定义后辨析说:"大抵无句读文,及有句读文中之无韵文,多主于知与实用。而有句读文中之有韵文,及无韵文中之小说等,多主于情与美。此其辨也。"[2]情与知相对,美与实用相对,再加上前节所论的语言美,纯文学的三个特征已得到充分的确立。童行白曾通过与杂文学的比较而精粹地揭示纯文学的特征:

> 文学有纯、杂之别,纯文学者即美术文学,杂文学者即实用文学也;纯文学以情为主,杂文学以知为主;纯文学重辞彩,杂文学重说理。纯文学之内容为诗歌,小说,戏剧;杂文学之内容为一切科学、哲学、历史等之论著。二者不独异其形,且异其质,故昭昭也。[3]

---

① 金受申讲述、贾溥龄笔记:《文学概论讲义》,崇实中学丛书民国间铅印本,第 51 页。
② 谢无量:《中国大文学史》,中华书局 1918 年版,第 9 页。
③ 童行白:《中国文学史纲》,大东书局 1933 年版,第 1 页。

"异其质"指内涵的不同，纯文学的内涵是"美术""以情为主""重辞彩"，杂文学反之。"异其形"指外延的差异，纯文学外延包括诗歌，小说，戏剧，杂文学则几乎无所不包。新文化运动及以后一段时间里新文学家为文学下定义，都不违背上述的纯文学内涵，如在二三十年代影响较大的罗家伦的定义：

> 文学是人生的表现和批评，从最好的思想里写下来的，有想象，有感情，有体裁，有合于艺术的组织；集此众长，能使人类普遍心理，都觉得他是极明了、极有趣的东西。①

罗家伦这个被誉为"是中国人所下的最完美的文学的定义"②，虽然带有"五四"时代特征，如"文学是人生的表现和批评"一句，但其基本原则是不与"纯文学"相违背的，已摆脱了传统杂文学、大文学的束缚，既不像章太炎"以有文字著于书帛，故谓之文"那样失之宽泛，也不同于阮元所谓用韵比偶方为文那样狭窄。

三、从"三分法"到"四分法"

所谓"三分法"，是指西方的文学类别，如别林斯基在《诗歌的分类与分科》中把文学分为抒情文学、叙事文学、和戏剧文学，通行的说法是诗歌、小说、戏剧。"四分法"是指中国现代文论家根据中国文学的特殊情况，在"三分法"的基础上增加"散文"一体。

中国古代的文章体裁分类颇为碎杂。刘勰《文心雕龙》、萧统《文选》分文章为 30 余体，可谓庞杂矣。至清代姚鼐《古文辞类纂》尚分为 13 体，依然名目繁多。而小说、戏曲从来都未列入文章的范围之内。至 20 世纪初，西方的文学"三分法"就已渐为国人所接受，传统的文章分类法被破坏和取代。其中的变化是小说、戏曲进入文学范围，并一跃而为文学之正宗，文章特别是散体文被逐出文学之外。

小说戏曲的地位自宋元以来就有上升的趋势，近代在西方文学思想的启发下，梁启超在《小说与群治之关系》中尊"小说为文学之最上乘"（按，梁启超谈"小说"往往包含戏曲在内）。此后把小说戏曲视为文学，已经少有异议。传统的散文则多被摒斥于文学范围之外。王国维引入"纯文学"概念时，指涉的就是诗歌、小说和戏剧，未论及散文③。周作人最早从体裁的角度提出纯文学、杂文学的划分。1908 年在《论文章之意义暨其使命因及中国近来论文之失》中他说：

> 夫文章一语，虽总括文、诗，而其间实分两部。一为纯文章，或名之曰诗，而又分之为二：曰吟式诗，中含诗赋、词曲、传奇，韵文也；曰读式诗，为说部之类，散文也。其他书记论状诸属，自为一别，皆杂文章耳。

周作人这时所谓"文章"就是文学的意思，"纯文章""杂文章"，就是纯文学和杂文学。纯文学包括有韵的诗赋、词曲、传奇和无韵的小说。书记论状诸属，即传统的文章被"别"为杂文学。到了新文化运动时期，"三分法"已经得到明确。蔡元培《国文之将来》说："美术文，大约可分

---

① 罗家伦：《什么是文学？》，《新潮》1919 年第 1 卷第 2 期。
② 汪静之：《文学定义的综合研究》，《东方文艺》1933 年第 1 卷第 2 期。
③ 如王国维《论哲学家与美术家之天职》曰："甚至戏曲、小说之纯文学。"载《教育世界》1905 年第 99 期。

为诗歌、小说、剧本三类。"①后来,这个命题进一步被辞典释义所固定下来,成为难以动摇的文学常识。谢冰莹、顾凤城编《中学生文学辞典》释义:"纯文学,专为文学的目的而写成的作品,例如小说、诗歌、戏剧等纯粹的文学。"②

胡云翼说:"理想的《中国文学史》是纯文学的文学史,不是学术史。"③这是当时新派人物编写文学史的基本立场。二三十年代主流的"文学史""文学概论"著述,多采用"三分法",至少可以列举出如下著作:王耘庄《文学概论》(非社出版部,1929年)、许啸天《中国文学史解题》(上海群学社,1932年)、陈伯欧《新文学概论》(立连书局,1932年)、刘大白《中国文学史》(大江书铺,1933年)、老舍《文学概论讲义》(1934年),谭正璧《文学概论讲话》(光明书局,1934年),刘经庵《中国纯文学史纲》(北平著者书店,1935年)、张长弓《中国文学史新编》(开明书店,1935年)。这些教材都只论及诗歌、小说、戏曲,有的略微涉及当时被界定为"散文诗"的赋,连过去一度被视为"美文"的骈体,也没能进入这些纯而又纯的文学史叙述之中。文学观念"纯粹"到极致,乃至推崇东汉末年乐松等之"鸿都门学"是创造纯文艺观的文学,如钱振东说:"鸿都学生,多至千人,皆以'能尺牍辞赋'及'工书写篆'为事者也。不惟提倡文学,且及于美术——书法图画——其目的在求'文学之美''书法之工'。既不受儒教束缚,亦无道德色彩,是唯美主义——纯文艺主义。换言之,要创造纯文艺观的文学。"④鸿都门学是汉末乱世中一群宵小浅陋之辈的闹剧,历来为正统文论家所不齿,却被他推尊为唯美主义。这正暴露出机械地套用西方"纯文学"观念必然造成失误,真理再向前跨一步就是谬论。

其实,纯文学的"三分法"进入中国文坛并非是畅通无阻、大行其道的,相反,它遭遇到了传统的杂文学的对抗。在王国维提倡"纯文学"的同时,林传甲遵守《京师大学堂编书处章程》,仿日人笹川种郎《历朝文学史》,编撰了一部早期的《中国文学史》教材,采用的就是传统的杂文学观,广泛述及奏议、论说、词赋、记述等,而对于小说、戏曲等通俗文学,采取极端轻视的态度:

> 元之文格日卑,不足比隆唐宋者,更有故焉。讲学者既通用语录文体,而民间无学不识者,更演为说部文体。变乱陈寿《三国志》,几与正史相混;依托元稹《会真记》,遂成淫亵之词。日本笹川氏撰《中国文学史》,以中国曾经禁毁之淫书,悉数录之。不知杂剧、院本、传奇之作,不足比于古之《虞初》。若载于风俗史犹可,笹川载于《中国文学史》,彼亦自乱其例耳。况其胪列小说戏曲,滥及明之汤若士、近世之金圣叹,可见其识见污下,与中国下等社会无异。而近日无识文人,乃译新小说以诲淫盗。有王者起,必将戮其人而火其书乎!⑤

林传甲既丢弃了笹川氏把小说戏曲纳入《文学史》的优点,又不像同时的王国维那样眼界开放通明,竟然如此贬抑小说戏曲,难怪周作人诘责说:"其过在不以小说为文章。"⑥即使在新

---

① 蔡元培:《国文之将来》,《北京高师教育丛刊》1919年第1期。
② 谢冰莹、顾凤城:《中学生文学辞典》,中学生书局1932年版,第220页。
③ 胡云翼:《中国文学概论》,启智书局1928年版,第31页。
④ 钱振东:《中国文学史》,1929年自印本,第278页。
⑤ 林传甲:《中国文学史》,武林谋新室1910年版,第182页。
⑥ 独应(周作人):《论文章之意义暨其使命因及中国近时论文之失》,《河南》1908年第4、5期。

文学兴起之后,还出现过龚道耕的《中国文学史略论》、林山腴《中国文学概要》、袁厚之《中国文学概要》之类教材,视文学为国学,囊括经史子集。这类著述,被新派人物唾弃为不知文学的边界,其与"纯文学"对抗的力量越来越微弱,不占主流,更不足以动摇"纯文学"的主导地位。

对"三分法"有力的矫正,是现代文学理论界根据中国文学的实际情况,将散文纳入文学范围而提出"四分法"。中国本来就具有强大的散文传统,而且散文自身也在不断地变革和演化,在清代中期表现为古文与骈文之间的相互竞胜。骈文派,如前面所言,以阮元为代表,通过对"文笔"的重新解释,限定了"文"的含义,从而釜底抽薪地动摇了桐城派古文的正宗地位,其对语言美的强调为近代"美文"论提供了本土资源。桐城派自身也在不断地变革,在晚清时势中强调经世致用,对文章美的探索更为深入具体。改革八股文,在晚清时期成为日益强烈的呼声。储桂山感慨说:"呜呼,中国之积弊至难挽回者,其唯时文乎?"因为时文"所习非所用,所用非所习"①,已经不合乎时代的需要,他提出改革的办法是将时文列入"古学",与词章合为一门,另增加时务策论、格致新学二门。1899年《亚东时报》第七号发表《论中国文章首宜变革》,其实当时的文章已经在发生变革。随着《时务报》等维新报刊的发行,出现了一种新的文体——报章体,以讨论政治的论说文为主,思想新鲜,内容务实,语言平易畅达,梁启超、谭嗣同等为主要作者。谭嗣同少年喜读姚鼐《古文辞类纂》,受桐城派影响较深,文风还较为古雅,未脱尽窠臼。梁启超夙不喜桐城派古文,"至是自解放,务为平易畅达,时杂以俚语韵语及外国语法,纵笔所至不检束,学者竞效之,号'新文体'。老辈则痛恨,诋为野狐。然其文条理明晰,笔锋常带感情,对于读者,别有一种魔力焉"②。梁启超"戊戌变法"之前的政论文,突破了古文"义法"的束缚,吸收骈文和八股文的排偶和长行气势,运用外来新词汇,大都感情充沛,笔墨酣畅,淋漓痛快,气势不凡,道人人所欲言而未能言或未能畅言者,故能剧烈地震撼读者的心灵。流亡日本后,梁启超激赏日本明治时代文学家德富苏峰"雄放隽快"的时论短评,在《新民丛报》和《清议报》上发表了《少年中国说》《过渡时代论》《论进步》《论自由》等八十多篇文章,有意识地模仿德富苏峰的文风,论理透辟,感情充沛,多用排比句,长短句交替使用,雄奇畅达,声势夺人,时称"新民体",在青年中激起了强烈的反响,影响一代文风,实现了文体的一大解放。时正逢国内科举考试"废八股,改策论",青年人多模仿梁启超这种颇有纵横风的"新民体"③。但是正如钱基博所言,"世之教为'新民体'者,学其堆砌,学其排比,有其冗长,失其条畅"④,因而遭到了骈文派与古文派的狙击。《国粹学报略例》就申明:"本报撰述,其文体纯用国文,风格务求渊懿精实,一洗近日东瀛文体粗浅之恶习。"⑤刘师培《论文杂记》说:"若夫矜夸奇博,取法扶桑,吾未见其为文也。"所谓"东瀛文体""取法

① 储桂山(格致散人):《时文说》,1897年1月28日、2月11、15日《字林沪报》。当时批判八股文的还有张文彬(号浮槎仙史)《论时文》(载1889年4月19日《字林沪报》),唐才常《时文流毒中国论》、伍元絮《改时文为古文论》、康有为《厘正文体疏》(分别载《湘报》1898年第47、62、100期)等。

② 梁启超:《清代学术概论》,《饮冰室合集》专集之34,中华书局1989年版。

③ 朱峙山1902年十二月初十日记载:"午后将郑宅借来之《新民丛报》《中国魂》二种,一一阅读之,习其文体,是为科举利器。今科各省中举卷,多仿此文体者。"参姜荣刚《抵制"东瀛文体":晚清古文革新的挫折与回潮》,《苏州大学学报》2014年第5期。

④ 钱基博:《现代中国文学史》,中国书籍出版社2017年版,第336页。

⑤ 《国粹学报》1905年第1期。

扶桑",就是指当时风行的"新民体"。当时各大中学校的国文教习多为桐城派所掌控,他们在教学上也排斥"新民体"。1904年颁布的《新定学务纲要》就明确规定:"学堂不得废弃中国文辞,以便读古来经籍","戒袭用外国无谓名词,以存国文,端士风。"至1915年的《中学国文教授要目草案》还规定:"凡作文,不通之新名词禁用,时下报章体文禁学"①。从学术理念和教学制度上全面地遏制新兴的"报章体"文风。但是,因为报章本身的存在并愈益发达,报章文风并不能被真正遏止。特别是白话文运动兴起后提出打倒"选学妖孽""桐城谬种"的口号,解放了对报章文体的压制,当时报刊如陈独秀主编的《新青年》,除了政论外还发表了大量通讯、随感类文章,鲁迅的散文集《热风》便是在《新青年》上发表的"随感录"的结集,被称为"中国现代散文的第一期"②。茅盾还提出过"应该把'五四'时代开始的'随感录''杂感'一类的文章作为新小品文的基础,继续发展下去"③。"五四"时期的随感和后来的杂文,都是现代意义上的文学散文,这是不容否认的,它促使现代文学理论对之作出必要的回应。

更重要的是周作人等对"美文"的倡导。他1921年发表了《美文》,说:

> 外国文学里有一种所谓论文,其中大约可以分作两类。一批评的,是学术性的;二记述的,是艺术性的,又称作美文。这里面又可以分出叙事与抒情,但也很多两者夹杂的。……(美文)实在是诗与散文中间的桥。中国古文里的序、记与说等,也可以说是美文的一类。但在现代的国语文学里,还不曾见有这类文章,治新文学的人为什么不去试试呢?……我希望大家卷土重来,给新文学开辟出一块新的土地来,岂不好么?④

批评的和记述的两类,就是西方散文里学理文(Treatise)和小品文(Familiar Essay),周作人称后者为美文。他不仅从西方文学传统里寻绎"美文"的源头,而且把中国古文里序、记、说之类视为"美文",鼓励治新文学的人用国语去创造现代的美文,给新文学开辟出一块新的土地。这篇文章奠定了现代散文理论的基础,对此后文学散文的发展具有重要的指导意义。曾经被桐城派古文之祖方苞批评为"吴越间遗老尤放恣"的明清小品文,被重新发掘出来,奉为中国古代的"美文"。周作人把新文学的源头追溯到晚明公安派,在《杂拌儿序》里就说现代散文与明代的新文学家的意思相差不远。沈启无编选《近代散文钞》,选录的就是晚明公安、竟陵派的小品文。林语堂说,公安竟陵派的文章,"已抓住近代文的命脉,足以启近代文的源流,而称为近代散文的正宗。沈君以是书名为《近代散文钞》,确系高见。"⑤在周作人之后,胡梦华提倡"絮语散文"⑥,林语堂提倡小品文。现代散文创作的巨大成就,使得文学理论上不得不正视它。

因为强大的散文传统和繁盛的现代散文创作,现代文学理论逐渐修正了西方"三分法",增入散文一类而形成"四分法"。考察二三十年代《文学概论》《中国文学史》类著作涉及的文体,情况非常驳杂。

第一类是大致在1920年前后出版的各类《中国文学史》教材,依然根据以文章为中心的

---

① 《中学国文教授要目草案》,《教育研究》1915年第24期。
② 杨之华:《中国现代散文的派别及其流变》,《中国与东亚》1943年第1卷第1期。
③ 蕙(茅盾):《关于小品文》,《文学》1934年第3卷第1号。
④ 子严(周作人):《美文》,1921年6月8日《晨报副刊》。
⑤ 林语堂:《论文》上,《大荒集》,生活书店1934年版,第197页。
⑥ 胡梦华:《絮语散文》,《小说月报》1926年第17卷第3号。

传统文学观来构筑中国文学史,如林传甲(1904)、王梦曾(1914)、张之纯(1915)、钱基厚(1917)、谢无量(1918)、汪剑余(1925)等人编写之作,均以文章为主,兼及诗和词,有的还略微涉及小说,但传统的文章占较大的篇幅。这在新派人物看来是落后的文学观,到20年代后期这种情况已比较少见。朱荣泉曾批评说:

> 我们研究中国文学史是研究"文学"的历史,不是研究"文字"的和"文章"的历史。……文学是文章,而文章却不全是文学。……历来治中国文学史者,皆奉古文式的散文为正统,作畸形的研究。对于放过灿烂之光的诗词、小说、戏曲等,反视为"小道"或非文学,不去注重。这种传统的武断的研究法,非唯不能找寻中国文学的新出路,而且也是不能夸张过去的成绩的。况且古文式的散文,是否即是文学,尚有问题,怎样就可奉为正统呢?[①]

第二类是大致在1930年前后出现的一批《文学概论》和《中国文学史》教材,依据"纯文学"观念,只论及诗歌、小说、戏曲,将散文排除在外。早在1922年,段青云就对第一种类型的文学史作出严厉的抨击,他依据戴昆西"知的文学"和"情的文学"的分别,说:

> 所谓"知的文",当然属于哲学科学的范围,不是文学;唯有"情的文"一类,真是文学。上古文学底作品,唯有《诗经》《楚辞》是纯粹的文学;秦汉以下,唯有诗歌、赋颂、骈文、词曲(小说附)等有韵的文章是纯粹的文学。他如周秦诸子及后代散文的议论、传记等,止可取其有关情感者,附在里面,其专属析理、载道或记事等类的文字,则属于哲学史或其他史底范围,我们作文学史,绝对不可羼入。[②]

这是接受了"纯文学"观念后对文学史划定的新范围,二十年代后期采用"三分法"的《文学史》和《文学概论》越来越多,上面已有列举。他们这样处理的根据,完全是纯文学的立场,如李幼泉、洪北平编《文学概论》只论述诗歌、小说、戏剧,理由是"为创作而创作,为表现而表现,不为狭窄的功利,这就是文学家唯一的目的"[③]。陈伯欧《新文学概论》引述莱列(Ranie)所谓"诗偏于文学的个人主义,表现自己,或自己的感情;文则为实用主义的"等五点理由[④],作为他不论散文的理论根据。有少数几种文学史在坚持"三分法"的同时稍微扩大,涉猎了在当时被视为"美文"的赋、骈文、小品文之类,如郑宾于《中国文学流变史》(北新书局,1930年),论及汉赋;陈彬龢《中国文学论略》(商务印书馆,1931年),以韵文为主体,散文则从略焉;胡云翼认定:"只有诗歌、辞赋、词曲、小说及一部分美的散文和游记等,才是纯粹的文学。"[⑤]

这类依"三分法"编写的《文学概论》《中国文学史》,看似观念先进,跟得上时代,实际上是削足适履,肢解了中国文学史。中国古代,散文是文章的重心,一部不涉及秦汉散文、六朝骈体、唐宋古文的文学史,怎么也不能说是完整的。研究中国文学,能不能照搬西洋的模式?1925年,尚是武昌师大本科生的蒋鉴璋撰文对此作出可贵的反思。他说:

---

① 朱荣泉:《我之治中国文学史的几个信条》,《沪江大学月刊》1928年第17卷第13期。
② 段青云:《敬告今日之编中国文学史者》,《觉灯》1922年第1卷第1期。
③ 李幼泉、洪北平:《文学概论》,民智书局1930年版,第63页。
④ 陈伯欧:《新文学概论》,立连书局1932年版,第143页。
⑤ 胡云翼:《新著中国文学史》,北新书局1932年版,第5页。

　　盖文学乃主情之物,至于主知之事,应属哲学范围。文学乃尚美之什,至于尚真之文,应属科学范围也。……晚近西洋文学思潮,流入中土,嗜文之士,常以西洋文学界说,用以范围中国文学。夫西洋文学,小说、诗歌、戏剧三者,乃其最大主干,故其成就者为独多。我国则诗学成就,亦足自豪。而小说戏剧,诚有难言。近数年来,以受西洋思潮,始认小说、戏剧为文学,前此则直视为猥丛之邪道耳,亦何有于文学之正宗乎? 今虽此等谬见,渐即损除。然而中国文学,范围较广,历史之沿革如此,社会之倾向如此。若必以为如西洋所指之纯文学,方足称为文学,外此则尽摈弃之,是又不可。吾意国文一科,包含二部:一曰文字,二曰文学。文字之作用在达意,文学之作用在表情。文字之程度,只须合于文法,文学则进而求其合于修词。文字之性质为真,文学之性质为美。如各种科学,皆用文字以记述者也,吾人不能谓之文学,然又不能不承认为文字也。至于诗词、小说、戏剧,以及不朽之散文,取其有关情感者,皆应列入文学范围之中。今取时人某氏之文学界说,录之如此,以完此篇:"凡用以表情,有修词之程度,其性质属于美之著作,谓之文学。"①

　　蒋鉴璋是认同"纯文学"的,不同于早期的林传甲、王梦曾等人文学观念模糊。但是,他意识到中西文学的差异,西方文学是小说、戏曲发达,中国则相反,发达的是诗文。他既接受了西方的"纯文学"观,又反对套用西方文学观念来"范围"中国文学,尊重中国文学"历史沿革、社会之倾向"的特殊性,提出对于"不朽之散文","取其有关情感者",列入文学范围之中。这是对"三分法"的修正,是较早对于"四分法"的明确表达。蒋鉴璋随后编著了一部《中国文学史》,给文学下定义:"文学者,乃宣达情感,发抒理想,代表言语,使文字互相连续,而成美的篇什。于以觇人生之忧乐,与社会之变迁者也。……兹编所取,凡历代文家与其篇什,但能代表时代,左右当世,而与本书所为文学定义无大背谬者,胥欲论列,以见其全。"②他给《左传》《庄子》、贾谊、司马相如、司马迁、扬雄、班固、陈寿,以及宋、明、清的散文列了专节,散文的文学史地位得到了充分的肯定。

　　对"三分法"作出修正,按"四分法"编著《中国文学史》《文学概论》在 20 世纪三十年代以后逐渐成为主流。潘梓年《文学概论》分文学为小说、诗歌、戏剧三类,又补充说:"自然论文、杂记以及小品文等,也是可以包括在文学之内。"③正反映出从"三分法"向"四分法"过渡时一些论者的踌躇心态。虽然"三分法"并非顿然绝迹,但"四分法"取而代之的趋势愈益明显,甚至有的把文学体裁分为五类、六类,总之都把散文纳入文学范围。陆永恒《中国新文学概论》(克文印务局,1932 年)在体裁分类中列了散文,但只包括小品文和文学评论;陈介白《文学概论》(协和印书局,1932 年)分散文、诗歌、小说、戏剧 4 类;赵景深《文学概论》(世界书局,1932 年)分作小说、诗、戏剧、散文、文学论著五类;姜亮夫《文学概论讲述》(北新书局,1933 年)分为诗、词、戏曲、小说、赋、散文六类;许钦文《文学概论》(北新书局,1936 年)分小说、剧本、诗歌、童话、散文诗和随笔(小品文)。顾仲彝、朱志泰《文学概论》(永祥印书馆,1945 年)论散文包括小品文、传记,书信、日记、历史、文学批评,范围较广。金受申《文学概论讲义》还

---

① 蒋鉴璋:《文学范围论略》,《晨报副刊·艺林旬刊》1925 年第 9 期。
② 蒋鉴璋:《中国文学史纲》,亚西亚书局 1930 年版,第 4,5 页。
③ 潘梓年:《文学概论》,北新书局 1928 年版,第 109 页。

对散文作出具体的剖析，分为五类："故事底""记述底"，都是"以表现心理及感情为目的"，属于纯文学；"讨论底""哲学底"，杂有思想或知识的成分，属于杂文学；"批评底"，是纯、杂文学之外独树一帜的批评文学。

再看三十年代以后的《中国文学史》，多能给予古代散文以一定的篇幅，如陈冠同《中国文学史大纲》（民智书局，1931 年）、张振镛《中国文学史分论》（商务印书馆，1934 年）、朱子陵《中国历朝文学史纲要》（北平炳林印书馆，1935 年）、容肇祖《中国文学史大纲》（朴社，1935 年）、赵景深《中国文学史新编》（北新书局，1936 年）、羊达之《中国文学史提要》（正中书局，1937 年）、刘大杰《中国文学发展史》（中华书局，1941、1949 年）、林庚《中国文学史》（厦门大学，1947 年）等，都是采用"四分法"，将古代散文纳入文学史叙述中，只是详略不同而已。他们论及散文，但与 20 世纪初林传甲等人以文章为中心不同，他们是在确立了"纯文学"立场之后，尊重中国文学的特殊性，对西方"三分法"作了修正而将散文纳入进来的。正如朱子陵所说："狭义的文学范围，那才是正确的，而且适宜于现代的文学范围。本文学史的取材，以狭义的文学范围为标准；同时，为说明历朝文学的思潮，和历朝文学的重要变迁起见，而于此范围外的重要材料，亦间叙及。"正是基于这种处理方式，他的《中国历朝文学史纲要》以诗、赋、词、曲、小说为主，但也涉及韩柳古文、明清散文和骈文。

三十年后的《中国文学史》之所以采用"四分法"还有一个原因，是文学史家接受了马克思主义唯物史观和无产阶级文学思想，对文学的实用性和功利性有了更为肯定的认识。如贺凯和谭丕模都是最早以马克思主义历史观和文艺观编著《中国文学史》的。贺凯说："韩愈文起八代之衰，废骈俪复古文，这正表现了虚伪机械的骈文，不切实际应用，势不能不改变，这种古文派的势力，后起的有宋欧阳修、三苏，明八子，清桐城派，直到鸦片战争后，古文派的势力渐次衰微了。因为古文的格调，只适用于封建社会的贵族生活，在资本主义化的时代，形式需要通俗普遍的新体文了，内容所载的'道'，不是封建社会的'道'，而是适应资本主义的'新道'。"①谭丕模说："古文就是拥护封建社会的'道'的最厉害工具，这是古文运动产生的最根本的因子。"②尽管他们对马克思主义的运用难免机械，但是因为对文学功利性有了新的认识，于是对一度被排斥在纯文学之外的古文更为包容，给予了一定的位置。

四、"文以载道"的破与立

不论是中国还是西方的传统文论，都重视文学的道德意义和政治功能。西方文论到了启蒙时期，提倡文艺自由，特别是康德提出"无目的的合目的性"之后，审美超功利似乎成为文艺的本质属性。一百年后，在西方文论的刺激之下，国内发起了一场审美性对功利性的冲击。

王国维在引介康德、席勒美学的同时，抨击传统的政治功利主义文学观将文学羁縻于政治之下，文学不能自由发展。他感慨说：

> 呜呼！美术之无独立之价值也久矣。此无怪历代诗人，多托于忠君爱国、劝善惩恶

① 贺凯：《中国文学史纲要》，北平文化学社 1931 年版，第 1 页《自序》。
② 谭丕模：《中国文学史纲》，和济印书局 1933 年版，第 164 页。

之意,以自解免,而纯粹美术上之著述,往往受世之迫害而无人为之昭雪者也。此亦我国哲学美术不发达之一原因也。①

至辛亥革命前夕,周树人、周作人等对中国传统文论进行大破大立式的革新。他们强调文学应该自由地、毫无顾忌地抒情言志,抨击传统儒家思想加给文学的种种束缚。周树人责难曰:"夫既言志矣,何'持'之云?强以'无邪',即非人志。许自繇(同'由')于鞭策羁縻之下,殆此事乎?"②"思无邪""诗者持也",是儒家文论的经典命题。传统社会的种种政治高压和思想钳制,导致文学界恹恹不振,"故伟美之声,不震吾人之耳鼓者,亦不始于今日",从无文字"能宣彼妙音,传其灵觉,以美善吾人之性情,崇大吾人之思理者"。周树人在热情地引介、赞颂"摩罗诗派"后,沉痛地感慨:"今索诸中国,为精神界之战士者安在?"后来在"五四"新文化运动中,他就是这样一位精神界的战士。周作人也抨击传统儒家文化导致"中国之思想,类皆拘囚蜷屈,莫得自展";孔子删《诗》定礼,束缚人心,"夭阏国民思想之春华,阴以为帝王之右助。推其后祸,犹秦火也",其结果是"文章之士,非以是为致君尧、舜之方,即以为弋誉求荣之道,孜孜者唯实利之是图,至不惜折其天赋之性灵以自就樊鞅"③。可见,周氏兄弟作为激进的资产阶级民主革命者,已经站在儒家政教功利主义文学理论的对立面,而对其大加挞伐。

但是,根深蒂固的传统并不因为几篇文章而发生动摇,辛亥革命后其力量依然强大,如《艺文杂志》1917年第1期发表吴启枫、王纲分别撰写的《文以载道说》,都是正面阐述这个文论命题。所以,新文化运动兴起后,首先要破除的,就是这根深蒂固的"文以载道"观。胡适《文学改良刍议》说:"吾所谓'物',非古人所谓'文以载道'之说也。"④陈独秀《文学革命论》指摘韩愈误于"文以载道"之谬见,说:"文学本非为载道而设,而自昌黎以迄曾国藩所谓载道之文,不过抄袭孔、孟以来极肤浅极空泛之门面语而已。余尝谓唐、宋八家文之所谓'文以载道',直与八股家之所谓'代圣贤立言',同一鼻孔出气。"⑤1917年可谓是思想交锋最为激烈的一年,与胡适同样在哥伦比亚大学哲学系师从约翰·杜威的汪懋祖,就对胡、陈二人之论很不以为然,撰文为"文以载道"辩护⑥,但并不能阻止时代的大潮。新文化运动摧枯拉朽地冲决了传统专制思想和文化的禁锢,"道"的根基被破坏了,"文以载道"也很自然地遭到人们的唾弃,"载道"之文被视为"知的文学"的范畴,属于哲学,从"纯文学"中剔除出去,代之而起的是"为人生而艺术""为艺术而艺术"等更为时髦的命题,文艺似乎真正独立了。

周作人在"五四"新文化运动时期提出"人的文学""平民文学"等新口号以取代过去的"文以载道",到了30年代初,他从传统文论中发掘出"言志"和"载道",并将它们对立起来,抬高前者,贬抑后者,认为中国文学思潮的演进,是由"载道"派与"言志"派相互交替的,"五

---

① 王国维:《论哲学家与美术家之天职》,《王国维全集》,浙江教育出版社2009年版,第132页。
② 令飞(周树人):《摩罗诗力说》,《河南》1908年第2、3期。
③ 独应(周作人):《论文章之意义暨其使命因及中国近时论文之失》,《河南》1908年第4、5期。
④ 胡适:《文学改良刍议》,《新青年》1917年第2卷第5期。
⑤ 陈独秀:《文学革命论》,《新青年》1917年第2卷第6期。
⑥ 汪懋祖:《论文以载道》,《留美学生季报》1917年第4卷第4期。

四"时期的新文学运动,是"言志"派替代了"载道"派①。周作人所谓的"载道"派,就是功利主义文学观念,文学有一定的外在目的;"言志"派则没有确定的外在目的,重在抒写个人情感获得审美愉悦。联系近现代的文学思潮来看,梁启超与王国维、文学研究会与创造社,都体现出文学观念上的这种分野。"革命文学"的兴起,显然是功利主义的载道派,而同时还存在个性主义和唯美主义文学观,算是"言志"派。周作人在30年代初提出"言志"和"载道"的对立,就是继续"五四"时期站在个性主义、审美主义立场上借批判"文以载道"而抨击当时的"革命文学"。周氏的观念在当时产生较大的反响,如林语堂《小品文之遗绪》把现代散文分为说理与言情二派,明显就是受到周作人的启发。

与周作人的文学观念较为接近的是朱光潜。朱光潜接受了从康德到克罗齐一脉相承的审美超功利主义文艺观,主张文艺自由与超实用性。从1924年发表的第一篇美学论文《无言之美》,到1937年在北京创办短暂的《文学杂志》,再到1946年7月复刊,朱光潜都坚持"纯文学"的立场,抨击文艺上的功利主义。1937年在《我对于本刊的希望》中,朱光潜列举了"为大众""为革命""为阶级意识",甚至于"为国防"等文艺宣传口号,认为是"文以载道"的继续,而加以否定。他反对统一思想,主张自由,期望文艺本身应该有多方面的调和的自由发展。

但是,正如顾仲彝所说:"'纯文学'是国家社会安宁状态下必然的产物。"②20世纪上半叶的中国,先是内战,后是抗日战争,政治动荡,社会极不安宁,没有给"纯文学"提供适宜生存和发展的土壤。不论是30年代初无产阶级文学运动和民族主义文学运动的斗争,还是后来民族革命战争的大众文学,都摆脱了"纯文学"的褊狭,而赋予文学以新的社会政治任务,换句话说是新的"载道文学"。除了各派势力从各自的政治立场出发宣言自己的文学主张外,他们还对周作人和朱光潜展开激烈的斗争,对"文以载道"命题给予新的阐发,确立了"文以载道"的新的合法地位。

周作人的"言志""载道"论具有先天的局限。"诗以言志""文以载道",二者各行其是,在古代从来都不是对立关系,现在将"文"与"诗"统合到"文学"的名下,人为地把古代文学划分为言志派和载道派,加以对立,并不符合文学史事实③。"志"与"道"是很难分得开的,正如叶圣陶所说:"就一方面说,任何作品的材料都是心之所至,所以创作都是'言志'。就另一方面说,任何作品都含有某些东西,都要人家接受这某些东西,所以创作都是'载道'。……既然如此,说'言志'和'载道'标明中国文学的两道主流,似乎未必的当了。"④"五四"时期,陈独秀斥责传统的"文以载道"为谬见,但他提出国民文学、写实文学、社会文学"三大主义",其实也是"文以载道",不过是把传统的儒家之"道"换成了近代的内容。周作人说:"我想破坏他们的伪道德、不道德的道德,其实却同时非意识地想建设起自己所信的新的道德来。"⑤"人的文学""平民文学"就是以文学表达这种"新的道德",这不是周作人的"文以载道"吗?30年代

---

① 参见周作人《中国新文学的源流》,人文书店1932年版,第34—36页。相近的意思又见周氏《金鱼》《冰雪小品选序》等文章。

② 顾仲彝:《纯文学》,《新中华》1937年第5卷第7期。

③ 钱锺书曾指出这一点,见其《书报春秋·中国新文学的源流》,《新月》1932年第4卷第4期。

④ 叶圣陶:《工余随笔》,《今文学丛刊》1947年第1期。

⑤ 周作人:《〈雨天的书〉序》,《语丝》1925年第55期。

的无产阶级文学运动和民族主义文学运动都是新的"文以载道"。"道"虽已换了新的内容,但把"文"当作一种工具,服务于文学之外的社会目的,古今是一致的。

随着抗战形势的日益紧迫,传统"文以载道"的命题被重新激活起来,确立文学社会功用论的正当性。郑朝宗提出口号:"言志派回头!载道派努力!"①1937 年,时任中国国民党中央宣传部部长的邵力子在中国文艺协会上海本会成立大会上致辞说:"'文以载道'就是文艺可以指示人生以及国家民族所应该走的道路。"②1942 年 5 月,毛泽东《在延安文艺座谈会上的讲话》提出文艺是为中国人民解放的斗争中的文化战线,是有力的武器。它的功利主义,不是一己之利,而是"以最广和最远为目标的革命的功利主义"。这正是新时代的"文以载道"。

新的"文以载道"是在对审美主义、个性自由主义文学观的斗争中确立起来的。前述朱光潜持审美主义文学观,崇尚艺术自由,在三四十年代受到周扬、郭沫若等的激烈批判③,迫使他在新中国成立后放弃了"纯文学"的观念。"新中国"成立后的文艺也是"文以载道"。俞平伯就曾说过,所谓"新文学"指为人民大众服务的文学,"咱们似已回到'文以载道'的路线上来了。从前所谓'道',或利于统治阶级或个人主观的气味很重,拿这'文'来载那个'道',没有什么好处,反而降低了文学的水准。现在却不然了,咱们所谓道是多数人的,为人民大伙儿服务的,拿这'文'来载这个'道',岂不再好没有?"④

五、结语

梳理"文学"概念古今榫合中存在的一些对应和龃龉,可以发现,传统与现代文学理论会通适变,既有内在的联系,也发生新的飞跃。这其中有几个值得省思的现象:

第一,"纯文学"取代传统"大文学",成为少数人的事业,曲高和寡,其结果是导致社会上大多数人,文而不"文"。早在"纯文学"初兴时,沈昌就感慨:"今之学者,常务末而弃本,其为文也,唯求华丽雄伟之作,以耀人耳目;一旦为社会服务,求其作一小简,订一规程,则反瞠目搁笔而不能达。嗟乎,此岂所谓能文者乎?"⑤20 世纪 30 年代,施蛰存也看到了这个问题。他说:

> 大抵在这二十年来我国新文学运动所影响到的还不过是一些以文学为专业的人。……在我们现代的史、地、哲学或科学书中,不容易寻找出一本足以兼占文学上的地位的著作了。……我们也可以说杂文学作品比之于纯文学作品更有社会的意义,因为它除了文学的趣味之外,还能给予读者以实感和智识。……若是有一部分作家,放弃了向诗歌、小说、剧本这些狭窄的纯文学路上去钻研,而利用他们的文学天才,去研究一些别的学问,写出一本书来,既可达到他的文学表现之欲望,又可使读者获得文学趣味

---

① (郑)朝宗:《载道与言志》,《清华周刊》1936 年第 44 卷第 4 期。
② 转引自馨艺《文以载道的新旧解说及其他》,《务实》1937 年第 1 卷第 3 期。
③ 周扬:《我们需要新的美学》,《认识月刊》1937 年第 1 卷第 1 期;方极盦《文学上的新启蒙运动:新美学的建立》,《金箭》1937 年第 1 卷第 2 期;郭沫若:《斥反动文艺》,《大众文艺丛刊》1948 年第 1 期;蔡仪:《论朱光潜》,《民讯》1948 年第 3 期。
④ 俞平伯:《新文学写作的一些问题》,《华北文艺》1949 年第 5 期。
⑤ 沈昌:《寄友论国文当注重应用文字书》,《江苏省立第四中学校校友会杂志》1918 年第 3 期。

以外的享受,岂不是更有益处的事吗?①

二人所论甚是。只要看一看今天的实用文体之枯槁拙劣,就可以理解他所言并非无的放矢。中国古代,无论实用文体还是非实用文体,都讲究文体规范,注重可读性和感染力,骈体重辞采,散体讲义法,都将"文"当作一种"技进乎道"来考究。今天可能只有从事纯文学创作和研究的人还重视辞章,而社会上一般人多已放弃对辞章之美的讲究了。

第二,"纯文学"的精粹,并没有为现代文论所吸收,"纯文学"在中国现代文学史上并没有绽放出绚丽的花朵。正如前面分析的那样,中国现代文论史上的"纯文学"有三方面意义,一是辞采华美,二是抒情性,三是审美超功利。前面两点往往被视为"纯文学"的要义,而最重要的一点,即审美超功利,却被有意无意地忽略了。关于"纯文学"的意义,王国维释为"追求人类永恒的福祉",周作人说是"发扬神思,趣人生以进于高尚",朱光潜提出美术"帮助我们超脱现实而求安慰于理想境界",而这依然是遥不可及的奢望。现在大多数人理解的"纯文学",无非是辞采华丽一点,着力在抒写个人情感甚至是男女之情,这在王国维看来是"导欲增悲"的"眩惑",而非纯文学。如果说在 20 世纪乱世里,没有纯文学的生存土壤,那么在国家社会安宁的今天,是不是更应该倡导真正意义上的"纯文学"呢?

第三,"文以载道"论被多重扭曲。传统的"文以载道"论,在"五四"时期遭到质疑和否定,三四十年代后被重新确立,似乎是古今一贯的命题,但实际上这个命题被多重扭曲了:(1) 这个"文",在古代是指文章,且多指实用性的文章;在现代被置换为"文学",甚至特指"纯文学",要"纯文学"去担负起古代"杂文学"的载道责任,这不是扭曲吗? 古代的诗歌多抒写个人情志,小说戏曲有的具有明确的教化用意,有的只是作者泄愤、娱情之作,如果通通迫使它们肩负"载道"的责任,那真是文艺的灾难!(2) 这个"道",在古代文论家眼里范围是很广泛的:韩愈的"道"既有强烈的道统意识,也具有切实的生活内容,如《马说》《师说》谈的是用人之道、为师之道;柳宗元倡言"文以明道",现实性更为鲜明,《种树郭橐驼传》从种树谈到为官之道。欧阳修论道,须"修之于身,施之于事"②;"中于时病,而不为空言"③。苏轼提倡"言必中当世之过",如疗饥之五谷、伐病之药石。但是现代文论中,"道"的内涵被狭隘化,往往成为特定时期政治理论的宣传,文学赤裸裸地为政治主张、思想宣传服务。这在特定时期(比如抗战时期)还有一定的合理性,但绝不是一个周全的、普遍的原则。(3)"文以载道"是宋代理学家周敦颐提出来的,古文家用得更多的是"文以明道",文以"载道"是一种文学工具论,文学是不独立的;文以"明道"则不同,文是本体性的,首先是作文,在作文中彰显某种道理。"五四"时期为了打倒封建文化,对"文以载道"加以抨击。三四十年代又重新确立"文以载道"的合法性,"载道"的工具性就被融入现代文论中,支撑"革命文学"时期的宣传工具论。如周木斋就说:"因为文是一种工具,道也未始不可以载,但要看所载的道是什么。"④这种文学工具论在当时是占绝对主流的论调,后来也没有做出认真的检省,产生了一些负面的后果。重新检讨"文学"的概念,思考文学与社会的关系,还是值得重视的基础工作。

---

① 施蛰存:《杂文学》,《新中华》1937 年第 5 卷第 7 期。按,施蛰存后于《文学之贫困》(《文艺先锋》1942 年第 1 卷第 3 期)中进一步阐发了该观点。
② 欧阳修:《送徐无党南归序》,洪本健:《欧阳修诗文集校笺》,上海古籍出版社 2009 年版,第 1099 页。
③ 欧阳修:《与黄校书论文章书》,洪本健:《欧阳修诗文集校笺》,上海古籍出版社 2009 年版,第 1784 页。
④ 周木斋:《文学上的"言志"与"载道"》,《社会月报》1934 年第 1 卷第 6 期。

新旧文学的易地交锋

——以 1924 年"国故毒"论战为中心*

山东大学　朱家英

引言

1919 年,新文化运动的中枢人物胡适提出了"整理国故"的主张,对中国传统文化的辩证认识在社会上迅速风行。尽管胡适再三强调整理国故只是用批判的眼光来对其分类,以发掘其中有利于当前文化进步的一面,但在新文化运动如火如荼之际转向对旧文化的研究,即使与胡适站在同一阵营中的新派人物之间也引起了强烈的反对声音。而在另一方面,整理国故运动的推行与素来主张保存国粹的旧派文人的思想不谋而合,尽管出发点和最终目标均不相同,但在以传统文化为研究对象这一层面却取得了某种程度的会通,因而借着运动的风潮,对于国故的学习与研究也开始大行其道。随着风潮的蔓延,普通中学教育方面也有了注重国故的主张,而这自然引起了新派文人的强烈反弹。1924 年,围绕着上海澄衷中学国文会考形式的问题展开的大论战便是在这样的背景下发生的。

一、"国故毒"论战之起因

该事件的起因是 1923 年冬末上海澄衷中学甲商部国文会考,故有必要先了解其会考情况。按该校称甲商部按年级高低分为甲乙丙三组,"命题阅卷,均敦请校外宿儒蒋观云、杜亚泉、章景丞三先生分组担任",并预先指定《汉书·艺文志》、张香涛(注:即张之洞)《书目答问》为甲组参考书,《读史论略》为乙组参考书,《廿四史约编》为丙组参考书①。现举其甲组考题:

　　(一)问国学载籍,分经史子集四部,所以提纲领而纳条流,便学者也。能言其分合之义欤?何谓群经?何谓诸子?史有编年、正史之别,集有总集、别集之分,各部之分类,以网群书,能言其条理欤?孔子为经,诸子为子,其故何在?诸子中亦有称为经者,

---

＊ 本论文为国家社科基金重大项目"民国话体文学批评文献整理与研究(15ZDB079)"、第 61 批博士后面上资助项目"民国旧体诗社的地理分布(2017M611433)"的阶段性成果。

① 葛锡祺:《"国故毒"问题之论战》编辑者言,《澄衷同学会季刊》1924 年第 6 期,第 4 页。

能言其异同高下欤？中国学术，莫盛于周季，诸子皆其时作者，后亦有作者，可列于诸子者欤？各就所知，择一条以答，或并全题答之。

（二）问国学于诗文字三者皆以美术之道行之，此可夸尚于全地球者，创之者赖先人，继之者赖后人。以文字论，经之道高而文亦最工，道与艺若相符焉；诸子道各名家，文亦特异，诸子之文，能言其派别欤？由周秦降而西汉，其文之精，实远不逮焉。西汉之博大丰伟，后世文又不逮焉。时代之差，若此其甚。西汉文之著者，能言其流派欤？降而唐宋，文不逮古，其著者诸家能言其得失欤？亦择一或全体答之。

（三）问《汉书·艺文志》所载诸书，今之亡者多矣，能举今之所有者而数之欤？今虽有之，或同其名异其实，或出后世伪作者亦有之欤？《艺文志》谓太史试学童，能讽书九千字以上，又以六体试之，此汉时教小学识字考试之法也。夫读书必先识字，今之识字益寡，匪独不及九千，或不及九百焉。然则考试识字之古法，亦可行于今欤？五言始西汉，今如李陵、苏武、枚乘诸诗，不一采入何欤？外此如四皓紫芝未采入诸诗，能举之欤？高祖歌诗二首，能举其为何诗欤？阴阳形法医占数术，《艺文志》所载汉代之书多矣，殆皆不传，后世术以益卑，不知今犹有得汉人之传者欤？择其能言者答之。

作文题：读《后汉书·桥玄传》论劫质事。①

此份试题刊出后，《学生杂志》编辑杨贤江遂以《国故毒》为名进行评论，谓"稍有常识的教育者，决不会采用像上面那样的方法来考试中学生罢，……稍有常识的国文教师，决不致对于中学生举行这种国文会考，算是提倡了国学"。并指出"这种考试，乃是国文教育上的'复辟'行为，凡不甘受束缚的教育的青年学生，应该对于这种行为，竖起反叛之旗，大喊一声革命"②。

杨贤江颇具鼓动性的言论引起了澄衷中学校长曹慕管的不满，遂致书杨贤江责问，并列出四条辩驳意见：一、学习国故，不等于就是文化复辟；二、注重国文为秉承校主叶澄衷之遗意，为一贯主张，非自今日始；三、若以学习国故为复辟，则以教授小说为革命的行为同样无益青年身心；四、注重国文为有助于青年升入大学起见③。以此表示澄衷国文会考的合理性。同时，曹氏又给《学生杂志》的主办单位商务印书馆负责人张元济与王云五致函，言其"鉴于外来投考学子国文程度逐渐退化，爰仿运动演讲竞赛惯例，举办国文会考"。对于杨贤江的批判则不仅指为有辱名誉人格，甚且为"好以鼓动风潮为能事"④，直指杨贤江意在掀起学潮。

对于曹慕管的责难，商务印书馆的官方意见较为缓和，如其负责人张元济与王云五回复曹慕管函称杨贤江对于澄衷学校国文会考的评论，"纯系个人意见"，以示"至深抱歉"⑤。而《学生杂志》也于次期刊登"主任道歉"，承认澄衷学校国文会考"亦自有其主旨，非一味复古、漫无目的者"⑥。对于商务印书馆及《学生杂志》而言，显系不愿开罪曹慕管及澄衷学校，故而采取了双方都能接受的方式来调停，用客套式的道歉将矛盾化解，与人满意，于己无损，似乎

① 《本校中学甲商部甲组国文会考试题》，《澄衷同学会季刊》，1924 年第 6 期，第 4 页。
② 杨贤江《国故毒》，《学生杂志》1924 年第十一卷第 2 期。
③ 《曹慕管致本社社员杨贤江函》，《学生杂志》1924 年第十一卷第 3 期。
④ 《致张菊生、王岫庐二先生书》，《澄衷同学会季刊》1924 年第 6 期，第 92 页。
⑤ 《致张菊生、王岫庐二先生书》，《澄衷同学会季刊》1924 年第 6 期，第 93 页。
⑥ 《曹慕管致本社社员杨贤江函》编后语，《学生杂志》1924 年第十一卷第 3 期。

即可将冲突消弭。然而事情的发展却并不如其所料,杨贤江给曹慕管的复信中对曹氏来函逐条批驳,并指出:"中学所欲造就的,是健全国民,绝不是'专门人才'。一个健全国民,不会用本国语文发表思想,不能懂得本国国情及世界大势,这是不应该的。但一个健全国民,不读张香涛《书目答问》,不读《汉书艺文志》,这是可以的"①。并就澄衷学校国文会考提出了核心的问题,即中学生是否有研究国故知识的能力和需要? 由于二人系以公开信的方式各抒己见,其影响所及,吸引了众多人加入战团,一时间形成了讨论"国故毒"问题的热潮,如周作人、陈望道、邵力子、刘大白、曹聚仁、沈雁冰、项远村、鲁继曾、袁敦甫等人皆参与了讨论,而所涉及的问题也由澄衷中学国文会考上升到新旧文学与中学教育的关系的层面,其探讨也就具有了普遍性的意义。

二、论战的背景及实质

澄衷学校国文会考事件之所以能在短时间之内形成讨论的热潮,究其缘由,实在于当时的历史环境——即正当"整理国故"运动展开之时。在此之前的 1919 年,曾经的新文化运动领袖人物之一胡适提出"整理国故"的口号,其宗旨在"研究问题,输入学理,整理国故,再造文明"②,具体言之,就是用历史的概念、疑古的态度,进行系统的研究,对国故进行整理③,究其实质在于对传统文化作批判性的研究,而最终的指向仍为"再造文明",即为创造新的文明形态服务,而这个新的文明很显然是参照外来学理建设的,故而胡适认为整理国故与新文化运动乃是并行不悖的。胡适的观点得到了相当多的支持,如顾颉刚认为"整理国故固是新文学运动中应有的事"④,郑振铎"主张在新文学运动的热潮里应有整理国故的一种举动"⑤,俱为此类。然而在新旧文学的斗争处于白热化的时候,新文化运动的健将对于国故的价值认可无疑会削弱新文学运动的势头,从而对旧文学的拥护者形成某种鼓励,于是包括陈独秀、吴稚晖、钱玄同、周作人在内均对此种思想进行了批评,如陈独秀直谓"现在中国社会,思想上堆满了粪秽,急需香水来解除臭气,……可是胡适之、曹聚仁这几位先生,妙想天开,要在粪秽里寻找香水"⑥。周作人更是表示了这种思想对于旧文学反扑形成助力的担忧:"我看现在思想界的情形,推测将来的趋势,不禁使我深抱杞忧,因为据我看来,这是一个国粹主义勃兴的局面。"⑦新派文人素以言辞激烈著称,然而排除其表述中情绪化的成分,仍可反映出一种事实,即这一时期研究国学的力量确实有所回潮。1920 年,作为新文化运动发源地的北京大学创设了"国学门",又于 1923 年改《北京大学月刊》为《国学季刊》,以倡导国学研究。此类举动固然不出胡适以新律旧的整理思路,但风潮蔓延之下,形势的发展超出了胡适等人

① 杨贤江:《杨贤江答复澄衷中学校长曹慕管信——讨论国故》,《时事新报》1924 年 3 月 25 日。
② 胡适:《新思潮的意义》,《新青年》1919 年第七卷第 1 期。
③ 胡适:《研究国故的方法》,《东方杂志》1924 年第十八卷第 16 期。
④ 顾颉刚:《我们对于国故应取的态度》,《小说月报》1923 年第 1 号。
⑤ 郑振铎:《新文学之建设与国故之新研究》,《小说月报》1923 年第 1 号。
⑥ 陈独秀:《国学》,《前锋》1923 年 7 月 1 日。
⑦ 仲密(周作人):《思想界的倾向》,《晨报副刊》1922 年 4 月 23 日。

的预设,在社会上迅速朝着维护国粹,发扬旧学的方向转去。1922年,《学衡》杂志创刊,主张"论究学术,阐求真理,昌明国粹,融化新知"。其"以切实之工夫,为精确之研究,然后整理而条析之,明其源流,著其旨要"的研究态度与声称以"科学方法"研究国故的胡适等人并无大的差异,但其目的为"以见吾文化,有可与日月争光之价值"①,则与胡适等人欲借新学理之输入以再造文明者大相径庭。且对于胡适等人津津乐道的"科学方法"也提出了质疑,梅光迪在《评今人提倡学术之方法》一文中指出:"彼等又好推翻成案,主持异义,以期出奇制胜。且谓不通西学者,不足与言'整理旧学',又谓整理旧学须用'科学方法',其意盖欲吓倒多数不谙西洋文、未入西洋大学之旧学家,而彼等乃独怀为学秘术,为他人所不知,可以大出风头,即有疏漏,亦无人敢与之争。"②有鉴于此,1923年顾实起草《东南大学国学院整理国学计划书》即提出"以国故理董国故"的主张,其意谓"以国故理董国故者,明澈过去之中国人为古装华服,或血统纯粹之中国人者也;而以科学理董国故者,造成现在及未来之中国人为变服西装,或华洋合婚之中国人也。"③也就是以传统学术方法整理研究国故,发明其价值,坚持民族文化本位的意义,与以西学为标准来阐释、剖析国故的路数迥异。正由于此,东南大学隐然成为维护传统文化的大本营。于是在曹慕管对杨贤江的答辩函中即以东南大学招生倾向为借口:

> 东大号称东南学府,……君亦知其历年招生所考何事耶?……奖励升学,当务之急,今以这种考试,考试中学生,尚复自愧难以使全体之毕业生得以升学于东大,而君奈何加以复辟之罪名耶?④

东南大学在民国时期与北京大学南北鼎峙,又因该校素重传统文学,这对于以进入该校为主要升学途径的澄衷中学不可能不造成影响。为验证曹慕管之言,今考察东南大学当年即民国十三年(1924)的国文入学试题,其题型分为四类,一为国文常识,二为改错,三为句读并阐释大意,四为作文。以第一题为例,内分填空二十题,举其中数则:

1. 汉( )常除挟书之律,( )帝开献书之路,置写书之官。
2. 刘歆校理秘书,总括群书,撮其指要,著为( )。
6. 七言诗起于汉武帝与群臣倡和之( )。
7. 今世所存韵书以( )为最古。
11.《管子》在《汉书·艺文志》中属( )家,《尹文子》属( )家。
15.( )为训诂专书之祖,其后扬雄有( ),刘熙有( ),张楫有( )。
16.《说文》倒子为( ),倒予为( )。
20. 姚鼐《古文辞类纂》分文体为( )类,曾国藩《经史百家杂钞》分( )类。⑤

可以说举凡文学、史学、目录学、音韵训诂之学皆纳入考察范围,以如此考题招录学生,应试者自不免于此多作准备,无怪刘大白在署名"汉胄"的《该死的东南大学国文试题》一文中称:

---

① 《学衡杂志简章》,《学衡》1922年第1期。
② 梅光迪:《评今人提倡学术之方法》,《学衡》1922年第2期。
③ 顾实:《东南大学国学院整理国学计划书》,《国学丛刊》1923年第一卷第4期。
④ 《曹慕管致本社社员杨贤江函》,《学生杂志》1924年第十一卷第3期。
⑤ 《国立东南大学国文试题》,《全国专门以上学校投考指南》1925年第3期,第93页。

"如果讲预备的话,那更非泛览或熟读这类旧书至少一二百部不可。……所以要预备到能中他底式,简直非做一个'于书无所不窥'的博学鸿儒不可。"①这也反证了曹慕管所言不虚。以此考题对照澄衷学校国文会考试题,则两者之联系自不难发见。事实上又何止于东南大学及以其为直升对象的澄衷学校②,在整理国故的风潮感召下,对国故抱有好感的青年亦不乏其人,就连胡适也感慨道:"这四五年来,我不知收到多少青年朋友询问'治国学有何门径'的信。"③对国故感兴趣的青年愈多,新文化运动之群众基础也就会随之削弱,而这正是新派文人所最不愿看到的,故而新文化运动的健将们对于青年研究国故的现象极力抨击,如鲁迅所称青年"要少——或者竟不——看中国书"④,"以养成适应时代之思想为第一谊"⑤之语,亦可谓有感而发了。

处在这样的时代背景下,至少在舆论的层面,发扬国粹与汲取新知逐渐走向了对立面,势若不能共存。而澄衷中学的国文会考适逢其会,成为矛盾突破口之一也就不足为奇了。而进一步考察事件的肇事者杨贤江与曹慕管,遂皆受过西式的教育并有留洋经历,但一为激进文人的先锋,一为素重国学的代表,皆为其阵营坚定的支持者,若杨贤江倡导学生在文化运动中应担起责任,而这种文化运动之一就是普及文化的传播,有助于白话文的普及⑥。而曹慕管则视其举行的国文会考为"鼓励学生用功之极好方法"⑦。且对杨贤江这样的新式文人不无微辞,即在学校演讲时数次称其为"蛊惑青年的朋友"⑧。因此当杨贤江看到澄衷学校国文会考的内容而发起批评,曹慕管自然会愤而反击,双方之冲突实各自代表了不同的文化趋向。这次笔战只是新文化运动展开过程中与保守势力的众多交锋之一,但考虑到其关注的问题反映了时代的思想风潮,而在具体事件上亦为中学教育与国故运动关系的探讨,因而仍不失其典型意义。而众多人物的参与论战也从侧面说明,对学界热点问题的辩诤是及时而且必要的。

三、论战的内容及理论意义

以曹慕管与杨贤江为中心的"国故毒"大论战可被看作 20 世纪 20 年代国故运动论争的组成部分,但由于论争围绕着具体事件展开,在某种程度上也就更具实践意义。结合双方论战过程,可将其讨论的内容主要分为三个方面,即国故在今日有无整理之价值、如何整理国故、中学生应否研究国故。前两个问题可以说是第三个问题的基础,在国故有无整理之价值以及如何整理等问题上,附曹诸人自然没有什么异议,即使是新派文人也大多承认国故自有

① 汉胄(刘大白):《该死的东南大学国学试题》,《民国日报·觉悟》1924 年第四卷第 23 期。
② 沈作乾:《曹先生怎么提倡国故》一文中称"澄衷每期毕业生上进的人数总在三分之二以上,而东大又因种种关系,投考者更形踊跃,……自不能不与以相当之预备。"可知澄衷学校毕业生投考的主要方向即为东南大学(见《时事新报》"学灯"栏,1924 年 4 月 10 日)。
③ 胡适:《一个最低限度的国学书目》,《努力周报》"读书杂志"栏,1923 年 3 月 4 日。
④ 鲁迅:《青年必读书》,《京报副刊》1925 年 5 月 21 日。
⑤ 鲁迅:《致许寿裳》,《鲁迅书信集》上卷,人民文学出版社 1976 年版,第 20 页。
⑥ 杨贤江:《学生与文化运动》,《学生杂志》1920 年第 7 卷第 4 期。
⑦ 《申报》1923 年 11 月 15 日第五张"学务丛载"。
⑧ 陈楚材:《一个受国故教育者的自述》,《时事新报》"学灯"栏,1923 年 3 月 28 日。

其价值,未可遽然否定。如署名 H 的《策问式的国故》认为"国故的整理,自有他本身的时代性"①。对于研究的方法,如曹聚仁《为国故呼冤》所谓"若是真要研究国故,那便非改换研究的态度和方法不可,……新文化最大的成功,是在供给青年们以研究学问的新态度和方法,国故底新运命,也全在新态度和新方法上"。其所谓的新方法,即"首先要经过整理的手续,……以类分家,各部分自成系统地连缀起来,……再用精明的眼光来观察来讨论,各自发展各自的途径"②。其所主张的仍为"科学"的方法。然而事实上澄衷学校对于国故的注重,也未始不讲究科学的方法,如其邀请胡朴安专门就《研究国学之方法》进行演讲,也是首提"分类",然后逐类开辟门径③,可以说与胡适、曹聚仁等人的科学方法在具体内容上或有差异,但在操作层面并无二致。故而双方争论之焦点实在第三个问题,即中学生与国故的关系应当怎样?

杨贤江在这方面的态度是决绝的反对,即"已根本否认这种国文会考的试题是二十世纪的二十年代的中国中学生所需要的",其理由是"中学所欲造就的,是健全国民,绝不是'专门人材',一个健全国民,不会用本国语文发表思想,不能懂得本国国情及世界大势,这是不应该的;但一个健全国民,不读张香涛《书目答问》,不读《汉书艺文志》,这是可以的"④。在其对中学教育内容的认识上,国故是没有容身之地的。与其同一阵营之人的表述仅在情感强烈程度上有所区分,但观点均属一致,如孙祖基在《国文与国故》分析了国文与国故的区别,"提倡国故与注重国文完全是两事,国故非人人有天才及兴趣去昌明他的,国文却人人须学习。"因而"研究国故绝不是中学教育的目的"⑤,自然也就"不是责人人以必然的事业"⑥。邵力子也同样认为"在中等学校里面提倡国故,却有可商的余地"⑦,即都认为中学生的教育目的是在生活技能的养成,国故之学并非所急。

然而在赞同者的眼中,为中学生打下研究国故的基础,或使其有国学入门的知识与求取科学新知乃是并行不悖的,澄衷学校国文会考,"其所命题,确为研究故籍之门径,非高深艰奥不可解者,更非陈俗迂腐不可治者"⑧。项远村认为"中学教育为养成专门人材之始基……专门人材不仅指文科……但既为中国人,则其最浅限度,亦应略知国学之流别……专治文科固宜具此初基,即谋社会生活者,亦不可无此常识",并指出:"会考之名目虽旧,而其用意为新的;试题之字句虽旧,而其组织为新的……现在中学生正须此项精神,安得谓为不适用?"⑨即使新派文人所谓中学为养成健全国民的说法,钱振声也认为"国故在中等教育上,当然有相当注重的必要"⑩。

较之双方的观点,以杨贤江为代表的新派文人以奠定中学生未来生活之技能起见,故须注重科学与白话文,以曹慕管为首的保守文人以完善中学生国民素养出发,须学习国故入门

①⑥　H:《策问式的国故》,《文学旬刊》1924 年 3 月 24 日。
②　曹聚仁:《为国故呼冤》,《民国日报》"觉悟"栏,1924 年 3 月 26 日。
③　胡朴安口讲,陈楚材笔述:《研究国学之方法(在澄衷学校演讲)》,《国学周刊》1923 年第 6 期。
④　杨贤江:《杨贤江答复澄衷中学校长曹慕管信——讨论国故》,《时事新报》1924 年 3 月 25 日。
⑤　孙祖基:《国文与国故》,《时事新报》"学灯"栏,1924 年 3 月 29 日。
⑦　邵力子:《答当归先生书》,《民国日报》"觉悟"栏,1924 年 3 月 30 日。
⑧　一声:《"国故毒"评论之我见》,《时事新报》"学灯"栏,1924 年 3 月 26 日。
⑨　项远村:《致张东荪先生书》,《澄衷同学会季刊》1924 年第 6 期,第 25 页。
⑩　钱振声:《我对于中等教育上的国故观》,《时事新报》"学灯"栏,1924 年 4 月 1 日。

知识及文言文,因出发点的不同故而论点各异。然而细究起来,这种分歧却又并非截然对立,因为完善国民素养与锻炼生活技能不是非此即彼的单选题,实是可以兼备的。只是在当时新旧文化冲突的背景下,双方各执一端以立论,即难免有失偏颇。尤其是新派文人,目学习国故为"思想复辟"①,将提倡国故与发扬科学完全对立起来,见到保守派"我国国学,一挫于科学教育之盛行,再挫于欧化新潮之输入"之语,便无视文中"并未承认科学教育和欧化思潮是国学的冤家,而国学之所以衰挫,实在是因为一般人盲从骛新,忘却了'国学之可贵'的缘故了"②的解释,随之愤然地论称"在二十世纪二十年代的中国,还讨论应该提倡国学抑或提倡科学,真有点像在通都大邑讨论女人们应该缠足或天足的样子"③。言下之意中学里提倡国故即为彻底否定科学,二者非黑即白,这种强烈的情绪表达是不能不说有些过激而显得"太趋于极端"④。

与中学生应否学习国故的问题相联系,双方之论争也牵涉到了文言与白话,古典小说与中学教育的问题。针对陈望道《"老马"与"复辟"》一文对曹慕管回复杨贤江的信所采用的文言句式在修辞方面的指摘,陈晓钟连作《评评新文学家的作品》《与陈望道先生书》二文,指出这是"目中太看轻了文言,同时又太看重白话底原故"认为其"迷信白话万能,因之便无论什么文学,都要拿什么科学方法的语体文化的修词学去藩篱它了"⑤。这样的批评也未始没有道理。曹慕管个人也承认澄衷学校教学偏重文言文,考虑到 1920 年教育部通令改国文为国语系专指小学而言,则中学教授究竟选择文言还是白话实有充分的自由。但曹慕管在辩论中因为坚持文言的正统性,却连带鄙弃白话小说,针对杨贤江指责其国文会考为"复辟"的言论反驳称:

> 君以此种考试为国文教育上的复辟行为,当然以庸妄人之教授性欲小说《金瓶梅》《红楼梦》(大观园只有一对石狮子是清白的,故云)、盗贼小说《水浒》、科举小说《儒林外史》为革命行为,而为贵报之所主张者,但僕对于此种革命行为,是否有益青年之身心,不能无疑。⑥

从这番话可以看出,曹慕管对当时以小说为中学国文教材这一现象素有不满,遂借反击杨贤江言论而说出,此种无端发论尽管有游离于辩论主旨之外的嫌疑,但却引起了相当的反应,沈雁冰随即撰文驳斥,并指出"凡读一本小说,是欣赏这本小说的艺术,并不是把他当作伦理教科书读,所以即使《红楼梦》等书是性欲的,盗贼的,科举的,但若只把他们当作文艺读,不当作伦理教科书读,就丝毫没有不合理的地方"⑦。曹氏亦撰文辩解,然仍论断"《红楼梦》《水浒》《儒林外史》等绝对不适用为中学国文教材"⑧。双方往复辩难,相持不下。

---

① 曹聚仁:《为"国故"呼冤》,《民国日报》"觉悟"栏,1924 年 3 月 26 日。
② 岷人:《为误解澄衷学校每日新闻满三百号纪念刊上面底"研究国学之关键"者进一解》,《澄衷同学会季刊》1924 年第 6 期,第 22 页。
③ 桐英:《再论"能见其大"之国学》,《时报》1924 年 4 月 10 日。
④ 文丐:《欢喜争论者听诸》,《时事新报》"学灯"栏,1924 年 4 月 17 日。
⑤ 陈晓钟:《与陈望道先生书》,《民国日报》"觉悟"栏,1924 年 4 月 8 日。
⑥ 《曹慕管致本社社员杨贤江函》,《学生杂志》1924 年第十一卷第 3 期。
⑦ 沈雁冰:《红楼梦水浒儒林外史的奇辱》,《文学旬刊》1924 年 4 月 7 日。
⑧ 曹慕管:《答沈雁冰君并略论国文教材选择问题》,《智识旬报》1924 年 4 月 16 日。

围绕这些问题,如果双方均能"排除成见,作澈底之研究;捐弃意气,为学问之磋商"①,则理论研究之深入自不待言。然而事态的发展却并未朝着理性探讨的道路上去,而是逐步超出了探讨问题的范围,陷入了"题外底发挥",如对曹慕管文章文言句式的调侃②,"老马"譬喻的揶揄③,皆被视为"大施攻击"④的言辞。即或不如项远村所谓"务肆辱骂,好寻枝节,而于'国故毒'三字,澄衷会考当否无一语之道及"⑤那么严重,也是"始而辨难,继而意气"⑥,当陷入意气之争后,理性的言论便不多见。毋庸讳言,新派文人在言辞激烈方面起到的负面作用更多。尽管也有数篇折衷论调的文章意在采择两端而调和纷争,但远不如直截交战的文章影响大。以致多次刊发相关论战文章的《时事新报》"学灯"栏也不胜其烦,不得已宣告"除了笑骂的话能花样翻新以外,说理的论点依然是人云亦云……希望诸公不要再以此类文字见赐"⑦。

余　论

有关这一场所谓"国故毒"的笔战,将其放置在新旧文化交锋的时代背景下来看,具有典型性的意义,它无疑提供了国故运动影响下新旧文学斗争的一个缩影,而其辩难的内容除了核心的中学生与国故的关系的问题之外,还涉及了文言与白话的争论、小说在教育方面的影响等问题⑧,都是当时文化界影响巨大的论题,是思想界的交锋在教育领域的显现。然而由于双方论战中夹杂了过多情绪化的表达,因为未能将中学教育与国故的关系这样一个极有探讨价值的论题引导至理性深入的路上,最终在交哄之中落下帷幕,除了曹慕管以及澄衷学校的国文会考时不时被当作思想复辟派对新文学的反扑来"示众"外⑨,没有能够产生更多的积极的作用,不能不说是十分遗憾的。然而如果将其放置在中国传统文化近代化进程中来看,这场发扬国粹与汲取新知的论战又颇具历史的借鉴价值,为当前及今后如何做到兼容并蓄、融合古今提供了思想上的启迪。

---

① 鲁继曾:《关于讨论国文教法的话》,《澄衷同学会季刊》1924年第6期,第70页。
② 汉胄(刘大白):《答曹慕管先生书》,《民国日报》"觉悟"栏,1924年3月31日。
③ 陈望道:《"老马"与"复辟"》,《民国日报》"觉悟"栏,1924年3月23日。
④ 陈晓钟:《与陈望道先生书》,《民国日报》"觉悟"栏,1924年4月8日。
⑤ 项远村:《致张东荪先生书》,《澄衷同学会季刊》1924年第6期,第25页。
⑥ 文丐:《欢喜争论者听诸》,《时事新报》"学灯"栏,1924年4月17日。
⑦ 学灯编辑者:《国故国文的讨论文要停止了》,《时事新报》"学灯"栏,1924年4月11日。
⑧ 邵力子:《答当归先生书》,《民国日报》"觉悟"栏,1924年3月30日。
⑨ 杨贤江在《今年的"五四"和第三期复古运动》一文中将曹慕管及澄衷学校国文会考列为本年九大"乌烟瘴气"的反动现象之一(见《民国日报》"觉悟"栏,1924年5月5日)。

近代上海游戏场小报的话体文学批评

——以《先施乐园日报》[①]为例

苏州大学　付　优

近年来,民国旧体文学与文学批评的价值逐渐为学术界所重估,进而推动民国旧体文学文献、旧体文学理论批评、旧体文学期刊杂志和社团刊物等多个研究场域[②]从"边缘"走向"中心"。其中,民国话体文学批评以其数量庞大、种类繁杂、影响深远等特点尤为研究者所看重。然而目前学界对民国话体文学批评的关注大多还集中于概况介绍、文献整理、书目提要和个案研究,较少关注到近代报刊媒介与话体文学批评发展的关系。在该领域已有的硕博论文和专著中,研究者的视线往往集中于《申报》《大公报》等出版周期长、发行体量大的名报,或《词学季刊》《同声月刊》《戏剧月刊》《剧学丛刊》等文艺专刊,亦或《字林沪报》副刊《消闲报》和《民国日报》文艺副刊等大报副刊,很大程度上忽视了曾经活跃于二十世纪初城市文化公共空间中的海量小报,不利于全面观照近代文学文体的转变、批评话语的竞合及媒体生态的发展。

民国时期,上海曾发行小报千种以上[③]。在五花八门、旋生旋灭的小报中,游戏场小报处于非常特殊的地位,其兴起与繁荣与上海近代娱乐产业的更替密切相关。二十世纪初,随着新舞台逐步取代晚清的老式茶室戏园,一批上海资本家和华裔巨贾率先在租界繁华地段新建了新世界、大世界等具有摩登都市特性的大型游乐商场。为扩大社会影响,探索娱乐行业与大众媒体的和声,各大游乐场争相聘请孙玉声、刘山农、刘沧遗、周瘦鹃等沪上文坛名士、报界闻人开办小报,以新媒介形式打造游戏场专属的"说明书""节目单"和"广告牌"。周瘦鹃为先施公司主编的《先施乐园日报》(英文名 THE EDEN,以下简称《先施》)就颇具代表

---

①　本文所据之《先施乐园日报》,为孟兆臣主编《中国近代各地小报汇刊》第贰辑第 31 册至第 58 册影印本,学苑出版社 2011 年版。

②　曹辛华曾倡议编撰"民国旧体文学大系",并将其内容表述为五个部分,即"民国时期出现的各种旧体文学样式的作品,及相应理论、批评、研究;民国旧体文学史料、目录文献;民国旧体文学与新文学论争、比较;民国域外的旧体文学创作;旧体翻译文学、文献等"。在《民国旧体文学研究》(集刊)的创刊辞中,他则将民国旧体文学研究的范畴重新概括为七个板块,即民国旧体文学文体、民国旧体文学学术、民国旧体文学与文化、民国域外汉学与旧体文学、民国文献电子资源、民国以来旧体诗词曲赋创作、学术资讯与研究动态。以上两说大致覆盖了近年来民国旧体文学研究领域的热点和成果。参曹辛华:《论民国旧体文学大系的编纂与意义》,《江西师范大学学报(哲学社会科学版)》2016 年第 5 期,第 67 页;曹辛华《民国旧体文学研究·创刊辞》,《民国旧体文学研究》(第一辑),国家图书馆出版社 2016 年 7 月,第 3—4 页。

③　据祝均宙统计,从 1897 游李伯元创办《游戏报》起,到 1952 年《亦报》《大报》并入《新民晚报》为止,上海曾出版小报 1266 种。参祝均宙:《图鉴百年文献:晚清民国年间小报源流特点探究》,华艺学术出版社 2013 年版,第 4 页。秦绍德也认为,民国上海小报的数量超过千种。参秦绍德:《上海近代报刊史论》(增订版),复旦大学出版社 2014 年版,第 129 页。

性。该报为四开四版的日刊,除诸种小说、译作、诗词、剧本、游记、竹枝词等文艺外,还登载了大量话体批评著作,为研究近代话体文学批评转变的历史语境与路径保留了原生态的珍贵资料。据笔者统计,自 1918 年 8 月 19 日创刊至 1927 年 5 月 18 日终刊的约九年时间中,《先施》共连载诗话 82 种、剧话 40 种、联话 31 种、词话 7 种、谜话 3 种、文话 3 种、小说话 3 种、电影话 1 种,各类话体文章至少 409 篇,涉及作者 123 人以上。虽然游戏场小报处于小报这种"都市边缘型媒体"之中的"边缘"地位,在历史潮流中的影响不可能与多声复义的主流媒体相抗颉,然而它们毕竟是再现特定时空下都市居民娱乐趣味、文学取向、批评准绳的重要窗口。有鉴于此,重新审视以《先施》为代表的游戏场小报,立足文本、媒体与场所的跨文化流动,尝试还原话体这一传统文学批评形式在新时代、新价值、新媒体裹挟中的复旧与革新,便成为本文关注的重心。

一、实践娱乐:报载话体文学批评的内容和趣味

1897 年,李伯元在沪创立第一份小报《游戏报》,提出消闲刊物"或托诸寓言,或设诸讽咏"[1],隐寓"觉世"大旨。其后,"游戏"理念的内涵在晚清民初的思想家和文艺家笔下几经变换,始终受到文艺期刊爱好群体的拥簇。二十世纪初,上海游戏场小报纷纷宣称继承了文以载道的传统,具有改造社会的功能。如 1917 年刘山农为《大世界》报撰写的发刊词就是一篇阐述方今之世"无非一游戏世界而已"[2]的雄文。骆无涯为《天韵报》题写发刊词,亦主张"乘人在消闲嬉戏之余暇,进以半庄半谐之言辞,则小报感人之深,似更较大报为著且切"[3]。《先施》表面上同样抱定"游戏之中寓褒贬之意"[4]的宗旨。周瘦鹃在发刊词中论说小报的社会作用,语殷言恳,强调"吾人果能萃其精诚血泪,悉注于斯,诙谐而不悖乎庄,言乐而不趋于淫,则主文谲谏,足药薄俗而医颓风,其裨益于家国,岂浅鲜哉"[5]。然而,在文本实践与社会行动中,当这种传统的以道德教化为旨归的娱乐理念遭遇广泛消费化的近现代知识和资讯,两者所形成的张力难免在极大程度上消解了劝惩式宣教的严肃性,最终产生劝百讽一的戏剧化效果。以《先施》所载话体文学批评为例,这些以诙谐之笔、慕香奁之风、写游戏之文的篇什,为"游客"和"读者"所呈现的,不是作为教化工具的娱乐,而是被改造为娱乐的"世界"。

（一）书写主旨游戏化

已有研究者指出,《先施》在形式上是对物质世界中实体游乐场的"模仿","这份报纸的结构和版面配置都反映出百货公司本身的结构"[6]。当读者打开报纸,信目浏览第一版、第四版的全球商品广告、中西娱乐资讯、沪上最新游艺,就如同实地徜徉于五光十色的现代乐园,

① 李伯元:《论〈游戏报〉之本意》,《李伯元全集》第 5 册,江苏古籍出版社 1997 年版,第 27 页。
② 天台山农:《〈大世界报〉发刊词》,本文引自魏绍昌主编:《中国近代文学大系·史料索引集二》,第 254 页。
③ 无涯:《发刊短言》,《天韵报》1922 年 4 月 15 日第二版。
④ 痴公:《寡闻室剧话》,《先施乐园日报》1920 年 8 月 11 日第四版。
⑤ 周瘦鹃:《发刊词》,《先施乐园日报》1918 年 8 月 19 日第二版。
⑥ 叶凯蒂:《环球乐园导览:上海游戏场小报和近代中国城市娱乐文化的创发》,连玲玲主编《万象小报:近代中国城市的文化、社会与政治》,台湾"中央研究院"近代史研究所 2013 年版,第 39 页。

自我暗示为生活优裕的城市有闲阶级,接受消费世界所规训的精神愉悦。而报纸"虚拟乐园"的另一面,即第二版、第三版文艺板块的专栏结构则仿效去中心化、散点式的"私人园林"。读者漫步其中,所见皆是"美术馆"之诗文歌曲、"博物院"之奇闻怪语、"珍玩铺"之谈丛译林、"游戏场"之谐文笑谈、"演说台"之小说剧本、"香粉店"之"艳乘花史""阅报处"之新闻谈屑、"茶话室"之剧话艺评、"杂货摊"之杂俎小品、"电话间"之通信启事,林林总总,目不暇接。无论是形式还是内容,无论是编辑还是写作,游戏场小报都忠实再现了娱乐文化的狂欢氛围,乃至其中刊载的话体篇什也充满了"游戏性"。

除了史别抱、周瘦鹃、枫隐、觉尘四人直接以"游戏"为标榜的《游戏诗话》《游戏文话》以外,"游戏"理念还贯穿于报载话体文学批评的创作背景、遴选标准和写作方式之中。从创作背景来看,许多话体文章孕育自娱乐场中的酬应交际。或出于为老友文朋主笔的报刊园地捧场添彩,如五六年不以论剧文字与世人相见的朱双云重开连载《醉云楼剧话》,缘由之一是"适老友瘦鹃主乐园报,乃复摇笔伸纸,重萌故态"[1],同样搁笔不谭剧数月的严芙孙即使为难于"沪上雅无可评之人物",却仍旧"拉杂作零话,以作谈片"[2],敷演出《黛红剧话》,半兰作《侦探小说话》更直言"此作盖亦出不得已耳"[3],这样的因缘文字显然与天虚我生父子、庄韧秋、徐枕亚等人所作的《乐园题句》《乐园日报出版颂词》《瘦鹃主任乐园日报诗以祝之》诸篇同出一轨。或本产自娱乐空间消闲游戏之中的感悟,如阿土森作《木斋剧话》,实为记录与友人调梅、周瘦鹃、孙辅仁至天蟾舞台观剧所见,马鞍山樵作《怜花馆主剧话》,亦由携友人痴公、剑锋往大舞台观看袁寒云、苏石痴、春觉生演出平湖桥工义务剧而起。

从遴选标准来看,《先施》的话体作品多从游戏作品中选评文辞优美之作,以达雅俗共赏之目的。例如史别抱评双修室主新游仙诗十二首"谐而不俗,颇耐寻味,亦游戏三昧也"[4],将其录于自己所作《游戏诗话》之开篇。《先施》主编周瘦鹃同样认为:"近人多作新游仙诗,翻新花样,的的可诵,虽非诗之正格,亦可谓游戏三味。"[5]非仅限新游仙诗,枫隐选录彭甘亭《小谟觞馆集》之新乐府,滕若渠作《冷庐非词话》选《跳浜词》,也都称其为"一时游戏之作也"[6]"游戏笔墨中之可诵者也"[7]。此处作为文章标准的"游戏"概念,多少包含了承自天虚我生的思考,"世界之独可以自由者,惟吾性情;性情之可以发达自由者,惟吾笔墨;笔墨之可以挥洒自由者,惟游戏文章"[8]。这也正是史别抱见契琴花史《野鸡叹》("静安寺前车忽忽"二首),评论二诗"虽属游戏之笔而感慨情深,想亦伤心人也"的话语背景。

从写作方式来看,《先施》报载话体文章为了增进刊物的趣味性,催生了大量"游戏场"专栏中之"游戏笔墨"。如果说姚民哀作《也是诗话》摘录友人四首独韵诗,史别抱作《也是文话》收集吹牛皮赋、讨盗橄文、搬场时文,滕若渠作《冷庐非词话》专章采录《一半儿》词作写儿

---

① 双云:《醉云楼剧话》,《先施乐园日报》1918年8月29日第三版。
② 严芙孙:《黛红剧话》,《先施乐园日报》1918年12月29日第四版。
③ 半兰:《侦探小说话》,《先施乐园日报》1925年3月26日第三版。
④ 史别抱:《游戏诗话》,《先施乐园日报》1918年12月8日第二版。
⑤ 周瘦鹃:《游戏诗话》,《先施乐园日报》1918年12月15日第三版。
⑥ 枫隐:《游戏诗话》,《先施乐园日报》1919年7月21日第三版。
⑦ 滕若渠:《冷庐非词话》,《先施乐园日报》1919年4月14日第三版。
⑧ 杜新艳:《"自由"与"游戏":民初〈申报·自由谈〉的自我表达及其旨趣》,陈平原主编《现代中国》第14辑,2011年版,第51页。

女幽情私会已是纯粹的消闲笔墨,那么西固山人《小樵诗话》则更是文人炫才逞能之作。《小樵诗话》首条云:"李颀《送陈章甫》之七古中有'心轻万事如鸿毛'之句,可将鸿字改为鸡。若问鸿呢,即用杜甫《寄韩谏议》之七古中'鸿飞冥冥日月白'以答之。"①以下十三条皆类此,不过文人酒后茶余炫耀博学多闻的游戏举动而已。然而《先施》话体批评中的"游戏文章"亦并非全是仅供一笑,其中不少作品巧妙借助"戏拟"和"仿作"的形式,将反讽的效果推至了高峰。例如,枫隐《游戏文话》作《我之合办实业简章》,托言某"病夫国"经济困难,欲与"蚀本国"合办实业,遂订立商业、工业、矿山、铁道、农业五条章程,内容却为"病夫国"出资本、出苦力、尽地利、竭民力,产出悉归"蚀本国"享受,讥刺现实之意不言自明。

(二)书写内容香艳化

在《先施》上登载话体文学批评的女性作者寥若晨星,其中能明确身份的仅有两位②。《黛影阁诗话》《黛影阁词话》的作者谢黛云女士,为宁波文人陈寥士企白之妻③;《春雨楼诗话》的作者吴门王湘君女士,为柳亚子夫人郑佩宜的表妹,后嫁予南社社员朱剑芒为妻④。绝大多数情况下,《先施》的文学批评空间为男性文人所占据,客观上奠定了媒介空间将女性作为"客体"和"他者"进行观照、窥探和批评的基础,推动了话体文章书写内容的香艳化⑤。整体来看,话体批评内容上的香艳化倾向体现在下列三个方面:

收集有关闺秀文艺生活或作品的记录。以程瞻庐(观钦)民国七年十月至民国八年六月在《先施》连载的《望云居诗话》为例,全文分 33 篇,摘录了武林张素馨女士、吴玉川妻小琬夫人(庞蕙)、维扬女子阮芝孚、武进赵纯碧女士、丹徒李掌珠女士、钱塘女子赵氏、洪溪藕香女史、吴学素尤澹仙二女士、宾州女子陆小姑、笠翁之女李淑昭、某佚名女士、吴门庄德芬女士、粤女徐叶英、长沙女子王素音、上虞朱素贞女士、松陵姚栖霞女士、南昌张素娉女士、武昌萧莲杉女士、铅山钱畹香女士、苏州孙女士、孝义薛女士、新建张玉仪女士、邵阳谢绮文女士等二十四人的多首诗词作品,占据其诗话大半壁江山。与之相似的还有史别抱《醉月楼诗话》、均《名闺诗话》、柳隐《眠琴馆诗话》、周积余《梅园诗话》、冠南《潜盦诗话》、浣花主人《挹翠轩诗话》等篇目。它们的共同之处在于大量收录前代才女、名媛、思妇的诗词作品,选诗标准倾向闺情、感怀与寄外等传统题材,其目的盖不出乎王均卿所谓"表扬懿行、保存国学、网罗异闻、搜辑异事、提倡工艺、平章风月"⑥六条之外,而篇末批评者一声声"有风人温厚之旨"⑦

---

① 西固山人:《小樵诗话》,《先施乐园日报》1926 年 6 月 28 日第二版。

② 还有一位为《闺秀诗话》的作者傲安女士,暂不详其身份,作品见《先施乐园日报》1919 年 12 月 6 日、7 日、8 日第二版。

③ 肖伊绯《永嘉闲话:民国闲人琐事》:"陈寥士……其父陈荔汀与母止止老人,以及其妻谢黛云、妹陈兰言俱擅诗词,堪称一门风雅。"见《孤云独去闲:民国闲人那些事》,浙江大学出版社 2012 年版,第 299 页。

④ 吴门王湘君女士《春雨楼诗话》言"余从外子剑芒学韵语历有年矣","柳亚子先生为余中表姐郑佩宜之夫婿",分别见《先施乐园日报》1922 年 7 月 25 日第三版、1922 年 7 月 27 日第三版。

⑤ 李德强认为,清末民初以王次回《疑雨集》为代表的香奁诗集的刊印与风行,是报刊香艳诗话增多的一个原因。李德强:《近代报刊诗话的娱乐性新变》,《华南师范大学学报(社会科学版)》2012 年第 2 期,第 152 页。

⑥ 此六条出自均卿:《〈香艳杂志〉发刊词》,本文转引自芮和师等编《鸳鸯蝴蝶派文学资料(上)》,知识产权出版社 2010 年版,第 9 页。

⑦ 观钦:《望云居诗话》,《先施乐园日报》1919 年 1 月 9 日第二版。

"多哀感之作"①的感叹亦可帮助我们管窥游戏场小报编辑与读者群的阅读趣味。

观看作为景观和图像的女性身体。20世纪70年代，女性主义文本研究综合继承萨特"他人的注视"说、拉康镜像凝视说以及福柯的全景敞开式监视理论，提出了对"男性凝视"的反思和批判。研究者认为："'凝视'是携带权力运作的观看方式，它是视觉中心主义的产物，观看者被权力赋予'看'的特权，通过'看'确立自己的主体地位。"②事实上，当我们重新审视二十世纪初的游戏场小报，会发现这种男性主体通过"观看"（Look）或"凝视"（gaze）将女性物化（Verdinglichung）和物象化（Versachlichung）的性别权利关系同样微妙地体现在报载话体文学批评之中。浏览《先施》③，观照细节的有企白《芙影室诗话》，抄撮刘改之《沁园春·咏美人指甲》《沁园春·咏美人足》和邵亨贞《沁园春·咏美人眉》《沁园春·咏美人目》；描摹动态的有襟霞阁主（平襟亚）《美人诗话》，摘录前人《美人睡》《美人行》《美人浴》《美人早起》《美人初婚》；欲扬先抑的有滕若渠《冷庐非词话》，摘录濡东钱子亭的《咏聋美人·调寄少年游》《咏瞎美人·调寄浪淘沙》《咏哑美人·调寄点绛唇》《咏痴美人·调寄采桑子》；言俚语猥的有郭血黄《冷香馆诗话》，张扬绮风，搜罗艳制，直接点评咏妇人抹胸诗。这些诗词话通过深描细写女性的容貌、姿态、表情、动作，将女性身体抽象为高度符号化的图像和意象，具体而微地拨弄观赏者的窥伺欲望，并借助"巫山""金莲"等传统文学中的"语码"（code），投射阅读者的情色想象。

与此同时，编辑者和观赏者借以建构"目之于色有同嗜焉"④之群体共鸣语境的，不仅是对于种种香奁诗、闺情诗、花烛词、销魂词的共同爱好，还有报刊公共舆论空间中作为正向激励的"批评之批评"。例如，陈企白《美人诗话》有一段序言，可视为与平襟亚和同好者的交流，其辞云："曩读霞郎美人诗话，雕红刻翠，蚀骨销魂，盥诵之余芬留齿颊，寒窗无俚，搜索枯肠，得忆名家咏古美人诗若干首，亦弁曰《美人诗话》，幸勿以续貂见哂。"⑤于是，在以"美术馆""游戏场"冠名的话体栏目里，男性群体得以津津乐道地品赏女性的仪态姿容，引诱阅读者通过富有想象空间的文字建构关于女性身体的神话，并满足他们对于作为消费品的女性符号的审美凝视。

捧旦风行与旦行重色重艺之争。游戏场小报如雨后春笋般涌现的年代，恰逢京剧旦行地位抬升，逐渐压倒了传统上占据舞台中心地位的老生演员。风气沾溉之下，《先施》剧话亦不免围绕著名旦角演员展开。一方面，借助报刊公共空间的舆论力量，捧旦从小圈子的文人游戏走向大众化、公开化⑥。马鞍樵子《拙庐剧话》自述捧旦缘起，言道："今春新正，醉佛偕诸

① 均：《名闺诗话》，《先施乐园日报》1919年7月11日第二版。

② 陆扬主编：《文化研究概论》，复旦大学出版社2008年版，第116页。

③ 除文字外，《先施乐园日报》还连载了丁悚、守愚、伯超、之光、陈柏所创作的几百幅女性插图，描绘世界各国女性装束和阅报、弹琴、抽烟、开车的城市女性形象，亦可视为小报女性图像消费的一部分。关于小报如何借助文字和图像完成性别观看和情欲书写，参毛文芳：《情欲、琐屑与诙谐——〈三六九〉小报的书写视界》，台湾"中央研究院"《近代史研究所集刊》2004年第46期，第159—222页。

④ 襟霞阁主：《美人诗话》，《先施乐园日报》1918年12月15日第二版。

⑤ 芙影室主：《美人诗话》，《先施乐园日报》1919年3月15日第二版。

⑥ 关于捧旦文化从晚清到民国、从"私"到"公"的变化及文人在捧角活动中的作用，参叶凯蒂：《从护花人到知音：清末民初北京文人的文化活动与旦角的明星化》，见陈平原、王德威主编《北京：都市想象与文化记忆》，北京大学出版社2005年版，第121—133页。

老前辈屡为余言汪碧云之家境并其技艺,授意稍作提携……闻诸友之言,佳其志而悯其情,文字揄扬,不遗余力。"[1]汪碧云为海上著名坤伶,时人称之为女旦中最"静"者[2]。从马鞍樵子之说来看,此时文人为旦角演员造势、策划、推广,已经是不必遮掩的公开行动,甚至是群体认同的趣味区隔。为了抬高自己的鉴赏和批评权威,撰稿人甚至故意在报端为旦角树党立派,挑起笔战。例如露园撰《红菲流芬馆剧话》,力言花旦小翠花"能剧有一百多出,多是纯科的旧剧",批评"海派"花旦"真正没有一些道理,多是只能轰动一时",兼踩梅派"多似一个病人……几个大佬穷凶极恶地捧他,于是身价十倍"[3]。同样的例子还有佩楚(尤半狂)《梅花清梦庐剧话》赞誉杭州童伶绿牡丹黄端生,亚庐《把剑问天室剧话》趁势专章点评,放言绿牡丹聪明俊秀,力压白牡丹荀慧生,逼得后者"只得假着病嗓为由暂不登台"[4],然而接着露园《绿意流漾室剧话》就愤而与之打擂,坚称绿牡丹"艺实不能逮荀慧生",纯以"幼稚"[5]受欢迎。《先施》之种种旦角"党争"[6],经年累月,口沫横飞,于是又引起评剧家之不满,连篇累牍地批评捧角家之言行,周剑云《剑气凌云庐剧话》、舍予《俏皮剧话》、痴公《寡闻室剧话》、剑民《雪庐剧话》等率皆此类。

　　另一方面,重色(外貌风韵)还是重艺(表演艺术)的争论成为旦行表演批评的热门话题。旦角的脸蛋颜色在舞台上究竟权重几何?不够美艳的花旦演员是否足以调动观众的兴趣?由于在这些关键问题上难以达成一致,旦角评论出现了两极化的分裂。评剧家们一边主张"为花衫者,以色为主,唱做犹在其次,故色佳者虽其艺稍逊,亦能博观者欢"[7],一边又以"重色不重艺"作为鞭挞演员的标准,例如汝嘉《盛斋剧话》大骂女伶张文艳"唱戏的时候那双俏眼总在包厢上面兜圈子,引得许多狎生涎皮搭脸地胡闹"[8],七郎《忆花室剧话》亦讥刺张文艳门庭若市、耐人寻味,复言"文艳亲王以浪得名……秀卿之浪直追文艳之上"[9],野驴《蓬庐剧话》则称"玉灵珠如花中蔷薇,无论若何妖艳,究难邀大方家赏鉴"[10]。以调梅、阿土森为代表的"重色"派与以醒民为代表的"重艺"派于民国八年十月至十一月间在《先施》开展了激烈论战,仍没有得出统一的标准。然而,无论是捧旦活动的流行,还是色艺之争的白热化,都反映出文人群体和社会大众对旦角明星的狂热,乃至有研究者提出"捧角到极端,不可避免地与色情相撞,这是通俗文化为追求消费效果的必然结果"[11]。

---

① 马鞍樵子:《拙庐剧话》,《先施乐园日报》1920年8月6日第四版。
② 梅花馆主:《菊部缕谈》,《申报》(上海版)1924年3月26日。
③ 露园:《红菲流芬馆剧话》,《先施乐园日报》1920年9月30日第四版。
④ 亚庐:《把剑问天室剧话》,《先施乐园日报》1920年11月23日第三版。
⑤ 露园:《绿意流漾室剧话》,《先施乐园日报》1921年1月11日第三版。
⑥ 《先施》的这种捧旦笔战极多,周瘦鹃后来还在文章里回忆过刘亚庐、达纡庵与曾梦醒为女伶马金凤(琴雪芳)笔战,前后在《先施》发表了十万字左右的批评文字之事。见周瘦鹃:《琴雪芳的回忆》,原载《上海画报》1927年4月15日第233期第3版,本文转引自范伯群主编《周瘦鹃文集(珍藏版)》(下),文汇出版社2015年版,第441页。
⑦ 天涯散人:《评天蟾舞台之白牡丹》,《先施乐园日报》1919年10月14日第四版。
⑧ 汝嘉:《盛斋剧话》,《先施乐园日报》1920年2月21日第四版。
⑨ 七郎:《忆花室剧话》,《先施乐园日报》1920年10月17日第四版。
⑩ 野驴:《蓬庐剧话》,《先施乐园日报》1919年6月7日第四版。
⑪ 徐剑雄、徐家林:《都市里的疯狂:近代上海京剧捧角现象》,《贵州社会科学》2007年第3期,第45页。

（三）书写风格滑稽化

晚清民国，为了迎合社会大众的阅读趣味，《申报》等大型日报的副刊增添了对"游戏解颐之文章记事"的采录，各种小报更是大力刊发标榜滑稽、游戏笔墨的谐趣文章①。在娱乐性文学潮流的影响下②，以《先施》为代表的游戏场小报中的话体文学批评也出现了滑稽化的倾向③。

从文本类型来看，《先施》之话体呈现出人物滑稽与文辞滑稽的分流。"滑稽"一词在我国古代典籍中最初被用来形容酒器鸱夷转注吐酒、终日无已的状貌，后来引申出"人物滑稽"和"文辞滑稽"两种意义。前者如《史记·滑稽列传》所载优孟、优旃、淳于髡等人，出口成章，词不穷竭；后者如《文心雕龙·谐隐》所提出的"遁辞以隐意，谲譬以指事"，也就是通过诙谐的隐语会俗悦笑、振危释惫。在《先施》报载话体批评中，人物滑稽之代表，既有"殆金圣叹之流亚"的河间书生，七赴科举皆以游戏被黜，场中作试帖诗令人捧腹（梅痴《滑稽诗话》），又有专演谐态百出之丑角的新剧家董别声，所排"滑稽新戏"别树一帜，妙趣横生，在沪上声誉日隆，后来还组织出专业滑稽剧社礼拜团、爱司团，号召观客甚力（严芙孙《黛红剧话》）。

而文辞滑稽之代表，则更多地体现为利用语言上的谐音、文学上的暗示、句法上的倒错、意义上的矛盾故意制造出喜剧性的效果。如瓶山樵子《滑稽诗话》载谐诗嘲人不辨姓名、错黄为王，洪泄水《滑稽诗话》载谐诗嘲人错书枇杷为琵琶，都是利用语言谐音插科打诨。而姚民哀《也是诗话》摘张双南与蒋子范用俗谚"另有一工""毫无二样"作对，大鹏《滑稽诗话》载某甲与妻引古诗句对答，则是以文学上的暗示、引申使人忍俊不禁。然而运用最广泛的还是倒错句子的结构或者制造矛盾的语境，通过"乖讹"（Incongruity）或者说"不和谐"令人发笑。如惜玉《滑稽诗话》载某词臣因误写"翁仲"为"仲翁"被贬，时人嘲云："翁仲如何说仲翁，十年窗下欠夫功。从今不许归林翰，贬尔山西作判通。"④每句末二字均倒置，以产生雅谑之效。又如菊庵《滑稽联话》载与女友素琴用"没帚山僧能扫雪""埋绳稚子可挑琴"联句，故为不通之句，令人拊掌绝倒。另如梅痴《滑稽诗话》"稳婆生子收生处，医士医人死病家"⑤等句均是同类，只是修辞上已经过于从俗，体现出这一时期小报诗话语言风格、审美态度的转换。

从文本形态上看，《先施》之话体呈现出衬托性滑稽、批评性滑稽和讽刺性滑稽三种不同的意旨⑥。衬托性滑稽所针对的对象近似于"无害的丑"，也就是展示在人身上或人类生活中

---

① 关于晚清民国报刊谐趣文的发展趋势，参杜新艳：《晚清报刊诙谐文学与谐趣文化潮流》，《中国现代文学研究丛刊》2008 年第 5 期，第 56—69 页；杜新艳：《论民初报刊谐趣化现象》，《南京师范大学文学院学报》2009 年第 2 期，第 80—85 页。

② 彭继媛认为，民国滑稽诗话的大量出现，是辛亥革命后，以鸳鸯蝴蝶派为代表的城市文人对政治彻底失望和主动疏离，大张旗鼓的宣扬文学的娱乐性质的结果。参彭继媛：《试论民国旧体诗话的入世情怀》，《江苏社会科学》2014 年第 5 期，第 162 页。

③ 游戏场小报主编亦常向文友索供滑稽文字。参天虚我生 1925 年书信："瘦鹃老哥鉴：索撰滑稽稿，极拟奉应……"原文出自天虚我生《工商业尺牍偶存》，本文转引自潘建国：《〈工商业尺牍偶存〉所载鸳鸯蝴蝶派小说家史料辑考》，《明清小说研究》2003 年第 3 期，第 237 页。

④ 惜玉：《滑稽诗话》，《先施乐园日报》1919 年 12 月 25 日第三版。

⑤ 梅痴：《滑稽诗话》，《先施乐园日报》1919 年 8 月 12 日第三版。

⑥ 王天保将滑稽形态划分为讽刺性滑稽、批评性滑稽和衬托性滑稽三种。参王天保：《"滑稽"内涵辨析》，《中州学刊》2006 年第 3 期，第 242—245 页。

失败的、不合时宜的，而又不至于恐怖或者致命的一切。蠹鱼《谐诗话》讲梁灏八十二岁终于考中进士，有诗道"天福二年来应试，雍熙二载始成名。饶他白发巾中满，且喜青云足下生"云云，就是通过审美主体与审美对象之间的差异制造滑稽性。在弗洛伊德笔下，滑稽的根源离不开这种比较，"如果另一个人付出了我认为我将需付出的更多地消耗，那么，这就是滑稽的"[①]。

批评性滑稽则基于理性主义滑稽理论的"优越/蔑视说"。霍布斯提出，"笑的情感只是见到旁人的弱点或者自己过去的弱点时，突然念到自己某优点所引起的'突然的荣耀'的感觉"[②]。《先施》所刊十七种《谐诗话》《滑稽诗话》，充满各种以人的身体缺陷或道德行为缺陷为对象的谐谑。如身体上嘲近视、嘲驼背、嘲拐子、嘲矮子、嘲高颧骨、嘲红鼻子，行为上嘲惧内、嘲别字、嘲贪吃、嘲吃白食、嘲纳娈童，皆被批评者纳入"语颇滑稽""以当一粲"的范围。

讽刺性滑稽一般表现为对真正可恨、可恶的事物的揭露，在形式上更接近于我国传统文论所提倡的"寓庄于谐"。刘勰提出"会义适时，颇益讽诫。空戏滑稽，德音大坏"[③]，就是要求滑稽应集谐、智、隐于一体，合于大道。蠹鱼《谐诗话》摘明末清初诗云："拖翎戴顶拜坟台，吓得祖宗爬起来。吾家原无此长尾，儿的功名何处来？"就是举重若轻，"面谐而骨子痛"的代表。下笔更为辛辣的还有姚民哀和梅痴，前者的《也是诗话》嘲官亲为火腿绳，嘲掮客为油炸桧，嘲土豪为地头蛇，嘲赌滩为拦路虎，嘲专做中保者为糠筛鬼，后者《滑稽诗话》嘲官太太拜达宦为干爹，各各系之以诗，诸诗谑而虐，描摹世情穷形尽相，刻画入神。部分滑稽诗话甚至直接将讥刺现实的矛头对准了当时著名的政治人物，如"窃国大盗"袁世凯、"辫子军"大帅张勋等等。姚民哀录淡儒五律刺"洪宪八大罪"，摘时人打油诗刺"辫子军"骄横，枫隐载《新五更相思》歌谣嘲张勋复辟，均是通过对卑劣丑恶行为的讽刺使读者有感于心而发笑。

值得注意的是，尽管《先施》的话体作者已经部分认识到滑稽诗词的文艺功能和社会作用，感慨"作诗难，作滑稽诗尤难。盖须谑而不虐，乐而不淫，不失诗之本旨也"[④]。然而，在实际的文本实践中，报载诗话、文话仍然体现出"言不亵不笑"的特色，容纳了大量以两性情色关系为基础、以谑浪诙谐为风格的文章，如嘲人娶石女、嘲三妾争风等。鲁迅曾说："中国之自以为滑稽者，也还是油滑、轻薄、猥亵之谈，和真正的滑稽有别"[⑤]。此言鞭辟入里，揭橥出报载滑稽文论中洗脱不去的窥私欲望和情欲想象。

整体上看，《先施》之话体文学批评数量庞大、包罗万象，尽管文本形态散乱拉杂，被去中心化、无边界的报刊媒介分割成碎片化的感悟，演变为"一种看来没有特定目的的小道知识的纪录与积累"[⑥]，然而，它们却共同通过游戏化的主旨、香艳化的内容和滑稽化的风格成功实践了游戏场小报的娱乐理念，为市民阶层源源不断地提供精神消费品，在边缘化的"纸上乐园"再现出与外在世界优先次序相抵触的娱乐价值。

---

① 弗洛伊德：《诙谐及其与无意识的关系》，国际文化出版公司 2001 年版，第 216 页。
② 朱光潜：《朱光潜全集》第一卷，安徽教育出版社 1987 年版，第 458 页。
③ 刘勰：《文心雕龙》，中华书局 1986 年版，第 138 页。
④ 瓶山樵子：《滑稽诗话》，《先施乐园日报》1919 年 9 月 26 日第三版。
⑤ 鲁迅：《"滑稽"例解》，《鲁迅文集》第四卷《准风月谈》，吉林大学出版社 2009 年版，第 54 页。
⑥ 胡晓真：《知识消费、教化娱乐与微物崇拜——论〈小说月报〉与王蕴章的杂志编辑事业》，《"中央研究院"近代史研究所集刊》，2006 年 3 月，第 51 期，第 68 页。

二、竞合新旧：多元的批评者及其人际关系网络

当我们今天重新回头审视游戏场小报话体文学批评作者群时，不免困惑于其中重重累累的姓字、室名、别号和笔名。事实上，小报文人不断变换笔名、虚拟多重身份，不仅是因为近代报刊媒介规避政治审查和社会风险的要求，也是因为传统价值和舆论环境对娱乐小报的轻视①。然而，除少数报界头面人物外，大量襄助小报笔政的普通作者并未在历史上留下可资考索的出身籍贯和身份经历，甚至还有部分著者的真实姓名都已随着二十世纪三十年代游戏场小报的衰落而隐没。于是，追述上海小报文人群体的学者往往只能将他们比较含混地称为"晚清文人、鸳蝴文人和后期部分海派文人"。研究者提出："直至三十年代中后期新文学海派文人参与之前，小报的盟坛霸主非鸳蝴文人莫属。"②此论大抵精当，但是，在具体到游戏场小报这种"边缘媒体"时，笔者发现，其话体作者群体是多元化的，且存在复杂的人际关系网络，难以用单一的派别标签概括。

新文化运动兴起后，"文学改良"的主张逐渐占据文坛主流，一般所称的"鸳鸯蝴蝶派"（或称旧派、传统派、通俗派、保守派、过渡派或兴味派）文人群体受到进步史观和民族主义的压制，在公共空间节节败退，其舆论阵地步步失守，文学市场不断萎缩。举例而言，创刊于1910年的《小说月报》前期由王蕴章、恽铁樵主持编务，刊载了不少继承传统说部形式，兼具知识性和趣味性的通俗文学作品，被目为鸳蝴旧派的阵营。而随着1921年沈雁冰、郑振铎接任《小说月报》主编，文学研究会新派的作家后来居上，"鸳蝴派文艺让位给新式小说，保守的贤妻良母妇女观被新女性主义挑战"③。于是，一大批通俗作家被迫调整策略，将发文阵地转移到作为市民文化公共论坛的小报群中。据笔者统计，《先施》话体批评共有123位作者，三分之一以上属于旧派文学家团体。"鸳蝴"大将周瘦鹃、张碧梧分别出任主编和文牍主任④，同声相应之下，郑逸梅、程瞻庐、姚民哀、张枕绿、平襟亚、朱枫隐、尤半狂、刘豁公等数十位通俗文学家纷纷兼任撰述，摇笔呐喊，刻翠雕红，为游戏场小报奠定了风华隽趣、引人入胜的基础。

与此同时，以戏剧演员、报刊编辑、新闻记者为主体的近代评剧家也关注到经营新旧剧表演的各大游戏场，在其附属小报中发表了大量评骘表演、品赏色艺的剧评文字。以近代著名戏剧理论家周剑云为例。他本为安徽合肥人，早年就读于尚贤堂和江南制造局兵工中学，辛亥革命后陆续担任过上海爱俪园藏书楼主任、新民图书馆总编辑等职。周剑云论新剧，主

---

① 晚清时期，报业人员不为社会所重，时人认为"惟落拓文人，疏狂学子，或借报纸以抒发其抑郁无聊之意兴，各埠访员人格尤鲜高贵"。参雷瑨：《申报馆之过去状况》，见《最近之五十年》，申报馆，1923年。直到二十世纪四五十年代，年逾古稀的包天笑撰写《钏影楼回忆录》，仍然有意淡化自己的小报生涯，研究者认为，其回忆录中的《记上海〈晶报〉》"是唯一一篇看起来和包天笑的生平没有关系的文章"。参孙慧敏《笔记传统与现代媒体：包天笑在〈晶报〉的撰述活动》，连玲玲主编：《万象小报：近代中国城市的文化、社会与政治》，台湾"中央研究院"近代史研究所2013年版，第196页。

② 李楠：《晚清民国时期上海小报》（插图本），人民文学出版社2006年版，第79页。

③ 胡晓真：《知识消费、教化娱乐与微物崇拜——论〈小说月报〉与王蕴章的杂志编辑事业》，《"中央研究院"近代史研究所集刊》，2006年3月，第51期，第59页。

④ 《本报启事》，《先施乐园日报》1919年8月11日第二版。

张"编选剧本确立剧目"①,其论说集中于他所主编的五十万字大型戏剧理论刊物《菊部丛刊》;论旧剧,其批评则散见于《先施》连载之《剑气凌云庐剧话》和历年的单篇伶评之中。他提出要重视戏剧的社会作用,"优伶非玩具,戏剧非供耳目之娱",批评"海派"伶人口吻油滑、化妆离奇、作工节外生枝,强调"观剧者之制裁力",用"喝彩法""通声打通之法"②制约伶人。又如迄今最早一部话剧史《新剧史》的作者朱双云,早年参加南社,后来创办了开明演剧会、笑舞台、导社等戏剧团体③。在为《先施》撰写的《醉云楼剧话》中,朱双云介绍了欧阳予倩与旦角小桂红的师承关系,考证了戏曲服饰九龙冠和素服的来历,留下了宝贵的戏曲表演史料。

综合来看,《先施》的话体批评园地既包括有通俗文学家的长篇短制,也容纳了近代评剧家的生花妙笔,在作家群体的构成上杂糅新旧,呈现出多元化的特色。然而,这并不意味着不同身份的创作者写作场域泾渭分明,被冠以鸳蝴文人头衔的严芙孙、尤半狂同样在《先施》连载剧话。事实上,由于具有浓厚的商品性色彩,游戏场小报的文学空间始终呈现出混沌的状态。众多的小报文人以"同乡""同学""同社""同文"等形式在这块粗糙而阔大的批评领域中交织出多重人际关系圈,不同的圈子又互相重合勾连,建构出复杂的社交网络,最终促成了他们共同的身份认同和社群意识。

以地缘为基础的江南同乡关系网络。从晚清"秉笔华士""小报主人"时代以降,江南文人一直在上海报刊业中充当重要角色。游戏场小报的话体批评者,大部分来自江苏苏州、扬州、常熟、武进和浙江杭州、钱塘、桐乡、嘉善等地。这既是近世江南地区文教昌盛、人才充裕的体现,也是太平天国战乱迫使读书人赴沪避难谋生的结果。更现实的因素是,"近代的职业介绍大多凭借同乡关系,在报馆书局任职的文人,引来更多的同乡文人"④。例如毕倚虹在江苏同乡包天笑的提携下进入《时报》,打响名头后即介绍自己的表弟张碧梧刊发小说,随后又毕、张二人又极力帮助包天笑妻弟江红蕉在文学界建立声望。如此同乡亲友之间互相提携奖掖,无怪"苏州才子中产生的鸳鸯蝴蝶派作者多"⑤。有趣的是,当这些江南文人成功蜕变为"洋场才子"后,反过来又非常重视自己的出身籍贯所代表的文化渊源。以《先施》报载批评为例,出身苏州的程瞻庐在《望云居诗话》中大力揄扬"乡先生"潘观保、"乡先辈"亢铁卿和"同邑"诗人任翰仙,朱枫隐在《游戏诗话》中抄录自己创作的集苏州俗语诗十二首,俶安女士在《闺秀诗话》中标榜"乡闺秀"陈翠娜,无疑都是乡土意识萌发的佐证。应当说,正是清末民初的江浙移民作家,为上海城市文化增添了一份作为基质的江南底色。

以学缘为基础的师生同门关系网络。在《先施》的话体作者中,一部分持笔务者严格来说并不属于"鸳蝴"派别,他们投入文学创作的因缘,肇始于与通俗文学家的师徒、同学关系。例如民国时期著名美术史学者滕若渠曾于1918年11月至1919年4月期间在《先施》连载《根香山馆诗话》《根香山馆词话》《冷庐非词话》。滕若渠原名滕成,改名滕固,字若渠,1916

① 张福海:《中国近代戏剧改良运动研究(1902—1919)》,上海古籍出版社2015年版,第392页。
② 剑云:《剑气凌云庐剧话》,《先施乐园日报》1918年12月1日第三版、12月9日第三版、1919年1月1日第四版、1月2日第四版、1月16日第四版、1月17日第四版。
③ 赵骥:《朱双云:新剧家的戏曲人生路》,《中国戏曲学院学报》2015年第4期,第102—106页。
④ 邱明正主编:《上海文学通史》(上),复旦大学出版社2005年版,第377页。
⑤ 范伯群:《试论鸳鸯蝴蝶派》,《中国现代文学丛刊》1981年第2期,第188—221页。

年进入上海图画美术学校学习,1920 年秋赴日本留学。1916 年 8 月,天虚我生陈蝶仙、许指严、王钝根在《申报》发布广告,宣布加盟"中华编译社函授班",招收短期学生。至迟在 1917 年冬季①,滕固就开始以函授通信的方式跟随陈蝶仙学习古诗文创作,并被后者列入其所编的《文学导游录》之中。或许正是陈蝶仙的影响和启发,推动滕固积极投入旧文学和话体文学批评的创作,并成为游戏场小报作者的一员。除师生外,同学关系也是联络小报编辑、作者的有效渠道。如史别抱作《醉月楼诗话》,载录毕振达(毕倚虹)所辑《销魂词》,并附小传云:"振达之弟名振泰,俱在伍廷芳博士所立之民国专门法律学校肄业。时二君为预科第一班,而家严及长兄亦于预科第一班及第二班卒业也。按:常熟徐枕亚、天啸君同时在校内卒业,并为《民权素》编辑。他如吴江杨天骥、长沙章士钊、叶楚伧等均出一堂。"②此外,1921 年,史别抱还特地辑录了《别抱师友诗词录》,分数期刊发于《先施》。可见,对学缘关系的重视和宣扬,已成为民国小报文人建构人际网络的一种自觉行动。

以趣缘为基础的文学社团关系网络。邓腾克(Kirk Denton)与贺麦晓(Michel Hockx)在其主编的《民国时期的文学社团》(Literary Societies of Republican China)一书中指出,文学社团不仅是分析与评价作者及其文本的切入点,更是文学生产社会化的语境(context)。在该书中,具体撰写"旧体诗"章节的吴盛青提到,诗歌形式、社会活动、社会文化定位三者密切相连,社团提供的人际关系网络帮助文人群体"在面临政治、文化与社会制度瓦解时,重申其集体身份,加强其文化记忆"③。在文人结社活动风行的年代,《先施》的话体作者亦分别组织和加入了各地争奇斗妍的文学社团。辛亥之际,郑逸梅在吴江同里镇与范烟桥、姚民哀、江红蕉等人组织了同南社。1921 年,史别抱、滕若渠、方俊乎等人在上海组织了嘤声社。1922 年,范烟桥与赵眠云在苏州相识,是年七夕,两人联合郑逸梅在留园创立星社,其后周瘦鹃、尤半狂、许月旦等数十人陆续加入。而上海青社之成立,比星社早一个月,发起人则为徐卓呆、严芙孙、张枕绿和张舍我。1926 年 1 月,《先施》发行副刊《漱玉》,也是基于陈积勋、彭半兰等几位作者组成的同好社团漱社。《漱玉》每旬发行,"由社友按期担任撰述"④。诸社团或约文会雅集,或张"狼虎会"之餐叙,诗龙酒虎,联吟射覆,豪兴彪举,各恣谈笑,既有利于社团成员间的思想交流、信息交换和资源获取,同时也为文人群体提供了建构以趣缘为核心的社会身份认同的精神空间。

以职业为基础的近代报人关系网络。正如连玲玲所指出的,"游戏场报不但是传播知识和资讯的媒介,也具备联络交谊的功能"⑤。为了密切编者、作者、读者之间的联系,《先施》创刊不久,就将"电话间"专栏改组为"代邮"栏目,既刊登"公"领域的征集报纸、结交文友、组建文社等资讯,也刊载"私领域"的读报有感、红白喜事、变更住址等消息。二十世纪二十年代,

① 关于滕固成为天虚我生"遥从弟子"的时间考证,参韦昱:《滕固早年艺文活动初探》,《中国国家博物馆馆刊》2016 年 11 月,第 134—144 页。

② 史别抱:《醉月楼诗话》,《先施乐园日报》1920 年 2 月 23 日第三版。

③ 韩倚松(John Christopher Hamm):《民国时期的文学社团》(书评),见陈思和、王德威主编《文学》(2013 春夏卷),上海文艺出版社 2013 年版,第 326—332 页。

④ 《小启事》,见《先施乐园日报》副刊《漱玉》,1926 年 1 月 12 日。

⑤ 连玲玲主编:《万象小报:近代中国城市的文化、社会与政治》,台湾"中央研究院"近代史研究所 2013 年版,第 84 页。

在同样作为公共论坛的主流报刊通信栏目为新旧文学之争不断展开交锋和冲突之时①，游戏场小报在舆论边缘地带回避了"五四"强势话语的冲击，施施然游走于公私领域之间，为旧派文人建立和扩张社会网络提供了一块园地。与此同时，为密切小报同人之间的交谊，保障报载文章的质量，《先施》编辑部还经常以"乐园同文"的名义组织各种活动。例如，刊载《乐园同文的种种》《乐园同文点将录》等谐趣文，开设"同文新荟"专栏连载八期数十篇主题文稿以及定期举行联络新老作者的"同文聚餐会"②。《谐诗话》的作者陈积勋（陈蝶衣）即借由先施乐园文酒之会结识周瘦鹃，并"得以会见了张是公、刘恨我、竹林隐者等好多位同文作家"③。即使在小报面临重重困难，编辑们谋划改版之时，亦不忘策划"同文联欢会"专栏，每周日登载作者趣事艳闻，每月出"竞赛"特刊，采集同文佳稿④。而梦游等作者亦即欣然来信，探讨乐园同文会的组织方法和活动形式⑤。部分情况下，游戏场小报的创作者们甚至直接利用报载话体文学批评空间进行友人间的交谊联络。例如1920年8月4日庄蔚心发表《蔚心之诗话》，感慨"枕绿年少而才敏，洵可畏也。惜其耽于稗官家言，不能更有所深造"。十日后，张枕绿即发表《枕绿山房诗话》回应道："蔚心言诗及我，频加戒勉。思自奋发，终不可得。"同年8月23日、24日祖寄萍连载《寄萍轩诗话》，摘录扬州文人张庆霖诗作。两月后，张庆霖亦发表《风魔诗话》，盛赞祖寄萍《春日感怀诗》。不难发现，话体批评本身亦成为文人社交网络中交流智识、碰撞观念、揄扬声名之工具。

总体来说，鸳蝴派作家和新剧评论家建构和完善了多重人际关系圈，充分利用《先施》等游戏场小报所提供的言论场域，组织和发展了多声复调的文化网络。然而，不能忽略的是，在看似自由而丰富的交流背后，小报作者群体的心态却夹杂着困顿、焦虑和犹疑。他们既嘲讽村馆先生，又讽刺中学教员，既批判旧式新婚，又不满新式新婚（姚民哀《也是诗话》），既传抄秋瑾之弟为竞雄女侠所作的悼亡诗（秩音《铜琶铁笛斋诗话》），又反对离婚行为，赞美断臂守节之贞妇（郑绮恨《尚黑斋诗话》），各种观念相互矛盾，彼此冲击。应当看到，在新知识与旧知识不断冲突，新价值与旧价值激烈变幻的时代，站在十字路口的这些批评者徘徊于新旧中西之间，一方面不安于传统观念的瓦解，一方面半推半就地迎合着市民趣味的兴起，其思想的动荡、行为的反复在所难免。他们的多元性不仅体现在通俗派作者与新剧批评家的身份区隔，也体现在传统诗词话与新兴剧影话的内容差异，还体现在新文学与旧文学、新道德与旧道德之间的思想竞合。

①　关于新派《小说月报》"通信"栏与旧派《半月》《星期》"谈话会"的话语冲突，参《1920年代"新""旧"文学之争与文学公共空间的转型——以文学杂志"通信"与"谈话会"栏目为例》，见陈建华：《从革命到共和：清末至民国时期文学、电影与文化的转型》，广西师范大学出版社2009年版，第171—204页。

②　参霜痕：《提议同文序餐》，《先施乐园日报》1924年3月11日第三版；《同文序餐会启事》，《先施乐园日报》1924年4月17日第三版；陈积勋：《第二次同文聚餐会》，《先施乐园日报》1924年7月21日第三版；耀华：《第三次同文序餐记》，《先施乐园日报》1924年12月17日第三版。

③　蔡登山：《沪上才子、歌词大佬陈蝶衣》，见《洋场才子与小报文人》，金城出版社2012年版，第181页。

④　《诸同文注意》，《先施乐园日报》1926年12月30日第三版。

⑤　梦游：《对于乐园同文联欢会贡献几句话》，《先施乐园日报》1927年1月25日第三版。

三、形塑批评：游戏场小报对话体文学批评的影响

近代以来，由于启蒙话语的高扬和西方学科化知识的冲击，中国古典文学批评的价值危机在传统与现代、本土与异域、自我与他者的对照中不断凸显。研究者提出："当遭遇以白话为表述工具，以小说戏剧为基本文类，带有强烈欧化倾向的中国现代新文学时，中国古代文论不可避免地丧失了言说能力。"①注重感悟和比喻的本土诗性批评究竟能否跳出模糊因循的窠臼，获取新的文化视野，成了几代知识分子深度追问的重大命题。应当肯定的是，介于新旧之间的小报文人并非没有注意到传统文论话语的困境。游戏场小报娱乐、浅俗的氛围之下，也存在着试图延续中国传统文论话语体系的努力。在接近九年的出版周期中，《先施》的话体作者和编辑们至少尝试过从以下两个方面改造话体：

探索新形式。晚清民国以来，知识分子为推进批评文体的现代转型，使用较多、影响较广的方式是摒弃旧话体，直接在西方批评观念影响下创造新的批评样式，例如王国维《红楼梦评论》、黄节《诗学》、朱光潜《诗论》、江恒源《中国诗学大纲》、谢无量《诗学指南》等等均是如此。与之同时，知识分子在报章期刊上还尝试运用过对话体、书信体、传记体等多种途径拓展话语空间。在话体革新的潮流中，游戏场小报的立场较为保守，不是完全抛弃随感式、故事型的旧话体，而是探索通过"小修小补"赋予话体新语境。一方面，《先施》连连刊发《除夕诗话》《中秋诗话》《新年诗话》，虽其内容多为前人同题诗作的摘录，并无颠覆式的创新，然而在报刊媒介将传统节日与古典话体相结合，亦可谓批评运用的情境创新。另一方面，《先施》有意尝试在栏目编排、标题运用上赋予话体新的形式。例如，1923 年 9 月，刘求己发表《记吴翠云之玉堂春》，爱红刊发《红氍杂谈》，内容为《记吴翠云之三击掌》与《小均培之梅龙镇》，在这几篇评论中，"剧话"都是作为栏目名出现的，"室名＋话体"的旧套路显得不那么固定，批评的形式在混沌的娱乐语境中摸索前行。

引入新内容。如同梁启超将中国传统诗词文"话"引入到小说批评之中，《先施》的批评者也试图为话体批评形式提供更多富有生命力的对象和内容。虽然汉业、恩泉、逸梅的三种《小诗话》还是形制小而精神老，但庄蔚心《蔚心之诗话》就已经注意到以胡适《尝试集》为代表的新诗，而陈企白《新的诗话》和吴灵园《新年新诗话》等文本更是真正关注到新诗的作品创作与理论价值。企白《新的诗话》摘录了友人所作的三篇新诗《时计诗》、学生所作的谐谑新诗《鹿和警察局》以及自己所作的新诗《钟呵》《梅雨》《月儿》《光明》《恋爱》等篇，同时指出"新诗不外自然二个字，能认识真正的自然，才能将主观的情和客观的景表现出来"②。吴灵园《新年新诗话》则索性融古今中外于一炉，其第一则开篇冠以《离骚》"日月忽其不淹兮，春与秋其代序"两句铺垫感伤氛围，接着用泰戈尔《飞鸟集》"休息之隶属于工作，正如眼睑之隶属于眼睛"与郭绍虞"箬帽挂在稻草的担上，权且在树荫底下歇一回了"进行对比，后文又摘录"固于旧学又精通西文"的刘延陵所作咏新年新诗。第二则摘朱自清新诗《未来的种子》两首、郑振铎新诗一首，批评者自言借以"见余一片未死之心，而兼欲以之奋进未死之社会

---

①　代讯：《中国古代文论：两种言说方式及其现代命运》，《文艺理论研究》2005 年第 3 期，第 61 页。

②　企白：《新的诗话》，《先施乐园日报》1920 年 8 月 15 日第二版、8 月 16 日第二版。

者"①。可见,游戏场小报的批评者已经初具增添话体批评内容,扩张文学批评空间的新意识了。

然而,整体观照,批评者们"零敲碎打"式的革新,并未能推动报载话体文章焕发蓬勃生机。在古典文论风雨飘摇的大背景下,游戏场小报里的旧体批评也不免逐渐错漏百出、举步维艰。

其一,从数量来看,《先施》报载各类话体的总量随着时间推移不断减少。据笔者统计,《先施》历年刊载话体批评数量如下:1918 年载 62 篇,1919 年载 137 篇,1920 年载 72 篇,1921 年载 30 篇,1922 年载 18 篇,1923 年载 31 篇,1924 年载 13 篇,1925 年载 3 篇,1926 年载 34 篇,1927 年载 9 篇。事实上,话体作品数量的减少无疑会加速文体影响力的衰落,正面强化话体文学批评在当时的边缘化处境。

其二,从细节来看,错误、重复和抄袭的问题在《先施》话体批评中不断出现。例如姚民哀《也是诗话》录谐谑诗:"乞丐何曾有二妻? 领家焉得如多鸡? 当时尚有周天子,何事纷纷说魏齐?"②标为金人瑞所作,然而此诗在冯梦龙《古今笑》中就已经出现。内容重复的诗词话也比比皆是。例如 1919 年 9 月 24 日,史别抱在连载的《醉月楼诗话》中收录西江十三龄女子许嗣微诗,不足半年后,秩音发表《铜琶铁笛斋诗话》,原样抄录许嗣微同题作品。进一步地说,哪怕同一位作者连载的话体批评内容也在彼此重复。如 1926 年 5 月至 6 月,承明连载《道庵谐诗话》,第二则收录嘲惧内诗,第六则又收录了文字一模一样的嘲惧内诗,而第二则嘲前清士大夫聚会争座谐诗,又在第七则开头原封不动地出现。类似的例子还有谢黛云的《黛影阁词话》论龚定庵词内容重复四个月前发表的滕若渠《根香山馆词话》等等。到 1923 年陈秋星发表《啸庵滑稽诗话》时,甚至直接序以:"客窗风雨愁绪纷纷,诵滑稽诗以消忧愁,抄袭之诮,读者或能原谅我乎?"③报刊文论彼此重复抄袭,反映出作者与编辑日渐马虎随意的态度。在这种快餐式炮制稿件的节奏中,报载批评本身的严肃性和权威性也在不断消解。

其三,从性质来看,广告性文本在《先施》话体批评中逐渐增多。作为游戏场的"节目单"和"广告牌",游戏场小报不可避免地充塞着花样百出的广告文字,极力宣传和推广自己背后的娱乐事业。且不提始终与文学空间相辅相成的乐园演出剧目时刻表和先施公司商品打折广告——如前文所述,后者大多数时候完全占据了报纸的第一版和第四版——即使在文学板块中,也屡屡插入林林总总的宣传先施乐园的游记、宝塔诗、五更调、竹枝词和谐趣文。在娱乐性广告氛围的熏染下,执笔者不免频频将吹捧文字赛入话体批评的空间。如亚庐《把剑问天室剧话》大赞先施优美班台柱李莲芬,引得屠聊尘在《静庵剧话》劝诫"务捧莲芬太过,当言其缺点"④。当然,最热衷于用话体打广告的还要数邓履冰。他所撰《自惕斋诗话》的主要内容一为记载吴淞阮成孚为其所编《珠策易通》一书题诗,二为讲述宝山邵曾模为其所译《彩油画风景写生学》题诗,三为夸耀阮台青为其所开售的"幻术函授班"题诗。邓履冰还在《先施》发表有《自惕斋词话》,摘录湖南陈家庆女士为其所办《幻术月刊》题诗始末。观此种诗词话,令人哭笑不得之余,不能不感慨小报媒体的商业属性对于文学消费化进程的推动,亦不

---

① 吴灵园:《新年新诗话》,《先施乐园日报》1927 年 2 月 17 日第三版、2 月 18 日第三版。

② 姚民哀:《也是诗话》,《先施乐园日报》1918 年 9 月 24 日第二版。

③ 陈秋星:《啸庵滑稽诗话》,《先施乐园日报》1923 年 2 月 7 日第五版。

④ 屠聊尘:《静庵剧话》,《先施乐园日报》1921 年 4 月 18 日第三版。

能不忧虑广告文化对文学深度的消弭与消费霸权对文学批评生存空间的挤压。

宏观来说,游戏场小报对于报载话体文学批评的革新失败,受到两种因素的影响。一方面,报载话体批评本身有所局限。正如王国维所言:"盖文体通行既久,染指遂多,自成习套,豪杰之士,亦难于其中自出新意,故遁而作他体以自解脱。一切文体所以始盛终衰者,皆由于此。"①用漫谈和随笔形式写成的话体固然并非只能搭配传统点悟式的评述方式,但游戏场小报的娱乐实践却阻碍了逻辑化、体系化、有深度的文学批评的产生和发展。在游戏场小报的场域中,通俗派文人尝试改造诗词话成果不彰,新剧评论家纷纷改用"伶评体""新闻体""书信体"以替代过于零散随意的剧话,而小说话与电影话则未能获得足够的关注和长远的发展。另一方面,时代政治为小报投下了重重阴影。尽管游戏场小报的编辑和作者努力将自身推向"边缘",但小报群体却从未真正脱离过政治环境的影响。不用提二三十年代国民政府对于上海小报的种种监管措施,单看话体文章中不是泄露出的只言片语,亦可以窥见娱乐背后的沉痛。从周瘦鹃《血痕诗话》"战事烈矣,惨状万端"②的背景,到曹痴公《寡闻室诗话》对于自己目睹国难而逃避青楼的忏悔,再到企白《五影室诗话》"余自去年以来,奔走于爱国运动,旧体文字少做"③的自白,读者自不难发现,即使游戏场文人努力维护、百般造势,作为城市俱乐部和精神避难所的"乐园"在现实阴影的遮蔽下终于还是发出了行将崩溃的轰鸣。

综上,二十世纪二十年代,在以鸳蝴派文人和近代评剧家为代表的多元型批评者的推动下,中国传统话体文学批评形式在"边缘型媒体"游戏场小报中得到了宝贵的发展空间,生产出大量以诙谐之笔、慕香奁之风、写游戏之文的篇章。尽管小报批评者曾致力于将新形式、新内容引入古典批评场域,但受制于时代政治的影响和报载话体本身的局限,革新话体的尝试并未取得令人瞩目的成果,反而日渐消弭贬损于粗制滥造的评论文章和提倡娱乐的消费氛围之中。中国传统文学批评文体的现代化道路在游戏场小报中受到挫折,为我们审视文学、媒介与批评的关系,留下了深广的思考空间。

---

① 王国维:《人间词话》上卷,《王国维遗书》第十五册,上海古籍出版社 1983 年版,第 7 页。
② 瘦鹃:《血痕诗话》,《先施乐园日报》1926 年 3 月 24 日第二版。
③ 企白:《五影室诗话》,《先施乐园日报》1920 年 8 月 11 日第二版。

匪石不转:论厉鼎煃的话体文学批评

苏州大学　　付　优

民国时期(1912—1949)的话体文学批评,曾长期被视为阒寂无声的废园与干涸枯竭的支脉。随着对民国文献资料的全面搜辑和考据,笔记体、随笔型、漫谈式的传统文学批评话语逐渐走出被遮蔽的阴影,大量以"话""说""谈""记""枝谈""琐谈""随笔""卮言""管见""拾隽""漫评"命名的专著或散什在论理、录事、品人与评书等诸多方面均凸显出不容忽略的理论意义。重估民国旧体文学批评的价值,还原完整的现代文学批评视野,日益成为学术群体的共识①。然而,目前学界对民国话体文学批评的关注,仍以文献整理、体系建构和大家研究为主,同时研究对象又多集中于清末民初时段,研究成果不平衡不充分的问题十分突出。有鉴于此,本文将以厉鼎煃的文论著述为个案,梳理其话体文学批评的渊源、内容与特色,并结合相关书札、日记和档案材料,探究传统批评话语在民国后期报刊舆论场域中的实际影响,反思话体批评作为个体生命承载形式的意义。

一、记忆与形象:作为话体批评者的厉鼎煃

厉鼎煃是二十世纪初与王静如、罗福成齐名的契丹文字研究专家。据刘凤翥《跋孟森和陈寅恪给厉鼎煃的信》和周言《陈寅恪佚信中的厉鼎煃》两文考索②,厉鼎煃曾以孟森《辽碑九种跋尾》所载契丹文字资料为基础,通过逐字比对同一历史人物哀册、哀册盖的汉字、契丹小字版本,比出了契丹小字中的"元年""月""日""岁次""朔"等字义,并指出契丹小字"一字多音"的特点,著有论文《热河契丹国书碑考》《义县出土契丹文墓志铭考索》《读日本羽田博士契丹文字之新资料书后》及专著《契丹国书略说》(南京仁声印刷所 1923 年出版)、《契丹国书新说》(未刊稿),被视为民国契丹文字学研究者的代表人物。孟森曾在《跋契丹国书略说》中

---

① 黄霖先生提出,认真研究民国时期的话体文学批评,才能完整地展示长期被遮蔽的民国时期文学批评的重要一翼,对现代文学批评史有一个完整的、科学的认知。参黄霖:《应当重视民国话体文学批评的研究》,《复旦学报》(社会科学版),2017 年 5 月版。曹辛华教授也认为,此领域研究工作的开展,对近代文学史、现代文学史及民国旧体文学史、民国文学批评史以及话体批评研究、民国文学批评史料学、文学文献学等多个领域具有重要补白意义。参曹辛华:《论民国话体文学批评文献的整理及其意义》,《江海学刊》2017 年 3 月版。

② 刘凤翥:《跋孟森和陈寅恪给厉鼎煃的信》,《书品》2009 年第 5 期;周言:《陈寅恪佚信中的厉鼎煃》,《中华读书报》2013 年 10 月 23 日版。

称赞道:"热河辽碑发现后,仅得其拓本之影印……厉君筱通,好学深思,触其探奇嗜古之癖,千里贻书,补愚不逮。既为《热河契丹国书碑考》,以启不佞之蒙。未几又综合为《契丹国书略说》,则颇有文字义例可寻。以契丹文字为无书可读之文字,则若君之所得,已足存契丹一种文字矣。"①

事实上,详考厉鼎煐的生平、经历和著述,他不仅是用力勤苦的契丹文字学专家,更是著述颇丰的旧体文学创作者和批评者。长期以来,由于历史环境的限制,作为话体文学批评者的厉鼎煐被尘封在泛黄的旧纸堆之中,被抛置在文学记忆与想象之外,黯然成为主流文学批评领域的"失声者"与"缺席者"。笔者整理了近代报刊、日记、书札和专著中的相关材料,试图重新勾勒其在文学领域的活动轨迹,力求还原更加完整与准确的厉鼎煐形象。

厉鼎煐,1907年生于江苏扬州,字筱通,又作小通、啸桐,号星槎,另有众多笔名。其《呕心癯语自序》称:"夫余生平为文,相题署名,初无定准。论学论政,每称星槎。丛谈琐语,或署蠖生。而诗词韵语,多署忆梅。"②鼎煐幼年丧父,从里中小学王曙东先生求学。1916年升入省立第八中学,受教于庄启传、李更生、叶惟善诸先生。1923年考入国立东南大学,由工科转入文理科,曾广泛学习西洋历史、文学、哲学及德语、法语、日语等科目。

1927年大学毕业后,厉鼎煐在江都县立初级中学等校任教多年,主要关注佛学和小学问题,著有《读唯识易简志疑》《评唐钺入声古音说》《与唐擘黄论学书(入声演化问题)》等文。据其《略述集成编译社之旨趣》一文追忆,这时期曾与同学范雪桥、宋海林、卢冀野等人共组狄鞮社,以介绍西洋文化、充实国学内容为职志,并计划合力翻译《大英百科全书》,以补旧有文化之不足。恰逢革命军至南京,政局一新,学校改组,社员星散,无法赓续。

1933年,应聘为国立编译馆编译,参考书籍数百种,翻译出《莎士比亚考信录》(此书稿后毁于日寇炮火)。期间受孟森《辽碑九种跋尾》启发,始着力从事契丹文字学研究。旋因脑病归里,助办扬州国学专修学校,主讲《史记》、现代文学、西洋文学及算学等课程。1936年,在南京《国风》杂志担任编辑,曾亲自访问过章太炎,并以自著《读故宫本王仁煦刊缪补阙切韵书后》抽印本向章太炎请益③。1937年,七七事起,国专停办,避乱归乡,创办芜城文理学院。同年,其母许太夫人弃世。鼎煐痛感国家多故、人生多艰,汲汲求皈依之门,礼弘一法师,被录为弟子④。

1940年春⑤,赴上海组织中华国学会,附设中华国学院。同时,创办《国学通讯》周刊,以"联络感情,交换智识"为宗旨,主要刊载"发扬国华与融贯中西之文字"⑥,撰稿人包括当时国内著名文史学家柳翼谋、傅增湘、陈寅恪、夏承焘、孟森、胡朴安等。期间,曾致信陈垣,请求担任学艺咨询委员会委员⑦。随后携家奔皖南,漂泊于泾黔、休歙、黄山、白岳之间,在复旦附

① 孟心史:《跋契丹国书略说》,《集成》1947年第1期。
② 厉鼎煐:《呕心癯语自序》,《集成》1947年第1期。
③ 厉鼎煐:《章太炎先生访问记》,《国风》1936年第8卷第4期。
④ 厉星槎:《我何以信佛法》,《觉有情》1944年第121—122期。
⑤ 按,厉鼎煐《略述集成编译社之旨趣》记录其赴上海的时间为"民国三十年春"(1941),高树伟《契丹文字研究之外的厉鼎煐》(《中华读书报》2017年7月26日版)因袭了此种说法,然而,《国学通讯》周刊实际创刊于1940年,以上两文应属误记。
⑥ 《国学通讯例言》,《国学通讯》1940年第1期。
⑦ 厉星槎:《上陈援庵先生书》,《国学通讯》1941年第7期。

中（内迁至赣南泾县）、广益中学（内迁至泾县茂林镇）主讲席。1945 年 8 月在安徽屯溪与徐汇生共同编辑《国学商榷》杂志，以研究先秦文学文化为使命，提出"我国固有道德知能，发黄于秦汉以前；《汉书·艺文志》所载六艺、诸子、诗赋、兵书、方技、术数，其源流正变可概见也"①。厉鼎煃在该刊物发表有《申论孔子之好学精神》、译稿《中西文化之异同》等文。

不久重返东南，历任江苏省高等法院书记官、江苏省民政厅人事室科员等职。期间，组建集成编译社，以"知中知外知古知今，救己救人救国救世"②为宗旨。1947 年，创办《集成》杂志（仅出版两期），围绕文字、学艺、哲理、伦常四大主题刊载诗词曲、尺牍语类、诗话词话等作品。其后，厉鼎煃赴江苏省立扬州中学授课，旋改任内政部禁烟委员会第三处第五科科长，不久离职，1949 年至上海市吴淞中学任教。

据高山杉对所藏中华书局旧档十七纸的考索，1957 年 12 月底到 1958 年 7 月初大约半年间，厉鼎煃为出版书稿《契丹国书新说》，曾多次致信中华书局。1958 年 6 月 21 日，中华书局上海编辑所人事科函称，厉鼎煃"因政治有严重问题已清除出校，后经政府查明系军统特务，已在今年四月间逮捕"③，书稿出版项目遂告夭折。关于他最后几年的生活详情，目前已缺乏足够的档案资料佐证，仅见金毓黻 1957 年 5 月 27 日在《静晤室日记》中提到："上海厉君鼎煃寄来近作《辽陵石刻集录补证》一文，属为介绍《历史研究》发表。"④关于厉鼎煃的最终结局，比较通行的说法，载于刘凤翥《厉鼎煃的生平及对契丹小字的研究》⑤：1958 年 12 月 15日，厉鼎煃被上海市宝山人民法院以"反革命罪"判处有期徒刑十五年，关押在上海的提篮桥监狱。1959 年春，被转押到安徽省铜陵市顺安镇矿区服刑。同年 7 月，又转到同镇鸡头山矿区。8 月，家属寄去包裹，却以"查无此人"为由退回。

纵览各种报刊杂著，在契丹文字研究之外，厉鼎煃主要著有诗集《幽忧吟》、词集《忆梅词》、文集《呕心癯语》，另有《绛帏痕影录》《物质建设三大问题》《浩劫忠信录》等书和《周易疑义举例》《韩柳文径》《太史公书笺证》等文，译著有《莎士比亚考信录》《华欧交通史》，此外存有致陈垣、夏承焘、刘葆儒、程善之等人的书札数通。厉鼎煃一生先后从事中学教师、译员、编辑、政府职员等职业，在时乖运蹇、曲折坎坷的生活经历中铸就了广博的研究兴趣，其著述涉及诗词、文论、宗教、翻译、西学等诸多领域。其人在现代文学和文学批评发展中的意义，足以赢得研究者的深入挖掘和发现。值得重视的是，二十世纪四十年代，在文学批评话语整体上正加速由隐喻性言说发展为演绎性言说的现代转型进程中，厉鼎煃却致力于撰著话体文学批评，发表《星槎词话》《星槎诗话》《集成词话》《集成诗话》《集成曲话》《集成联话》《集成文谈》等多种著述。其话体文学批评涉猎之广、著述之丰，在同时代的旧体文学批评者中卓然独立，堪称新旧文论转型时期批评程式、话语机制和理论路径的研究范本。

---

① 《国学商榷发刊辞》，《国学商榷》1945 年第 1 期。
② 厉鼎煃：《略述集成编译社之旨趣》，《集成》1947 年第 1 期。
③ 高山杉：《契丹文释读者厉鼎煃"人间蒸发"前的最后文字》，《澎湃新闻·上海书评》2017 年 6 月 24 日版。
④ 金毓黻：《静晤室日记》第十册，辽沈书社 1993 年版。
⑤ 刘凤翥：《厉鼎煃的生平及对契丹小字的研究》，《契丹文字研究类编》第一册，中华书局 2014 年版，第 67—69 页。

二、感悟与学理:厉鼎煃话体文学批评的价值

厉鼎煃的话体批评既有延续传统感悟式印象性评点的倾向,又体现出向现代成体系的学理性批评转型的倾向,在裂变的时代背景中展现出延续学脉、薪传翰墨的过渡意义。一方面,在话体小序中,他反复强调话体批评的价值在于为古今诗词作品提供背景阐释和内容说明。如《集成诗话序》云:"诗以言志,话之何为? 然志之所之,或一时一地,而不可移之异时异地者。不加说明,则观者或昧于时代背景焉。此集成诗话者,亦古今人诗之说明耳。"①而《集成词话序》亦云:"诗亡于话,而词有何话之有? 话词,所以存十一于千百,非敢亡之也。否则充栋汗牛者,谁能读之?"②其评论历代诗词曲联作品时,亦多以摘句进行印象点评为主,批评术语不脱旧体文论窠臼。另一方面,在《星槎词话》等作品中,他又力图扬弃模糊不清的"诗品"式批评,摆脱王国维"境界说"的笼罩,建构"渐近自然,俗不伤雅"的审美标准,并以此臧否两宋和晚清的著名词人词作。整体上看,厉鼎煃话体批评的价值主要体现在以下三个方面:

对王国维"境界说"的反思。静安论词首标"境界",以为远迈严沧浪"兴趣"与王渔洋"神韵"二说,能直指词之本源。在厉鼎煃著文发声之前,已有不少学者指出静安理论体系建构的疏忽之处,如唐圭璋论"境界亦自人心中得来,不能全然独立","不可舍情韵而专倡此二字"③;又如朱自清从情趣和意象的关系入手深入剖析"隔与不隔"论即为诗之隐与显的分畛④;再如沤庵批驳王氏标举的"无我之境"实际并不存在,主张历代词人"以词心造词境,以词境写词心,固处处着我,初无'无我之境'也",又反对王氏"隔"与"不隔"的区分方式,提出"凡词之融化物境、心境以写出者,皆为'不隔',了无境界,仅搬弄字面以取巧者为'隔','隔'与'不隔'之分野,惟在此耳"⑤。在继承前人质疑的基础上,厉鼎煃深入反思《人间词话》的理论疏漏,主张静安"境界"近于"意境"或英文 Illusion,其理论范畴过于宽泛,不能专施之于词学。他认为,"境界说"用来评骘陶谢之诗、马白之曲甚而《水浒传》《红楼梦》亦无不可,故"境界"实为一切文学艺术之共相。他批评静安所谓"境界",不过是界于格调、性情、气象、神韵之间的术语。厉鼎煃以"红杏枝头春意闹""云破月来花弄影"二名句为例,论静安"着一闹(弄)字而境界全出"之说,主张此处所云"境界"实系"生动"(Vivid),而"境界生动,令人生敬畏之观者,即为气象;令人起爱好之感者,即为神韵;所以造成此气象与神韵者,既由作者之兴趣"⑥,由此观之,境界、兴趣与神韵三者,似异实同,犹二五之为一十。又以静安论"太白纯以气象胜"等句为例,指出此处"气象"即为词家所创造的壮美境界。厉鼎煃认为,既然"境界"的定义如此含混不清,那么静安词论与严、王二人所推崇的"羚羊挂角,无迹可寻","不着一字,尽得风流",也不过一鼻孔出气了,全都未能摆脱司空图《诗品》印象式点评的影响。同时,厉鼎煃又批评王国维"人生三境界"论,以为同样属于文学之共相。《人间词话》曾云"古

①② 厉鼎煃:《集成诗话序》,《集成》1947 年第 1 期。

③ 唐圭璋:《评人间词话》,《斯文》1938 年 3 月。

④ 朱光潜:《诗的隐与显(关于王静安人间词话的几点意见)》,《人间世》1934 年第 1 期。

⑤ 沤庵:《沤庵词话》,《杂志》1943 年第 10 卷第 5 期。

⑥ 厉鼎煃:《星槎词话·书人间词话后》,《国学通讯》1940 年第 1 期。

今之成大事业、大学问者,必经过三种之境界"。厉鼎煃分析认为,其以悲天悯人为第一境,以牺牲小我为第二境,以物我交融为第三境,其中前两种属于"有我之境",第三种属于"无我之境"。"三境界"论虽阔通精粹,然而同样不属于词之所以为词的本质特征。此外,厉鼎煃还指出《人间词话》"隔与不隔"之说同样不够严谨。例如静安用"隔"讥刺白石,谓白石格调高而无意境,却又主张"有境界则自成高格,自有名句",岂非自相矛盾? 鼎煃认为,白石之弊非病在无境界,实在婉约而不深阔,故予人"隔一层"之感,逊色于以深阔见长的后主词,与豪放而能敛才就范的苏辛词旗鼓相当。

主张以"渐近自然,俗不伤雅"评词。厉鼎煃论词,首推"渐近自然"说。其理论一方面脱胎自王国维"隔与不隔"论,另一方面却来自中国传统哲学的中庸思想,盖其受古典哲学影响较深,潜移暗化之下,难免以格义比附思维强行索解词学。鼎煃认为,一切文学,皆以渐近自然为工。词之为体,上不似诗之整,下不似曲之放,介于古诗绝句之"近于自然"与曲之"纯属天籁"之间,其长短参差,似自然之语调,而其平仄清浊,又足以限任意之弊。是以鼎煃提出,"古今文学有极不自然者,亦有纯任自然者,执两用中,其惟渐近自然乎? 惟词体足以当之。"[1]以"渐近自然"为标准衡量古今倚声家之作,则梦窗以律诗之法入词,虽宫丽精工,而失其自然,而杨慎以作曲之法入词,又失其雅致。厉鼎煃由此指出,评词的第二标准应为"俗不伤雅",即口语的雅化。在他的设想中,学究不可以为词人,伧父不可以为词人,理想词人是最富于中华国民性之人,其谈吐必不粗鄙,自必尔雅。观其自作词《蝶恋花·本意》《相见欢·月当头》《浣溪沙·步栖霞韵》等数十阕,以小令为主,均为风格清新、辞章雅丽之作。因此,厉鼎煃指摘王国维推尊五代北宋之词时,将其中淫鄙之词一并称诵,实为过分好奇之误。鼎煃将"渐近自然,俗不伤雅"视为考评词句的标准,将"国人尚中庸之习性"视为推尊词体的缘由,大力揄扬"意境最狭,格调最高"的词作。在臧否历代词人时,肯定温飞卿、韦端己、晏同叔和晏小山,微抑李后主、秦少游、苏东坡、姜白石与刘改之。需要注意的是,厉鼎煃间或有"知人论词"之弊,好以道德事功作为标榜或贬斥词人的准则。如评冯延巳专己固宠,为亡国大夫,词虽温厚,旨乖立诚,"'和泪试严妆',活画出一幅善妒娥眉来"。又论李清照经历"君王失位,哲妇悼亡"之凄苦,其词有不加雕琢、核吐珠玑之美,然"也拟泛轻舟"句预伏晚节不终之兆。又论碧山身仕胡元,而好为故国之思,实则与许鲁斋、吴梅村同流。以上诸论,或出于强行在静安之外别立新论的心理,但难以避免混淆标准、苛评古人之缺憾。

提倡译词以绍介中国文化菁华。厉鼎煃将词视为中国文学中最精粹者,大力倡导译介古今名人词作,向西方推广中国传统文化。在创办《集成》杂志时,厉鼎煃曾提出"同人等经一番比较语言文学之研究,深信汉文为世界上最优美之文字,为任何古今中外英、法、俄、德、西班牙、拉丁、希腊、满、蒙、回、藏、苗、夏等文字所不及"[2]。但要传播"最优美之文字",却又不能不借助翻译之力。鼎煃认为,"我国之诗经、楚词、汉赋、乐府、唐诗、元曲,西人多知之矣,至于宋词,则绝鲜知者"[3]。自民国己巳年(1929)受教于海盐张叔明先生之后,厉鼎煃即有志于译词事业。最初,从翻译柳耆卿《雨霖铃》词入手,以选辞精当、音调茂微得到了身边师友的一致认可。随后,张叔明以翻译李清照集相嘱。鼎煃颇用力于此,还曾致信夏承焘请

---

① 厉鼎煃:《星槎词话·书人间词话后(续)》,《国学通讯》1940 年第 2 期。
② 厉鼎煃:《略述集成杂志之旨趣》,《集成》1947 年第 2 期。
③ 厉鼎煃:《星槎词话外编》,《国学通讯》1940 年第 4 期。

益,询以易安词的版本问题。夏承焘回信云:"李君所刻易安词,焘无其书。私意斐云、圭璋两君所辑,当已完具,无劳旁求。译词为前人未有之业,非先生无能胜任者,极盼早日观成,衣被艺林。"①在刊发此札时,作为编辑的厉鼎煃还特意加上了一段附注,言称:"译词之意,发自张师叔明。《漱玉词》之迻译,即有张夫人韩湘眉师执笔,而鄙人为之拟考证注释初稿云尔。译本行且杀青复印,嗜倚声者,谅必人手一编,先睹为快也。"②然而,不久之后,厉鼎煃"秉乡先辈陈公含光之教,犹拟译李后主词,因李词而忆及纳兰词"③,由此广搜各版本《饮水词》《侧帽词》,撰写有《三读纳兰词记》,补入《星槎词话》。后张叔明奉命出使,临行复以译词相勖,鼎煃即呈张志和《渔歌子》、李煜《相见欢》诸词译稿,皆附小传。厉鼎煃将翻译词作视为极严肃之事业,曾云:"译词固难,精选名家之作尤难。若任情取舍,则事等儿戏,未免为识者齿冷。必也如江文通杂事诗所谓无乖商榷者耳。坐是所读唐以来词籍日富,而所译仍然不过数十首而已。"④此外,他对于同人所译词作也秉持着审慎的评判眼光,曾批评林庚白译法人诗歌为《浣溪沙》未能传原文体制风格,不如林语堂《吾国吾民》一书中翻译辛弃疾《丑奴儿》词为 *The spirit of Autumn*,令人有如闻空谷足音之感。

总的来说,尽管厉鼎煃的话体批评理论未能完全脱离《人间词话》的影响,其行文结构很大程度上仍保留着旧体文学批评的形式,然而,其对王国维"境界说"的反思和修正,对"渐近自然,俗不伤雅"评词标准的推崇,以及在实践中译词为西文的尝试,都体现出民国文论从传统向现代转型过程中,知识界学人融合新旧、贯通中西的勤苦努力。

三、乡土与家国:厉鼎煃话体文学批评的特色

在厉鼎煃的诸多话体批评著述之中,隐含着其作为一个地方性文人基于个体生命体验,在迎合时代主流思潮的基础上,试图通过书写文学批评,梳理自我学缘脉络,强化个人在文学关系网络中的地位,进而影响地方文学史集体记忆的过程。纵览全文,厉鼎煃的话体文学批评作品主要呈现出以下几方面的特色:

一是批评的趋时性。厉鼎煃曾从曾国藩《十八家诗抄》选出拟师法的七家,摘编为《七家诗评》,包括陶渊明五古、谢玄晖五古、韩昌黎七古、苏东坡七古、杜工部五律、黄山谷七律和陆放翁七绝。在《七家诗评序》中,厉鼎煃提出:"此七家虽未足以概诗国之盛,要皆有目共赏之作,时时读之,不犹愈于束书不观,游谈无根,矢口为快心一时之论者耶?"⑤随后,又将所作《陆放翁诗评》摘选为《星槎诗话》,借助摘句评点的形式大力揄扬陆游的七绝诗作。然而,事实上,早在清道光年间,方东树《昭昧詹言》就屡屡批评陆游诗"动关忠孝""矜持虚愫"⑥。林庚白《丽白楼诗话》论"清同光以来,为诗者号祧唐祖宋,而大都取法于荆公、后山、山谷、简

① 夏承焘:《夏瞿禅先生论易安词书》,《国学通讯》1940 年第 3 期。
② 厉鼎煃:《〈夏瞿禅先生论易安词书〉编者按》,《国学通讯》1940 年第 3 期。
③ 厉鼎煃:《星槎词话·三读纳兰词记》,《国学通讯》1941 年第 5 期。
④ 厉鼎煃:《星槎词话外编》,《国学通讯》1940 年第 4 期。
⑤ 厉鼎煃:《星槎诗话·七家诗评序》,《国学通讯》1941 年第 7 期。
⑥ 方东树:《昭昧詹言》卷十一,人民文学出版社 1961 年版,第 238 页。

斋、宛陵、诚斋诸人"①，并未将放翁囊括在内。清末民初以来，诗家论诗亦数见批评陆游诗之言，如钝剑(高旭)论放翁诗"易入祷张叫呶之习"②。钱钟书则指出放翁诗有二痴事(好誉儿、好说梦)，二官腔(好谈匡救之略、心性之学)，令人生倦，实则"放翁爱国诗中功名之念，胜于军国之思"③。在诗歌的格调、审美层面，研究者也已指出，"从摘句图的盛行，到春联体的评价，最终导致了对剑南诗学的全面批评"④。虽然近代诗人中亦不乏欲以剑南诗补救同光体之偏涩枯淡者，但其着眼点仍以陆游所擅长的近体七言律诗为主。厉鼎煃在《星槎诗话》中将陆游的七言绝句抬高到陶渊明五古、杜甫五律并列的地位，出语惊人，令观者瞠目结舌。究其渊源，在近代民族主义思潮的影响下，从梁启超到南社诸子，无不将陆游目为"民族诗人""爱国诗人"大力揄扬赞美，随着战争形势的变化，《剑南诗稿》因时代环境的需要在三四十年代一跃而为"显学"⑤。厉鼎煃对陆游七绝不恰当的美誉，来自当时爱国主义、民族主义、尚武精神的需要，背后自有历史背景和时代思潮的力量。然而，违背诗学共识的揄扬，仍反映出厉鼎煃对主流话语的过度妥协，为其话体文学批评增加了趋时性的色彩。

二是批评的地缘性与学缘性。清末民初以来，以地缘为基础的江南同乡关系网络、以学缘为基础的师生同门关系网络、以趣缘为基础的文学社团关系网络和以职业为基础的近代报人关系网络逐渐成为沪上的话体文学批评者建构共同身份认同和社群意识的坚实基础。其中，地缘性、学缘性色彩在近代报刊旧体批评场域中体现得尤为突出。在各种诗话、词话、文话、剧话、联话中，处处可见摘引、称美"乡先生""乡先辈""乡闺秀""同门""同学"作品的段落。厉鼎煃的话体文学批评著述同样带有明显的地缘性和学缘性特色。如《集成文谈》主要摘录"乡先辈"陈含光对"吾乡汪容甫"所编《古文喜诵》的序言，又论陈含光《汉晋五公颂》"持论甚高，文复丽都，无凄怆过激之言"⑥。《集成诗话》所称引之诗人厉柏、史诵耷、程兰畦，《集成词话》所引词人桂蔚丞都是扬州人。《集成联话》则摘引了扬州四大篆书家陈含光、张甘亭、张介丞、张羽屏的酬赠联句。同时，厉鼎煃还屡屡点评老师、同学的诗词曲联作品。《集成诗话》《集成词话》所论诗人史诵耷乃厉鼎煃童子师；董伯度为其就读于扬州省立八中时的数理教师；庄启传则为扬州八中国文教师。而《集成曲话》摘引吴梅为卢前《饮虹杂剧五种》所作的序言，两人分别是厉鼎煃在东南大学的老师和同学。厉鼎煃极为重视学缘师承，不仅在话体著述中大力为恩师同门存词扬名，而且还专门为尊师运动撰写了散文集《绛帷痕影录》(集成编译社1947年出版)。书中依次记录丁善之、俞桂岩、李更生、庄鸿宣、叶贻毅、董伯度、刘伯明、沈商耆、杜作梁、梅迪生十先生逸事，附录则记曾从之文学王伯沆、李详、黄侃、弘一法师四人事迹。该书时时可见厉鼎煃与诸位老师的深厚情谊，可资佐证厉氏话体批评学缘性的基础。其话体著述中还提到中华书局创始人陆费伯鸿、司法院长居觉生、镇江柳翼谋、友人薛兼到等人，大多是厉鼎煃从事编辑工作所结识的诗家，从中可管窥近代报人关系

① 林庚白：《丽白楼诗话》，张寅彭主编《民国诗话丛编》第六册，上海书店出版社2002年版，第134页。
② 钝剑：《愿无尽庐诗话》，《民权素》1915年第7期。
③ 钱锺书：《谈艺录》，生活·读书·新知三联书店2007年版，第334页。
④ 潘静如：《陆游诗在近代诗学史中的地位——近代诗学"祧唐祖宋"说述微》，《中国诗学研究》2017年第2期，第38页。
⑤ 关于陆游爱国诗在近代诗坛的盛行，可参张毅《陆游诗歌传播、阅读研究》，中华书局1962年版，第106—125页。
⑥ 厉鼎煃：《集成文谈》(一)，《集成》1947年第2期。

网络对其话体批评的影响。

此外，厉鼎煃话体著述中，还经常出现对家学的美誉。鼎煃出身"仪征世族"，先辈藏书甚富，族内多能文擅诗之人。其《绛帏痕影录·庄先生劝学记》就记载了庄启传令其返家后，于书箱中寻觅取阅六大册朱墨套印《史记菁华录》的趣事。数年后，厉鼎煃将家中所藏古今精要图书数千册全部捐出，设立"国学图书馆"，其中仍包括阮刻《十三经法疏附校勘记》、阮刻《清经解》等珍贵版本①。因此，厉鼎煃在撰述话体批评时，也不免多次自豪得提及家中先人风采。如《集成诗话》抄录程兰畦在厉家坐馆授徒时，与其高祖厉宝夫、曾祖厉小石、伯曾祖厉蓉舫等人酬赠联吟的诗作，并喜云："吾家诗事，乃赖程君此集，存其一二，信赋交游之益，不仅生前一时而已矣！"②再观其诗话、联话多处不厌其烦地抄录诗词名家赠给其母许太夫人的寿词、寿联，可推知，追溯家族诗人谱系，形塑家族学风，也是厉鼎煃创作话体文学批评的一个重要特色。

综上，二十世纪四十年代，在传统文学批评话语向现代转型的过程中，厉鼎煃延续古典感悟式印象性批评的形式，融入成体系的学理性批评的因素，大量撰写话体文学批评。其话体著述以趋时性、地缘性与学缘性为特色，反思和修正王国维"境界说"，主张以"渐近自然，俗不伤雅"评词，提倡译词以绍介中国文化菁华，展现出知识界学人融合新旧、贯通中西的勤苦努力。

值得我们省思的是，曾被视为让位于现代文学批评形式，逐渐走向衰微的话体文学批评，是否在民国晚期的报刊舆论场域中仍具有强劲的生命力？当如厉鼎煃一般的知识人心怀匪石不转、匪席不卷的执着，坚守着旧体文学批评阵地，我们是否应当重新审视民国文学史中这部分"喧嚣的伏流"？

---

① 《国学图书馆消息》，《国学通讯》1941年第7期。
② 厉鼎煃：《集成诗话》（八），《集成》1947年第2期。

徘徊于新旧之间：民国的诗学批评[*]

上海大学　　李德强

报刊的出现，推动了晚清文学的近代化变革，并建立了与之相适应的新文学观念。报刊诗学批评的刊载，也推动了传统诗歌的俗化与新体诗的产生，新体诗学已蓄势待发。经过了几十年的发酵，诗界求新的倾向日趋明显。胡适、陈独秀等大力提倡白话文学，为白话文学时代的到来奠定了舆论基础。五四前后，报刊文学刊载了几十种诗学批评作品，并从不同层面对新旧诗歌进行探讨。其中既有新体诗的支持者，也有旧体诗的维护者，而主流批评则试图融旧体诗学之长，为新诗发展指明新的方向，使之成为民国诗学的重要组成部分。

一、新体诗的产生及其诗学批评

1917 年，胡适《文学改良刍议》第一次提出了新文学运动的"宣言书"[①]。次年，他又明确指出："文学的作战，十仗之中，已胜了七八仗。现在只剩下一座诗的堡垒。"[②]新诗运动逐渐兴起，并开启全力"抢夺"文学阵地的势头。1919 年，《星期评论》"纪念号"刊载胡适的文章《谈新诗》，副标题是"八年来的一件大事"，可见其对诗界革命的重视。

胡适提出从"文的形式"下手，破除"束缚精神的枷锁镣铐"，从而达到"诗体的大解放"的目标。故新诗的出现，往往在语言上采用白话，形式上采用自由体，内容上注重表现新思想与新观念，刻意隔断新体诗与古典诗歌的关联，以此来吸引读者的注意。这种诗体"解放"理论，也与梁启超"旧瓶装新酒"的诗界革命一起，带来了诗歌从内容到形式的解放。

综而论之，新诗派的理论与实践，主要从对旧体诗的弊病批评、新体诗的理论系统化和个案研究等方面展开。首先，新诗派对旧体诗的无病呻吟、虚伪文风、滥调套语等弊病展开了激烈批评。天放认为旧体诗是"泥古守旧"的恶习，破坏了人类"自由的天趣"，窒丧了人类"先天的性灵"[③]，卜向直言旧诗派是在"开起骸骨陈列所"[④]，刘半农甚至宣称要把它"抛在垃

---

* **基金项目**：国家社科基金重大项目"民国话体文学批评文献整理与研究"（15&ZDB079）；上海市高校青年教师培养资助计划"近代报刊诗话发展小史"（N.37—0102—14—201）。

① 《新青年》1917 年第 5、6 期。

② 《中国新文学大系·建设理论集》，上海良友图书印刷公司 1935 年版，第 19 页。

③ 《新中国》1919 年第 1 期。

④ 《时事新报·文学旬刊》1921 年第 21 期—1922 年第 24 期。

圾桶里"①。他们力图以激烈的批判破坏旧文学，以"丰富的材料，精密的观察，高深的理想，复杂的情感"②放入诗中，以表现新思想与新感情，自然引起了不小的轰动效应。

随之而来，相关的诗学批评也在不断深化。吴对"驽马恋栈"心理提出批判，又对旧诗得弊病进行系统分析。叶圣陶不但把旧体诗当作一具没有生命的"骸骨"，其在精神在层面已"不适合"时代的要求，并提出诗歌须"批评人生、表现人生。人生变动不息，诗也应当有变迁和创新"③，则从创新角度，对新体诗进行合理性阐释，为新体诗的发展带来了活力。

其次，新诗派对旧体诗思想的不能自由表达与格律的束缚等予以着重批判时，也提出自己的理论体系。新体诗经胡适、陈独秀等实践后，康白情《新诗底我见》对新诗理论作了系统总结。到底何谓新诗？康白情有明确的界定，他认为：

> 新诗所以别于旧诗而言，旧诗大体遵格律，拘音韵，讲雕琢，尚典雅。新诗反之，自由成章而没有一定的格律，切自然的音节而不必拘音韵，贵质朴而不讲雕琢，以白话入行而不尚典雅。新诗破除一切桎梏人性底陈套，只求其无悖诗底精神罢了。④

新体诗形式上"自由成章""不必拘音韵""以白话入行"等的具体要求，也是新诗派的全面理论总结。因此，康白情明确表示，格律是"最戕贼人性的"，一定要把陈腐的规矩"一律打破"。在此基础上，他主张以音乐（即音节）与刻绘（即写法）入诗，重塑新体诗的"节奏"。新体诗的优越之处，在于浓厚的感情和自然的音节，也是新诗诗派批评的理论根基。康白情把音乐与刻绘整合变成新诗节奏的理念，与宗白华强调新诗要"用自然的形式，自然的音节，表写天真的诗意与天真的诗境"⑤，同样有很强的创新意识。

对于新体诗的内容，康白情则持主情说，他认为：

> 情因于声，因情的作用起了感兴，而其声自成文采。……这种的文采就是自然的音节。我们的感兴到了极深底时候，所发自然的音节也极谐和，其轻重缓急抑扬顿挫无不中乎自然的律吕。

新体诗真情的自然流露，也会产生音节的和谐。他承认新诗的精神在于"创造"，但又把这种情看作是"贵族的"：

> "平民的诗"，是理想，是主义；而"诗是贵族的"，却是事实，是真理。⑥

这种诗学观念的阐释，于大众读者而言，是有一定心理距离的，对新诗理论体系的建构带来一定负面影响。故而，俞平伯《诗底进化的还原论》对康白情"诗是贵族的"理论进行了重新修订：

> 就诗说诗，新诗不但是材料须探取平民底生活，民间底传说、故事，并且风格也要是平民的方好。⑦

---

① 《新青年》1917 年第 5、6 期。
② 吴奔星、李兴华编《胡适诗话》，四川文艺出版社 1991 年版，第 209 页。
③ 《时事新报·文学旬刊》1921 年第 21 期—1922 年第 24 期。
④⑤⑥ 《少年中国》1920 年第 9、10 期。
⑦ 《诗》1922 年第 1 期。

与此同时,新体诗的其他理论成果也得以迅速传播。1919年,俞平伯《白话诗的三大条件》又提出新体诗更为细化的创作原则。这种重视新诗内容、形式与文辞的紧密结合,无疑具有建设性意义。1920年,宗白华《新文学的源泉》认为民国文学"形式与内容必将表现新式的色彩,以代表时代的精神"[①]。因此,他更愿着眼于新诗人的养成,新诗人人格的创造,新诗艺术的练习。与此相呼应,郑振铎从情绪、想象、思想、形式四个具体层面,对新体诗进行深化总结。任钧《关于新诗的路》也力主"一壁尽量充实自己的生活,一壁不断地在创作活动中去征取崭新的技巧"[②]。这对新体诗的创作,都进行了系统的理论探索。

值得注意,《红玫瑰》《妇女杂志》《红杂志》《小说月报》也有意识刊载"新体本事诗""俗语新体诗""新艳体诗"等诗歌。如阿凤《新年新体诗》[③]以朗朗上口的格律,活泼俏皮的语言,表现出新年的愿望。其有意弥补前期理论的不足,成为新体诗发展的方向。确然,新体诗理论与实践,在不断的改造中得以巩固。但彼时也引起了旧体诗派的反击,带来了民国诗坛的一次长期论战。

二、旧体诗的反击及其诗学批评

当胡适及其追随者倡导白话体时,也引起了旧体诗捍卫者的忧虑和反击。张旭光讥讽胡适是"具有历史癖的人",进而"戴上了这幅着色的观察眼镜"得出了"种种偏见武断的结论"[④]。当然,新体诗诞生后,对其忽视诗性的现象也多被诟病。姚鹓雏《说诗》指出:"不是人人先会做新诗,然后能够灌输入新学术思想的。"[⑤]对于新体诗带有"传声筒"式的简单表达,进行了委婉批评。从新旧体诗的发展看,郭沫若所谓:"古人用他们的言辞表示他们的情怀,已成为古诗,今人用我们的言辞表示我们的生趣,便是新诗。"[⑥]则把这一诗学问题看得过于简单化了。

1919年,俞平伯曾对新诗的各种不同声音,作了系统和客观的分析:

> 从新诗出世以来,就我个人所听见的和我朋友所听见的社会各方面的批评,大约表示同感的人少怀疑的人多,就反对一方面讲,又种种不同:有根本反对的,有半反对的,也有不反对诗的改造而骂我们个人的。[⑦]

俞平伯尤为关注反对诗的改造、反对中国诗的改造,反对改造中国诗这三类人的社会心理。他试图通过理性分析,来指导诗歌的健康发展,这在当时是比较难得的。从新诗的发展看,早期新体诗与旧体诗在不同层面的争论,也带来不同文化观的论战。

胡适《文学改良刍议》发表后,就立即遭遇到反对的声音。胡先骕《中国文学改良论》对新体诗派"因噎废食"的作法,提出了强烈质疑。他认为:

---

① 《学灯》1920年2月23日。
② 《申报》1935年11月15日。
③ 《红玫瑰》1925年第27期。
④ 《清华周刊》1929年第8期。
⑤ 《晶报》1919年12月6日。
⑥ 田寿昌、宗白华、郭沫若:《三叶集》,上海亚东图书馆1920年版,第46页。
⑦ 《新潮》1919年第1期。

欲创造新文学，必浸淫于古籍，尽得其精华而遗其糟粕，乃能应时势之所趋，而创造一时之新文学。如斯始可望其成功。故俄国之文学，其始脱胎于英法，而今远驾其上，即善用其遗产而能发扬张大之耳。否则，盲行于具茨之野，即令或达，已费无限之气力矣。故居今日而言创造新文学，必以古文学为根基，而发扬光大之，则前途当无可限量。①

胡先骕出于对新旧文学的忧虑和思考，但仍被罗家伦讥讽为"烧料国粹家"代表。1921年10月，《学衡》创刊，胡氏于次年撰文《说近日教育之危机》，明确表示：中国文化的建设需要有"学兼中西"的人物担任，在传统文化中吸收欧美文明，以新理念淘汰旧学。②可见，胡先骕对于新体诗的态度还算开明的。

概而论之，旧诗派主要从内容表达的简单化与形式技巧的不成熟等方面提出批评。首先，内容方面。旧诗派普遍认为，旧体诗发展已经臻于完善，而新体诗歌则处于试验阶段。新体诗歌过于简单化，不能表达丰富的情感。秋泉认为，新体诗无非出于舍难趋易心理，但"新牌的货色，恐怕终不能畅"③，也代表了一种普遍观点。王朝瑾《我对于新旧诗的批评及忠告做新诗的先生们》一文认为：

> 自从胡适倡做新诗，一时"盲从"的人，随声附和，弄得举国若狂，以为新诗是一种"时髦物"，不做新诗便不是现在的人。于是一些略识字的人，都来做新诗，都自命名为"骚人""墨客"，非常之高兴。虽然有明白的人，晓得他们不是说几句话来救济他们的堕落。可怜他们的"好奇"惯了，"盲从"惯了，终是执迷不悟，反骂人家守旧腐败，自以为得新诗的真传，比较做旧诗的人高出万倍。④

王氏认为新体诗只是"偷了诗的名字"，而对于诗歌的实质无任何意义。这与章炳麟坚决不承认"无韵之文"为诗的别称，具有趋同的文化观念。诚然，以此论诗未免有所偏颇，但其所表达的忧心，则不能忽视之。

如上所述，叶圣陶等"骸骨论"发表后，薛君《一条疯狗》、缪凤林《旁观者言》、幼南《又一旁观者言》等文章，均对新体诗论的韵律问题，提出强烈质疑。故而，幼南强调"诗必有韵"，缪凤林疾呼"（新诗）如必将韵律完全废除，则彼已自绝于诗之域矣"⑤。这也是早期新体诗最大的诟病之一。

实际上，新诗派对于旧体诗的创作，多针对其无真情、不自由之病而发；旧诗派对于新体诗的创造，多针对其无韵律之美，展开诗学批评。外此，俞平伯《诗的进化的还原论》则从社会制度、诗人的诗、文字角度等具体方面，对新体诗不能感染人的原因进行分析。

其次，形式方面。旧体诗派不满于新诗的韵律，亦不满于自由的形式。如果说，新诗派以"骸骨"论批评旧体诗，旧诗派则以"余唾"说提出强烈反击质。梅光迪《评提倡新文化者》中指出：

---

①② 《学衡》1921年第1期—1923年第15期。

③ 《新世界》1919年4月10日、13日。

④ 《学生文艺丛刊》1924年第1期。

⑤ 《时事新报·文学旬刊》1921年第21期—1922年第24期。

所谓白话诗者,纯拾自由诗及美国近年来形象主义之余唾。而自由诗与形象主义,亦堕落派之两支。乃倡之者数典忘祖,自矜创造,亦太欺国人矣。①

穆木天《谭诗》对新体出现后,古典美被某种程度的抹煞也颇有非议。他认为:

中国的新诗的运动,我以为胡适是最大的罪人。胡适说:"作诗须得如作文",那是他的大错。所以他的影响给中国造成一种 Prose in Verse 一派的东西。他给散文的思想穿上了韵文的衣裳。结果产出了如"红的花,黄的花。多么好看呀,怪可爱的"一类的不伦不类的东西。②

一方面,这种过于自由的形式,让诗歌的思想与韵律变得散乱,并与古典诗脱节。萧三《谈谈新诗》认为:

现在我们的新诗和中国千年以来的诗的形式(或者说习惯)太脱节了。所谓"自由诗"也太"自由"到完全不像诗了。和中国古典的诗脱节,和民间的诗歌也脱节。③

张枕绿《谈谈新体诗》也提出:

称到诗,便脱不了韵。因为诗有美术的、音韵的趣味,你看西洋诗也都有韵的。要是没有韵,诗意虽好,同含有至理的小说差不多了。如一时心头有所感曰,随手写出来,不管有韵、没韵那也好,只把他唤作诗便得了。④

旧体诗重诗歌韵律的建设,这是毫无疑问的。同时,新派诗人的态度也有微妙的存在。周无《诗的将来》承认诗歌的进程是"时时变迁或改善的",但他也表示诗歌的进化和实体进化"中间是有一定的尺度"⑤,这是半反对的。竹青《近代的新体诗》不但把新诗派比作"若遇到追逐他的,他就将他的头颅埋于沙土里"的鸵鸟,甚至指出:

近代的新体诗曾与一个索解的字"哑谜"puzzle 相提并论,不过这于解明一个索解的字"哑谜"上略有补益而已;但对于这种堆砌的文辞上却毫无发现出它是引用于什么地方相宜,或援引之以形容什么东西能够新颖而特具价值。⑥

同样,李思纯《与友人论新诗书》,也带有一种类于偏激的意见。这是俞平伯所讲的"反对诗的改造而骂我们个人的"一类。1921 年 10 月,《国立东南大学南京高师月刊》特别创刊《诗学研究专号》专门发表古体诗歌、论文、随笔,则带有一种不言而喻的分庭抗争意味。此后,闻一多《诗的格律》在承认新体诗的贡献时,却再次强调"规范"的重要性:

初期白话诗在打破旧诗藩篱、用白话取代文言方面做出了重要贡献,但是在打破旧的艺术规范的同时,没有能够及时建立起新的诗歌规范,自由体诗歌非常流行。⑦

---

① 《学衡》1921 年第 1 期—1923 年第 15 期。
② 《创造月刊》1926 年第 1 期。
③ 《文艺报》1950 年第 12 期。
④ 《振胜日报》1919 年 5 月 24 日。
⑤ 《中国新文学大系·建设理论集》,上海良友图书印刷公司 1935 年版,第 119 页。
⑥ 《励学》1936 年第 6 期。
⑦ 《北平晨报·副刊》1926 年 5 月 13 日。

此种诗学批评是中肯的，也是折中的。对于新旧诗歌而言，是民国诗学"喜新恋旧"文化的体现，代表了主流诗学批评的理论建设与发展方向。

三、徘徊于新旧之间：民国诗坛的主流及诗学批评

1914 年，周祥骏《风山诗话》提出要融汇"古今、中外哲学家言"，通过"自铸伟词，别成一家"[①]才能为诗界的雄杰，对民国诗学提出了新的时代要求。1919 年前后，无论是"骸骨"论，还是"余唾"说，都产生了相当的影响。这也促使民国诗坛的主流诗学批评，对新旧体诗进行了更为深入和理性的总结。

对于新体诗与旧体诗的论争，姚鹓雏曾作了一个形象的比喻。他认为：

> 旧诗比如像一个中国瓷器碗，新诗就是一个西洋货。形式上因然有新旧，好丑却全不在此。而那吃这碗里盛的东西的人，讲究滋味，也只讲究碗里馔肴的滋味，未必有去考究那碗的。有那个考究碗的人，可见他是不辨味的了。[②]

姚氏重视的是民国诗歌与诗学批评本身，而非斤斤于到底是"瓷器"，还是"西洋货"，这也是民国诗学批评的主流看法。1919 年，《新世界》连载了顾养吾与恽秋星两人关于新旧体诗论争的文章。不同于新旧诗派的大论战，此次的论争焦点在于诗歌发展本身，更具时代意义。

顾养吾《论新体诗再答恽秋星君》表示：

> 白话有白话的用场，文言有文言的好处。白话浅近，求其通俗，无论妇人孺子，乡愚舆夫，略识几个字义，就能看白话文了。文言却难了，骈四俪六之文，不是浅学所能窥探，即古文亦秦汉、唐宋，各有不同，深奥幽雅，所表言语所不能表的。岂但若白话体，只求一个通俗的所可比拟。不过各适其用，不妨并存……文言与白话既有相通之道，就可以相兼为用。文言便，就用文言；白话便，就用白话。不必拘泥陈法，也不必炫新奇。

顾养吾虽然对白话诗的通俗化不满，力主在"略加改良"基础上"各适其用，不妨并存"，是经过认真思考的。恽秋星批评旧体诗"太觉矫揉造作"，甚至"都是去磨少年活泼的脑筋"，但他对胡适一派的白话主张，也是有保留的认同。故《论诗与白话再质顾养吾君》说明道：

> 我说的诗的本义，是抒写人的性情。诗的功用，是使忧的乐，不快活者快活，没有生趣者生趣……顾君既然精通外国文，就应晓得他们文字，也是天天在那儿革新，但不像我们的《新青年》修发连头割掉罢了。

《论诗与白话三致顾养吾君》又强调说：

> 中国做白话的，最好要算到施耐庵、曹雪芹了。施、曹的白话，不是容易做到的。他们是读破万卷书，上下、古今，都能融会贯通，才写出这千古妙文来。现在《新青年》的白话，我们看起来，觉得有些涩眼，非得用了精神去看，不能读下去。要是他们用了文言，

---

① 《生活报》1914 年第 5 期。
② 《晶报》1919 年 12 月 6 日。

一定容易看的多,为什么呢? 老实说,就是他们的白话功夫,还没有到家。①

从上可见,恽、胡两人对新旧诗体并无太多成见,也都主张白话与文言在不同场合相互参用。很明显,其论争焦点不是新体诗与旧体诗孰优孰劣的问题,更不是新体诗该不该存在的问题,而是诗坛应该由谁来主导的问题,以及新旧体诗如何两存与发展的问题。

1922 年,尽管诗坛的论战以新体诗派占据上风而告一段落,但作为诗坛主流诗学批评,仍徘徊于新旧之间。次年,吴宓在讨论文学创造"正法"时,即提出了新材料和旧格律相结合的问题。他认为:

> 文学创造之责任,须能写今日今地之闻见事物思想感情,然又必深通历来相传之文章之规矩,写出之后,能成为优美锻炼之艺术,易言之,即新材料与旧格律也。②

即使任钧认为此论乃梁启超诗界革命的延伸,批评其"无丝毫新颖之处"。③ 但考虑到诗体大解放所带来的冲击,新体诗未得到完全接受的情况下,形式与内容革新的紧密结合,更易为大众所接受。

姜公畏《我对于新旧诗的评议》对诗坛新旧诗派各立门户,各不相容现象也存有非议。他认为:

> 新诗自有新诗本身的价值和地位,不能一概抹杀的。假如新体诗本身无价值,现在又何以生存? 总之新体诗在目前,还不是稳固和成熟的时代。相信将来,必有圆满的结果……你看胡适之诸先生,提倡白话以来,许多的青年跟着赛跑,报章杂志中,触目都是新诗,既无内质,又无外形。彼辈犹自号为新人物,试问这是新体诗本身的罪过么?④

姜氏对新诗的将来充满信心,对于新诗的现状却充满担心。虽然朱自清宣称,胡适的诗学理论"大体上似乎为《新青年》诗人所共信"⑤。但这种基于"共识"的判断,多少是有所偏差的。

对新旧诗歌积极调和与接受,正是民国诗学批评的主流思潮。陈子展《蘧庐诗话》提出走"从旧诗词蜕化出来的'胡适之体'"⑥这一诗学之路,得到相当的认可,也不足为奇。胡行之承认诗有白话与文言的形式之别,但真正的诗"在精神上是没有什么区别",⑦又把诗歌内在精神看作一体两用之态。这不仅是文学市场的要求,也是诗界革命"常"与"变"在博弈中的平衡。

值得注意的是,徘徊于新旧之间的诗学批评家中,吴芳吉与胡怀琛的理论更具有代表性。首先,吴芳吉对于新旧体诗的理论贡献。(一)吴芳吉重视诗歌的常与变,提倡诗歌在创作上采用传统体裁,又吸收歌谣、弹词等俗文学,甚至英语诗歌的表现方式,以其鲜明的个性,表现家国之情。《白屋吴生诗稿·自序》也指出:

---

① 《新世界》1919 年 4 月 10 日、13 日。
② 《学衡》1921 年第 1 期—1923 年第 15 期。
③ 任钧:《新诗话》,上海国际文化服务社 1948 年版,第 92 页。
④ 《学生文艺汇编》1926 年第 3 期。
⑤ 《中国新文学大系·建设理论集》,上海良友图书印刷公司 1935 年版。
⑥ 《申报》1935 年 11 月 15 日。
⑦ 《黄钟》1936 年第 3 期。

体制之始也清新，其末也陈腐；格调之始也空灵，其末也濡滞；意境之始也浑融，其末也纤巧；辞章之始也天真，其末也繁饰。迨其积弊日滋，取用不足，必有人起而为之除旧布新，披榛开路。于是由常转变，变又转常。常者规律，变者解放，互为消长而诗之演进无穷。①

吴芳吉对新体诗不讲文学之美颇为不满，但同时又宣称："自立法度，以旧文明的种子，入新时代的园地，不背国情，尽量欧化，以为吾诗之准则。"可以说，吴芳吉论诗并无严格的文白之分，却意识到诗之佳处，并非在文体与文字的区别，而是在于"内容的精彩"②。

（二）吴芳吉重视文学的本体，又倡导变通的文学，这在其后来的文论中屡屡得到验证。《吾人眼中之新旧文学观》认为："文学既不幸而有新旧之争也，则其离乎文学之本体，失乎文学之真谛亦已远矣。"《再论吾人眼中之新旧文学观》又明确："文学唯有是与不是，而无所谓新与不新，此吾人立论之旨。"故对"旧派文学以文学为消遣应酬之物，新派文学以文学为实用发明之事"的功利现状统统不满。《三论吾人眼中之新旧文学观》指出："兼新旧以教人，使人知新有不得不新、旧有无所谓旧。"《四论吾人眼中之新旧文学观》则又申："为诗必先为文，为新诗必先为古文；盖知古文而后可以知古诗，知古诗而后可以知新诗矣。"③试图通过"传统"的美学原则，来指导新诗创作。可以想见，这种调和论调被新诗派诟病不已，北京新潮社和上海《民国日报》甚至不断诋骂，但其在民国诗坛产生的影响是深远的。

其次，胡怀琛对新旧诗的建设性思考。1921年，胡怀琛《白话诗文谈》由广益书局出版发行。其中《无韵诗研究》《歌谣辑评》《诗的前途》《新派诗话》等，从进化论角度讨论了诗体的发展，并提出对于新旧体诗的综合考量。

（一）胡怀琛对诗坛纠结于文言与白话写作到底孰优孰劣的诉讼不能理解，他指出：

今之新旧文学家，大抵以为凡文言皆是旧，凡白话皆是新。不知文言白话，乃名相之不同，本作之旧新，岂在是耶？旧者抵死不肯为白话，新者抵死不肯为文言；只挣名相，不挣本体，无乃太执固耶？④

他认为新旧体诗最重要的区别是内容，不是语言。因为旧体文学中"诗的精神早已失了"，所以才有新体诗的出现，写实性、通俗性才为新体诗派所继承。

（二）胡怀琛承认新旧诗歌各有好处，各有坏处。《新派诗说》一文即详细分析了旧体诗"只在面子上做工夫"的十大流弊：（1）以典丽为工者；（2）以炼字为工者；（3）以炼句为工者；（4）以巧对为工者；（5）以巧意为工者；（6）以格调别致为工者；（7）以险怪为工者；（8）以生硬为工者；（9）以乖僻为工者；（10）以香艳为工者。同时，旧体诗也有五种好处：（1）以便记忆；（2）为最简之文字；（3）为最整齐之文字；（4）为有音节之文字；（5）为最能感人之文字。

与此相应，他也列举新体诗的短处：（1）繁冗；（2）参差不齐；（3）无音节。同时，新体诗也有其长处：（1）新体诗为白话的，能遍及于各种社会，非若旧体诗为特别阶级之文学也；

① 顾国华编：《文坛杂忆》，上海书店出版社 2015 年版，第 78 页。
② 贺远明等选编：《吴芳吉集》，巴蜀书社 1994 年版。
③ 吴相湘著：《民国人物列传》，东方出版社 2015 年版，第 101—105 页。
④ 胡怀琛：《文学短论》，梁溪图书馆 1926 年版，第 155—156 页。

(2)新体诗是社会实在的写真,非若旧体诗之为一人的空想也;(3)新体为现在的文字,非若旧体诗为死人的文字也;(4)新体诗是神圣的事业,非若旧体诗为玩好品也。

(三)胡怀琛认为新旧诗歌是可以调和的,且"各有适用之时"。他所认可的诗歌,是取新旧两体专长,淘汰新旧两体所短而"另成一种新派诗"①。这种"新派诗"融合了旧体诗、外国诗的特长,并从体例标准、诗人修养等方面作出质的规定与要求,从而为新诗的发展带来新鲜血液。当然,不可否认,胡怀琛直言文学作品只有好坏的分类,没有新旧的区别,也有意对新旧诗体的论战,采取一种回避态度。

从上可见,吴芳吉与胡怀琛对于新旧诗学批评的重要贡献。同时,我们可以看到,民国学人对新体诗的发展及旧体诗的衰落,是有目共睹的。柳亚子在《一封讨论新体诗的通信》中曾称:"我是相信旧体诗必然要淘汰,而新诗必然要兴起来的一个人。"②即便他隐晦的表达出对新体诗的某些不满,但仍希望走稳健的路线。故《通信》对"有旧诗的天才,又能接受新潮流"的林庚白之诗以盛赞。同样,柳亚子新作《送无非女儿赴美洲》也明显是"情感和理智的斗争"③成果。民国诗学的主流批评,更倾向于新体诗不刻意求新而自新,旧诗不必排而自废的观念。

综上而言,民国新旧体诗学处在一种不断论争,又相互融合的过程中。故而,王统照认为中国旧文学的新发展是"与时代精神合而为一的",也是"与文学观念的更新联系在一起的"④。尽管新诗派针对旧体诗情感的真实性、形式上的束缚等方面进行激烈批评;旧诗派针对新体诗内容的通俗化、格律中的散漫等方面予以反击。但诗坛的主流批评仍倾向于合新旧诗歌之长,而为新诗的发展探索方向,这也是民国诗学批评的历史贡献与现实意义。

---

① 胡怀琛:《白话诗文谈》,广益书局1921年版,第27页。
② 《读书月刊》1932年第3期,第395—400页。
③ 张明观、黄振业著:《柳亚子集外诗文辑存》,上海人民出版社2011年版,第115页。
④ 王统照:《王统照文集》六,山东人民出版社1984年版,第396页。

近代小说家的报刊诗话创作[*]

上海大学　李德强

对于报刊诗话的繁荣而言,一个不容忽视的重要群体——近代小说家,尤其是鸳蝴派作家群。毫无疑问,报刊诗话的兴盛受到鸳蝴派文风的强烈影响。在近代报刊的编辑者和撰稿人中,鸳蝴派作家占有很大比重,像《申报》的陈蝶仙、姚鹓雏、周瘦鹃,《新闻报》的范烟桥、许指严、王蕴章,《民权报》的蒋箸超、吴双热、徐枕亚;《时报》的包天笑;《小说新报》的李涵秋等,在小说界和报刊界都有很大影响。不可否认,他们对报刊诗话也产生了重要推动作用。

民国成立后,鸳鸯蝴蝶派中的许多作家,一方面,对于共和梦的实现欣慰不已,从而耽于消闲,乐于享受,有意为之创作;另一方面,随着革命激情的消退,也带来了对新社会的失望。如《恨轩诗话》所载《现象》云:"不及五年三独立,是真民意尽如斯?兵家已入金钱劫,报馆何来竹杠师。十个时装女议员,几间洋货大公司,千疮百孔治何术,革命诸君悔未知。"^①《也是实话》所载滑稽生之诗云:"阳历初三日,同胞上酒楼。一张民主脸,几颗野蛮头。细崽皆膨胀,姑娘悉自由。未须言直接,间接也风流。"^②诸如此类,即是当时知识阶层的社会心理反映。故而,他们中的许多人也有意逃避政治,转而埋头创作,专职以卖文为生。这些在理智与情感之间遭受折磨的敏感知识分子,也摒弃前期报刊文学以口号和说教为主的内容,以优美的文字和动人的故事来引导世风,以期"忘却那些不快活的事"^③。这于残酷现实斗争之外,带来了一股清新的空气。鸳蝴派作家群的创作,对报刊体在政论性——综合性——文学性的文风转变过程中,起到了承前启后的巨大推动作用;并对近代报刊的发展做出了贡献,许多报刊如《小说海》《小说新报》《小说时报》《小说月报》《小说丛报》《小说大观》《中华小说界》、等都成为他们创作的基地。

这些近代小说家,尤其是鸳蝴派作家群是过渡型知识阶层的典型代表。旧文学的风貌和新文化的特性在其身上得以完美融合。从某种意义上说,报刊诗话的出现正是这种新旧融合的文学产物。实际上,这些小说家也创作了诸多诗话作品。如被视为鸳蝴派"大本营"的《小说丛报》即有9种诗话刊载,他如李涵秋主编的《小说新报》有8种诗话,蒋箸超、刘铁

　　＊　本文系国家社科基金重大项目"民国话体文学批评文献整理与研究"(15&ZDB079)的阶段性成果;国家社科重大项目"清诗话全编"(12&ZD160)的阶段性成果;上海市高校青年教师培养资助计划"近代报刊诗话发展小史"(N. 37—0102—14—201)的阶段性成果。

　　①　范烟桥:《恨轩诗话》,刊载于《小说丛报》1917年。

　　②　姚民哀:《也是诗话》,刊载于《先施乐园报》1918—1919年。

　　③　周瘦鹃:《祝词》,刊载于《快活》1923年。

冷等主编的《民权素》有 25 种诗话刊载。由于特殊历史时期造就的特殊的现状,从而产生了这种特殊的文学现象,也使得近报刊诗学批评逐渐走向了大众,成为旧文学在近代的最后一次"复兴"。

换而言之,报刊的发展是一个渐变的、曲折的过程,它与报刊诗学批评的出现也相得益彰,并相互影响,促成报刊文化由精英走向大众,变成近代文明的日常精神消费。这种文化"下移"的发展趋势,是推动社会文明变革与发展的动力,并造就了近代文学特殊的二元相融现象。可以说,报刊诗话自有其特殊的文化形态与文学价值。不同于传统的诗学批评,这种二元化不是简单的看作雅俗文学的结合,更是近代文化命脉的延续。毋庸置疑,报刊诗话的产生与传播是近代文明进程中的重要组成环节,对近代文化格局的定型产生了巨大的潜在影响力。

近代小说家尤其是鸳蝴派作家群的创作,更具某种时代特性,有必要对其作进一步的系统整理与深入研究。故该文罗列报刊所刊载的 1870—1919 年的 25 位小说家(含小说理论批评家)的 56 种报刊诗话作品,以还原近代小说家的报刊诗话创作原貌。

近代小说家的报刊诗话目录

一、陈栩诗话作品

陈栩(1879—1940),本名嵩寿,字栩园,又字蝶仙,别号天虚我生、惜红生等,浙江钱塘(今杭州)人。曾主笔《大观报》《著作林》《游戏杂志》《女子世界》《申报自由谈》等,有《泪珠缘》《孽海疑云》等 10 多部小说问世。其报刊诗话有:

1. 栩园诗话

刊载于《著作林》1906—1908 年第 5—15 期①。诗话言故交,重香奁,并云:"唐之词人李白为首,其后韦应物、白居易、王建、刘禹锡、皇甫淞、司空图、韩偓并有述造,而温庭筠最高,其言深美宏约,莫可比喻。"可见其旨趣所在。

2. 艺苑同光集

刊载于《著作林》1906—1908 年第 5—6 期。《艺苑同光集》实为晚清名家小传,前有说明云:"本书仿《墨林今话》之例,专事采访同治迄今艺苑名家,列为小传,以资收藏家考证。分上、下两卷,上卷专载先哲;下卷专载现时名家。随得随录,概不叙次;已见《墨林今话》者不在列入。"上卷不以时代为先后,保存了 27 位先哲的生平与创作情况。下卷未刊载。

3. 蘐庵诗话

刊载于《著作林》1906—1908 年第 18—19 期。二卷。

4. 筝楼评诗记

作者陈栩,刊载于《著作林》1906—1908 年第 2—4 期。作品评骘同时诗家,兼及名人诗案。

① 《著作林》光绪三十二年(1906)创刊于上海,月刊,由陈栩主编,杨古韫、潘飞声、沈宗畸、吴眉孙、许伏民、孙芸伯、戚饭牛等编辑。

二、李涵秋诗话作品

李涵秋(1873—1923),名应漳,号韵花,别署沁香阁主人,扬州人。历任《半月》《快活》《小时报》《小说时报》主编,兼为《小说时报》及《快活林》等。有《广陵潮》《双花记》等 30 种长篇小说,《奇童记》《儿泪血》等 6 种短篇小说,及《我之小说观》《沁香阁笔记》《沁香阁诗集》等杂著。其报刊诗话有:

沁香阁诗话

刊载于《扬子江小说月报》①1909 年。诗话重自然本色,又提倡格律,并云:"诗不可不讲格律,亦不可有意攀摹格律。不有意摹仿格律而自然与之合者,上也。知有格律然后为诗者,次也。戕贼之我诗而强附格律者,下也。"

三、周瘦鹃诗话作品

周瘦鹃(1895—1968),原名国贤,江苏苏州人。近代著名报人,著名鸳蝴派作家,曾编辑《申报》《新闻报》《礼拜六》《紫罗兰》《半月》《乐观月刊》等。一生著述甚丰,有小说、剧本、散文集等多种作品传世。其报刊诗话有:

1. 绿蘼芜馆诗话

刊载于《妇女时报》②1912 年第 5—6 期。诗话前有小序,介绍创作缘起和目的,其云:"辛亥秋八月某晚,卧病绿蘼芜馆。明月入帘,花影横斜。长夜无聊,因采近世女诗,辑为诗话,并词若干首附其后。有句皆香,无字不妍;窗间拈笔,写上蛮笺。"其以清末以来的闺秀诗人为书写对象,在轻快笔调中传递一种生活情趣。

2. 淡月梨花馆诗话

刊载于《新世界》③1917 年 2 月。一则。

3. 怀兰室奁艳杂话

刊载于《新世界》1918 年 2 月。诗话专辑民初前后的香奁诗人创作,并云"艳体律诗类多以字面见长,浓妆艳抹非不可观。欲求词意并胜者,则多不可见。"可见对香奁诗歌的立论宗旨。

4. 游戏诗话

刊载于《先施乐园报》④1918 年。诗话以游戏之眼关注"新游仙"诗歌,并云:"游仙诗从来咏者甚多,掷笔空中,似不食人间烟火者。近人多作游仙诗,翻新花样,的的可诵,虽非诗之正格,亦可谓游戏三昧。如令旧闺中女儿,窄袖蛮靴作时世妆。虽出勉强,故亦未尝无动

① 《扬子江小说月报》光绪三十一年(1905)创刊于汉口,月刊,由胡石庵主编。共发行 5 期,停刊时间不详。
② 《妇女时报》创刊于清宣统三年(1911),月刊,由狄楚青与包天笑主办。中国第一份商业化的女子刊物,以介绍知识、开通风气为宗旨,设有图画、时论、知识介绍、游记、中外妇女风俗、文学等栏目内容。其《发刊词》称:"怵于国势之日蹙,世道之日微,思有以扶持之,以唤起同胞之迷梦。同人等于是谋为月刊,谓于吾女界中发其光芒,亦绍介所得以贡献于国民,则本志尽之职务也。"
③ 《新世界》又名《新世界义记日报》《新世界日报》,民国六年(1917)创刊于上海,日刊,由孙雪泥主编,郑正秋、姚鹓雏、徐枕亚、闻野鹤、周瘦鹃、陈小蝶、刘豁公、金天羽、朱大倬、姚民哀、俞涤烦等编辑,由该社出版发行。
④ 《先施乐园报》又名《上海先施日报》,民国七年(1918)创于上海,日刊,由周瘦鹃、王天根、刘恨我等主编,朱心佛发行,先施乐园游艺场出版。

人处也。"对"游仙"这一诗体的新变予以理论性总结。

四、王蕴章诗话作品

王蕴章（1884—1942），字莼农，号西神，别号窈九生、红鹅生，别署二泉亭长、鹊脑词人、西神残客等，江苏无锡人。曾编辑《新闻报》《小说月报》《妇女杂志》等，并任沪江大学、南方大学、暨南大学等地教授，有《秋平云室词》《梅魂菊影空词话》《西神小说集》《墨林一枝》等作品传世。其报刊诗话有：

1. 然脂余韵

刊载于《小说月报》[①]1914 年第 5 卷第 1—12 号。诗话前有自序云："吾宗西樵有《然脂集》之选，为部四，为类六十四，为卷二百三十余。其《自序》称：'历十五寒暑，始克就绪。'时则遥皇古，以迄当代；人则遥宫闱，以迄风尘；文则遥风雅，以迄杂著。虽考订未悉，不无谬尽，而按部就班，较为具体矣！……断自清初迄今□，断章零句，录之或无所表襮，而玉情瑶韵，蔚成佳话者，亦录之。传姓氏，志梗概，存十一于千百也，得若干家，若干言，名曰《然脂余韵》。非敢篡西樵之坠绪，聊以阐闺襜之馨逸耳。"故是作仿《然脂集》体例，注重闺秀创作与结社，保存了江南地区的诸多闺秀唱和，兼及江南风土人情。

五、叶楚伧诗话作品

叶楚伧（1887—1946），原名单叶、宗源，以字行，别字小凤，江苏吴县人。南社创立者之一，曾办《太平洋报》《生活日报》《民国日报等》，有《世徽堂诗稿》《楚伧文存》，小说《古戍寒笳记》《金阊之三月记》等作品传世。其报刊诗话有：

1. 说诗

刊载于《生活日报》[②]1914 年 3—4 月。《说诗》以时代为序，对远古至近代的诗歌流变作了详细分析；并以唐代为诗歌分界点，勾勒出历代诗歌演变轨迹。其论以唐诗为最高典范，并云："李唐一代，辞藻郁郁，精深宏博，各尽其术。"论宋诗则云"思力艰涩"；论明诗亦称"气体萎疲"；论同光体诗则曰："好为奇僻，今之作者，类宗于此；而华彩繁缛者，亦翔步中晚唐间。虽不足称，以视神贩东西，驳不成章者，亦差善矣。"

2. 读杜随笔

刊载于《民国日报》[③]1917 年 9—11 月。《随笔》从内容、风格、韵律、字句等方面进对杜诗进行了详尽论证。其重学力和法度，主张"简练揣摩"，反对拘于绳律。

六、李定夷诗话作品

李定夷（1890—1963），字健卿，一字健青，别署墨隐庐主等，江苏武进人。早年就读于上海南洋公学，曾任《民权报》《小说丛报》《小说新报》《消闲钟》等编辑，有近 40 种长篇小说传世。其报刊诗话有：

---

① 《小说月报》宣统二年（1910）创刊于上海，月刊，由商务印书馆主办，初由王蕴章、恽树珏主编，后由沈雁冰主编。

② 《生活日报》民国二年（1913）创刊于上海，日刊，由邵力子、于右任、叶楚伧等创办，徐朗西主编。

③ 《民国日报》民国五年（1916）创刊于上海，日刊，筹办人陈其美，叶楚伧任总编辑，邵力子任经理和副刊编辑。后成为国民党中央机关报。

1. 滑稽诗话

刊载于《消闲钟》①1914 年第 1 期。诗话创作缘起因"上海繁华,甲于中国,奢靡成习,淫佚相尚",故作者录滑稽诗作,以期"为荷花大少之棒喝"。借滑稽之诗,发警世之言。

2. 墨隐庐诗话

刊载于《小说新报》②1915—1916 年第 1、11 期。诗话多关注日、韩等地的域外诗人创作。

七、苏曼殊诗话作品

苏曼殊(1884—1918),原名戬,字子谷,学名元瑛(又作玄瑛),广东香山人。早年留学日本,回国任《国民日报》翻译;后在惠州出家,法名博经,法号曼殊,工小说,长于翻译,有《苏曼殊全集》传世。其报刊诗话有:

燕子龛诗话

刊载于《民权素》③1914—1916 年第 13 期。诗话言出家生活,并涉近代史事,兼及西方诗歌。

八、徐枕亚诗话作品

徐枕亚(1889—1937),名觉,别署徐徐、泣珠生、东海三郎等,江苏常熟人。曾编辑《民权报》《小说丛报》《小说季报》等,有 10 余部小说作品传世。其报刊诗话有:

1. 鲍家诗话

刊载于《小说丛报》④1915 年第 9 期。诗话前有序云:"年来琴剑累人,文章憎命;一灯座对,半卷行吟,遗世独立,徒暇企夫仙踪;顾影自怜,已久谙夫鬼趣。操觚之暇,偶浏览明清两代志怪搜奇之作,蓬瀛俊侣,尽多断句零草;虚墓游魂,亦解吟风弄月。因择其尤雅驯,而为常人所不能道者,辑成诗话数则,以破客者闷。"故其作多以离奇之笔,为"闲谈"之资,有很强的故事性。

2. 快活三郎诗话

刊载于《小说丛报》1915—1916 年第 10—11 期。诗话多以诗记言,寓讽刺于诙谐之笔。

九、闻宥诗话作品

闻宥(1901—1985),字在宥,号野鹤,上海松江人。曾编辑《礼拜花》《中国画报》《民国日报》《新文学丛刊》等,有《野鹤零墨》《春莺絮梦录》《霅碎春红记》等小说传世。其报刊诗话有:

1. 销魂诗话

刊载于《销魂语》⑤1915 年第 2 期。诗话以戏谑之诗,供人解颐。

---

① 《消闲钟》民国三年(1914)创刊于上海,月刊,由李定夷主编。
② 《小说新报》民国四年(1915)创刊于上海,月刊,由李定夷主编。
③ 《民权素》民国三年(1914)创刊于上海,月刊,由刘铁冷、蒋箸超主编。
④ 《小说丛报》民国三年(1914)创刊于上海,月刊,由徐枕亚等编辑。
⑤ 《销魂语》民国三年(1914)创刊于上海,月刊,由该社发行。

2. 恬簃诗话

刊载于《民国日报》1916 年 9 月—1918 年 5 月。诗话重宋诗一脉，倡教化之功，力推以"不俗"论诗，并云："以诗之为用，意深而格奇，斯尽矣。意深，则辞必不平；格奇，则必不滑……渔洋专尚风调，所作乃描眉略鬓，若村妇见客，纵婉转狐媚，终是一股俗气而已。"又云："'神韵'二字，固有不可言传者。大致便旋适口，尾音能绵而远，则神韵得矣。然亦有愈涩愈见神致，愈拗愈见绵远者。"可见其诗学宗旨。

3. 推仔第二楼诗话

刊载于《民国日报》1917 年 6 月。十一则。

4. 答亚子

刊载于《民国日报》1917 年 6—7 月。针对柳亚子诗话《质野鹤》的反击，反对把同光派看作"亡国之音"，并认为："诗乃挥写灵衷，心之感遇不一，诗之词意逐分若雄丽、寒瘦。此咸本自灵衷，譬如天之有寒、奥，地之有夷、险，既不相谋，又不相犯。"

5. 春笑轩拉杂话

刊载于《民国日报》1917 年 8 月。

6. 千叶莲花室诗话

刊载于《民国日报》1918 年 5 月。三则。

十、陈小蝶诗话作品

陈小蝶（1897—1989），原名蘧，别署蝶野、醉灵生、醉灵轩主人、定山等，浙江杭州人。曾撰稿于《小说月报》《游戏杂志》《女子世界》《申报自由谈》等，有《定山先生诗文集》《醉灵轩读画记》、小说《塔语斜阳》《香草美人》等小说传世。其报刊诗话有：

1. 醉灵轩琐话

刊载于《申报》[①]1915 年 10—11 月。

2. 佩筠诗话

刊载于《新世界》[②]1917 年 8 月—1919 年 5 月。诗话关注乡邦文学与文献，兼及诗人逸事。

十一、姚鹓雏诗话作品

姚鹓雏（1892—1954），原名锡钧，字雄伯，笔名龙公，上海松江人。曾编辑《国学丛选》《太平洋报》《申报》《江东》《春声》等，被誉为"松江才子"，有《恬养簃诗》《苍雪词》《榆眉室文存》《鹓雏杂著》（中长篇小说 13 部，短篇小说 73 篇）等作品。

1. 止观室诗话

刊载于《民立报》[③]1913 年 5—6 月。诗话论诗以宋诗派为宗，尤"深服郑海藏酝酿之旨"，并保存了部分师友作品。

---

① 《申报》同治十一年（1872）创刊于上海，日刊，由英国人美查创办。

② 《新世界》又名《新世界义记日报》《新世界日报》，民国六年（1917）创刊于上海，日刊，由孙雪泥主编，郑正秋、姚鹓雏、徐枕亚、闻野鹤、周瘦鹃、陈小蝶、刘豁公、金天羽、朱大倬、姚民哀、俞涤烦等编辑，由该社出版发行。

③ 《民立报》宣统二年（1910）创刊于上海，日刊，由于右任主办，宋教仁、范光启、景耀月、章士钊等先后主编。

2. 赭玉尺楼诗话

刊载于《民国日报》1916 年 1 月—1917 年 12 月。诗话自云："余诗初入北宋,酷嗜宛陵、后山、荆公三家,而微不满东坡;至是复稍变其蹊径,甚喜为飞卿、牧之。"其力倡出唐入宋,反对门户习气;重学问求不俗,而不废性情之真。诗话善于对近代诗家作精要总结,故有云:"李莼客如诗礼旧家,犹存彝鼎;袁爽秋如名僧讲坐,时吐法言;邓弥之如元酒太羹,故有至味;樊云门如小家碧玉,口角尖新。"又云:"俞恪士诗蕴藉,如亲佳士;郑太夷俊逸,如对好山;陈散园百怪填胸,如啖什锦羹,不复能辨甘辛浓腕;陈石遗则堆盘苜蓿,自饶清味。""亚子诗如黄昏剑客,黑云如墨,夭矫盘旋;吹万诗如盛年书生,缓带轻裘,自饶儒雅;石子诗如妙龄碧玉,天寒翠袖,楚楚自怜。"

3. 懒鲦杂缀

刊载于《民国日报》1917 年 3—4 月。诗话推尊钱谦益诗歌,并云:"江左之家,牧斋骨力最遒健,太仓犹不免以肌肉富丽见长。""龚芝麓诗浮华未删,以方虞山、太仓盖远不逮。"云云。

4. 论诗随笔

刊载于《新世界》1917 年 9 月。

5. 宋诗讲习记

刊载于《民国日报》1918 年 11 月。《宋诗讲习记》记录学诗经历,阐述其诗学见解,并云:"旧时诵诗于少陵,尝卒业一二卷,昌黎、东坡略涉猎而已;近人则随园、瓯心余、仲则诸家……元年居沪,柳安如介之入南社,始得尽觇东南诗人篇什;旋读厉樊榭、钱箨石、王谷园、龚定庵诸君集,于浙派诗旨小有悟入,所作微变其故步,然仍时时依违于范伯子、陈散园之间,得诗亦最富。"展示其诗学门径。

十二、范烟桥诗话作品

范烟桥(1894—1967),名镛,字味韶,别署含凉生、鸥夷室主、愁城侠客等,江苏吴江(今苏州)人。有《中国小说史》《鸥夷室杂缀》等作品传世。其报刊诗话有:

1. 无我相室诗话

刊载于《小说丛报》1917 年 4 期。

2. 恨轩诗话

刊载于《小说丛报》1917 年 6 期。

十三、姚民哀诗话作品

姚民哀(1893—1938),名姚朕,又名肖尧,字天亶,江苏常熟人。曾主编《新世界》《游戏杂志》《春声日报》《世界小报》等,有小说、弹词等 10 多部作品传世。其报刊诗话有:

1. 息庐随笔

刊载于《民国日报》1917 年 5 月。

2. 花萼楼诗词录

刊载于《新世界》1917 年 8 月。

3. 也是诗话

刊载于《先施乐园报》1918 年 9 月—1919 年 1 月。诗话以滑稽之笔或讽刺,或嘲笑,或解颐,对民初社会的雏妓、吃白食者等人物,赌博、再婚等现象及张勋"辫子军"复辟等历史事件以嘲讽,兼及社会风貌与地方风情。

4. 息庐诗词谈

刊载于《新世界》1919 年 6 月。

十四、魏秀仁诗话作品

魏秀仁（1819—1874）,字子安,又字子敦,福建侯官人。有《陔南山馆文集》《咄咄录》《石经考》等 40 多种作品传世,小说《花月痕》开鸳蝴文学派先声。

陔南山馆诗话

刊载于《小说月报》1917 年第 8 卷。前有陈衍小序,谢章铤题词,刊载诗话前两卷部分内容。谢题云:"戊辰夏,子安仁丈大人见慧以诗,复示以所著《陔南诗话》。前四卷述师友渊源,后六卷专记时事,皆有关世道人心之作。"（按:《小说月报》刊载作品前两卷部分内容,以"阐家风,扬世德。"）

十五、史别抱诗话作品

史别抱,生平不详,《近代报刊小说目录》载其小说作品。其报刊诗话有:

1. 别抱诗话

刊载于《劝业场》①1918 年 12 月。诗话保存数首《上海竹枝词》,有诗学文献价值。

2. 醉月楼诗话

刊载于《先施乐园报》1918 年 10 月—1919 年 9 月。

3. 游戏诗话

刊载于《先施乐园报》1918 年 12 月—1919 年 1 月。诗话保存了《新游仙诗》23 首,如其一云:"不觉罡风引九重,夜深听乐广寒宫。谁将一曲霓裳拍,收入留声机器中。"以古诗形式赞美了汽车、留声机、气球、电灯等近代文明产物。

4. 天声楼诗话

刊载于《大世界》②1919 年 3—4 月。

5. 扫愁室游戏诗话

刊载于《先施乐园报》1919 年 3 月。

十六、平襟亚诗话作品

平襟亚（1892—1978）,名衡,笔名网蛛生、襟亚阁主人、秋翁等,江苏常熟人。曾为《平报》《时事新报》《福尔摩斯报》等撰文,并创办《万象》月刊,有《秋斋笔谈》《故事新编》等作品传世。其报刊诗话有:

1. 登高诗话

刊载于《先施乐园报》1918 年 10 月。

---

① 《劝业场》民国六年(1917)创刊于上海,日刊,由刘沧遗、童爱楼、瞿爱棠、王尘影等主编,上海豫园劝业场发行。
② 《大世界》民国六年(1917)创刊于上海,日报,由黄楚九创办,刘青、孙玉声等主编,大世界游艺场发行。

2. 美人诗话

刊载于《先施乐园报》1918 年 12 月。诗话前有序云："予幼读古人咏美人者多矣,可知目之于色,有同嗜焉。兹就所忆者,录之如下。'书中自有颜如玉',诸君欲见绝世美人,可向此中求之也。"

十七、张碧梧诗话作品

张碧梧(1905—1987),江苏扬州人。曾翻译《断指手印》《人猿泰山》等小说,有《张碧梧小说集》等传世。其报刊诗话有:

谐诗话

作者张碧梧,刊载于《先施乐园报》1918 年 12 月。

十八、程瞻庐诗话作品

程瞻庐(1879—1943),名文棪,字观钦,号瞻庐,又号南国,别署望云居士,江苏吴县人。曾为《中华小说界》《小说月报》《妇女杂志》《小说海》《红杂志》等撰文,有《新广陵潮》《茶寮小史》《滑稽春秋》《唐祝文周四杰传》等 24 种作品传世。其报刊诗话有:

望云居诗话

作者程瞻庐,刊载于《先施乐园报》1918 年 10 月—1919 年 6 月。

十九、朱天目诗话作品

朱天目,江苏扬州人。早年留学日本,著名鸳蝴派作家,被誉为"扬州六才子"之一,有《四美记》《光陵花谱》《情海归槎记》《怜心集》等作品传世。其报刊诗话有:

褒月龛诗话

刊载于《先施乐园报》1919 年 11—12 月。诗话关注香奁诗作,并云:"艳体诗能写实事为贵,七绝尤宜人,一气呵成,忌生硬堆典。读者上口,如牟尼一串珠,方可为佳作。"

小说理论家

二十、狄葆贤诗话作品

狄葆贤(1872—1941),字楚青、楚卿,号平子,自署平等阁主人、平情居士、六根清净人等。曾编辑《时报》《小说时报》《妇女时报》《佛学丛报》等,有《平等阁诗话》《平等阁笔记》《论文学上小说之位置》等作品。其报刊诗话有:

平等阁诗话

刊载于《时报》[①]1904 年。诗话有序云:"风人之咏,流派万变,综其索钥,不外感物而鸣,意有所触而成声,声之所荟而成句。世代递嬗,跶境日辟,标新树异,务屏陈言,义无悖乎古

---

① 《时报》光绪三十年(1904)6 月创刊于上海,日刊,总经理狄葆贤,总主笔罗普,由陈冷、雷奋、包天笑、戈公振等编辑。

人,辞自推焉作者。虽起往圣于千祀,当亦不废斯言。余少耽诗,而尤耽今人之诗。迨壮,溯江上下,驰驱于燕、赵之郊,所与游处,皆一时名贤豪俊及岩穴之奇,又类多能诗者,心焉识之不忘。时遭阳九厄运,惊熛昼飞,戎马叩关,车驾西狩。已而天地清明,复我故都,念乱图治,聿新区宇。余亦倦游知返,栖息沪滨,抚序感物,悄然有怀旧之思。爰萃今人之作,上及往宿逸篇,猎其华而存其概,杂书为诗话,久之得数百条。"诗话搜罗广泛,录诗百人,几乎囊括旧体诗派的创作,保存大量文坛掌故;其论则善以简驭繁,能"存其华而取其概",故有"去取确当,新旧两存"(钱仲联《近百年诗坛点将录》)之誉。

二一、王钟麒诗话作品

王钟麒(1880—1914),字毓仁,又作郁仁,号无生,别署天僇、天僇生等,江苏扬州人。曾任《神州日报》《民呼报》《天铎报》等主笔,并创办《独立周报》,有《论小说与改良社会之关系》《中国历代小说史论》《中国三大小说家论赞》等作品传世。其报刊诗话有:

1. 无生诗话

刊载于《民吁日报》[①]1909 年 10—11 月。诗话多涉师友之作,并对域外诗歌有所关注。

2. 小奢摩室诗话

刊载于《民立报》1910 年 12 月—1911 年 10 月。诗话关注清末民初诗人生平,载画家姚燮、数学家周今觉、佛学家杨仁山、翻译家林纾、留学生郁华、维新志士刘光第、剩清遗老王闿运等诗歌掌故;诗法则瓣香玉溪,工于组织。

二二、胡怀琛诗话作品

胡怀琛(1886—1938),原名有怀,字季仁,后改寄尘,别号秋山,安徽泾县人。曾任《神州日报》《太平洋报》《中华民报》等编辑,后受聘于上海通志馆,有《国学概论胡怀琛》《中国文学史略》《中国诗学通评》《中国民歌研究》《中国小说研究》《中国戏曲史》等百余种作品传世。其报刊诗话有:

1. 解颐诗话

刊载于《民立报》1912 年。一则。

2. 波罗奢馆诗话

刊载于《民国日报》1917 年。一则。

二三、蒋箸超诗话作品

蒋箸超(1881—1937),字子旃,号抱玄,号蔽庐,浙江绍兴人。曾供职《民权报》《民权素》《小说丛报》等,有《蔽庐非诗话》《听雨楼诗话》《古今小说评林》等作品传世。其报刊诗话有:

今日诗话

刊载于《民权素》1914 年第 6 期—1916 年第 16 期。诗话前有序,以申创作目的,其云:"诗话之作伙矣,然记载矜其博,去取务于宽。求其博而不冗,宽而能精者,已属仅见;至于别具体裁,俾有作用,盖未之前闻。某也不才,略谙韵,放懒辍笔,近二十载。比者国粹沦亡,异

---

① 《民吁日报》宣统元年(1909)创刊于上海,日刊,由于右任主办,范鸿仙、景耀月、李孟符等编辑。

庞奇吪,思古之心,愁焉忧之。爰从时好,谬著是篇,以分类为主,以说诗为辅。俾后之学诗者,随时兴感,言皆有物,则救数典忘祖之弊,某实有宏愿焉。……表存古之区区也。"其作品以时间为线,溯历史抒兴亡,多闲谈之资,以备史乘存古之意。

二四、蒋瑞藻诗话作品

蒋瑞藻(1891—1929),字孟洁,号花朝生、羼提居士,浙江诸暨人。有《小说考证》《小说技谈》《花朝生笔记》《花朝生文稿》《羼提斋丛话》等作品传世。其报刊诗话有:

苎萝诗话

刊载于《妇女杂志》①1919 年第 9—10 期。诗话前有序,以明创作缘起。其云:"诸暨,浙东下邑也。自秦置县至于今,历年三千,而声施烂。然见于史册者绝少,其人文字、小技耳传者,亦复寥寥不难,屈指而数,至于闺秀,则尤少矣。孟夏四月,余大病,谢绝人事。日与药里相周旋,间亦与女友白冰卿谈艺为乐。冰卿喜诵闺秀诗,各家传集,搜罗备略,而出自邑人手者独鲜,因谓余能致之乎? 余无以应,则考之志乘,旁及杂记短书,草诗话一卷遗之。篇帙之少,盖限于地与人,未如之何也"《苎萝诗话》前有序言,以申诗话创作缘起。其序云:"诸暨,浙东下邑也。自秦置县至于今,历年三千,而声施烂。然见于史册者绝少,其人文字、小技耳传者,亦复寥寥不难。屈指而数,至于闺秀,则尤少矣。孟夏四月,余大病,谢绝人事。日与药里相周旋,间亦与女友白冰卿谈艺为乐。冰卿喜诵闺秀诗,各家传集,搜罗备略,而出自邑人手者独鲜,因谓余能致之乎。余无以应,则考之志乘,旁及杂记短书,草诗话一卷遗之。篇帙之少,盖限于地与人,未如之何也? 苎萝,邑山名,离县五里,今在城南门外,实西子之故乡,艳迹冠绝千古,故以名诗话。明诗话为吾邑闺秀作,亦以邑白不如人,独此浣纱女郎,可以傲视今古而已。"故其考史乘及杂记中的相关创作,以诗记人,以人记事,以图保存和发扬乡邦闺秀文学。

二五、郑逸梅诗话作品

郑逸梅(1895—1992),名际云,号逸梅,江苏苏州人。曾编辑《华光半月刊》《金刚钻》等,有"报刊补白大王"之誉,有《书报话旧》《南社丛谈》《近代名人丛话》等作品传世。其报刊诗话有:

诗话片锦

刊载于《小说新报》1919 年第 9 期。

---

① 《妇女杂志》民国四年(1915)创刊于上海,月刊,由王蕴章主编。

民国报刊滑稽诗话与诙谐诗创作观念

上海社科院文学所　张晴柔

　　诗话,作为一种中国特有的诗歌批评体式,原本出自"闲谈",重在记录本事、考释典故、欣赏佳句。后来逐渐发展为评论家宣扬自己诗学主张、进行文学批评的文体。传统的诗话,无论是为娱闲而作,还是严肃的理论著作,基本都属于雅文学的范畴。晚清开始出现一些与正统诗话颇为殊调的滑稽诗话,如李伯元《庄谐诗话》,它们不再以文学性为重,而是着力于嬉笑怒骂,针砭时弊。民国时期滑稽幽默诗话盛行一时,它们进一步通俗化,完全成了俗文学。这些滑稽诗话,大多延续了晚清滑稽诗话对政治的讽刺,但内容更加丰富多彩,关注的范围包括了社会的方方面面。它们既具有鲜明的时代特征,也并未完全脱离文学传统的影响。

一

　　"滑稽"一词,本有两种含义。它首先出现在《楚辞·卜居》中:"将突梯滑稽,如脂如韦,以絜楹乎?"《史记·孔子世家》云:"晏婴进曰:夫儒者滑稽而不可轨法。"这里的"滑稽"是指处事圆滑。又,《史记·樗里子甘茂列传》云:"樗里子滑稽多智,秦人号曰'智囊'。"司马贞索隐:"邹诞解云'滑,乱也。稽,同也。谓辨捷之人,言非若是,言是若非,谓能乱同异也'。一云滑稽,酒器,可转注吐酒不已。以言俳优之人出口成章,词不穷竭,如滑稽之吐酒不已也。"后世"滑稽"一词主要采用后一种含义,指机辩善谑。在现代汉语中,"滑稽"用来形容一个人语言、动作等的幽默诙谐,引人发笑。而"诙谐"一词最早见于《汉书·东方朔传》:"久之,朔上书陈农战强国之计,因自讼独不得大官,欲求试用。其言专商鞅、韩非之语也,指意放荡,颇复诙谐,辞数万言,终不见用。""朔之诙谐,逢占射覆,其事浮浅,行于众庶,童儿牧竖莫不眩耀。"诙谐的今义与古义近似,指谈话富于风趣。滑稽、诙谐在中国文学中的传统由来已久。《左传》中记录有嘲笑宋国主将华元的民谣。《诗经》中也有一些笑谑的民间诗歌。这些民间诙谐文学,有的是嬉笑玩闹之作,有些则讥刺当道,具有一定政治批判性。署名宋玉的《登徒子好色赋》可能开辟了文人主动创作诙谐文学的先河。到汉代,诙谐辞赋勃兴,其创作目的主要是为了娱乐解颐,但也有讽谏君王的作用。扬雄的《解嘲》《酒箴》《逐贫赋》借谐谑表达对现实的批判,增强了诙谐文学的思想性。魏晋时期,滑稽之风大盛,正所谓"魏晋滑稽,盛相驱扇"(《文心雕龙·谐隐》)。应璩《百一集》专录诙谐诗。应璩以前,文人创作的诙谐文学主要以文、赋为主,而大量地创作诙谐的五言诗,使诙谐成为其诗歌的主要风格和基本特征,应自应璩始。应璩之诗,或讽刺政治黑暗、揭露社会弊病,规劝当道;或对生活中的愚人愚行进行嘲讽;或以自嘲的形式表达自己对人生的感悟。这对后世的文人创作诙谐诗有着深远影响。

传统的诙谐诗主要有两重功能:一是引人发笑,体现出趣味性和娱乐性;二是讽刺时事,体现出政治性和思想性。总体而言,此类诗长期以来并不被主流诗坛所重视。宋代诗话中,《中山诗话》《竹坡诗话》《后山诗话》等虽收录了较多有关诗人调笑戏谑的条目,但并未将戏谑之诗当作一个专门的类别,对其进行系统性的讨论。元明时期通俗文学发达,出现了许多笑话集、笔记小说,其中往往也收录诗坛趣闻、民间谐诗,但也没有专录诙谐诗、滑稽诗的诗话。直到清末,谴责小说作家李伯元首创《庄谐诗话》,才开辟了"滑稽诗话"的先河。自此之后,滑稽诗话盛行一时。除却范左青编《古今滑稽诗话》、胡山源编《幽默诗话》等专著,各种报刊连载的滑稽诗话、诙谐诗话、幽默诗话更是丰富多彩。据笔者统计,目前已知的民国时期报刊滑稽诗话达到了 100 种以上。可以说,滑稽诗话在民国时期形成了一个较为重要的诗话类别,这在诗话的发展史上是一个特殊现象。

民国滑稽诗话延续了传统诙谐诗的娱乐性和对社会政治的关注,但又具有鲜明的时代特征。总的来说,传统诙谐诗主要是出自文人自娱,而民国滑稽诗话则出自现代商业化娱乐,这使得它们的旨趣和前代诙谐文学不尽相同。首先,这些诗话中几乎看不到古代或当代著名诗人的身影,所选滑稽诗的作者都是不知名的下层文人,或里巷平民。它们有的大量抄录明清笔记,如《新闻报》所载《滑稽诗话》;有的主要收录作者自己及其友人所作滑稽诗,如蒋箸超《蔽庐非诗话》;还有的主要选取当代的民间谐诗,如闻见《游戏诗话》。其次,滑稽诗话收录诗往往俚俗不堪,缺乏文学性,有很多其实只是打油诗。再者,滑稽诗话的作者虽然对滑稽诗时有评论,但少见鲜明的文学主张。当然,有些诗话之间还存在彼此抄袭、大量重复的现象,这是粗制滥造的小报的常态,无须赘述。李德强认为,包括滑稽诗话在内的报刊诗话,"娱乐性已经成为它们共同的诗学主体"。"滑稽诗话完全可以定义为俗诗话作品,它不需要动辄以《三百篇》旨归,更不需要有太多的微言大义。戏谑是它的本质特点,嘲笑是它的主要内容。"另外,"近代报刊中的滑稽诗话在关注政治层面的同时,更多地把目光转向社会层面,这是其与前代的不同之处。"①

值得一提的是,民国时期还出现了与前代"滑稽""诙谐"之作有所不同的"幽默诗话"。"幽默"一词是林语堂率先译介的。林语堂在《幽默杂话》中说:"幽默二字原为纯粹译音,行文间一时所想到。Humor 既不能译为'笑话';又不尽同于'诙谐'、'滑稽'②"。他将"幽默"分为广义和狭义两种,广义的幽默"常包括一切使人发笑的文字,连鄙俗的笑话在内";狭义的幽默"是与郁剔,讽刺,揶揄区别的"。林语堂所提倡的最上乘的幽默,是表示"心灵的光辉与智慧的丰富"③。在林语堂创办的《论语》杂志上连载的胡徇遒《幽默的诗话》,显然受到林语堂"幽默"观的影响。作者胡徇遒评论所选之诗时,常用如"含着眼泪笑""会心之微笑"等评语。其中有些篇章围绕一个主题夹叙夹议,可作一篇现代小品文观。文中选录的幽默诗也与时俱进,如《名流与政客》一篇,引用林语堂的《咏名流》新诗;《说虫类》一篇,引用周作人

---

① 李德强:《近代报刊诗话的娱乐性新变》,《华南师范大学学报(社会科学版)》2012 年第 2 期,第 151—155 页。
② 林语堂:《幽默人生》,陕西师范大学出版社 2005 年版,第 32 页。
③ 林语堂:《论幽默》,《论语》1934 年第 33 期,第 434—438 页。

《苍蝇》新诗,都是与传统的诙谐诗、滑稽诗异趣的新文学。这部诗话虽然采用了传统的诗话体裁,且其中不乏一些当时烂俗的打油诗;但它有些篇章的思想和风格已不同于其他滑稽诗话。由此也可看出,诗话这一体裁在表达新文学、新思想上也并未过时,依然具有强大的生命力。

二

《诗》云:"善戏谑兮,不为虐兮。"(《卫风·淇奥》)由"谑而不虐"之说发展出一种合于中庸、有节有度的诙谐文学观念,对后世滑稽诙谐文学的创作影响深远。刘勰《文心雕龙·谐隐》继承了这一观念,提出诙谐文学要讲求"德音"。他首先指出,"谐之言皆也,辞浅会俗,皆悦笑也",诙谐文学的本质是娱乐性的。但它们的意义又不止于引人发笑,而是可以有补于世道人心,"辞虽倾回,意归义正"。因此刘勰认为诙谐文学具有一定价值,"谐辞谵言,亦无弃矣"。然而,由于诙谐文学本因娱乐而起,所以"本体不雅,其流易弊"。刘勰特别批评了一类"莠言",说"曾是莠言,有亏德音","空戏滑稽,德音大坏"。这类"莠言",指"无所匡正""无益时用"而只知"祇嫚亵弄"的戏作。如潘岳《丑妇》,束皙《卖饼》,只是嘲笑他人取乐,格调卑俗,是有害于文章之道的。

由此可见,传统的诙谐文学观念是指嘲讽要有度,不可过分;作品不应只顾滑稽取笑,而有损德音。民国滑稽诗话大多能体现对这一观念的主动认同。滑稽诗话的作者首先是借"谑而不虐"之说,为历来不登大雅之堂的滑稽诗正名,确立了创作滑稽诗的合理性。现代通俗文学大家郑逸梅说:"或又曰:'然则滑稽韵文之最古者,当推淳于髡之"瓯窭满篝,污邪满车。五谷蕃熟,穰穰满家"四语也。余曰:'此事周公旦已优为之。东征将士三年归来,周公劳之以诗。其时不少归而就婚者,公则曰:"其新孔嘉,其旧如之何。"妙语诙谐,所谓"善戏谑兮,不为虐兮"。古圣人何尝不喜滑稽乎。'"①而另一些滑稽诗话的作者,则在此基础上明确提出了滑稽诗的创作论。如心父《谐诗话》云:"俳体之诗,贵有风趣,而又须不涉淫佻;韵律稍差,尚无大碍。"②南薰《诙谐诗话》云:"滑稽诗极难作。用意贵新颖,而遣辞复尚娴雅。"③他们都指出滑稽诗虽以娱乐性为主,但不可轻率视之,要在新奇、风趣之上追求一定的格调。王兆霖《挹翠室滑稽诗话》则指出"滑稽诗太过则近俗,不及则寡趣。免俗饶趣,方可朗朗上口"④,强调了滑稽风趣要合于中庸。他还借苏轼文论,具体说明了滑稽诗应有的作法:"苏玉局尝谓作文如行云流水,但能行于所当行,止于所不可不止。虽嬉笑怒骂之辞,皆可书而诵之。余谓文固如是,诗亦何独不然。而滑稽诗尤当作如是观。"⑤这些议论都体现了"中和""适度"的审美追求,这显然是符合传统的"谑而不虐"观念的。王兆霖选诗即往往兼具风趣和雅致,不似有些纯粹追求娱乐的诗话所选多粗俗之作。对于部分在道德观念上略显轻佻的滑稽诗,即使文辞趣妙,王兆霖也会予以批评。如集中收录咏成都江边某节妇石像诗云:

---

① 郑逸梅:《滑稽诗话》,《游戏世界》1922 年第 10 期,第 5 页。

② 心父:《谐诗话》,《越国春秋》1834 年第 36 期。

③ 南薰:《诙谐诗话》,《广益杂志:谐铎》1919 年第 5 期,第 4 页。

④ 王兆霖:《挹翠室滑稽诗话》,《社会之花》1924 年第 2 卷第 1 期,第 8 页。

⑤ 王兆霖:《挹翠室滑稽诗话》,《社会之花》1924 年第 2 卷第 5 期,第 5 页。

"亭亭玉立在江滨,万里无家石作邻。蝉鬓不梳千载髻,蛾眉长锁万年春。霜为铅粉凭风敷,霞作胭脂仗日匀。莫说眼前无宝镜,一轮明月照夫人。"语有情致而不涉猥亵,而王兆霖评曰:"词虽隽永,然未免唐突矣。"①这显然是认为拿节妇开玩笑有些轻薄。《新闻报》所载《滑稽诗话》,旁征博引,多载明清笔记中之诙谐诗及诗本事,选诗即以"谑而不虐"为标准。如记载"清广宁秦世桢,于顺治辛寅巡按江南,创立鱼鳞册易知单,及输粮食者自投封疆之制。苏人便之。一时有'铁面'之称。继之者为李成绍。既悒怏无华,亦安静无为。惟日饮亡何而已,人竟以'糟团'目之。成绍甘之如饴也。一日仪门上黏一诗,系改崔护'人面桃花'句者。诗云:'去年今日此门中,铁面糟团两不同。铁面不知何处去,糟团日日醉春风。'"此事改写自清代王应奎《柳南随笔》。而《滑稽诗话》作者即以"谑而不虐"称赞这首游戏诗②。李定夷所著《滑稽诗话》,录讽刺上海"荷花大少"诗,曰:"上海繁华,甲于中国。奢靡成习,淫佚相尚。然外强中干之荷花大少,正亦不少。迷津钓客曾诗嘲之曰:'多少空心大老官,外强可奈已中干。野鸡团子都无着,还要逢人说大餐。''镀金约指嵌玻璃,亲手拉缰马似飞。不道英雄偏气短,家中昨日泣牛衣。''名花列座吃双台,下脚都从借箸来。轿饭钱须除局帐,托言朋友不消开。''短衣窄袖气豪华,今日租来脚踏车。一失足成千古恨,可怜磕破大西瓜。'"荷花大少,指夏季衣着光鲜,却无力置备较贵的冬装之人。这几首诗将他们打肿脸充胖子、虚荣做作的形象刻画得淋漓尽致,幽默而不恶俗。因此作者评曰:"谑不伤雅,足为荷花大少之棒喝。"③可见诗话作者对风趣而不庸俗之诗的欣赏态度。

事实上,大多数的滑稽诗话并不能完全做到"谑而不虐"。甚至有很多诗话所选诗泥沙俱下,纯属"诋嫚亵弄"之作。它们或嘲弄他人生理残疾,如面麻、身矮、跛足、驼背;或嘲笑穷人、底层劳动者;或以淫猥下流的玩笑为乐。如《香海》所载《滑稽诗话》,通篇嘲笑车夫、女工、秃子、缺唇等人物,趣味恶俗,实在难以称之为幽默诙谐。这种现象主要是由于作者过分追求娱乐性所导致的。报刊诗话本为营利而作,而作为读者的普通市民,审美趣味并不高,往往能被粗俗的笑话博之一笑。但即使如此,"谑而不虐"的审美标准依然深入人心,即使选诗格调不雅,作者仍会采用"谑而不虐"作为评价诗作的标准。如果是嘲讽过度、或是以粗俗为乐的诗,常会得到"谑而虐矣"的评价。如《娱闲录》所刊《游戏诗话》,录一文士嘲暴富者蔡某,因蔡某园林多种松树,名"松庄",故为之撰联曰:"臧文仲居蔡,夏侯氏以松。"臧文仲居蔡,住宅僭越礼制,孔子认为其不仁、不智;夏侯氏以松,指松树用来祭社,非园林所宜种。富人蔡某并未作恶,只是没有文化,请文士作联,却得此嘲笑。故诗话作者评曰:"虽善为谑,然亦太虐矣。"④同书又录嘲官职卑者诗云:"半肩行李无家眷,八品头衔信口夸。一个跟班兼煮饭,晚来还唱后庭花。"讽刺官卑而官派大者,辛辣可笑,但末句过于猥亵低俗。作者评曰:"描写佐杂情形,可谓尽致。然不免谑而虐矣。"⑤又录潘姓父子二人,同狎一妓,人作《西江月》词嘲之。作者曰:"实可谓谑而虐矣。"可见,诗话作者对于所选诗的优劣高下,其实心中有数。而评价的标准,依然未曾脱离传统的诙谐文学观念。只不过因为市场需求,这种观念

---

① 王兆霖:《挹翠室滑稽诗话》,《社会之花》1924年第2卷第3期,第4页。
② 绣君:《滑稽诗话》,《新闻报》1922年11月6日,0017版。
③ 佚名:《滑稽诗话》,《定夷丛刊》1915年二集卷五,第5页。
④ 闻见:《游戏诗话》,《娱闲录》1915年第2卷第2期,第69页。
⑤ 闻见:《游戏诗话》,《娱闲录》1915年第20期,第45页。

并不再作为制约创作的规范而存在,使得原本崇尚文人雅趣的诗话走向低俗化。

三

《毛诗大序》在阐释"风"的含义时说:"上以风化下,下以风刺上。主文而谲谏,言之者无罪,闻之者足以戒,故曰风。"《诗经》中的"美刺""讽谏"传统开启了后世文人关心政治,以诗歌创作批判社会、针砭时弊的风气。然而,和承载了政治功能的诗歌不同,诗话在草创之初,本是"以资闲谈"(欧阳修《六一诗话》)①。许顗《彦周诗话》甚至提出:"诗话者,辨句法、备古今、纪盛德、录异事、正讹误也。若含讥讽、著过恶、诮纰缪,皆所不取。"②因此,早期诗话并不承担裨益风教、主文谲谏的功能。随着时代变迁,诗话的功能也逐渐发生了变化。两宋之际,文人目击时艰,开始在诗话中关注现实。葛立方著《韵语阳秋》,就不仅仅只为品诗娱闲,而是有教化世风之意。"凡诗人句义当否,若论人物行事,高下是非,辄私断臆处而归之正。若背理伤道者,皆为说以示劝诫。"③这一时期的《风月堂诗话》《岁寒堂诗话》,也具有较强的现实色彩。至此之后,诗话和诗歌一样,也具有了审美和诗教的双重功能。

传统的诗话虽包含着现实批判的内容,但并不以其为重点,而且往往较为平和含蓄。比如宋人诗话警示现实,多采用借古讽今的手段。到晚清,时局动荡,风雨飘摇。经世济用的思潮之下,文人关注现实的政治热情空前高涨。这一时期的诗话,如《筱园诗话》《射鹰楼诗话》,对现实的批判力度、忧国忧民的情怀,都远远超过前代诗话。《射鹰楼诗话》的创作主旨,就是要"扶世翼教","借诗以正风俗,意在维持风化"④。因此,"凡有关于风化者,无不痛切言之"⑤。这些诗话的政治意义已经凌驾于文学意义之上,脱离了传统诗话的创作目的。但它们仍然注重"温柔敦厚"的传统诗教观,对世事的批判不会流于尖刻。朱庭珍《筱园诗话》就主张"温柔敦厚,诗教之本也。有温柔敦厚之性情,乃能有温柔敦厚之诗"⑥。

到了清末,文学中的讽刺之风大炽,诸多谴责小说、杂文,均对社会进行辛辣露骨的批判揭露。这些文学作品,忧患现实、维持风化的精神内核虽与传统一脉贯之,但在手法上却显然已偏离儒家所提倡的委婉"谲谏"。这一时期的滑稽诗话也受文化风气影响,充满对时事的批判、不良社会现象的讽刺,且内容往往犀利尖锐。这既是对诗"美刺"传统的继承,又超越了这种传统所要求的"温柔敦厚",体现出经世济用、救亡图存的时代思潮。如《官场现形记》的作者李伯元著《庄谐诗话》,卷四专收嘲时讽世之诗,这些诗作嘲尽社会各色人等,不仅嘲村塾、生员、房书、学究、劣生、县令,还嘲杨秀清、康有为、荣禄等政治风云人物。其中有《捐班杂咏》一诗,讽刺清末官场乱象,穷形尽相,李伯元认为此诗"足当《官场现形记》题辞读也。"⑦可见本书开始以谴责小说的创作笔法写作诗话,鞭笞世态人情。民国滑稽诗话延续这

---

① 何文焕:《历代诗话》,中华书局 1981 年版,第 264 页。
② 何文焕:《历代诗话》,中华书局 1981 年版,第 378 页。
③ 何文焕:《历代诗话》,中华书局 1981 年版,第 482 页。
④ 温训:《射鹰楼诗话序》,见《射鹰楼诗话》,上海古籍出版社 1988 年版。
⑤ 沈葆桢:《射鹰楼诗话例言》,见《射鹰楼诗话》,上海古籍出版社 1988 年版。
⑥ 《清诗话续编》,上海古籍出版社 1983 年版,第 2391 页。
⑦ 李伯元:《庄谐诗话》,见《南亭四话》,上海书店 1985 年版,第 256 页。

一笔法,有些还明确题出要有裨于世道的宗旨。如蒋箸超《蔽庐非诗话》云:"余著'非诗话',有一极纯正之宗旨,不可不为阅者告者,则借诙谐以警世是也。本此宗旨,故搜罗极难,即以平生所作,亦多无理取闹,悉摈不录。仅择其尤关世道者录之,以期收言者无罪、闻者足戒之效。此余平日兢兢之苦心,并非徒逞口舌也。"①蒋氏甚至将警世放在"滑稽"之上,认为选诗"无论诙谐与否,第一以警世为上"②。蛰庐《滑稽诗话》选录一首《放猫诗》,全诗借斥骂不捕鼠之懒猫来讥刺世之尸位素餐者。蛰庐评曰:"借题发挥,言中有物,亦游戏文章中之有功世道者也。"③郑逸梅《滑稽诗话》记袁世凯洪宪元年,河南某县民一产三男,报纸大肆报道这一"祥瑞"。有人借题发挥,作诗云:"帝制发表广征祥,石龙首先应中央。物既有之人亦有,熙朝人瑞现帝乡。厥惟豫省阌乡县,一产三男非寻常。状既魁梧声亦雄,他年定获文虎章。三男况应复三爵,一二三等功开疆。何羡小草一文虎,更卜同胞三烂羊。皇帝多男民亦多,新国新民新弄璋。……产子报效是民政,此功将军无得攘。并乞圣主下明诏,颁诸全国新闺房。"诗中将袁世凯称帝闹剧嘲笑得体无完肤。郑逸梅评曰:"按此诗虽极滑稽,然多讥刺帝制语。不独饶有诙诡之趣,亦未始非主文谲谏之作。君子亦有取焉。"④由此可见此类"游戏文章"中自觉的现实批判精神。

和清末的《庄谐诗话》相比,民国时期的滑稽诗话讽刺的面更广,可谓包罗万象。同时,措辞也更加尖锐刻薄,不留情面。如另一组讥刺洪宪称帝乱象的诗,收录于《立言画刊》的《滑稽诗话》中,其文曰:"民四之冬,洪宪议起,京中忽发现女子请愿团。某报有署名刘郎者,戏拟新唐诗十首,出语极趣,为录其八。诗云:'……闺中少妇不知愁,冬日凝妆上酒楼。忽见复行封爵制,快教夫婿觅封侯。……娉娉嫋嫋廿三余,妃子妆成入选初。阴风赫赫宫闱路,太监仪容总不如。……'"⑤所谓女子请愿团,本是袁世凯心腹自导自演的一出丑剧。这几首游戏诗作将其丑态揭露无遗,让人更能体会复兴帝制之荒诞可笑,可谓起到了良好的讽刺效果。

由于时代变化,民国滑稽诗话中还出现了不少对新事物的批判。如嘲塾师、村学究诗,一直是前代诙谐文学中长盛不衰的主题,如清代郑板桥、蒲松龄的嘲塾师诗就是广为流传的佳作。民国滑稽诗话中也有大量这一主题的诗,但嘲塾师不再局限于讽刺这一行业本身,而是往往与批评"改良私塾"结合在一起,体现出了鲜明的时代性。改良私塾肇始于清末,是中国教育近代化时期的过渡产物。由于民间教育资源不足,改良私塾在民国时期长期与新式学堂并存,直到新中国成立后才被废除。蛰庐《滑稽诗话》批评改良私塾云:"私塾误人,为害非浅。民国后,又有以改良私塾为号召者,其误人子弟之程度,亦只五十步百步之差耳。某君为作打油诗八绝,刻画入微,颇堪发噱。诗云:'改良私塾榜门楣,茅屋三间植竹篱。中有老儒开讲席,皋比坐拥手拈髭。十数儿童坐一堂,先师排位供中央。每逢朔望斋香烛,三跪深深拜素王。……帽脱透露光滑如,维新老辈合推渠。教科一册标初等,演讲东西乱嚼

---

① 蒋箸超:《蔽庐非诗话》卷二,上海蔽庐1915年版,第10页。
② 蒋箸超:《蔽庐非诗话》卷一,上海蔽庐1915年版,第16页。
③ 蛰庐:《滑稽诗话》,《立言画刊》1939年第51期,第26页。
④ 郑逸梅:《滑稽诗话》,《游戏世界》1921年第4期,第9页。
⑤ 蛰庐:《滑稽诗话》,《立言画刊》1940年第97期,第18页。

蛆。'"①从这些形象的描写中，可知当时改良私塾虽名曰实行新教育，实则换汤不换药。这部诗话中还记述了改良私塾塾师的来源："清末废除科举，改建学堂。一般寒儒，无以为生，依旧招聚生徒，理其呫哔咿唔之旧业。教育当局，恐若辈贻误青年，遂有传习塾师，期满考试，以定取舍之举，谓之改良私塾。时人有七律一首以嘲之云：'发苍苍更视茫茫，聊为家寒亦改良。老宿漫矜囊日学，阿婆竟作少年行。须通笔算兼心算，莫笑操场等戏场。业卒有时蒙派后，先生从此不饥荒！'涉机成趣，妙语解颐，调侃冬烘先生不少。"②闻见《游戏诗话》也认为改良私塾的弊病在于塾师不良，称："吾国教育之无进步，执政者固难辞责，而教者滥竽亦一绝大原因。清末某生教授某塾，每值讲书，东拉西扯，往往与本旨相背。某君作诗诮之，其词曰：'一去二三里，烟村五六家。盲人骑瞎马，母猪咬南瓜。'又有嘲教法不良之私塾者，其词曰：'屋小如舟带食眠，猴王高坐拥青毡。猢狲三五纵横侍，天地玄黄喊一年。'语虽近刻，固实状也。"③《新闻报》所载《滑稽诗话》亦以滑稽诗揭发"改良私塾之种种黑幕"，最后指出"上海得风气之先，以上所述，谅已绝迹。恐穷乡僻壤，类此者不在少数也。"④结合上述诗话中对改良私塾的记载，读者可以对清末民初初等教育之乱象有一具体生动的了解。由此可见，这些滑稽诗不仅是游戏文章，还像社会小说一样，是记录一个时代的风俗画卷。

四

总之，滑稽诗话首度将主流诗学之外的滑稽诗自成一派，实现了对传统诗话题材的扩展。在审美上，它们继承了传统诙谐诗的风趣诙谐和批判精神，主张"谑而不虐""主文谲谏"，但实际常常流于低俗刻薄、辛辣露骨。在材料上，其选录的诗并不如传统诗话局限于文人创作，而是涵盖了民谣、民间打油诗、坊间笑话等材料，质量良莠不齐，却忠实地记录了时代风貌。产生上述现象的主要原因如下。

第一，绝大多数滑稽诗话是以报刊为载体的，而报刊是面向社会大众的传媒，其内容必然具备娱乐性与时效性。刊登滑稽诗话的报刊，有很多本来就是娱乐刊物，如《滑稽杂志》《消闲钟》《游戏世界》等。传统诗话虽然也是"闲谈"，但作者和读者都是士大夫阶层的文化精英，所以诗话的创作目的往往是述本事、论高下、美教化、善人伦，审美偏向严肃高雅。而市民阶层的娱乐趣味与此迥然不同，更偏好通俗化乃至低俗化的内容。在商业利益的驱使下，报刊滑稽诗话主动追求娱乐效果，将戏谑成分发挥到了极致。

第二，滑稽诗话的作者主要是卖文为生的下层文人，他们对自己扮演的社会角色和作品的受众都有着清醒的认识。范左青在《古今滑稽诗话》中说："今之国步方艰，欲循世而未免有情，学营利乃为鬼所弄。拟放怀诗酒，遣兴浇愁，以度可怜之岁月。则酒虽能饮，愁总难浇，诗未学成，兴将和遣。于是不获已。而剿袭陈言，搜罗新报，旁采时贤近作，选得古今滑稽诗词若干首。略加诠次，汇编为一册。以自娱乐。诗固波诡云谲，朔、髡逊此诙谐；词尤燕婉莺柔，温、李无其香艳。把一编而在手，妙众论以聚花。历箴刺之微言，俗非伤雅；开胡庐

---

① 蛰庐：《滑稽诗话》，《立言画刊》1940 年第 39 期，第 25 页。
② 蛰庐：《滑稽诗话》，《立言画刊》1940 年第 69 期，第 20 页。
③ 闻见：《游戏诗话》，《娱闲录》1915 年第 16 期，第 38 页。
④ 绣君：《滑稽诗话》，《新闻报》1922 年 11 月 25 日，0017 版。

之笑口,醒亦能狂。穷达虚妄,累块顿释。"①出路狭窄、身居下层的文人不再以文章承担经国大业,只能聊为遣兴。蒋箸超作《蔽庐非诗话》,则一再强调这是一部"非诗话",只是游戏之作,以与严肃的传统诗话相区分。他说:"共和之世,'天下兴亡,匹夫有责',已成为国人之通套语。吾人当此革故鼎新之时代,既不获假一寸斧柯,恢予体国经野素愿。仅仅恃毛锥以为生活。则所谓'匹夫之责'者,极其大亦不过就开通民智一端言之。"②他知道自己的社会角色已与传统文人不同,不再有"体国经野"的机会,写作是出于商业目的,最多不过能做到给读者一点启发。郑逸梅述自己作《滑稽诗话》的目的云:"歇后诗、打油诗,大抵主文谲谏者为多。后之滑稽诗,半由此出。沿及末流,但引人笑,解人颐,不必皆存讽世之心矣。余所闻日多,恐其遗忘,作《滑稽诗话》。"③他认为滑稽诗主要的价值就在于"引人笑、解人颐"的娱乐性,而不必一定追求严肃意义。可见,作者创作心态的转变推动了娱乐化写作的发展。

第三,在娱乐之外,政治时事也是当时的作者和读者所共同关注的话题。正如蒋箸超所言,由于民主革命的政治宣传,"天下兴亡,匹夫有责"这一口号在全国广为流行,关心政治的权力从精英阶层下移到普通民众。正是在这一背景下,讥刺时事的民间打油诗蓬勃发展,人们对它的创作热情和阅读热情都极为高涨,催生了专门收录这类诗歌的滑稽诗话的产生。诗话的作者一方面从《国风》"主文谲谏"的传统理论中为当代滑稽诗正名,另一方面受谴责小说、黑幕小说风气的影响,以对新鲜事物的犀利批判博人眼球,吸引读者。可以说,滑稽诗话的批判性既与文人讽谏劝世的传统责任感有关,一定程度上也是其商业性质的体现。

滑稽诗话的文学现象也可证明,诗话这一文体是颇为灵活的,它从最初的文人"闲谈",发展到后来的诗学理论专著,再发展到民国滑稽诗话这类通俗读物,一直具有强大的生命力。正如《立言画刊》载《滑稽诗话》所言:"孰谓旧诗是死的文学耶?"在新的时代,传统的话体文学也发挥了较大的社会影响力,这是不应被我们所忽视的。

---

① 范左青:《古今滑稽诗话》序,上海会文堂新记书局 1938 年版。
② 蒋箸超:《蔽庐非诗话》卷三,上海蔽庐 1915 年版,第 19 页。
③ 郑逸梅:《滑稽诗话》,《游戏世界》1921 年第 3 期,第 8 页。

唐宋诗之争：南社文人群关于报刊诗话的最后诗学论争[*]

上海大学　李德强

一

晚晴以降，随着国运的衰微和经世思想的继起，诗坛宗宋之风也日渐浓厚，陈衍所云"前清诗学，道光以来一大关捩。"[①]则准确抓住了时代脉搏。道咸以至民初，宋诗派门庭日益兴盛。前有以桐城姚氏后裔梅曾亮、方东树、姚莹等推波助澜，中有何绍基、程恩泽、祁寯藻、郑珍等人力倡宋调，后有陈衍、陈三立、郑孝胥等同光体诗人发扬光大，使得宋诗风气影响甚大（湖湘派表人物曾国藩对宋诗风气的推动也功不可没[②]）。这种诗学风气一直延续到民国初年。由云龙《定庵诗话》曾指出云："洎祁文端、曾文正出，而显然主张宋诗。其门生属吏篇天下，承流向化，莫不办香双井，希踪二陈。迄于同光之交，郑子尹、莫子偲倡于前，哀渐四、林晚翠暨散原、石遗、海藏诸公继于后，他如诸贞壮、李拔可、夏剑丞皆出入南北宋，标举山谷、荆公、后山、宛陵、简斋以为宗尚。清新警拔，涵盖万有。"[③]

从中可见，宋诗派在当时的影响力已波及大江南北，正如胡适先生所云："这个时代之中，大多数的诗人都属于宋诗运动。"[④]其在当时已成为无可厚非的诗坛主流。在宋诗风气盛行之际，近代诗坛也产生了诸多不同的论调。章炳麟批评宋诗派"吟咏情性，多在燕乐。今词又失其声律，而诗尨奇愈甚！"[⑤]；李详也认为："今之为诗者，貌为清奇倔强，而枵中窳体。求申于鼷鼠之角，以为康庄大道，又复驰骋于乾嘉以后诗人之议论，堕入五里雾中，群不自觉。"[⑥]这也与以柳亚子为代表的宗唐派颇有同调之感。此外，近代诗坛香奁诗风的日渐流行不但刺激了香奁诗话的出现和流行，也对宋诗派也带来了不小冲击。

民国肇造之际，南社革命派又以高调的姿态来为唐音张目，试图通过造就黄钟大吕之声

　　[*]　**基金项目**：教育部人文社会科学重点研究基地重大项目"清末民初报刊诗话整理与研究"（10JJD75007）。

　　①　陈衍：《石遗室诗话》，《庸言》1913年第7期，第1—9页。
　　②　徐世昌指出："（曾国藩）承袁、赵、蒋之颓波，力矫性灵空滑之病，务为雄峻排戛，独宗江西，积衰一振。"（《晚清簃诗汇》）；钱基博也认为他"于近时诗学有开创之功"（《现代中国文学史》）；钱仲联亦云其"遂开清末西江一派"（《梦苕庵诗话》）都对盛赞曾氏推动宋诗风气的巨大贡献。
　　③　张寅彭：《民国诗话丛编》（三、五），上海书店出版社2002年版，第563页。
　　④　胡适：《胡适文存》（第2集第2卷），亚东图书馆1928年版，第144页。
　　⑤　章炳麟：《国故论衡》，上海古籍出版社2003年版，第90页。
　　⑥　张寅彭：《民国诗话丛编》（三、五），上海书店出版社2002年版，第555页。

争取文化话语权,体现出进步文人对诗歌批评的时代要求。由于宋派诗人的作品主要在学古领域内求新、求奇,也使得他们大多脱离了近代文学革命浪潮,这也引起了以柳亚子为首的革命文人的极大不满,进而对其进行不断的口诛笔伐。柳亚子认为宋诗派的创作乃是亡国之音,根本不能代表当下诗歌的主流方向,并把陈三立、郑孝胥等人比作阮大铖、马士英之流的乱臣贼子。可见,他试图通过对宋诗派领袖的人品攻击来转移其诗坛影响力,从而消除近代诗坛"哀以思"的悲靡之音,这多少有些人身攻击的义气成分;从中也可见,他对诗坛现状的焦虑和疾呼恰恰显示出宋诗派的强大影响力。在此情况下,以柳亚子为代表的部分南社文人群在"为民国骚雅树先声"①理论的指导下,以《民国日报》为主战场,以报刊诗话为武器,发起了关于唐宋诗的论争,并逐渐由诗学观念的分歧变成南社内部的政治斗争。可以说,近代报刊诗话中的唐宋诗之争根源于传统,又在一定程度上超越了传统,更显示出其论争的复杂性。诗学论争往往不只是单纯的艺术论争,与社会文化,特别是政治关系密切。在清末民初时期,诗学论争的政治性格外明显。因而,这次论争不仅是一场诗学理论的论争,也是不同社会思想的斗争,并最终导致了南社的解散。

二

1916 年,蒋湘君《赭玉尺楼诗话》和闻野鹤《㤯簃诗话》的发表为南社内部的唐宋诗之争揭开序幕。蒋、闻二人诗学宋派,论诗以宋诗派为宗。蒋湘君认为:"同光而后,北宋之说昌健者多为闽士,如海藏、石遗、听水诸家以及义宁陈散原,其人生平可以弗论,独论其诗则不失为一代作者矣。"②对同光体诗人作了高度赞扬;闻野鹤也称赞宋诗派代表人物陈三立能"自成一家,不复依傍江西社",郑孝胥能"越世高谭,自开户牖之枢。"③成舍我担任《民国日报》编辑后,许多宗宋派的作品像闻野鹤《㤯簃诗话》《推仔第二楼诗话》《春笑轩拉杂话》《千叶莲花室诗话》;姚鹓雏《懒簃杂缀》《宋诗讲习记》及成舍我《天问庐诗话》等开始大量连载于《民国日报》,这引起了南社宗唐派的反感和忧虑。

1917 年,胡先骕写信给柳亚子公开称赞同光体诗,使得双方的矛盾达到公开化和白热化。柳亚子迅速发表《妄人缪论诗派书此折之》的论诗绝句,如其二云:"分宁茶客黄山谷,能解诗家三昧无? 千古知言冯定远,比他孷妇与驴夫。"④对于宋诗派诗予以指责和挖苦。吴虞也发表《与柳亚子论诗书》高调支持柳亚子的观点,他指出:"前读《南社》集,见有友人谢无量诗,后读《民信日报》见有亚子论诗绝句'郑陈枯寂无生趣'云云,大为神契。不佞尝戏论近人急于求名,而又惮于苦学,故托宋派以自救……上海诗流几为陈、郑一派所垄断,非得南社起而振之,殆江河日下矣!"⑤

由于吴虞论诗"不宗西江,尤抵今之为宋者"(《赭玉尺楼诗话》),成舍我《论诗》曾愤恨地指出:"某君之诗,吾未尝拜读一二,而其诗话则已屡刺吾目。究其所自,大都不外乎抄袭,而

---

① 柳亚子:《磨剑室杂拉话》,民国日报 1917 年 8 月 13 日。
② 蒋湘君:《赭玉尺楼诗话》,民国日报 1916 年 1 月 26 日。
③ 闻野鹤:《㤯簃诗话》,民国日报 1916 年 9 月 20 日。
④ 柳亚子:《妄人缪论诗派书此折之》,民国日报 1917 年 3 月 11 日。
⑤ 吴虞:《与柳亚子论诗书》,民国日报 1917 年 4 月 28 日。

其眼光所注，只一白太傅；议论所及，只一《琵琶行》，他则未知也。"①吴虞的这番言论也得到宗宋派的回应，闻野鹤《恫簃诗话》反击道：近日诗流最下者，为某等一派。连篇累简，无非蹀语"薄幸"也、"泪珠"也、"情天"也、"阿侬"也种，多凡恶名词，填缀斑驳，充其秽想。殆逾盲词，而犹庞然自号为教主，一二逐臭之夫，嗷焉从之，积之既久，不复自念庐山真面目矣！……西江诸集，咸加抵忌。坐是，复不免有执蝘蜓以笑龟龙之诮矣！如某君以石遗海内诗录为"庸妄自恣，冒窃天下"。夫诗录之成，容有未当，至谓"庸妄""冒窃"则未免失言。况天下者，天下之天下，虽非石遗之天下，亦非某君之天下，还愿与天下共论之②。

因为柳亚子一直有志于主盟诗坛，而闻野鹤却讥笑他不过是"执蝘蜓以笑龟龙"，这无疑是一磅重型炸弹，使得柳亚子的怒火无法遏制。不久之后，柳亚子连续两天发表了《质野鹤》予以反击，并将诗学观点的分歧上升到政治高度，他指出："国事至清季已极坏，诗学亦至清季而极哀。郑、陈诸家名为学宋，实则所谓同光派，盖亡国之音也。"他不但把宋派诗人比作"妖孽"，还发誓"非扫尽西江派不可"③。闻野鹤也不甘示弱，并于次日连续四天发表了《答亚子》的诗论。他劝诫柳亚子"稍敛锋芒"，也不要"毋事护骂"，并认为"诗乃挥写灵衷，心之感遇不一，诗之词意逐分若雄丽、寒瘦。此咸本自灵衷，譬如天之有寒奥，地之有夷险，既不相谋又不相犯"④，极力反对把同光派看作亡国之音。柳亚子不满于此，又陆续发表《再质问野鹤》的诗论，并掺杂着明显的人身攻击成分。这也使得这次的唐宋诗之争已经溢出诗学分歧之外，带有了政治斗争性质。与此同时，朱鸳雏发表《平诗》为陈、郑诸人辩护，他不但对"未尝迎合干进"的同光诗人以称赏，还指出"反对同光体者，是执蝘蜓以嘲鬼龙"⑤，这一下子击中了柳亚子心中的隐痛，从而彻底激怒了他。柳亚子连续发表《质朱鸳雏》对其驳斥和诘责，并大开笔战。

随着事态的扩大，姚鹓雏发表《论诗视野鹤并寄亚子》来解围，他指出："诗家风气不相师，春菊秋兰自一时。何事操戈及同室，主唐奴宋我终疑。"对于此次争论进行调和，也间接对"谈诗磨剑太纷纷"⑥的柳亚子提出批评。盛怒之下的柳亚子并不领情，他当天就发表《论诗五绝答鹓雏》讽刺道："多事姚郎成谢女，青菱来解小郎围。"并表达了不愿意与宋诗派"合流"⑦的决心。此时，叶楚伧也发表《为吾友解纷》，并有意压迫朱鸳雏放弃立场。朱鸳雏不能忍受，一怒之下离开《民国日报》转而在《中华新报》进行还击，他作《论诗斥柳亚子》其一也指出："当年派别未分明，扪烛原来是一盲。如此厚颜廉耻丧，居然庸妄窃诗盟。"⑧也把诗学之争上升为人身攻击，这也使得南社内部的唐宋诗之争变成无法回头的意气之争。

1917年8月，南社内部的这次论争达到了白热化。邵力子、胡朴安劝告柳亚子不要意气用事，结果被柳亚子臭骂一顿。盛怒之下的柳亚子将朱鸳雏驱逐出南社；成舍我为朱打抱不平，柳亚子又将他驱逐出社。成舍我被驱逐出社后，联合广东分社的蔡守、周咏、刘泽湘等人

---

① 成舍我：《论诗》，民国日报1917年7月19日。
② 闻野鹤：《恫簃诗话》，民国日报1917年6月24日。
③ 柳亚子：《质野鹤》，民国日报1917年6月28日。
④ 闻野鹤：《答亚子》，民国日报1917年7月3日。
⑤ 朱鸳雏：《平诗》，民国日报1917年7月9日。
⑥ 姚鹓雏：《论诗视野鹤并寄亚子》，民国日报1917年7月6日。
⑦ 柳亚子：《论诗五绝答鹓雏》，民国日报1917年7月6日。
⑧ 朱鸳雏：《论诗斥柳亚子》，中华新报1917年7月31日。

在上海成立南社临时通讯处，并发表紧急通告，号召打倒柳亚子并要求恢复南社三头制。柳亚子又相继发表《磨剑室外拉杂话》《三斥朱玺》等诗论，对朱鸳雏等人进行还击。此外，余十眉《不平则鸣》、王德钟《禅莲室余墨》等诗话作品也相继发表，继而为柳亚子辩护。这些作品多意气成分和人身攻击色彩，并显示出这次纷争的混乱和扩大化，而其论争性质也发生了相应变化。除了上述诗学论战外，此时还有二十篇相关"社声"刊载出来。从中既可见其论争的激烈程度，也可觇双方战况的此消彼长。其篇目见表1：

表1　宗唐派与宗宋派论争篇目

南社通信	作　者	发表时间	主要内容
《与柳亚子书》	胡朴安	1917 年 8 月 4 日	为宋诗辩护
《与柳亚子书》	姜可生	1917 年 8 月 5 日	支持柳亚子
《报成舍我书》	柳亚子	1917 年 8 月 8 日	警告成舍我
《与胡朴庵书》	柳亚子	1917 年 8 月 9 日	斥责胡朴安
《与叶楚伧、邵力子、胡朴安书》	柳亚子	1917 年 8 月 10 日	再驳宗宋者
《答姜可生书》	胡朴安	1917 年 8 月 11 日	不满姜氏火上浇油
《再与柳亚子书》	胡朴安	1917 年 8 月 12 日	再反驳柳亚子
《与成舍我书》	余十眉	1917 年 8 月 16 日	斥责成舍我
《与柳亚子书》	姜可生	1917 年 8 月 17 日	再支持柳亚子
《与柳亚子书》	朱怀天	1917 年 8 月 17 日	反驳柳亚子
《报姜可生书》	柳亚子	1917 年 8 月 18 日	再次攻击宗宋者
《与柳亚子书》	姚民哀	1917 年 8 月 20 日	再驳柳亚子
《报公羊石年书》	柳亚子	1917 年 8 月 21 日	解释论争的缘起
《三与柳亚子书》	姜可生	1917 年 8 月 21 日	再次支持柳亚子
《与黄病蝶书》	姜可生	1917 年 8 月 22 日	共同驳斥宗宋派
《与柳亚子书》	张挥孙	1917 年 8 月 23 日	支持宋诗派
《与亚子书》	徐希平	1917 年 8 月 25 日	建议驱逐成舍我
《驳斥王无为三致太素书》	黄病蝶	1917 年 8 月 26、27 日	驳斥宗宋派
《与叶楚伧书》	柳亚子	1917 年 8 月 28 日	申明宗唐原因
《与柳亚子书》	凌景坚	1917 年 8 月 29 日	支持柳亚子

由表1可见，以柳亚子为代表的宗唐派占据上风，并先后有 237 人在《民国日报》发表启事，支持柳亚子。虽然如此，经过这次的论战，南社已元气大伤，社务逐渐停顿；柳亚子也受到刺激而心灰意懒，并于次年劝社友改选姚光为主任。

三

南社文人群关于报刊诗话的唐宋诗之争,是传统诗学在近代的最后一次论战,随着白话运动的兴起,唐宋诗之争也逐渐为文人所摒弃。从某种意义上说,这次发生在南社内部的论战不仅是一场诗学论争,更是宗唐与宗宋派及其背后所代表的政治势力和文化影响的相互角力。柳亚子后来在《我与朱鸳雏的公案》一文中也承认:从清末年到民国初年,江西诗派盛行,他们都以黄山谷为鼻祖,而推尊为现代宗师的却是陈散原、郑孝胥二位,高自标榜,称为同光体,大有去天五尺之慨。我呢,对于宋诗本身,本来没有什么仇怨我就是不满意于满清的一切,尤其是一般亡国士大夫的遗老们①。

可见,柳亚子一开始就把唐宋诗的论争定性为不同社会思想话语权的争夺战,这实际已经超出了正常诗学争论范围,这也与南社的成立有着直接关联。南社本来是"一个豪放狂饮、才气纵横的团体,在他们的诗歌中游荡着名士气息"②。在南社成立之初的在虎丘大会上,蔡守、庞檗子等就因为唐宋诗的问题和柳亚子发生了争论,结果惹得柳亚子大哭了一场③。从中可见柳氏的诗学心态,虽然其后两派成员各自以唐宋诗为宗,倒也相安无事。

南社成立之初,其"唯一使命是提倡民族气节"④,因而"慷慨之夫、刚强之士归之,意气用事之徒亦归之,不得志于满清、无由奋迹于利禄之途者亦归之。流品虽杂,目标则一"⑤。民国建立后,这种同仇敌忾的目标消失,也为南社内部的唐宋诗之争埋下了隐患。这主要表现在以下3个方面。

首先,就社会环境而言。在辛亥革命之前,大部分知识分子对革命抱有极大的希望,他们天真的认为只要革命成功了,所有的问题都会得到彻底的解决,似乎"革命"成为了解决包治百病的灵丹妙药。民国建立之后,社会问题不但没有解决,反而每况愈下。不但如此,由于革命对旧社会制度冲击所带来的各种矛盾与问题并没有因此而消除,反而因为革命的"胜利"而变得恶化起来。李泽厚先生指出:"辛亥革命使政权的实质并无改变,却由于甩掉一个作为权力象征的清朝皇帝,反而造成了公开的军阀割据,内战不已,人民的生命和权力连起码的保障也没有,现实走到原来理想的反面。"⑥因而辛亥革命成功后,其胜利果实很快被袁世凯政府夺取,这对于南社是沉痛的打击,以至于柳亚子在黎里组织酒社,通过借酒浇愁来发泄心中愤懑。他在《再题兰皋所编陆子美集四首》中曾云:"书生屈意作伶官,奇士埋愁入笔端。一样英雄沦落恨,青衫红泪几曾干。"⑦正是当时苦闷心情的反映。1914年3月29日,南社第十次雅集之际,南社通过了"以研究文学,提倡气节为宗旨"⑧的新社规。这也使得柳亚子对素来视之为"亡国之音"的宋诗派更加痛恨,使得蛰伏的诗学矛盾再次趋于紧张。

---

① 柳无忌:《南社纪略》,上海人民出版社1983年版,第149页。
② 王启芳:《论南社川籍诗人张光厚的民生诗》,北京工业大学学报,社会科学版2010年第6期,第69—72页。
③ 郑逸梅:《南社丛谈》,上海人民出版社1981年版,第32页。
④ 柳无忌:《南社纪略》,上海人民出版社1983年版,第91页。
⑤ 胡朴安:《南社丛选自序》,解放军文艺出版社2000年版,第7页。
⑥ 李泽厚:《中国近代思想史论》,人民出版社1979年版,第307页。
⑦ 柳亚子:《再题兰皋所编陆子美集四首》,民国日报1914年5月6日。
⑧ 柳无忌:《南社纪略》,上海人民出版社1983年版,第62页。

1917年7月，张勋复辟事件成为这次论争的转折点。在这场政治闹剧中，宋诗派代表人物郑孝胥、沈曾植、梁鼎芬等都参与其中，这对于以革命自命的柳亚子来说自然无法容忍。因而，柳亚子连续发表诗论对同光体诗派及其追随者展开全面批判。他指出："政治坏于北洋派，诗学坏于西江派。欲中华民国之政治上轨道，非扫尽北洋派不可；欲中华民国之诗学有价值，非扫尽西江派不可。反对吾言者，皆所谓乡愿也。"①正是这种焦虑和愤怒心态的反映。由此可见，唐宋诗的论争既然上升到了政治高度，双方的论战自然会一触即发。1945年，柳亚子曾回忆道："辛亥革命总算成功了，但诗界革命是失败的。梁任公、谭复生、黄公度、丘沧海、蒋观云……的新派诗，终于打不倒郑孝胥、陈三立的旧派诗，同光体依然为诗坛的正统。"②正是对诗学心态的剖析，可见他当时的诗学心态之一斑。

其次，就内部文学环境而言。南社多数成员都是革命知识分子，其主要领导者像陈去病、高旭、柳亚子等都以唐诗为宗，尤其是柳亚子本来就不满于宋诗派，而是"平生私淑玉樊堂，自向云间爇瓣香"，并希望"别创一宗，由明季陈子龙、夏古存以上追唐风"③。因而，在南社成立不久后其就提出"思振唐音以斥伧楚"（《胡怀琛诗序》）的诗学观。在他看来，同光体诗派本来就是应该被打倒的对象。他在《习静斋诗话序》中又重申这一观点，即：尝见夫世之称诗者矣，少习胡风，长污伪命，出处不减，大本先拔。及夫沧桑更迭，陵谷改观，遂醒然以夏肆殷顽自命，发为歌咏，不胜觚棱京阙之思。不知珠申、肃慎非姬姒之旧邦，妖鸟、朱果岂炎黄之遗胄④？

可见，柳亚子把诗学宗向与政治立场等同起来。正如黄霖先生所言："柳亚子论诗，本质上是论人，论人的政治性。所谓'唐音'与'宋诗'的区别，在他的心灵深处，差不多就成了革命与反动的代名词。"⑤另一方面，虽然辛亥革命成功了，但民国依然动荡的现实与所谓的"洪钟大吕"之声并不能对接起来，反而不如宗宋诗者的愁苦心绪真实可信，这不能不引起以柳亚子为代表的革命激进派的忧虑和不满。柳亚子《论诗六绝句》所云："郑陈枯寂无生趣，樊易淫哇乱正声。一笑嗣宗广武语，而今竖子尽成名！"⑥他们把宋派诗当作"亡国之音"来对待，继而指出："身为中华民国之民，而犹袭同光之体，日为之张目，岂以亡索虏之不足，复欲再亡我中华民国耶？"⑦对同光体诗派及其追随展开全面的批判，从而最终导致了南社的这次论战。

最后，就外部文学环境而言。1916年前后正是新文化运动兴起之际，此时有三种代表性的人物形成了对宋诗的不同态度。一是陈衍等"同光体"诗人（宋诗派）大力推举宋诗，二是柳亚子等南社人物由反对"同光体"进而否定宋诗，三是胡适等新文化运动领袖从推进白话文运动的实用主义目的出发，部分肯定宋诗⑧。胡适与杨杏佛、梅光迪等人在讨论文学改良问题的时候，对同光体和南社诗歌都有不同程度否定：任鸿隽认为同光诗人"头脑已死"；

---

① 柳亚子：《质野鹤》，《民国日报》1917年6月29日。
② 张明观：《柳亚子史料札记》，上海人民出版社2008年版，第74—75页。
③ 柳亚子：《磨剑室文录》，上海人民出版社1993年版，第1145页。
④ 柳亚子等著：《南社丛刻》，江苏广陵刻印社1996年版，第1856—1857页。
⑤ 黄霖：《近代文学批评史》，上海古籍出版社2007年版，第478页。
⑥ 柳亚子等著：《南社丛刻》，江苏广陵刻印社1996年版，第3228页。
⑦ 柳亚子：《质朱鸳雏》，《民国日报》1917年7月28日。
⑧ 叶帮义，余恕诚：《20世纪的唐宋诗之争及其启示》，《安徽师范大学学报》2005年第2期，第163—169页。

而南社诗人也"淫滥委琐"①而让南社革命派无法接受的是,胡适竟然把南社与宋诗派相提并论,甚至认为南社文学成就根本比不上宋诗派。胡适《寄陈独秀》曾说道:"尝谓今日文学,已腐败极矣,其下焉者,能押韵而已矣。稍进,如南社诸人,夸而无实,滥而不精,浮夸淫琐,几无足称者。更进,如樊樊山、陈伯严、郑苏堪之流,视南社为高矣。"②

这番言论不但引起了南社内部的普遍不满,对柳亚子本人来说也是不小的打击,实际上他对此事也一直耿耿于怀。此后柳亚子曾专门写信给杨杏佛,并特意指出:"胡适自命新人,其谓南社不及郑、陈,则犹是资格论人之积习。南社虽程度不齐,岂竟无一人能摩陈、郑之垒,而夺其鳌弧者耶?"③对新文学派的诗论观表示强烈的不满;直到二十年后,他还在一封信中说道:"然胡适之博士论南社,以'淫滥'两字一笔抹杀,反而推崇海藏(郑孝胥)之流,我自然也不大心服。"④在新文学运动的刺激下,以柳亚子为代表的宗唐派逐渐与宗宋派产生了很深的隔阂,并终于以诗学冲突的交锋得以爆发。尽管以柳亚子为首的尊唐派对同光体诗人极尽谩骂,甚惜以"魔窟""妖孽"目之,但同光体代表人物却未曾与之发生论争。正当南社内部因唐宋诗之争而酣战之际,同光体代表诗人郑孝胥在日记中简单提及此事。他曾云:上海有南社者,以论诗不合,社长曰柳弃疾,字亚子,逐其友朱鹓雏。众皆不平,成舍我以书斥柳,又有王无为《与太素论诗》一书,言柳贬陈、郑之诗,乃不知诗也⑤。在郑氏看来,这不过是南社内部的一次内讧而已,并不值得太多关注;倒是南社内部的争斗大有势不两立之态,其最终结果也导致两败俱伤。

四

这次关于报刊诗话的诗学论争,不仅是南社内部的一次内讧,也是近代社会文化影响的结果。从中可见,一方面同光体诗派的诗坛盟主地位在当时已无可争辩,其根本不屑或无心与之论争;另一方面,也可见南社宗唐派想要铲除宋诗派深远影响的迫切心态,甚至不惜同室操戈。不可否认,这种激进的文学观在近代革命文学家身上普遍存在,而伴随着辛亥革命的胜利使得其更加不容置疑。它虽然促进了革命思想在近代知识分子中的传播,但也开了五四运动如是对待旧文学的先河。因而,南社文人群关于报刊诗话的诗学论争,实质上也是两种不同思想潮流的碰撞;从南社的最终瓦解中也可见近代文学的双重性内涵,其合则两安,分则两伤。当然,南社通过这次的诗学论争也在一定程度上真正打开了论诗眼光。姚光当选为南社主任之后,即坚决反对"斤斤于唐宋之辩"(《紫云楼诗集序》)而是强调"作诗不用分唐宋,独写情怀真性灵。"(《论诗》)的诗学思路,对以后的报刊诗话也产生了重要影响。

① 胡适:《胡适留学日记》,安徽教育出版社 1996 年版,第 377 页。
② 吴奔星、李兴华:《胡适诗话》,四川文艺出版社 1991 年版,第 135 页。
③ 吴奔星、李兴华:《胡适诗话》,四川文艺出版社 1991 年版,第 176 页。
④ 柳无忌:《南社纪略》,上海人民出版社 1983 年版,第 250 页。
⑤ 劳祖德:《郑孝胥日记》(三),中华书局 1993 年版,第 1678 页。

《民国日报》中的报刊诗话创作[*]

上海大学　李德强

　　民国成立后，报刊事业有了突飞猛进的发展，但也很快受到了沉重打击。民国四年（1915）袁世凯准备称帝，孙中山发表讨袁宣言，组织护国运动。民国五年（1916）1 月 22 日，以讨袁为主旨的《民国日报》①在上海创刊。该报创始人是中华革命党总务部长陈其美，主编邵力子、叶楚伧等，主要撰稿人有戴季陶、沈玄庐等。该报除刊载全国各地讨袁斗争的消息外，还设有"来电""专论""要电""时评""快风"等专栏。因其明显反袁倾向，都被扣以"逆报"的帽子遭到查封。此时期，立宪派领袖人物梁启超也撰写一篇反对复辟帝制的《异哉所谓国体问题者》，袁派人送去 20 万元请他不要发表，被梁启超拒绝。这篇文章还是在《大中华》杂志发表，各报争相转载，影响很大。同年 6 月，袁世凯病死，帝制梦最终破灭。7 月 6 日至 8 日，北京内务部通知各省区，前所查禁上海的《民国日报》《中华新报》《时事新报》《共和新报》《中华革新报》《中国白话报》等报刊，应予解禁。总理段祺瑞与内务总长许世英也认为："报律系订自前清，尤不宜于共和国体，应暂持放任主义，俟将来查看情况再定办法。"②这给《民国日报》的发展重新带来了生机。据方汉奇统计："到 1916 年年底，全国共有报纸二百八十九种，比前一年增加了百分之八十五。"③《中华新报》《时事新报》《民国日报》《共和新报》等重新获得生机，也带来了相当数量的报刊诗话的刊载。

　　据笔者统计，民国五年（1916）至民国八年（1919），《民国日报》共刊载 32 种报刊诗话及"艺文屑"诗论（为独立的短篇诗论）1 种。其中，主要为南社文人的诗话作品。如姚鹓雏诗话 2 种：《宋诗讲习记》《懒簃杂缀》；成舍我诗话 2 种：《天问庐诗话》《论诗》；闻宥诗话 5 种：《㤚簃诗话》《推仔第二楼诗话》《千叶莲花室诗话》《答亚子》《春笑轩拉杂话》；柳亚子诗话 5 种：《质野鹤》《再质野鹤》《质朱鸳雏》《磨剑室拉杂话》《三斥朱玺》；叶楚伧诗话 2 种：《为吾友解纷》《读杜随笔》；余其锵诗话 2 种：《不平则鸣》《辟王无为》；周斌诗话 1 种：《妙员轩诗话》；高基诗话 1 种：《致爽轩诗话》；蒋湘君诗话 1 种：《赭玉尺楼诗话》，朱鸳雏诗话 1 种：《平诗》；

---

　　* **基金项目**：国家社科基金重大项目"民国话体文学批评文献整理与研究"（15&ZDB079）

　　① 《民国日报》有 3 种存世：除上海《民国日报》外，还有《广州民国日报》（创刊于 1923 年 6 月，首任社长兼编辑主任孙仲瑛，营业部主任叶健夫，编辑有吴荣新、甘乃光、汤澄波、黄鸣一，主要内容有评论、大元帅令、本报专电、东方通讯社电、特别记载、本省要闻、小言、本省新闻、本市新闻、各属新闻、琐闻、中外要闻、外国通讯、译闻等）《汉口民国日报》创刊于 1926 年 11 月 25 日，报社经理是董必武，宛希俨、高语罕、沈雁冰等人先后担任总编辑。该文的《民国日报》，专指上海《民国日报》。

　　② 《国会与报界责任》，《申报》1916 年 7 月 22 日。

　　③ 方汉奇《中国近代报刊史》，山西教育出版社 1981 年版，第 726 页。

胡怀琛诗话1种:《波罗奢馆诗话》,庞树柏诗话1种:《褫香簃诗词丛话》等,从中也可见南社文人创作情况之一斑。

一、《民国日报》中的宋诗派诗学批评阐述

宗宋诗派一直是清末民初重要的文学力量,在《民国日报》中刊载的诗话很大一部分是宋派诗人作品,像蒋湘君、闻宥、姚鹓雏、叶楚伧、成舍我等都以宋派诗为学习对象,并在其《诗话》中阐述各自诗学批评理论。

1. 蒋湘君的诗话创作。

蒋氏论诗主要有三个方面内容。第一,诗学须以北宋为宗,又出唐入宋,反对强分派别。《赭玉尺楼诗话》第一条自述其学诗途径:"诗初入北宋,酷嗜宛陵、后山、荆公三家而微不满东坡,至是复稍变其蹊径,甚喜为飞卿、牧之。"[1]即其诗学以梅尧臣、陈师道、王安石三家为主要学习对象,并由宋入唐,上至魏晋,而兼收并蓄。对于这种诗学门径,蒋氏此后有更为详细的阐释:

> 余十八以后,始为北宋。二十时,稍稍读晚唐人集及龚定庵,嗣后,颇出入泛滥魏晋、唐宋及清初各家。顾特嗜海藏楼、散园精舍两家,时时讽诵,因以上窥半山、山谷、简斋、后山、宛陵、东野。故余于诗实为逆入,功力不深,无足自喜者,侪辈颇以能作北宋相推,实无当也。[2]

"实为逆入"云云,则足见蒋氏取法甚宽。宗法北宋,又不局于宋诗派,且旁及各家,也使其能融通唐宋,不斤斤陷于狭隘的门户中。因此,他在宋派诗风中能提出"唐、宋初无二致,特学宋人者较刻露。"故其能入其内,又能出其外地看待唐宋诗的不同风格。他在诗话中特别指出:

> 近日言诗,仅曰神韵、气势而已,仅曰含浑、刻露而已,仅曰新陈而已。余谓:东野最近后山,柳州最近荆山,则一唐、一宋,亦何别焉? 山谷排戛,义山瑰玮,诗人之言曰"山谷学义山,蹊径胡自焉?"由是言之,诗不界唐、宋,确然无疑也。[3]

诗不界唐宋,也是《赭玉尺楼诗话》强调的诗论观。显然,蒋湘君主张从相互联系中,分析诗人的诗学倾向,而非在相互割裂中,进行人为的朝代限定,表现出较为豁达的诗学思想路。实际上,蒋的同学王筱香诗学中盛唐,周公阜瓣香吴伟业,都不鄙薄宋诗,同样有宽泛的诗论观,他们的相互切磋,也具有交互性影响。故而,他认为诗由心生,无关派别:"闻见观摩,有所偏入,所作近似,即作者亦不自知为某诗、某派者,固非即谓某诗,必非某派。"[4]进而对近代诗坛徒趋声气,模效割袭之能事也异常反感。正因如此,他对宗法中晚唐的诗人吴虞也颇为激赏,以其诗有"清超绵丽,尽脱恒蹊"之叹,故未囿于门户偏见。

第二,尊学问,尚气节,提倡学人之诗与诗人之诗的结合。尊学问,尚气节是宋诗派人的

---

①②③④　刊载于《民国日报》:1916年1月22日至1919年5月13日。

普遍诗学倾向,蒋湘君的诗论也不出其右。他在《赭玉尺楼诗话》中,把诗品与人品联系起来(这不仅是宗宋派所独倡),尊崇朱之瑜、傅山等遗民诗人,歌颂彼时革命健将汪精卫等。反之,对于投靠袁世凯政府的樊增祥不齿,竟至于痛骂为快。另一方面,他重视学问,也对近代诗歌剥垢削肤,而掩盖性情倾向大为不满,不但指出"才大,则病在泛滥而易;杂书卷多,则病在据书袋",又主张"大抵诗之高下,其大别在气韵"的论断。正是这种学人之诗与诗人之诗的结合,也使得他继而推尊宋派诗歌中的杜甫崇派现象。蒋湘君指出:

> 吴玉春《小鹿樵室诗话》(笔者按:此篇诗话刊载于《申报》)谓:吾治诗以少陵为宗,此何敢承也。少陵于诗如百川之有海,千山之有岳,不独不磅礴浩瀚,无体不包。继往古,开来今,为秦汉以后,至于六朝,唐以后至于今,兹此两时代中间之倚天长剑,为之制割而创造者也。此其如诗史,如何等位置?后生来学,乌得妄日宗。元王介甫曰:"太白歌诗,豪荡飘逸,人固莫及,然其体止于此而已,不知变也。至于子美,则悲欢穷泰,发敛抑扬,急徐纵横,无旋不可。所以光敛前人,而后来者无继也。"此子美包举各体之说也。元裕之曰:"子美诗如元气淋漓,随物赋形,如三江五湖,合而为海,如祥风庆云,千变万化。九经百民,音润于其笔端,……故谓杜诗无一字无来处,可也;谓杜诗不从古人来,亦可也。"此杜诗继古开今之说也。①

蒋氏把杜诗看作包举各体,继古开今的典范之作,又指出"子美集中,贺奇、同癖、郊寒、岛瘦、元轻、白俗无所不有",甚至于"求国风忠厚之元音,湘垒行吟之正法,哀而不伤,怨而不怒者,少陵一人而已",把杜甫完全当作古代诗学领域的最高峰,这与他重学问,也不废性情的诗论观是一致的。与之相对,他对性灵派"手滑之病"予以痛抵,甚至认为《随园诗话》乃"诗道之贼也",同样对于善学袁枚的高燮诗颇多微词,体现出更重学问之倾向。

第三,以精炼求不俗,善于对前人及同辈诗歌以精要评论。蒋湘君力求歌的厚重,以为"不俗"之力。想要达到学人之诗与诗人之诗的融合。既不能妄自菲薄,又不可陷于掉书袋中。要做这点,必须要具备两个条件:有胸襟和细推求新。因而,他对林旭诗的遒劲,叶楚伧诗的沉雄,潘飞声诗的清俊,郭绍虞诗的清雅,朱鹓雏诗的香艳,陈三立诗的险怪都报以欣赏的眼光,充分体现出了作者的功力和个性,体现出他以精炼求不俗的论诗法门。

不仅如此,蒋湘君善于以生动形象,对他人诗歌作精要评论,如其云:

> 王渔洋如少妇明妆,微现羞涩;赵秋谷如长安游侠儿,锦鞲银络豪气未除;黄仲则如病鹤□□,未损高洁;洪北江如幽燕壮士,力举千钧;张船山如邯郸名剑客,吐气成虹;李莼客(慈铭)如诗礼旧家,犹存彝鼎;袁爽秋如名僧讲坐,时吐法言;邓弥之如元酒太羹,故有至味;樊云门如小家碧玉,口角尖新。②

他不但善于以形象化比喻,评论前辈诗人的主要特点。同样,他对近代宋派诗人及南社诸子,也有诸多精要评价:

> 俞恪士诗蕴藉,如亲佳士;郑太夷俊逸,如对好山;陈散园百怪填胸,如啖什锦羹,不复能辨甘辛浓腕;陈石遗则堆盘首蓿,自饶清味。

---

①② 刊载于《民国日报》:1916 年 1 月 22 日至 1919 年 5 月 13 日。

> 亚子诗如黄昏剑客,黑云如墨,夭矫盘旋;吹万诗如盛年书生,缓带轻裘,自饶儒雅;石子诗如妙龄碧玉,天寒翠袖,楚楚自怜。①

从上可见,蒋湘君论诗形象生动,却而一语中的。进而言之,蒋氏论诗,不但从纵向角度指出他人的优缺,如评范当世:"诗出入苏黄,廉悍沉挚,一时无两;短兵肉搏,转不见长。"也从横向角度对诗人进行综合比较,如其诗论云:"夏剑丞有其深刻,少其浩瀚;李拔可有其名隽,少其自然。""贞长易,晦闻难;贞长高亢,晦闻幽深;贞长如老将试骑,折旋如意;晦闻如名士入座,儒雅逼人。"②这也是《诗话》的精髓所在,自有其高远诗学眼光,体现出深厚的学殖。

2. 闻宥的诗话创作。

闻宥是南社重要文人,闻氏论诗与成舍我、朱鹓雏等宗尚相近。故成舍我担任《民国日报》编辑,经常刊载宋派诗人的诗话作品,也引起了以柳亚子为代表的宗唐诗人的不满,最终爆发了内讧,导致南社解体。闻宥《悯簃诗话》发刊载于南社内斗之前,体现了闻氏的诗学观。其诗论大致有两方面内容。

第一,重视诗歌的教化作用,提倡"意深格奇"的不俗之论。闻氏重视诗话的正统性,把传统观念下的诗歌态度,作为诗话创作的出发点,继而阐扬风教。他认为:

> 诗话之作,靳于阐宣古□,搜讨遗闻,非是者勿及也。昔人言:搜拾得遗诗,零册而为之。阐扬者,功不下于恤孤埋骨。此语固是。然须知存诗而佳,固为作者光;否适,以辱作者,犹不若澌灭之为愈也。故知存弃之道,亦有平衡。若夫乡里俚语、打油、钉铰,籍资诙笑,斯直稗乘、小言之流耳,我宁能目之曰《诗话》哉?③

可见他对创作诗话的态度是非常严肃的,故其论诗重视学识和骨气,并力以荒寒瘦硬之风,来表现其铮铮之鸣,其所云"外境破卷,内蕴日积,郁闷忧莫骋,遂播于词",即是以此而言。故而,他对近代诗话中的陈言旧论和日趋明显的娱乐性倾向颇为不满,对诗话中普遍存在的"摭拾陈言,排比彩饰""食古不化,拉杂抄书""竞病未谙,黑白未辨"等三种弊病,予以大力批判,体现出对传统诗教和学问的尊崇。出于这种严肃的诗学态度,其往往把诗风与诗运相联系,通过"意深而格奇"之词,表现作者的寄托。他指出:

> 以诗之为用,意深而格奇,斯尽矣。意深,则辞必不平;格奇,则必不滑。不平、不滑,而欲存风调,其中唯剑南、遗山稍稍能之,然亦未必果佳也。渔洋专尚风调,所作乃描眉略鬓,若村妇见客,纵婉转狐媚,终是一股俗气而已。不善学者,乃至语语空泛,一无真意。其流弊之毒,可谓极矣。④

闻宥论诗以宋派"不俗"为目标,讲求诗人的独立精神和诗歌的独创性,以维护传统诗学的"情志"内涵。"意深而格奇"的提出,乃从诗歌功用观出发,用以对抗世俗之风的困扰,这在当时是具有积极现实意义的⑤。其创作有"以消极避世的精神而使'不俗'说带有浓重的士

---

① ② ③ ④　刊载于《民国日报》:1916 年 1 月 22 日至 1919 年 5 月 13 日。
⑤　实际上,近代宋派诗家,如何绍基、陈衍、郑珍等人都非常重视诗人的"不俗"之气。何绍基认为"同流合污,胸无是非,或逐时好,或傍古人,是之谓俗。直起直落,独来独往,有感则通,见义则赴,是谓不俗。"(《使黔草自序》)通过不依傍、不逐时的求真求情,维护诗人高洁的遗世独立之精神。

大夫式的淡泊清高的印记"①。在这种诗学批评中,他自然反对"专尚风调"的纤佻浮薄之风,对近代复盛的香奁诗风尤加痛抵,认为其"陈义既无可取,体格亦与盲词相邻",也从另一方面印证其对求"不俗"理论的重视。

第二,以艰涩为宗,极力标榜宋诗风尚。宋诗派人物重视学问,但难免导致过分注重矜学现象的出现,而"学问至上情结的存在,导致宋诗派诗人价值心态的失重和诗歌结构中情感重心的偏移。两者所产生的综合效应,最终使宋诗派由自立不俗的愿望出发,却走上了一条险怪偏狭之路"②,闻宥的诗论也有明显的重学倾向。他认为:

> "羚羊挂角,香象渡河",严沧浪以禅喻诗,所谓有神韵可味,无迹象可寻者也。王阮亭终身诵之。仆意:"神韵"二字固有不可言传者,大致便旋适口,尾音能绵而远,则神韵得矣。然亦有愈涩愈见神致,愈拗愈见绵远者。若老杜七绝,跌宕错落,独非神韵乎?固知"神韵"二字,亦非概称绵丽二派者。③

闻宥在《恫簃诗话》中把对艰涩、枯拗风气的追求,则当作一种"神韵"来对待。他认为陈三立诗歌为"近世奇作",也由这种诗论观使然。

正因如此,他认为袁枚的诗歌"直似醉中坠圊,遍体无一不臭",王士祯的诗歌"千章一格,庸恶已极"。他认为诗分唐宋,乃"无当"之论,但又提出"不能不分界",极力标榜宋派诗风。对偏于僻径的诗论,姚鹓雏《宋诗讲习记》则有过中肯批评,这也是姚、闻二人的不同之处。

闻氏《推仔第二楼诗话》《千叶莲花室诗话》《春笑轩拉杂话》把追求诗歌的"不俗"诗风,作了进一步阐释。他自称平生有三大患:"执拗自用、不能偕俗、不知孔方为何物。"若换个角度来说,也是其对诗人精神境界的追求,即"不俗"之气的写照。这与陈师道提倡的"学诗如学仙,时至骨自换"④境界是一致的,背后乃是学人之诗与诗人之诗相贯穿,达到一种骨气相交的状态。蒋湘君曾评价闻宥的诗歌:"虽未尽工,骨力固可惊也。"⑤比较准确地抓住了其诗的重要特性。此外,《千叶莲花室诗话》三则和《春笑轩拉杂话》三则也以简短的笔墨来表达他对不俗诗境的追求。

3. 姚鹓雏的诗话创作。

姚鹓雏诗学北宋,其诗话《宋诗讲习记》和《懒簃杂缀》,则是其诗论观的具体化体现。《宋诗讲习记》详细剖析其学诗经历,阐述其对宋诗流派的见解。他曾自云:

> 鹓雏治诗,始十年前岁己酉,……旧时诵诗于少陵,尝卒业一二卷,昌黎、东坡,略涉猎而已;近人则随园、瓯心余、仲则诸家。……元年居沪,柳安如介之入南社,始得尽览东南诗人篇什。旋读厉樊榭、钱萚石、王谷园、龚定庵诸君集,于浙派诗旨,小有悟入,所作微变其故步。然仍时时依违于范伯子、陈散园之间,得诗亦最富。⑥

---

① 黄霖:《近代文学批评史》,上海古籍出版社 2007 年版,第 117 页。
② 关爱和:《自立不俗与学问至上:清代宋诗派的两难选择》,《文学遗产》1998 年第 2 期。
③⑤⑥ 刊载于《民国日报》1916 年 1 月 22 日至 1919 年 5 月 13 日。
④ 陈师道:《次韵答秦少章》,《后山集》后山居士文集卷第二,宋刻本。

这是姚鹓雏对自己诗学路径最为详细的剖析,也奠定了他诗学的基本观点。他对陈衍、陈三立、郑孝胥之诗极为欣赏,以其诙丽有味,但也责其"诙怪博丽,犹或过之"①的弊病深为不满。后来,南社内部的唐宋诗之争兴起,姚鹓雏曾作《论诗视野鹤并寄亚子》云:"诗家风气不相师,春菊秋兰自一时。何事操戈及同室,主唐奴宋我终疑。"②试图从内部对唐宋诗的论争进行调和之,从中也可见其融通唐宋的诗学眼光。《懒簃杂缀》则试图从风韵、用典等方面,对其所持诗论进行具体阐述,也具有较高诗学价值。

4. 叶楚伧的诗话创作。

叶楚伧《读杜随笔》力主学人诗论,针对杜诗的具体内容,如风格、字句、韵律、层次等方面进行详细阐释,兼及考证之功。叶楚伧诗学北宋,又出入中晚唐,风格以沉雄为主,兼复温丽。蒋湘君曾云:"叶楚伧诗,如河朔健儿,被服执绮,终未脱横朔看天气。稍近,折节入义山,语近沉雄,则其本色。"③《读杜随笔》重学识和法度,主张诗歌须"简练揣摩",反对繁冗之病,也其学杜的精髓之一;同时又不完全拘泥于法度之中。如其云:

> 《游南池》一律,句句写池中之景,惟"森木乱鸣蝉"句乃池上之景,可见读杜不可拘泥。若一一以律绳之转,失杜意矣。末联因白露而忆青毡,乃岁暮动与也思乡之感,非必与秋水、晚凉作关键也。④

他认为善学杜者,不可拘泥于绳律,不可流于模拟之能。叶楚伧崇拜杜诗,但对"杜诗字字有来历"的过誉之论表示怀疑,以理性精神,融于感性诗论中。

5. 成舍我的诗话创作。

成舍我《论诗》重视学问,又认为诗歌以简远为贵,不可刻意矜才,充斥学究气。要达到理想境界,须学问和法度的相结合。他指出:

> 诗有诗律,亦如一国之有法律,一军之有军律也。若纵情任意,信笔所之,则与叛民、骄兵何异?即谓为诗界罪人,亦为无不可。纵伊人古名家,有例可援。然如枭雄、盗魁,虽能遭逢时会,为帝为相,要不可为后世法也。彼破坏诗律,而动以古人为证者,其亦可以止矣。⑤

这种对法度的重视,是以"力学"为基础,与诗人骨气相重叠的,体现出严谨的诗论观。因而,成舍我论诗以宋派为宗,却不满门户之见,对近代诗坛雕琢之气和矫枉过正,都持有异议,诗学眼光并不拘泥。

二、《民国日报》中的唐诗派诗学批评阐述

宗唐诗人是南社重要的生力军,柳亚子、周斌、高基、余其锵、王德锺、倜庵等力倡唐音,

---

① 姚锡钧《论诗绝句二十首》(见《南社丛刊》)也对宋诗派代表人物以很高评价,如其论陈三立云:"早年风概越公儿,晚岁津梁老导师。地下抚君应张目,剩将大句作奇雄。"
②③④⑤ 刊载于《民国日报》:1916 年 1 月 22 日至 1919 年 5 月 13 日。

并以《民国日报》为阵地,与宗宋派展开激烈论争。最后宗唐派势力占据主流,也带来了南社的分裂,对近代诗学发展造成较大影响。故而,对唐诗派诗话的研究具有时代意义。

1. 柳亚子的诗话创作。

第一,柳亚子论诗以唐音为宗,重视诗歌的宗派性。1916 年,陈去病《论诗三章寄亚子》称:"蠡管应无忤,门墙要自持。骚坛旗鼓在,高唱莫嫌迟。"[①]对柳亚子主持南社诗坛予以肯定,也从侧面反映出柳氏对于诗坛宗主地位的重视。1916 年前后,正是新文化运动兴起之际。胡适《寄陈独秀》认为南社的创作"夸而无实""滥而不精""浮夸淫琐"[②]这让柳亚子一直无法释怀。此后,他曾专门就此事予以反驳[③]。因为在柳亚子看来,宋派诗就等同于"亡国之音"。故姚鹓雏、闻宥等对宋派诗人以高度称赏,引起了柳亚子的极大忧虑。1917 年,《民国日报》刊载了闻宥《恫瘝诗话》。闻氏曾指出:

> 近日诗流最下者,为某等一派,连篇累简,无非蹀语,薄幸也,泪珠也,情天也,阿侬也。众多凡恶名词填缀,斑驳充其秽想。殆逾盲词,而犹庞然自号为教主。一二逐臭之夫,嗷焉从之,积之既久,不复自念庐山真面目矣。……坐是复不免有"执螳蜋以笑鼋龙"之诮矣。[④]

实际上,柳亚子一直把宋诗派看作亡国诗派,认为其不足学,也不应学。闻宥却讥笑柳亚子为代表的唐诗派"执螳蜋以笑鼋龙",使得柳亚子无法平静下来。他连续发表《质野鹤》《再质野鹤》等予以回击。首先,他认为:

> (野鹤)坠落魔窟,沉溺太深。纵使他日有成,不过为郑孝胥、陈三立辈作附庸耳。渠诮人质美未学,仆亦诮渠误入歧途,迷而不复,为不可救药也。[⑤]

进而,他又指出"诗学亦至清季而极哀",不但把宋派诗人比作"妖孽",还发誓要扫尽西江派为己任,也是他对于诗坛宗派化的强烈意识。

第二,柳亚子秉持一代有一代之风气之论,以期为民国的文化"树先声"。柳氏论诗重诗品,并与人品对等起来。《磨剑室外拉杂话》《三斥朱玺》等诗话即是此种思想的产物。他指出:

> 仆反对陈、郑之用心,尚不在为亡清残局论功罪,而在为民国骚雅树先声。故即退让数百步,而承彼为清季有数之诗人,亦复何与民国事?[⑥]

在他看来,唐诗派与宋诗派之间的论战,完全是因人论诗,站在诗品立场,由同光体而否定宋诗派,故柳亚子提出以章炳麟、汪精卫、苏曼殊、马君武等为效法对象。姚鹓雏曾发表论诗绝句以"何事操戈及同室",对"谈诗磨剑太纷纷"[⑦]的柳亚子提出委婉批评。柳亚于次日

---

①④⑤⑥⑦　刊载于《民国日报》:1916 年 1 月 22 日至 1919 年 5 月 13 日。

②　吴奔星、李兴华选编:《胡适诗话》,四川文艺出版社 1991 年版,第 135 页。

③　柳亚子曾云:"然胡适之博士论南社,以'淫滥'两字一笔抹杀,反而推崇海藏(郑孝胥)之流,我自然也不大心服。"(曹聚仁《南社巨子柳亚子》)

即发表《论诗五绝答鹓雏》表达了不愿意与宋诗派"合流"的决心①。

可见，柳亚子把唐诗、宋诗之间的论争，看作民国与晚清的文学话语权争夺战②。换言之，这也是柳亚子对民国骚雅忧患意识的诗学显现，虽掺杂了意气成分，却不可仅以意气用事目之。

2. 周斌诗话创作。

周斌《妙员轩诗话》也是刊载于《民国日报》中的重要作品。《妙员轩诗话》多以诗存人，具有浓厚诗史意识。论诗则主性灵，重视诗歌的情性。柳亚子认为"周芷畦出入随园、灵芬间"；余其锵云其"性灵则似随园，风调则近渔洋。间或口谈宋诗，偶一效之，实非其所好。"都基于此而言。可见周氏论诗力提倡性灵，并云：

> 半山虽僻，而画舫楼台，性灵发现；宛陵虽苦，而山花春鸟，风趣横生。诗固贵有性灵风趣，僻以避俗，苦以医熟。若无性灵、风趣，只学半山之僻，宛陵之苦，恐半山、宛陵，亦吐弃之矣。钟嵘《诗品》云"僻而不险，至苦而无迹"，斯言旨已。③

可见，周氏对性灵诗风的重视，欣赏杨蜀亭"颇有性灵"，徐琪"颇有逸致"的诗作，而对袁昶"诗深险峻"之能提出异议。闻宥批评他"诗事嫌浮"，即有为而发。虽然如此，他对性灵诗"丽多无骨""清易近薄""新易近尖"等弊病也有清醒认识，主张以"老成"出之，方为要务。

出于对诗歌性情的重视，周斌反对诗分唐宋，力主取长补短，不囿于门户之见。基于此，南社内部因宗唐还是宗宋，大开笔战之际，周斌保持着较为清醒的头脑。其《妙员轩诗话》曾指出：

> 亚子与鹓雏争论诗派，鹓雏谓予曰："亚子宗唐，予宗宋，故论诗格格不入。"予笑曰："亚子格律唐皇，颇似义山；君旨趣深奥，逼近半山。若以唐宋二字相争，则唐之阆仙、东野与山谷相同，宋之石湖、放翁又与香山相仿。岂能以唐、宋二字相混淆乎？"④

可以说，周斌的诗学批评以性灵为主，却未陷入门户积习中，而以发展和联系的眼光看待近代诗坛，这也是他所以向宋诗派文人闻宥求教诗学的原因之一。这种诗论观当时的确是难能可贵，有重要的文学和时代意义。

3. 余其锵的诗话创作。

南社中人物，余其锵早年受柳亚子赏识，并订文字交，其论诗主张"平生不拾西江唾，安用痴儿借齿牙。"（《论诗四首》其二）与柳亚子论诗十分契合。在南社关于唐宋诗的论争中，余氏也刊载诗话《不平则鸣》，为柳亚子鸣不平。他认为：

> 要知吾人作诗，不仅以自写性情，逐为能事。感发人意志，激起人之精神，亦为至要。……故有所作，宜如何发扬蹈厉，鼓吹国民英瑞之气，以期振有为。盖国运以学术

---

① 柳亚子《我与朱鸳雏的公案》一文中直言："我呢，对于宋诗本身，本来没有什么仇怨。我就是不满意于满清的一切，尤其是一般亡国士大夫的遗老们。"（柳无忌等编《南社纪略》）
②③④ 刊载于《民国日报》：1916 年 1 月 22 日至 1919 年 5 月 13 日。

为转移,枯寂无趣者,岂开国文字耶? 我国民气衰退不振,似乎宋诗,实彼辈偕之厉也。①

余氏也是把诗歌当作鼓吹革命,振兴国民士气的工具,与柳亚子的诗学观是一致的。因而,他对宋诗派"自写性情"的诗风非常不满,并把当下民气的衰退,迁怒于宋诗派而加以打压。其作品《辟王无为》即由此而发,颇多意气成分。

4. 高基的诗话创作。

高基《致爽轩诗话》多录其师友,兼及诗人本事。论诗则宗中晚唐,以自然劲节为趣,尤其反对浮华之弊。他在《论诗答野鹤》中曾数次以"沈宋声律稍繁缛""獭祭往往嘲饳饤""刊落浮华挺丑枝"等语,表达自己的诗论观。同样,高基也未限于唐宋诗之局中,曾作论诗绝句云:"余厚唐之谢灵运,昔者遗山有此论。此语恐仅指风格,若论面目已难涸。"② 有着开放的诗学眼光。

5. 王德锺的诗话创作。

王德锺不仅是南社成员,也是《民国日报》艺文部主笔,与柳亚子为忘年交。其诗话《禅莲室余墨》则倡导七子派高华之功,对同光诗人"如病马饥蝉,格卑响细"③ 的艰深枯涩之病,予以指瑕,诗论眼光略显局促。

6. 倜庵的诗话创作。

倜庵《倜庵诗话》篇幅短小,却主要论及对唐宋诗的看法。他诗宗晚唐,欣赏李商隐、王士祯等的含蓄清越之诗,同时,也重视诗歌的感情,反对浮华。论诗眼光也较为宽泛,属于唐派诗论中的主流观点。

此外,《民国日报》本来是反袁而生,故其诗话对革命派诗学的阐发非常重视。其中,瞿醒园《革命诗话》、韦秋梦《绮霞轩诗话》值得重视。瞿醒园《革命诗话》明确为革命志士而作。其前面小序,也交代创作的缘起,其云:

> 时下诗话,汗牛充栋,宽于去取者固多,且博而能精者,亦复不少。若乃生面别开,蹊径另辟者,则不多见。如《民权素》中古香之《今日诗话》、榴芳之《无题诗话》《小说丛报》中枕亚之《鲍家诗话》,洵艺林妙品也。猥是通人余韵,得传诵于尘世;烈士残编,反湮没乎人世,此不佞是有《革命诗话》之辑。④

就诗话本身而言,创作方式上,瞿氏希望能别开生面;创作目的上,则有志于保存革命者的诗歌,以激发世人的革命热情。故其有为变法而牺牲的林旭、谭嗣同等的诗歌,有为辛亥革命献身的黄钟杰、何铁笛、唐佛尘、秋瑾、林文等的创作。这些革命志士的诗歌,或是悲壮之音,或是哀叹之声,或凄苦之情,如黄钟杰《绝命词二首》其一所云"无论风雨荡残舟,黄汉衣冠作楚囚。我欲鞭雷重起陆,好叫割破一天秋"⑤,都表达出那个时代先进人物的心声,有着很强的感染力。

相对而言,韦秋梦《绮霞轩诗话》则更重视诗学本身。《绮霞轩诗话》曾部分刊载于《民国

---

①②③④⑤　刊载于《民国日报》:1916 年 1 月 22 日至 1919 年 5 月 13 日。

日报》中（其他分别载于《民权素》《小说丛报》）。其诗论要以性情为主，反对刻意分唐界宋，对"豪放沉郁"的马君武诗，"凄婉悲慨"的汪精卫诗，"俊逸雄杰"的吴绶卿诗，"浓艳清新"的唐常才诗，"清丽缠绵"的何镜海诗，"孤芳自赏"的余绣孙诗，"哀感沉挚"的吕惠如诗，都极为赞赏，因为这些创作乃是出自"赤子之心"，饱含着作者的真情实感。当然，《绮霞轩诗话》对这种感情的重视，是建立在贵有寄托基础上的。这种"寄托"是：诗歌要为民主革命服务，来发挥种族思想，这也是其诗学的重要出发点。

三、《民国日报》中的"艺文屑"诗学批评阐述

《民国日报》除了刊载上述重要诗话外，还曾有一个专门的"艺文屑"版块。"艺文屑"从1916年5月3开始刊载，一直到1917年3月为止，共刊74篇。前期由姚鹓雏主笔；1917年2月18日开始，由成舍我主笔。当然，除两大主笔外，胡朴安、陈匪石、蒋湘君、姚民哀、叶楚伧、胡寄尘等也有撰稿，阐发各自的诗学批评见解。"艺文屑"类于随笔式的诗话，每篇只有几百字不等，却也是重要的诗学批评阵地。其主要涉及两方面的内容：

第一，讨论治学法门，指导学诗途径。姚鹓雏指出："治诗不尽由学，也出于天分者。强半而学，则何以致力焉？ 性情、怀抱，人人相殊；刚柔、好恶，缘分以各异。欲萃数十百人，乃至千万人而董理之，以一编为准，谈何易乎！"故他提出学诗初步既要"开浚才智"，又要"示以矩度"①把积理充学，作为师古的重要道路。他在"艺文屑"中对原本、用典、诗境、灵机、位置、枵响、雅俗、辨体、规模、矜庄、寓言、天机、新陈、打油、改诗、断勾、断句、模拟、诗律、不苟等方面都作了详细分析。叶楚伧则认为："无代无糟粕，无人无糟粕，而糟粕所在，最易熏染。学古人诗者，不可不知。"②对于学诗者也提出了精妙见解。胡寄尘认为："诗文以才胜者，而患其率；以学胜者，而患其滞；以才胜者，老不如少。老则才减也；以学胜者，少不如老，老则学深也。"③对学诗的才力、学力与阅历等的关系作进一步诗学思考。

第二，知人论世，对历代代文人以精要评介，也是"艺文屑"诗论中的重要内容。

（1）评古代诗家。"艺文屑"喜论历代诗人诗话。如姚鹓雏"论诗文"条目云：

以言诗：庙堂，则须沈、宋；田野，则须王、孟；属辞比事，则须元、白；旖旎风情，则须温、李。以言文：论议，宜昌黎；传记，宜欧阳；阐幽发微，宜东坡；载事简削，半山。或问：今之樊山于文、于诗，将何所宜？ 曰：宜作谢表。其人生平惯受人恩，复又才智，以缘饰之故，作谢表为独清之斋简，即其前才也。④

（2）评近人之诗。"艺文屑"尤重近代诗人创作，也给予相应诗学批评。如姚鹓雏评云：

王壬秋如佛手，色香自古，微见风味。

陈散原如石榴，红紫斑斓，微绝细碎。

樊云门如杨瓜，初食甘脆，久食必泻。

郑海藏如橄榄，生涩之下，颇能回甘。

范伯子如荔枝，日啖三百，始得佳趣，偶取一二，亦寻常耳。

①②③④　刊载于《民国日报》：1916年1月22日至1919年5月13日。

诸贞长如葡萄,浅红深碧,古雅宜人。

黄晦闻如江橘,甘芳之中,别饶淡远。

叶小凤诗,如宽皮柑子,闳硕有余。

柳亚子诗,如哀家梨,俊爽沁齿。

庞檗子诗,如初熟杨梅,恰到佳处。

叶中冷诗,如密浸青梅,甘酸俱备。

刘三诗,如生姜甘蔗,愈老愈佳。

苏曼殊诗,如四月樱桃,小颗晶莹,风致别具。

或谓鹓雏何如? 曰:如近日市上之新会橙,干枯无味,然故自不可多得。①

不但如此,他还以生动的形象来论人,如叶楚伧喜欢以苍劲健语作诗文,吐属却"恂恂如妇人"柳亚子病口吃,文字却"气魄雄伟,好作激昂慷慨语"等,不乏精彩的评论。

值得注意的是,对于唐诗与宋诗的讨论,一直贯穿于"艺文屑"始终。唐诗以神韵;宋诗以言理,本各有轩轾。姚鹓雏提出"论诗而区唐宋,非知言也"②的论断,也具有时代性。

成舍我在"艺文屑"中也有发表论诗条目,如理论批评方面,有论小序、论诗话、论诗、论诗文等,作家作品方面,有论李白、论李杜、论中晚唐诗、论明七子、论龚定庵等。其以简短精悍的诗学理论,为报刊诗学的兴盛起到重要推动作用。

《民国日报》刊载的诗话内容丰富,论诗不乏高见。除具有理论意义的作品外,他如庞树柏《褒香簃诗词丛话》、燕子《绿沉沉馆诗话》、无名氏《湖海诗话》、姚民哀《息庐随笔》、胡怀琛《波罗奢馆诗话》、侧帽逃禅《积渊阁诗话》、鬂苼女史《桐荫丽话》等作品,也是一批重要的诗学批评文献资料。

---

① ② 刊载于《民国日报》:1916 年 1 月 22 日至 1919 年 5 月 13 日。

王礼培诗论探析

复旦大学　任小青

　　"同光体"作为清季一个重要的诗歌流派,曾在当时产生过非常大的影响,近年来学界对"同光体"的研究可谓如火如荼;然而谈及"同光体",我们往往将关注点投掷于 1860 年之前出生的一代诗人及诗论家身上,如陈衍、沈曾植、陈三立、郑孝胥等,他们皆以"同光体"诗派之领袖而为人瞩目,而对后起的诗人与诗学家则呈现出相对的忽略状态。其中缘由或许与辛亥革命前后,人们对它的频频批判有关。再则"诗界革命"的大旗已举,对旧诗及旧诗学的鄙弃更加剧了人们对"同光体"的遗忘。但事实上,"同光体"虽出现于同光之际,盛行于光宣诗坛,但其流风余韵直至民国年间仍方兴未艾,依旧有人默默地耕耘在这片田地里,做着理论与实践上的探索,而时任(1933—1937)湖南船山学社董事长的王礼培就是其中之一。王礼培著述除《小招隐馆后甲子诗编》《小招隐馆谈艺录》及刊载于 20 世纪 30 年代的《船山学报》上的零星篇章外,其《雨丝集》《紫荆精舍诗文钞》等均已散佚;加之王氏生性宁静淡泊,辛亥革命后即辞去湖南省铜元局职务,"径须埋名小招隐"[①],"引退江湖只独吟"[②],故而其人及其诗论更不为人所知。本文以王礼培的诗论为核心展开研究,着重从以下三方面进行论述:一是王礼培的交游与其诗学旨趣的形成;二是以苏黄为宗的宋诗观;三是风雅精神与王礼培的"闵乱诗"。

一、王礼培交游与其诗学旨趣之形成

　　王礼培(1864—1943),字佩初,湖南湘乡人。据王氏外孙易新农所述,湘乡王氏为诗礼之家,王礼培自小成长于中兴名将的家族荣耀与耕读之家的书香氛围中[③]。对此,王礼培亦曾作《湘武述闻》对祖上荣光颇多溢美之辞。王氏青年时期又曾就读于长沙思贤讲舍和致远楼,讲舍以"思贤"为名,则有张扬王船山之学与景仰曾国藩之情的意思在。作为讲舍创建者的郭嵩焘(1818—1891),与曾国藩同为湖湘文化的重要传承者,两人交情甚笃。而曾国藩(1811—1872)既是湖湘文化的重要代表,更是道咸同宋诗派的领军人物。而且迨至曾国藩"余于诗亦有工夫,恨当世无韩昌黎及苏、黄一辈人可与发吾狂言者"[④]的论调一出,其师法

---

　　① 《小招隐馆后甲子诗编》卷一,易新农、夏和顺编《王礼培辑》,民主与建设出版社 2015 年版,第 5 页。
　　② 《小招隐馆后甲子诗编》卷四,《王礼培辑》,第 32 页。
　　③ 《前言》,《王礼培辑》,第 3 页。
　　④ 曾国藩著,李翰章编:《曾国藩家书》,传忠书局刊刻足本,第 68 页。

韩、苏、黄的宗宋旨趣方才浮出水面,且表现出了相当的自信。而曾氏又有朝中重臣这一身份,更便于他振臂一呼,开晚清宋诗风气之盛。郭嵩焘与曾氏同为湖湘人士,交往甚密且对曾很是敬服,在与曾国藩两次的大型唱和活动中("会合联吟"与"莅郡唱和"),难免会受到曾氏诗学的影响。王礼培受业于思贤讲舍,我们虽没有找到明确的文字说明郭、曾二人对其日后诗学宗趣的形成有直接的关系,但是由曾、郭二人所牵涉出的诗学关系网络却极好地为我们证明这一问题提供了依据。

碧湖诗社是光绪十一年到十四年(1885—1888)郭嵩焘、王闿运、陈三立、释敬安等人在湖南所结的诗社。社中成员基本上为湖湘人士,其中属郭嵩焘最为年长、声望也极高。此期社中极负盛名的诗人是湖湘诗派的领袖王闿运。王闿运论诗专尊汉魏六朝诗风,身边聚集了一批同此尊尚者。而陈三立父子与郭嵩焘交往甚密,且陈三立在诗文观的形成方面又多受郭嵩焘指点。据陈寅恪兄弟自述,"先君(陈三立)壮岁所为文字多与湘阴郭筠仙侍郎嵩焘、湘潭罗顺循提学正钧往复商榷,故去取独谨"①。陈对郭氏的敬重与推崇,直到中年之后益加深沉,"老有不可忘,褰裳饮文字。绮岁游湖湘,郭公牖我最"②,饮泣感念之情溢于言表,同时也透露了他早期游历湖湘与众人唱和之际,即受到了郭氏诗学的浸染。他满腹遗憾地感慨:"吾生恨晚数千岁,不与苏黄数子游。"③论调与声气同曾国藩"余于诗亦有工夫,恨当世无韩昌黎及苏、黄一辈人可与发吾狂言者"一语何其相似,宗宋宗黄的意味非常浓厚。郭嵩焘亦不吝称赞:"陈伯严、朱次江,皆年少而能文,并为后来之秀,而根柢之深厚,终以陈伯严为最。"④以"根柢深厚"作为评定后起之秀陈三立诗文的特点,实际上一针见血地指出了宋诗派对学问、修养的重视,这里谈的虽是文,但在宋诗派看来诗文一道。同时也表示了郭将陈引为同调之人的意思;更重要的是他视陈为"根柢深厚"之最,殊能见出郭氏对其赋予了引领文坛风骚的寄望。故而李肖聃《星庐笔记》写道:"梁辟园焕奎谓伯严诗文初无宗主,中年文似庐陵,诗宗山谷,其皆原出江西。予谓近世论诗宗黄,倡之者湘乡曾公,大之者伯严也。"⑤李氏一语中的,看出了曾、陈二人同宗江西,却又一脉相承的关系。

王礼培就读于思贤讲舍,承蒙郭嵩焘教诲,又曾参加过碧湖诗社的唱酬,因而自与陈三立等人非常熟识。据碧湖诗社副社长刘善泽《天隐庐诗集》载:上巳日,海印上人招集友人到碧浪湖修禊,参与修禊之事的就包括了曾广钧、王佩初等人⑥。对于这段经历,王氏在其《小招隐馆后甲子诗编》中也有所表露,其诗道:"浮湘昔访学,哀乐亦云多。人去市朝变,相顾问如何。"⑦诗歌作于丁卯年(1927),据王氏诗题所称,这是他与陈三立湘乡一别三十七年后始见于沪滨时所作,而三十七年前正是他们修禊碧湖,同集唱和之际。而此期诗社中存在两股不同的诗风,一则是王闿运、释敬安(八指头陀)等人所崇尚的汉魏六朝诗论,另外就是郭嵩焘所代表的曾国藩一系的宋诗学,而且据上文所述陈三立于此也已经有了尊宋的转向,那么

① 陈三立著,李开军校点:《散原精舍文集》下册,上海古籍出版社 2003 年版,第 1218 页。

② 陈三立著,李开军校点:《留别墅遣怀》,《散原精舍诗文集·诗续集卷中》,上海古籍出版社 2003 年版,第 436 页。

③ 《肯堂为我录其甲午客天津中秋玩月之作诵之叹绝苏黄而下无此奇矣》,《散原精舍诗卷上》,上海古籍出版社 2003 年版,第 51 页。

④ 《郭嵩焘日记》第四卷,湖南人民出版社 1982 年版,第 49 页。

⑤ 李肖聃:《星庐笔记》,岳麓书社 1983 年版,第 6 页。

⑥ 刘善泽:《天隐庐诗集》,湖南大学出版社 1989 年版,第 582 页。

⑦ 《诗编》卷四,《王礼培辑》,第 40 页。

年轻的王礼培在二者间又择取哪一端而从之？翻检王氏现存的著述,除了三篇论诗的文章及《诗编》中"喜贻黄玉印,贪读宋人诗"①直接表明了他宗宋宗黄的取向外,并没有直接的文字说明他的诗学渊源着实来自郭嵩焘一派。但是非此即彼,在其《检曾重伯诗集》一诗中却间接地透露了对王闿运等人诗风的不满。诗云:"少日金闺彦,鞭丝落影长。清才名不忝,沉醉酒添狂。乌鬼诨工部,妃唇咏柏梁。堂堂忠裔尽,掩卷玩晨光。"②曾重伯,即曾国藩之孙曾广钧,早年与王礼培一样也曾参与过碧湖雅集的唱和活动,幼年跟随王闿运学诗,王见其天赋异秉,目为神童,有《环天室诗集》等。吴宓《空轩诗话》评其诗云:"《环天室诗》学六朝及晚唐,以典丽华赡、温柔旖旎胜。"③这则诗语点出了曾氏以汉魏六朝及晚唐体为尚的诗学趣味。王礼培这里嗤点的恰恰就是曾氏这种"绮谷纷披""唇吻遒会"式的性灵摇荡、流连光景之作。曾国藩宋诗崇尚的一个鲜明特点就是强调"艺通于道""道与艺合",故而诗歌末尾,王氏又对曾广钧未能继承其祖父的道德文章深表遗憾。所以,对曾广钧诗风的不满即宣告了与王闿运诗学的背离,同时也预示了对曾国藩、陈三立一派宋诗学的推崇。

值得注意的是,刊刻于丁丑年(1937)的《小招隐馆后甲子诗编》,除却卷前附有陈三立为其诗编所作题跋为陈氏手迹外,其余全文皆为刻印。而诗编所收录的诗歌则是王氏六十岁以后十年之诗,即1924—1934年间的诗篇,他在自序中说道:"所为诗文稿草如积,未有定本。"可见其诗之多,其创作之不间断,其删改斟酌之慎重。所以,基本可以断言在王氏眼中经过删订整理最后刊行的诗编,是他艺术成熟阶段的成果。再者陈氏题跋盛赞其诗"奥邃精严,志深而味隐,能收拾涪翁坠绪,益自振拔,蔚成气象者,寥廓天壤,此为照影独步矣"④,评价之高可见一斑。王氏之所以将此单列存其手迹,个中原因相信绝不是鉴于陈三立"同光体"领袖的地位来标榜自己,而是对于同道中人能够涉身体察自己诗学旨趣的识鉴深表欣慰。

故而论之,王礼培对苏黄诗学的亲近,从渊源上讲,既受到湖湘先贤曾国藩、郭嵩焘的影响;早年雅集于碧湖之上,与陈三立等人通过诗文唱和,在诗学取向上明显向陈氏靠近;晚年编印《小招隐馆后甲子诗编》又请陈三立作跋,且对其手迹及跋语重视至深,可以断定王礼培接受的正是"同光体"内部,陈三立一派的诗学影响。

二、以苏黄为宗的宋诗观

《小招隐馆谈艺录》共四卷,此书虽为他晚年的文论成果,但据他自己所述:"少时服习文艺,既老而似有所获矣",可见,这是他多年来从事创作与批评的心得体会。其《自序》坦言:"载籍极博,穷吾日力之所至,往复胸臆,探索蹊径,神会于志,理契于心,历历而道"⑤,王是近代著名的藏书家,家中颇富古籍,他能够充分利用这一条件遍观群书并深刻体察书中意旨,是他甚为自矜的事情。与此同时,他参与了诗社活动,能够对当时诗界并存的多种诗学取向

① 《小招隐馆后甲子诗编》卷一,《王礼培辑》,第8页。
② 《诗编》卷十,《王礼培辑》,第108页。
③ 吴宓:《空轩诗话》,《吴宓诗话》,商务印书馆2005年版,第212页。
④ 《辑一·诗歌》,《王礼培辑》,第2页。
⑤ 《小招隐馆谈艺录自序》,《王礼培辑》,第116页。

有深入的思考,并在此期间形成了对唐宋诗优劣的独立判断与认识。这种复杂的诗学环境客观上促使其诗论更具包容性与深刻性;特别是对苏黄诗学真谛的揭橥,可以说是他整个诗论的核心观点,更是他的创见所在。

首先,王礼培论诗强调诗歌演进必然遵循会通变化、递嬗相沿之道,故而对前后七子"格调派"的抨击尤为激烈。其《论唐代诗派》开篇便指出,魏晋五言自成境界,有别于三百篇,唐贤境界又别于前代,矛头直指七子诗派。接着又进一步分析了各代之诗不能舍本弃源、截断众流而孑然存在的道理,如其所说:"究其所依以为性命者,卒无有能舍汉、魏、晋、宋而能自成为一家之诗。"①七子派学诗惟盛唐不逮,却又耽于字句模仿、"揽其辞而昧其源",遂遁入优孟衣冠的肤廓陋习而积重难返。于是,在论著中再三申说"善通其变"以求达到"吾丧我"的境界。而他认为"变"之关键就在于对"诗理"的体察,即杜甫所云的"熟精文选理"。论及此,一个有趣的现象很是值得注意:在王氏《谈艺录》中,我们发现他不止一次地使用"肌理""肌骨"等语词论诗,如"余谓子美笔力豪隽,肌理不免松疏"②,"简斋之景物明丽、肌骨匀整"③,"(唐子西)诗境虽较东坡肌理粗疏,而风骨遒迈"④等不一而足。这不禁令人想到乾嘉之际翁方纲的"肌理"诗论。翁方纲论诗以杜甫为宗,其"肌理"说的源头便是杜甫的"肌理细腻骨肉匀"。对于翁方纲诗说的传播,王镇远在其《论翁方纲的肌理说》一文有过明确论述,他说:"嘉道以后兴起的宋诗运动,溯其源流,也以乾嘉时期的翁方纲、钱载、姚鼐等人为其滥觞,而其中翁方纲的诗论最为系统。"⑤联系王礼培《复壁藏书书目》中所列诗文评类藏书可以看出,他于此类藏书中有名目者共列九种,为数不多,其中就包括翁方纲的《石洲诗话(稿本)》,是故此书观点对其谈艺的影响不言自明。

如果说,对七子格调论的批评是清诗学展开的逻辑起点,那么对王士禛"神韵说"的不满则是清代宋诗学走向成熟的一个标志。在某种意义上看来,"神韵"的出现的确可视为对格调说的清理。但这种清理在多大程度上有效,却是后人争议不断的一个问题。王礼培便是其中之一。他对此不以为然,认为王士禛"毅然分太白五古为古调、唐调,亦犹乎于鳞之谬"⑥,即与七子派无异,皆以辨体思想裁定唐诗。接着,他进一步阐述了脱胎于严羽"妙悟"说的"格调"论与"神韵"说,一者剿拟,一者空疏,皆使后人堕入"以不学文其浅陋"的怪圈。王礼培自信他是发现"格调"与"神韵"二者具有同而异、异而同的关系的第一人,故而发出"攻于鳞者不绝,攻阮亭者竟无一人"⑦的喟叹。其实,这个问题在翁方纲那里已经得到解决。翁氏有"昔之言格调者,吾谓新城变格调之说,而衷以神韵,其实格调即神韵也"⑧。意思很明白,在翁氏眼中"神韵"论就是格调说的变相延续。尽管翁方纲早期诗学触感的形成与王士禛有着千丝万缕的联系,使其对神韵论的批评没有表现出赵秋谷《谈龙录》那样的苛责之态,但也不能就此否定翁方纲在揭橥"渔洋所以拈举神韵者,特为明朝李、何一辈之貌袭者

① 《论唐代诗派》,《王礼培辑》,第117页。
② 《论宋代诗派》,《王礼培辑》,第128页。
③ 《论宋代诗派》,《王礼培辑》,第132页。
④ 《论宋代诗派》,《王礼培辑》,第135页。
⑤ 王镇远:《论翁方纲的肌理说》,《文学遗产》增刊第十七辑,中华书局1997年版,第300页。
⑥⑦ 《论唐代诗派》,《王礼培辑》,第118页。
⑧ 翁方纲:《复初斋文集》卷八,《清代诗文集汇编》382册,上海古籍出版社2010年版,第85页。

言之,此特亦举其一端而非神韵之全旨"①方面的贡献,更没有王礼培所说的"曲袒阮亭,谓其能合丰致、格调为一,而浑化之为集大成"②的意思,反倒是在标举"肌理"说的过程中对神韵的空疏无迹做了潜在的整合,提出了"有于格调见神韵者,有于音节见神韵者,亦有于字句见神韵者,非可执一端以名之也"③的宏通之论。这里,王礼培批评翁方纲存有回护王士禛的嫌疑,或许是他对翁方纲的诗论未曾予以全面考察的情况下所做出的断论。但有一点必须说明,不管是翁方纲的洞见也好,还是王礼培的发现也罢,处于异代的两人能在同一层面对问题展开深入探究且获得一致看法,这是宋诗学完善过程中不可越过的一环。

其次,针对西昆派以"比兴"之名掩其"鄙俗"之实的行径,王礼培痛下针砭,进一步清理了"格调"派的貌袭之弊。直到近代宗唐宗宋的论争也并未消歇。钱仲联对当时的诗学状况有这样的概括:"若近日则既家西江而人宛陵矣,其病又至于有骨而无肉,有魂而无魄,清而不厚,沉而不雄。是又当以八代三唐药之,而出以光怪雄奇,为诗世界中拓开疆宇。"④这里主张以"八代三唐"矫正宋诗派流弊的正是崛起于咸丰年间的湖湘诗派。他们打着反宋的旗号,以汉魏六朝诗相标榜,兼及初盛唐诗。围绕"湖湘派"首领王闿运所结的碧湖诗社,无疑是他们通过唱和联吟、切磋诗艺,来密切派内诗人诗学观念、传播"汉魏六朝诗风"的一个有效平台;但是社中成员复杂,并不全是汉魏六朝诗派的追随者,如前文所说的偏重宋诗的郭嵩焘就是例外。"同光体"承接道咸宋诗派而崛起于清季,其出现伊始就面临着复杂错综的诗学环境。特别是随着同光体的盛行,光绪十八年(1892),在京师一带形成了一个抵制宋诗的诗歌团体——西昆派⑤。这一派以"西昆体"的后继者自居,以宋初西昆体与晚唐李商隐、温庭筠为师法对象,崇尚"比兴"之旨与"隐约缛丽"的诗风,与同光体大唱反调。而西昆派成员构成又以吴中诗人为主,同时兼及湘中曾广钧、李希圣等人⑥。面对异派的攻讦,王礼培作为同光体诗人,势必要予以回击以维护自身理论的权威性。在其《谈艺录》中除了前文谈到他对曾广钧诗歌格调的不满之外,我们发现他对吴中诗人的反拨与讨伐来势汹汹,批判矛头直接追溯到清初以冯舒、冯班兄弟为代表的虞山诗派那里。俗话说"打蛇打到七寸",虞山诗派作为吴中晚唐体的发起者,对清末西昆派诗人产生了直接的影响,换句话说,吴中诗人对晚唐体的崇尚和对江西诗学的指摘是对吴中固有诗学传统的继承与延续。而王礼培于论著中花费了大量篇幅,对温、李及虞山诗派展开批判,即是对晚清西昆派最有力的回击。

西昆派成员汪荣宝为《西砖酬唱集》作序,云:"咸以诗歌之道,主乎微讽;比兴之旨,不辞隐约。若其情随词暴,味共篇终,斯管孟之立言,非《三百》之为诗教也。"⑦他们将讲究"不辞隐约"的比兴之旨上溯到《诗经》那里,并以之作为风人之义,行讽喻之志。并且认为温李辞

① 翁方纲:《复初斋文集》卷三,《清代诗文集汇编》382册,上海古籍出版社2010年版,第38页。
② 《论金元明清四代诗论》,《王礼培辑》,第146页。
③ 翁方纲:《复初斋文集》卷八,见《清代诗文集汇编》382册,上海古籍出版社2010年版,第86页。
④ 钱仲联:《梦苕庵诗话》,张寅彭编《民国诗话丛编》(六),上海书店出版社2002年版,第403页。
⑤ 钱仲联:《清诗纪事》(二十)光绪朝卷、宣统朝卷,江苏古籍出版社1989年版,第14099页。
⑥ 据钱仲联《中国近代文学大系·诗词卷》导言云:"清末诗歌有西昆一派,瓣香李商隐,湘中以李希圣、曾广钧为旗帜,吴中以元忠为巨擘,汪荣宝继之。常熟张鸿羽翼元忠,其弟子孙景贤继之,蔚然称盛。"(上海书店出版社1991年版,第435页)
⑦ 汪荣宝:《西砖酬唱集序》,《金薤琳琅斋文存》,沈云龙主编:《近代中国史料丛编正编第六十辑》597册,文海出版社1970年版。

藻华美、密丽深约是对"比兴"之义的最佳诠释。然为其所反感的宋诗,则直露浅近、毫无韵味,与《诗经》传统背道而驰。于是,在《论唐代诗派》一文,王氏先从晚唐体入手,指出此体作家不出"幽柔""侧艳"两途。特别是对于西昆体所效仿的"李商隐"以及为时人所遵奉的"唐人知学老杜而得其藩篱者,惟义山一人而已"①的信条,颇不认同。他说:"义山实为议论之丛。其源出于庾信,人多谓其本于老杜。老杜亦原庾信,然有其哀感,无其顽艳而已。"②这里,王氏将义山作为议论的鼻祖,又以"顽艳"定义其诗风,无论如何是对西昆派贬斥宋诗浅露的戏讽与嘲弄。接着对其"比兴寄托"进行深层鉴定,其言:"义山首尾晦塞,名为寄托,无可捉泥;比兴之义,竟若是其无据乎?"③对李诗题旨的模糊晦涩所致的不可索解之弊提出批评,认为其以"蕴藉""隐射"为名,对"本事"不予提掇,不啻为不学者大开方便法门。更有甚者,他们口中所谓的"诗教"在温庭筠那里却成了"秾丽近乎俗""轻薄无行"的同义词,王礼培以此为据,不得不说击中了他们的软肋。至若钱谦益、冯班等晚唐诗派者,王礼培亦指出他们学唐同样存在"左瞻右顾,绳趋矩步","内不足而徒事外观,泥于迹象","寻枝摘叶,斲损天真"④的毛病,口口声声以"主变求真"反对七子派的肤廓疏浅,而他们本身又是"于声调排场"中谋求发展的格调论的同气相应者,如此何以期望他们对七子派的流弊实现根本的认识与彻底的清理?

再次,王礼培肯定诗随时异,论诗推尊苏黄一派,揭示了苏黄以才高意远追步唐诗,其胜处正在兴象空灵之境。西昆派批评江西体不合"风人之旨",且喜用典实、着意练字,伤其真美。对此,王礼培指出:"江西使事托之于虚,西昆使事泥于其迹,江西生硬不求人誉,定远终身徇人所守。"⑤这里涉及两方面的问题,其一就是宋诗的真与变。他说:

> 盖诗至宋,有不得不变者。山川景物、天地纲缊,被唐贤吸收略尽;后人偶拾一二生新之句,曾何与于声律节奏之微?……元祐间,苏黄始广其义,致力于典章国故之弘规、师友名臣之言论,仰观俯察,敷陈咏叹,是非得失之故,往往藉诗篇以发其端续。贞淫正变,即由此出,不徒以寄慨芳草美人为托物起兴之辞也。⑥

在王礼培看来,"时有废兴,道有隆替,诗文与为转移。此中递嬗之故,隐而显,微而著"⑦。既然风会相异,后人自不必苛求合于唐诗气象,更不必在景物、字句、声调上貌袭唐诗。宋人后于唐,有"影响的焦虑"存在,要想开辟诗境,只能切己切时,一一具有实地。而从风格方面来讲,宋人学唐讲究生新出奇,"苏出于白,而白无其趣。黄出于杜,而杜少其奥"⑧,可见宋人学古能够牢笼万象,并不沾滞于字句的相似。

值得注意的是,王礼培对唐宋诗精神的评析与前人"唐诗妙境在虚处,宋诗妙境在实处"⑨的观点并不相同。他认为苏黄"以练字为余事,其空灵全在炼句"、苏黄"以才高意远,目

---

① 胡仔纂集,廖德明校点:《苕溪渔隐丛话》前集卷二十二,人民文学出版社1962年版,第146页。
②③ 《论唐代诗派》,《王礼培辑》,第122页。
④⑤ 《论金元明清四代诗论》,《王礼培辑》,第145页。
⑥ 《论宋代诗派》,《王礼培辑》,第125页。
⑦ 《论唐代诗派》,《王礼培辑》,第124页。
⑧ 《论宋代诗派》,《王礼培辑》,第126页。
⑨ 《石洲诗话》卷四,第120页。

送手挥为空灵,则全在兴象"①。以"空灵""神""才高意远"与"兴象"等词界定宋诗,恐怕是前所未有的事情。自严羽拈出"兴趣"说,与宋人"以文字为诗,以才学为诗,以议论为诗"②的倾向针锋相对,重学问轻情感、重形迹轻兴象便成为人们对宋诗的基本看法,且这种认识又成为明清格调论、神韵论大行其道的根源。王氏对唐宋诗本身及唐宋诗之争的前因后果与流脉转移进行了深刻的反思,从而得出其症结在于宋人"以体量为形,以空灵为神"③的诗境追求并不为人所理解,而这其中也包括那些学宋甚至以宋诗派为标榜者,如何绍基、曾国藩等④。王礼培对此并未刻意回避,而是实事求是地指出宋诗派自身也难脱"空疏庸沓""屈己徇人"的肤浅之嫌,是以招致其他诗派的攻击也在意料当中。源是之故,王氏决心将宋诗、特别是苏黄诗的真谛拨扯出来给人看。

如果说王礼培反感西昆派所携带的轻俗空疏之习,那么对于人们"用昆体功夫而造老杜浑成之地"⑤与"古雅难将子美亲,精纯全失义山真"⑥来评定黄诗的论断,王氏更以为纯属谬论。在他看来,以此论黄诗、学黄诗皆特就江西派对练字的讲求上着眼,"均不能拈出奥窍"。那么,他所谓的"奥窍"究竟何指?在《论宋代诗论》一文中,王礼培颇为自信地否定了历来以西昆权衡黄诗之论者,紧接着郑重其事地道出:

> 余晚读山谷诗,服其真积力久,格高律熟,意奇句妥,妙脱蹊径;言侔鬼神,善能夺胎换骨,而归之于反常之道、杳冥不可探之境。⑦

黄庭坚有"夺胎换骨"之论,且将其视为通向"空灵之境"的途辙。王氏对此颇为信服,转而指出,要达到此境对作者"学识""胸次"等才力方面的要求很是严格,而那些持"点化陈腐以为新"之观念者无非是在字句层面对黄诗的一知半解。也即是说,他们着眼于练字之实,对于黄氏"命意布局之弘大","经营意象之浑成"全未梦见,然妄言黄"开浅直之门",无疑是"自道丑态"罢了。这样一来,王礼培顺理成章地将黄庭坚追求"空灵""意远"的诗学指向树立起来,同时将攻宋者对宋诗(这里指的是江西体)浅露无味的批评消解于他对黄诗真义的追讨与剖释中。

不难看出,王礼培宗宋诗观的深刻性与复杂性在于,它开始于对前后七子格调论及王士祯神韵说的批判中,且不管是有意也好、无心也罢,王礼培论诗屡次使用"肌理"二字,与翁方纲的诗说暗自吻合,两人异代同谋、共同完成了对两种诗说"生吞活剥"弊病的针砭与药治,而王又皆有对汉魏六朝诗派的侧击与驳斥。同时,面对湖湘派后期诗人及西昆派的刁难,王氏又能兼顾内外,以子之矛攻子之盾,指出西昆派诗学的矛盾性;又能在诗学交锋中察觉宋诗派自身的缺点,从而高屋建瓴般地揭橥宋诗黄诗胜在虚处的特点,而这一点的发现无疑给了历来学唐学宋徒事模仿、不得门径者最为彻底地回答,不啻为掷地有声之论。

---

① 《论宋代诗派》,《王礼培辑》,第125页。
② 严羽著,张健校笺:《沧浪诗话校笺》,上海古籍出版社2012年版,第173页。
③ 《论宋代诗派》,《王礼培辑》,第126页。
④ 按,王礼培云:"近吾乡何子贞学苏,差得其气格而伤于冗散;曾涤生学黄,则吾不知所云矣。"(见其《论金元明清四代诗派》,第144页)
⑤ 朱弁:《风月堂诗话下》,见蔡镇楚《中国诗话珍藏本丛书》第1册,北京图书出版社2004年版,第265页。
⑥ 郭绍虞集解、笺释:《杜甫戏为六绝句集解·元好问论诗三十首小笺》,人民文学出版社1978年版,第82页。
⑦ 《论宋代诗派》,《王礼培辑》,第130页。

三、风雅精神与王礼培的"闵灾诗"

"同光体"的概念由陈衍提出①,但自其出现以来便遭到了各种评议之声,褒贬不一。附和者,不必多说,反对者所提出的批评倒颇值得注意。南社领袖柳亚子曾发文:"国事至清季而极坏,诗学亦至清季而极衰。郑、陈诸家,名为学宋,实则所谓同光派,盖亡国之音也……政治坏于北洋派,诗学坏于西江派。欲中华民国之诗学有价值,非扫尽西江派不可。反对吾言者,皆所谓乡愿也。"②柳氏的批评可谓严苛之至。他将"同光体"(江西诗学)视为"亡国之音",火药味十足,并且扬言江西诗学与民国诗学之价值取向不符,任何对江西诗学的支持皆无异于亡国之音的吹播者。那么,他对民国诗学方向的规定又是什么?他说:"民国肇兴,正宜博综今古,创为堂皇乔丽之作,黄钟大吕,朗然有开国气象,何得比附妖孽,自陷于万劫不复耶!其罪当与提倡复辟者同科矣!"③南社是一个带有革命性质的文学团体,他们呼唤慷慨悲歌之音振兴诗坛的同时也抱有强烈的时代使命感,于是推尊富有恢弘之气的唐音。柳亚子在《胡寄尘诗序》中就表达了明确的宗唐取向:"余与同人倡南社,思振唐音以斥伧楚。"④柳氏用"伧楚"一词贬斥同光体,其"分宁茶客黄山谷,能解诗家三昧无?千古知言冯定远,比他嫠妇与驴夫"⑤一诗更是以近乎谩骂的口吻对江西体予以攻击。

由上可知,柳亚子等宗唐之人对于江西诗学的抨击大致着眼于两个方面:其一是对江西体抒写内容的不满,其二是对江西体粗糙叫嚣、枯淡冷寂的鄙弃。他们主张将诗歌与时政紧密结合,做"慷慨悲歌、愤时嫉世"之诗。那么,同光体是否如其所斥责的那样,将诗歌创作当成流连哀思、吟风弄月的靡靡之音?

仔细考察王礼培《小招隐馆后甲子诗编》所收录的诗歌,我们基本可将其题材、内容分为书画题诗、闵灾诗、赠答亲友、庚和谈艺、写景纪行、叹老嗟卑五类。各部分所占比重相当。这里,特别需要说明的是第二类诗。在其诗集中保存了大量关于战争或是自然灾害给人民带来苦难、给文物造成损失的闵乱伤时之作。有关自然灾害的诗篇有甲子年所作《五月三十日淫雨至七月三日,永定河连决,东南六七省同时稽天巨浸,群小兆阴,目击心怵而作是诗》⑥,丙寅年《去年夏客都门,淫雨四十日有诗,今年苦雨再赋》⑦等表达的都是雨水灾害所带来的忧患。而此类闵灾诗中记录最多的莫过于战争所造成的生灵涂炭之灾。如写于甲子年的《日本租市闻湘乱又作》云:"帝阍虎豹方狞恶,故国蛟螭正啸呼。何日卜居离混浊,到今无地说江湖。"⑧诗人感慨豺狼虎豹当道,渴望能早日脱离战乱频仍的混浊世界。又《登黄鹤楼,时浙江苏州混战,鄂中频有调发》"楼外江山战虎豹,楼中玉笛弄参差。汉南移柳看憔悴,

---

① 按:陈衍为沈曾植所作诗叙中提及:"'同光体'者,苏堪与余(陈衍)戏称同光以来诗人不墨守盛唐者。"见《沈乙庵诗叙》,《庸言》第二年第一、二号合刊,民国三年二月十五日。

②③ 《民国日报》,1916年6月30日—7月3日,转引自杨天石、王学庄编著《南社史长编》,中国人民大学出版社1995年版,第451—452页。

④ 柳亚子:《磨剑室文录》,上海人民出版社1993年版,第257页。

⑤ 柳亚子:《妄人谬论诗派,书此折之》,《民国日报》1917年3月11日,转引自《南社长编》,第443页。

⑥ 《诗编》卷一,第9页。

⑦ 《诗编》卷二,第14页。

⑧ 《小招隐馆后甲子诗编》卷一,第6页。

荆国呼鹰有怨嗟"①，抒发的同样是对战乱过后的"废池乔木，犹厌言兵"式的嗟叹。类似的诗作还有《武昌战后》《岳阳战后》《徐州战报》等等不胜枚举，然大体上都是描写了"涨痕出岸烧痕浅，旧鬼无家新鬼孤"②，"健儿横尸血未冷，饥鹰下啄掠金眸"③的悲惨景象，这继承的是中国古代诗歌中谴战主题，与"站城南，死郭北，野死不葬乌可食"异曲同工，无疑是对乐府诗"感于哀乐，缘事而发"的现实主义精神的赓续。

还有一部分是对兵徭给农事生产造成损失以及对官兵征收田赋用于战事的谴责。如《除日从兵间返长沙》有"十步严兵哨，千人弱吏威。更闻蚕妇叹，岁晚倚空机"④。最为典型的就是戊辰年所作的《续春陵行》一诗，作者仿元结《春陵行》，真实而又满怀激愤地再现了湘粤一带兵匪混杂的局面，流露作者对民生多艰的悲天悯人情怀。诗曰："少壮填沟壑，宁计衰与赢。妇孺横刀俎，宁论骨与皮。……有亩掘其塍，有产倾其资。邻诗叹苌楚，沃若乐无知。……寅年征卯粮，杂税无休时。"⑤诗人这里化用《诗经·邻风》中"隰有苌楚，猗傩其枝。夭之沃沃，乐子之无知"一句，表现了不堪忍受生活压迫的人民，对草木般无忧无虑的自然本性的向往，这种"人不如物"的悲怆哀鸣，着实叫人心生气愤。

颇值得重视的是，在王礼培《诗编》中保存了一些重要的史料文献，可堪与杜甫的"诗史"相提并论。如丁卯年，诗人游社稷坛故址所作"战胜何年表石坊，人间叹息已亡羊。可堪角逐列强后，公里居然话短长"⑥，在诗歌末尾王氏自注云："德奥战国我国以借债被胁参预，侥幸德败，乃就园中石坊改题'公理战胜'四字，亦足羞也。"⑦这里说的是社稷坛门外的石牌坊，1900年清廷为向被杀的德国公使克林德赔罪而建造，到1918年第一次世界大战德国战败，民国政府又命德国重建此碑，改名为"公理战胜"坊。王氏通过对石碑名称前后的改换，真实地揭露了参战双方的无耻行径与丑恶嘴脸。另《东事二首》其二云："十万空拳虚啮指，官家飞电费论兵。"⑧这里揭露的是"九一八"事变后，辽、吉二省已为日军沦陷，黑龙江危在旦夕。当时，省内军政群龙无首，主战主和莫衷一是，战事紧急，人心惶惶。时任黑龙江省代主席的马占山毅然发出"守土有责，不让寸土"的守土卫国宣言，打响了东北抗日的第一枪。诗歌所表现的正是马占山死守黑龙江，乞求政府援助却无望的情形。当然，除了对战争的厌倦外，王氏在诗中还不忘表达对从军作战者士气上的鼓舞与革命乐观情怀的抒发，如《送人之广州从军》："带甲风尘莽，逢人胆气粗。芒鞋千嶂健，长剑一身扶。"⑨又如《检文俊铎遗札叙左宝贵平壤战没事感而有作》："少日追胜游，吐论气如虹。伏阙奏万言，联名效说忠。"表现的则是自己年轻时参与公车上书，慷慨激昂、为救亡而奔走疾呼的情形，字里行间流露出王氏对此段经历的兴奋之情。不仅如此，王氏还以武功之治与先祖功勋勉励于其子传麟，并向其展示家藏军书及郴桂兵事⑩。

---

① 《诗编》卷一，第11页。
② 《小招隐馆后甲子诗编》卷三，《王礼培辑》，第26页。
③ 《小招隐馆后甲子诗编》卷六，第69页。
④ 《诗编》卷四，第43页。
⑤ 《诗编》卷五，第56、57页。
⑥⑦ 《诗编》卷四，《王礼培辑》，第31页。
⑧ 《诗编》卷四，《王礼培辑》，第83—84页。
⑨ 《诗编》卷二，《王礼培辑》，第19页。
⑩ 《诗编》卷四，《王礼培辑》，第32页。

　　以上所论皆为闵灾一类诗作,而难能可贵的是在王氏诗集中还有一部分诗篇表明了他对文物古迹流失的珍视与痛惜之情。如甲子年(1924)罗振玉与王礼培晤面于津门,罗以自己所考证的殷墟古文字展示给他看,并流露出不能与乾嘉学者详加商榷的惋惜、遗憾之思,王礼培也就此事抒发了自己的感慨,诗云:"自从白日沉虞渊,群盗如毛废春田。故宫瓦铄骄厮养,原野膏血啄乌鸢。……朽龟留篆启殷墟,磊落宁作虫鱼注。明窗剔刮寄古思,恐遂凌夷为此惧。"①又如宣统帝被废意欲出售内廷古物,奸商贾客蠢蠢欲动,意图窃取天禄官书转相兜售,王礼培对此愤恨至极,慨叹道:"梁殿鸿门文武尽,铜仙金鞭智愚哀。武宣事业东京梦,窃国窃钩只鸩媒。"②诗歌借古讽今,对谗佞国贼窃取中兴事业果实的丑陋行径示以嘲讽,同时也暗含了无限的悲痛。还有戊辰年热河故宫文溯阁四库全书拟开馆印行,对搜罗审择善本古籍之事网罗天下人才,王氏也抒发了"旷野行吟虎兕诗,文坛册府感离披"③的落寞之情。而晚年任职船山学社,对于野心家更改郭嵩焘所创设的"思贤讲舍"之名,聚徒讲学、混淆视听者,王氏更是悲痛万分、据理力争,虽无济于事,但至少能够见出他试图维护文化传统与承继先贤精神的不懈斗志与决心。

　　故而,以"神州袖手人"界定他们的存在确是不尽允当的决断。如果说南社提倡革命,主张表现开国气象与对新政府的歌颂,那么宋诗派、同光体诗人无疑更具有传统士人对苦难人民的同情与悲悯情怀,这是对道统的承传与实践,无论如何也不能斥为淫哇乱声。不可否认,在王礼培的诗集中确实存在大量的"叹老嗟卑"式悲感情绪,比如"哀郢""倦客""漂泊""悲秋"及"老境"等,但诚如陈寅恪所说,这种"遗老"情怀抒发更多的是对传统文化的赤诚与眷恋,而非对一家一姓王朝的愚忠。故而无论是对文物的保护、还是对战争的谴责,甚至关于东陵盗发一事的叹息,皆讲述了诗人对圣贤君王与修明德政的企盼,以及"怀抱沙石以自沉"的高洁志向。诸如此类的诗作皆表明了他对世道凌夷、人心不古、大厦将倾所怀有的失落与绝望。而所谓"伤礼经之绝灭,感文学之废坠"④是他作为传统士人弘毅任道精神的最好说明。这本无可厚非,更无须谩骂指责。

　　这种意志的说明,在其诗论中表现得尤为突出。西昆派以晚唐体为尚,沿着冯班的轨迹继续对江西诗学予以抨击,贬斥其为村野匹夫所为、浅露无味,丧失诗经的比兴传统。对此王礼培多有申述,其言:

　　　　若夫直言怨怼,任性准情,如皇父、尹氏、北山、贝锦,直斥其名,历数其恶;而家父寺人,作者复揭日月以行,冒九死而不悔,此犹曰小雅,怨诽则然耳。《相鼠》《谷风》,孔子不列之风诗耶? 无伤忠厚,并不为此半含不吐之态,近于妇人女子之所为。冯定远辈读《诗》至此,斥作者耶? 抑斥孔子为应删之列耶?⑤

　　这里,王氏就孔子删订三百篇为据,指出《诗经》中芳草美人的比兴手法自是抒写怀抱的一种手段,而变风变雅之作的存在也属合理。但无论哪一种皆有"风雅"精神贯穿其间。冯

---

① 《诗编》卷一,《王礼培辑》,第 5 页。
② 《诗编》卷一,《王礼培辑》,第 8 页。
③ 《诗编》卷五,《王礼培辑》,第 55 页。
④ 《诗编》卷十,《王礼培辑》,第 105 页。
⑤ 《论唐代诗派》,《王礼培辑》,第 124 页。

班等人以此为凭借,随遇随托,掩其浅陋之处,王氏斥之为狡黠、猥亵,是以"靡丽轻倩之辞、闺房恩怨之私销磨壮夫豪健之气"[1],是"靡靡之音"的制造者,更与"微而显,志而晦,婉而成章,尽而不污,惩恶而劝善"的"春秋之义"毫不干涉。

综而论之,来自湖湘派、西昆派及南社的前后攻击,客观上促使王礼培对整个诗学流派的演变,特别是晚近以来的唐宋诗之争进行了深入反思,包括江西体自身理论的优劣,正是在这种内外冲突与矛盾交织的诗学环境中,王礼培以苏黄为宗宋诗学观得以明晰化。在《金元明清四代诗论》最后,王氏更是发出了"望好学深思、心知其意之君子力挽狂澜"[2]的呼号,其"析骨还父、析肉还母"的苦心不难体会。而其《诗编》中大量"闵乱诗"的保存,更是直接《诗经》以来关注现实、以道自任、积极挺立的士人品格与风雅精神。

---

① 《论金元明清四代诗论》,《王礼培辑》,第 146 页。
② 《论金元明清四代诗论》,《王礼培辑》,第 148 页。

试说五四运动初期陈独秀的白话诗及其他

上海市杨浦区教育学院　刘德隆

诗言志：

大鹏一日同风起，抟摇直上九万里——古代的李白如此言志。

落红不是无情物，化作春泥更护花——近代的龚自珍如此言志。

诗述史：

车辚辚，马萧萧，行人弓箭各在腰——古代的杜甫如此叙述历史。

三元里前声若雷，千众万众同时来，因义生愤愤生勇，乡民合力强徒摧——近代的张维屏如此叙述历史。

那么，被冠以"五四运动的总司令"、叱咤风云的陈独秀是否也用诗来言志述史呢？"五四时期"的哪些诗人用诗记录这一波澜壮阔的历史事件呢？

一、简说陈独秀

陈独秀(1879—1942)，6 岁习四书五经。1901 年赴日留学，信奉维新派的主张。1902 年左右从改良派转为革命派，立志推翻清王朝的封建统治。1903 组织"安徽爱国会"。1904 年创办《安徽俗话报》，宣传反帝爱国，启迪民智。1905 年组织"岳王会"反对清廷统治及外国侵略。1912 年任安徽都督府秘书长，大力推行行政改革。1914 年发表《爱国心与自觉心》探索中国的出路在于提高国民的"自觉心"。1915 年创办《青年杂志》，高举科学和民主的大旗，揭开了中国近代新文化运动的序幕。1917 年到北京大学接任文科学长。

两年后的 1919 年，北京爆发了在中国历史上有划时代意义的"五四运动"，这是中国人民彻底的反帝反封建的爱国运动。此时，陈独秀四十岁，在国内已经是一位知名人物，在"五四运动"中是一位举足轻重的人物。毛泽东评价陈独秀称之为"五四运动的总司令"。

二、陈独秀是否"诗人"？

陈独秀是一位诗人。

评价一个人是否诗人应有两个标准：一、是否有诗词存世；二、存世诗词的影响。

一、写作者的主观表现。一个自觉将填词写诗作为乐趣习惯或职业事业的人并且有诗词流传于世的人可以称之为诗人。

根据 2006 年安徽教育出版社出版的《陈独秀诗存》可见,陈独秀存有古、近体诗词:48 题146 首,新诗和译诗 7 题 7 首。

二、存世的诗词作品引起人们的注意,产生有一定客观影响,可以称之为诗人。

陈独秀的诗作,在民间的影响并不显著,然在学术界有一定反响。学术界评价陈独秀"不以诗名,却实为一杰出的诗人""一个狂放派的诗人""一个真正意义上的诗人""深于诗,多于情"的大诗人、"作为诗人的陈独秀,却鲜为人知""革命者兼诗人"等等。

根据以上标准,将陈独秀称诗人并不为过。

三、五四运动初期未见陈独秀

"五四运动"和"五四时期"是两个不同的概念。"五四运动",是一个历史事件(1919 年 5月初—1919 年 6 月底)。"五四时期",是一个历史时期(从 1916 年"洪宪元年"—1927 年)。本文叙述和分析的诗词仅限于 1918 年—1919 年。

一、"五四运动"的过程(此略)。

二、"五四运动"的人物:

1. 5 月 3 日晚的主要人物:

　　邵飘萍(1886—1926):介绍巴黎和会的人。

　　谢绍敏(1896—1939):提出"还我青岛,还我河山"的人。

2. 5 月 4 日当天的主要人物:

　　罗家伦(1897—1969):《北京学界集体宣言》的撰写人。

　　傅斯年(1896—1950):五月四日游行的总指挥。

　　匡互生(1891—1933):五月四日第一个冲入赵家楼的人。

3. 5 月 7 日的主要人物

　　郭钦光(1896—1919):因五四运动第一个牺牲生命的人。

4. 6 月 7 日—11 日的主要人物

　　陈独秀(1879—1942):《北京市民宣言》起草并散发人。

　　胡　适(1891—1962):《北京市民宣言》的翻译人。

　　李大钊(1889—1927):支持、协助陈独秀的人。

在"五四运动"关键时刻,没有他参加运动过程的直接记录。在此期间陈独秀发表了一些文章,但陈独秀只是在运动发生一个多月才出现。纵观五四前后此的陈独秀,说他是五四运动的启蒙者、鼓动者,举足轻重的人物都无不可。但陈独秀是"总司令"一说值得推敲、商榷。

四、五四时期陈独秀写有多少诗?

《陈独秀诗存》收入陈独秀 1917 年—1919 的诗六题十一首:

　　《水浒吟》(六首)　　发表于 1917 年 7 月 20 日

　　《丁巳除夕歌》　　写作于 1918 年 2 月 10 日

《杂感》　　发表于 1918 年

《献诗》　　发表于 1918 年

《致读者》　　发表于 1919 年

《答半农 D——!》诗　　写作于 1919 年 11 月

然研究者们查证研究得出《水浒吟》《杂感》《献诗》《致读者》四题九首并非陈独秀所作。因此结论是陈独秀创作于"五四时期"的诗只有白话诗《丁巳除夕歌》和《答半农 D——!》两首。

五、五四时期陈独秀的诗的内容简说

五四时期陈独秀的两首白话诗内容如下：

一、《丁巳除夕歌》。

发表于 1918 年 3 月 15 日《新青年》第 4 卷第 3 期。

全诗不分节,40 句,362 字。按内容可分为 3 个层次。

第一层次　结构:分行排列 12 句,共 72 字。押韵(何、我、乐、歌)平水韵五歌。内容:谈"我"和"他"。诗中的"我"系指现实中的具体的每一个"我",诗中的"他"系指社会的所有人。

第二层次　结构:分行排列 14 句,93 字。押仄声韵(力十三职韵、急。十四夕、乞、蜜)。内容:社会中的人有贫富之分。不同的人过着不同的生活。

第三层次　结构:分行排列 14 句,97 字。押韵(磨、波、梭、歌、我)平水韵五歌。内容:年关已至,不同的"我",过着不同的生活。我为这贫富不均的社会忧愁。

全诗反映了当时社会贫富不均的现状,表示了诗人对穷人的同情又无可奈何的心态。这是陈独秀的第一首白话诗,但是仍保留着旧体诗的特点。

二、《答半农 D——!》诗

发表于 1920 年 1 月 1 日《新青年》第 7 卷第 2 号。

全诗 6 个自然节,94 句(每一逗号、句号、分号为一句),1190 字。无韵。

第一自然节分行排列 15 句,184 字。内容:人生活在世上都无法离开空间、时间。在这个世界上,人应该"留下痕迹"才是大问题。

第二自然节分行排列 19 句,251 字。内容:无论什么人都应互相理解,不要互相埋怨,要"倾出满腔同情的热泪,做他们成人的洗礼"。

第三自然节分行排列 16 句,170 字。内容:世界上同类的姊妹兄弟,应平安、亲密地相处。

第四自然节分行排列 22 句,317 字。内容:有几个"老头""大汉""好事的先生"制造了隔阂,都留有自己的"痕迹"。

第五自然节分行排列 10 句,150 字。内容:兄弟姊妹们给了我们许多。我们要感谢他们的恩情。

第六自然节分行排列 12 句,118 字。内容:期盼着光明,但愿与黑暗中的兄弟姊妹同住。

《答半农 D——!》是刘半农欢迎陈独秀出狱的一首诗的题目。题目中的"D"是"独"字的英文第一个字母,代指陈独秀。本诗是"五四运动"陈独秀被捕释放后的作品。是陈独秀答谢李辛白《怀陈独秀》、刘半农《D——！》、胡适《威权》、李大钊《欢迎独秀出狱》的诗作。然全诗晦涩难懂，似在提倡无论什么人都不应记住仇恨，应该和平相处。大有超然物外，息事宁人的意味。这是陈独秀唯一一首完全的"白话诗"。

六、对五四时期陈独秀诗的评价

一、这两首新诗是新文化运动的早期之作。

1918年中国新诗（白话诗）走进了自己的第三年。陆耀东《中国新诗史第一卷》将其称为新诗的"新生期"。此时陈独秀抛开自己驾轻就熟的古近体诗，大胆地试写"新诗"并公开示人，这是对新诗这一形式的肯定，是对胡适的理论的支持，在新诗史上应有它的地位。

二、这两首新诗是陈独秀诗作的试笔。

现在能见到的陈独秀的诗约150首。对他的旧体诗词总体给予较高的评价，然很少有人论及他的这两首新诗，偶尔提及亦一笔带过。其原因就是晦涩难懂，乏善可陈。而此后陈独秀再也没有此类作品。因此只能说陈独秀在此"试笔"并且"见败就收"，可谓其作难读其勇气可嘉。

三、这两首诗是陈独秀诗词作品中的败笔。

1. 没有述史，也未能正确述志，其情表达不甚清楚。

2. 语言表述含混不清。

3. 是失败的、没有诗意的白话诗。

4. 是陈独秀新诗写作的开始也是结束。

四、这两首诗一首作于"五四运动"之前，一首作于"五四运动"之后，无论从诗的艺术性与思想性都与"五四运动"无涉。这两首诗也无法证实和说明陈独秀的"总司令"一职应有的气质和才干。

七、被诗词遗忘的"五四运动"

在中国近代史上"五四运动"是一个划时代的事件，其意义无可比拟。可惜的是作为"总司令"的陈独秀没有用诗歌对其作出任何记录，不能不说这是一个"诗人"的遗憾。同样，被列入"新诗作者"、被称为"五四运动""操觚手""下马草檄"的罗家伦、被称为"掌旗人""上马杀敌"的傅斯年也没有诗作留存。目前唯一能见到的关于五四运动的诗，只有同为"五四运动"领导者许德珩的一首：

> 为雪心头恨，而今作楚囚。被拘三十二，无一怕杀头。痛殴卖国贼，火烧赵家楼。锄奸不惜死，爱国亦千秋。

"五四运动"的直接参与者没有用诗歌记录这一历史事件。那么其他诗人是否有所记录呢？以"五四"时期与陈独秀年龄相近的五位诗人（无论其当时或此后政治立场如何）的作品进行比照：

一、杨　圻（1875—1942）长陈独秀4岁。诗词集《江山万里楼诗词钞》。

　　1918 年—1919 年作品二十二题二十八首。内容:闲适、乡情。

　　二、陈曾寿(1878—1949)长陈独秀 1 岁。诗词集《苍虬阁诗集》。

　　1918 年—1919 年作品三十七题六十七首。内容:静养、闲情。

　　三、于右任(1879—1964)与陈独秀同龄。诗词集《于右任诗词曲全集》。

　　1918 年—1919 年作品十六题十六首。内容:游历、友情。

　　四、陈独秀(1879—1942)(略)

　　五、汪精卫(1883—1944)小陈独秀 4 岁。诗词集《双照楼诗词稿》。

　　1918 年—1919 年作品十五题二十一首。内容:游历、亲情。

　　六、朱　德(1886—1976)小陈独秀 7 岁。诗词集《朱德诗词集》。

　　1918 年—1919 年作品十三题二十六首。内容:战事、亲情。

　　除陈独秀外的五位诗人,共写作 101 题、168 首,没有一首记录五四运动(五人创作诗词目录附录于后)。那么说"五四运动"被诗词遗忘了恐怕并不为过。

八、结语

　　"五四运动"过去一百年了,史学界从没有忘记这一具有划时代意义的历史事件。但是文学界、艺术界的反应寥寥,似乎对此有些漠视。

　　十年前笔者编辑出版《新中国的先声——中国无产阶级革命先驱诗存》(2009 年吉林文史出版社出版),注意到 1919 年及其后没有一位无产阶级革命者(吴玉章、徐特立、林伯渠、朱德、毛泽东、李大钊、瞿秋白、叶剑英、向警予、杨开慧、贺锦斋、黄冶峰、夏明翰、蔡和森、萧楚女、罗学瓒、恽代英、谢觉哉、高君宇、袁玉冰等在 1919 年前都已经有诗词存录)的诗词提到"五四运动"。近来笔者翻阅了数十种诗词集,翻阅了多种《中国新诗史》也没有找到关于"五四运动"的诗词,因此得出:"五四运动"被诗词界忽视、遗忘(同样,在艺术界以"五四运动"为作品题材的亦寥寥无几。比如电影、电视)的结论。但行文至此,仍不自信,怀疑自己的孤陋寡闻。现斗胆将这一问题简述如上,供研究者参考、供方家批评。

附录:

杨　圻、陈曾寿、于右任、汪精卫、朱　德
五位诗人"五四运动"时期创作诗词目录

一、杨圻《江山万里楼诗词钞》(马卫中、潘虹校点,2003 年上海古籍出版社出版)

1918 年(十四题二十一首)

1. 戊午正月十三夕漏三下(四首)　　2. 题大丽霞赠园主人
3. 日暮喜诸弟见过　　4. 重过曾氏林亭(两首)
5. 夜坐微雨　　6. 治庭种花
7. 晚归　　8. 夏日杂诗(四首)

9. 暑日泛湖   10. 江口酒楼题壁

11. 梦中诗   12. 寺楼望孝陵

13. 尚湖春日   14. 我乡鲥鱼

1919 年（六题七首）

1. 三月十五偕霞客游福山   2. 邻家

3. 北峰望大江（两首）   4. 酬道士画

5. 早起   6. 福山江岸夕望

二、陈曾寿《苍虬阁诗集》（张寅彭、王培军校点，2009 年上海古籍出版社出版）

1918 年（十七题三十五首）

1. 次韵愔仲白桃花   2. 落花十首（十首）

3. 湖居与苏庵结邻次苏庵韵   4. 梁节庵师六十初度（两首）

5. 乙老六十九岁生日祝词（四首）   6. 夏五月与愔仲同年北游

7. 戊午七月廿三日   8. 九日同彊村登高

9. 重阳后一日   10. 定慧寺山门看月

11. 焦山纪游杂诗（六首）   12. 同人登高后至白下访散原老人

13. 蔡甸上关师墓   14. 予因事至沪

15. 瓻庵先生挽诗   16. 谢梅生赠琴

17. 除夕对菊口占

1919 年（二十题三十二首）

1. 己未正月二日   2. 雪后寄怀梅生

3. 清华园即事   4. 次韵豰庵师傅见赠

5. 与茗雪围棋   6. 赠石禅

7. 惘惘寄石禅   8. 湖斋坐雨

9. 苏堪六十生日（八首）   10. 次韵炳老樟亭

11. 愔仲年来酒量稍减感赠一首   12. 次韵复园

13. 何梅生以荔枝三百颗寄餉（四首）   14. 病老以自撰姬人兰婴小传寄示

15. 张梦兰先生以南翔罗汉菜见饷   16. 同巩庵画寒山拾得图戏题

17. 张铨衡为其母寿建塔   18. 题海棠木瓜

19. 题杨园先生遗像   20. 梁文忠公挽诗（三首）

三、于右任《于右任诗词曲全集》（于媛编，2006 年 9 月世界图书出版公司出版）

1918 年（十四题十四首）

1.《归里过汾河》   2.《民治园口号》

3.《宜用道中》   4.《夹马口吊樊灵山宋相臣》

5.《吴王渡》   6.《禹门渡》

7.《夜宿宜川读县志》   8.《延长纪事》

9.《延长至延安道中》   10.《与王子元谒桥陵遇雨》

11.《题张木生君手拓昭陵石马》 12.《继石马歌而作》

13.《题于鹤九画》 14.《吊井勿幕》

1919 年(二题二首)

1.《家祭后出城有怀勿幕》 2.《春雨》

四、汪精卫《汪精卫先生集》(《双照楼诗词稿》)(1945 年刊本)

1918 年(五题七首)

1.《舟出吴淞口作》 2.《冰如薄游北京书此寄之》(三首)

2.《展堂养疴冰知岛余往省之》 4.《太平洋舟中玩月》

5.《重九日谒五姊墓》

1919 年(十题十四首)

1.《自上海放舟横太平洋》 2.《舟中晓望》

3.《舟自檀香山书寄冰如》 4.《春日偶成》

5.《比那莲山杂诗》 6.《山中即事》

7.《远山》 8.《西班牙桥上观瀑》

9.《晓行山中书所见寄冰如》 10.《题蘬庄图卷》(五首)

五、朱德《朱德诗词集》(中共中央文献研究室编,2007 年中央文献出版社出版)

1918 年(九题十四首)

1. 无题 2. 题天台山

3. 战薄刀岭 4. 石公石婆

5. 题护国岩 6. 军次云谷寺晓行书所见(两首)

7. 登长老坪 8. 攻草帽山

9. 感时五首用杜甫《诸将》诗韵(五首)

1919 年(四题二十二首)

1. 苦热(五首) 2. 征人怨(二首)

3. 悼亡(七首) 4. 秋兴八首用杜甫原韵(八首)

吴芳吉的"民国新诗"理论

复旦大学　任小青

　　吴芳吉(1896—1932)是民国时期著名的诗人和诗论家。他对"新体诗"进行了积极的探索和尝试,独创"白屋诗体",并在生前出版有《白屋吴生诗稿》(聚奎学校丛书1929年版)。顾颉刚评价其人其诗云:"吴芳吉天才横溢,若加以年,当可在文坛树一旗帜。"[①]可见其伟大、卓异之处。与"创为白屋之诗体"同时提出的是"建设民国新文学"的主张。吴芳吉身历了"中华民国"的建立,和"五四新文化运动"的爆发,他提出"建设民国新文学"的主张就与这种社会背景和文化思潮有关。他指出:"民国既建,必有民国之诗。使民国而竟无诗,则民国之建设为未成就。"[②]针对陈独秀等人鼓吹"文学革命",主张彻底打破旧文学的体制和思想,吴芳吉提出"民国新诗"理论并前后四次就"新旧文学观"予以辨析,就是对这种激进主张的反思与回应。此外,他的诗论的提出还与他较为深厚的传统诗学的修养和对西方思想的自觉接纳有关。吴芳吉的诗学观是民国诗学思潮的重要组成部分,深入研究对于深化民国诗学研究具有重要意义。学界对此虽有过一定的阐发,但是尚未有人从他对诗歌本体、诗人品质、创作经验、诗歌功能论的角度进行深度阐析。

　　因此,很有必要研究吴芳吉究竟是怎么认识诗歌的?他对中西诗学的关系是如何看待的?他提出建设民国新诗是出于何种目的以及产生了何种影响?这皆是本文需要解决的问题。笔者拟就吴芳吉的"民国新诗"理论与上述诸问题一一展开分析。

一、本体论:诗歌真伪之辨析

　　关于诗歌本质的界定在民国文学界是一个重要问题。自胡适等人标举白话诗以来,关于新和旧,诗和文,诗和小说、戏曲等文体之间的区别不断地成为人们热议的焦点问题,如胡怀琛、吴宓、郭绍虞、林庚等都有相关的讨论。吴芳吉要建构他理想中的"民国新诗"自然也绕不开对这一问题的辨析和澄清。

　　吴芳吉不止一次地发文强调文学是无所谓新与不新的,只有是与不是的问题。他在《吾人眼中之新旧文学观》(1923年《湘君》)开篇即直奔主题:"新旧之言,本属假定而相对的名词"。新文学家鼓吹"历史的文学观念",将旧文学视为死去的文学,主张将它与旧道德一并

---

　　① 《顾颉刚日记(第四卷,1938—1942)》,台北联经出版事业股份有限公司2007年版,第551页。
　　② 《四论吾人眼中之新旧文学观》,《学衡》1925年6月第42期,第1页。

114

打破。吴芳吉不以为然。认为文学是在历史中生成的,并顺应时势的变化而自然地发生变迁。从前者而言,文学是旧的;就后者而论,文学又是新的。因而,文学是历史和时势的共同创造物,自然就无所谓新旧之分。于是,他感慨道:"文学既不幸而有新旧之争也,则离乎文学之本体,失乎文学之真谛远矣。如是而言文学,犹戴黑色眼镜者之观察物相,俱成黑色而已。"①这里针锋相对的就是胡适《文学改良论》中提出的"八不主义"和陈独秀《文学革命论》所抛出的"三大主义"。吴芳吉反对以有色眼镜看待文学,表示对于新旧"向来无所偏袒,亦始终不肯投入两者之漩涡"。他批评新文学家受西方之刺激,"只知有历史的观念,而不知有艺术之道理",舍本逐末,颠倒是非。并断言:"真正之文学乃存立于新旧之外,以新旧之见论文学者非妄即伪也。"缘是之故,他要把诗之"真谛"拨扯出来给人看,先明是非再辨优劣。

吴芳吉批驳新派立论之谬,重在围绕文学与道德、摹仿和创造、文言与白话、古典与平民这样几个问题展开。

针对新派以"言之有物"反对传统的"文以载道",以现代的"纯文学观"反对"文以载道"的观点,吴芳吉指出:"文学所包之广,其义又至精微,何必为下定义,以自拘束中外文学家所下定义。"吴芳吉认为"文以载道"之道,既包括传统儒家所讲的忠孝、齐治之道,也包括唐宋八大家所讲之道,甚至还包括庄周、陶潜、杜甫、辛弃疾等豪杰之士所抒的朝野孤愤之感。所以他说:"生人共由之路皆谓之道,文以载道者,谓为文者必由此生人之路以行之也。"②胡适等提出"言之有物",其实是针对旧文学存在"无病呻吟"的毛病而发的。但实际上,旧文学内部,也有这种批评和革新的声音,如苏洵父子、韩柳等人。而他们所谓的言之有物,与"文以明道""文以载道"并不像理学家那样片面强调所载之道的"道德性"。而在吴氏看来,道德与情感也并不排斥,"至情之文,皆有至理存焉"。所以传统意义上"道"的内涵并没有太多的局限。胡适所说"言之有物"之"物"是重在强调思想感情,与"文以载道"论相较范围明显缩小。

吴芳吉肯定了文学的历史性和时代性的共生关系,其实就承认了文学摹仿和创造并重,二者缺一不可。在吴氏看来,学古不等于泥古,而是为了获得自由创造的能力。而有能力是有时机创造的前提。新派反对摹仿古人,称之为奴性,却转而摹仿外国文学,同样是变相的奴性。至于新派骂旧文学是死文学,吴芳吉更是申明:"文学与文字之性质有分别,而文学之中无文言与白话之别。"考虑到中国文字的孤立性,以及由此形成的修辞上的对仗和声律,吴芳吉也都予以肯定。并就新派强调欧化、标举文法,给予警示:"吾人之意,则不在拘拘于法,而在明白于理。所谓理者,即凡为文者能顺其文之构造与习惯而活用之。"③接着指出,文学形式上的死活要看所用文字是否达到"明净""畅达""正确""适当""经济""普通"这个标准与否。显然,他既反对旧文学好用僻字、典实所致的晦涩积习,提倡"明净""畅达"之风;也顺应新的时代要求,追求文字上的"普通"易晓,但同时提出"适当""经济"的原则来避免新派在欧化过程中好用复杂句法所造成的拖沓、生僻之弊和鄙俗之气。新派鼓吹以平民、通俗的新文学抵制贵族、专制的旧文学,在吴芳吉看来所谓的"平民文学"恰与他们崇尚的"天才论"自相矛盾。而且新派"务去滥调套语"一条,在吴芳吉看来,"所谓滥者,非用之甚广耶? 所谓套者,非传之弥久耶? 一词一语而能用之甚广,传之弥久者,必有其可取之处在也。有可取之

---

① 《吾人眼中之新旧文学观》,《东北大学周刊》1927年版,第3页。
② 《再论吾人眼中之新旧文学观》,《湘君》1923年9月,第2页。
③ 《再论吾人眼中之新旧文学观》,《湘君》1923年9月,第9页。

处在,必为人人所欣赏者也。欣赏无已,则必用之。"①因而,人人兼欣赏、必用之语词,恰恰正是平民化的要义。如此,新派理论的似是而非之处就被揭露无疑了。这样看来,吴芳吉痛斥新派"自作高明以惑众而窃位","昌言改革以饰其非"②就不是无的放矢的空论了。

辨明了新派在文学观念上所持的含糊鄙薄之见,吴芳吉顺势对新诗发展的五个阶段提出批评并斥其为"伪诗"。他认为黄遵宪等"用新名词为新诗",胡适等"用白话为新诗",郭沫若等以"无韵律为新诗",冰心等以"谈哲理为新诗",孙大雨等以"欧化为新诗",皆是唯末技是求,使得"诗之本体"徒为"新名词""白话""哲理""韵律""欧化"所遮蔽。吴芳吉肯定他们求新的努力,但转而分析道:"诗之欲新,不在远而在迩,不在人而在我。我丁新运,我长新邦,我接触新事,我习尚新俗,我诗虽不欲新,其何可得,安用别求所谓新哉?"可见,吴芳吉对于诗之新变所持的立场与刘勰"体必资于故实,数必酌于新声"的通变思想是一脉相承的。因此,他提出:"吾人非反对今之新诗,乃反对今之伪诗。然之新诗既迷惘而入于伪,吾人自当以新诗为戒。吾人亦非拥护古之旧诗,乃欲拥护真诗。然古之旧诗,既富有而多真,吾人自当以旧诗为法。"③显然,去伪存真,吴芳吉颇有对事不对人,力求真理的诚恳态度。这样一来,就将旧与新的问题,转移到了真与伪的问题。而真诗之求也自然地成为研习旧诗的问题了。

吴芳吉在研习、考量旧诗之优缺的基础上,正式拈出了他对"真诗"和"佳诗"的界定标准。即"有兴、有材、有句、有体、有格者,而后可以为诗。有气象、有神韵,或兼长,或偏胜者,而后可为佳诗。"④这一标准的构成元素,从术语到审美范畴的使用,都是中国传统诗学批评所通用的。按照这一标准,他评骘新诗创作并批评新诗人存在"有话便说,不择其含有诗意否";使用外国文法造成言语隔阂;诗料组织毫无条理,词藻未经修饰锻炼;"剧语与诗语不分";以"新小说之有韵者"为诗;文字不纯,失于太杂;沾染小说、戏曲之气息等诸种毛病。可见,吴芳吉确立诗体真伪的逻辑是通过对旧诗体的真伪辨析,而将之普遍化并推广开来,打破新旧,用于新诗体的辨析和确立上。这很能看出他对传统诗体特质的揭示与钟情。

二、主体论:真正诗人之成就

诗歌的创作主体是诗人,真正的好诗的产生与诗人的修养有着密切的关系。这在古今中外都具共识性,而中国传统诗学中对"诗人修养"的论述更是俯拾即是。如叶燮提出的"才、胆、识、力"说,王国维的"三种境界"论,都是显例。吴芳吉在思考"民国新诗"的建设问题时,对真正意义上的诗人所应具备的素养也提出了非常有特色、有价值的观点。

吴芳吉认为解决新诗人的问题是解决新诗问题的先决条件。在他看来,当下的新诗之所以进步缓慢、空泛,是因为耽于诗本身的问题,而忽视了诗人的重要性。诗人是发现诗料、酝酿诗情、诗意和生产诗歌的主体,意义重大。他慨叹:"中国今日,事事苦无人才。在诗界中,尤觉没有人才。因为诗的人才,原比其他的人才更难得一些"。而诗才之所以难得的原

① 《再论吾人眼中之新旧文学观》,《湘君》1923年9月,第12页。
② 《复刘泗英书》,傅宏星编校:《吴芳吉全集》,华东师范大学出版社2014年版,第564页。
③ 《四论吾人眼中之新旧文学观》,第5页。
④ 《四论吾人眼中之新旧文学观》,第6页。

因,据他分析,主要在于四个方面:一、诗才,不可以因袭而成,必须能够创作;二、不能希望速成,需要慢慢修养;三、不能假借其他的帮助,必须靠自我成就;四、没有具体的方法养成,要看各人的禀赋①。这四点理解起来并不难。吴芳吉将其归结为个人和时间的问题,并结合具体的语境和他的社会理想赋予了它们新的意义。

吴芳吉是"个人无政府主义"的崇尚者②,因而他对文学的看法,也浸染了这种色彩。具体来讲,大致包括以下几方面的内涵:

(一)个人是文学上的基本单位,不受团体和党派的干预。"五四"新文学运动以来,不仅文字和文学上区分死活,诗人也因之被贴上了新派与旧派的标签。随之而来的就是为了确立自身的正统地位所展开的骂战与交锋,如"新青年派"与林纾,"学衡派"与"新青年"派之间。吴芳吉表示他无意于加入任何文学社团,也根本不想卷入新旧两派之争的漩涡当中。在他看来,诗人是独立的个人,是超脱于团体之外,不受其左右的。加入团体会在一定程度上束缚、耗损个人天才,使得诗人人格走向堕落。这一看法的提出,与他的个人经历密切相关。1920年,吴芳吉到上海《新群》杂志社任编辑,四川同乡康白情托人间接表达了对他诗歌的不满,认为不合乎真正意义上的白话文学,并劝他改良。此事激起了吴芳吉的反感和痛斥:"现在所谓新文学或白话文学家,都是粗鄙下材,更配不上说文学创作。其有人稍强于他的,必拼命摧残,诗人不能发展,而后快意。所以其材之粗鄙,尚不足罪。其摧残他人之材,使与之一同堕落,此等居心,乃不可恕。"③所以,他坚定地打破新旧两派之争,始终站在个人的立场,将文学的真伪与是非作为立论的出发点:"一个诗人,就应该有一个诗人的文学。纵使举世的人崇尚时新,而我独好高古,不妨就作高古的诗,只要高古的诗好,自然可以成立。纵使举世的人都用白话,而我偏用文言,不妨就作文言的诗;只要文言的诗真好,自然可以成立。"④同时,诗人既不受团体干涉,也非教育所能养成。他认为教育所能提供给诗人的只是如何开发性灵、修饰词章、调节韵律等技巧方面的帮助。诗人必须自己成就自己。这显然针对一味地泥于摹习,不能创作的伪诗人而发。而无论是向内的摹仿古人还是向外的摹仿西人,都不能称之为真诗人。这对新派诗人沉溺于欧化,不啻为一种讥弹和忠告。

(二)成就诗人的重要问题之一在于他们是否花费足够的时间去写作。新派诗人标举"诗是情感的自然流露","诗是写出来的,不是做出来的",导致人人都去作诗,人人都是诗人的恶劣现象。吴芳吉对此深恶痛绝:"今新诗堕落的最大原因,就是流产的太多,而成熟的太少;也就是今日诗人缺乏时间之故。""流产太多","缺乏时间"指斥的正是新诗人成也易易,

---

① 《谈诗人》,《新人》1920年第1卷第4期,第5页。

② 按:1913年8月12日,吴芳吉离开清华回往家乡的途中,目睹了军阀混战所致的民不聊生的惨状,首次发出了"如期世界和平,首宜从罢兵下手。无兵,然后可无政府。无政府,然后无一切造强权维强权之事出现。如此,可庶言大同也"的感叹。1915年6月14日,在纵谈友人的政治立场时,吴又隐微地表达了这种思想。但真正集中的论述,则在1920年。他盛赞凌荣宝创办的《独见报》"言论极平允,可与漳州之《闽星》、广州之《民风》为沿海言界之领袖"。而这三个刊物的宗旨,皆为"无政府主义",倡导"互助论",以反映劳动人民的疾苦为创刊目的。同年4月25日,他加入《新人》杂志社,该社的办刊宗旨就是主张"用和平的手段去占领我们所要求的空间""用良好的方法使人类的发展集会没有参差""把你我他融合为一"。而且吴芳吉接着便在该杂志发表《一个文化运动家:梁乔山的传》详细阐发了他对"个人无政府主义"的理解,反对"以暴易暴的过激主义",提倡用儒家的中庸之道开展革命,这样个人的自由才能实现,个人意识才能觉醒,真正的革命才有望成功(《新人》1920年第1卷第5期,第34—53页)。

③ 贺明远等选编:《吴芳吉集·日记》,巴蜀书社1994年版,第1341页。

④ 《谈诗人》,第22页。

败也速速的问题。所以吴氏呼唤能够全力作诗的"职业诗人"的到来。

（三）诗人要有透彻的人生观和宇宙观。民国以来,军阀混战导致社会局面动荡不安,加之新文化运动鼓吹的功利主义思想,给时人造成了依附政客,追名逐利、迎合潮流的不良影响。这在吴芳吉看来,与诗人追求超脱和安于寂寞的本性是龃龉难通的:"照诗人的眼光看来,那般浮云富贵,走狗功名、兽性的战争、傀儡的法度,都是不值他一看。他所看出来的,只有光明澄澈的景象。"[1]所以,他批评吴稚晖俗不可耐,汪精卫与章氏钊毫无长进,胡汉民、戴季陶爱出风头。这些都是国民党内"文人无行"的表现。但是吴芳吉强调,诗人孤独,但不厌世,肩负着批评的责任。而这种责任的恪守,却恰恰又得益于诗人独立而高尚的人格。吴芳吉还联系现实,鼓励诗人自谋生活,并以自己的苦难经历告诫诗人:"时间乃为诗人之资本,而穷苦就是资本之源。"这里的贫苦说的正是生活境遇的艰难。从中也可看出,他对传统"穷而后工"思想的信服。

要之,吴芳吉认为民国若能产生真正的、伟大的诗人,须具备"小学生之态度","不求成功之态度""不怕失败之态度""永有改进向上之态度"。反对不经长期的探索和实践,而奢求速成;反对诱于势利,忽视性情的涵养,提倡"因文以进德,因德以修文";反对持存门户之见,主张包容不同个性的诗人、不同派别的诗学主张。

三、创作论:中西经验之熔铸

民国诗学的存在形态是比较复杂的。从诗学资源的取径来看,有纯粹的旧体诗学的坚守派,如宋诗派;有移植外来诗学形式的,如商籁体;还有主张消泯新旧,兼采二者之长而去其短的调和论者,如胡怀琛的"新派诗"。吴芳吉属于第三派,但在思想的深刻性上又高出一般论者。

吴芳吉将"文学的本体"作为思考一切问题的出发点,明确反对"调和论"。1918 年 4 月吴芳吉正式从友人刘泗英处获悉"文学革命"的消息。他当日便回信,申明了自己的看法:"苟有真英雄者出,化中外之异端,集古今之流派,建中立极,为天下式,则不革而自革焉。"[2]"建中立极"乍一看,与调和新旧的论调没有二致。但他却辩诘道:"调和之弊,正与新旧之弊等耳。"至于取新旧之长而去其短,在他看来也不确切:"夫善一也。新之所善,亦即旧之所善。新旧之善,皆非新旧所得而私。惟此一善,安用调和耶?"[3]可见,新与旧所善之处具有同一性,没有区别对待的问题。他认为"美的种类虽多,但美的程度则一"[4],而"文学真谛"是美,美是不拘一格的。于是他一直在努力地探求,试图通过研读中西方诗,寻求二者间可以相通、嫁接的一些共性原则。如 1913 年 8 月 8 日,读法文咏月诗四首,"音乐格律,颇极雅丽。可知西国文学,亦不让我独先也"。26 日,读原文莎士比亚十四行诗,发现"其情缠绵,其格高古,可与李白《秦月楼》词相媲美",等等。

吴芳吉提出"化中外"的主张,并承认新诗发展必须汲取西方资源,但强调求其精神之会

---

① 《谈诗人》,第 11 页。
② 《复刘泗英书》,《吴芳吉全集》,第 563 页。
③ 《吾人眼中之新旧文学观》,第 9 页。
④ 《谈诗人》,第 19 页。

通。在《彭士列传》中对这一思想有集中的表述：

> 吾读彭士之诗，爱其质朴真诚，格近风雅，缠绵悱恻，神似《离骚》。而叹彭士天才兼吾《诗经》《楚辞》中人有之矣。蓬勃豪爽，富有生气，从无悲愤自绝之词。……结构谨严，无一字出之平易。而吾尤爱其诗端在现实之人生，不尚空虚之道理。在继承前人正轨，而不鲁莽狂妄，以为天才创作。在宣其情之所不能已，而不知所谓主义学派。嗟呼！安得彭士其人生于中土，益以言行合一之道，使文章与道德并进，继往开来，不蔽于俗所尚，以救此沉闷无条理之现代诗耶！①

显然，吴芳吉研读彭士之诗，重在探求其人其诗之风格、精神与中国诗歌的内在一致性。如他所作的《冻雀诗》就是仿效英国诗人彭士《To a Mouse》一诗而作，他将原诗所表达的农场建立，人与鼠关系恶化的意思，加以变化，由"冻雀"的遭遇推及榆关血战所致"生民百万葬兵威，骨肉为糜野狗肥"的惨象，表现了时代精神。再如《玉姜曲》，按吴氏自己所说："某于英诗人丁尼生短篇诸诗，颇爱咏其《The lady of Shalott》一篇，久欲效其高调而苦无佳材。适客西安，闻玉姜故事，又参以华岳潼关之所经，《列仙传》、常建之所述，盖取其神而遗其迹也。"②这颇类于江西诗派"夺胎换骨，点铁成金"的意思，却明显不同于新派的欧而不化、生吞活剥。他批评新派之诗"俨若初用西文作成、然后译为本国诗者"，并指出他们的根本错误"在何以同化于西洋文学，使其声音笑貌，宛然西洋人之所为"③。而他则强调辨析"文理"实现"同化"之境界："文字，中西全异者也；文艺，中西半同者也。文理，中西全同者也。舍其全异，取其全同，酌其或同或异。"④他批评黄遵宪等人只是撅拾新名词入诗，并无新意境和新理致的创造。吴在化欧这一点上明显要更进一步。

对待中国传统的诗学资源，吴芳吉也主张"但因我便而利用之"。如他评价胡适的《黄克强先生哀辞》一首云："此乃真正之诗矣。思慕英雄、感慨当世，真诗性也。手泽犹新，斯人已故，真诗材也。色彩纯一，真诗字也。语调苍凉，真诗句也。所欲叹为小疵者，体与题之未合耳。"他所谓"真诗"的构成要素，就此诗而言只差"体"一项不满足要求。比较其他字句不通的新诗要突出许多。所以，吴氏不吝赞赏。再如评"志未酬，志未酬，问君之志几时酬。志亦无尽量，酬亦无尽时。世界进步靡有止期，众生苦恼不断如乱丝，吾之悲悯亦不断如乱丝"一首，则云："此乃真正之佳诗矣。通篇字句声韵皆从乐府化出"，表现了现代精神，"雅能代表新国新民之气。"⑤显然，这些新诗在他看来，都能够"因情立体，即体成势"。对待律诗，他也持同样的态度。为此，他对主张破弃新旧之争，积极尝试白话诗，并编有《白话诗选》，认为律诗不可作的胡怀琛有过"故意要作白话，反落形迹"⑥的批评。他曾自评其《环唱国歌而下》五首云："此诗五首，每首体裁不同，盖游览时之感情变化至多，故体裁亦以多变应之。第五首每句之叠词，亦取一唱一和之意。又登山气喘，难为曼声，叠词声促，亦以应其气。"⑦不难看

---

① 《彭士列传》，《吴芳吉全集》，第 363 页。
② 《彭士列传》，《吴芳吉全集》，第 195 页。
③ 《彭士列传》，《吴芳吉全集》，第 484 页。
④ 《〈白屋吴生诗稿〉自序》，《吴芳吉全集》，第 483 页。
⑤ 《吾人眼中之新旧文学观》，第 20 页。
⑥ 《给胡怀琛的信》，《吴芳吉全集》，第 750 页。
⑦ 《吴芳吉全集》，第 161 页。

出,他是非常追求情感与表达形式的内在统一的。

但是,吴芳吉对传统旧诗资源的利用是转益多师的,并不局限于乐府词曲。卢前曾作有《奉题白屋先生遗书》可谓道出了吴氏的诗学旨趣:"潇湘返棹,囊底收多少风谣。""你把个杜少陵平生祝祷,你把个陆务观歌行拜倒,更爱个岭海诗翁格调高。兼众善,去饵糟,才能独到。"①吴芳吉肯定新诗是受了西洋诗的影响而发生的,所以明确反对径以新诗为宋词、元曲、汉唐乐府之化体。在《谈诗人》中,他指谪道:"若谓新诗是由词曲乐府之脱胎,何不主张词曲乐府之复辟,较为直截了当。还拿几套词曲乐府的唾余来干什么?"②而他自己的创体实践也是错综使用,不拘一格。除严格意义上的五七古、五七律、五七绝外,还有三言、六言、长短句,而《渝州歌》是五古而加以变化,《巴人歌》是七古而加以变化,《还黑石善作》则杂五、六、七、九言、骚体于一篇。1935年,宫廷璋在钱玄同、黎锦熙主编的《师大月刊》第18期,发表《吴芳吉新体诗评》,评价道:"谓诗由四言而五言而七言而长短句,乃天然趋势。今后新体诗当自由词曲脱化而不拘其法律。吴诗颇合此趋势,故余属望极殷。"③宫氏主张新诗从乐府中化出,但实际上这并不能涵概吴对旧诗取借的真实面貌。

吴芳吉所提出的"不雅不俗、不新不旧、不中不西、不激不随之间"④的新文学建设方向,是有其价值的。《民族诗坛》1938年第4期载《因袭与开辟》一文,就如何建立"中华民国新诗"指出两条路径:"一,创造新体;二,发扬散曲。"而对于如何创造新体的问题,又存在两种不同的主张:"先完成新音乐,因音乐而创歌诗,一也。融合古今诗体之形式,兼采域外歌诗之长,以创新体,二也。"⑤但是,对于前者起到的作用,《民族诗坛》1938年第1期所载《现代诗坛鸟瞰》评论道:"叶恭绰所倡的'歌'的运动,他主张以新创造的'歌体'接正统的诗,词,曲,而传。曾与国立音乐专科学校合作,出一歌刊,不久停止。所以也没有许多影响。"⑥因此就创造新体诗来讲,吴芳吉的"兼众善"的诗学主张在30年代的抗战诗体探索中是有回响的,他熔铸中西经验的创作理论无疑是被认可的一种"民国新诗"的实现途辙。

四、功能论:诗教精神之张扬

吴芳吉提出"民国新诗"的概念时,对其内涵进行了深化,进一步明确了新文学的功能。他指出,诗歌应关乎世道人心,发扬诗教精神,以实现"救世"为目的。

吴芳吉特别强调文与道之间的密切关系,主张"文以载道""诗以言志"。他认为诗人之诗,应"使人之读其诗者,瞻望发愤,以励其志焉"⑦,所作之诗皆平生心力赴之,反对吟风弄月、沉酣于雕虫小技,强调诗须有益于世道人心。《还黑石山》在强调诗歌的兴寄之外,还将"礼"作为持志之标准,提出:"诗人即志士,志有义利诗淳漓。足言足容德之藻,折衷微礼何

---

①　《吴芳吉全集》,第1445页。

②　《谈诗人》,第18页。

③　宫廷璋:《吴芳吉新体诗评》,《师大月刊》第18期,第95页。

④　《吴芳吉全集》1919年10月24日,第1236页。

⑤　《因袭与开辟》,《民族诗坛》1938年第4期,第2页。

⑥　《现代诗坛鸟瞰》,《民族诗坛》1938年第1期,第5页。

⑦　《答某生》,《吴芳吉全集》,第552页。

所期？君看《礼经》三千例,是非温柔敦厚诗教之释词?"①吴芳吉对儒学、佛学和西方的苏格拉底、柏拉图以及耶教都有一定的研究,认为真正的文化精髓就在其中。而他自己修身立志也以此为准则。他在研究程朱理学的过程中,对宋儒"作文害道"一语进行反思,也同样得出"修辞立诚,诚固当立,而辞亦必修。立诚所发,正是修辞"结论。他认为宋儒的理、气之辨,讲究以理智救情感之偏,也是有道理的。遂申言"研习理学,乃知文章何以不苟作也"②。

"诗教精神"是儒家诗学的核心内容,也是中国诗学史上历久弥新的问题。随着时代的变易,"诗教精神"也被赋予了新的内涵。这在民国自不例外。在《彭士诗译》"导言"中,吴对"民国新文学"的发生有过这样的总结:

> 起中国文学革新之动机,两种影响有以成之,辛亥革命,欧洲之大战是也。因有辛亥革命,而民治精神勃发,数千年来之思想一变。因有欧洲大战,吾人始多留心世事而西洋文学愈以接近。此二役者,欧战固已终了,辛亥革命之精神,则犹继续猛进尚无已时,护国护法之起,及今西南之自治,要是此种精神之贯彻而来也。③

辛亥革命以实现民族独立、民主平等为目标,但内忧外患、世风浇薄一直是民国社会的痼疾,所谓的"民族民主革命"尚未完成。吴芳吉将此作为民国文学的表现主题显然是有道理的。忧国忧教是他至为关心的问题。他曾不无悲愤地感慨,国家灭亡如同身死,教化绝灭胜似心死。1922年他发起创办《湘君季刊》,以道德与文艺合一为宗旨。其中解释"道德"云:"国家之贫弱及生计之困苦,虽属可忧,究不如人心风俗之偷薄,更为急切可虑。"他对"文章"的释义,更可看出他对文教的重视:"关于抒情叙事、析理教人而为著述者,曰文学;关于应对洒扫、礼仪法度而以操守者,曰文采。"④

吴芳吉于中国诗史上最为推尊的诗人是屈原、陶渊明、杜甫及丘逢甲。除了诗体上的取法外,他更为看重的是此四人身上所体现出来的人格魅力和民族精神。他说:"若陶之超尘拔俗而无厌世之心,杜之穷迫饥驱而无绝望之语,屈则忠爱之忧不谅于世,而至死不去其国,丘则处积弱之势,衰蔽之秋,而能发扬民族精神、祖国文化,以与时代俱进,此皆某所馨香祷祝,以为创造民国新诗最不可少之资也。"⑤显然,积极入世、品行高洁、穷且益坚、爱国忧民是吴芳吉赋予"民国新诗"和新诗人的核心价值观。与此同时,他结合时代形势变化,认为诗之极则在于"致于平治之用"。而现在作诗,"首宜求树人救国大计"。因而,挽流俗、匡世运成为吴芳吉诗歌中的重要内容。

吴芳吉有着深沉的爱国情怀,对孙中山领导的民族民主革命竭诚拥护,对维护民主前赴后继的英雄,如吴禄贞、宋教仁等不惜笔墨大力歌颂。《护国岩词》即对护国讨袁、再造共和的蔡锷将军表达了崇高的敬仰。"九一八事变"爆发,吴芳吉以笔从戎,写就《日军占我沈阳》:"此仇不报任彼苍,枉到人间走一场。不忘不忘永不忘,日军占我沈阳!"诗经音乐教师谱曲,传唱校园。《别白沙油溪少年》抒写了少年担当与国家兴亡的关系:"况兹少年称义勇,

① 《吴芳吉全集》,第237页。
② 《与吴雨僧》,《吴芳吉全集》,第900页。
③ 《吴芳吉全集》,第267页。
④ 《湘君发刊词》,《吴芳吉全集》,第353页。
⑤ 《吴芳吉全集》,第144页。

敢将国事一肩担"，"锻我身，合我群，莫谓中国竟吾人"，"文明终见神州先，天地不倾华族在。"①"一·二八"淞沪抗战开始，吴芳吉致信时任湖南省政府秘书长的刘鹏年，表示他愿奔赴前线与敌殊死抗战的决心。不久又写成《巴人歌》，既歌颂了沪滨三万好男儿，为了民族大义艰苦战斗，不怕牺牲的精神，同时也表达了他复兴民族的爱国精神，爱好和平、弘扬正气的道义精神："长期抵抗不因今日休，民族醒来要从此时起。""我非排外好兴戎，我为正义惩顽凶。""还我主权兮还我衷，和平奋斗救中国。"②他曾将诗人分为三等：其下，为自身之写照（如唐之温李），其中，为他人之同情者（如唐之元白）；其上，为世界之创造者（如唐之李杜）③。显然，他的诗歌理论充满了浓厚的人文主义的味道。

吴芳吉有着悲天悯人的宗教情怀，对生民苦难的同情之作也不在少数。他自道："三日不书民疾苦，文章辜负苍生多。"《赴成都纪行》："路死谁家儿，半身滥泥涴。""一年三预征，年复兵戈创。有田不足耕，父子难相养。"《儿莫啼行》："愿为太平犬，勿作乱世民。为犬犹有主，为民谁与亲。"以古拙的语言，将战争给人民带来的伤痛揭露得淋漓尽致。战乱年代，流离失所，人不如畜的痛诉，与杜甫"即事名篇"的乐府诗有着同样撼人心魄的力量。《两父女》："那蛮兵忽来到，歪起了牛皮的脸，蠢对着妈妈笑。妈指我柴堆中急逃，只听得妈妈几番骂吵，便扑刺刺的一刀。"④用质朴的语言、孩童的口吻，勾画了乱兵凶残、任意杀戮的血淋淋的场面。吴芳吉在比较《婉容词》⑤和《两父女》的不同时，曾指出《两父女》写来要比《婉容词》更为不易。因所写对象为"赤贫之家"，而幼女"思想与成人全不同"，落笔易陷入枯槁。但事实是，该诗在中国公学讲授，收到了与《婉容词》同样感人泪下的效果⑥。这说明，吴芳吉在尝试和摸索的过程中，很能深入平民的视界，用平民的语言去深切地表达平民的心声。这也就是他批评陈三立、郑孝胥等生活在沿海沿湖一带的旧诗人，并不能真正地抒写"下江之民性""下江之风土"；生在清朝与民国之交，并不能"对于清朝畅言其个人之忠爱"，"对于民国发为平正之讽劝""对于现状痛陈吾民之疾苦"⑦的原因。因而他认定是他们辜负了旧诗，而并非旧诗本身有错。另外，他对同光体的批评，其实与柳亚子等南社尊唐派的声音是一致的。柳亚子明确反对同光体，斥其为亡国之音，主张要为"民国骚坛树先声"（《磨剑室拉杂话》）。

此外，吴芳吉还对"民国新诗"的风格作出了进一步的说明和要求。1925 年，他致信吴宓，评于右任诗云："今日以北人而北者，悲凉雄厚，真能继元遗山格调者，当属于公。他年若编民党文学，亦以此为第一。汪精卫等殊小巧矣。"⑧可见，具有"悲凉雄厚"气象的诗是他创造"民国新诗"的理想风格。而事实上，早在 1915 年与吴宓的书信中，他就鼓励身在北地，数济黄河的吴宓，作诗须"取黄河气象以壮之"⑨。时隔十年，这种思考盘桓未去，且在其《四论

---

① 《吴芳吉全集》，第 257、258 页。
② 《吴芳吉全集》，第 264—266、46、225、20 页。
③ 《白屋先生诗稿自序》，《吴芳吉全集》，第 484 页。
④ 《白屋先生诗稿自序》，《吴芳吉全集》，第 78 页。
⑤ 《婉容词》写于 1919 年，发表后收到各方好评。如友人赵鹤琴评曰："缠绵悱恻，不加褒贬，而某生之寡情，婉容之惨怛自见。令人不忍卒读。"（《吴芳吉全集·日记》，第 1250 页）
⑥ 《吴芳吉全集·日记》，第 1259 页。
⑦ 《提倡诗的自然文学》，《新群》1920 年版，第 2—3 页。
⑧ 《与吴雨僧》，《吴芳吉全集》，第 706 页。
⑨ 《与吴雨僧》，《吴芳吉全集》，第 296 页。

吾人眼中之新旧文学观》一文中有更深刻的总结。吴芳吉以"有气象""有神韵"作为"佳诗"标准,并认为"古今之诗,无不可以是求之"。他反对时人将中国之诗以外来之"浪漫"与"写实","自然"与"人文"主义相比附,认为这些皆"未若神韵、气象之为当"①。于是,吴芳吉拈出了"风流儒雅"四字作为鉴定真神韵、真气象的绳尺。考虑到国是倾颓、道德沦丧的现实,他又判定当下惟"气象"难得。我们知道,"气象""神韵"是中国传统诗学批评中的两大重要范畴。现代以来,人们多以中国传统文论在遇到西方文艺思潮的撞击后,呈现出"失语症"的尴尬处境。但吴芳所确立的"民国新诗"之"佳诗"的理论,显然为我们证明了传统诗学深厚的人文意蕴和巨大力量所体现出的实在价值。

总之,吴芳吉认识到了中国文学的革新乃运命使然。但他深谙通变之道,未将旧诗体制一并抛弃,同时积极地吸纳、融化外来经验,为我所用。在固守本根的基础上,使诗歌之树"斐于华实"。而与同样主张熔铸中西、古今经验的调和论者相较,吴芳吉对诗体真伪的深刻辨析、对于如何造就"真诗人"的平允识见,以及他对"民国新诗"之时代精神和民族精神的高扬,使得他的理论更具说服力和影响力。今天,处于中西文论对话的高峰时期,重新解读吴芳吉的诗歌理论,反思他提出的一些诗学命题,或许是不无意义的。

---

① 《学衡》1925 年 6 月第 42 期,第 6 页。

声律守旧程，思想运新意

——论吴宓的诗歌批评*

复旦大学　杨志君

　　随着对"五四"新文化运动面对传统文化的偏激态度的反思，"学衡派"等旧派诗人及批评家的意义越来越受到学界的关注。而在"学衡派"中，吴宓是一个核心人物，这不仅是指他长期地负责《学衡》的编务及发行等各项事务，更重要的是不管是在诗歌写作还是诗歌批评、文化批评、翻译等方面，吴宓的重要性都是胡先骕、梅光迪等其他人物不可比拟的，因而更具代表性。

　　吴宓长期担任《学衡》杂志（1922—1933）的总编辑、《大公报·文学副刊》（1928—1934）的主编。他在编辑《学衡》《大公报·文学副刊》过程中，一方面自己撰稿，对当时的诗歌（主要是旧体诗）进行评析，表达自己在诗歌创作及理论方面的观点；另一方面翻译西方的诗歌及评论，以"凡例""浅释""编者按""双行小注"等形式对文本加以阐释、引申与发挥，并时时不忘拿中国的旧诗、文化思想、现实处境进行比较，以揭示中西诗学的异同。

　　吴宓既是旧体诗的实践者，著有《吴宓诗集》，也是一个诗歌批评家。如果说评注《顾亭林诗集》，撰写《空轩诗话》，在形式上尚具有守旧的意味；那么，其在《学衡》与《大公报·文学副刊》上关于旧诗、新诗及西方诗歌的批评，形式多样，文体各异，且时时拿中西方的诗歌进行比较，虽有传统的影子，但更多地具有现代的色彩，是其诗歌批评中最具价值的部分，从中亦可窥见二十世纪二三十年代诗歌批评由传统向现代转型的过程。

一、形式：既有传统的影子，更具现代的色彩

　　吴宓坚持用文言创作，用文言来进行诗歌批评，这带有一点守旧的意味；但在诗歌批评形式上，却勇于尝试，或用"通论"这种论文形式，或在翻译的诗歌评论前加"编者按""译者序"，或运用双行小注于翻译的诗歌评论中，或于所诠释的英文诗歌前加"凡例"，实具有革新的精神。

　　吴宓诗歌批评的第一种形式是论文，从宏观上对诗歌的定义、特征及创作方法作具体而翔实的论述。在《诗学总论》这篇上万字的长文中，他首先对诗进行了定义："诗者，以切挚高妙之笔，具有音律之文，表示生人之思想感情者也。"①接着，他对这一定义做了详细的解释，

---

　　* 本文系国家社会科学基金重大项目"民国话体文学批评文献整理与研究"（15ZDB079）的研究成果。
　　① 吴宓：《诗学总论》，《学衡》1922 年第 9 期。

对诗与文作了细致的区分。吴宓认为，文与诗都表现思想与感情，文重思想，诗重感情，各有偏重，所以文主要以理服人，而诗主要以情动人。而诗与文的根本区别在于两点："仅诗用（一）切挚高妙之笔，（二）具有音律之文。"①所谓"切挚高妙之笔"，其实就是指运用夸张的手法、凝练的语言去概括具有普遍性的景事情理。所谓"音律之文"，就是指文字具有整饬、规则的节奏。在这两点中，吴宓尤其强调第二点，认为有没有音律，是诗歌与散文的根本区别。

在《诗学总论》中，吴宓还表达了一个重要观点，那就是诗歌是用来描摹人生、营造幻境的艺术。只是他所说的"描摹"，不是自然主义式的毕肖原形，而是从观察到的形形色色事物中选择有代表性的做适当的加工，变不佳为佳，化无用为有用，以此营造一个供人品味的幻境，借此表达作者的意旨。而在造幻境方面，吴宓又突出想象力的价值："诗人能造幻境端赖其想象力。想象力者，质言之，即设身处地无中生有之天才也，故能造成幻境，想象力愈强者，其所造之幻境亦愈真。"②这里一方面凸显想象力对于诗人创作的重要性，另一方面又指出了幻境的"真"的问题——这里的"真"，不是历史的真，也不是现实的真，而是诗人合理想象而表达出来的艺术真实。

除了总论性质的论文，吴宓的诗歌批评还表现为对具体诗集所作的序跋、评论，借评他人之诗歌，来表达自己的诗学观念。在《西安围城诗录序》中，吴宓先是提出诗歌的"根本二义"：一是诗歌须温柔敦厚，使人的性情淳正，归于无邪；二是作诗者必有忧愁，诗歌是诗人情感自然抒发的产物。该文前面四分之三的篇幅在阐明这一观念，并参之以古今中外的诗人及作品加以印证。最后，吴宓才具体论及西安围城诗人的处境及诗歌，但着眼点还是西安围城中三个代表诗人的"赋性温柔敦厚"，及"围城八月，几濒于死，其所处固穷愁之境，而忧患之思甚深"③，认为他们的诗歌都不失性情之正，是情感的自然抒发，还是为了印证他的"根本二义"。在《评卢葆华女士血泪集》中，吴宓先指出《血泪集》是作者痛苦悲哀之际所发出的呼号，真挚明显，质直真切；然后阐明其诗学观点："诗之内容与形式，即感情与技术，二者缺一不可。今之论诗者，或主效法欧西近代某派，不问内容，专务技术，斯实一偏非是。顾技术须养成于平日，而感情则发于临时。自然奔放之感情，必得细整之形式与精妙之技术，始能达其意而成其美。"④这里内容与形式并重的观点，是对早几年《马勒尔白逝世三百年纪念》一文中"诗乃文学艺术之事，故所重者不在感情，而在格律之完整，韵调之和谐"的修正⑤。

吴宓经常翻译西方的诗歌评论，并在正文中运用传统的"双行小注"来进行阐释，在中西诗歌比较中表达自己的诗学观念。在其所译的《葛兰坚论新》一文中，在"在英文之诗，以句中之抑扬轻重为主"之后，有一段较长的双行小注："译者按，此即中国诗之平仄也。凡Rhythm皆由不相同之甲乙二物依序排列而相间Alternation相重Repetition即构成矣。其在拉丁古文诗中，则长音与短音相间相重也。其在近世英文诗中，则重读之部分与轻读之部分相间相重也。所以必相间相重者，则寓散于整Unity in Variety，实为人心审美之根本定律，去此则无美可言矣。惟其相间而有异，故为散也。惟其相重而有同，故为整也。凡相间相重者皆为Rhythm。而相间相重皆依定规每段全同者，始为Metre。故Metre者Rhythm

---

①② 吴宓：《诗学总论》，《学衡》1922年第9期。

③ 吴宓：《西安围城诗录序》，《学衡》1926年第59期。

④ 吴宓：《评卢葆华女士血泪集》，《大公报》1933年第279期。

⑤ 吴宓：《马勒尔白逝世三百年纪念》，《大公报》1928年第40期。

中之一种，而最整齐者也。惟然，故散文有 Rhythm 而无 Metre，独诗有 Metre。Metre 者，所以区别诗文者也……"①在这段文字中，吴宓将英文诗歌的轻重律与中国古代诗歌的平仄律进行类比，并指出散文与诗歌的根本区别就在于有没有 Metre，即格律。在前引省略的部分，吴宓还据此对新诗进行了批评，认为新诗没有格律，故新诗不能算作"诗"。

吴宓还通过翻译英诗，以"凡例""浅释""编者按"等形式来表达自己的诗歌理论。吴宓在自己翻译的《罗色蒂女士愿君常忆我》的正文前，以"编者按"的名义写了长达两页多篇幅的话。在"编者按"里，吴宓秉持"行事首宜自然，作诗尤贵真诚"的观念，对白朗宁夫人的诗有批评，认为她的诗中材料多为政治、社会的问题，科学宗教的思想，大多是男人所从事与关心的事情，因而情感不够自然，有矫揉造作的弊病。他推崇罗色蒂，联系她生平的经历与性情，认为她秉天真之性，写诗出于至诚，所以她的诗情旨深厚，风格凄婉。吴宓在《学衡》"述学"专栏间断地发表了三篇题为《英诗浅释》的文章，它们的体例一般是先翻译英诗，然后加以阐释。在第一篇中，正文前有译者的"凡例"：

（一）本篇作法，系取英文诗之最精美而为世所熟赏者若干首，加以诠释，逐字逐句不厌繁琐，力求精详，务使读者能豁然贯通，胸中不留疑义，至二三十首之后，读者则可举一反三。用此篇诠释之法，自行研读其他之英文诗，皆可迎刃而解，不复待人为之诠释。故此篇实教人研读英文诗之妙法，比之坊间粗略注解者，自谓有一日之长，又诠释之文力求浅显，故名英诗浅释。

（二）诗之原理及精神，至为幽微渺茫，难以喻晓，若肆为空论，必堕五里雾中，遂浮泛而无所归宿。而诗之格律程式，亦至繁复沓杂，不便撮述，若条分缕析，必流于支蔓，且枯燥而毫无趣味。本篇以诗之原理精神及格律程式分述于每首之下，即就此首为例而实在说明之，以见读诗作诗论诗，皆须实有之篇章而研究之。先有作出之诗，而后始有原理精神格律程式，故未可悬空立论，闭户造车也。

（三）异国之诗，本可不译，以原诗之神韵音节，绝非译笔所能传者。兹为诠释明白起见，凡本篇所选录之诗，均由编者自行译成中文，译笔不计工拙雅俗，但求密合原意，以备读者比并观之耳。

（四）读此篇者，祈先取本期《诗学总论》篇读之，否则恐有扞格之患，盖此二篇本相辅而行者也。②

从这四则"凡例"可以看出，吴宓是想借翻译与阐释若干首经典的英文诗歌，来具体谈论诗歌的原理、精神、格律程式，以与《诗学总论》这类理论性的论文相辅相成，让普通读者借此掌握欣赏诗歌的方法。在译完了《牛津尖塔》之后，吴宓对它进行了诠释。他认为《牛津尖塔》具内外之美，"格律韵调极佳，而字义明晰毫不费解"，部分印证了《诗学总论》关于音律的观点。第二篇《英诗浅释》在《古意》的译文后，吴宓对该诗的文法、音律、文体作了简要的分析。第三篇《英诗浅释》在《挽歌》的译文后，吴宓从思想情感的梳理、音律的分析两个方面来诠释该作，并归纳出安诺德诗歌的两大特点：一是常多哀伤之旨；二是常深孤独之感，并指出安诺德诗的好处就在于兼取古学、浪漫二派之长，以奇美真挚之感情思想纳于完整精炼的格

---

① ［美］葛兰坚著：《葛兰坚论新》，吴宓、陈训慈译，《学衡》1922 年第 6 期。
② 吴宓：《英诗浅释》，《学衡》1922 年第 9 期。

律艺术之中。这些与《诗学总论》中提出的观点完全吻合。

综上所述，我们可以看出，吴宓的诗歌批评形式，既沿用了传统的序跋，又运用了现代形式的论文、编者按，还创造性地运用传统的批注、凡例于翻译的诗歌及评论中，既有传统的意味，又具现代的色彩，体现了二十世纪二三十年代中国诗歌批评由传统向现代的过渡与转型。

二、特征：艺术与道德并重，中国与西方汇通

吴宓在《学衡》《大公报·文学副刊》上的诗歌批评，始于 1922 年，那时新文化运动开展得轰轰烈烈，白话文取得压倒性的胜利。吴宓处于文白冲突之际、新旧转型之间，逆流而动，在抗争中有坚守，在继承中有创新，其诗歌批评既具有转型期文学批评的一般特征，又具有其个人的色彩。

从外在表现形态而言，吴宓诗歌批评采用文言书写，形式多样，文体各异。吴宓诗歌批评的语体，毫无例外都是用雅洁流畅的文言写的。吴宓曾说："盖凡文以简洁、明显、精妙为尚，而古文者固吾国文章之最简洁、最明显、最精妙者，能熟读古文而摹仿之，则其所作自亦能简洁、明显、精妙也。故惟精于古文者，始能作佳美之时文与清通之白话。古文一降而为时文，时文再降而为白话，由浓而淡，由精而粗，又如货币中之金银铜，其价值按级递减。"[1]可见，在吴宓心中，古文是我国文章中最简洁、最明显、最精妙的，其地位远高于时文，更高于白话文。这在白话文运动取得胜利、大行其道之时，无疑显得有些不合时宜。从批评的形式来看，有总论、序跋、书评、"凡例""浅释""编者按""双行小注"等。不同的批评形式，文体各异。论文篇幅较长，视野宏大，逻辑严密，理论性强；序与书评通常先抒发自己对诗歌的观点，再就作品在这些方面的特点作具体的阐发；"凡例"比较严谨，条理清晰，层次分明；"浅释"语言平易，侧重中西诗学的汇通；"编者按"一般置于正文前后，篇幅或长或短，语言简练，是对作品背景性知识的扼要交代；"双行小注"夹杂于翻译文章中，对专有名词或概念术语加以解释，以说明为主，但也会夹杂着对新诗的批评。多样的形式，不同的文体，体现了吴宓文学批评的丰富性与创造性。

从其诗歌批评的标准来看，吴宓显然是艺术标准与道德标准并重。吴宓重视诗歌的形式批评，以音律来区分诗歌与散文，以及旧体诗与白话诗。吴宓认为散文是没有格律的，而诗歌，尤其是旧体诗，必须要有音律。对音律的重视，使得吴宓对自由散漫的白话诗不满——他批评胡适等新诗作者抛弃格律，是不懂得诗歌内质与外形密不可分的道理而致的。后来吴宓借翻译《韦拉里说诗中韵律之功用》一文，以"编者识"的形式重申了音律的重要性："今节译韦拉里氏此篇中所论关于原理之处，以资考镜，吾国之效颦西方自然的创作及无韵自由诗者，亦可废然矣。"[2]可见这篇译作是吴宓针对当时的白话新诗不讲韵律，不遵循诗歌创作规律而译的。他推崇韦拉里的"注重理智"，及"凡伟大之文学作品皆以理智构成"的观点，批评近世浪漫派所谓"艺术须出于自然，但凭一己之天才，为无意识的表现，所得便为佳作者"，认为"文学之规律尤不可不遵守，规律乃所以助成天才，不可比于枷锁"[3]。他认为胡

---

① 吴宓：《论今日文学创造之正法》，《学衡》1923 年第 15 期。
②③ ［法］韦拉里著：《韦拉里说诗中韵律之功用》，吴宓译，《学衡》1928 年第 63 期。

适等的无韵自由诗是与作诗之法背道而驰的,他们的白话诗不能算作诗。

在《诗学总论》中,他强调诗歌是以"切挚高妙之笔"来表达诗人的感情。"所谓切挚 Intense 之笔者,犹言加倍写法或过甚其词之词。盖诗人感情深强,见解精到,故语重心急,惟恐不达其意,使人末由宣喻者,故用此笔法。"①这里强调的是用夸张的手法,来表达一种强烈的感情。"所谓高妙 Elevated 之笔者,犹言提高一层写法,即不实指、不平铺、不直叙、不顺写、不白描、不明断、不详释、不遍举、不密绘、不条分缕析、不量尺度寸、不浅俚凡近、不蹈常习故、不因袭陈腐、不以法律科学机械之法论人叙事写景绘物,而透过一层直达核心,而又选择凝练,直传一人一事一景一物之本性之精神之要旨之精华。"②以"高妙之笔"去抒写具有普遍性的情景事理,这是吴宓诗学的一个追求。而他所谓的"高妙之笔",主要是指包括剪裁、渲染、夸张等艺术技巧,也体现了对诗歌形式的关注。

与此同时,吴宓的诗歌批评也坚持以道德作为标准。吴宓曾说:"予意文章虽为末技,然非有极大抱负,以淑世立人,物与民胞为职志者,作之必不能工。故学一人之诗,必先学其人格,学其志向,则诗成乃光芒万丈。"③吴宓在这里把诗歌的好坏与诗人的人格联系起来,认为须有高尚的人格,始有不俗的诗歌。吴宓认为文学是人生的表现,而道德是人生的关键,因而他非常重视诗歌对读者在道德方面的教化作用。他在评价诗歌的时候,一方面强调诗歌的韵律等审美因素,一方面重视诗人的性情是否温柔敦厚,以及诗歌对人心能否起到淳化的作用:"盖诗之功用,在造成品德,激发感情,砥砺志节,宏拓怀抱。使读之者,精神根本,实受其益。而非于一事一物,枝枝节节之处,提倡教训也。"④他甚至认为诗歌具有振兴民气、激发爱国心、发扬国粹及其增进与其他国家人们交流的功能:"吾以为国人而欲振兴民气,导扬其爱国心,作育其进取之精神,则诗宜重视也。而欲保我国粹,发挥我文明,则诗宜重视也。而欲效法我优秀先民之行事立言,而欲研究人心治道之本原,而欲使民德进而国事起,则诗尤宜重视也。盖诗者一国一时,乃至世界人类间之摄力也。其效至伟,以其入人心者深也。"⑤

从其批评的性质来看,吴宓的诗歌批评体现了传统与现代融通的精神。吴宓是儒家思想的拥护者,他的诗歌批评常常可见到儒家诗论的影子。在《西安围城诗录序》中,吴宓提出诗歌须温柔敦厚,使人性情归于无邪,这明显继承了孔子的诗教。而在《诗学总论》中,吴宓认为诗歌主情,又继承了《尚书·尧典》中"诗言志"、《诗大序》中"诗者,志之所之也,在心为志,发言为诗"、《文赋》中"诗缘情"等传统。吴宓坚持用文言论述,本身就体现了对传统文化的一种认同与坚守。而序跋、凡例、双行小注,是古代就有的批评形式,只是吴宓将之运用到翻译的诗歌及评论中,对象有所不同。

在吴宓的文学批评形式中,"编者按""浅释"则是在近现代受西方文化影响下而兴起的报刊上出现的新文体,它们评注的对象是英文诗歌,本身就具有现代的特征。王国维曾说:"今之言学者,有新旧之争,有中西之争,有有用之学与无用之学之争。余正告天下曰:学无新旧也,无中西也,无有用无用也。"⑥在吴宓的文学批评实践中,真正体现了其好友的"学无

---

① ② 吴宓:《诗学总论》,《学衡》1922 年第 9 期。
③ 吴宓著,吴学昭整理:《吴宓诗话》,商务印书馆 2005 年版,第 16 页。
④ 吴宓著,吴学昭整理:《吴宓诗话》,商务印书馆 2005 年版,第 34 页。
⑤ 吴宓著,吴学昭整理:《吴宓诗话》,商务印书馆 2005 年版,第 40—41 页。
⑥ 王国维:《国学丛刊序》,《国学丛刊》1911 年第 1 期。

新旧""无中西"的立场。他以开阔的视野、中正的眼光,对古今中外的文化资源、理论成果、批评形式加以整合,使旧的批评形式焕发出新的光彩,并创造性地运用一些现代的批评形式,使他的批评具有融通传统与现代的精神。

从其诗歌批评方法来看,吴宓普遍地运用比较的方法,时时拿中西诗歌进行比较,这是其诗歌批评最具现代色彩的地方。他把中国诗歌置于世界文学史的视域中进行打量,而对西方诗歌的阐释、评注,又时时不忘拿中国的诗歌、文化及现实进行比较。在《诗学总论》中,吴宓论述音律的时候,将中国古典诗歌的音律与英文诗歌的音律进行了比较:"按英文之 Alliteration 字首子音相同者,其最简之式如 do done den day 等,即吾国文之双声也。而英文之 Assonance 字中母音相同,其最简之式如 day say way nay 等,即吾国文之叠韵也。《诗经》中用双声叠韵字极多,亦可与此英国古诗比较也。"①接着,他又将希腊拉丁诗、英国诗与中国古诗音律进行比较,分析它们的不同之处。在《英诗浅释》中,吴宓对《牛津尖塔》音律的分析过程中,以杜甫五律《月夜》、苏轼《水调歌头·明月几时有》及我国五七言诗的音律进行参照。正是因为有中西诗歌的比较,吴宓对中国古典诗歌、英文诗歌音律独特性的阐释才显得更深刻,对诗歌音律普遍性的揭示才更完整,更具学理性。吴宓在二十世纪 20 年代,就自觉地在诗歌批评中运用比较的方法,加上他在清华大学长期开设《文学与人生》的这门课,从后来出版的同名书来看,这门课也常涉及中西文学的比较。在这个意义上,称吴宓是中国比较文学的开创者之一,是毫不为过的。

从吴宓的诗歌批评实践中,我们可以看出,吴宓重视诗歌的韵律,强调诗歌抒情的真挚自然,突出诗歌使人性情淳正的教化意义。而在具体的批评形式上,吴宓关于国人的诗集的序、评论,及以翻译英诗为中介,以"编者按""凡例""浅释""双行小注"的批评文字,基本上是关于《诗学总论》的具体阐发,与之相互呼应,相辅相成。或者说,《诗学总论》是吴宓的诗歌理论纲领,而其他对具体诗歌文本(不管是国内的还是西方的)的批评,是对纲领的具体实践。

三、意义:给儒家诗论注入新鲜血液,纠正新诗过于散文化弊端

郑师渠在《在欧化与国粹之间——学衡派文化思想研究》一文中说:"今天我们欲客观评说学衡派,必得明确两个前提:其一,学衡派是一个现代的思想文化派别。这不仅是指学衡派多是些学有专长的归国留学生、南北大学的校长、院长、名教授;更主要的是因为他们与胡适诸人一样,都具有近代资产阶级自由主义的政治品格和求真的科学精神。……其二,学衡派对于新文化运动的批评属于学理之争。学衡派以新文化运动批评者自居,因之论者多斥之为复古反动,此种论点预设了一个前提,即新文化运动是唯一和绝对正确的。……"②信哉斯言! 评价学衡派如此,评价吴宓的诗歌批评也应如此。也就是说,吴宓并非属于顽固守旧的国粹派,而是一个"现代的思想文化派别"的重要代表人物,其诗歌批评具有充分的学理性,不应视为复古反动!

---

① 吴宓:《诗学总论》,《学衡》1922 年第 9 期。
② 郑师渠:《在欧化与国粹之间——学衡派文化思想研究》,北京师范大学出版社 2001 年版,第 408—410 页。

　　吴宓曾留学哈佛大学，师从新人文主义代表白璧德，专攻西洋文学，于中西文学皆有较深的造诣，可谓学有根柢——其诗歌批评的基本理念确立于现代的层面，应是无可疑义的。吴宓的文学观是"昌明国粹，融化新知"。所谓国粹，主要是指儒家的思想。吴宓对儒家文化有一种深情，他在长达万言的《我之人生观》中说道："吾确信首宜奉行下列之三条：一曰克己复礼……二曰行忠恕……三曰守中庸"①，足见吴宓对孔子及儒家文化之推崇。在给学生李赋宁的信中，他写道："宓惟一系心之事，即极知中国文字之美，文化之深厚，尤其儒家孔孟之教，乃救国救世之最良之药。"②可见吴宓是把孔孟之教当作救国救世的良药。然而，吴宓并非顽固的守旧者，他还要"融化新知"，试图引进西方的文化，以对儒家文化加以创造性地转化。他曾说："自吾人观之，今日中国文字文学上最重大急切之问题乃为'如何用中国文字，表达西洋之思想。如何以我所有之旧工具，运用新得于彼之材料'。"③他在《学衡》"述学"专栏中翻译《世界文学史》《但丁神曲通论》，在"通论"专栏翻译《韦拉里说诗中韵律之功用》《葛兰坚论新》《白璧德之人文主义》《拉塞尔论柏格森之哲学》等诗歌评论、文化评论，表明他的"昌明国粹"，并不排斥西学，只是认为于西学要博极群书，深窥底奥，然后审慎取择。所以在对待西方文化方面，吴宓与新文学家无本质的区别，只是前者审慎，后者激进而已。

　　在诗歌理论方面，吴宓试图对传统的儒家诗论与新人文主义思想进行融汇，给儒家诗论注入新鲜的血液，以让儒家诗论在新的时代焕发出新的光彩。比如儒家诗论讲究"温柔敦厚"，强调"乐而不淫，哀而不伤"；而新人文主义主张以理性节制情感。儒家诗论重视诗歌的教化作用，所谓"兴观群怨"是也；白璧德也非常重视道德的作用："白璧德认为政治的根本在于道德，认为治理政治与社会的根本方法，不在政治、经济之改革，而在于改善人性，培植道德。"④吴宓显然看到了二者之间的共通之处，他说："美国白璧德师，倡道所谓新人文主义，欲使人性不役于物，发挥其所固有而进于善。一国全世，共此休憩，而借端于文学。呜呼，此又非黄师之志耶？黄师曰：'天若有命余重振救之，舍明诗莫由。'"⑤吴宓所说的"黄师"即黄节，而文段中所引黄节之语在《阮步兵咏怀诗注·自序》中有更详细的论述。黄节认为救国要从救人开始，救人须让大家懂得做人的道理，而要做到这一点，诗歌的效果最好。吴宓在白璧德的思想与黄节的"以诗救世"观念之间找到了相同点，并将二者加以融合。正如有论者指出的，吴宓将儒家诗论与新人文主义进行融汇，"代表的是他的诗歌批评理念所经历的一次从传统到现代的过渡"，"不但丰富和发展了儒家诗教的内容，在20世纪初那个特殊时期延续了入儒家诗教的生命，同时还促使动态的传统诗学向着中西古今多元融合迈进了一大步"⑥。

　　吴宓在诗歌批评实践中，多次提出"新材料入旧格律"之说，并以之作为评价诗歌的核心标准，虽然其固守旧格律有失偏颇，然而其对格律的重视与对"新材料"的阐释，却既是对梁启超之"旧风格含新意境"的发展⑦，又是对白话诗论的纠偏。梁启超掀起的"诗界革命"，主

---

① 吴宓：《我之人生观》，《学衡》1923年第16期。
② 吴宓：《吴宓书信集》，生活·读书·新知三联书店2011年版，第379页。
③ 吴宓：《马勒尔白逝世三百年纪念》，《大公报》1928年第40期。
④ 吴宓：《诗学总论》，《学衡》1922年第9期。
⑤ 吴宓著，吴学昭整理：《吴宓诗话》，商务印书馆2005年版，第188页。
⑥ 黎聪：《吴宓诗歌理论研究》，《华南师范大学》2007年第26期，第28页。
⑦ 梁启超：《饮冰室诗话》，人民文学出版社1959年版，第51页。

要是在内容方面"革命"，也就是说要有"新意境"。而其"新意境"，在当时的主要内涵就是"欧洲之真精神真思想"。而吴宓的"新材料"，无疑扩大了诗歌的取材范围。他在《论今日文学创造之正法》一文中对"新材料"有具体的说明："所谓新材料者，即如五大洲之山川风土国情民俗，泰西三千年来之学术文艺典章制度、宗教哲理史地法政科学等之书籍理论，亘古以还名家之著述，英雄之事业，儿女之艳史幽恨、奇迹异闻，自极大以至极小，靡不可以入吾诗也。又吾国近三十年国家社会种种变迁，枢府之掌故，各省之情形，人民之痛苦流离，军阀政客学生商人之行事，以及学术文艺之更张兴衰，再就作者一身一家之所经历感受，形形色色，纷纭万象，合而观之，汪洋浩瀚，取用不竭，何今之诗人不知利用之耶？"①这样，诗歌的取材就不限于"欧西文思"了，本国的社会变迁、各省的情形、人民的流离、军阀政客的行事、学术文艺的兴衰、作者一己之感受，无不可入诗。可以说，在吴宓笔下，几乎一切事物皆可作为诗歌写作的对象。

吴宓对格律的强调，及对新诗形式散漫、缺少韵律之美的批评，也确实触及新诗过于散文化的要害。胡适等人倡导并创作白话诗，着力把诗歌从平仄、对仗、押韵等束缚中解放出来，这种冲决罗网、"但开风气"的精神，值得嘉奖。但是，正由于没有了韵律的节制，初期不少新诗缺乏音节，存在着较为普遍的散文化弊端。在受到吴宓、胡先骕、章士钊等人的批评后，胡适很快修正了自己的观点，在新诗诞生的第二年就提出了新诗要讲究音节的主张。胡适认为，新诗的音节"全靠两个重要分子：一是语气的自然节奏，二是每句内部所用字的自然和谐。"②胡适不拘古韵与平仄韵，他重视的是自然的"音节"。到了二十年代中期，闻一多、徐志摩等新月派诗人在此基础上，进一步倡导现代格律诗，并创作出《死水》《红烛》《再别康桥》等具有音乐美、绘画美、建筑美的诗篇。后来当代诗人何其芳又提出了新格律诗论，他从诗歌本质论证了格律的必要："诗的内容既然总是饱和着强烈的或者深厚的感情，这就要求着它的形式便于表现出一种反复回旋，一唱三叹的抒情。有一定的格律是有助于造成这种气氛的。"③他认为"五四"以后的新诗，一个主要的缺点就是忽视了格律的重要性，而克服这个缺点的办法不是恢复近体诗的平仄律，而是通过自由竞赛的方法来建立新的格律诗。由此可见，吴宓关于格律的诗论，不仅一定程度纠正了胡适等白话诗的散文化弊端，而且还与闻一多、何其芳等新诗格律论沟通起来——虽然吴宓与闻一多、何其芳在格律的内涵上有不同看法，但在强调诗歌的音乐性上却是一致的。

吴宓坚持以文言进行诗歌批评，并捍卫旧体诗乃至古代文学的价值，这在当时可能显得落伍，现在看来却具有积极的意义。在白话文学倡导者胡适看来，文言文是一种死的语言，因而旧体文学是死文学，而白话文是一种活的语言，因而白话文学是活文学。对旧体文学一棍子打死，未免有失偏颇。吴宓对此有批评："今之古文非昔之古文，而民国七八年间之文言尤为常人所习用而并非难解。文言既非陈死，而文言与白话之相悬，亦绝不如拉丁文与法兰西文二者之甚。强比而同之，无当也。"④他不仅指出文言并非陈死，还指出了胡适等人将文言、白话与拉丁文、法兰西文进行类比的错误。在对马勒尔白诗论的评析中，吴宓进一步申

---

① 吴宓：《论今日文学创造之正法》，《学衡》1923 年第 15 期。
② 胡适：《谈新诗》，《星期评论》1919（纪念号 5）。
③ 何其芳：《何其芳全集》（第 4 卷），河北人民出版社 2010 年版，第 290 页。
④② 吴宓：《马勒尔白逝世三百年纪念》，《大公报》1928 年第 40 期。

述了前论:"细观马勒尔白之所谓明显易解,绝非后世他国之所谓白话。盖里巷市井一乡一地之俗语方言之字,更非此国中其他之大多数人所能喻晓,故亦在马勒尔白所屏斥之列。马勒尔白似以宫廷贵族及文人社会之用语为实际之标准。然造成巴黎语而为法国文字之中坚者,非此等社会之用语乎?"②胡适的白话文运动诚然成功了,白话文取代了文言文,但胡适将欧洲的一种地方口语(如意大利语)与具有跨地区的普遍性之白话文等同,却是错误的。这正如商伟在《言文分离与现代民族国家——"白话文"的历史误会及其意义》一文中指出的,"胡适把 vernacular 当作白话文,而在欧洲的历史语境中,vernacular 指的是地方口语,相当于我们的方言俗语。胡适直接把白话文跟欧洲的地方性文字书写对等起来,这是一个历史误会。"③

文言并非死的语言,它不仅是我国古代文学的载体,即便对于白话文的发展,亦有着不可忽视的作用。1934 年钱钟书就说过:"抑弟以为白话文之流行,无形中使文言文增进弹性不少,而近日风行之白话小品文,专取晋宋以迄于有明之家常体为法,尽量使用文言,此点可征将来二者未必无由分而合之一境,吾侪倘能及身而见之与?"④在钱钟书看来,文言文与白话文可以互相补充,并预言二者的进一步融合是中国语言文字发展的大趋势。尽管八十多年过去了,但钱钟书的观点仍有着现实意义,白话与文言仍走在融合的道路上。

回顾吴宓在《学衡》与《大公报·文学副刊》上的诗歌批评,我们会发现他基本做到了"以中正之眼光,行批评之职事"。吴宓的立场虽略嫌保守,却不同于国粹派的一味复古,而是在立足传统诗学的基础上"别求新声于异邦",重视中西诗学乃至文化观念的互相比较与融合,其思维方式及批评方法具有现代色彩。尽管在对待儒家文化及其诗学的态度上,吴宓迥异于胡适等新文学的倡导者,但在致力于中国文化的革新与发展上,两者并无异同——虽然取径不同,一者向西方寻到的是新人文主义,一者向西方借来的是"民主"与"科学",但两者"同归而殊途,一致而百虑"。胡适等新诗倡导者与实践者,代表着当时的主流文化,他们在旧体诗之外开辟出新诗的园地,居功至伟;但他们对传统文化及文学的虚无主义态度,无疑是矫枉过正。在这一背景下,吴宓与胡先骕、梅光迪等倡导新人文主义与之抗衡,捍卫旧诗与古代文学的价值,对主流文化起到了补偏救弊与制衡的作用。如果不对新文学运动作褊狭的理解,那么吴宓等人的诗歌批评以及文化批评,本身就构成了新文学发展的一个有机组成部分。

吴宓在《学衡》《大公报·文学副刊》上的诗歌批评具有两个方面的意义。对旧体诗歌而言,他坚持发掘它们的现代意义,捍卫文言及旧体文学的价值;并运用凡例、双行小注等传统批评形式于翻译文章中,使传统的批评形式焕发出新的活力;更不用说他运用论文、编者按等现代形式,摆脱了诗话体、随笔体的旧形式。对新文学而言,吴宓强调格律的重要,强调诗歌对于人生的意义,既是对新诗过于散文化的纠偏,也连通了之后的新诗格律论。所以,吴宓在现代诗歌批评史上,是一个过渡型的人物,鲜明地体现了传统诗学向现代诗论转型的特点,具有承前启后的意义。

---

③ 商伟:《言文分离与现代民族国家——"白话文"的历史误会及其意义》,《读书》2016 年第 11 期。

④ 钱锺书:《与张君晓峰书》,《国风》1933 年第 1 期。

凌云健笔开生面，古调新翻别有情

——论郁达夫旧体诗的旧与新

浙江大学　黄　杰

郁达夫"九岁题诗四座惊"①，旧体诗是他最早开始创作实践的文体，也是他创作生涯最后操持的文体。不惟如此，郁达夫的旧体诗还具有公认的杰出地位，诚如其老友一代国画大师刘海粟所言："达夫感情饱满细腻，观察深切，才思敏捷，古典文学、西洋文学根基都雄厚。从气质上来讲，他是个杰出的抒情诗人，散文和小说不过是诗歌的扩散。他的一生是一首风云变幻而又荡气回肠的长诗。这样的诗人，近代诗史上是屈指可数的。在新文艺作家的队伍中，鲁迅、田汉而外，抗衡者寥寥。沫若兄才高气壮，新诗是一代巨匠，但说到旧体诗词，就深情和熟练而言，应当退避达夫三舍。这话我当着沫若兄的面也讲过，他只是点头而笑，心悦诚服。达夫无意作诗人，讲到他的文学成就，我认为诗词第一，散文第二，小说第三，评论文章第四。"②因此，对于郁达夫旧体诗的研究，无疑为郁达夫创作研究之重要一翼。尤其是在"五四"新文化运动即将百年、传统已历经多次的被否定之否定的今天，更具现实意义。因为郁达夫的旧体诗正代表了传统文学形式在现代社会的继续生存与发扬光大，代表了传统文学形式的勃勃生命力，而远非"旧瓶装新酒"之所能概括。兹论如下，敬请方家指正。

从郁达夫旧体诗表现艺术看，是旧中有新。郁达夫的旧体诗很抒情，但是他的手法并不是无节制无技巧的一览无余的宣泄，在他的旧体诗中，在在处处显示出中国古典诗歌的特质。譬如他对于境界的精心营构，对于比兴、对仗、藻饰、铺陈、用典、顿挫等手法的娴熟运用等等。如"回首齐云日半暝，黄昏灯火出休宁。明朝又入红尘去，人海中间一点萍"③，表现了对于白岳齐云仙境的无限留恋和对于人海浊世的厌倦与哀怨。尤其是末句巧妙地将"茫茫人海""人如浮萍"的习见比喻叠加在一起，简练地勾画出生动的新妙境界，警醒深刻，令人怦然心动。如"曾因酒醉鞭名马，生怕情多累美人"④一联，属对工稳而又摇曳生姿，道尽千古有情者之心曲，最为脍炙人口，为达夫博得最多喝彩。如《毁家诗纪》其一："离家三日是元

---

① 郁达夫：《自述诗》，《郁达夫全集》第9卷（诗词卷），杭州：浙江文艺出版社1992年版，第185页。本文所引郁达夫诗全部出自此《郁达夫全集》第9卷（诗词卷）文本，以下简称《郁》。

② 刘海粟：《漫论郁达夫》，《文汇月刊》1985年第8期。

③ 《登白岳齐云仙境，徘徊半日，感慨系之，因不上黄山，到此乃西游终点也》四首之三，《郁》，第138页。

④ 《旧友二三，相逢海上，席间偶谈时事，喀然若失，为之衔杯不饮者久之。或问昔年走马章台，痛饮狂歌意气今安在耶，因而有作》，《郁》，第121页。

宵,灯火高楼夜寂寥。转眼榕城春欲暮,杜鹃声里过花朝。"①为十九首组诗之起调,灯火高楼之热闹、天涯独居之冷清、春暮杜鹃之悲啼,次第写来,昭示了风雨欲来之必然,情韵沉缓而隐含凄切,特具比兴、抑扬之妙。

很有意思的是,郁达夫还很喜欢在小说、散文中自然贴切地加入他的诗。本来他的文笔就充满了诗意,再加上那些旧体诗,就更加诗意葱茏了,而他的诗才也更加声名远播了。如小说《沉沦》中所引的他的两首七律诗:"娥眉月上柳梢初,又向天涯别故居。四壁旗亭争赌酒,六街灯火远随车。乱离年少无多泪,行李家贫只旧书。夜夜芦根秋水长,凭君南浦觅双鱼。"②"醉拍阑干酒意寒,江湖寥落又冬残。剧怜鹦鹉中洲骨,未拜长沙太傅官。一饭千金图报易,几人五噫出关难。茫茫烟水回头望,也为神州泪暗弹。"③即在当时为他的文名增价不知几多。他的散文《钓台的春昼》所引的"不是尊前爱惜身,佯狂难免假成真。曾因酒醉鞭名马,生怕情多累美人。劫数东南天作孽,鸡鸣风雨海扬尘。悲歌痛哭终何补,义士纷纷说帝泰。"④虽然作者交待引入这首诗的背景非常谦虚:"在和数年不见的几位已经做了党官的朋友高谈阔论。谈论之余,还背诵了一首两三年前曾在同一的情形之下做成的歪诗。"我们还是不难意会到诗人自己的得意。作《钓台的春昼》大约也有传这首佳作的考虑吧。的确,这首诗至今还是那样的喧腾在人口啊。实际上,这种方式在唐代就是很流行的文人显示诗才的方式,如裴铏《传奇》、元稹的《会真记》等等,其后也一直流行着,正如《红楼梦》第一回所言:"……那野史中,或讪谤君相,或贬人妻女,奸淫凶恶,不可胜数;更有一种风月笔墨,其淫秽污臭最易坏人子弟。至于佳人才子等书,则又开口'文君',满篇'子建',千部一腔,千人一面,且终不能不涉淫滥。在作者不过要写出自己的两首情诗艳赋来。"⑤

然而,达夫是富于创造的,在表现艺术之创新上,他的新创造是什么?或者说达夫的旧中之新怎么说?笔者以为其典型例证非《毁家诗纪》莫属,其中的十九首诗或哀怨沉郁,或低徊掩抑,或愤懑凄切,感人至深,甚至于其以情变为主题,都不出中国古典诗之路数。然其每首诗下的注释,则颇具石破天惊之意义。自来诗人为自己的诗作注,不为罕见;以自己不愿别人知的恋情入诗,也不算少,但往往是要冠以无题或其他的让人不明就里的题目,如唐李商隐的诸多《无题》诗,清黄仲则的《绮怀》等;但为自己不愿别人知的恋情诗作注,则是不太可能的了,达夫则不仅作了注,而且是大胆详细的。我这里无意于当时的轰动社会效应。我要说的是,郁达夫这样做,实则开创了一种新的诗文合璧形式,以前是文中镶嵌诗,他这里是以诗牵带文。其诗含蓄深沉,其文则畅快直白,诗文相应,淋漓尽致地表达了一段恩爱情仇。这真是旧体诗在现代社会的新作用,从这个角度看,确也是惊世骇俗。

从郁达夫旧体诗艺术风格看,是转益多师,推陈出新,自出面目,贡献了新趣味的。刘海粟与郁达夫曾经过从甚密,下面所引的他的一段话应该是知情者言:"他的诗,得力于黄仲

---

① 《郁》,第171页。
② 《八月初三夜发东京,车窗口占别张、杨二子》,《郁》,第11页。
③ 《席间口占》,《郁》,第40页。
④ 在郁诗集中,题作《旧友二三,相逢海上,席间偶谈时事,喏然若失,为之衔杯不饮者久之。或问昔年走马章台,痛饮狂歌意气今安在耶,因而有作》。
⑤ 《红楼梦》,第2页。

则、洪北江，对清代名家吴伟业、王士祯、袁枚、朱竹垞、赵瓯北、王昙、龚定庵都有过涉猎。在唐诗中，他酷爱白乐天和刘禹锡。为了畅而不滑，外秀内浑，他还认真研究过阮籍、嵇康、陶渊明、谢朓、鲍照的著作。"①而郁达夫对此也有夫子自道。《论诗绝句寄浪华》②五首，道出了他对于宋代西昆以及苏黄的不以为然，对于屈原、谢朓、李白、杜甫、杜牧的景慕。他的《盛夏闲居，读唐宋以来各家诗，仿渔洋例成诗八首录七》③，品评李商隐、温飞卿、杜牧、陆游、元好问、吴伟业、钱牧斋，写出了自己对各家心仪之所在，诸如"义山诗句最风流""中晚唯君近正音""销魂一卷樊川集""慷慨淋漓老学庵""伤心怕读中州集""斑管题诗泪带痕"等等，实际也是他自己的追求之所在。而且，他似乎对李商隐特别在意，还写有《无题——效李商隐》二首④，哀怨绵邈，颇有义山之风调：

> 梦来啼笑醒来羞，红似相思绿似愁。中酒情怀春作恶，落花庭院月如钩。妙年碧玉瓜初破，子夜铜屏影欲流。懒卷珠帘听燕语，泥他风度太温柔。

> 豆蔻花开碧树枝，可怜春浅费相思。柳梢月暗猜来约，笼里鸡鸣是去时。锦样文章怀宋玉，梦中鸾凤恼西施。明知此乐人人有，总觉儿家事最奇。

然而感于自己时代哀乐的郁达夫自己的面目又是什么呢？笔者以为，第一是郁勃之情。读郁达夫的旧体诗，总有一种郁勃之气扑面而来，与读他的其他形式的文学作品，感受很相似，原因就是其中同样充溢着感情。郁达夫的旧体诗，即便是纯粹的写景之作，也是饱含感情的。如《题画》之四："贪坐溪亭晚未归，四山空翠欲沾衣。秋风吹绝溪声急，树树夕阳黄叶飞。"⑤浓重的秋思跃然纸上。

第二是慷慨激切。《毁家诗纪》其三："中元后夜醉江城，行过严关未解醒。寂寞渡头人独立，满天明月看潮生。"⑥刻画的是诗人澎湃的心潮。其十五："急管繁弦唱渭城，愁如大海酒边生。歌翻桃叶临官渡，曲比红儿忆小名。君去我来他日讼，天荒地老此时情。禅心已似冬枯木，忍再拖泥带水行。"⑦刻画的是男儿大丈夫的哀痛隐忍。《和冯白桦〈重至五羊城〉原韵》："侏儒处处乘肥马，博士年年伴瘦羊。薄有文章惊海内，竟无馋粥润诗肠。敢夸邻女三秋望，忝受涪翁一瓣香。升斗微名成底事，词人身世太凄凉。"⑧抒发的是书生不平之气。《青岛杂事诗》其一："万斛涛头一岛青，正因死士忆田横。而今刘豫称齐帝，唱破家山饰太平。"⑨则抒发的是对投降不抗日的激愤。

第三是强烈的率真自我。郁达夫的小说具有强烈的自叙色彩，他的不惮以自我袒露，尽管可以理解为其作为觉者的沉痛与批判，但是其超量级的惊世骇俗，慢说是在他的时代，就是在当代，也是鲜有其匹的。郁达夫的旧体诗同样具有这种个性。尽管如前所论他的表现

① 刘海粟：《漫论郁达夫》，《文汇月刊》1985 年第 8 期。
② 《郁》，第 39 页。
③ 《郁》，第 71 页。
④ 《郁》，第 102 页，又名《春闺二首》。
⑤ 《郁》，第 107 页。
⑥ 《郁》，第 173 页。
⑦ 《郁》，第 179 页。
⑧ 《郁》，第 115 页。
⑨ 《郁》，第 141 页。

形式是节制的,但是他是自我的率真的祖露的。十九首《毁家诗纪》已勿须征引;"不是尊前爱惜身,佯狂难免假成真。曾因酒醉鞭名马,生怕情多累美人"也多传在人口,这里让我们且以其并不是那样负有盛名的早期晚期之作为例吧,因为在某种程度上,它们同样具有这方面的说服力,并合力说明了郁达夫旧体诗一以贯之的作风。早期《奉答长嫂兼呈曼兄四首》之三:"垂教殷殷意味长,从今泥絮不多狂。春风廿四桥边路,悔作烟花梦一场。"①虽然是面对兄嫂的诚实检讨,毕竟也是祖露的。"春风廿四桥边路,悔作烟花梦一场。"美则美矣,背后毕竟是冶游。虽然唐杜牧《遣怀》有"十年一觉扬州梦,赢得青楼薄幸名",晚唐韦庄《菩萨蛮》也有"如今却忆江南乐,当时年少春衫薄。骑马倚斜桥,满楼红袖招。　翠屏金屈曲,醉入花丛宿。此度见花枝,白头誓不归",但杜、韦毕竟没有郁《毁家诗纪》之淋漓。郁达夫后期《自述诗十八首》②之坦荡,也是非常动人的,且引数章:

　　　　家在严陵滩下住,秦时风物晋山川。碧桃三月花如锦,来往春江有钓船。(其四)
　　　　左家娇女字莲仙,累我闲情赋百篇。三月富春城下路,杨花如雪雪如烟。(其八)
　　　　二女明妆不可求,红儿体态也风流。杏花又逐东风嫁,添我情怀万斛愁。(其十)
　　　　欲把杭州作汴京,湖山清处遍题名。谁知西子楼台窄,三宿匆匆出凤城。(其十四)

　　郁达夫生命最后的天涯孤旅之际所写《感怀》:"六陵遥拜冬青树,笑掷乾坤再出家。铗有寒光消郁怒,集无名句比秋笳。朝云末劫终尘土,杨爱前身是柳花。参透色空真境界,一瓶一钵走天涯。"③家国之悲怨耿耿,虽然诗人不断地声言"出家""参透色空",对照佛家之主张,终属过于"执"、过于"我执"之列,然非如此,则不足以言达夫之面目也,可谓自我煌煌。

　　第四是声韵的浏亮和畅。郁达夫的旧体诗绝大部分是格律诗,古体很少,但森严的格律、浓郁的感情、丰富的内涵,并没有导致常见的晦涩与板滞;其音韵是那样的和畅,却也没有流于油滑、坠入打油一路,充分展示了格律诗上乘之作所具备的声律之美。这个特征在他的《秋兴》《春江感旧》《杂感八首》《青岛杂事》《毁家诗纪》《乱离杂诗》《自述诗十八首》等组诗中,有集中的表现。笔者以为,这个与其说得于锻炼,不如说是天纵之才,现代人写旧体诗几乎无人出其右,声韵方面当是一个很重要的原因。

　　当然,郁达夫的艺术风格还有不少方面,如平淡:"半堤桃柳半堤烟,急景清明谷雨前。相约皋亭山下去,沿河好看进香船。"④如雄奇:"好是夕阳金粉里,众山浓紫大江黄。"⑤如口语化:"男种秧田女摘茶,乡村五月苦生涯。先从水旱愁天意,更怕秋来赋再加。"⑥等等,则正代表了郁达夫作为一个大家的丰沛的创作力。

　　以上所言,既有达夫之旧,也有达夫之新,总之,郁达夫的旧体诗居于古典与现代之间,是旧体诗对于新生活的毫不局促的游刃有余的讴歌。并且,高出许多写旧体诗的同时辈的是,郁达夫所表现出的这些风貌在中国诗歌发展史上,也是一种生新的创造,可以说,郁达夫

---

①　《郁》,第4页。
②　《郁》,第65页。
③　《郁》,第185页。
④　《郁》,第144页。
⑤　《偕箴甫、成章、宝荃三人登东天目绝顶大仙峰望钱塘江》,《郁》,第136页。
⑥　《沪杭车窗即景》,《郁》,第146页。

的旧体诗，乃是传统文学在现代的崭新的、美丽的绽放。因此，我们至少可以得出以下两个结论：其一，郁达夫完全可以凭借他的新贡献，当之无愧地进入中国诗歌圣殿的大诗人的行列。其二，郁达夫的旧体诗，对于当下的我们特具研究借鉴之意义——旧体诗抒写新生活不是捉襟见肘，而是足以胜任；当今的旧体诗不是垂死了，而是我们的修养不够了。

（原载《浙江学刊》2007年第2期）

在"言志"与"缘情"之间：朱自清论阮籍发覆

复旦大学　王　涛

现代中国文学史和批评史研究范式的建立,是"五四"以后具有西学背景的学人借助外来理论将传统学术学科化的结果。不过这一过程并非一蹴而就,在学科建立初期的 20 世纪 20 年代,以胡适、周作人为代表的新文学家提出的理论,虽有开创之功,却与中国古典文学本来面目颇多龃龉不合之处。已有学者指出,他们多采取"二元对立"思维模式,用"文言——白话""言志——载道"等对立范畴将中国文学的发展划为非此即彼的两端,显得过于粗疏①。之后以郭绍虞和朱自清为代表的古典文学研究者沿袭这一方式对早期理论进行了修正,郭绍虞的《中国文学批评史》以"杂文学"向"纯文学"的演进贯穿始终,已为学界所熟知,而朱自清虽无"文学史"或"批评史"类专著,却在多篇论文中提出中国诗歌发展是从"言志"走向"缘情"的过程,认为这对范畴比"纯——杂"文学更符合中国文学演变的实际。在此过程中,阮籍因被朱自清视为由"言志"转向"缘情"的关键人物而给予了特殊关注,他据此对其代表作《咏怀诗》的渊源与涵义作了新诠释。

一、"言志"与"缘情"：《诗言志辨》中的"二元对立"

"新文化运动"之后,以胡适为代表的借助西方理论将中国传统学术体系化和科学化的新派学者,大多采取"六经注我"的策略,将传统学术当作解决现实问题的资源进行使用,因此论述时往往观念先行,再用史料加以佐证。胡适和周作人是这一方式的代表,胡适在《国语文学史》(1921)和《白话文学史》(1927)等书中提出,中国文学发展的趋势是直线进化式的,"白话文学史是中国文学史的中心部分","这一千多年中国文学史是古文文学的末路史,是白话文学的发达史"②,这种以"文言——白话"的二元对立建构文学史,明显是为了服务于他的"文学革命"。而后周作人在 1932 年出版的《中国新文学的源流》一书中提出"言志——载道"说,将"言志派"解释为"即兴的文学","载道派"则是"主张以文学为工具"来表现"道",

---

① 刘绍瑾指出,受胡适和周作人的影响,郭绍虞、朱东润和罗根泽等早期批评史家多采取二元对立思维贯穿批评史,"这种二元对立思维在 20 世纪上半期有关中国文学批评史的书写中占有重大支配力",他认为朱自清的《诗言志辨》就是为了纠正这种模式而作。本文认为其实朱自清只是反对前人所提的具体范畴,在方法论层面上并未完全摈弃二元对立思维。见刘绍瑾《朱自清〈诗言志辨〉的写作背景及其学术意义》,《古代文学理论研究》(第二十二辑),华东师范大学出版社 2004 年版,第 222—226 页。

② 胡适:《白话文学史》引言,上海古籍出版社 1999 年版,第 1—5 页。

138

认为中国文学的演进趋势是"这两种潮流的起伏"，则是为了将"五四"新文学视为晚明公安派性灵文学的延续而为其张目①。两位新文学家的理论都有很强的现实目的性，但与文学史的实际情形相去甚远，在当时便引起不小的争议②。基于此，郭绍虞耗时数年，于 1934 年 6月出版了《中国文学批评史》上册，尽管他的初衷是"以批评史印证文学史"，但立足于史料，"在材料中间，使人窥出一些文学的流变"，在下论断时又特别强调"极力避免主观的成分，减少武断的论调，所以对于古人的文学理论，重在说明而不重在批评"③，无疑是就胡适和周作人的论调而发，以翔实的考证纠正他们的偏见。之所以是"纠正"而非彻底"反驳"，是因为郭绍虞实际上继承了胡适等人创立的学科范式。在论述先秦文学段的文学观念时，他始终聚焦于辨析"文学"一词的概念上，指出"文学"含有"韵文"与"散文"二意，又将儒家的文学观念等同于"杂文学"，将道家的文学观等同于"纯文艺"，并用"纯文学"与"杂文学"两个观念贯穿整部批评史④，可见郭绍虞亦没有跳出二元对立的窠臼。而朱自清则认为"纯——杂"文学这对概念同样不甚恰当，故而又作系列专文给予纠正。

朱自清自 1937 年 6 月在《语言与文学》上发表《诗言志说》一文后，又相继发表《赋比兴说》(《清华学报》，1937 年 7 月)和《诗教说》(《人文科学学报》，1943 年 6 月)两篇文章，后于1947 年 8 月将这三篇文章与《诗正变》一文结集出版。在当时的语境下，朱自清作此书，按他自己的说法是借镜西方理论，"寻出各个批评的意念如何发生，如何演变"，梳理传统文学批评概念的"史迹"，"像汉学家考辨经史子书"那样"从小处入手"，阐明"批评的价值"⑤。其实与郭绍虞一样，这是以研究实例反驳前人、特别是周作人"言志与载道"说的委婉说法。他通过梳理"诗言志"这一"意念"内涵的演变，认为它属于古代"政教"文学思想重要的一部分，与"文以载道"没有区别，从而否定了周说⑥。不过除周作人外，《诗言志辨》亦有从方法论上弥补郭著批评史之不足的用意。郭著出版后，朱自清虽给予其"开创之作"的高度评价，但依然觉得该书还是犯了时人好"直用西方的分类来安插中国的材料"的弊病，以"纯文学"和"杂文学"对举的方式划分中古以前的文学观念，没有真正以中国传统为本位，达到"各还其本来面目"的目的。具体而言，郭著在周秦汉一段，只着重辨析"文学"这一概念的内涵，"而未曾涉及《诗》六义中'赋''比''兴'，三者影响后世诗论极大，而'比兴'更是历代评诗的金科玉律，甚至清代词人也用此标准。书中《经学家之论诗见解》一章未详说此层，仅云'汉人解诗之失只在泥于王道'，似乎是不够的。"⑦因此他前后耗费近十年的精力，意在借梳理传统论诗中的几个"中心问题"或"基本问题"，用"以大处落墨底办法画出全部中国文学批评的轮廓"⑧，为

---

① 周作人：《中国新文学的源流》，华东师范大学出版社 1995 年版，第 17—18、28 页。

② 胡适的《白话文学史》在当时便招致许多批评，且书中许多观点并未被学界所接受，见骆玉明《白话文学史》引言第 21 页；周作人的《中国新文学的源流》出版后，钱锺书便化名为"中书君"批评道，首先中国并没有"文学"这个概念，有的是"诗""文""词""曲"，传统文学中"诗以言志"和"文以载道"是有文体之分的，且两个概念并非对立，故不能用来概括整个文学史。见《中国新文学的源流》附录三，第 83 页。

③ 郭绍虞：《中国文学批评史》上册《序》，商务印书馆 1934 年版，第 2—3 页。

④ 见郭绍虞《所谓传统的文学观》(《东方杂志》1928 年第二十五卷第二十四号)、《儒道二家论"神"与文学批评之关系》(《燕京学报》1928 年第四期)等文章。这些观点后被他写进《中国文学批评史》中。

⑤ 朱自清：《诗言志辨》序，《诗言志辨·经典常谈》，商务印书馆 2011 年 9 月第一版，第 7 页。

⑥ 《朱自清先生及其〈诗言志辨〉》，《诗言志辨》，朱自清著，邬国平讲评，凤凰出版社 2008 年版，第 7—8 页。

⑦ 朱自清：《书籍评论：中国文学批评史上卷》，《清华学报》1934 年第 9 卷第 4 期。

⑧ 朱光潜：《朱佩弦先生的"诗言志辨"》，《周论》1948 年第 2 卷第 7 期。

批评史的研究树立另一种典范，以补郭著之阙。

在辨析概念的过程中，尽管初衷是"各还其本来面目"，但朱自清亦未全然摆脱"二元对立"立论方式之影响，在论述中他又构建出以"言志"和"缘情"两个概念为线索的诗学谱系。在辨析"诗言志"这一概念时，朱自清结合诗的内容、形式和功用，将其发展分为三个阶段，即"献诗陈志""赋诗言志"和"作诗言志"。"献诗陈志"时期，诗的产生是庶人"自述苦情，欲因歌唱以告于在上位的人"，因此诗的内容是"与政治、教化"分不开的，"关系国家的治乱"，且作诗的用意"不外乎讽与颂"，且讽多而颂少，这是诗最初的形态。到第二阶段"赋诗言志"时期，诗被用作外交工具，"诗以言诸侯之志，一国之志，与献诗陈己志不同"，其功用也是"颂多而讽少，与献诗相反"。这两个时期，无论献诗还是赋诗，诗的内容与作者本身都没有关系，前者"虽是作诗陈一己之志，却非关一己之事"，后者"更只以借诗言一国之志为主"。因诗与乐不分家，所以诗的着眼点全在接受者，而非作者。等第三阶段诗乐分离之后，诗只能读，人们才开始关注诗人，此时因受《楚辞》流行的影响，以赋歌咏自己的"骚人"也把自己的作品称为诗，所以"作诗言志"便包含了"吟咏性情"的因素，所言之志，也从与诗人毫无关涉转向言"一己的穷通出处"，开始抒发个人情感，使诗具备了"缘情"的新传统①。以是否表达个人情感为标准，朱自清提出诗歌史有从"言志"转向"缘情"发展过程，转折出现于"文学自觉"的魏晋时期，节点人物是阮籍。

在朱自清之前，传统诗论中较为清晰地梳理"言志"与"缘情"关系的是清代的纪昀。《诗经》确立的"言志"传统历来被认为是中国诗学理论的主流，但无论从产生年代还是后世的接受来看，"缘情"都不是一个可以与"言志"对举、具有同等价值地位的范畴。以"缘情"说诗最早见于西晋陆机《文赋》中"诗缘情而绮靡"一语，但这里的"诗"不是特指《诗经》，而是指当时流行起来的五七言诗，与被奉为经典的《诗》不可同日而语。纪昀论诗以《诗》三百为正统，提出"钟嵘以后诗话冗杂如牛毛，而要其本旨，不出圣人之一语，《书》称'诗言志是也'"②，而"诗言志"的内涵又可以用子夏《诗大序》中"发乎情，止乎礼义"一语来概括，认为"诗之本旨尽是矣"③。据此，他将后世诗的创作分为两派：

> "发乎情，止乎礼义"二语，实探《风》《雅》之大原，后人各明一义，渐失其宗。一则"止乎礼义"而不必"发乎情"，流而为金仁山《濂洛风雅》一派，使严沧浪辈激而为"不涉理路，不落言诠"之论。一则知"发乎情"而不必其"止乎礼义"，自陆平原缘情一语引入歧途，其究乃至于绘画横陈，不诚已甚与。④

基于所处时代的诗歌现状，他认为诗的发展走入了两个极端：过于强调诗教传统的只抓住"止乎礼义"一语而发展为道学诗，如元代金履祥所编《濂洛风雅》一书，便是道学诗之范本，因过于宣扬正统观念而招致严羽等人的批评；而只强调表达个人情志的一派又以"发乎情"为依据，使得诗歌创作与教化乃至个人修养毫无关系，沦为藻绘的文辞游戏，陆机的"缘情"一语正是将诗引入这一"歧途"的始作俑者。在纪昀看来，"诗言志"是中国诗学的根本命题，

① 朱自清：《诗言志》，《诗言志辨·经典常谈》，第10—50页。
② 纪昀：《郭茗山诗集》序，王镇远、邬国平《清代文论选》下，人民文学出版社1991年版，第536页。
③ 纪昀：《挹绿轩诗集》序，王镇远、邬国平《清代文论选》下，第539页。
④ 纪昀：《云林诗钞》序，王镇远、邬国平《清代文论选》下，第537页。

"缘情"只是"言志"的一支：

> 在心为志，发言为诗。古之风人特自写其悲愉，旁抒其美刺而已。心灵百变，物色万端，逢所感触，遂生寄托，寄托既远，兴象弥深，于是缘情之什渐化为文章。①

纪昀没有固守汉人的"美刺"说，而是将"风人"表达个人情志作为"言志"的内涵之一，并进一步提出后世"缘情"正是渊源于此的看法。

其实朱自清"缘情"一语的内涵与纪昀相似，都是指个体情感的表达，与之不同的是，朱自清认为"言志"指的就是《诗经》的政教功能，并不涉及具体的某位作《诗》者，所以"缘情"是无法来自"风人"的。而"言志"作为主宰先秦两汉诗歌创作的核心观念，直至魏晋时期的阮籍才真正摆脱其影响，成为"诗缘情"的开创者。在论及阮籍及其《咏怀诗》在诗歌史上的这一特殊地位时，朱自清将其渊源上溯至《楚辞》，使"缘情"获得了与"言志"同等的地位。

二、渊源《楚辞》："缘情"传统中的《咏怀诗》

阮籍及其《咏怀诗》历来都称难解，在其过世尚不足两百年，颜延之便提出"阮籍在晋文代常虑祸患，故发此咏耳"②的笼统评价，因"虑祸患"而咏，到底虑的是什么祸患，又是如何"咏"这种祸患的，他却并未点明。这说明早在刘宋时期，时人对《咏怀》的主旨便难以把握。其后沈约、刘勰和钟嵘等人基本承袭此说，而李善在《文选》注中的说法几乎成为唐以后《咏怀诗》的定评：

> 嗣宗身仕乱朝，常恐罹谤遇祸，因兹发咏，故每有忧生之嗟。虽志在刺讥，而大多隐避。百代之下，难以情测，故粗明大意，略其幽旨也。③

除了延续颜延之将《咏怀》看作"忧生之嗟"外，李善又提出阮籍写作的目的是"志在刺讥"，即表达自己对政治时局的不满，但因表达得太过"隐避"，实在"难以情测"，所以只能"粗明大意，略其幽旨"。之后的注家，要么力求坐实阮籍的"忧生之嗟"，要么志在找出"刺讥"的对象，但结果无外乎以诗附会史书记载，众说纷纭而莫衷一是。实际上造成《咏怀诗》难解的原因主要有两方面：一是从文本内部看，《咏怀诗》表意过于含糊；一方面诗中多连用譬喻和典故，使得诗旨指涉不明；另一方面是相较于同时代的作品，八十二首咏怀诗既无具体的标题，也没有一定顺序，作为规模较大组诗，这无疑又增加了解读的难度。二是文本中没有提供指涉历史人物和事件的任何线索，使得"以史证诗"的种种尝试始终无法成为定谳。所以寻绎各家解释不同的原因，便是基于各自对《咏怀诗》的认识而采取的解诗策略有所不同。

文学史上的传统看法认为《咏怀诗》出自《诗》中的《小雅》，首倡其说的是钟嵘：

> 其源出于《小雅》，无雕虫之功。而《咏怀》之作，可以陶性情，发幽思。言在耳目之内，情寄八荒之表。洋洋乎会于《风》《雅》，使人忘其鄙近，自致远大，颇多感慨之词。厥旨渊放，归趣难求。④

---

① 纪昀：《鹤街诗稿》序，王镇远、邬国平《清代文论选》下，第541页。
②③ 梁萧统著、李善注：《文选》卷第二十三，上海古籍出版社，第1067页。
④ 钟嵘《诗品》卷上，见何文焕辑《历代诗话》，中华书局1981年版，第8页。

既然将源头追溯至《小雅》，认为《咏怀诗》"洋洋乎会于《风》《雅》之间"，那么尽管诗的主旨难以寻求，但解读方式自然要遵循《诗》"言志"的路径，与政教现实相关涉，才能"自致远大"。这一看法为历代《咏怀诗》注者所承袭，至清代蒋师爚将其发挥到极致，他将八十二首与魏晋禅代之际的政治事件一一对应，颇多附会失实之处①。民国时期影响较大的两个《咏怀诗》注本，黄节的《阮步兵咏怀诗注》（1926）和古直的《阮嗣宗咏怀诗笺》（1930），虽然部分纠正了蒋师爚的偏见，但总体思路还是以"比兴"说诗。而朱自清对这种传统看法进行了直接的批评：

> 他（阮籍）的诗充满了这种悲悯的情感，"忧思独伤心"一句可以表见。这里《楚辞》的影响很大；钟嵘说他"源出于《小雅》"，似乎是皮相之谈。本来五言诗自始就脱不了《楚辞》的影响，不过他尤其如此。他还没有用心琢句；但语既浑括，譬喻又多，旨趣更往往难详。这许是当时的不得已，却因此增加了五言诗文人化的程度。他是这样扩大了诗的范围，正式成立了抒情的五言诗。②

对阮籍影响最大的是《楚辞》而非《诗经》，《咏怀诗》之所以难详，并非在于其政治指涉过于隐晦，而是这些诗本就不是按"言志"传统写下的，朱自清指出其继承《楚辞》多用譬喻来表达个人性情的特点，因此解读《咏怀诗》便不能按照《诗》那种讽谏的路数，所以钟嵘说的"其源出于《小雅》"就成了"皮相之谈"。那么依《楚辞》解诗和依《诗》解诗的不同又在什么地方呢？朱自清认为，《毛诗》的"比"有的很像"兴"，有"政教意味"，而《楚辞》体制与《诗经》不同，不分章，不能有'兴也'的'兴'"，所以它的"比"是"引类譬喻"，与政教的关系疏淡。当然王逸注《楚辞》受《毛传》影响也有"傅会"，但是与《史记》屈原列传所载事迹尚符合，因此这不影响《楚辞》的"比"是"譬喻"的属性。而后世诗人创作时采用的"比"，其实并非《诗经》，而是《楚辞》：

> 《楚辞》的"引类譬喻"实际上形成了后世"比"的意念，后世的比体诗可以说有四大类。咏史，游仙，艳情，咏物。③

五言诗继承的正是《楚辞》的"譬喻"，阮籍开了先河之后，诗的题材便趋于多样。在他看来，东汉末年的诗人就早已摆脱了《毛诗》《郑笺》的"比"：

> 原来《毛传》《郑笺》虽为经学家所尊奉，文士作诗，却从不敢如法炮制，照他们的标准去用譬喻。因为那么一来，除非自己加注，恐怕就没人懂。建安以来的作家，可以说没有一个用过《传》《笺》式的"比兴"作诗的。用《楚辞》式的譬喻作诗的倒是有的是，阮籍是创始的人。④

在否定东汉以降文士采用比兴作诗的基础上，朱自清把阮籍视为继承《楚辞》渊源、以"譬喻"

---

① 蒋师爚，字东桥，苏州仁和人，著有《咏怀诗注》四卷，嘉庆四年秋七月刻本，郭艮堂藏板，四周双边，白口，单鱼尾，叶九行，行十八字，卷首有《阮嗣宗咏怀诗注序录》，上海图书馆藏本。黄节曾批评蒋师爚："得见仁和蒋东桥所注阮嗣宗《咏怀诗》，假归卒读，窃叹东桥是事感我无穷……东桥是注为益诅少？然有附会失实者，有为旧说所误者，有未明嗣宗用古之趣者。"见《阮步兵咏怀诗注》，第3—4页，1926年初版，人民文学出版社1984年影印版。
② 朱自清：《诗言志辨·经典常谈》，第267—268页。
③ 朱自清：《比兴》，《诗言志辨·经典常谈》，第88—89页。
④ 朱自清：《比兴》，《诗言志辨·经典常谈》，第102页。

作诗的第一人。既如此，则《咏怀诗》无关政教，而是旨在抒写个人情志，他在《诗言志说》（1937）一文中指出：

> 建安时五言诗的体制已经普遍，作者也多了；这时代才真有了诗人。但《十九首》还是出于乐府诗，建安诗人也是如此。到了正始（魏齐王芳）时代，阮籍才摆脱了乐府诗的格调，用五言诗来歌咏自己。他"作《咏怀诗》八十余篇，为世所重"。颜延之云："嗣宗身仕乱朝，常恐罹谤遇祸。因兹发咏，故每有忧生之嗟。虽志在刺讥，而文多隐避，百代之下，难以情测。""志在刺讥"是"讽"的传统，但"常恐罹谤遭祸"，"每有忧生之嗟"，就都是一己的穷通出处了——虽然也是与政教息息相关的。诗题《咏怀》，其实换成"言志"也未尝不可。①

朱自清认为建安时期的五言诗并未完全脱离乐府而独立，而乐府是一种集体创作，到正始年间，"用五言诗来歌咏自己"的阮籍才算中国"真正的诗人"，因为《咏怀诗》的主旨"都是一己的穷通出处"。也就是说，阮籍是第一个用五言诗来表达自己遭遇的诗人，《咏怀诗》中的"言志"无关政教，而是一己之志。不过这一判断与实际情况稍有出入，早在建安时期，三曹父子及身边文士所组成的邺下文人群，便已开始大量创作五言诗并以之表达个人的感受："暨建安之初，五言腾踊。文帝、陈思，纵辔以骋节；王、徐、应、刘，望路而争驱。并怜风月，狎池苑，述恩荣，叙酣宴；慷慨以任气，磊落以使才。"②在这些人中，曹植的五言诗如《七哀诗》、赠答诗（《赠白马王彪》）和《杂诗》（《文选》所录六首）便很明显是抒发个人的情感的作品。或许朱自清自己也发现这么说过于绝对，遂于 1938 年 9 月编《经典常谈》时，在《诗第十二》一文中对之前的观点做了部分修正：

> 汉献帝建安年间（西元一九六—二一九），文学极盛，曹操和他的儿子曹丕、曹植两兄弟是文坛的主持人；而曹植更是个大诗家。这时乐府声调多以失传，他们却用乐府旧题，改作新词；曹丕、曹植兄弟尤其努力在五言体上。他们一帮人也作独立的五言诗。叙游宴，述恩荣，开后来应酬一派。但只求明白诚恳，还是歌谣本色。就中曹植在曹丕做了皇帝之后，颇受猜忌，忧患的情感，时时流露在他的作品里。诗中有了"我"，所以独成大家。这时候五言作者既多，开始有了工拙的评论；曹丕说刘桢"五言诗之善者，妙绝时人"，便是例子。但真正奠定了五言诗的基础的是魏代的阮籍，他是第一个用全力作五言诗的人。③

这里朱自清将第一个在五言诗中书写个人化情感的桂冠给了曹植，认为与其父兄相比，他能独成大家的原因，是诗摆脱歌谣本色出现了"我"。尽管如此，朱自清却还是把阮籍视为"真正奠定了五言诗基础"的人，这不仅因为阮籍"全力作五言诗"，还因为这些五言诗主题高度一致，全都在表达个人的感受：

> 阮籍是老、庄和屈原的信徒。他生在魏、晋交替的时代，眼见司马氏三代专权，欺负曹家，压迫名士，一肚皮牢骚只得发泄在酒和诗里。他作了《咏怀诗》八十多首，述神话，

---

① 《诗言志说》一文后改为《诗言志辨》，《诗言志辨·经典常谈》，商务印书馆 2011 年版，第 40 页。
② 刘勰著、范文澜注：《文心雕龙·明诗》，人民文学出版社 1958 年版，第 66 页。
③ 朱自清：《诗言志辨·经典常谈》，第 267—268 页。

引史事，叙艳情，托于草木鸟兽之名，主旨不外说富贵不能常保，祸患随时可至，年岁有限，一般人钻在利禄的圈子里，不知放怀远大，真是可怜之极。①

阮籍的一生几乎亲历了魏晋之交的所有重大政治事件，在危机四伏的政治环境之下，《咏怀诗》自然集中表现荣华易逝、祸患常至的悲哀主题，感叹人命的轻贱与渺小。又因阮籍存世的诗中，《咏怀诗》占绝对多数，所以他无疑成为"第一个用全力作五言诗的人"。这是朱自清对《咏怀诗》主旨的定评，五年之后，在 1943 年 8 月所作的论文中，他再次强调了阮籍的特殊地位：

> 若说个人创作的抒情五言诗，那要等到建安时代才诞生，等到正始时代的阮籍的手里才成长。②

既然重新定位了阮籍，那么以《咏怀》为代表的文人五言诗的渊源也需做出相应的调整。朱自清不仅认为《咏怀诗》是出自《楚辞》而非《诗经》，甚至五言诗的产生也与《诗经》毫无关系：

> 五言诗出于乐府诗……乐府诗"言志"的少，"缘情"的多。辞赋跟乐府诗促进了"缘情"的诗的进展。《诗经》却是经学的一部分，论诗的总爱溯源于《三百篇》，其实往往只是空泛的好古的理论。③

五言诗来源于乐府，乐府偏向"缘情"而非"言志"，和《楚辞》正好一致，与《诗经》却没有关系，所以历代说五言诗甚至乐府发源于《诗经》的便都成了"空泛的好古的理论"。如此，朱自清构建了"《楚辞》——乐府——五言诗——《咏怀诗》"这样一条完整的"缘情"脉络，成为与"诗言志"并列的另一诗学谱系。当然，这对二元对立的范畴是朱自清自出机杼，它既是对当时诸家说法的回应，也是以科学态度解释传统诗学的尝试。

三、"缘情"说的理论价值平议

尽管朱自清作《诗言志辨》的目的是还中国文学的"本来面目"，但他在诗学谱系中阐释的《诗经》《楚辞》与五言诗三者间的关系，却与传统诗论有很大出入。

朱自清认为五言诗出自《楚辞》而非《诗经》，但在传统诗论中，自汉代以降，《楚辞》便被当作《诗经》精神的承续者。如西汉刘安认为："《国风》好色而不淫，《小雅》怨诽而不乱，若《离骚》者，可谓兼之矣。"④《离骚》兼济《诗》中《风》和《雅》的特色。如何"兼之矣"，刘勰说得更明白："自《风》《雅》寝声，莫或抽绪，奇文郁起，其《离骚》哉！固已轩翥诗人之后，奋飞辞家之前，岂去圣之未远，而楚人之多才乎！"⑤在《诗》失去了主流文学作品的地位之后，《离骚》因为"去圣未远"，便在"抽绪"《诗》的讽谏和教化精神的基础上，以华丽的文辞而"轩翥诗人之后"。稍后的钟嵘也是基于这一认识而将《诗经》和《楚辞》都看作五言诗的来源。这成为历

---

① 朱自清：《诗言志辨·经典常谈》，第 267—268 页。
② 朱自清：《诗正变说》，后改名《正变》收入《诗言志辨》，《诗言志辨·经典常谈》，第 153 页。
③ 朱自清：《诗言志》，《诗言志辨·经典常谈》，第 40 页。
④ 洪兴祖：《楚辞补注》，中华书局 1983 年版，第 1 页。
⑤ 刘勰著，范文澜注：《文心雕龙·辨骚》，第 45 页。

代论诗者所遵循的共识。如南宋严羽论及《诗》《骚》与五言诗的关系时便认为"《风》《雅》《颂》既亡,一变而为《离骚》,再变而为西汉五言,三变而为歌行、杂体,四变而为沈、宋,律诗"①,尽管他并未说明每一步是如何"变"的。自元以降系统解释《咏怀诗》的诸家在涉及这一议题时,基本上都是调和前人说法,将《诗》《骚》共同看作五言诗的源头。如明末清初吴淇《六朝选诗定论》:"于是阮嗣之流,别以遥深清峻之旨,远绍《风》《骚》。"②朱嘉徵《诗集广序》:"汉兴,诗赋之流渐广,《志》称《骚》为风谏,有古诗之义,故诗体亦杂《风》《骚》,尤可言也。"③陈祚明《采菽堂古诗选》:"(《咏怀诗》)苟——研求,则当与《小雅》《离骚》并观矣。"④至咸丰年间,魏源亦认为:

> 天地间形形色色,莫非诗也。由汉以降,变为五言。古诗十九章,多枚叔之词,乐府鼓吹曲十余章,皆《骚》《雅》之旨。张衡《四愁》,陈思《七哀》,曹公莽苍,对酒当歌,有风云之气。嗣后阮籍、傅玄、鲍明远、江文通、陈子昂、李太白、韩昌黎,皆以比兴为乐府、琴操,上规正始,视中唐以下纯乎赋体者,故古今升降之殊哉。⑤

《诗》《骚》自汉以降变为五言,而后五言又变为乐府诗。尽管演变顺序与严羽相反,但他提出魏晋以后卓然成家的诗人,既然都是"以比兴为乐府、琴操",那当然也是"《骚》《雅》之旨"的继承者。实际上这种看法至民国时期依然是主流,如黄节在1923年出版的《诗学》一书中便认为:

> 五言诗者其源实导于三百,而欲变《离骚》复杂之辞者也……《离骚》文辞复杂,五言句实不一二睹。西汉之初,学者既惮乎三百篇之简奥,而又以《离骚》过为繁杂,乃创此体。赵瓯北所谓天地自然有此一种,至时而开,不能秘者也。五言之兴也,始于汉武……盖变乐府为五言,此其时也。乐府既有五言,于是《古诗十九首》及苏李《赠答》,相继成篇,遂为五言古诗之首,此五言诗所由兴也。⑥

五言诗的来源是《诗》三百,它与《楚辞》的关系恰恰是对立的,由于汉初学者对《诗》的主旨已难把握,而作为主流文体的《楚辞》文辞又过于繁杂,时人为了"变《离骚》复杂之辞",便改当时流行于民间的乐府为五言诗,又因乐府与《诗》一样都是来源于民间的,因此五言诗的源头自然要追溯到《诗》三百。

当时同样持这种"空泛的好古的理论"的还有很多,如范保齐的《五言诗的起源》一文便认为"五言诗实在是《诗》与《楚辞》的结合的产儿,亦是北方文学合流融化的产物",在文章结尾他总结道:"《诗经》的正宗后裔是乐府,《楚辞》的正宗继承者是汉代的赋,两者融合便是汉魏的五言诗。"⑦将《诗经》和《楚辞》都看作五言诗的来源。又如李嘉言《初期五言诗因袭诗骚

① 张健:《沧浪诗话校笺》,上海古籍出版社2012年版,第192页。
② 吴淇:《六朝选诗定论》卷二,《四库全书存目丛书补编》第11册。
③ 朱嘉徵:《诗集广序》卷二《读汉诗述》,《续修四库全书》第1590册。
④ 陈祚明:《采菽堂古诗选》卷八,《续修四库全书》第1591册。
⑤ 魏源:《诗比兴笺》序,见《诗比兴笺》,上海古籍出版社1981年版,第2—3页。
⑥ 黄节:《诗学》,国立北京大学出版部1923年12月第四版,见陈引驰、周兴陆主编《民国诗歌史著集成》第一册,南开大学出版社2015年版,第7—8页。
⑦ 范保齐:《五言诗的起源》,《南开高中》1936年第8期。

成意举例》一文,指出了《古诗十九首》中化用《诗》《骚》中成句的用例,并认为虽然"他们比之于诗骚的原词,都有了很大的变化;比之于原意,也有不少的发挥"①,但归根结底,《诗》都是五言诗的来源之一,很少有学者是完全脱离《诗经》来谈五言诗的。

既然五言诗是《诗经》和《楚辞》共同影响下的产物,相应的《咏怀诗》亦是如此,古直在《阮嗣宗咏怀诗笺》中便认为:

> 阮公诗,仲伟谓出小雅,屺瞻(按:即何焯)云本《离骚》,实则风雅离骚,皆淹贯之也。②

他将《风》《雅》《离骚》都看作了《咏怀诗》的源头。值得注意的是古直在这里提到的何焯,早在朱自清以前便提出过《咏怀诗》"其源本诸《离骚》,而钟记室以为出于《小雅》"的观点③,与诸家含混地说"兼采《诗》《骚》"有所区别,他肯定了《咏怀》出于《离骚》而非《诗经》。但何焯却并未因此而否定以"诗言志"的政教方式解读《咏怀诗》:"咏怀之作,其归在于魏、晋易代之事,而其词旨亦复难以直寻。"④因此对后世没有产生太大的影响。

不难看出朱自清提出的"缘情"说,其实深受"五四"以来个性主义文学观念的影响,其本意在于借助"缘情"说将诗歌解读从传统政教观念中解放出来,提倡"人的文学",因而他对当时以古典方式研究《咏怀诗》的黄节和古直颇多微词。朱自清虽对黄节的《阮步兵咏怀诗注》没有直接发表过看法,但他曾和黄节有一场公开的争论。1933 年 4 月《清华周刊》第 39 卷第 8 期上刊载了一组《乐府清商三调讨论》,便是二人就是否有必要考证乐府题目的源流而展开的争论。黄节对朱自清考辨概念的研究方式不以为意,认为"徒为题目源流,纷争辩论;而于乐府之本体,不求探索""只有批评而无感兴撰作,又无益之甚矣",这其实是朱自清倡导的现代学术范式与中国传统治学方式之间的冲突⑤。这场争论以黄节不再回应而不了了之,朱自清谈论阮籍时虽未提黄节,但在批评由"诗言志"而来的"比兴"传统时,或许正是就其而发。

针对古直,朱自清虽亦未就《阮嗣宗咏怀诗笺》发表意见,却对同一丛书中的《陶靖节诗笺定本》有过直接而激烈的批评:

> 陶诗里可以确指为"忠愤"之作者,大约只有《述酒》诗和《拟古》诗第九……《拟古》诗第九怕只是泛说,本书以为"追痛司马休之之败",却未免穿凿。至于《拟古》诗第三,第七,《杂诗》第九,第十一,《读山海经》诗第九,本书也都以史事比附,问外悬谈,毫不切合,难以起信。大约以"忠愤"论陶的,《述酒》诗外,总以《咏荆轲》,《咏三良》及《拟古》诗,《杂诗》助成其说……渊明作此二诗,不过老实咏史,未必别有深意。真德秀、汤汉又以《拟古》诗第八"首阳""易水"为说;但还只是偶尔断章取义。刘履作《选诗补注》乃云:"凡靖节退休后所作之诗,类多悼国伤时托讽之词。然不欲显斥,故以拟古、杂诗等目名

---

① 李嘉言:《初期五言诗因袭诗骚成意举例》,《现代西北》1943 年第四卷第六期。
② 古直:《阮嗣宗咏怀诗笺》,《层冰堂五种》丛书之一,中华书局 1930 年仿宋铅印本。
③④ 何焯:《义门读书记》,中华书局 1987 年版,第 900—901 页。
⑤ 关于朱自清和黄节的争论,张耀宗的《重建古文学的阅读传统——从朱自清与黄节的一次讨论谈起》一文做了较为详细的分析,他认为两人矛盾的焦点在于"朱自清要以新的系统去阅读中国过去的文学,而黄节却是要通过复古重新指向儒家的大义"。见《清华大学学报》(哲学社会科学版)2011 年第 6 期。

其题"，二十一篇诗就全变成"忠愤"之作了。到了古先生，更以史事枝节傅会，所谓变本加厉。固然这也有所本，《毛诗传郑笺》可以说便是如此；但毛郑所引史实大部分岂不也是不切合的！①

他认为古直将陶诗定为"忠愤之作"，是不加分辨地采用《毛传》和《郑笺》而"以史事比附"的"门外悬谈"，"毫不切合"。在《诗言志辨》中，他也直陈受毛、郑影响而以"比兴说诗"的方法过于"支离破碎"乃至"无中生有"②，其实古直笺注《咏怀诗》，正是"比兴"的思路。

但是朱自清的"言志——缘情"说在四十年代却并未产生太大的反响，时人提到《诗言志辨》，往往惊叹于他对"言志""比兴"等传统概念精细而缜密的梳理，而"言志——缘情"说非但未受褒扬，反而被作为《诗言志辨》的瑕疵而遭到批评者的指摘。如朱光潜就认为：

> 佩弦先生把"言志"与"缘情"对举，认为春秋战国以前，诗以讽颂为主，"缘情"的作用不著；到了汉魏六朝"作诗言志"时代，"缘情"才掩盖了"言志"。我认为古代所谓"志"与后代所谓"情"根本是一件事，"言志"也好，都是我们近代人所谓"表现"。③

传统诗论中"言志"与"缘情"的确不是泾渭分明的两个概念，不过朱光潜将二者都总结为"表现"一语，恐怕忽视了朱自清的良苦用心。此外，"缘情"说提出之后没有引起关注还与时局有关，当时中国处在民族危亡的生死关头，宣扬国家和民族利益的集体主义文学观念更加符合动员抗战的时代需要，过分强调个人主义的理论被有意或无意忽视也在所难免。不过朱自清脱离政教解读《咏怀诗》的尝试，却为我们今天理解古诗提供了启示：如何在立足诗学传统的基础上为古诗的解读寻找理论资源，以回应外来理论的冲击，是现代多数古典学者著书立说的核心关切，梳理他们的理论努力亦可以为当代古诗解读提供借鉴。二战结束后，日本学者吉川幸次郎便脱离历史背景，纯粹从文本内部阐发阮籍思想和赏读《咏怀诗》，他的《阮籍传》（1950）和《阮籍的〈咏怀诗〉》（1956—1957）等论文，侧重于《咏怀诗》营造的绝对孤独氛围和阮籍的生命意识等话题，或许可以从朱自清这里找到理论依据④。

---

① 见《陶诗的深度——评古直〈陶靖节诗笺定本〉（〈层冰堂五种〉之三）》，《朱自清全集》第三卷，江苏教育出版社1996年版，第8—9页。

② 《比兴》，《诗言志辨·经典常谈》，第99—100页。

③ 朱光潜：《朱佩弦先生的"诗言志辨"》，《周论》1948年第2卷第7期。同时批评朱自清的"言志——缘情"说的还有吴小如的《读朱自清先生〈诗言志辨〉》一文，该文作于1948年8月朱自清去世后，发表于《北京大学学报》1984年第6期。

④ ［日］吉川幸次郎著，章培恒等译：《中国诗史》，复旦大学出版社2012年版，第116—154页。

论抗战时期的"民国诗学"运动

复旦大学　王　涛

　　1937 年 7 月抗战爆发后,随国民政府西迁的大批旧派文人在颠沛流离的途中亦积极从事文学创作,他们先在武汉,后又在重庆结社唱和、出版刊物,希望通过文学作品激发大众的抗战热情。卢前等人组织和发起的"民族诗坛"是其中的代表,他们以 1938 年 5 月于汉口创立的《民族诗坛》杂志为阵地,集中发表以抵抗侵略、救亡图存为主题的旧体诗词作品。内迁重庆之后,"民族诗坛"主要成员又成立"中兴诗社"继续从事创作①,在国民政府的支持下,他们整合后方文坛力量,于 1938 年 10 月开展了一场声势浩大的"民国诗学"运动,通过"诗体大讨论"的理论探索,提出创建一种融合新旧文学的"中华民国诗"以服务抗战。这场运动迅速得到了积极响应,除旧派文人在《民族诗坛》杂志和其丛刊刊登作品、出版了一系列诗词作品外,共产党的理论家也参与了讨论。"诗体大讨论"大致持续了三年,与之相应的诗歌创作则持续至 1945 年抗战胜利为止,这场运动既是旧体文学仍具现实生命力的明证,更是现代文学史版图上的重要组成部分,该运动目前尚未引起学界关注,本文试申述之。

一、背景:继"国防文学"而起的"后方文艺运动"

　　《民族诗坛》杂志是"民国诗学"运动的主要阵地,该杂志是抗战时期颇具影响力的旧体文学刊物,主事者卢前。卢前(1905—1951),字冀野,号饮虹,江宁人(今江苏南京),先后任教于金陵大学、河南大学、暨南大学、四川大学等,曾担任中华民国国民参政会的参政员,解放后任南京通志馆馆长。卢前是曲学大师吴梅的入室弟子,长于作曲,有《饮虹五种曲》行世,又撰有《散曲概论》一卷,《曲谐》四卷。亦工词,有词集《中兴鼓吹》②,还写新诗,有新诗集《绿帘》出版③,是民国文坛知名度颇高的文人,时人称其"江南才子"④。1938 年 5 月,在随国

---

　　① "中兴诗社"成立于 1939 年,主要成员即来自"民族诗坛",该社的宗旨为立"典型"以服务抗战:"板荡疾威,蛮夷猾夏。敷天共愤,与子同仇。深惟斧钺之严,宜有春秋之笔。同人等以友辅仁,可无文会? 明耻教战,应立典型。受集朋僚,创兹诗社。"见《中兴诗社小启》,《民族诗坛》1939 年第 2 期。

　　② 卢前的词集《中兴鼓吹》于 1938 年 10 月出版后颇受文坛欢迎,曾先后出现过十个版本,其内容主要以"鼓吹抗战"为主,详见拙文《抗战初期的词体新变与战争书写:以〈中兴鼓吹〉为例》。

　　③ 琴卢:《读〈中兴鼓吹〉忆卢前》,《中兴鼓吹抄》附录,贵阳文通书局 1942 年版。

　　④ 吴宓:《空轩诗话》,《中兴鼓吹抄》附录,独立出版社 1939 年版。

民政府内迁的途中,卢前与汉口同人创立了《民族诗坛》杂志,计划每月一刊,六册一卷,由独立出版社出版。后内迁重庆,因稿源日少和资金困难,加上日军轰炸毁掉存稿等原因,发行一再延期,至 1945 年 12 月停刊时,共出版五卷二十九册。据《民族诗坛组织章程草案》,该坛最初定位"以韵体文字发扬民族精神,激起抗战之情绪为宗旨"①,一时间投稿者众多,既有缪钺、吴梅、胡小石、吴宓、唐圭璋、夏承焘、林庚白、马一浮、朱希祖等旧派学人,也有于右任、汪精卫、王陆一、易君左、陈立夫等政界文人,陈独秀、老舍、郭沫若、丰子恺等新文学家的作品也偶见发表。文学作品主要以旧体诗、词、曲为主,偶有新诗和译诗,此外也零星发表理论文章和学术研究文章。《民族诗坛》刊发关于"诗体大讨论"和"民国诗学"的系列文章主要集中于 1938—1940 年。1938 年国民政府内迁之初,外来作家和川渝本土作家尚未统一步调,重庆文坛一开始较为沉寂,"由于理论和技巧上的传统的缺陷,诗歌的园庭里依然荒芜寂寞,诗歌的管弦尚未奏起悲壮激昂的民族的怒吼"②,为了适应抗战需要,文化界人士开始呼吁发挥文学的宣传鼓动作用,以激起民众的抗战热情。如共产党人戈浪便发文称:"重庆原有的文艺工作者要自动打倒'关门主义',外来的文艺工作者要消除'土''广'观念","为了保证重庆文艺界前途向光明,一个坚强的有组织的文艺工作者的大联合,在目前是非常必要的"③。当时重庆云集了许多内迁的文学名家,这些外来作家需肩负起"推行后方文艺运动的使命","在先进的作家的指挥之下增加目前抗战的力量"④的责任,以"民族诗坛"为代表的旧派文人无疑是"先进"的"外来文艺工作者"的代表,而"民国诗学"运动正是他们以《民族诗坛》为阵地积极推动的"后方文艺运动"。

不过"民国诗学"运动并非文艺界关于文学与抗战关系的首次讨论。1936 年春夏之交,随着日本侵华的加剧,在新文学领域,左翼文人内部曾爆发过一场关于"国防文学"的争论,为了团结力量一致对外,周扬引进苏联的"国防文学"口号,主张"一切为了国防","一切服从于国防",号召"各种阶层,各种派别的作家都站在民族统一战线上",但周扬这一只强调民族矛盾而淡化阶级矛盾的提法却遭到以鲁迅为代表的左翼文化人的激烈反对,鲁迅提出"民族革命战争的大众文学"口号与之抗衡,突出革命阶级在抗日民族统一战线中的领导地位,双方在报刊上展开了激烈的争论,一时参与者甚众,仅现存当时公开发表的文章便接近五百余篇⑤。其实双方的论战是在承认文学为抗战服务的前提之下展开的,无论是"国防文学"还是

① 《民族诗坛》第一期附录,汉口独立出版社 1938 年 5 月,第 70 页。

② 戈浪《战时诗歌的积极作用》,《民族诗坛》1938 年第 6 期。

③ 戈浪《重庆文艺工作者联合起来》,《春云》1938 年第 4 卷第 45 期。笔名为戈浪的有两人:蒋可然(1915—1949),原名蒋昌繁,化名蒋君甫、戈浪、向远等,四川武胜人,1937 年参加共产党组织的"业余读书会""抗日救亡队"等,1939 年初任中共巴县县委书记,在川渝等地创办夜校、补习班等,后于 1948 年 9 月组织武装起义被捕,1949 年被国民党杀害。见《华蓥山武装斗争英烈谱》,中国人民广安市委员会学习文史委员会编,2007 年 12 月版,第 44 页;另一位是谢代(1916—1977):戏改干部,原名尤先,又仙。四川潼南县人。1934 年后,在潼南、遂宁、重庆、永川、江北、长寿以及湖南、广西、贵州等地的中小学任教,并组织参加过业余话剧、歌舞活动,用戈浪等笔名撰文在重庆《新蜀报》《商务日报》等副刊上发表,还与人合办过文艺期刊。1937 年,参与筹备组织重庆市文化界抗敌支会,从事宣传抗日的进步活动。解放后在重庆市文化局工作。见《重庆戏曲志》,重庆戏曲志编辑委员会编,文化艺术出版社 1991 年 12 月版,第 495 页。

④ 佳禾《希望于文艺作家们》,《春云》1938 年第 4 卷第 45 期。

⑤ 《"两个口号"论争资料选编》(上),中国社会科学院文学研究所现代文学研究室编,知识产权出版 2010 年 1 月第 1 版,第 2 页。

"民族革命战争的大众文学"，都强调战时文学作为宣传工具的特殊作用①。争论结束后，"国防文学"的口号逐渐被文化界所接受，以"国防"为题的文艺作品如国防戏剧、国防小说、国防电影、国防诗歌等相继出现。不过就诗歌而言，纯粹将其当作工具，难免会有单一化和口号化的弊病，1937年戴望舒就对当时创作的"国防诗歌"提出了批评，指出这一口号"以为新诗必然具有一个功利主义之目的了"，"把诗只当作标语口号"，实际上"只是一篇分了行，加了勉强的脚韵的浅薄而庸俗的演说辞而已"，且由于写作者与民间脱离，"它所采取的形式，它的表现方法，它的字汇等等，都是不能和大众接近的"，其动员效果反而不如"山歌俚曲"②，可见以新诗为主的"国防诗歌"在创作上并未取得实绩。

以往考察"国防文学"往往只关注新派文人的论战，事实上针对"国防诗歌"没有解决的创作问题，旧派文人也提出了自己的调整方案。如胡怀琛便提出，"所谓建设国防文学，绝不是住在都市中摇笔杆的朋友，写几句抗敌救国的诗，几篇牺牲奋斗的小说，便能说是很好的国防文学"，"国防文学的问题，不是在乎这'名称'成立不成立，而是在乎这'实物'能不能产出"，能不能写出一些"情真意实"的作品。在"情真意实"方面"国防诗歌"没有做到，而传统的旧体诗词也"苦于情难得真，而义难得实"，因此他提出的解决方法是选编古代和现代"有亲自在前线参加过抗敌战争的人、又兼擅文学"的作家的作品，如诸葛亮、岳飞、文天祥、戚继光、史可法等人的诗文，"由今日有充分的文学修养的人，将他酌量改作"，改得"适宜于今人的阅读"，还可以"取历史上的国防人物的故事写成小说，诗歌，剧本等"，以救"国防诗歌""浮浮泛泛，空空洞洞"之弊③，以为权宜之计。胡怀琛的提议是旧派文人尝试以旧体文学回应抗战的先声，虽然当时未获响应，却为一年后重庆的"民国诗学"运动埋下了伏笔。

二、理论整合：打破新与旧的藩篱

"民国诗学"运动的展开有一个标志性事件，1938年10月10日的"国庆节"，刚到重庆不久的卢前在中央广播台以《廿七年来我中华民族诗歌》④为题发表长篇演讲，三天的演讲中，卢前系统总结了民国成立以来诗歌发展的得与失，讲演的末尾他提出创立具有"民族精神"和"时代精神"的诗歌的口号，随后又以《民族诗坛》的名义"征集当代诗人'对于创造新体诗歌之意见'"，讨论的主题为：

（一）新体诗之试验已十余年，何以不能普遍流传？是否本身有其缺点？请申论之。

（二）今日我国所需要者，为何种新体诗歌？请各就理想中之"形式"言之。

---

① 方维宝：《左翼民族价值观与阶级价值观的整合——1936年春夏之交的"国防文学"论争》，《文史哲》2015年第3期。

② 戴望舒：《谈国防诗歌》，《新中华杂志》1937年第五卷第七期。戴望舒的这一看法遭到"国防诗歌"创作者的激烈批评，1937年在广州创刊的《今日诗歌》是左翼文人专门刊载"国防诗歌"的杂志，戴望舒的文章发表后，该杂志集中刊登了《与"纯诗"人戴望舒谈国防诗歌》《斥戴望舒谈国防诗歌》《谈国防诗歌》等文章，对其进行了激烈的批评。详见《今日诗歌》1937年第2期。

③ 胡怀琛：《建立国防文学的方案》，《兴中月刊》1937年第1卷第2期。

④ 卢前：《廿七年来我中华民族诗歌——民国廿七年十月十日及十九日廿一日在中央广播台讲》，《民族诗坛》，重庆：独立出版社1938年版。下文讨论卢前的"民国诗学史"皆引自此文，不赘述。

（三）创造新体，以我国固有乐府体，古近体诗，词或曲为依据乎？抑一概屏弃？请裁夺之。

（四）创造新体，以异域之各种体制为依据乎？抑一概屏弃？请裁夺之。①

在反思新体诗不能"普遍流传"的原因后，要再创造一种"新体"，卢前提出两种可能的路径，即改良旧体诗词或引进"异域"的各种"体制"，借此引起"诗体大讨论"。一时参与者甚多，除《民族诗坛》外，其他刊物亦有相关文章刊载。由这些文章可看出，讨论主要集中民国以来诗学成就的总结和建立"中华民国诗"两方面。

关于旧体诗词的创作情况，卢前在演讲中进行了全面而系统的总结，不啻于建立他心目中的"民国诗学史"。卢前认为辛亥革命以前诗坛分三派，即"最守旧的、专主模仿的"选体诗派，"维新的，而没有从内容改变的"新学诗派，以及"革命的，诗中充满民族意识的"南社诗派。（1）选体诗以王闿运为代表，重视"家法"，主张作诗从模仿入手，且"崇尚庾鲍，直追建安"，即模仿对象为古体诗，虽然王闿运的仿作已到了"杂古人集中真莫能辨也"的地步，但卢前批评他的作品不过"伪造的古物"，无甚成就。章太炎文学上的主张亦是承袭王闿运一派，认为所处时代"诗歌失纪"，应学习唐之"陈张杜李"，通过"稍稍删节其要"以"继风雅尽正变"。两人都主张要保持诗歌的正统，但卢前以为这只是他们"个人的正统，与大众毫不发生关系"，因此对诗坛发展影响有限。章太炎之后，这一派还有学中晚唐的樊增祥和易实甫，虽然二人作诗都万余首以上，却了无新意，对诗境的开阔没有贡献。（2）"新学诗派"源于谭嗣同，创作上以黄遵宪、夏曾佑和蒋智由为代表，理论上以梁启超为代表，主张"诗界革命"，"以旧风格含新意境"，将"新理西事"写进律诗中。这一派虽然"有时不免伤格"导致"颇不协调"，却给诗坛带来了新气象，尤其黄遵宪的《人境庐诗》可称为晚清的"史料"。此外，与"新学诗派"同时的"同光体"，代表人物陈三立，能在"不改变形式"的基础上"自铸伟词"，而另一代表人物郑孝胥，尽管也算一"大作手"，卢前却因其附逆伪满洲国而评其诗"因人而废"，认为诗人当以"高尚的人格"和"民族的意识"为道德前提，文学只是次要的。这一派中卢前认为成就最高的是丘逢甲，他的诗"不仅具有熟练的技巧"，而且有"正确的国家观念"，故而可称得上是"正宗"。（3）三派中卢前认为成就最高的当属南社一派，卢前对南社成员于右任和汪精卫推崇备至，在民族诗坛上曾专门写文章讨论二人诗的特色，认为于右任的诗具有"境广才富""有感而发""兼取各家之长而变化"和"句法不生硬"等特点，汪精卫的诗则"少作悲壮"、中岁因"奔走海外"而具有"国际性"，近作又"老归平淡"，认为于汪二人是民族诗坛的两座"高峰"，其诗"可式国人"②。除诗之外，卢前对民国兴起的词和曲也给予了特别的关注，词方面提及蒋春霖、朱祖谋、文廷式、况周颐、龙榆生、唐圭璋等人的努力，曲学则是"一片荒地"，待大家开垦。通过卢前的总结可看出，他对民国时期旧体诗词的评价是从诗学内部出发，指出其创作的局限实际上来源于自身，并非如"新文化运动"时期胡适等人批评的那样是"文言文"出了问题，这种"就诗论诗"的态度实际上有替旧体诗词"正名"的作用，否定了之前的新文学家仅凭语言载体便将其一概否定的做法。

---

① 《诗体大讨论》，《民族诗坛》1938 年第 6 期。

② 见《汪精卫先生诗论》，署名"编者"，应即卢前，《民族诗坛》1938 年第 3 期；《于右任先生及其诗》，《民族诗坛》1938 年第 2 期。

对新诗的批评是这次"诗体大讨论"所关注的另一焦点,论者普遍认为新诗式微的原因在于全然摒弃中国诗的传统,故从一开始便注定走不远。卢前指出,旧诗各派的变革都是"利用各体,注入新生命"的尝试,而新体诗则主张"改换工具"和"创造新形式",这种尝试虽然一时间取得广大读者的响应,但没过多久便因缺乏定式而引起内部的异议,出现诸如"无韵诗"、散文诗和模仿西洋体、日本俳句等创作的诗,结果却莫衷一是,而且用典、对仗等胡适极力否定的形式"无意中重新加以确定了",导致其不仅重新变成"烂调套语"铺陈纸上,且缺乏社会意识与民族意识,最后他得出"新体白话诗,大家认为是失败了"的结论。可见形式是汉语诗的重要因素,"中国的旧体诗,虽经过了不少变迁,然而大体是'遵格律,拘音韵,讲雕琢,尚典雅',一统传下来,根深蒂固,而诗国这次大革命却大不然,它的大体是:'不拘格律,不拘平仄,不拘长短,以白话见长不尚典雅,重自然音节,而不拘音韵,贵质朴不讲雕琢',所以在这短短的期间,要来打破这几千年的因袭,而骤然来开关新诗境,那就的确不易,何况取于急进的方式呢?"[①]实际上以西洋诗为圭臬、"逢旧必反"的态度正是导致新诗无法进一步发展的主要原因,郑伯奇[②]指出,"新文学是以反对旧文学为出发点而产生的,因此,无论在形式方面,内容方面,甚至在写作态度方面,新文学都和旧文学站在对蹠的地位。新文学的形式和内容是完全由旧文学解放出来的崭新的东西。新文学者的著作态度是完全脱离了所谓'文人风气'而站在反对的立场去从事的。"但这却充满矛盾,因为"反对用中国掌故而却寻求西洋的典故,反对中国固有的贵族式的辞句而却滥用洋气十足的新的修辞,不能不说是非常矛盾的现象。而这种现象在新诗更容易发现,这样的新文学不是一种新的贵族文学吗?这样的文学家不会成为另一种的'高等华人'吗?"[③]诗歌本就带有精英属性,推动新诗革命的本就是精英阶层,破除原有的"贵族形式"后必然需要另一种形式取而代之,期间虽然有提倡"新格律"的诗人,但他们"只是移植西洋诗体到中国来,不过,中国文字是独立的,一字一看的,因此不免诗时有削足适履之弊"[④],也没有为其找到出路,因此1930年代后新诗创作越来越"难以为继"也就不奇怪了。

既然新诗和旧诗都遇到了瓶颈,建立"民国诗学"便需要打破新与旧的藩篱,这就要求在理论上弥合"新文化运动"以来新旧文学间的对立,重新论述新诗与旧诗的关系。因此,论者一改以往按"文言"和"白话"二元对立的立论方式,转而以时间为断限,提出囊括新旧体的"民国诗"的概念,并试图将其纳入中国诗史的谱系之中。如吴奔星就提出"时代有古今,艺术无新旧。必视今之诗为新,古之诗为旧,则后之视今,亦若今之视昔,新新旧旧,无有已时"的看法,新和旧是相对而言的,他进一步指出应放弃以语言为标准划分新旧体:

> 或曰:今之诗纯用口语,古之诗系用文言,别之以新旧,亦固其所。殊不知语言之为物,随时变迁;文字之为物,与时孳乳,吾人读三百篇,诘屈聱牙,实则系殷周歌谣,庙堂偶作,今则无往而非典故,古则不外俚语方言耳。吾人之口语,笔之于书千百年后,安知不如今人之读五经,须假助于注疏耶?是口语文言之别,岂有当哉!准是而论,诗分新

① 韩守义:《论新诗坛的沉寂》,《民族诗坛》1939年第2卷第5期。

② 郑伯奇(1895—1979),电影剧作家、小说家,左翼文学运动开创者之一,曾任上海艺术大学教授,参加左联后编辑过《创造月刊》《北斗》《文艺生活》《电影画报》等杂志,著有《打火机》《两栖集》等。

③ 郑伯奇:《门外谈诗》,《民族诗坛》1939年第三卷第一期。

④ 署名编者:《现代诗坛鸟瞰》,《民族诗坛》1938年 第1期。

旧,庸人自扰。尝见逊清人治学刊诗,辄各之曰"国朝",最为精当。故吾人今日之诗,举名冠之"新",毋宁状之曰"民国"。虽不必与民国相终始,亦可如五七言律绝之分唐宋,差无岁也。孔子曰,必也正名乎,名不正,则言不顺,言不顺,则事不成。吾今谨以此语呼号于同好,愿自今日始打破新诗旧诗对立三十年缪妄之局,而易名曰"民国诗"或"当代诗"。俾写诗之事早观厥成也。①

"文言"和"口语"是相对而言的,古人的作品在创作时也是口语,只不过后世因语言的演变而不熟悉了,遂成文言,若据此而将"诗分新旧",则是自寻烦恼。为了打破"新诗旧诗对立三十年缪妄之局",他指出新诗的源头其实也来自旧诗,并据此画了一幅"民国诗"发展派系图(见图1),将"长短句"与"西洋诗"并列为"民国诗"的两大渊源,虽然"民国诗尚在少年时代",但却是上接清代诗学的中国诗学史的一部分。取消新旧对立的看法获得了论者的广泛支持,如蒋山青认为"新旧的分野,不是不可以消除的","我们一方面努力创建今体诗来继承近体和古体的传统;一方面也该尽量利用原有的体制,来写成今代的古近体诗"②;郑伯奇也指出:"诗的新旧,不在形式而在内容,不在用语而在写作精神。合乎时代需要,能发抒民众情感,而可作民族的精神食粮的诗,这样的诗,才是真正的新诗"③;特殊的历史背景让对立数十载的新旧

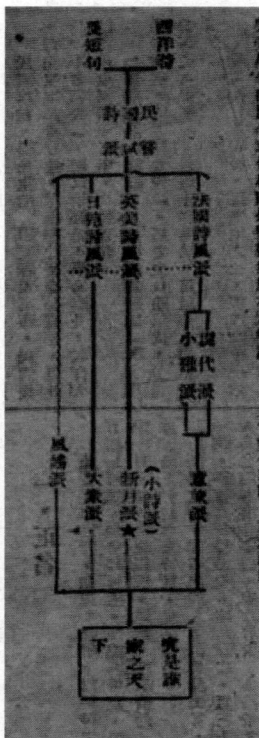

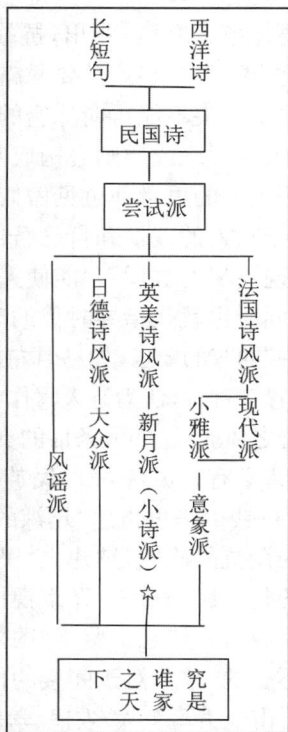

图1 (吴奔星自注)按:圆中粗线表示流变,虚线表示影响,曲线表示旁支,细线表示融合,并示消长,细线之旁☆号者表示继起无人。又前图亦可将意象派冠于现代小雅之上,以示分支。

文学重新站在一条战线上,为了抗战,"只要为国家为民族而歌唱,无论是新的,旧的,我们都需要的!"④解决了理论上的矛盾,新的"中华民国诗"便呼之欲出了。

---

① 吴奔星:《新诗略论》,《逸史》1940 年第 10 期。
② 蒋山青:《创建今体诗刍议》,《民族诗坛》1939 年第 3 卷第 1 期。
③ 郑伯奇:《门外谈诗》,《民族诗坛》1939 年第 3 卷第 1 期。
④ 署名编者:《现代诗坛鸟瞰》,《民族诗坛》1938 年第 1 期。

三、"中华民国诗"的内容、形式及创作

在吸取民国以来创作经验的基础上，新的"中华民国诗"需从内容和形式两方面进行革新。

内容上，既然"民国诗学"的核心是服务抗战，那么鼓吹民族主义、弘扬抗敌精神自是其首要任务。虞愚[①]指出，抗战时期文学应担负起"四大使命"：一为"时代精神之正确说明"，"所要求于作家者，是要暴露这时代的特性和精神，同时去建设一种称为民族革命战争的大众文学。决不能再向陈腐的晦涩的雕琢的文学走，或仅以能做到文学的欣赏为满足"；二是"伟大的观念或原则之构成及解释"，这要求作家"绝对不能沾着一点消极的意味，也绝对不容把过去的思考和意见做奴隶的模仿"，要"觉得他自己就是时代的领导，革命的斗士"；三是"对于敌人的残暴和自己苦闷的揭晓"；四是"高尚理想的表现和实践"，作家应该能够提出"普遍不易的真理"，"能使人多获此真理而了解最广的人生真象"，写出既是"实际战斗的记录，同时也就是指导时代的准绳"的作品来[②]。这四个"使命"基本涵盖了论者对抗战时期"民国诗"内容的要求，如易君左提出的"建诗"的三大原则，也把"'中华民国诗'必守中华民族的国格"置于首位，认为诗人写作必须在"时代精神之表现，民族意识之发扬，国家信念之提高，社会疾苦之体验"这四大条件的支配下，"中华民国诗"才能建立起来[③]；在另一篇文章中他也提出"新诗学有一灵魂，曰：民族主义；而以民族主义的民权与民族主义的民生为新诗学之肝胆"[④]；钱少华也指出"热辣的血色的革命的诗，的确是陶铸黄魂、挽救国运的对症良药"[⑤]，可见强调抗战确实是"建立'民国诗学'之基石"[⑥]。不过与之前左翼文人提出的"国防文学"不同的是，"民国诗学"在重视抗战主题的同时并未全然弃文学性于不顾，在讨论中他们也强调作品应富有诗意。鉴于"国防文学"所犯的标语化口号化的弊病，虞愚认为"单单平铺的叙述是不行的，单单对于间接的传开，或表面的认识是不行的"，而是要"观察生活""处理材料"，"可以自由地去写工人、农民、学生、强盗、娼妓、穷人、阔佬、什么材料都可以，写出来都可以成为民族革命战争的大众文学"，但要强调真情实感而"无需在作品的后面有意地插一条民族革命的尾巴"[⑦]；吴奔星也提出写诗应"忌囫囵不化"，"盖诗之取材，必须融化。能如蚕吐丝，则入化境。惟今之青年，喜作抗战诗。每以实情实境甚至标语口号揽入诗中，前篇之中，无一可读。此非题材之罪，不化之过耳"，能"融化题材"才能称得上是好的"民国诗"，此外"民国诗"还需提倡

---

① 虞愚(1909—1989)原名德元，字竹园，一字佛心。以佛法知名，1935 年赴南京任监察院编审，后随国民政府内迁重庆。
② 虞愚：《抗战时期文学应负的使命》，《民族诗坛》1939 年第 2 卷第 3 期。
③ 易君左：《"中华民国诗"之建立——提供三大原则作为"建诗"基本条件》，《时代精神》1941 年第 4 卷第 4 期。
④ 易君左：《建立"民国诗学"刍议》，《民族诗坛》1939 年第 2 卷第 4 期。
⑤ 钱少华：《诗的三色——桃色湖色血色》，《民族诗坛》1938 年第 6 期。钱少华，生卒不详，江苏江阴人，江苏第一师范毕业后任中小学教师，抗战时在重庆江苏旅川临时中学任教，工诗词，因悼念亡妻而编著古典文学作品选集《爱之塔》(上海大众书局 1934 年版)和《爱之塔之铃》(上海大众书局 1936 年版)，有诗集《吟珠》一集，著有《儿童声韵通》(正中书局 1943 年版)。
⑥ 易君左：《建立"民国诗学"刍议》。
⑦ 虞愚：《抗战时期文学应负的使命》。

"本性","心有所遇发而为诗,皆成佳作"①,这些要求都是针对"国防文学"的弊端而发。

从形式上来说,如前所述,既然新诗的弱点在于完全放弃声律,而声律正是旧体文学的优势,那么"民国诗学"自然应融合新旧,找寻一种恰当的声律形式进行创作。在讨论初期卢前即提出:

> "中华民国文学"何由而建?非此戋戋短文所能尽者,然就新诗论,约有二端:一,创造新体;二,发扬散曲。如何创造新体?亦有不同之主张。先完成新音乐,因音乐而创歌诗,一也。融合古今诗体之形式,兼采域外歌诗之长,以创新体,二也。何以发扬散曲?有二理由:在新音乐未完成以前,惟散曲可以入乐。②

"音乐性"是"新体诗"必不可少的因素,因卢前本身即是散曲大家,故而他提出在音乐形式尚未商定前,可借散曲进行创作。不过随着讨论的深入,论者对声律的要求也逐渐细化,逐渐探索出一套可操作的标准。蒋青山提出"民国诗"要用新韵:"凡用韵的诗,都应该依照现行国音的新韵,即凡注音符号内韵母和结合韵母在配合声母时有相同者归为一韵。近有黎锦熙等合著的《佩文新韵》可用,这样,不特今体的新诗可以卓然成立;便是今代的古今近体旧诗,也自异于往古。"采用黎锦熙的《佩文新韵》主要是从使用的难易程度来考虑的,用新韵有"押韵更见和谐,不似旧韵今读之悬隔""用旧韵不能整齐划一""新韵容易记,用时方便,不必检查韵书,即作诗比较容易,诗坛容易发连"等优势,便于推广开去,"更容易形成民国诗"③。在此基础上,易君左将用韵的要求进一步细化,他提出"'中华民国诗'必用中华民国的国音",具体而言有三方面的要求:"(甲)我们不主张用旧韵",除蒋青山提出的几点外,他又补充了用新韵还具有"促进诗本身的进化,即韵促进诗的进化""诗促进文化的进化,即诗促进时代的前进"两个优点;"(乙)我们不主张用方言",这是汲取新文学的成果,出于利于统一推广"民国诗"的考虑,"要尽力普及国语国音国韵以求语言之统一,文字之统一,诗韵之统一,因而促进巩固国家的统一机运,断不可把文学诗学从整个的国家的统一体中抽出来";"(丙)我们不主张不押韵",中国诗音律方面的最大特点就是韵和调,押韵绝对不可废,但也并非死守旧体诗的押韵方式,"不过是否押在句末一字或句中一字,则不必过于拘泥",只要大体能做到"抑扬之中必有许多小顿挫,而抑扬之后必有一个大顿挫"即可④。至于声调方面,蒋山青认为只需达到抑扬交错的效果即可:"我们应该确定国音四声中的'阴平''阳平'两声,为'平'为'扬';'上''去'两声,为'仄'为'抑'。抑扬扬抑,错综配合,自成声调,而节奏可借以铺排,旋律可从而反复"⑤。总的看来,"民国诗学"虽然强调声律,但主导思想是力求简洁实用,以便能争取更多的大众读者:

> (诗词)除争胜立意外,格调不必过于新奇,用字亦不必过于生涩,盖诗以陈义,辞则达意而已。即以杜诗全集,达千数百首而其中常为人所讽咏者……率皆辞意明显,音节谐和,用字平凡,取材切近。绝少劳苦艰难之态,亦无声牙诘屈之声。故能易于上口,便

---

① 吴奔星:《新诗略论》。
② 署名编者:《因袭与开辟》,《民族诗坛》1938 年第 4 期。
③⑤ 蒋山青:《创建今体诗刍议》。
④ 易君左:《"中华民国诗"之建立——提供三大原则作为"建诗"基本条件》。

于成诵，见之悦目，咏之怡神。信乎佳文不在求奇，虽诗圣亦莫能改也。①

江絜生搬出杜甫来立论虽然略显牵强，但其用心在于说明简化声律渊源有自，乃至不惜拉集大成的诗圣杜甫为其观点背书。

沟通新旧文学，以纪录现实、激发抗战热情为主要内容，再配之以国音新韵，这就是文坛"诗体大讨论"所达成的理论共识。在这样的理论指导之下创作出的"中华民国诗"是什么样的呢？在《民族诗坛》所刊载的大量诗歌中，于右任的诗被置于典范的地位，卢前曾举其组诗《战场的孤儿》作为"民国诗学"的"范作"：

> 举国愁兵火，流亡何处归？孤儿点点泪，湿透母亲衣。（其一）
> 东村屋煨烬，西郭人逃亡。吾父击胡儿，何时死战场？（其二）
> 左邻小妹妹，右邻小弟弟，狂寇掳之行，居心不能计！（其三）
> 战场几孤儿，祖国几行涕。何人卫祖国？祖国此孩子！（其四）②

卢前对此诗做出了极高的评价，认为此诗"技巧求其熟练，而气象要活泼生动，庶使文学与此大时代相谐和配合"，其诗学取向可见一斑。

实际上，"民国诗学"运动在创作上的响应并非仅限于《民族诗坛》杂志，它借抗战动员的特殊契机重新激活了文坛对传统文学的关注，这主要表现在两个方面，一方面是从古典文学中挖掘有益于战争动员的题材，并将之推向大众；另一方面是将传统诗学观念与现实处境相结合进行诗词创作。

传统文学中本就不乏激发民族气节的文学题材，"山川者，写江山之美，边疆之大，以激荡爱国之情；人物者，写历史伟迹，民族光华，以加强进取之念；时事者，谢光荣战绩，辉煌国策，以坚定必胜之心；思想者，写气节道义，肝胆性情，以团结同心之谊"③，只是新文化运动后被文学界有意忽视了。在"民国诗学"运动的指导下，对山川、人物、时事和思想的挖掘成为激发民族自尊、增强抗战自信的重要手段。旧派文人纷纷着手编订与民族英雄有关的大众读物、对民族英雄的文学作品进行重新阐释以及对传统意象进行再创作。关于大众读物的编撰早在"九一八"之后便受到关注，如易君左曾于 1933 年 10 月编印过一本《中华民族英雄故事集》，该书选取曾在江苏省内活动的民族英雄如范仲淹、岳飞、文天祥等 75 人的事迹进行了介绍，在序言中作者便指明：

> 本书主旨，在发扬光大中华民族固有之御侮精神，激励全国青年民族思想，以坚定其救国志愿，因取我国历史上抗御外族（如抗金抗元御倭抗清抗英抗日等）之伟大前辈——加以忠实的传记，热烈的描写，定名为《中华民族英雄故事集》。④

抗战爆发后，重庆后方的旧派文人从对民族英雄从进行简单的故事性介绍转为学术上的再阐释，如发表在《民族诗坛》上的易君左的《杜甫今论》、汪辟疆的《论夏完淳》、卢前的《民族诗雄丘逢甲》等论文，正是在此背景下完成的。除此之外，传统文学中的典型爱国形象如

---

① 江絜生：《吟边札记》，《民族诗坛》1938 年第 6 期。
② 《民族诗坛》，1939 年第 2 卷第 3 期。
③ 易君左：《建立"民国诗学"刍议》。
④ 易君左著：《中华民族英雄故事集》序，镇江江南印书馆 1933 年 10 月版，第 1 页。

王昭君、苏武、文天祥的研究和改编,乃至以传统文学中的意向如"捣寒衣"进行的戏剧、小说和歌曲创作亦大量出现①。在诗词创作方面,卢前的词集《中兴鼓吹》以"粗豪""叫嚣"的风格记录抗日战争中个人经历和感受是"民国诗"的代表作,他将传统诗学中的"诗史"观念与现实相结合,以"词"记史,扩宽了词体的功能。此外每当有将领在抗战中牺牲时,文坛便出现大量有关的凭吊之作②,这亦是发挥旧体诗词实用功能,将传统诗学与现实相结合,纪录抗战以激起大众热情的体现。

四、结语

"民国诗学"运动是抗战时期内迁重庆的旧派文人发起的、以服务抗战、进行战争动员为目的的文学创作运动,尽管讨论的时间较短,"民国诗"的创作也只持续到 1945 年③,在当时却获得了较大的反响,为激励全国人民奋力抗战、鼓舞民族士气起到了积极作用。从诗词创作的角度而言,这场运动以旧体诗词为本位,在理性辨析新诗和旧诗优劣的基础上打破了新旧文学长期以来的对立局面,提出了融合新旧的创作理论,使得旧体文学重新显现出生命力。此外值得一提的是,在"写江山之美,边疆之大,以激荡爱国之情"的理论指导下,"民国诗学"还试图将边疆少数民族的文学也纳入"中华民国诗"的范畴中加以考量,如卢前就发表过《西藏与蒙古之诗歌》④一文,系统介绍西藏和蒙古的诗歌情况。而后在 1941 至 1943 年,为配抗战宣传,卢前等人还专门到前线进行"采风",期间他曾远至新疆哈密、喀什等地,并创作了一些介绍当地风土民情、记录个人行旅体验以及饱含家国情怀的诗词⑤,这对于我们今天考虑"中国文学"的内涵亦不无启发。最后需要指出的是,"民国诗学"运动并非单纯的文学运动,而是带有强烈官方色彩的政治动员运动,是抗日战争时期重庆国民政府执行的文艺政策的一部分。梳理其始末有助于加深我们对现代文学史上"第三个十年"的创作版图的理解。

---

① 以王昭君为题材的再创作如《王昭君》(歌)《爵士歌选》1939 年第 3 期,《王昭君》(歌曲),魏如晦、宣风、顾兰君,《歌曲精华·银花集合刊》1940 年第 5 期,《王昭君》(七言绝句诗三首),张静芬,《立言画刊》1939 年第 29 期,《王昭君》(四段曲),薛觉先、上海妹,《新兴粤曲集》1941 年纪念特大号等;以苏武为题材的创作如《苏武》(故事改编),曼陀罗《前线》1939 年第 2 卷第 12、13 期,《苏武与李陵》(故事改写),孟超《文学创作》1943 年第 1 卷第 5 期,《苏武慢》(词),江清远《妇女月刊》1944 年第 3 卷,《苏武》(七律)《开封教育月刊》1941 年第 20 期等;与文天祥相关的研究与创作有《文天祥》(故事改写),《江苏广播周刊》1937 年第 22 期,《文天祥传》(论文),赵景深《自修》1939 年第 44 期,《民族诗人文天祥》(论文),雷石榆《新语周刊》1938 年第 1 卷第 2 期等;以"寒衣"为意象的创作有《棉背心谣》《少年时事读本》1938 年第 1 卷第 11 期,《棉背心》(山歌),欧阳予倩《老百姓》1938 年第 1 卷第 2 期,《咏棉背心》(词),欧阳予倩《老百姓》1938 年第 1 卷第 2 期等。

② 如赵登禹和张自忠将军战死后,先后有《孤军八百歌》《大时代周刊》1937 年;《吊赵登禹上将》《明耻》1937 年第 3 卷第 3 期;《吊赵登禹将军歌》《失途》1937 年第五卷,第 9 期;《八百孤军》,胡怀琛《民意》(汉口)1938 第 39 期;《英烈吟·吊赵登禹》《大风》(香港)1938 年第 10 期;《吊张自忠将军·大江东去》,袁曜梅《察省青年》1940 年第 3 期;《张将军歌》,又希,《政工通讯》1940 年第八卷第四期等相继发表。

③ "民国诗学"的主要参与者此后也极少类似《民族诗坛》时期的作品创作,如易君左去香港后出版的《易君左选集》(香港文学研究社 1978 年版)和(易君左著:《琴意楼词》,1959 年 7 月香港作者自印本),于右任的《于右任先生诗集》(台湾"国史馆"、"检察院"、中国国民党"中央委员会"编撰,1978 年版)中,类似的作品都极少收录。

④ 署名编者,即卢前:《西藏与蒙古之诗歌》,《民族诗坛》1939 年第 2 卷第 6 期。

⑤ 卢前的词集《中兴鼓吹》中便收录了一组描写新疆的词,如《浣溪沙·焉耆写怀》:"哈密甜瓜喀什刀,火州到处熟蒲桃。库车花朵女儿娇。 又向焉耆驰骏马,未能和硕结蒙包。天山南北路迢迢。"等等,见《中兴鼓吹》卷四,汉口独立出版社 1938 年版。

易君左"新民族诗"的实践与理论

北京大学　　周兴陆

　　易君左（1898—1972），湖南省汉寿县人，出生于文学世家，为名门之后。祖父易佩绅历任贵州按察使、山西布政使，后移四川，官至四川藩司，有《函楼诗钞》《文钞》等传世。父亲易顺鼎，是清末官员，入民国后为逊清遗老，是近代著名诗人，有《琴志楼编年诗集》传于世。易君左自幼就显露出卓异的文学天赋，文思迅捷，笔墨畅达，在寒山诗社打诗钟，曾取了状元。但是，他的父亲易顺鼎在大清逊位后，以遗老自居，一蹶不振，纵情于歌楼妓馆，易君左少年时受到"以娱余年"的父亲的影响，成天泡在戏园里，荒嬉无度，作了不少吟咏名伶的诗，崇拜、模仿父亲的诗歌，费心于用典，追求文字奇巧，内容平庸，格调不高。1915年夏天，当时文坛诸豪借京师法源寺开丁香会，在北京四中读书的易君左作了一首七言歌行《法源寺丁香会》，发表于《学生》1916年第3卷第4期，虽不脱旧套，但诗末抒发"花香不过一时耳，人须千古留芬芳"的抱负，表现出不俗的心胸。在四中四年级时，他作了一篇《游颐和园记》，其中议论说："唯能与民同乐，故民乐之，且当民物丰阜之时，藉以宵旰息劳可也。"文末他慨叹说："清社既屋，五族共和，蒸蒸元元，方得一游福地，吾人适丁斯时，可云幸矣！"显然，年轻的易君左已经沐浴了民国的新风，身上显露的朝气，是以遗老自居、恹恹无生气的易顺鼎所不具备的。当时的国家遭遇列强的侵略，还处于瓜分豆剖状态，易君左七律《有感》曰："知兵安得如孙武，纾难谁能学子文？……班生投笔封侯日，好帅貔貅十万军。"[1]希望自己像孙武、班超和春秋时楚国令尹子文那样，投笔从戎，纾解国家之难。彰显了年轻人的宏大抱负。

　　真正使他能够摆脱父辈的束缚，成为民国的新人，是1916年他赴日本留学的经历和随后的"五四"新文化运动。在《难道这也应该学父亲吗？》一文里，他说父亲诗歌的影响直到1919年才"一扫而尽"；在日本早稻田大学接受新思潮的洗礼，一变从前的人生观，怀疑包括他父亲"名著大作"在内的中国旧诗，觉得毫无趣味。这类的诗，直可谓为"典故的结晶体"，哪里够得上"有生命的文学"？他反思过去十年受了旧体诗的"梅毒"，乃至堕落，现在决计不作旧体诗：（一）因为旧诗是"死文学"，（二）作旧诗带有奴隶性质，（三）越作得好，人家看了越不懂[2]。该文的题目《难道这也应该学父亲吗？》就鲜明地表达了"五四"时代的青年人走出

---

①　易君左（易家钺）：《有感》，《学生》1916年第3卷第5期。
②　易君左（易家钺）：《难道这也应该学父亲吗？》，载《少年中国》1920年第1卷第8期。

父辈的牢笼①,与旧时代划清界限的勇气。

易君左在日本留学时,正是国内胡适、陈独秀等人提倡"文学革命"之时,为了响应新兴的白话文学运动,他摆脱了父辈的旧诗的束缚,转而创作白话诗,如 1919 年,在《少年中国》第 1 卷第 2 期发表白话诗《园中看花》:

> 鲜红的花,低着头儿羞见我。
>
> 我与你有爱情,你为什么羞见我?
>
> 你若是羞见我,你为甚么不躲我?
>
> 你既是不躲我,又为甚么羞见我?

后来在 1925 年,他还作了新体诗《玉箫明月》,长达 600 多行,算是当时最长的新诗,发表于《小说月报》1926 年第 17 卷第 4 期。

易君左在日本期间,对于日本军阀觊觎中国领土的野心多有警惕,频频集会游行,发表讲演,抗议段祺瑞政府的卖国行径,遭到日本警察的逮捕,1918 年被驱逐回国。这种反对日本军阀的情绪,一直埋藏在心底。后来到了 30 年代,在日本帝国主义入侵东北,进而发动全面侵略中国的战争时,易君左心中的这种"反日"情绪被进一步激发为英勇坚强的抗战精神。1938 年发表长诗《寄曾琦》,末二句曰:"重申二十年前志:不灭倭奴不再逢!"②当然,这不是简单的复仇,而是旧仇新恨的交织。

易君左在日本早稻田大学学习的是政治学,这一段时间他特别关注家庭与社会问题,回国后在北京大学出版了《奋斗旬刊》和《家庭月刊》,前者是"五四"时期北大法学院第一个革命性刊物,后者宣传反抗大家庭制的革命思想。易君左还是北大"社会主义研究会"发起人之一、"少年中国学会"的骨干成员,撰著了《中国家庭问题》(与罗敦伟合著)、《西洋氏族制度研究》、《社会学史要》《西洋家族制度研究》等专著,发表过大量研究家庭和社会问题的论文,还发表过家庭小说《命运》等。

易君左回国后在文坛上曾闹出两起笔墨官司。一是"《呜呼苏梅》事件"。1921 年 4 月,北京大学出版部新知书社印行了湖南老名士谢楚珍的《白话诗研究集》,新知书社总编辑易君左、副总编辑罗敦伟出于同乡之谊,题词推介。北师大学生苏梅(后改名苏雪林)购得此书,读后非常失望,在《益世报》发文《对于谢君楚桢〈白话诗研究集〉的批评》,并连带批评了推介人易君左等,双方展开了论战,没想到易君左署名为"右"在 1921 年 5 月 13 日《京报》上发表了《呜呼苏梅》一文,以谩骂的态度和下流的语词进行人身攻击,产生极坏的影响。新知书社董事长兼总经理成舍我,一怒之下将易、罗二人免职,易君左进而被"少年中国学会"除名,仓皇南下。另一件是易君左在江苏省教育厅任编审科主任、教育厅秘书时,撰著一本《闲话扬州》,中华书局 1934 年出版,对于扬州的风俗文化有一些贬抑性的描写,招致扬州旅沪同乡会的严重抗拒,致电蒋介石要撤究易君左,甚至要对簿公堂,后来是江苏省教育厅厅长周佛海出面调停,才算了事。从这两件事可以看出,易君左还没有摆脱贵公子的轻狂浮薄性儿。

---

① 大刀王五说:"文人实行打倒父亲者,自易家钺始,易君亦人杰也哉!"见《缠夹斋谈荟》,载《社会新闻》1934 年第 9 卷第 3 期。

② 易君左:《寄曾琦》,载《国防线》1938 年第 5 期,又载《国光》1938 年第 7 期、《国论》1938 年第 17 期。

真正使易君左脱胎换骨的,是抗日战争的洗礼。易君左以民族主义为核心的诗歌创作和诗学理论是在现代民族解放战争中确立起来的。

早在 1925 年"五卅"惨案爆发半年多时,易君左在好友曾琦创办的进步杂志《醒狮》上发表《全民救国》的论说,文中呼吁:

> 中国者,全中国人民之中国;全中国人民应爱之,护之,救之。一如爱其身,护其家,救其邻里。——凡我中国人民,当牺牲一切而爱中国,护中国,救中国,当切切实实,从实际上,爱中国,护中国,救中国。①

当然,易君左对于马克思主义和中国共产党还缺少正确的认知。他与郁达夫、田汉、郭沫若等交往密切,但是与郭沫若、田汉等"左翼"文人的政治立场不同,易君左一生忠诚于中国国民党。不过,他也不同于南京政府里的一班御用文人,在日记中曾发感慨:"(南京)文人笔墨贱如狗屎! 非自立一局,无由替天下笔杆子出一口气!"②所谓"自立一局","替天下笔杆子出一口气",在当时就是以笔墨文字服务于抗战救国的时代主题。

1931 年底,在"九一八"事变三个多月后,在国难声中,《精武画报》复刊,"要以警惕的文字,唤起被压迫的弱大民族(非弱小民族),共同奋斗"(《发刊词》)。第 1 页刊载了易君左的《铁血歌》并配上简谱。歌词曰:

> 只有铁,只有血,只有铁血可救中国! 还我河山誓把倭奴灭! 醒我国魂誓把奇耻雪! 风凄凄,雪切切,洪水祸西南,猛兽噬东北。忍不住心头痛,抵不住心头热。起今起今大家团结,大家团结,努力杀贼!!③

这是"九一八"事变后,易君左作的第一首抗战诗歌,在当时发生较大的影响,国民党陆军第十四师党部于 1933 年底发行《铁血》月刊,在第二年二、三合期上,刊载了易君左的《铁血歌》,改题为《抗日铁血歌》。

易君左当时任职于江苏教育厅,应教育部主管部门的要求,创作了一些庄严神圣的抵抗侵略、鼓舞斗志的爱国诗歌,并与音乐家合作,谱曲可歌,如易君左作歌,阮叔平作曲的《救国歌》④,易君左作歌、郑隐飞作曲的《巍巍乎,我中华!》⑤,被当作学生教材,远近传唱。一直到"卢沟桥事变"之前,易君左的生活还是比较安定的。这个时候,民族危机日益深重,作为一位教育工作者,易君左有意识地创作一些具有强烈民族意识的诗篇,以唤醒民族的魂灵,如《岳王歌》以 30 余个"我愿化为岳王"的排比句构成排山倒海的气势,最后感叹曰:"呜呼千古忠贞卫国第一此完人,而今空见有胡尘!"⑥从讴歌历史上的爱国将领转向对当前民族危机的忧虑。1936 年 5 月以后,日本增兵华北,不断制造事端,占领了北京丰台。北平的朋友归来谈及近事,易君左义愤填膺,创作了长篇歌行《北平归客谈》,前段记述日本军阀在北平横行霸道的罪恶:

---

① 易家钺(易君左):《全民救国》,《醒狮》1925 年第 55 期。
② 易君左:《竹头木屑》,1936 年 1 月 9 日日记,载《青年界》1937 年第 12 卷第 1 期。
③ 易君左:《铁血歌》,《精武画报》1932 年第 1 卷第 1 期。按,此诗最早发表于《奋斗》1931 年第 18 期。
④ 易君左:《救国歌》,载《江苏教育》1934 年第 3 卷第 1、2 期;《教与学》1936 年第 2 卷第 2 期。
⑤ 易君左:《巍巍乎,我中华!》《天风》1937 年第 1 期。
⑥ 易君左:《岳王歌》,《江苏学生》1936 年第 7 卷第 3 期。

北平归客谈近事,令我闻之悲愤集。壮士无剑空扼腕,美人有帐私垂涕。丰台高飘
红心旗,连营百里战马嘶。赤帽敌兵似狼虎,黔首众庶类犬鸡。济南以北通车上,遇倭
必将座位让。浪人怒目正狰狞,路警卑颜翻痴望。客谓北平不可居,我为俎肉任人屠。
伤心秦桧怀奸计,满眼张松献地图。酣歌恒舞不知耻,求荣胯下反为美。三种交叉异国
旗,几人痛哭发朝垒。宁为一犬死太平,不愿生作乱离民。宁为一鸡脱毛斗,不愿众雀
争迎春。长吁短叹客言毕,长吁短叹嗟何益。呜呼客尚有心人,流水无情花有意。

易君左在北平生活过十五年,很早就认识到日本侵略中国的危机,当他听了朋友的叙述后,
悲愤交加,恨不得像当年在博浪沙椎击嬴政的张良一样,在战场上抵抗侵略。《北平归客谈》
后段曰:

我居北平十五年,其时已觉危机煎。少年奋笔呼号地,悲鼓哀笳落日悬。中年更具
少年愿,跃马冰天当再现。洗尽西山万斛愁,消来北海千秋怨。我今密问客心肠,曾闻
兴汉有张良。白登退敌美女计,黄石纳履老人方。博浪一椎天下震,退而辟谷亦能忍。
报韩兴汉此其时,客若有心应速醒。时危我惯作高歌,不作高歌可奈何。蝉但有声鸣到
死,烛原无泪滴偏多。①

易君左虽只是一介书生,但是面临严峻的民族危机,他毅然地将十四岁的儿子易鹗(字云翔)
送入福建海军学校学习,并撰《送儿行》以壮行,这首诗被称为"在中国父母文献中,当然是不
朽之作"②。他"八方风雨我高歌",用诗歌的声浪,唤醒民族意识的觉醒。1936 年 6 月,
他说:

这半年来我发愤做了一些诗歌。自去年起,除开偶然写点抒情的小诗词及歌颂我
国雄壮的山川外,重要的诗歌都是关于激发民族精神的古风。我感觉当前的时代已不
能让我们无病呻吟,我们更不忍心幽默玩世,我们应该吐出自己满腔的热血真情,歌颂
民族的伟大创造,激励群众的爱国情感,以共同冲破当前的国难!③

易君左后来的"新民族诗"理论,在《八方风雨我高歌》一文里已初见端倪,他认为诗歌应该关
切当前的国难,激发民族精神,为民族战争服务,形式上多采用古风,"诗一定要能歌",配合
着音乐,激昂慷慨的乐歌更具有激励心志的效果。1936 年底,傅作义将军在绥远抗日时,易
君左作《血战歌》,勖勉傅将军和绥远抗战诸将士,"傅将军当交前敌士卒,全体学唱,今绥军
官兵,均能熟读此悲壮之歌,每逢行军操演时,齐声高唱,士气为之一振"④。

1937 年 7 月 7 日,日本帝国主义悍然制造"卢沟桥事变",发动全面侵华战争。抗战期
间,易君左平静的生活被彻底打破了,1938 年回到湖南长沙,任湖南《国民日报》总编辑,后
任重庆国民政府宣传部专员,在成都办过《国民日报》。抗战结束后,1946 年在镇江担任江
苏文协主席,编辑《和平日报》上海版副刊《海天》。1949 年冬,南奔香港,滞留海外 18 年。

抗战使每一个人裹挟其中,而非置身事外。易君左更是以如椽的健笔,及时地记录这场

① 易君左:《北平归客谈》,《诗林双月刊》1936 年第 1 卷第 3 期。
② 陈征帆:《父母教育随笔》,《现代父母》1937 年第 5 卷第 2 期。
③ 易君左:《八方风雨我高歌》,《江苏教育》1936 年第 5 卷第 5、6 期。
④ 朝人:《易君左制〈芦沟桥血战歌〉》,《星华》1937 年新 11 期。

伟大的民族战争，记载民族危机、民众苦难，更高歌坚强不屈的民族精神，激励同胞团结御辱，一致抗日。"七七"卢沟桥事变爆发后，国民革命军第二十九军奋力抵抗，易君左在 7 月 11 日即战争爆发的第四天，挥汗创作了长诗《芦沟桥血战歌勖二十九军将士》：

> 赤日炎炎正当空，卢沟桥头血飞红。拼将鲜血抗暴日，血光誓将日光熔。我祖轩辕驱獯鬻，大败蚩尤于涿鹿。无牛不是周室放，有马未许胡儿牧。国防前线卢沟桥，府军抗战英名高。桑乾河泪未枯竭，化作奔腾万里涛。愤兹驴虏赫然怒，慷慨悲歌临古渡。纵死不愿将兵撤，卢沟桥即我坟墓！我撤兵兮敌驻军，丰台第二宁无闻？一手扼断平汉路，华北全局成秋坟。假名演习已堪骇，捏造失踪愈费解。青史重张倭寇狂，黄金再把汉奸置。国于天地寡廉耻，信义束之长矛尖。得陇望蜀从未已，无熊与鱼皆欲兼。此世界有此一国，山河草木无颜色；此人类有此一格，虫鱼鸟兽亦凄恻。徐福当日悔求仙，童女童男恨未旋。遗来逆种如枭獍，坐使王庭染腥羶。关河萧瑟久沦落，故都似燕巢危幕。商女犹闻唱后庭，将军曷起图高阁？二十九军有宝刀，二十九军有血袍，二十九军将士人人心中皆战壕，二十九军将士人人血向云端溅、向敌前抛！生即为复兴华夏之荣光，死亦为洗荡三岛之怒潮！胜固为保疆保土卫国兼卫民，败亦为再接再厉不屈与不挠！君不见，三十六人壮志豪，深入虎穴汉班超；又不见，千秋伟迹姓名彪，马踏匈奴霍骠姚。为存为亡兴或灭？视此一战卢沟桥！①

诗中强调卢沟桥对于华北全局形势之重要；揭穿日本"假名演习""捏造失踪"，找借口侵略中国的险恶用心，斥责日本帝国主义"逆种如枭獍，坐使王庭染腥羶"；最后热情赞颂二十九军将士不屈不挠、浴血战斗、保家卫国的伟大民族精神。

可惜，第二十九军未能有效阻止日军的疯狂进攻，平津告急。1937 年 7 月 30 日，易君左作《哀平津》②。于个人，他对平津是有特殊感情的，曾"客天津三两旬"，"居北平十五寅"，"呜呼噫嘻！从此难逢我故人！"于国家，平津是"历代帝王都"，"举国屏障地"，"全身大动脉"，"满盘稀世珍"，而今一切都成灰烬。诗末曰："呜呼哀哉！人妖今日出汉奸！亡国由来有顺民！堕五里雾铸大错！挟万钧力袭春申！屈原沉湘终负楚，鲁连蹈海不帝秦！哀平津！哀平津？耻何时雪？冤何时伸？"不仅充满哀叹的眼泪，更有抑制不住地对汉奸、顺民的愤激斥责，对申冤雪耻之日的殷切期待！

日军攻下平津后，立即移师南口，南口在北平西北，临居庸关，是燕山山脉和华北平原的交接处，形势险要，打通山脉，日军就可长驱直入。中日双方投入大量的兵力，自 8 月 8 日至 26 日在南口殊死血战 18 日，伤亡惨重。易君左也揪心地关注战役的进展，像战地记者一样，捕捉到南口之战中一位英勇无比的战士的事迹，9 月 6 日作了《南口一勇士》诗，以纪实手法叙写了这次战役中的两个场景，其记述之细致生动，超过了关于南口之战的任何史料，真可谓"补史之阙"。诗曰：

> 南口一勇士，兴和一哨兵。能为人所不能为，能行人所不能行。南口死守犹未破，五千余发敌弹落，存留枪弹数甚伙，转瞬资敌载兵车。一人之力虽有限，一人之心无穷

---

① 易君左：《芦沟桥血战歌勖二十九军将士》，载《政训半月刊》1937 年第 14 期、《创导》1937 年第 2 卷第 1 期、《江苏广播周刊》1937 年第 50 期。

② 易君左：《哀平津》，《创导》1937 年第 2 卷第 1 期。

162

算。仓忙输运积当冲,准备敌军来进犯。弹引药线伏战壕,俄而敌军蜂拥巢。急燃药线轰然裂,敌尸乱叠堆山高。倭奴疑神复疑鬼,狼狈下山气早馁。一时不敢再攻侵,谁谓神州少男子?为怜团长殉国家,此兵智勇殊堪嘉!遂使继食团长禄,赴汤蹈火报中华。绥东寇复扬狂焰,三机轰炸兴和县。我军发炮中一机,倏尔三机皆不见;奔逃南部高原中,三机同落鸟惊弓。一机修理二机护,哨兵发觉忧心忡。向前奋掷手榴弹,一机焚毁四敌丧。夺来三挺机关枪,血花红向火云烫。当时飞绕两敌机,破空射扫竟横地。哀我哨兵避未及,负伤殉国真堪悲!及今失南口,亡居庸,虑察北,忧绥东。胜败兵家之常事,旋转乾坤反掌中。血肉之躯固难当大炮,大炮亦难攻破金刚百炼之层胸!人人皆有勇士智,人人皆向前哨冲!生死置之脑背后,唯知抗敌御侮振我大汉之雄风!蕞尔倭奴何足畏?即我一兵一卒亦可抵尔千军万马大炮之隆隆![1]

南口战役非常惨烈,我方牺牲两万余人,团长张树桢壮烈牺牲,团长罗芳珪受伤。我方守军一团仅剩一人,仍不后退,堆积枪弹榴弹等炸死无数敌人。易君左在诗中先记述这一勇士的事迹,又记述一哨兵掷手榴弹,焚毁一敌机,炸死四敌人,壮烈牺牲。最后鼓舞战士冲锋陷阵,表达必胜的信念。该诗 1937 年 9 月、11 月分别发表于《火线》和《创导》,具有通讯报道的及时性和纪实性特征,令人想起"安史之乱"中杜甫的一些新题乐府诗。

继华北战场之后,日军还开辟华东战场,1937 年 8 月 13 日,爆发了惨烈的淞沪会战。随后自 14 日至 20 日,中国空军连连告捷,给予日军以重创。易君左作七律《八月二十四夜独坐》:

> 夏尽炎氛尚卷尘,贻求羽扇自高淳。临风喜听空军捷,抗日高涨汉帜新。草未剪除花没踝,藤犹牵绕树藏身。先生静向门前坐,国难家贫百感陈![2]

虽然国难家贫,但也抑制不住他听到空军捷报后的喜悦心情。可惜淞沪会战形势很快逆转。日军为了从上海宝山登陆,以数倍兵力发起猛烈攻击,国民革命军第 89 师独立营姚子青营长奋勇抵抗,战至城陷,姚子青和全营六百壮士英勇牺牲。这就是当时震惊全国的宝山保卫战。9 月 7 日战斗结束,9 月 13 日易君左就作了《姚将军歌》:

> 孤城如斗大,天不怕,地不怕。勇士溅血花,只有国,没有家。吴淞口岸宝山城,一营力抗千万军,一出一入拼命守,十决十汤誓死争。城存与存,城亡与亡,勇哉营长姚子香!全营六百人,只有死,没有降!英雄义气高,只有死,没有逃!生不能保孤城,死当化为冲荡三岛之怒涛,战至最后一卒,战至最后一场,战至最后一枪,战至最后一炮,战至短刃相接,战至血肉相搏,战至"时日曷丧,予及汝偕亡"!六百人一颗心,六百人一条命,六百人一个头颅,六百人一道号令。向前杀,向前冲,血迸出吴淞,血流入江红。弹已尽,枪已折,泪未枯,血未绝。城头犹见国旗飘,护此最后之一朝。敌炮密射如雨雹,敌机投弹逞燃烧。城尽毁,兵不退,巷战不稍馁。六百人尽变成鬼。一鬼痛咬千敌腿,忠魂杀敌风披靡。吁嗟乎!田横五百人,壮烈标千古,读史至此泪如雨,高歌至此心血

---

① 易君左:《南口一勇士》,《火线》1937 年第 1 期;《创导》1937 年第 2 卷第 2 期。
② 易君左:《八月二十四夜独坐》,《火线》1937 年第 2 期。

沸！男儿必死在沙场,今之田横姚子香！①

这首诗富于写实性,就像白居易的新乐府诗一样,及时地歌咏重大的现实事件。诗人采用自由灵活的歌行体,多用短句、排比句、感叹句,叙事、议论和抒情相结合,对民族英雄姚子青将军的忠烈精神给予热情的赞颂。姚子青将军不仅得到国民政府的嘉奖,毛泽东也称他"给了全中国人以崇高伟大的模范"②。报刊上还出现了多首记载、咏赞姚子青的诗文。易君左这首诗,不仅创作时间最早,而且影响最大,被各种报刊多次转载,甚至被地方学校用作教材。在激励民众抗战精神上,产生了积极的意义。

上海陷落后,日军继续西犯。1937年12月,镇江、南京相继沦陷。易君左不得不离开镇江,经武汉,回长沙。一路上,他没有放弃用诗歌这种批判的武器,抨击侵略,鼓舞士气,讴歌抗战。身为楚人,他在诗歌中特别激发了"楚虽三户,亡秦必楚"的传统复仇精神,如:"三户一成今日事,誓将铁臂护金瓯！"(《渡江至武昌访希圣》)"亡秦三户终推楚,落木寒鸦莫乱猜。"(《抵长沙》)易君左1938年在长沙,任《湖南国民日报》总编辑,虽然长沙也时刻响起警报,但依然时刻关心着前线的战事,及时地用诗歌纪事抒怀。1938年2月18日,武汉空战,李桂丹大队长率领空中勇士击落日机12架。2月21日午,易君左闻此喜讯,在长沙的紧急警报中,在某行地下室一角的黯淡烛光下,创作了歌行《武汉击落敌机十一架,闻讯高歌》:

> 壮士报国不生还,一机飞上五云端。白云浩荡天风寒,勇哉机师李桂丹。纵横起落逞旋盘,我机天上联成环,围而射击战斗酣。敌机十一架,弹丸中斑斑。青烟万缕坠深潭,无人与机皆命完。汉水月明疑燕掠,长江浪滚似鸥翻。空军神勇一敌三,我亦毁四机,两人殉难两人安。于海不能事争夺,于陆仅能抵强顽,于空发挥神勇力,一架一架打阑珊。金陵雨花著奇迹,岭南铁翅沉海湾。黄鹤楼头第一次,无怪万人竞投弹。一弹一页教科书,倭寇罪恶儿童谣。无辜妇孺肢炸残,破脑拖肠露心肝。厥状奇惨不忍观,倭奴之肉宁足餐！祝我神鹰飞扶桑,一弹速毁富士山！③

当时国民政府军在海陆两路战事不利,而空军表现神勇,诗人最后发出"祝我神鹰飞扶桑,一弹速毁富士山"的祝愿,真是"楚三户"的决心！1938年3、4月,我军取得台儿庄大捷,易君左在长沙,4月14日在敌机的空袭中作了长篇歌行《鲁南大捷歌》。对于鲁南,易君左是熟悉的。1928年,易君左时任国民革命军政治部主任,那一年4月,北伐的国民革命军在鲁南击败了张作霖部下张宗昌,易君左时在军中。《鲁南大捷歌》就从这里写起:

> 十一年前血战场,枣庄临城台儿庄,革命大军鹰飞扬,打倒军阀张宗昌。我时服务政治部,日行百里曝骄阳,驰驱鲁南与苏北,其地贫瘠真荒凉。黄土泥沙无清水,渴极捧饮欣琼浆。赤膊横卧铁轨侧,野马跨过践未伤。临城山如黑烟突,如头癞痢生高粱。守门一二老与弱,盗匪洗劫无完乡。人生辛苦阅沧桑,十年春梦剩一场！

---

① 易君左:《姚将军歌》,《新运导报》1937年第11期。按当时报载,姚子青、姚子香,为同一人。

② 毛泽东:《在纪念孙中山逝世十三周年及追悼抗敌阵亡将士大会上的讲话》,《毛泽东文集》第2卷,人民出版社1993年版,第113页。

③ 易君左:《武汉击落敌机十一架,闻讯高歌》,《民心》1938年第1期。

易君左在诗中特地自注:"书至此,敌机临长沙市空,我高射枪炮轰击巨响震全楼,时为午后两点三刻。"就是在敌人隆隆的枪炮声中,他记述当前的鲁南大捷:

> 而今倭寇逞疯狂,打通津浦笑彼伧,夺取徐州尤茫茫。中华抗战九阅月,宁死断无一人降,前方将士争浴血,后方子弟勤趋将。鲁南忽传大捷报,其地即在台儿庄,敌之精锐尽歼灭,两师团军悉覆亡。夺取步枪万余杆,九百余挺机关枪。七十七门步兵炮,百门大炮制精良。三十余辆坦克车,马四百匹皆龙骧。空前胜利未曾有,一战而显黄魂黄!三湘民气素激昂,鼓舞热血如沸汤,大街小巷放鞭爆,墙头号外贴万张。昨日复开祝捷会,更贺总裁蒋与汪。教育坪中三万人,神情飞跃乐洋洋,提灯游行断交通,火炬五百烛穹苍。狂风暴雨又何妨?挟而趋之猛难当,其势有如虎出谷,其形不顾鸡落汤。以此抗敌何不胜,以此立国何不强。吾诗未竟又得报:大明湖畔庆重光![①]

这次的大捷,扬我国威,熄灭了敌人的嚣张气焰。这是抗战以来空前未曾有的胜利,诗人细致列数了战利品,铺排三湘人民欢欣祝捷的盛况,最后进一步拓开去,凭此精神勇气,无坚不摧,何国不强。

易君左的这些诗篇,有一些共同的特征。第一,紧密关切现实,反映时事。这些诗篇具有鲜明的纪实性,诗题如《六月十一日成都被炸》等,可谓是"即事名篇",创作时间非常迅捷,像战地通讯一样,及时地报道前线的最新消息。第二,以鼓舞民族精神,支持抗战建国为基本主题,抵抗侵略,歌颂和平,坚定必胜的信念,洋溢着乐观主义色彩。第三,多采用古风、歌行的形式,可长可短,形式比较灵活自由,不用典故偏僻字,语言通俗易懂。第四,长句短句交替运用,句式较为整齐,音韵铿锵,节奏明快,多可配乐歌唱,如《出征歌》《征途歌》《雪耻歌》等以"歌"命名,就像行军曲一样,具有激发人心、鼓舞斗志的高亢旋律。

易君左诗歌创作上的这些特点,在他1939年入川以后的诗作中依然保存着。1945年,易君左曾把入川以后的979首诗结集为《中兴集》,是不可忽视的抗战文学成果,易君左因此而当得起"爱国诗人"这一名号,在现代诗歌史上占有重要的地位。早在1936年,葛贤宁就评论说:

> 易君左先生的诗总是特异于众的,在诗歌方面正十足显示了他的大天才。从歌咏伟大的自然到被压迫的弱小民族的同情,它的气势真如霓虹一样,伟大,美丽,高亢,热情。假如说雨后的霓虹是给予人以清明,平静,幻美,辽远的感觉的话,那么他的诗,是显示了庄严,雄俊的自然神姿,与人间公理与正义的呼声。又如闪电闪透彻了地面的黑暗,春风般,带来了鲜花、明月和欢畅。它的效用,足以打破人间生活的窒闷,恢复民族的麻痹,复活了国民垂死的精神。在这处所,诗人的精神早与被压迫的中国民族与世界一切弱小民族相连系了。在西欧,我们见到拜伦、山陀尔,在中国,古来有陆游,近代有黄遵宪,民国以来是易君左!人类社会是循着曲线进行的,一个人的精神也是这样:诗人易君左早年堕入个人主义的感伤;中年精神扩大而为全民族担负痛苦,现更深入民众,观目前所作诗歌,又颇沾染老杜气息,家,国,民众,同为歌吟主体,这样,年纪还青的

---

① 易君左:《鲁南大捷歌》,《民心旬刊》1938年第5期。

易先生，前途成就的伟大，是可预卜的！①

"古来有陆游，近代有黄遵宪，民国以来是易君左"，评价可谓高矣！葛贤宁指出易君左精神由个人主义上升到家国民众，这个观察也是敏锐深刻的。

1938 年秋，易君左受到湖南同乡、老上司、位居国民党中央宣传部长的周佛海邀请，入川担任中宣部专员、中央文化运动委员会委员等职。此时的易君左不只是"战前一支笔"，更要擎起一面旗帜，将他在诗歌创作上的探索和实践理论化，进而引导抗战时期的诗坛②。先是在成都发起一个中兴诗社，在于右任的倡导下，与卢冀野努力于鼓吹中兴，出版《民族诗坛》，提出建立"民国诗学"的号召；后又与梁寒操、易声伯等一起发起"膺社"，从事于新诗创建的运动，提出过关于"如何创建新民族诗"的系统的理论主张。就诗学活动来说，入川前，易君左主要是从事诗歌创作；入川后，则诗歌创作和理论建设并重，算得上是"国统区"最具有影响力的诗歌理论家。

其实，自抗战初起，国民党的文化宣传就以民族主义相号召。1937 年底，于右任聚集一批诗人学者成立了"民族诗坛"，1938 年 5 月推出《民族诗坛》创刊号。该刊"以韵体文字发扬民族精神激起抗战之情绪为宗旨"，易君左在抗战期间的诗歌完全符合这一宗旨，于是很自然地加入《民族诗坛》阵营，成为主要作者之一。1939 年，易君左在《民族诗坛》上发表了《建立民国诗学刍议》，从思想理念到组织形式提出建立"民国诗学"的主张，算是《民族诗坛》举起的一面诗学旗帜。他认为，民国建立虽然有 28 年，但诗学不振，不适应于国家民族的需要，当前是"抗战建国"的大时代，诗歌应该担负起时代所赋予的使命，急起直追，"以大民族之精神，为划时代之写作，而建立'民国诗学'之基石"。"民国诗学"须（一）以民族主义为灵魂，（二）以集体力量为大规模、有计划的写作，（三）新诗学必与音乐、图画相联；诗必能歌，歌必能画，以造成三位一体的真艺术③。第一、三两点都是易君左基于自己的创作实践和一贯主张，第二点则是他任中宣部专员以后的职责使然。他还从对象、题材、体制、风气、办法等方面提出建立"民国诗学"的具体办法和要求。易君左关于"民国诗学"的主张，与当时国民党的文艺政策是完全一致的，甚至可以说本身就是国民党文艺政策的重要组成部分。

中国古代，一代有一代之文学。即使就诗歌来说，一代也有一代的风貌。到了民国，新诗与旧诗分道扬镳，各自划界，相互攻讦。针对诗坛的这种状况，易君左 1941 年发表长文《"中华民国诗"之建立》，配合着抗战建国的需要，提出建立"中国民国诗"的口号：

> 我们既是一个堂堂皇皇的中华民国的人，就应该建设一种堂堂皇皇的"中华民国诗"。……"中华民国诗"的建设，是破除了目前所谓新旧体诗的界线，一洗过去及现存的渣汁，而崭新创造一个诗的整体；不但是担负了我们过去历史上的旧使命，而且要开

---

① 葛贤宁：《诗人易君左》，《西北风》1936 年第 4 期。

② 事实上，易君左此时的学术研究也是服务于抗战建国的。如他的《杜甫今论》（连载《民族诗坛》1939 年第 2 卷第 6 期至第 3 卷第 5 期）称杜甫具有革命主义的人生观，以"国家至上主义"奠定生命的基石。他研究《春秋》的系列文章，如《读"春秋"杂感》（《中央周刊》1941 年第 3 卷第 45 期）、《敬以春秋大义勉全国同胞》（《时代精神》1941 年第 4 卷第 3 期）、《中国最古的国策：尊王攘夷之春秋大义》（《民意》1941 年第 173 期）、《春秋时代的民主精神》（《文化先锋》1942 年第 1 卷第 9 期），发掘"尊王攘夷"的现代意义，从"尊王"引申出"拥护中央"，从"攘夷"引申出抵抗外侮，都具有鲜明的时代性。

③ 易君左：《建立"民国诗学"刍议》，《民族诗坛》1939 年第 2 卷第 4 期。

发中华民族将来的新生命。因此,这一个抱负是极其伟大的、神圣的![1]

易君左还提出建设"中华民国诗"三大原则:第一,"中华民国诗"必守中华民族的国格,表现时代精神,发扬民族意识,提高国家信念,体验社会疾苦;第二,"中华民国诗"必合中华民族的国情,即继承优秀的诗歌传统,诗必能歌,诗必能舞,诗必能画,诗歌与音乐、绘画、舞蹈相配合;第三,"中华民国诗"必用中华民国的国音,不主张用旧韵,不主张用方音,但诗必有韵,押韵依据中华民国的国音。

抗战期间,同样是强调文艺服务于抗战,延安解放区的文艺走的是"大众化"道路,国统区的文艺政策则是"民族化",重庆政府的民族化文艺政策在诗歌上的一个表现,是易君左提出创建"新民族诗"。对当时的新、旧诗,易君左都有不满,认为旧体诗的最大的缺憾是没有时代性,新体诗最大的缺憾是没有历史性。诗在当时的中国已临到必然的革命的机运。"我们要求的诗,是要有历史性,同时要有时代性。换句话说,不但要求是现代的诗,而且要求是中国的诗。今天我们发动诗的革命,不但要革旧体诗的命,而且要革新体诗的命。我们要求建立今日中国的诗——革命的新民族诗!"[2]

什么叫作"革命的新民族诗"? 历史性与时代性,是易君左理论探索的两个向度。旧体诗缺乏时代性,新体诗缺乏历史性,因此需要进行革命。革命的新民族诗的灵魂,"是寄托在中华民族开国五千年光荣悠久的历史上,是寄托在我国境内各宗族的融合同化以团成无比的大民族与建立无比的大文化上,是寄托在自卫的精神抵抗一切暴力的压迫而求独立自由的生存上,特别是寄托在近一百年来所受耻辱的反映,近五十年来中国国民党领导全民的奋斗,近十五年来国民革命军北伐的成功,统一基础的奠定上,尤其重要的是近六年来抗战建国的伟大工程上"[3]。易君左在文中具体地阐发了"革命的新民族诗"在思想、情感、风格、价值、体制等方面的特征和要求。他还发文《新民族诗的音节和符号》对新民族诗的音节、符号等具体问题提出主张[4],如新民族诗要押韵,但比旧体诗束缚要小,应采用新音韵,用国语、普通官话为标准的,采用《中华新韵》;应提倡新节奏,用长短参差的语句,拍合着心弦脉搏的旋律。新民族诗讲究音乐美,反对死的音节而主张用活的音节,反对散文化的音节而主张用纯诗的音节,反对浮词滥调的音节而主张用朴实纯厚的音节。新体诗的文字也要大胆的革命:反对用艰深僻涩的语言文字,而采用浅近熟练的语言文字;反对用浮华浅薄的语言文字,而采用纯朴笃实的语言文字;反对用矫揉造作的语言文字,而采用其直截明朗的语言文字;反对死的语言文字,而采用活的语言文字。易君左勉励全国的青年诗人:

> 我们不写诗则已,写诗一定要写世界第一流的诗;我们不做诗人则已,做诗人一定要做历史上永垂不朽的诗人! 我们愿新中国的文艺青年,挺胸膛,立大志,取法历史上最伟大的诗人和光被世界的最辉煌的诗篇。[5]

易君左发表这些诗学革命的主张,既是他自己在抗战期间诗歌创作的实践经验的理论总结和提升,也反映了抗战时期的文学需求和诗歌自身的革新诉求。他发表这些文章"切望以此

---

① 易君左:《"中华民国诗"之建立》,《时代精神》1941年第4卷第4期。
②③ 易君左:《如何创建新民族诗》,《文艺先锋》1943年第3卷第2—6期。
④ 易君左:《新民族诗的音节和符号》,《文艺先锋》1944年第4卷第6期。
⑤ 易君左:《勖全国青年诗人》,《中国青年》1944年第11卷第4期。

引起论坛广大的共鸣"。事实上,于右任、梁寒操、王亚平、戈茅、卢前等许多文化人都在"抗战建国"的背景下思考诗歌的方向,易君左是其中理论主张最明确、理论表述最为系统的一位。过去由于历史的原因,学界对此较少给予关注。其实,这是民国诗学乃至 20 世纪诗学研究不可忽略的内容。

"寒衣曲"的古今演变

北京大学　周兴陆

中国文学从古代到现代的演变,是质的飞跃,不论语言形式还是思想内容,古今之间都有着明显的差异。但如果眩惑于这种差异而视古今文学为不相干的两橛,则不免惊诧、慨叹文化断裂,理论"失语"。事实上,不论文言还是白话,毕竟都是汉语;不论古代还是现代,国人的精神意识、文化心理依旧一脉贯之。现代与传统之间,既存在巨大的变化,也有赓续相通之处,二者是通与变的关系。深入认识古今之间的通与变,既须要大处着眼,更须要细部解剖。本文选取吟咏捣衣、制衣、送衣等题材的"寒衣曲"为对象,作纵向考察,探讨其古今演变。

衣食住行,乃人生四柱,一刻也离开不得。衣为四柱之首,尤为重要,因此也很早就成为诗歌吟咏的对象,如《诗经·秦风》之《无衣》和《豳风·七月》之"九月授衣"。

《礼记·月令》曰:"仲秋之月,乃命司服。"每当秋气转凉、白露为霜之时,便响起万户捣衣声。清冷的月光下,闺妇捣素裁衣,缄封寄远。清脆的砧声在寒夜里飘荡,蕴含着幽怨,传递着思念,感动许多文人墨客,因此"捣衣诗""寒衣曲"的传统源远流长。

一、南、北朝"捣衣诗"主题之差异

"捣衣"是古代妇女的日常劳作,自然很容易进入"劳者歌其事"的诗歌吟咏中。六朝的民歌中就有咏叹捣衣的,"吴声歌曲"《子夜四时歌》之《秋歌二首》就以捣衣为题材:

> 风清觉时凉,明月天色高。佳人理寒服,万结砧杵劳。白露朝夕生,秋风凄长夜。忆郎须寒服,乘月捣白素。

天气转凉的漫长秋夜,想念远行在外的游子需要寒服,闺妇于是乘着月色,一声接一声地辛苦捣练。民歌《清商曲辞·青阳渡》"隐机倚不织,寻得烂漫丝。成匹郎莫断,忆侬经绞时",更是采用谐音双关,表达浓浓的爱恋和深切的相思。虽然流传下来的这几首民歌都产生于东晋后,但是可以推想民间吟咏捣衣生活的歌曲要早得多,数量也应不止此若干首。

文人吟咏捣衣,流传下来最早的是东晋曹毗《夜听捣衣诗》,曰:

> 寒兴御纨素,佳人治衣襟。冬夜清且永,皓月照堂阴。纤手叠轻素,朗杵叩鸣砧。清风流繁节,回飙洒微吟。嗟此嘉运速,悼彼幽滞心。二物感余怀,岂但声与音。

诗人从"听"的角度,摹写秋夜捣衣的场景,清寒的秋夜,皓月当空,秋风送来有节奏的捣衣声。触动吟怀的,不只是捣衣杵声;时光飞逝,引起诗人对生命不永的咨嗟;游子幽滞他乡,有情人不能团圆,也引起诗人的伤悼。

在曹毗之后,南朝诗人谢惠连、颜竣、萧衍、柳恽、王僧孺、费昶、僧正惠偘等都有"捣衣诗"传世。比较而言,这些诗歌基本上大同小异。

从写作角度看,曹毗采取"听"者的立场,费昶《华光省中夜听城外捣衣》也是从"听"角度入手的,"徒闻不得见,独夜空愁伫",诗人听着砧声而展开想象去虚拟"红袖往还萦,素腕参差举"的捣衣情景。而大多数的南朝诗人则是转变性别角色,男子而作闺音,以闺妇的口吻来抒写,如谢惠连《捣衣》"盈箧自余手,幽缄俟君开";僧正惠偘《咏独杵捣衣》末二句"令君闻独杵,知妾有专心";柳恽《捣衣诗》末二句"念君方远游,望妾理纨素",都是以"妾"为抒情主人公。这算是有了一点变化,但在转变性别角色这一点上,又多是雷同的。

南朝"捣衣诗"的意象,在曹毗写秋风、皓月、永夜、砧声的基础只略作变化,都是为了营造深秋月夜捣衣的清幽萧瑟气氛,如谢惠连《捣衣》"白露滋园菊,秋风落庭槐。肃肃莎鸡羽,烈烈寒蛩啼"等句的铺排,柳恽诗中"亭皋木叶下,陇首秋云飞。寒园夕鸟集,思牖草虫悲"等句的白描,都只是加强景物描写,进一步渲染悲秋的氛围,构思方式没有太大的变化。

南朝"捣衣诗"的情感,也未超越曹毗诗"嗟此嘉运速,悼彼幽滞心"的范围,以闺思为情感基调,偶然融入一点青春流逝、时不我待的生命紧张感。谢惠连《捣衣》首二句"衡纪无淹度,晷运倏如催",王僧孺《咏捣衣》首四句"足伤金管遽,多怆缇光促。露团池上紫,风飘庭里绿",都感慨时间流逝之快,生命像绿叶在秋风中变黄一样渐渐苍老。谢朓《秋夜》"谁能长分居,秋尽冬复及",就把悯时和闺思融为一体。

从以上的例举,就可以看出六朝"捣衣诗"主题之相似、意象构造之稳定。① "捣衣"在六朝诗歌中成为一种集体情绪的文化符码,这种文化意象中凝聚的艳情哀思,是民族的集体无意识。而在审美偏好上表现出"以怨为美"的六朝文人,往往从这个文化符码更能获得心弦的共振、情感的共鸣,因此更偏爱这一题材。钟嵘《诗品序》列举"凡斯种种,感荡心灵",其中之一就是"寒客衣单,霜闺泪尽"。萧绎《金楼子》也说:"捣衣清而彻,有悲人者。此是秋士悲于心,捣衣感于外,内外相感,愁情结悲,然后哀怨生焉。苟无感,何嗟何怨也?"不论在创作还是理论上,六朝人都认识到"捣衣"是容易写得动人的诗歌题材。

但是,如果我们把南方文人与北方文人的同题诗歌作对比,就会发现它们之间存在明显的差异。南朝《捣衣诗》中所思念的对象,是行役不归的游子,如谢惠连《捣衣》"纨素既已成,君子行未归",柳恽《捣衣诗》"行役滞风波,游人淹不归",就像《古诗十九首》一些诗篇那样,这些长久外出不归的"游子"的身份不是特定的。而北朝《捣衣诗》中所思念的对象则是沙场上的士兵。北魏著名文人温子升,被时人誉为"曹植、陆机复生于北",也有一首《捣衣诗》:

> 长安城中秋夜长,佳人锦石捣流黄。香杵纹砧知近远,传声递响何凄凉。七夕长河烂,中秋明月光。蠮螉塞边绝候雁,鸳鸯楼上望天狼。

温子升这首诗尤为人称道,其中的"锦石""流黄""香杵""纹砧",似有南朝的绮丽;较整饬的七言句式,被后人视为七律的滥觞。情感依然是闺思,但闺思的对象则在"绝候雁"的"蠮螉

---

① 王宜瑗:《创造与因袭——论六朝"捣衣诗"同题之作》(《文学遗产》1992年第6期)对这种现象有详细的分析。

塞边",蠮螉塞在晋代就是军事要塞,显然闺妇所思的是征人。再看北周时庾信《咏画屏风诗二十四首》之十:

> 捣衣明月下,静夜秋风飘。锦石平砧面,莲房接杵腰。急节迎秋韵,新声入手调。寒衣须及早,将寄霍嫖姚。

屏风所画的应该是《捣练图》,庾信这首诗近似于后世的题画、咏画诗,吟咏的对象是捣练。最后二句"寒衣须及早,将寄霍嫖姚",显然诗人想象闺妇制寒衣所寄的夫君,是远在边塞的将领,身份也是"征人"。庾信《夜听捣衣》中"谁怜征戍客,今夜在交河",说得更为清楚,捣衣所寄对象是远在交河的"征戍客"。可见北朝《捣衣诗》中闺妇制衣所寄的是身份、行踪确定的"征人",与南朝同题诗中身份、行踪都不明确的"游子",是截然不同的。

其中的原因在于西魏、北周实行的是府兵制。与南朝的募兵制不同,府兵制是一种寓兵于农、兵农结合的古代兵制,建于西魏,历北周、隋,至唐而完备。其间虽有变化,但取兵于农、物资自备的情形是一致的。西魏时,"军中许多需用物品,像兵仗衣驮牛驴甚至糗粮都要自备"[①]。北齐时,"府兵之制全部兵农合一"[②]。北周时,府兵制进一步扩展,建德二年至三年(573—574),"募百姓充之,除其县籍,是后夏人半为兵矣"[③],汉族人口成了主要的兵源。上引西魏温子升《捣衣诗》所思念之人在"蠮螉塞边绝候雁",就是当时的府兵。庾信那首《咏画屏风诗》,清人吴兆宜笺注:

> 按《北史·文苑传》:齐后主因画屏风,敕通直郎萧放及晋陵王孝式录古贤烈士及近代轻艳诸诗,以充图画。是时子山仕于周,岂遥为之咏耶?[④]

北齐实行府兵制,取兵于农,战争时自备衣粮,基于这种生活,屏上画有《捣衣图》。同样,庾信生活的北周也实行府兵制,有着相同的生活基础,因此在吟咏这幅屏风时,发出"寒衣须及早,将寄霍嫖姚"的感慨。如果当时的生活中,像南朝那样,没有士兵自备衣粮、家人寄寒衣的实景,庾信怎么会想到及早制寒衣寄给边塞将士呢?

明人杨慎阅《类要》及《北堂书钞》《修文殿御览》,会合丛残,得一首诗曰:

> 闺中有一妇,捣衣寄远人。深夜不安寝,杵声闻四邻。夫婿从军久,别离无冬春。欲寄向何处,边塞多风尘。兰茞徒芬香,无由近君身。

杨慎谓此诗乃"《古诗十九首》之遗也"[⑤]。然而联系南北朝时不同的兵制来看,此诗应该是实行府兵制的北朝或者唐人作品。许学夷就不相信它是《古诗十九首》之遗,谓其"浅近不类"[⑥]。

---

① 岑仲勉:《府兵制度研究》,上海人民出版社1957年版,第21页。
② 陈寅恪:《隋唐制度渊源略论稿》。
③ 《隋书》卷二四《食货志》,参《府兵制度研究》第29页。
④ 《庾开府集笺注》。
⑤ 《升庵集》卷六十。
⑥ 《诗源辩体》卷三。

二、府兵制下的唐代"寒衣曲"

唐诗中有很多吟咏捣衣、缝衣、寄衣的"寒衣曲",制寒衣寄征人是唐代诗人特别喜爱的题材。从初唐沈佺期《古意》"九月寒砧催木叶,十年征戍忆辽阳"到晚唐王驾《古意》"夫戍萧关妾在吴,西风吹妾妾忧夫。一行书信千行泪,寒到君边衣到无",无数诗人各出机杼,吟咏这相似的题材,表达相近的情感。与前代相比,唐人融南北之长,把南朝的闺怨主题和北朝的边塞题材揉为一体,或承续南方的委婉幽怨,或延宕着北方的苍茫辽阔。沈佺期《古意》显然继承了西魏温子升的《捣衣诗》的主题和风格,李白则采用《子夜四时歌》吟唱:"长安一片月,万户捣衣声。秋风吹不尽,总是玉关情。何日平胡虏,良人罢远征。""明朝驿使发,一夜絮征袍。素手抽针冷,那堪把剪刀。裁缝寄远道,几日到临洮。"而南朝时的《子夜四时歌》是没有把"寒衣"与"征人"联系在一起的。

为什么唐人偏爱"寒衣曲"?一方面因为这是"一个极美的题材"①。爱而不能,有情人的分离和相思,这本身就是人间凄美的场景,能引起人们的情感共鸣。清凉的月光下,孤独的闺妇捣衣裁素,习习凉风传送着砧声,忽远忽近,其中蕴含着闺妇多深的相思、牵挂和幽怨啊!这最能打动诗人敏感的心灵。特别是,少妇和征人、闺阁与军营、素丝与刀枪、江南与边塞,缠绵与悲壮,构成强烈的审美张力,吸引着诗人去想象、体味和表现。这类诗歌容易作得情意缱绻,富有感染力。严羽《沧浪诗话·诗评》就说"唐人好诗,多是征戍、迁谪、行旅、离别之作"。

另一方面更重要的原因,则是唐人的生活基础,即唐代实行的府兵制。府兵制至初唐时期进一步发展乃至完备。"唐盛时人口八百万,府兵占四十万,即二十分之一"②。这些府兵,取之于民,且须衣粮自备。史书载:"唐初府兵粮食皆自备。开元以后始募兵为骑而有养兵之费。"③"唐初府兵番上入卫,衣粮自备,而官未有费也。至玄宗变为彍骑,而长从宿卫,官始资给之,而费昉于此矣。"④初盛唐时期府兵数量众多,开疆拓土战争频繁,衣粮之类物资需要自行准备,缝衣寄边是平民百姓日常生活中的重要负担,对征人的牵挂和担忧也是百姓的日常情感。正是有了这种现实生活基础,才能形诸诗人笔端,出现了诸如"征客近来音信断,不知何处寄寒衣"(张汯《怨诗》);"南陌征人去不归,谁家今夜捣寒衣"(宋之问《明河篇》);"裁缝双泪尽,万里寄云中"(吴大江《捣衣诗》)之类的咏叹。

抒写闺阁之思、边塞之苦的"寒衣曲"在唐代尤为盛行的原因,清人就联系府兵制给予了解释。卢元昌笺释杜甫《无家别》时说:

> 唐人作诗多言遣戍从军之苦,而宋元以下无闻焉。盖唐用府兵,兵即取之于民,故有别离室家、远罹锋镝及亲朋送行、历历悲惨之情。宋明之师,或用召募,或用屯军,出征临战,皆其身所习熟而分所当为者,故诗人亦不复为哀。⑤

---

① 祝实明:《谈谈"寒衣曲"》,《国论》1939年第13期。
② 岑仲勉:《府兵制度研究》,第70页。
③ 《山堂考索》后集卷四十二。
④ 王迈:《乙未馆职策》,《臞轩集》卷一,影印文渊阁《四库全书》本。
⑤ 仇兆鳌:《杜诗详注》,中华书局1979年版,第539页引。

唐人作诗多言遣戍从军之苦,严羽已指出这种现象但未作解释,卢元昌才揭示其真正原因。清后期陆继辂《捣衣》诗首四句曰:"唐代多军事,深宵怨捣衣。府兵征戍急,征妇会夫稀。"①正可与卢元昌的话相印证。宋代以后,因为不再实行府兵制,诗词中"寒衣曲"也相应地减少。砧声、捣衣往往只是作为一种情感意象遗留在后代的词曲中。

府兵制至开元年间日益废弛,逐渐为"彍骑"募兵制所代替。这时寒衣等军备物资可能由朝廷提供。张籍《寄衣曲》曰:"官家亦自寄衣去,贵从妾手著君身。"可见这时虽然闺妇也寄衣,但在制度上应该是朝廷(官家)寄衣。这些衣服或出自后宫闲暇的宫女之手,由此还引出一些爱情故事。《诗话总龟》卷二三记载:

> 开元中,赐边将军士纩衣制于宫。有兵士短袍中得诗,曰:"沙场征戍客,寒苦若为眠。战袍经手作,知落阿谁边。留意多添线,含情更着绵。今生已过也,重结后生缘。"兵士以诗白帅,帅进呈明皇,以诗遍示宫中曰:"作者勿隐,不汝罪也。"有一宫人自言万死。明皇深悯之,遂以嫁得诗者,谓之曰:"吾与尔结今生缘。"边人感泣。②

"征袍绣诗",虽艰苦而不乏浪漫的举动,到了现代战争时期又在重演。

三、现代诗歌中的"寒衣曲"

"寒衣",凝聚爱情、亲情,寄托思念,带来温暖,作为一种文化符码,已经融汇中华民族的精神血液中。至现代,"寒衣曲"在诗坛上又悠然响起。"寒衣曲"在现代诗坛的演化,大体以抗战爆发为界,分为抗战前和抗战后两个阶段。撇开那些模拟古人、古色古调、没有多少新面貌的作品之外,抗战前的"寒衣曲"与传统的同题诗相比,在两个方面有较大开拓:

一,在校园中出现一些"寒衣曲",抒情主体从闺妇转向游子,而游子的身份主要是学子。传统的"寒衣曲",虽然作者多为男性,但在诗中往往转以闺妇为抒情主人公,即"男子而作闺音"的现象比较普遍。现代"寒衣曲",作者与诗中的抒情主人公往往是一致的,多从"游子"的角度立意。而且随着现代教育体制的建立,越来越多的年轻人离开家乡、外出求学,成为诗歌创作的主体。他们往往从"接寒衣"的角度抒写学子对亲人的感激和愧疚之情,实际上是把孟郊的《游子吟》主旨融入"寒衣曲"中。如鲍尔韶《旅沪接寒衣》:"飘零未得一枝安,接到寒衣心暗酸。密密缝痕身上认,迟迟归意梦中看。三春化日恩知重,寸草蓬心报总难。游子吟终万感集,恨无菽水奉亲欢。"③模仿《游子吟》的痕迹非常明显。校园"寒衣曲"在二三十年轰动一时的是著名作曲家黎锦晖之女黎明晖歌唱的《寒衣曲》,包括"慈母念子之曲"和"游子念亲之曲",引录于下:

> 寒风习习,冷雨凄凄,鸟雀无声人寂寂,织成软布,斟酌剪寒衣。母亲心里,想起娇儿没有归期。细寻思,小小年纪远别离,离开父母兄弟姊妹,独自行千里。难记难记,腰围粗细,身段高低,尺寸无凭难算计,望着那灰线空着急,望着那剪刀无凭依,望着那针儿只好叹气,望着那线儿没主意。记起记起,哥哥前年有件衣,比一比弟弟。

---

① 陆继辂:《崇百药斋三集》卷十,《清代诗文集汇编》影印本。
② 阮阅编,周本淳校点:《诗话总龟》,人民文学出版社1987年版,第250页。
③ 鲍尔韶:《旅沪接寒衣》,《复旦》1918年第1卷第5期。

　　琴歌阵阵笑殷殷,课罢欢娱不尽。绿衣人来,送到包和信。仔细看清,看罢家书,好不开心。是母亲亲做的新衣寄远人。一千针一万针,千针万针密密缝,穿带又轻,对镜对镜,不短不长,不宽不紧,新衣恰好合儿身。穿起了新衣不离身,穿起了新衣记起人。记起人来眼泪零零,记起人来不能亲近亲近。且把新衣比爱亲,亲亲母亲。

　　这两首歌词的作者是黎明晖还是黎锦晖?难以确考。它们具有学堂乐歌的特点,将传统的《游子吟》融入"寒衣曲"中,抒写母爱的伟大和孩子对母亲的感激和亲近,感人至深。据说黎明晖未入电影界时,即以善唱歌驰名沪上。凡学校开会,往往邀请女士唱一曲,其所唱《寒衣曲》尤佳,不但歌声凄婉动人,即歌词亦绝妙。当时的作家毕倚虹称为"黎娘到处送寒衣"[1]。

　　二,"寒衣曲"主题从抒发闺怨转向揭示社会矛盾和阶级对立,表现劳工大众的怨情。这是在"五四"新文化运动以后出现的新主题。文华短篇小说《捣衣女》以揭示社会的对立和不平等为主题,作者在最后呼喊:"劳工的姊妹们呵!你们受尽万恶金钱的践踏,而阶级眼光的人们偏说是另一种阶级的女性!资本家的口中还说是劳工神圣?!"[2]吾宗彭《捣衣曲》也鲜明地反映这种阶级对立,其中一节说:"捣衣复捣衣,满筐皆罗绮。偶自一低头,破襖难蔽体,富贵富室郎,贫贱贫家子?!"[3]这类主题,往传统里追溯,可以在杜甫《自京赴奉先咏怀五百字》"彤庭所分帛,本自寒女出。鞭挞其夫家,聚敛贡城阙"和白居易《红线毯》等乐府诗中找到一些影子,但现代诗歌的思想高度已非传统新乐府所可比拟。闻一多早年留学国外时,痛心于"国人旅外之受人轻视"[4],不平则鸣,作了著名的新诗《洗衣歌》。虽然"洗衣"与"捣衣"显有差异,但也算是同题之作。闻一多此诗的立意,在传统"寒衣曲"的基础作了进一步开掘,可谓是华人劳动者的现代怨歌。

　　在艰苦卓绝的民族解放战争时期,为了配合"捐寒衣运动"的政治宣传,涌现出大量的"寒衣曲",成为抗战诗歌的一支主旋律。日本帝国主义侵略中国,蓄谋已久,装备精良,物资丰富;而我国经历多年的内战,国力贫弱,物资匮乏,准备不足。特别是寒冬来临,士兵们衣着单薄,难以抵挡严寒,挨冻病死,严重地削弱我方军队的战斗力。从沦陷区逃离至后方的难民,也缺少衣食,受冻挨饿,有人因此而投靠敌方。因此,自战争爆发始,有识之士就号召后方踊跃制寒衣,捐寒衣,"寒衣曲"也随之响起。如1936年11月,驻守绥远的傅作义抵抗日伪军,取得"百灵庙大捷"。消息传来,举国振奋。时当大寒,国人争制寒衣,输往前军。当时的上海培成女校制丝绵背心二千件,并绣制"国家干城"旗帜赠送傅作义部队[5]。诗人杨圻作《寒衣曲二首》,印数万份,随衣附赠,表达对前方将士的敬爱之情和勉励之意[6],这种传播方式令人想到唐开元宫人的"征袍绣诗"。1937年,广州妇女慰劳会为前敌战士缝制棉衣,内衣前面绣着"忠勇卫国"四字,以鼓舞士气[7]。特别是自1938年秋开始,一年一度,从中央到基层,从政府到慈善机构和学校,全国性的"征募寒衣运动"轰轰烈烈地开展起来。当时的

①　《黎明晖女士所唱之〈寒衣曲〉》,《民众文学》1926年第14卷第17期。
②　文华:《捣衣女》,《妇女旬刊》1933年第17卷第25期。
③　吾宗彭:《捣衣曲》,《金中学生》1939年第4期。
④　闻一多:《洗衣歌》,《大江季刊》1925年第1卷第1期。
⑤　《寒衣源源送前线》,《中国学生》1936年第3卷第16期。
⑥　杨圻(云史):《寒衣曲二首》,《青鹤》1937年第5卷第7期。
⑦　《家家儿女送寒衣》,《广东画报》1937年第2期。

国民政府宣传部和军委会组织中央及各地成立征募寒衣委员会,蒋介石夫人宋美龄召集重庆各政府机关的女职员和眷属,成立妇女工作队,热烈地开展寒衣运动。宋美龄亲自制寒衣,捐助棉背心两千件。当年全国征募的目标是新制棉背心二百万件,分发军队;征募旧衣三百万件,分发难民。从9月11日开始到"双十节"为止①。后来采取摊派的办法,各级政府、机关团体、学校、市民都有任务,有的地方设置"一日捐",教员捐助一日所得。行政院善后救济总署、女青年会、真心慈善会、各地育幼院、中国童子军等组织,甚至海外华侨,都发动起来了,真正兴起了全民性的"征募寒衣运动"。

"征募寒衣运动"中,宣传工作尤为重要。中央妇女工作队成立宣传组,地方上有宣传周。由中央宣传部牵头,"九月十一日起,全国宣传机关及报纸刊物,应作广大之征募寒衣宣传运动"②。宣传形式多种多样,诗词、歌曲、文章、小说、话剧,木刻、版画,以及散曲、鼓词、莲花落等通俗文艺形式,各逞其能,发挥宣传鼓动之力。其中,诗歌的成就尤其突出,涌现出一大批以"捐寒衣"为主题的诗歌作品。

中国妇女抗敌救援会主席、著名民主人士何香凝就做过几首"寒衣曲",其《赠前敌的亲爱将士》诗云:

> 前者牺牲后者师,家家儿女送寒衣。感君勇敢沙场去,留得忠名万古垂。③

何香凝诗歌传到前线后,极大地鼓舞了将士的斗志。国民革命军第90师师长欧震步韵曰:"一样同仇敌忾意,救亡端趁此时机"④;十九路军少校秘书张慕槎酬答曰:"男儿自合沙场死,国族生存一线垂。"⑤张治中将军夫人洪希厚女士在后方捐助一万件寒衣,时任国民政府军事委员会副委员长冯玉祥作《咏张主席夫人捐棉衣》:

> 天气已经大秋凉 / 战士还穿单军装 / 早晨夜晚风露重 / 不久更会下严霜 / 张主席夫人洪希厚女士关心抗战 / 赤心热肠 / 各省各地捐寒衣 / 希厚女士努力提倡 / 自己捐助一万件 / 还要代募万件送前方 / 三湘人士闻风起 / 一千两千来输将 / 全国同胞必感奋 / 前线士气必发皇 / 弦高爱郑国 / 为缓秦兵赠牛羊 / 令尹子文毁家产 / 力助楚国打胜仗 / 希厚女士比先辈 / 今与古,相辉煌 / 还望各地女同胞 / 奋起募捐不相让 / 政府只要百万件 / 我们要把百万双 / 爱国心肠热不热 / 要在此时来较量。

可能是因为洪希厚女士不识字,故冯玉祥用通俗白话,随后还被人改为《劝捐寒衣诗》七言歌行在《冲锋》1938年第27期上发表。

抗战时期的"寒衣曲"服务于"征募寒衣运动",为了达到更好的宣传效果,往往采用歌曲的形式,便于演出歌唱。蔡冰白(笔名骆驼)作歌、张昊(笔名祖望)作曲的《寒衣曲》抗战初期在上海非常流行,其歌词曰:

> 雁南归,树叶黄,想起战士在前方,浴血苦战西风里,还是穿件单衣裳。不受西风威胁,忍着难堪的冻饿,为了民族的前途,咬紧着牙关肉搏,多加一根线,多铺一层棉,蜜蜜

---

① ② 《全国征募寒衣计划》,《冲锋》1938年第24期。
③ 何香凝:《赠前敌的亲爱将士》,《集美周刊》1937年第22卷第8期。
④ 欧震:《步何香凝先生送寒衣原韵》,《宇宙风》1937年第50期。
⑤ 张慕槎:《奉酬廖夫人赠前敌寒衣诗》,《军事杂志》1939年第119期。

的缝结起,许个大心愿。①

显然其主题是劝勉后方多捐献寒衣,全力鼓舞抗战。但是,到了1939年底在"上海之歌"舞台剧演出由夏霞歌唱时,迫于压力,不得不将歌词改为:

> 雁南归,树叶黄,想起难民无家乡。日夜飘零西风里,还是穿件单衣裳。不受西风威胁,忍着难堪的冻饿,为了生命的前途,咬紧着牙关手搏,多加一根线,多铺一层棉,蜜蜜的缝结起,许个大心愿。②

这样一改,原来的抗战主题全然消失,变成了救济难民的人道主义主旨。这正是1939年汪精卫在上海建立伪政权后政治气候变化的一个表现,反过来也说明了1938年版的《寒衣曲》的思想宣传力量。

与蔡冰白、张昊等盘桓于上海十里洋场不同,现代作曲家孙慎担任战地服务队音乐股股长,其夫人洪冰(曾用名吕璧如)任战地服务队队员,深入战区前线开展音乐工作,创作了一批抗日歌曲,其中就有《募寒衣》,词曰:

> 秋风起,秋风凉,人人添做棉衣裳。战士在前方,没有棉衣穿,冻坏了身体打不了仗。北风吹,北风寒,大家快做棉衣裳。棉衣送前方,送给战士穿,战士穿上努力杀东洋!③

这首歌曲,主题鲜明,歌词简洁直白,曲调也简单朴素,更易于歌唱和传播。

抗战时期的"寒衣曲",与传统相比,具有鲜明的现代特征:

一,它摆脱了传统的"闺怨"主题,发展了自《诗经·秦风·无衣》以来的"尚武"精神,同仇敌忾,发出"中国人总要帮中国人"④的呼喊,提升民族精神的凝聚力。传统的寄寒衣是个体的行为、家庭的私事,而在全面抗战时期,支持抗战,人人有责,捐助寒衣不是为了特定某一个亲人,而是"一针慰问/一针祷祝/对那遥遥的祖国健儿"⑤。后方妇女全上阵,"诸姑姐妹急商量,齐去裁布缝衣裳"⑥。捐助寒衣是人人的心愿,"有衣一件送一件,有钱一串送一串。各人但尽各人心,各人速了各人愿"⑦。就像中央妇女工作队宣传组拟订的《寒衣曲》最后一节所唱的:"珍重寒衣曲,雄狮醒国魂,无穷针线迹,也作纪功论!"后方捐助寒衣也是在为抗战建国立下功勋。

二,抗战时期的"寒衣曲"摆脱了传统同题诗缠绵幽怨的格调,崇尚英雄主义,洋溢着战争必胜的豪迈,坚定民族复兴的信念。古代的"寒衣曲",多是"不怨飞蓬苦,徒伤蕙草残"(柳恽《捣衣诗》)、"声声捣秋月,肠断卢龙戍。未得寄征人,愁霜复愁露"(刘长卿《月下听砧》)之类哀婉悲怨的格调。即使在国力上升的初盛唐,也只是吟唱着"年光只恐尽,征战莫蹉跎"

---

① 骆驼作歌,祖望作曲:《寒衣曲》,《自学》1938年第1卷第8期。

② 夏霞唱、蔡冰白词、张昊曲:《寒衣曲》,《歌曲精华·银花集合刊》1940年第6期;《好友无线电》1940年第1期,《理想家庭》1941年第2期。

③ 吕璧如作词,孙慎作曲:《募寒衣》,《浙江妇女》1941年。

④ 胡不归:《捐送寒衣》,《文学月刊》1940年第2卷第1期。

⑤ 吴秋山:《寒衣曲》,《福建青年》1940年第1卷第2期。

⑥ 艾辛:《寒衣曲》,《军民旬刊》1940年第18期。

⑦ 《寒衣曲》,《政治情报》1938年第23期。

（徐颜伯《春闺》）、"何日平胡虏，良人罢远征"（李白《子夜四时歌·秋歌》），重点不在战况如何，而在早日归来，不脱"闺怨"主旨。现代的抗日战争则截然不同，那是一场关乎民族和国家生死存亡的战争，抵抗侵略、保家卫国，取得最后的胜利，是唯一的出路。"裹尸马革男儿志，何必临行泪暗垂！"[1]战争的性质不允许国人消极低沉。因此那些配合着战争宣传的"寒衣曲"无不歌唱胜利、迎接凯旋："我们的寒衣缝来棉又软，将士穿起倍勇敢！冲上前，三天两夜，把鬼子齐杀完。鬼子杀完了：我们大家才好过个太平年。"[2]"杀退倭寇回三岛，国旗重在失地上飘扬。"[3]"杀尽倭奴好还乡。"[4]"送寒衣，送寒衣，送与壮士凯旋归！人人齐唱寒衣曲，中华民族何巍巍！"[5]"寒衣曲"歌唱出必胜的信念，鼓舞了前方战士的勇气，提高对民族抗战的热情，增进全民族的团结力量，其意义是巨大的。从文学的角度来说，现代的民族解放战争，提高了传统"寒衣曲"的格调，升华了它的主题，使之获得新的生命。

三，传统"寒衣曲"多出自文人之手，追求文辞的雅致，表达的含蓄。抗战时期的"寒衣曲"作者身份多样，除了诗人作家外，还有记者、学生、官员和将士等。这些诗篇配合着"征募寒衣运动"，具有明确的政治目的，预期切实的宣传效果，接受的对象甚至是不识字的普通民众，因此，多采用白话新诗和歌曲形式，即使是旧体诗，文辞也不忌直白，意思则唯求显豁，发扬了白居易的新乐府"其辞质而径，欲见之者易谕；其言直而切，欲闻之者深诫也"[6]的特点。也许在和平年代阅读这些作品会遗憾其艺术性不足，但它们是"觉世文学"，抒发中华儿女的温情热意，激励前线将士浴血奋战，在当时产生了积极的社会意义，是中华民族的优良精神传统，当然具有其文学史价值和地位。

---

① 菊庐：《和何香凝赠前线将士韵》，《抗战青年》1938 年第 10 期。
② 李莲青词、晓封作曲：《寒衣曲》，《田家半月报》1940 年第 7 卷第 1 期。
③ 丁伯骊词、陈梓北曲：《寒衣曲》，《戏剧岗位》1940 年第 1 卷第 4 期。
④ 其永：《送寒衣》，《崇真教育月刊》1944 年第 2 期。
⑤ 《寒衣曲》，《政治情报》1938 年第 23 期。
⑥ 白居易：《新乐府序》。

民国词界定与分期论略

华东师范大学　朱惠国

　　民国词研究是最近十年推进比较快的研究领域之一,但随着研究的不断深入,一些长期存在,却又不为重视的问题也开始暴露出来,其中民国词如何界定,如何分期就是一个十分基础,但又长期没有得到有效解决的问题。本文结合当前在做的文献整理工作,就此问题发表一些想法,以期抛砖引玉。

一、民国词的界定

　　何谓民国词,这是一个很初级,但又很难处理的问题。二十世纪时,前辈学者也有从事民国词基础性研究的,如编纂《近代词钞》(其中相当部分是民国词),撰写民国词人年谱等,但他们一般是将民国词视为晚清词的延伸,并没有刻意把它们从晚清词中区分出来,作为一个独立的时段来研究,因此基本上都不涉及这一问题。现在明确是民国词研究,这就有一个断代的问题,需要将民国词作两方面的区分:一是和晚清词作区分,二是和1949年以后共和国时期的词作区分。这种区分并非想象的那么容易。事实上,任何断代的词学研究,如明词研究、清词研究等,都有词人、词作的朝代归属问题,只是明代、清代等朝代的时间跨度比较大,这一问题不是很突出。如清代历时267年,前面和明代相交,后面和民国相交,需要厘清的词人、词作、词集的数量和整个清代相比,比例不是很大。而中间二百余年是纯粹的清词,无需与其他朝代作区分。民国的情况则很不同,从1912年民国元年到1949年民国(大陆地区)结束,连头带尾也就38年,前半与晚清交集,后半与共和国时期交集,绝大部分词人至少跨越两个时代,其中还有不少是横跨晚清、民国、共和国三个时代的词人,所谓真正意义上的民国词人几乎没有,因此民国词的断代问题十分突出。

　　这个问题直接影响了民国词的收集和整理。从我们目前从事的工作看,民国词的存在形态固然多样,但从搜集的角度看,最主要是两种,词集和单首的词作。前者主要包括民国时期的排印本、石印本、刻本、油印本、稿抄本等,后者主要是发表在民国时期各类报纸杂志中的词作以及未结集的,保存在公私藏家手中的零星抄本和作品等。但两者都有同样的一个问题:是按创作时间来算,还是按发表时间来算?我们认为,发表在民国时期的词作未必创作于民国时期,如不少民国时期发表的词作事实上创作于晚清,同样,创作于民国时期的词作未必结集、刊刻于民国时期,或发表于民国的报纸杂志上,据我们所知,有相当一部分词人的词作在民国时期并没有及时刊载,直到1949年以后才陆续结集、刊刻或者发表。从理

178

论上说,用创作时间来界定最为准确,创作于民国时期的就民国词,反之则不是。如果按这种方法界定,民国词实际上包括两部分:一是民国时期发表、出版的词作、词集,剔除其中作于晚清的作品;二是民国后发表的,但创作于民国时期的词作。但事实上这样操作起来非常困难,且不说一首一首词作甄别的工作量,在民国词家已经离世的情况下,很多词作即使花费了大量时间也难以甄别。词不同于诗,离开小序和其他史料,光凭作品本身有时很难确定其创作时间。因此,用创作时间来界定,虽然准确,但操作起来非常困难。相比之下,按发表时间来界定,虽不很准确,但操作起来比较方便。从目前情况看,以第二种为主,兼顾第一种的方法比较妥当。也就是说,以民国时期发表、出版的词作、词集为主,尽可能剔除其中可以辨别的晚清作品,加上可以辨别确定的,创作于民国时期,但1949年后发表的作品,以此确定民国词的范围。我们认为,这是一种比较切合实际的做法,也是相对科学,能够被大家接受的界定法。

但目前也有一部分学者采用以人定词的方法,将那些民国时期比较活跃的词人,如由清入民国的老辈词人朱祖谋、潘飞声、陈曾寿、张尔田等,或者由民国入共和国时期的下一辈词人龙榆生、夏承焘、唐圭璋等列为民国词家,认为他们创作的词全都是民国词。这是很不专业的做法,会出问题。比如朱祖谋《彊村词》三卷,定稿于光绪三十年,收录的是丁酉(1897)至乙巳(1905)间词作,如果因为朱祖谋被定为民国词人,就将此三卷《彊村词》也视为民国词,这不仅不科学,而且也很不严肃。再如潘飞声,其词绝大部分创作于晚清,民国时期只有一些零星的词作发表在当时的报纸杂志上,如果只是"认定"潘飞声为民国词人,就将其所有词作视为民国词,同样非常不妥。又比如龙榆生、夏承焘、唐圭璋等词人,有相当一部分词作是在1949年以后创作的,这在词的小序上写得清清楚楚,如果将这些作品视为民国词,无论如何都讲不过去。可见以人定词的办法存在很多问题,根本行不通。另外还有一个再创作的问题,具体来说有两种情况:晚清时期创作,但民国时期修改后发表的,算不算民国词? 同样民国时期创作,1949年以后修改、发表的,算不算民国词? 这也是需要考虑的。

除了时间上的界定外,民国词的界定与搜集还有一个空间拓展的问题。民国时期和中国历史上的其他朝代都不同,它的空间不是封闭的,从一开始就和海外有相当密切的联系,因此海外的词作是否纳入民国词的范畴加以搜集和研究,也应该加以考虑。这里有两种情况需要重点关注:

其一是民国时期海外创作的词。晚清以降,随着对外交流的增加,不少文人因公因私出国,在海外创作了不少词作,比较著名的如廖恩涛、吕碧城就有不少创作于海外的词,目前这部分作品已经开始引起学界的注意,对于这部分作品搜集和研究应该没有太大的问题,因为这部分作品虽然创作于海外,但绝大部分发表、刊刻于国内。问题是还有一些作品不仅创作于海外,发表也在海外,对这部分词作应该如何处理? 我们认为这里应区分两种情况:如果是发表在中国港澳、台湾地区的词作,我们认为毫无疑问属于民国词范畴,必须加以搜集、整理和研究。但如果是国内文人发表在海外华文报刊的词,或者海外当地华人的唱酬与创作,是否也属于民国词范畴,则值得讨论。前者如果算的宽一些,可以划入民国词的范畴,因为作者是中国人,属于中国词人在海外的创作、发表的词作;后者的情况则有所不同,虽然他们用的是汉语,采用的也是中国传统文学样式,但由于这些作者是外籍华裔,或者马来西亚、印度尼西亚等南洋各国的华侨,则可以列入属地国的文学研究范畴。

其二是内地创作但流落到海外的民国词。这里也有两种情况：一是民国前后，词人群体在向海外迁徙时，被携至海外的词集，如江苏吴县潘氏家族在晚清历事四朝，其子弟善为倚声，各有专集，民国时潘氏有族人徙居日本，将不少词集带到海外。现日本某机构就保存了包括《大阜潘氏族谱》《大阜潘氏支谱》在内的，从晚清至民国全部潘氏家族诗文词集计百余部，其中词集 30 余部，而且都是最好的本子；二是创作于国内，但结集、刊刻于海外的词集，如袁世凯次子袁克文的《洹上词》，大陆仅国家图书馆藏有一本民国二十七年（1938）的油印本。其实袁克文是民国词坛上非常重要的词家，与张伯驹并称"中州二云"，曾经与易哭庵（顺鼎）、何鬯威、闵葆之，步林屋、梁众异、黄秋岳、罗瘿公，结吟社于南海流水音，时人目为"寒庐七子"，盛极一时。但现在大陆都无这些词人的资料。而加拿大某图书馆则保存有步章五（步林屋）的《林屋山人集》一部，内附有相关唱和词作。至于创作于内地，结集、刊刻于中国香港、台湾地区的词集就更多了。如刘景堂与陈洵、黎六禾并称"近代岭南三大家"，但其词集《心影词》《海客词》《沧海楼词》《空桑梦语》及词话《词意偶释》《沧海楼词话》等多为稿本、抄本，生前均未刻行。《心影词》《海客词》现藏中国香港，《沧海楼词》中国台湾"中研院"文哲所、政治大学藏有抄本。直至 1967 年，香港东亚印务有限公司才将其《沧海楼词》付梓，名为《沧海楼词钞》。再如蒋继芳的《寄荒词草》，为其族侄蒋世德于中国台湾付梓；沤社成员袁思亮的《冷芸词》、袁思永的《茧斋诗余》、袁思古的《学圃老人词稿》直至袁思亮退居中国台湾后才一并刻入《湘潭袁氏家集》。我们认为，在搜集民国词资料时，这部分民国词资料也应该列入搜集范围。如果将这部分收藏在海外，或者收藏在中国香港、中国台湾地区的词集、词作遗漏，民国词研究将受到明显影响。

二、民国词的分期

民国词如何分期？这也是一个必须解决的问题。现在比较多的分法是将"五四"和"抗战"作为分界点，把民国时期的词分为三段，至于研究二十世纪百年词史的学者则分得更为疏一点，将 1919 年和 1949 年作为两个重要分界点，在百年词史的视野中，将民国期间的词分为两段。应该说这样的分期法都有一定的道理，重大的社会事件自然会对文学创作产生重大影响。但问题是词的创作虽然在民国时期依然十分活跃，但毕竟已不是主流的文学样式，它对不同社会事件的敏感性有所不同，比如 1919 年的五四新文化运动和 1936 年的抗日战争对民国词创作的影响就很不同。为了说明这一问题，我们不妨参考求洁《民国词集研究》（华东师大 2010 年硕士学位论文）[①]中的一些数据。据作者自己介绍，她的资料通过图书馆卡片实地翻检和网络搜寻相结合的方式收集而来，主要查找了中国国家图书馆、上海图书馆、浙江图书馆、北京大学图书馆、北京师范大学图书馆、华东师范大学图书馆等国内主要图书馆的藏书目录，另外还利用北京大学、北京师范大学、南京大学、四川大学等高校图书馆合力创建的"学苑汲古——高校古文献资源库"，对其他高校图书馆收藏的民国词集作了搜索与统计。通过统计，总共查找到 900 余种词集，其中"出版年月不详者，约有 240 部；出版年

---

① 见"中国知网"（www.cnki.net）硕士学位论文数据库。

月已知者约 670 部"①。从作者的说明看,这 670 部词集只是上述图书馆收藏的可以断定出版年份的词集,并非民国时期全部的词集。而据笔者所知,这 670 部词集尚有遗漏,另外,根据求洁的全文,表中还有一些晚清词集混入其中,因此统计数字并不精确。但尽管如此,民国时期能够确定出版、刊刻时间的主要词集大致都在了。通过这些数据,大体能够看出整个民国时期词集出版、刊刻的概况和词集在民国三十余年中的大致分布情况。我们从数据中发现一个比较有趣的现象,1919 年的"五四"新文化运动以扫除旧文学为号召,轰轰烈烈,但 1919 年的词集出版数非但没有下降,相反还有明显上升,如果说该年出版数的增加是前一年的延续,那么 1920 年、1921 年的词集出版数依然呈上升的态势,这就难以解释了。很显然,"五四"新文化运动实际上并没有对传统词的创作以及词集的刊刻、出版产生明显影响,相反,词集的刊刻与出版在"五四"当年,以及之后几年还形成了一个小高潮,出现繁荣的景象。除了词集的刊刻、出版数,传统词的内容、形式等,在"五四"前后也没有明显的变化。且不说清末民初主流词家,如朱祖谋、郑文焯等对"五四"新文化运动不敏感,即使一般词家,至少在传统词的创作上也对此事件不敏感②,基本不会因为"五四"而发生创作上的改变,相反倒是"五四"新文化作家,在提倡白话文学的同时,并没有真正放弃传统诗词的创作,这方面的例证可以找到很多。至于"五四"新文化运动对传统词学理论的影响,那是另一个话题了。可见,从创作的层面上看,"五四"新文化运动事实上并没有改变传统词的创作路向,因此,以"五四"作为民国词分期关节点的做法值得商榷。事实上民国词集出版数出现明显变化,开始呈直线上升态势的是 1929 年,这种情况一直持续到 1936 年。这里有个重要的背景,就是 1927 年北伐战争胜利,国民政府取得名义上的全国统一,民国词家的生活环境和创作环境相对改善,这对他们的创作产生重要影响。由于词的结集需要一个创作的准备期,因此 1927 年当年,词集的出版数并没有立即上升,到了 1928 年开始缓慢上升,1929 年则见出成效,明显上升。因此 1927 年北伐战争胜利对于民国词的创作具有重要意义。造成民国词创作环境重大改变的另一个重要事件是 1936 年的抗战爆发,民国词家原本相对平静的生活被打破,词人的政治倾向也有了明显的分化:有的随民国政府去了西南大后方,有的趋附汪伪政权去了南京,有的在战争爆发后躲进租界,还有的则直面战争的威胁。大部分词社停止了活动,词的创作数和词集刊刻、出版数均呈现明显的下降。从求洁提供的数据看,1936 年当年还保持一个相对高的数字,这主要是前一年创作和结集数的延续,但从 1937 年开始就呈比较明显的下降趋势,除了 1941 年前后有一个小的反弹外(1940 年 12 月底《同声月刊》创刊),这种出版低迷的情况一直没有变化,直到 1949 年民国在大陆结束。当然,词集的刊刻、出版数与词的创作并不能简单画等号,事实上,抗战期间,不少词人的创作依然活跃,并且创作出不少反映战争与战乱的优秀词作,但考虑到传统文人对词的定位以及诗庄词媚的风格差异,从全国的范围看,民国词的创作在这一时期总体陷于低迷。

因此,如果要将民国词作分期的话,我们认为可以大致分为三期:1912 年民国成立到 1927 年为第一期;1928 年到 1936 年为第二期;1937 年到 1949 年为第三期。这种区分法主

---

① 求洁:《民国词集研究》(华东师大 2010 年硕士学位论文),见"中国知网"(www. cnki. net)硕士学位论文数据库。

② 当时也有一些民国词家积极参与了"五四"运动,如浙江的冯开,但他们的传统词创作并没受到此事件的明显影响。

要考虑词的创作实际。其中第二期是民国词创作的繁盛期,无论词的创作数量、词集的出版数量,还是词社的活跃程度,都达到一个相对繁荣的状态。如果与整个民国史相比较,这一时期与民国史研究中所谓的"黄金十年"基本一致。如果我们进一步将第二期作区分,那么1931年底的朱彊村去世是一个重要事件,在此之前朱彊村绝对是词坛的领袖人物,而之后以龙榆生为代表的1900年左右出生的新一代词人开始崭露头角,并随着《词学季刊》的创刊(1933年4月),中国词学研究和创作的格局有所变化。因此如果再要细分,第二期中1928年至1931年,以及1931年至1936年可以细分为二期,这样民国词从1912年至1949年的38年,总共可以分为四期。

(原载《中华诗词研究》第五辑)

晚清民国词学观念的演变
——以论词绝句为考察对象

云南师范大学　胡建次　李甜甜

有清一代,乃词体的中兴时代。继元明之世词体的渐趋寥落,清词在一片颓然灰败中重现出盎然的生机,在词学史上格外引人注目。清词的璀璨流丽,并非简单地是对宋词发展盛况的继承或沿袭,而是一种既为偶然、又为必然的文学现象。词体"要眇宜修"的抒情美质,决定了它将在某一时期脱离文学发展的固定轨道,而分出异彩纷呈的一支。论词的风气,常随创作的兴盛而发展。以清词中兴的词学背景系之,晚清时期丰富的词的创作为论词绝句提供了更为宽广丰实的批评场域,在词体兴盛繁荣的背景之下,晚清论词绝句的发展同样迎来了它的春天。而经历有清一代蔚为大观的论词绝句创作,民国词坛为其流风余韵所惠,犹能沿波得奇。这两个时期,其论词绝句一脉相承,却又有着不同的词学宗尚与取径引导。

一、词人宗范之变:从取径姜、张到标举苏、辛

明清易代之际,云间派领袖陈子龙登高而呼:"夫风骚之旨,皆本言情;言情之作,必托于闺襜之际。"①倡导以远承诗骚而来的比兴传统言词,为词体在新境遇下的革陋图强指出了一条新路。陈子龙的这一观念,不仅引导了云间后学,更为清词的开端与衍化奠定基调,对有清一代无疑产生不小的影响。继轨于此,浙西派盟主朱彝尊在《词综·发凡》中提出:"言情之作,易流于秽。此宋人选词多以雅为目。"②本就起于市井饮水之处的词体,即使是在发展炽盛的两宋时期,仍以俚俗的姿态保持着与民间的紧密联系。不满词体流于尘俗的朱彝尊,力倡"词以雅为尚",为雅词与格调卑弱的"巴人之唱"严分疆域。其《陈纬云〈红盐词〉序》认为:"盖有诗所难言者,委曲倚之于声,其辞愈微而其旨益远。善言词者,假闺房儿女子之言,通之于《离骚》、变雅之义,此尤不得志于时者所宜寄情焉耳。"③也即是说,词欲达乎"雅",并非无术可循,便是要承衍《离骚》中的美人香草一脉,以"寄托"为入门阶陛,用比兴托意之法补救其固有的陋处。在《黑蝶斋诗余序》中,朱彝尊为侪辈学词指出一条可学之径,"填词最雅,无过石帚","词莫善于姜夔"④。在朱氏自身的填词实践中,他又将堪与姜夔相鼓吹的张炎作为追摹的对象,自称"不师秦七,不师黄九,倚新声、玉田差近"。(《解珮令·自题词集》)朱彝尊揭举"醇雅",主张取法南宋,并以拔于流俗的姜夔、张炎为学词鹄的,遂开一代宗风,

---

① 陈子龙:《安雅堂稿》卷二,《续修四库全书》。
② 朱彝尊,汪森:《词综》卷首,《四部备要》。
③④ 朱彝尊:《曝书亭集》卷四十,影印文渊阁《四库全书》。

"于是四方承学之士，从风附响"，以至于有清一代，"家白石而户玉田"。

论词绝句发展至晚清，播扬姜、张之风习犹存。谭莹《论词绝句一百首》（之七十二）云："石帚词工两宋稀，去留无迹野云飞。旧时月色人何在，戛玉敲金恐拟非。"①张炎《词源》评道："姜白石词如野云孤飞，去留无迹。……不惟清空，又且骚雅，读之使人神观飞越。"②在张炎看来，词"皆出于雅正"，为他所指斥的柳永、周邦彦等人，其词皆失于雅致正则。几为张炎设为立论之基的"雅正"一词内涵纷杂繁琐、包蕴深厚，然姜夔之作却独秀于词坛，不失雅正，而能"特立新意，删削靡曼"，既有立意的高雅超拔，也未失用语的典丽清雅，故足以为方家。谭莹从张炎处借语，其对姜词的推赏之意溢于言外。其评张炎又云："悲凉激楚不胜情，秀冠江东擅倚声。词格若将诗格例，玉溪生让玉田生。"③在谭莹看来，张炎词中至佳处不在"清空"，而在"悲凉"。张炎经历半生富贵后陡然遭遇国家之变，原本风流自赏的词人却以有限的自身历经了巨大的时代悲痛，心情激宕，遂发不平之鸣，后半生的失意寥落便是其苍凉之音的源头。"悲凉激楚不胜情"一句，化用四库馆臣之评，"苍凉激楚，即景抒情，备写其身世盛衰之感，非徒以剪红刻翠为工"④。谭莹认为，张炎之词能媲美李商隐诗作，二人自有一段风流，而张炎词的超拔脱俗正缘此"满心而发"处。华长卿《论词绝句》（之二十五）云："缝月裁云推妙手，敲金戛玉诩奇声。咏梅绝调高千古，岂止词华媲美成。"⑤南宋诗人范成大对姜夔极为推许，赞其"有裁云缝月之妙手，敲金戛玉之奇声"，及至明代，毛晋又以此移评姜夔之词。张炎在《词源》中云："诗之赋梅，惟和靖一联而已。世非无诗，不能与之齐驱耳。词之赋梅，惟姜白石暗香疏影二曲，前无古人，后无来者，自立新意，真为绝唱。"⑥黄升《中兴以来绝妙词选》也道："白石道人，中兴诗家名流，词极精妙，不减清真乐府，其间高处，有美成所不能及。"⑦华长卿以此本事入诗，便可知其揄扬之意。亢树滋《题宋浣花词稿》云："镂月裁云笔一枝，个中情味几人知。妒他小宋风流甚，一瓣香薰白石词。"⑧谓宋志沂词中的韶秀之处，皆瓣香姜夔，一方面昭示出姜夔乃是以宋志沂为代表的词家们心摹手追的对象，另一方面又显现了作者自身对姜夔之词的肯定。狄学耕《怀人绝句五首》（之一）云："流传一卷水云词，能把姜张正脉持。"⑨《水云楼词》乃蒋春霖所作，其能脱却浙西、常州两派窠臼，自立一宗，狄学耕以"姜张正脉"称赏其词，足见出姜、张二人对清词创作的本体性意义。陈作霖《题张次珊通参词集》（之三）云："老来绮语待君删，自愧填词律未娴。宗派欲寻正法眼，瓣香白石玉田间。"⑩实示姜夔、张炎一派乃为时人公认的学词路向与门径。

宋代，鲖阳居士《复雅歌词序》曾云："温、李之徒，率然抒一时情致，流为淫艳猥亵不可闻之语。吾宋之兴，宗公巨儒，文力妙天下者，犹祖其遗风，荡而不知所止。脱于芒端，而四方

① 孙克强、裴喆编著：《论词绝句二千首》，南开大学出版社 2014 年版，第 457 页。
② 唐圭璋编：《词话丛编》，中华书局 1986 年版，第 259 页。
③ 王伟勇编：《清代论词绝句初编》，里仁书局 2010 年版，第 214 页。
④ 永瑢等：《四库全书总目》，中华书局 1965 年版，第 1822 页。
⑤ 孙克强、裴喆编著：《论词绝句二千首》，南开大学出版社 2014 年版，第 496 页。
⑥ 唐圭璋编：《词话丛编》，中华书局 1986 年版，第 266 页。
⑦ 黄升：《中兴以来绝妙词选》，上海书店出版社 1989 年版，第 64 页。
⑧ 孙克强、裴喆编著：《论词绝句二千首》，南开大学出版社 2014 年版，第 543 页。
⑨ 孙克强、裴喆编著：《论词绝句二千首》，南开大学出版社 2014 年版，第 585 页。
⑩ 孙克强、裴喆编著：《论词绝句二千首》，南开大学出版社 2014 年版，第 606 页。

传唱,敏若风雨,人人歆艳咀味,尊于朋游尊俎之间,以是为相乐也。"①词体发展之初,长期在"花间"的冶游使它无可避免地形成软媚柔婉之风。如欧阳修所谓"敢陈薄技,聊佐清欢",早期词体怡情助兴、佐酒侑觞的娱乐化性质,更加速了它向"裁花剪叶"之绮艳秾丽风格的靠拢。陈洵《海绡说词》云:"温韦既立,正声于是乎在矣。"②《花间集》不避俗艳之笔,多吐风月闺音,词境较为狭窄,风格以轻艳婉转为主,表达上崇尚婉曲细腻、幽微蕴藉。可以说,《花间集》不仅设立了一种后人可学的范式,更确立了词体风格的本色特征。以温庭筠、韦庄等人为代表的花间之风熏染词坛良久,直至苏轼提出"以诗为词"之论,别启户牖,为词体拓疆千里以"一洗绮罗香泽之态",词体才大开声色而活力还发。胡寅《酒边词序》云:"唐人为之最工,柳耆卿后出,掩众制而尽其妙,好之者以为不可复加。及眉山苏氏,一洗绮罗香泽之态,摆脱绸缪宛转之度,使人登高望远,举首高歌,而逸怀豪气,超然乎尘垢之外。于是《花间》为皂隶而柳氏为舆台矣。"③词导源于花间,不久便为处于安逸闲适的声色生活中的士大夫阶层所习染,播而为浇风,熏然成俗,流传甚广。一方面,它上承南朝宫体诗之余绪,本就不失绮色;另一方面,又为其"用资羽盖之欢"的性质所拘局,内容多囿于艳情绮思,词体便在文人自身拟女音以合流俗的举动中倍加靡丽,逐渐陷入了言必及风月的抒情格局。而一旦"言情"成为词体展现自身的唯一合法路径,词便难与庸俗与卑下的文体性质撇清关联。至于北宋,"艳科"一道已曼衍繁昌,词人多以男儿之身衍为女调,用词造语极尽缠绵却湮没了主体自身,本应用以抒表情性之作,反将人们脏腑中的烟云尽数遮掩,使得真情衰矣。自冯延巳、李煜等人以"我"入词始,词坛对以直寄其意之行径似乎不再那么讳莫如深。北宋中期,伴随着词人们愈渐觉醒的以词体抒志意、表情性的审美诉求,苏轼有意识地提出"以诗为词""自是一家",将主体情性大量引入于词中,进而别开豪放一路,拂散了自五代以来在词坛上弥漫已久的风尘之气。在苏轼的观念中,"词"仍一种文学体式,"诗"却更多地指向了一种风格。他力主"以诗为词",并非要取消词体的相对独立性而使诗词二体合流,进而令高踞于文坛正统地位的诗体兼并尚被轻视的词体,而是旨在将诗之创作法则引入词的创作中,在"诗庄词媚"的抒情范型之外另辟蹊径,以期扩大词体的表现功能,为以词体寄意述情提供方便法门,从而将词体从尘下之所拔至高妙之境。这与先前词坛纯以词体为娱宾遣兴之具相比,显然发生了某种质的变化。苏轼以创作主体的情性才思入词,将其从香艳婉媚之体变作洪钟大吕之音,与苏轼相类似,辛弃疾则更多地寓时代精神于词,将个人抱负与时代悲愤一寄其中,真力弥满,摧刚为柔,同样为词体的振衰起弊做出独特的贡献。后世不乏学苏、辛者,蔚然成为一个流派。

民国时期,汪朝桢《倚盾鼻词草题辞》云:"射雕手段上强台,压倒当时词翰才。拍到苏辛豪放句,天风海雨逼人来。"④苏轼《鹊桥仙·七夕》云:"缑山仙子,高情云渺,不学痴牛女。风箫声断月明中,举手谢、时人欲去。　　客槎曾犯,银河微浪,尚带天风海雨。相逢一醉是前缘,风雨散、飘然何处。"陆游《跋东坡七夕词后》云:"昔人作七夕诗,率不免有珠栊绮疏惜别

① 张惠民编:《宋代词学资料汇编》,汕头大学出版社 1993 年版,第 249 页。
② 唐圭璋编:《词话丛编》,中华书局 1986 年版,第 4837 页。
③ 吴讷:《百家词》,天津古籍出版社 1992 年版,第 595 页。
④ 孙克强、裴喆编著:《论词绝句二千首》,南开大学出版社 2014 年版,第 697 页。

之意。惟东坡此篇,居然是星汉上语,歌之曲终,觉天风海雨逼人。学诗者当以是求之。"①汪朝桢以"天风海雨"谓苏、辛词中的壮志豪情,甚为彰显其推许之意。柳亚子《题俞剑华〈小窗吟梦图〉》云:"梦窗七宝楼台耳,南宋词人貉一丘。欲向韩陵求片石,霸才青兕我低头。"②其《为人题词集》又云:"慷慨悲歌又此时,词场青兕是吾师。裁红量绿都无取,要铸屠鲸剸虎辞。"③可见其追慕之心。辛弃疾以浩然才气在词中寄寓爱国情志,使其词壮伟豪逸,催人奋起。柳亚子素斥南宋骈艳词风,却独重辛弃疾。他认为,"在南宋词人中,也有崛然奋起,好和北宋词家抗手的,却是稼轩"④。"青兕"一词,乃为《宋史·辛弃疾传》卷中语:"义端曰:我识君真相,乃青兕也。"后人便以此代称辛弃疾。在柳亚子诗词中,"青兕"意象数次出现,其词亦多发豪放之声,这也可从侧面见出其推崇辛弃疾之意。高旭《论词绝句三十首》(之十二)云:"关西大汉粗豪甚,铁板铜琶未敢夸。除却乘风归去曲,倾心第一是杨花。"⑤又云:"稼轩妙笔几于圣,词界应无抗手人。侠气柔情双管下,小山亭酒备酸辛。"⑥即可从此窥见高旭对于苏、辛二人的称赏赞誉之心。

豪迈壮伟的士人风骨,沉重悲怆的文人诗心,锐意进取的男儿志气,与我国文学中源远流长的比兴寄托传统一道,共同酝酿出苏、辛词中的浩然正气与深广内蕴。苏、辛二人因主体的磅礴才性雄居于文坛高处而能望远,更以高世之才冲破词以婉媚香艳为本色的藩篱,别开一境,对词体的向上发展无疑有着救弊补偏之功。民国论词绝句之推举苏、辛,从中可见出的,便是时代精神的更迭与审美风会的转移。正如吴锡麒《董琴南楚香山馆词钞序》所云:"词之派有二:一则幽微要眇之音,宛转缠绵之致,戛虚响于弦外,标隽旨于味先,姜、史其渊源也,本朝竹垞继之,至吾杭樊榭而其道盛。一则慷慨激昂之气,纵横跌宕之才,抗秋风以奏怀,代古人而奋愤,苏、辛其圭臬也,本朝迦陵振之,至吾友瘦铜而其格尊。"⑦从晚清至民国,论词绝句由推重"幽微要眇之音,宛转缠绵之致"衍化为追求"慷慨激昂之气,纵横跌宕之才",便是时代审美与文化精神移易变化的结果。

在一个时代被引为主流的社会精神,往往会同时延展为两条分支。一方面,它以刚硬的理论形态存在于社会政治思想之中,为社会基本体系的形成搭建躯干;另一方面,它又以感性的方式表现为各种类型的文艺作品,以柔和的形态为社会精神添叶着花。而一个时期的文艺思想,便是杂融兼和二者的产物。文艺思想与社会精神,基本上可以互相发明。一个时代的社会精神,既可以从文艺思想中寻迹,又引导着文艺思想的走向。有清一代,统治阶级为固化其政权,大施"文字狱",饱学之士为避无端的灾祸,有意隐藏锋芒,避谈现实,转而埋首故纸堆中寻求精神的自足,并在历史发展惯性的作用下将此风绵延至晚清。晚清学者们设立学词典范,所求并非"有补于世",而纯为词体创作寻求可循之径,故所择"姜、张"乃为其所认可的高品词人。更为现实的原因在于,彼时赫赫皇权对于士子思想的禁锢已经渗透到每一个细微的举动中,为免无妄之灾,他们不得不淡化或弯曲从笔下流露的个人情感。姜、

---

① 陆游著,张春林编:《陆游全集》,中国文史出版社 1999 年版,第 1341 页。
②③ 孙克强、裴喆编著:《论词绝句二千首》,南开大学出版社 2014 年版,第 771 页。
④ 张璋等编纂:《历代词话》,大象出版社 2005 年版,第 662 页。
⑤ 孙克强、裴喆编著:《论词绝句二千首》,南开大学出版社 2014 年版,第 727 页。
⑥ 孙克强、裴喆编著:《论词绝句二千首》,南开大学出版社 2014 年版,第 728 页。
⑦ 吴锡麒:《有正味斋骈体文》卷八,清道光刊本。

张之词的清虚醇厚、骚姿雅骨正是一层坚硬的外壳,能将词人的真实情愫深隐于字里行间,其意图旨向实非初读浅尝之人所能探也,对噤若寒蝉的清人而言无疑是有利的选择。王鸣盛《〈罐瑟山人词集〉评语》云:"北宋词人原只有艳冶、豪荡两派。自姜夔、张炎、周密、王沂孙方开清空一派,五百年来,以此为正宗。"①以姜夔为首的"清空"派词人,在婉约绵丽与豪宕疏放之外自立醇厚骚雅一宗,在词史上影响甚巨。朱彝尊论词主"雅",既是他在云间派复古主张"染指遂多,自成习套",以致被尚俗之音充斥的境遇下所推扬的补救解脱之法,又是他以经学家身份长期浸淫"六经"所发现的行之有效的填词门径。另一方面,词体作为"音乐的产儿",兼有音乐与诗歌的双重属性,其"倚声"别称就直接体现了它与音乐的难解之缘。刘熙载在《艺概·词曲概》中便认为"辞即曲之辞,曲即辞之曲"。词体随此流波而向前发展,最终在文体自身的独立化运动中被剥离了与音乐的黏合关系。在词体正式成为"案头文学"之前,以音律绳约词体乃是作手的普遍共识。朱彝尊便重视音律,他在《水村琴趣序》中批驳明词云:"词自宋元以后,明三百年无擅场者。排之以硬语,每与调乖;窜之以新腔,难与谱合。"②明词音律不协,而姜夔"审音尤精",朱彝尊之推崇姜夔也有音律上的考虑。张炎作为姜派词人,为朱彝尊所追慕亦在所难免。朱彝尊之学张炎,也有二人身世情怀类似的缘故,所体现的乃是知识分子之间超越时空的知己意识与认同心理。朱彝尊开此宗风,为清词的创作另开"清空"一路,此风流传甚广,绵延至晚清未曾断绝。如此,晚清论词绝句之标举"姜、张",便是题中应有之义。逮及民国,社会背景发生巨大的变化,现实的喧嚣纷乱已经震醒了知识分子沉睡的耳膜,连绵不断的战争令他们不断地反思,国家的处境更令其痛心不已。他们需要的不再是不涉功利的纯词,而是充沛的爱国热情,是鼓舞人心的激昂力量,更需要有人为正处于失落和迷茫之中的士子精神引路。正如鲁迅《〈近代木刻选集〉(2)小引》一文中所言:"有精力弥满的作家和观者,才会生出'力'的艺术来。'放笔直干'的图画,恐怕难于生存于颓唐、小巧的社会里。"③苏、辛词中的豪宕雄杰之思、慷慨激昂之气,对多为南社成员的民国论词绝句作者而言,无疑是符合时代主题的"力"的艺术。这种积极"补世"的人生心态,构成的正是民国时期社会精神的核心。苏轼与辛弃疾在时代波折的催化下所显现出的风流人品,更是以"立德、立功、立言"为追求的中国传统文士们寻觅已久的人格范式。在历史情境的变化下,论词绝句所设立的词人宗范自然也会随之演变与推禅。

二、整体尊尚之变:从尊南宋到尚北宋

唐诗自有初盛中晚之分,言及宋词,则有南北宋之尚。早在南宋时,柴望《凉州鼓吹自序》即云:"词起于唐而盛于宋,宋作尤莫盛于宣靖间,美成、伯可各自堂奥,俱号称作者。近世姜白石一洗而更之,《暗香》《疏影》等作,当别家数也。……故余不敢望靖康家数,白石衣钵或仿佛焉。"④此说将生活在北宋宣和、靖康时期的周邦彦、康与之与"近世"的姜夔区别对待,已初孕以词之风貌对南北宋进行界划的意识。词至宋,技艺已经纯熟,诸体可谓兼备,

---

① 唐圭璋编:《词话丛编》,中华书局 1986 年版,第 3549 页。
② 朱彝尊:《曝书亭集》卷四十,影印文渊阁《四库全书》。
③ 鲁迅:《鲁迅全集》(第 7 卷),人民文学出版社 1981 年版,第 333 页。
④ 金启华等编:《唐宋词集序跋汇编》,江苏教育出版社 1990 年版,第 284 页。

"言情体物,穷极工巧"。宋词作为"时代之文学",在艺术形式上已达自足的地步,故而词体风貌深受其内容的影响,会在不同社会环境作用下形成迥异的美学特色。历史上的南北宋社会环境自然悬殊,也同样影响了时人的创作,使南北宋词呈现出各异的面貌,从而引发词史上积日累久的南北宋之争。对南北宋词之比较是聚讼已久的命题,及此,民国论词绝句多"谓文学后不如前",以为北宋之词实优于南宋之词,这与清代论词绝句之多推举南宋、贬抑北宋大有不同,亦可从中见出词学观念与批评风气的变迁移易。

明清之交,云间派于词偏取五代北宋,认为"词至南宋而繁,亦至南宋而弊"①。清初,朱彝尊一变时风,率先在《词综·发凡》中提出:"世人言词,必称北宋,然词至南宋,始极其工,至宋季而始极其变,姜尧章氏最为杰出。"②以之为代表的浙西词派,在明末清初词曲合流、词之内容愈见俗化的背景下,独标举醇雅清虚,乃以词风本色的姜夔、张炎为师法对象。此论甫出,影响渊远,一时论词之人必举姜、张。谢章铤《赌棋山庄词话》云:"至朱竹垞以姜、史为的,自李武曾以逮厉樊榭,群然和之,当其时亦无人不南宋。"③道出了自朱彝尊后词坛群起和之、一时之间论词必举南宋之盛状。嘉庆年间,为其时浙西派词欲"雅正"的普遍风气所迷,浙派末流一昧在声律格调上着力,酿成恒叮寒乞之习,下笔时流失真性,取径偏狭,空砌辞藻,常有无病呻吟、为文造情之举。张惠言为挽此颓风,领导常州派异军突起,乃以"比兴""寄托"之旨托尊词体,而推崇王沂孙。行至晚清,常州派后进王鹏运、朱祖谋等人,又转而膜拜吴文英,一时推为极则。可见,正如吴征铸在《评〈人间词话〉》一文中所云:"有清一代词风,盖为南宋所笼罩也。"④这样的词的创作倾向在清代并不鲜见。王昶《江宾谷梅鹤词序》云:"姜氏夔、周氏密诸人始以博雅擅名,往来江湖,不为富贵所熏灼,是以其词冠于南宋,非北宋之所能及。暨于张氏炎、王氏沂孙,故园遗民,哀时感事,缘情赋物,以写闵周、哀郢之思,而词之能事毕矣。世人不察,猥以姜、史同日而语,且举以律君。夫梅溪乃平原省吏,平原之败,梅溪因此受黜,是岂可与白石比量工拙哉?譬犹名倡妙伎,姿首或有可,以视瑶台之仙、姑射之处子,臭味区别,不可倍蓰矣。"⑤王昶极为叹赏姜夔、周密、张炎、王沂孙等人之心意高洁,认为诸人之词既天真可亲、颇显深情,又技巧圆熟、达于高格,是为词坛魁首,而非北宋词人所能望其项背也。郭麐《灵芬馆词话》又道:"词之为体,盖有诗所难言者,委曲倚之于声,竹垞之论如此。真能道词人之能事者也。又言世之言言者,动曰南唐、北宋,词实至南宋而始极其能。此亦不易之论也。"⑥观其宗尚,自是以南宋为归,此与朱彝尊之论不谋而同。视南宋之词为嫡系的论词倾向,在清代论词绝句中也多有浮现。如,席佩兰《题吴慰光〈小湖田乐府〉》(之四)云:"不师秦七与柳七,肯学草窗与梦窗。一片野云飞不定,并无清影落秋江。"⑦其谓作词不须肖北宋名家秦观、柳永,而应学南宋周密、吴文英。"野云"一句,是为张炎称赞姜夔词作清空质实之语,则席佩兰推赏之意可知矣。赵同钰也云:"姜张风格本超然,

① 徐釚:《词苑丛谈》,上海古籍出版社1981年版,第76页。
② 张璋等编纂:《历代词话》,大象出版社2005年版,第919页。
③ 唐圭璋编:《词话丛编》,中华书局1986年版,第3530页。
④ 王国维著,周锡山编校:《人间词话汇编汇校汇评》,北岳文艺出版社2004年版,第117页。
⑤ 王昶:《春融堂集》卷四十一,清嘉庆四年刻本。
⑥ 唐圭璋编:《词话丛编》,中华书局1986年版,第1504页。
⑦ 孙克强、裴喆编著:《论词绝句二千首》,南开大学出版社2014年版,第225页。

写遍蛮方十分笺。一洗人间筝笛耳，玉箫吹彻彩云边。"①在同样受崇南宋之风笼罩下的晚清论词绝句中，也多有关涉之语。丘逢甲《题兰史〈香海填词图〉》(之一)直言："南宋国衰词自盛，各抛心力斗清新。"②南宋国衰词盛，众词家抛尽心力、各逞其才的景象如在目前。杨恩寿评朱彝尊曰："风气能开浙派先，独从南宋悟真诠。自题词集夸心得，差喜新声近玉田。"③浙西开派之初，朱彝尊以"词至南宋，始极其工，至宋季而始极其变，姜尧章氏最为杰出"之断言，与"今就咏物诸词观之，心慕手追，乃在中仙、叔夏、公谨诸子，兼出入天游、仁近之间，北宋自方回、美成外，慢词有此幽细绵丽否"④之质问对举，事实上是对词坛聚讼甚久的南北宋之尊尚做了甚为明确的回应和表述，对国朝的南北宋之论无疑产生潜在的巨大影响。杨恩寿虽未直言他对南北宋之宗尚的态度，却仍可见出朱彝尊所倡的崇南宋、学姜张之风习对国朝词家的无心渗透。曾习经《题〈冷红簃填词图〉》则道："西风久下藤州类，社作今无竹屋词。解识二窗微妙旨，樵风一卷亦吾师。"⑤又可见清人以南宋周密、吴文英为师。足见，有清一代，世人言词多称南宋。

及至清末，王国维较早表明对南北宋之尊尚的立场。其《人间词话》云："唐五代北宋之词家，倡优也。南宋后之词家，俗子也。二者其失相等。但词人之词，宁失之倡优，不失之俗子。以俗子之可厌，较倡优为甚故也。"⑥对南宋词贬抑之意大体可知。其又云："严沧浪诗话谓：'盛唐诸公，唯在兴趣。羚羊挂角，无迹可求。故其妙处，透澈玲珑，不可凑拍。如空中之音、相中之色、水中之影、镜中之象，言有尽而意无穷。'余谓：北宋以前之词，亦复如是。"⑦王国维评姜夔曰："古今词人格调之高，无如白石。惜不于意境上用力，故觉无言外之味，弦外之响，终不能与于第一流之作者也。"⑧评吴文英曰："映梦窗凌乱碧。"⑨他更认为，南宋词人中，"其堪与北宋人颉颃者，唯一幼安耳"⑩。逮至民国，论词绝句多以北宋之词为宗尚，反视南宋之词为乱流，从王国维处已见端倪。

延至民国，夏敬观《蕙风词话铨评》称："北宋词较南宋为多朴拙之气，南宋词能朴拙者方为名家。概论南宋，则纤巧者多于北宋。"⑪夏氏言南宋之词较北宋之作纤巧有余，不若北宋词之朴拙更得真味。其《忍古楼词话》也道："宋词少游、耆卿、清真、白石，皆余所宗尚。梦窗

---

① 孙克强、裴喆编著：《论词绝句二千首》，南开大学出版社 2014 年版，第 228 页。
② 孙克强、裴喆编著：《论词绝句二千首》，南开大学出版社 2014 年版，第 674 页。
③ 孙克强、裴喆编著：《论词绝句二千首》，南开大学出版社 2014 年版，第 599 页。
④ 冯乾编校：《清词序跋汇编》，凤凰出版社 2013 年版，第 164 页。
⑤ 孙克强、裴喆编著：《论词绝句二千首》，南开大学出版社 2014 年版，第 685 页。
⑥ 况周颐著，王幼安校订：《蕙风词话》；王国维著，徐调孚注，王幼安校订：《人间词话》，人民文学出版社 1960 年版，第 240—241 页。
⑦ 况周颐著，王幼安校订：《蕙风词话》；王国维著，徐调孚注，王幼安校订：《人间词话》，人民文学出版社 1960 年版，第 194 页。
⑧ 况周颐著，王幼安校订：《蕙风词话》；王国维著，徐调孚注，王幼安校订：《人间词话》，人民文学出版社 1960 年版，第 212 页。
⑨ 况周颐著，王幼安校订：《蕙风词话》；王国维著，徐调孚注，王幼安校订：《人间词话》，人民文学出版社 1960 年版，第 215 页。
⑩ 况周颐著，王幼安校订：《蕙风词话》；王国维著，徐调孚注，王幼安校订：《人间词话》，人民文学出版社 1960 年版，第 213 页。
⑪ 唐圭璋编：《词话丛编》，中华书局 1986 年版，第 4585 页。

过涩，玉田稍滑，余不尽取。"①除去姜夔一人，其所好者皆为北宋词家，而他所批驳的吴文英与张炎，又皆属南宋。夏敬观《还友人词卷》还云："淮海清歌玉貌人，梅溪大雅不伤新。"②激赏秦观、史达祖词风本色、清丽雅正，盖可见其称誉北宋之意。张素《暑日杂诗》云："学诗须学初唐诗，学词须学北宋词。初唐北宋不易到，清淡微远是吾师。"③谓北宋之词境"清淡微远"，读之如食橄榄，咀嚼有味，直将北宋词人作为正统的规摹对象。赵熙《论词》更云："词家北宋最光昌，犹似诗人有盛唐。南渡才人工织锦，机声轧轧碧鸡坊。"④盛赞北宋之词足与盛唐之诗相媲美，几乎有溢美之嫌。赵熙痛诋南宋人作词有如"织锦"，乃责其堆砌辞藻之弊，实与夏敬观斥南宋词过于纤巧之论一脉相承。梁启勋《曼殊室词话》云："词由五代之自然，进而为北宋之婉约，南宋之雕镂，入元复返于本色。本色之与自然，只是一间，而雕镂之与婉约，则相差甚远。婉约只是微曲其意而勿使太直，以妨一览无余，雕镂则不解从意境下工夫，而唯隐约其辞，专从字面上用力，貌为幽深曲折，究其实只是障眼法，揭破仍是一览无余，此其所以异也。"⑤缪钺《诗词散论》认为，词"为中国文学体裁中之最精美者，幽约怨悱之思，非此不能达"⑥。词体寥寥数字，尽缚于纸笺之中，而其所涉所指则别开字面之外，远遁于无形。正如其所论，词的"幽约怨悱"之意，实要求作词之人以一唱三叹之笔运绵邈蕴藉、宛转幽深之思，以达成"曲径通幽"，一石落而涟漪不尽的艺术效果。故而，词体隽永委婉、曲尽人情的文体特性，决定了填词之人必然追求其寄意的深隐与情感的丰足。词家对词体幽隐之美的孜孜以求，又必然使词作丰富多样的内涵深藏于字面之外，而直扑读者眼目的，仅是字面上一些起着暗示或象喻作用的意象群。于是，在具体的创作实践中，为众多词家所严格遵循的"思深言婉"的抒情程式，常导致词体的襞积纤巧、雕镂板滞之病。在梁启勋看来，北宋词"婉约"有法而能"言长"，南宋词则不求意境思致之新异，专在语辞的陌生化上用力，"雕镂"过度以致语涩旨枯，人力斧凿痕迹彰显，难免失之自然。赵熙之谓南宋词人专工"织锦"，亦是此理。柳亚子同样注意到南宋词的这一弊病。其在《南社纪略》中谓："在清末的时候，本来是盛行北宋诗和南宋词的，我却偏偏独持异议，我以为论诗应该宗法三唐，论词应当宗法五代和北宋。人家崇拜南宋的词，尤其是吴梦窗。我实在不服气，我说，讲到南宋的词家，除了李清照是女子外，论男子只有辛幼安是可儿。梦窗七宝楼台，拆下来不成片段，何足道哉。"⑦他更在《词的我见》一文中为词定品道："我以为唐五代的词最好，北宋次之，而南宋为最下。"⑧其论词绝句亦云："梦窗七宝楼台耳，南宋词人貉一丘。欲向韩陵求片石，霸才青兕我低头。"⑨张炎指摘吴文英之词"如七宝楼台，眩人眼目，碎拆下来，不成片段"。柳亚子不啻对意象繁复、词风浓艳的吴文英之词持贬斥态度，更认为词至于南宋，秾丽之流弊益多，除辛弃疾外，其他词人皆未能脱此窠臼。刘咸炘亦承此论，其《说词韵语》（之十二）云："落日长烟穷塞

① 唐圭璋编：《词话丛编》，中华书局 1986 年版，第 4768 页。
② 孙克强、裴喆编著：《论词绝句二千首》，南开大学出版社 2014 年版，第 722 页。
③ 孙克强、裴喆编著：《论词绝句二千首》，南开大学出版社 2014 年版，第 735 页。
④ 孙克强、裴喆编著：《论词绝句二千首》，南开大学出版社 2014 年版，第 688 页。
⑤ 朱崇才编纂：《词话丛编续编》，人民文学出版社 2010 年版，第 2944 页。
⑥ 缪钺：《诗词散论》，上海古籍出版社 1982 年版，第 60 页。
⑦ 柳亚子：《南社纪略》，上海人民出版社 1983 年版，第 84 页。
⑧ 张璋等编纂：《历代词话》，大象出版社 2005 年版，第 662 页。
⑨ 孙克强、裴喆编著：《论词绝句二千首》，南开大学出版社 2014 年版，第 771 页。

主,疏桐缺月见幽人。如何辛陆姜王外,面目模糊认不真。"①"落日长烟""疏桐缺月"之句,乃从范仲淹《渔家傲》"千嶂里,长烟落日孤城闭"与苏轼《卜算子》"缺月挂疏桐,漏断人初静"二句脱化而来,刘氏欲藉此说明北宋之词"自成一家,各名于世"。刘咸炘之推举北宋,贬抑辛、陆、姜、王之外的南宋大家,乃因为比起北宋词人之各有面目,除却辛弃疾、陆游、姜夔、王沂孙四人,其他南宋人作词则多流于空疏浮薄,骨气笔力未能入词之腠理,在风格面貌上显得如出一辙,更无甚性情气象流贯于其中。

除开直接表述对南北宋词之比较的言论,亦有间接涉及之语。张尔田评陈洵《海绡词》一首中道:"解从南宋溯清真,始信霜腴有替身。"②这里,张尔田指出了一条学词的根本路径,即从南宋上溯北宋,由吴文英上溯周邦彦。自南而北,由易入难,沿流溯源,方为学词正途。陈匪石《宋词举》之举隅即用此法,此更与周济《宋四家词选序》中所示"问涂碧山,历梦窗、稼轩,以返清真之浑化"的学词门径有异曲同工之妙。逆溯学词之举,乃有寻源探本、剥蕉取心之意味,张氏沿袭此法,亦露其视北宋词为本体之论说取向。

自南北宋之尊尚的立场而言,民国词坛的整体倾向较晚清词坛有着显著的不同,这种差异形成的原因自然不胜枚举。总的来看,朱彝尊之独取南宋,一方面是其以姜、张之"雅"对云间后学尚俗风气的反拨,其于《静惕堂词序》中云:"倚声虽小道,当其为之,必崇尔雅,斥淫哇,极其能事,则亦足以昭宣六义,鼓吹元音。"③希图用《诗经》中的比兴寄托比附词体,力戒浮艳,刻意淡化风月以洁其香艳流俗之态;另一方面,则缘于他对慢词的推扬。其于《水村琴趣序》中道:"予尝持论:谓小令当法汴京以前,慢词则取诸南渡。"④其《书东田词卷后》又云:"窃谓南唐北宋惟小令为工,若慢词至南宋始极其变。"⑤其《鱼计庄词序》曰:"曩予与同里李十九武曾论词于京师之南泉僧舍,谓小令宜师北宋,慢词宜师南宋。"⑥慢词调长字足,可铺张情节,更宜于抒情。对于慢词的偏嗜,在朱彝尊自身的创作中已有体现。又有原因在于,如前述及,清代的政治高压使知识分子多处于人人自危的境地,在治学上亦存有止祸之心。盖如刘绍熙所言:"北宋之词大,南宋之词深;北宋直,南宋曲。"⑦周济《介存斋论词杂著》也云:"北宋词,下者在南宋下,以其不能空,且不知寄托也。高者在南宋上,以其能实,且能无寄托也。南宋则下不犯北宋拙率之病,高不到北宋浑涵之诣。"⑧南宋词中的比兴寄托、委曲深婉,无疑是阻碍文学家与当朝政治产生直接关联的一道天然屏障,这正是有清一代知识分子处于穷途的避祸之法,故自朱彝尊倡扬此风,便为四方之士所推崇。逮至民国,西学的渐入开放了知识分子原本闭塞的视听,国家危难更使他们心起壮志。此时,南宋词的寄意深曲、刻意雕缋便显出了婉媚香弱之态,对多向往建立事功,救国于危难之际的民国词人们而言无疑是值得诟病的。晚清学者普遍存在的惊悚避祸之心使他们独贵于意义之"能留",于词则偏重其"不肯直叙",与之相反,民国词人们更喜直率的"真"音,崇尚刚健的词风。结合

① 孙克强、裴喆编著:《论词绝句二千首》,南开大学出版社2014年版,第790页。
② 孙克强、裴喆编著:《论词绝句二千首》,南开大学出版社2014年版,第713页。
③ 施蛰存主编:《词籍序跋萃编》,中国社会科学出版社1994年版,第543页。
④⑥ 朱彝尊:《曝书亭集》卷四十,影印文渊阁《四库全书》。
⑤ 朱彝尊:《曝书亭集》卷五十三,影印文渊阁《四库全书》。
⑦ 张璋等编纂:《历代词话》,大象出版社2005年版,第1280页。
⑧ 唐圭璋编:《词话丛编》,中华书局1986年版,第1630页。

所反映的词坛倾向来看,其论词绝句之大多推尊北宋,盖有北宋之词较南宋之作更为自然天真,稍加斧凿却不至纤巧,漫有兴寄却不至肖似,而能示词作真情本色之缘故。总而言之,词坛的整体倾向与社会形势息息相关,太平之世多耽溺于莺歌燕语之什,变荡之际则多贵于激切胸臆之作。实际上,词学所宗尚之北宋南宋,并无断然的高低之分别,乃时势所然也。

综上所述,论词绝句从晚清延至民国,其于论说取向上的演变,主要体现在两个方面:一是词人宗范显示出极大的不同,表现为时人由取径姜夔、张炎转变为标举苏轼、辛弃疾;二是艺术尊尚发生重大的变化,表现为时人由尊南宋、抑北宋转变为尊北宋、抑南宋。词学宗尚反映的乃是一个时代词坛的整体倾向,其审美宗尚的演变更是社会变革在文学这一载体上的集中体现。晚清固权而致人人封缄思想、偏安一隅;民国求新而令西学渐入,眼目得以开放,国家危难又使民众壮怀激烈、心中愤然。这两种迥异的时代风气与社会环境,导致晚清民国这两个历史时期在词的审美上也生成完全不同的诉求,并形成大相径庭的论词之风习。晚清民国论词绝句所揭橥的词学演变,显示出我国传统词学所内含的生生之精神及所呈现之独特面貌,它对于我国传统词学研究无疑是有着重要的指示意义的。

(原载《江西社会科学》2019 年第 4 期)

社会形态变化与民国词集作者群体的构成

华东师范大学　　朱惠国

民国名家词集,主要是指作者曾生活于民国时期,且于民国时期出版的名家词别集,包括排印本、石印本、刻本、油印本、稿抄本等等。这些词集从渊源上看,主要承续晚清而来,因此依然保留中国传统词集的一些特点。但是文学的发展必然受到时代的影响,晚清到民国的一百余年,是中国社会发生巨大变化的特殊时期,词集所表现的内容、思想感情,乃至表现方式,都会带有这个时代的独特印记。而更为重要的是,由于社会形态的变化,词集作者的身份发生了巨大的变化,出现了多元化的特征,这就使得民国词集的作者形成了几个不同的群体,并一定程度上影响了词集的表现内容和表现方式。下面我们试结合词集作者的不同类型,对民国名家词集的基本情况作一些初步的介绍和分析。

一

民国名家词集,尤其是前期的词集,晚清遗民是比较大,也比较有特点的一个作者群体。这一群体不仅创作数量在整个民国词中占有不小比例,而且创作成就也非常突出。这种情况的出现与词是一种传统文学样式,比较适合传统文人的特性有关,更与民国存世时间较短的特殊情况有关。中国历次的改朝换代,基本上都会产生一个比较庞大的遗民群体,但如果朝代存世时间较长,遗民作品的数量和质量都不会在整个朝代占太大的比重,如民国之前的清代存世二百六十余年、明代存世二百七十余年,早期遗民群体的创作虽然也比较兴盛,但延续的时间并不是很长,从整个朝代的创作看,无论作品数量还是作者数量,所占的比重都不是很大。可是民国不一样,从创立到消亡(大陆地区),连头带尾,总共也就三十八年。清道光以后出生的词人,基本上都入民国,并在民国初期占据主流地位,不仅人数众多,实际创作成就和影响力也远高于其他词人群体。如晚清四大家中,除了出生于道光二十九年(1849)的王鹏运外,朱祖谋、郑文焯、况周颐三人均入民国,成为民国初期词坛的主要词人,尤其是朱祖谋,无论是名声还是实际作用,公认是民国早期词坛的祭酒。至于王鹏运,总共活了五十六年,如果天假之年,照样可以在民国词坛从事创作活动,并产生特有的作用。其他三人,朱祖谋去世于民国二十年(1931)、郑文焯去世于民国七年(1918)、况周颐去世于民国十五年(1926),除了郑文焯,差不多参与了民国词坛一半时间的活动。因此,遗民词人群体在民国词坛占据的比重之大、名声之显,均是宋以来所未有的。

遗民词人词集中,最为瞩目的自然是四大家中的三位。三人的创作均由晚清延续到民国,词集版本较为复杂,但都在民国时期有重要的结集和刊刻。朱祖谋的《彊村语业》《彊村语业卷三手稿》《彊村词剩稿》《彊村集外词》均在民国时期刻印。《彊村语业》托鹃楼本是朱氏民国十三年(1924)在《彊村乐府》的基础上删订而成;《彊村语业》卷三则主要收录癸亥(1923)后词作,由龙榆生将其与前二卷合刊,编入《彊村遗书》,并于民国二十三年(1934)将手稿交付开明书店影印出版;《彊村词剩》二卷、《彊村集外词》一卷,则收录《彊村语业》删余之词以及其他未刊手稿。郑文焯《樵风乐府》九卷也在民国二年(1913)由仁和吴昌绶双照楼刊刻。郑氏于南下苏州后开始大量作词,渐次编成《瘦碧》《冷红》《比竹余音》《苕雅》诸集,《樵风乐府》即在此四部词集的基础上删存而成。可见郑文焯词主要创作于晚清,但民国时期刊刻的《樵风乐府》却是其生前认定的精华本。况周颐《第一生修梅花馆词》中,《餐樱词》《菊梦词》《秀道人修梅清课》三种均在民国时期创作并刊刻。至于民国十五年(1926)上海中国书店印行的"蕙风丛书"《第一生修梅花馆词》,则是收录况氏词作较为齐全的集子。另外二卷本的《蕙风词》也是民国时期由武进赵氏惜阴堂刊刻出版。可见晚清最重要词人中的三位,都在民国时期有创作活动,一些重要的词集也都在民国时期结集与刊刻。他们的词学活动构成民国前期,乃至中期词坛的重要组成部分,并产生相当大的影响力。

此外,晚清遗老中冯煦的《蒿盦词剩》一卷,也是在民国十三年(1924)刊刻。冯煦早年曾自编《蒿盦词》,被陈乃乾收入《清名家词》,而《蒿盦词剩》则主要收录民国之后创作的词,且多与朱祖谋唱和之作,有较浓的遗民情绪。词集卷前有朱祖谋甲子年(1924)所作的序,专门提到这一点:"辛亥国变后先侨海上,同作流人,忧离伤生,往往托之谣咏,以遣其无涯之悲,而与孝臧唱酬为多。逃空者闻足音而喜,君与孝臧殆有同感矣。"①这种"忧离伤生"的"无涯之悲"是遗民词人词集中较为普遍的情绪,也往往是他们创作的重要动力。清亡后以遗老寓居上海的沈曾植,其《曼陀罗寱词》一卷也在民国十三年(1924)由上海商务印书馆铅印出版。据沈曾植之子沈颎介绍,沈曾植生前手定的词稿有四种,"曰《偁词》,曰《海日楼余音》,曰《东轩语业》,曰《曼陀罗寱词》。经朱古微丈删定,统题为《曼陀罗寱词》"②,由商务印书馆铅字印行,收词105首。后复经朱氏删削去取,1933年刻入《彊村遗书》。商务本虽比遗书本早出,但有十多首词遗书本并未收入,另编次顺序上也有不同。其他遗民词人,如魏元旷的《潜园词》《潜园词续钞》、李绮青的《草间词》、李孺的《仑阖词》等等,也都有民国时期的刊本。至于朱祖谋所编《沧海遗音集》,包括沈曾植《曼陀罗寱词》一卷、裴维侒《香草亭词》一卷、李岳瑞《郢云词》一卷、曾习经《蛰庵词》一卷、夏孙桐《悔龛词》一卷、曹元忠《凌波词》一卷、张尔田《遯庵乐府》一卷、王国维《观堂长短句》一卷、陈洵《海绡词》二卷、《海绡说词》一卷、冯开《回风堂词》一卷、陈曾寿《旧月簃词》一卷,共计有11位遗民词人别集,可谓遗民词人词集的一次集中展示。这些遗民词作多寓故国之思、世变之慨,正如李绮青《草间词自叙》所云:"生际承平,晚遭末季,牢愁山谷,无补于国,莫救于时。一以黍离之思,托之歌词,百世之下,犹想见其怀抱。余于昔贤辨律辨韵,实未能窥其一二也,而无补于国、莫救于时。空山僻塞,假托咏歌,排遣永日,则与昔贤有同慨焉。"③至于为何"一以黍离之思,托之歌词",沈曾植《偁词自序》则有所提示:"其不可正言者,犹将可微言之,不可庄语者,犹将以谲语之,不可以显譬者,

---

① 朱祖谋:《蒿盦词剩序》,冯煦《蒿盦词剩》卷首,民国十三年(1924)刻本。

② 沈颎:《〈曼陀罗寱词自序〉跋》,见沈曾植《曼陀罗寱词》,彊村遗书本。

③ 李绮青:《草间词自叙》,李绮青《草间词》卷首,民国七年(1918)铅印本。

犹将隐譬之！微以合，谲以文，隐以辨，莫词若矣！"①

遗民词人词集是民国早期词坛一个重要的组成部分，现在来看，这些词集表现出来的末世情怀和黍离之悲只是遗民对前朝消亡的悲叹，是他们特殊心态的反映，但这些内容毕竟反映并记录那个时代一类人的思想感情，具有一定文学和史学价值，至于词集的艺术特点则得到普遍的认同，可以说达到了民国词的较高水准。

二

大学教授是民国词集作者中另一个比较大的群体。大学教授群体的形成，和现代学校的大量出现有关。民国时期的高等学校普遍比较重视传统的诗词教育，不少大学都专门开设词学课程，既讲授词作、词史，也重视词的创作实践。当时一流的词学家，如吴梅、王易、刘永济、龙榆生、易孺、夏承焘、唐圭璋、卢前等等，都到高校担任过词学教授，从事词学人才的培养。一些学校还有学生词学社团，由词学教授具体指导词的创作，师生互动，进行具有一定教学性质的创作，如南京的潜社、梅社，上海的因社等等，有的词社还刊出社集。高等学校词学教学的兴盛，一方面吸引词学专家到高校从教，另一方面也进一步促进了高校师生的创作，形成民国时期词集作者中的教授群体。这一群体从创作时间上看，整体上要比遗民词人群体晚一些，但人数较多，影响力也不小。暨南大学教授龙榆生先生民国二十二年（1931）创办《词学季刊》时，创刊号"词坛消息"栏目有一条题为"南北各大学词学教授近讯"的消息，曰："南北各大学学词教授，据记者所知，南京中央大学为吴瞿安梅、汪旭初东、王简庵易三先生，广州中山大学为陈述叔洵先生，湖北武汉大学为刘洪度永济先生，北平北京大学为赵飞云万里先生，杭州浙江大学为储皖峰先生，之江大学为夏瞿禅承焘先生，开封河南大学为邵次公瑞彭，蔡嵩云桢，卢冀野前三先生，四川重庆大学为周癸叔岸登先生。上海暨南大学为龙榆生沐勋、易大厂韦斋两先生。除吴卢两先生兼治南北曲外，余并词学专家，且大多数赞助本社，愿为基本社员云。"可略见当时高校中词学的兴盛和词学教授的大致分布情况。这里提到的还只是比较大的国立大学和教会大学，人员也限于比较知名的词学专家，如果加上其他较小的大学和私立大学，人数是比较可观的。尤须指出的是，上述词学教授大部分在民国时期都有词集刊出，如吴梅有《霜厓词录》，文通书局民国三十一年（1942）铅印本，又有民国时期的油印本；王易有《镂尘词》，民国元年（1912）石印本；陈洵有《海绡词》，民国十二年（1923）铅印本；邵瑞彭有《扬荷集》，双玉蝉馆民国十九年（1930）刻本，又有《山禽余响》，壮学堂民国二十五年（1936）刻朱印本；蔡嵩云有《柯亭长短句》，上海中华书局民国三十七年（1948）铅印本；卢前有《中兴鼓吹》，独立出版社民国二十七年（1938）铅印本；周岸登有《蜀雅》，民国二十年（1931）铅印本；龙榆生有《忍寒词》，民国三十七年（1948）铅印本；易孺有《大厂词稿》，上海商务印书馆民国二十四年（1935）石印本等等。一些未及在民国时期专门结集刊刻的，民国后也基本上有词集刊出。

除了上述消息中提到的，民国时期刊出词集的高校教授可以开列一份庞大的名单，其中不少教授在词的创作上取得较高成就，并有一定的知名度和影响力。如杨铁夫，民国时期历

---

① 　沈曾植：《侍词自序》，见沈曾植《曼陀罗寱词》卷首自序，彊村遗书本。

任无锡国专教授、香港广州大学教授、国民大学教授等,曾师从朱祖谋治梦窗词,以《吴梦窗词笺释》擅名学界,创作上也奉梦窗为宗,有《抱香词》,民国二十三年(1934)铅印本。詹安泰,早年任教广东省立第二师范学校(韩山师范学院前身),后以名士身份受聘中山大学,民国二十六年(1937)刊有《无盦词》。此集为詹安泰任教韩山师范期间,由弟子蔡起贤辑录而成,收词一百首。黄侃,民国时期著名的经学和小学专家,先后任教北京大学、武昌高等师范、中央大学等,室名量守,有《量守庐词钞》,民国三十四年(1945)铅印本。顾随,先后任教于燕京大学、北平大学、中法大学、北京大学、中国大学、辅仁大学等高校,有《无病词》,民国十六年(1927)铅印本。刘肇隅,民国时期曾任教湖南省立一师、上海光华大学、正风文学院、群治大学等高校,刊有《阆伽坛词》,收词 74 首,民国二十二年(1933)铅印本。至于民国三十五年(1946)杨公庶收入《雍园词钞》的词集,作者基本都是抗战时期在重庆一带的大学教授,其中有叶麐(字石荪)《轻梦词》、吴白匋《灵瑣词》、乔大壮《波外乐章》、沈祖棻《涉江词》、汪东《寄庵词》、唐圭璋《南云小稿》、沈尹默《念远词》《松壑词》、陈匪石《倦鹤近体乐府》等等。如果将履历中曾担任过高校教授的词集作者,如著有《摩西词》的黄人;著有《春灯词》《春灯词续》的刘麟生;刊有《柳溪长短句》的向迪琮;刊有《玨庵词》的寿铄等也算入教授群体的话,这份名单将会更加庞大。毫无疑问,民国时期的大学教授作为文化人中的精英分子,在传统诗词创作中比较活跃,留下了相当数量的词集。

三

报人和编辑也是民国词集的重要作者群体,这个群体规模不小,并且富有民国特色。这个群体的出现与民国时期报业、出版业的迅速发展息息相关。中国历史上也有从事书籍刊刻的书业,但总体规模偏小,从事编辑职业的词人就更少,谈不上有群体的概念。晚清以后,尤其是进入民国后,随着西方现代印刷技术的传入和现代书报业态的出现,各类报纸和出版社(书馆、书店)迅速发展,吸引一大批优秀的文人加入报人、编辑的行列。这些文人大致又可分为两大类,一类是具有一定政治色彩的文人,他们兼具政治家或社会活动家的身份,主要出于事业的需要,创办报刊,宣传自己的政治主张。在清末民初的社会背景下,这类文人数量不小,也非常活跃。另一类则供职于商业性的报纸、出版社,他们或是出于商业的需要办报、办刊,或者成立出版社,印行书刊以牟利;或是作为一个职员,寄生于报社和书馆。然而从人数上说,能够办报办刊成为商人的是少数,大部分是在报馆、书馆谋生,以编辑为职业的普通文人。

先看第一类。这类词人当时大部分都是南社成员,具有明显的反清意识。他们一方面是革命家,积极参加社会变革活动,创办报纸宣传自己的政治主张,另一方面则加入南社,通过诗词创作来抒发自己的情怀。这类词集作者中,所谓“南社四剑”具有一定的代表性。“四剑”中,词名最显,成就最大的当为“说剑词人”潘飞声。潘飞声晚清时曾执教于德国柏林大学。后赴香港,任《华字日报》《实报》主笔。1907 年到上海定居,加入南社。后又参加淞社、希社、沤社、鸥隐社等诗词社团的活动。所刊词集有《海山词》《花语词》《长相思词》《珠江低唱》四种。另有《饮琼浆馆词》《花月词》两种未付刊。此后他将这六种词集综合选录,重加编辑,名之曰《说剑堂词》。潘飞声是晚清以来广东词坛名家。陈璞称其词“以精妙之思,运英隽之才,发为倚声,绮艳中时露奇矫之气",又说:"岭表词坛,洵堪独秀"①,评价甚高。"君剑"傅熊湘也是著名报人。傅熊湘早年与宁太一等创《洞庭波》杂志,继办《竞业旬报》,"抨击清吏不遗余力。复与江苏柳亚子、广东蔡哲夫等结南社,一以文字鼓吹革命,名益大噪"②。先后主办《湖南月报》《天问周刊》《通俗日报》《醴陵旬报》《民国日报》等。后主持《南社湘集》。其词以雄健清旷为主,气魄阔大,用语自然,基本上走东坡、张孝祥一路。有《钝庵词》一卷,均为辛亥以后词作,收入民国二十一年(1932)铅印出版的《钝安遗集》。其实傅熊湘词还有一个抄本,共两卷,收录从己酉(1909)至壬子(1912)的词作。卷前有宁调元、卜世藩、张无为、高旭、刘师陶、胡德莹、黄堃等人题辞,以及作者甲寅年(1914)的自序和跋尾。此抄本少为人知,因此未被编入《钝安遗集》。"纯剑"高旭则以从事社会活动为主,但也有一段编辑的经历,早年曾和年龄相仿的叔叔高吹万一起在家乡上海金山创办《觉民》月刊。后留学日本,参与编辑《二十世纪之支那》。1905年初与宋教仁订交,成为密友。同年创办《醒狮》杂志。回国后又与柳亚子等人编辑《复报》。为南社主要创始人之一。著有《微波词》六卷,收入《天梅遗集》,民国二十三年(1934)万梅花庐刻本。"四剑"中的"剑华"俞锷也能作词,且有词集存世。俞锷早年留学日本,加入同盟会。1906年回国,先后在上海、北京等地编辑《民国时报》《民国新闻》《七襄月刊》等报刊。民国成立后,一度任临时政府秘书。后赴印尼爪哇,执教华侨中学,继续办报宣传革命。是南社重要成员。有《蜚景词选》一册,民国间抄本。

第二类词人中,徐珂、王蕴章等具有一定的代表性。徐珂为南社成员。据《南社丛谈》南社社友事略,曾"师事周苕湄,谭复堂,宗啸吾,俞小甫"③。1901年在上海担任了《外交报》编辑,随该报一起进入商务印书馆编译所。后任《东方杂志》的编辑,1911年接管杂志"杂纂部"。作为编辑家,徐珂编纂了不少书籍,其中影响最大的是《清稗类钞》,该书仿照清初潘长吉《宋稗类钞》体例,辑录清初至宣统朝二百多年间的朝野佚闻。作为谭献的入室弟子,徐珂在词学研究领域也多有建树,撰有《近词丛话》《清代词学概论》,同时还选编了《历代词选集评》《清词选集评》《历代闺秀词选集评》等。其中《清代词学概论》影响颇大,被认为是清词研究的主要著述。徐珂喜欢填词,谭献在日记中多次提到其词,以为其词"婉约有度",又说他"年少才弱,有句无篇,然往往有清气"④,比较客观。有《纯飞馆词》一卷(天苏阁丛刊一集),民国三年(1914)铅印本、《纯飞馆词续》一卷(天苏阁丛刊二集),民国十二年(1923)铅印本、《纯飞馆词三集》(胥山朱氏宝彝室集刊),民国十五年(1926)铅印本。徐珂是民国时期比较重要的词家。王蕴章在民国词坛也十分活跃,具有一定影响力。王蕴章身份比较多元,既是鸳鸯蝴蝶派重要作家,又从事传统诗词创作,先后担任过编辑、高校教师、大学校长等职,一度还任职于南京中华民国临时政府,但主要以办刊、办报著名。他清末即任商务印书馆编辑,参与编辑首版《辞源》。民国后再度加入商务,出任《小说月报》和《妇女》杂志主编,时间长达10年之久。后出游南洋,回国后任上海《新闻报》秘书、编辑、主笔。王蕴章早年加入南社,以后参与上海两大词社,春音词社和沤社的酬唱活动,是两大词社的重要成员。他在上海创办正风文学院,聘有陈方恪等词家,十分注重诗词教育。在他主持下,正风学院的词学

① 陈璞:《花语词序》,潘飞声《说剑堂词》卷首,民国二十三年(1934)刻本。
② 李澄宇:《钝安先生行状》,《钝安遗集》卷首,民国二十一年(1932)铅印本。
③ 郑逸梅:《南社丛谈》,中华书局2006年版,第230页。
④ 谭献:《复堂日记》,河北教育出版社2001年版,第175、332页。

活动十分活跃，有词社"因社"，该社虽具有教学性质，但客观上为师生提供了一个良好创作平台，师生酬唱，气氛活跃。因社刻有社集，这在上海的高校中并不多见。王蕴章撰有《秋平云室词话》《梅魂菊影室词话》《词史厄谈》《词学》四部词话，并有词集《秋平云室词钞》，可惜词集已经亡佚，至今寻访未果。其词被收入与《南社丛刻》和《沤社词钞》，并有部分散见于各种民国报刊。

上述两类词人在创作上各有特点，均留下一定数量的词集，成为民国时期重要的词集作者群体。

四

第四是官员群体，这一群体的人数也不少。此群体与其他群体在人员上有一定的交叉，但区分还是比较清楚的，即主要身份是官员或退职的官员。由于科举和出仕是中国传统社会文人的进身正途，词人中的官员群体历来就存在，并且往往是最大的一个群体。但民国时期科举已经废弃，知识分子的出路更加多元，加之社会形态发生变化，官员的构成和职能也有所变化，因此同样是官员群体，民国时期也有一些自己的特点。其中最明显的一个特点是出现了具有职业特点的外交官词人。中国传统社会自然也有外交使节，但由于中国中心论的观念以及交通的限制，对外交往主要是周边的国家，且外出的时间和空间都有一定的局限。1840年鸦片战争开始，中国被迫打开国门，与世界各国的交往日益频繁，驻外使节的人数多了起来，并出现了带有职业性质的外交官。这些职业外交官中不少就是词人。其中较有代表性的是廖恩焘和林葆恒。

廖恩焘是廖仲恺之兄，毕业于日本东京帝国大学政治系，曾任晚清政府的外交官。入民国后，代表中国政府先后出使古巴、朝鲜、智利、巴拿马、菲律宾等国，其中在古巴时间最久，留下印象也最为深刻。廖恩焘自谓五十岁始致力为词，但收入词集的词作则出现于十年之后。相比其他民国词人，其作词经历并不算太早，但其域外词，尤其是古巴词则斐然词坛，特色鲜明。其词集有《忏庵词》八卷，民国二十年铅印本、《忏庵词续稿》四卷，民国二十三年（1934）刻本、《半舫斋诗余》一卷，民国二十九年（1940）铅印本，此外还有《扪虱谈室词》《影树亭词沧海楼词合刻》等。《忏庵词》八卷，录词人第二次使古巴旅途以及归国所作词，创作时段是从1926年至1931年秋。八卷各自成集，包括卷一《初航集》；卷二《梦彊集》；卷三《柳雪集》；卷四《啸海集》；卷五《拜梦盦集》；卷六《读山海经集》；卷七《知稼集》；卷八《咏而集》。据作者自识，词稿原共有百五十余首，经朱祖谋汰存为百二十八首。朱祖谋评其词"胎息梦窗""惊采奇艳"[①]。其词由于多作于域外、且多因国际情事而发，故朱祖谋激赏道："得于寻常听睹之外，江山文藻，助其纵横，几为倚声家别开世界矣。"[②]《忏庵词续稿》主要为归国之后所作，创作时段从1931年至1934年，大致写于上海、南京、广东等地。四卷也各自成集，包括卷一《鸣蜇集》；卷二《枌榆集》；卷三《秣陵集》；卷四《教箫集》。词作总体风格上追踪梦窗，吴梅称其"学梦窗而不囿于梦窗者"[③]。《半舫斋诗余》一卷，主要收录作者1936年至1940年在

---

①② 朱祖谋：《忏庵词题注》，廖恩焘《忏庵词》卷首，民国二十年铅印本。
③ 吴梅：《忏庵词续稿题识》，廖恩焘《忏庵词续稿》卷首，民国二十三年（1934）刻本。

南京、上海两地的词作。当时中日处于战争状态,局势极为紧张,词中经常表现出作者对时局的忧思。与前期追踪梦窗词风的作品比,笔触比较深沉。另《扪虱谈室词》1949 年印本,收录壬午(1942)后、己丑(1949)前作品;《影树亭词沧海楼词合刻》则是 1949 年后旅居香港时作品,刊于民国后的 1951 年,严格来说,已不算民国词集。词集《半舫斋诗余》之"半舫斋"得名于驻节古巴时所筑园亭,后《扪虱谈室词》出版时,作者将之作为"半舫斋词集之三",并有意将《扪虱谈室集外词》作为"半舫斋词集之四"。可见在词人后来的意识中,有将一生词用"半舫斋"进行总体编名的意图。显然,出使古巴的经历,对其一生创作有重要影响。夏敬观《忍古楼词话》有"廖忏庵"条,录其词作多首,并云"海外奇景,古今人罕以入词"①。

林葆恒是民国时期另一个比较著名的外交官词人。林葆恒为林则徐侄孙。毕业于美国哥伦比亚大学。民国元年(1912)任中国驻小吕宋(今菲律宾)副领事,一年后离职,民国三年(1914)初复署,至民国六年(1917)开缺。后于民国十一年(1922)、民国十四年(1925)分别出任驻温哥华领事和驻印度尼西亚泗水领事,直至民国十六年(1927)因北洋政府解体,才失去了在政府的职位。和廖恩焘一样,林葆恒学词也较晚,据他自己说:"余夙不工填词,戊辰(1928)夏,徐丈姜庵、郭君啸麓结须社于析津,强余入社,遂勉学为之。"②但却是民国词坛比较活跃的词人。如其所言,他 1928 年与郭则沄、徐沅等一起在天津参与创立须社,成为该社的重要成员。1930 年南下上海,又与朱彊村、程十发等人发起创立沤社,参与词社的酬唱活动。须社与沤社,一南一北,是当时规模较大,影响也较大的两个词社。太平洋战争爆发后,他在上海租界与夏敬观、林锟翔等人发起午社的酬唱活动,并利用其生活比较优渥的条件,为词社活动提供便利。据我们掌握的材料,在午社可考的二十余次活动中,有十一次的地点选在林葆恒家中(另有八次是在另一外交官词人廖恩焘的家中,还有几次是在公共场所)。抗战后期还参与了瓶社的活动。先后辑有《词综补遗》《闽词徵》《集宋四家词联》等,叶恭绰编《全清词钞》,也得其襄助。其词集《瀼溪渔唱》为民国二十七年(1938)刻本。所收主要是在须社与沤社的词作。徐沅以为其词得东坡之法,是"以诗为词者"③,对其评价颇高。夏敬观《忍古楼词话》有"林子有"条,则以"清声逸响,饶有韵味"④称其词。其词被《广箧中词》收录。

外交官词人最具民国特色,但人数不多。至于一般意义上的官员或退职官员写词,并有词集问世的就比较多了。比较著名的有叶恭绰、汪兆铭、夏敬观、夏仁虎、三多等等。如果粗略划分,大概又可分为两类:

一类是曾任官员,赋闲后对词用力颇勤,且确有成就的。如叶恭绰,曾任北洋政府交通总长、孙中山广州国民政府财政部长、南京国民政府铁道部长等,后将较多精力用词学活动上,除了和龙榆生一起创办《词学季刊》外,还主持《全清词钞》的工作,并编有《广箧中词》。自己的词集有《遐庵词甲稿》,民国三十二年(1943)铅印本。后又刊出《遐翁词赘稿》石印本。又如夏敬观,早期入张之洞幕府,办两江师范学堂,任江苏提学使,后又兼上海复旦公学、中国公学等校监督。民国后不以遗老自居,曾任浙江省教育厅长。1924 年辞职后闲居上海,将最主要精力用之于词学活动。是继朱祖谋之后民国词坛最有相当声望的词家之一。撰有

---

①④　夏敬观:《忍古楼词话》,唐圭璋《词话丛编》,中华书局 1986 年版,第 4799 页。

②　林葆恒:《瀼溪渔唱跋》,林葆恒《瀼溪渔唱》卷尾,民国二十七年(1938)刻本。

③　徐沅:《瀼溪渔唱序》,林葆恒《瀼溪渔唱》,民国二十七年(1938)刻本。

《忍古楼词话》，先在《词学季刊》上连载，后被单独辑出，收入唐圭璋先生所编的《词话丛编》。有词集《映盦词》四卷，上海中华书局民国二十八年（1939）铅印本。又如郭则沄，曾任北洋政府的铨叙局局长，国务院秘书长，侨务局总裁等职。直奉战争后去职，遂将主要精力用于传统学问及诗词创作上。除编有《清词玉屑》十二卷外，先后作有词集九种，其中八种收入《龙顾山房全集》，分别是《潇梦词》《镜波词》《絮尘词》《苹雪词》《冰蚕词》《沤影词》，以及后加的《护春词》和《瓶花词》。另有一卷《独茧词》为全集刻印后所作，附于《龙顾山房诗赘集》，有民国三十三年（1944）铅印本。再如夏仁虎，从二十五岁以拔贡身份到北京参加殿试开始，官宦生涯长达三十载。民国后历任国务院政务处长、财政部次长、代理总长和国务院秘书长。北洋政府垮台后，夏仁虎弃官归隐，专事著书和讲学。他是北平蛰园律社、瓶花簃词社的中坚人物，也是民国词坛比较活跃的人物。有词集《啸庵词》，内含《淮波词》《和阳春词》《燕筑词》《梁尘词》，即甲、乙、丙、丁稿四卷，刊于民国二年（1913）秋。民国九年（1920）重刊时，又增入《零梦词》一卷。整个民国时期，此类因政治变动而赋闲的官员词人甚多，如撰有《听潮音馆词集》《沧浪渔笛谱》的蔡宝善等等。如果将曾经在幕府或政府部门任职，后闲居著述吟咏的词人，如著有《雨屋深灯词》《雨屋深灯词续稿》《雨屋深灯词三编》的汪兆镛，著有《味莼词》的汪曾武等等都算上的话，则人数就更多，可以列出一份长长的名单。

　　另一类则是政府现任官员，他们喜爱诗词创作，有的还颇有造诣，但总体上说，主要精力用在官场事务上，对词的创作只能算是业余喜好。这类官员词人大约可以汪兆铭和廖仲恺为代表。汪兆铭是职业的政治家，且在中国现代政治史上留下可耻的一笔，但他在诗词创作上却颇有天赋，取得较高成就。他和民国时期的诗词界交往加多，与一些词人结有私人情谊，甚至还会为一些词集作题跋，如廖恩焘《忏庵词续稿》就有他的跋识，另外一些词学活动也往往得到其推动与支持，如《同声月刊》的创刊，一般就认为得到他的支持。汪氏有诗词合集《双照楼诗词稿》，民国时期版本众多，仅就部分图书馆的馆藏目录看，就有民国十九年（1930）民信公司铅印本、民国二十一年（1932）泽存书库刻本、民国三十年（1941）北京大北京社铅印本、民国三十年（1941）中华日报社铅印本以及民间的各种抄本等等。这众多版本的产生当然和他政治地位有关，但另一方面也说明其诗词集在当时的确流传颇广，影响较大。廖仲恺的情况和汪兆铭有所不同，他虽然喜爱诗词，有时也会创作，但和大多数官员词人一样，创作上所花精力比较有限，因此两人在诗词创作上的名声和实际成就均有一定程度的差距。廖仲恺撰有《双清词草》。集名"双清"，取其妻何香凝《念奴娇》词"愿年年此夜，人月双清"之语，可见伉俪相得，且均能作词。《双清词草》兼收诗词，但词作数量远胜诗作。集子由廖氏生前编定，在其遇刺身亡后的第三年，即民国十七年（1928）由上海开明书店按原稿本影印出版。集前有汪兆铭民国十四年（1925）所作的《廖仲恺先生传略》。和廖仲恺相似的词人还有胡汉民。胡汉民早在1905年九月即加入同盟会，任《民报》主编，从此成为孙中山主要助手之一。孙中山逝世后主持编写了《总理全集》，曾先后任国民党中央政治会议主席，国民政府主席，立法院院长等。胡氏同样喜欢爱好诗词，每有所感，往往发为吟咏，有《不匮室诗钞》八卷，诗余一卷，在其患脑溢血病逝的当年，即民国二十五年（1936），由国葬典礼委员会刊印。这三人是当时政治地位比较高的词人，至于官职次一等的词人就多一些了，比如任援道，政治上声名狼藉，却也能写词，有《青萍词》一卷，民国二十九年（1940）金陵刻本。但相对而言，这部分现任官员在词学上不能专心用力，无论实际成就还是影响力，都不能与落职后期赋闲的官员相比。

五

除了以上四个群体外,民国时期书画家也是民国词集不可忽视的作者群体。诗画同源,书画和诗词本来就有许多的共同性,书画家作词,词人学书作画均是常见的现象。当时溥儒、寿钵、张伯驹、吴湖帆、陈翠娜等人,不仅是书画艺术家,同时也都是著名词人,并能将词与书画艺术结合起来。如著名书画家吴湖帆虽然作词较晚,直到中年方始学词,但曾得到朱祖谋等老辈词人的指点,其词风格清丽,富有画意,又喜欢用词来题画,词画结合颇为自然。词集《梅景书屋词集》是他与夫人潘静淑词作的合刊本,包括他自己《佞宋集》中的二十八首,夫人潘静淑《绿草集》中的十三首,有民国二十八年(1939)吴氏四欧堂铅印本。另外,吴湖帆还是沤社、午社的成员,频繁参与词社的唱和活动,与词学家多有交往。龙榆生先生曾感恩于朱彊村临终授砚,邀书画家作《彊邨授砚图》,吴湖帆所作《授砚庐图》是其中较为著名的一幅,有诸多词家题跋,一时传为佳话。其他书画家中,寿钵有《珏庵词》,民国十九年(1930)刻本、张伯驹有《丛碧词》,民国二十七年(1938)刻本、陈翠娜有《翠楼吟草》,其中包含《绿梦词》一卷,有上海著易堂民国十六年(1927)铅印本。寿钵、张伯驹的身份并非单纯的书画家,但他们的书画比较有名,也常被视为书画家。至于以教师或编辑为主业,亦作书画,并有一定名声的词人就更多了,如撰有《碧虑商歌》(即《匑厂词乙稿》)的黄公渚,一生以高校教书为主,同时也是有名的书画家、曾与潘天寿、俞剑华、王雪涛、李苦禅等共同举办过画展,其画富有诗词意境,为人称道。总起来看,这些书画家词人具有良好的文化修养,往往画中有词的意境,词中有画的美感,具有比较明显的特色。

此外中学教师、银行职员、甚至商人中参与词创作,并撰有词集的也大有人在,同样可以形成一些作者群体,只不过这些群体的规模没有上述几类大,取得的创作成就以及词界的实际影响力也不如上述几类词人。

上述几个作者群体只是一种大致的区分,事实上许多词人的身份具有一定的复杂性,很难用一种身份加以归类。如撰有《晓珠词》的民国女词人吕碧城,曾任《大公报》编辑,北洋女子公学堂总教司、总统府机要秘书,后又担任参政一职,从政府机构辞职后又经商取得成功,最后远赴海外定居。一生经历丰富多彩,很难说属于哪个词人群体。又如撰有《入秦草》《长沙章先生桂游词钞》等的章士钊,清末任上海《苏报》主笔,辛亥后任大学教授、大学校长,期间参与政治,任护法军政府秘书长、南北和平会议中的南方代表、政府司法总长兼教育总长等职,以后又从事律师职业,同样很难将他归入某一词人群体。再如撰有《墨巢词》的李宣龚,曾任江苏桃源县知县,江苏候补知府,入民国后以办水泥厂等实业及经营商务印书馆著名,出任商务印书馆经理,合众图书馆董事等职。既是文人,也是成功商人,同样也难归到那类词人群体。即使已被列入前清遗老、大学教授、编辑报人、政府官员以及书画家等群体中的词集作者,也有不少是兼跨两类,甚至三类的,如陈洵被归为遗民词人群体,同时也是大学教授,王蕴章被归为编辑报人,其实也一度在高校任教。职业变化、身份变更在民国时期的读书人中非常普遍,可说是常态。其原因一方面由于晚清民国时期朝代更迭,社会动荡,读书人的职业容易变动,另一方面社会形态发生变化,传统意义上的读书人开始分化,从单一身份逐渐变化为多元化的身份。而作词基本上是一种业余性质的创作活动,各行各业的文化人都可以参与,这就造成民国词集作者身份多样而且多变的历史状况。

(原载《吉林大学社会科学学报》2016 年第 3 期)

民国以降词学对传统协律之论的修正

云南师范大学   胡建次

词律论是我国传统词学的基本论题。这一论题主要从词的创作是否需要协律以及如何协律等方面来加以展开。在我国传统词学史上,有关词律之论是甚为丰富多样的,形成了相互联系、相互交织的几个维面,显示出富于历史观照的特征。

民国时期是我国传统词律论展开得最为丰富的时期,其内容主要体现在三个方面:一是偏于对协合音律的标树之论,二是偏于对破弃音律的强调之论,三是主张协律与破律相互结合之论。其中,在第一个维面,徐珂、周焯、陈匪石、吴东园、方廷楷、梁启超、陈洵、蒋兆兰、张德瀛、况周颐、陈锐、朱彦臣、翁麟声、胡云翼、夏敬观、林大椿、俞平伯、刘永济、刘坡公、施则敬等人对协合音律的必要性不断予以了强调,对如何协合音律予以了探讨。在第二个维面,胡适、张尔田、易孺、徐英、翁漫栖、萧莫寒、陈柱、憾庐、杨圻、陈钟凡、乔雅邠、吴庠、赵尊岳、顾随、陈运彰等人,对拘守音律之论不断予以了批评,从不同的方面对之予以了消解。在这两个维面之外,一些词论家从更为平正的视点出发,对词律之道表现出了会通之意,他们一方面强调协合音律的必要性,另一方面又对协律持以较为宽和融通的态度。这三个维面,相互交融,相互补充,共构出了民国以降传统词律之论的主体空间,将词律论不断推向了历史的高度。本文对民国以降词学对传统协律论的修正历程及其基本特征予以考察。

一、民国前期:对传统协律论修正的凸显

我国传统词学对协合音律有着一贯的标树与要求,自宋至清,李清照、周邦彦、姜夔、张炎、陆行直、张綖、沈谦、毛先舒、赵钥、李渔、万树、胡文焕、许昂霄、吴烺、戈载、郑文焯、陈锐、朱祖谋等人,对此予以了各样的论说及规范,这导引了民国以降词学对词之音律表现的修正与会通。

民国以降词学对传统协律之论修正的第一个阶段为民国前期。这一时期,对协律之论予以修正的人相对还比较少,主要有朱鸳雏、宣雨苍等,他们将对协律论的修正之意初步凸显了出来。

朱鸳雏《双凤阁词话》云:“词律之密,无过宋人。能按律即能入乐,唐人已昌其风。若李太白、温飞卿辈,其词曲皆被管弦,以故精于词律。太白所造《清平调》,玄宗调笛倚歌,李龟年亦执板高唱,且谓平生得意之歌,无出于此(见《松窗录》)。飞卿工于鼓琴吹笛(见《北梦琐言》),所作词曲,当时歌筵竞唱(见《云溪友议》),宰相令狐绹,因宣宗爱唱《菩萨蛮》,令飞卿

撰进,而宣宗君臣,迭相唱和(见《北梦琐言》)。则太白、飞卿,精于词律,彰彰明矣。盖词者古乐之派别,古之词人必先通音律,默契其深,然后按律以填词。故所作之词,咸可播之于歌咏。后世之人,按谱填词,人云亦云,而音律之深,茫然未解。则所谓词者,徒以供骚人墨士寄托之用耳,而词之外遂别有谓曲,元人杂剧实其滥觞,去古乐远矣。"①朱鸳雏论说唐宋人的词的创作以协合音律为原则与追求。他例举李白所创《清平调》与温庭筠所创《菩萨蛮》之词,认为他们都是精于音律表现的代表,其词皆能入乐歌唱。朱鸳雏归结,唐宋人的创作可谓"按律填词",亦即根据音律的自然流转而选字用语,所以其词作是可以被之于管弦而歌咏的;而后来之人"按谱填词",是在他人所先设定的音律规范中去填入字语的,故他们往往实际上对声调词谱的内在特征与要求并不十分了解得细致深入,这很可能导致人云亦云、随声附和的现象出现。他们往往将语词变成只供表达情志的工具而已,是难以真正从内在协合音律之求的,与传统词乐的本色之求相去甚远。

　　宣雨苍《词谰》云:"词固以音律为尚,然果是浩气流行及天然浑成佳句,即有一二字不叶者,尽可听其自然,万勿强肆雕琢致损太璞。试观南宋词人,诸大家中,亦不乏此等出人。后世制谱者,必且曲为之解,曰借某、叶某,非遇狂易无凭谬充词伯之老伶工,断不敢肆口诋语。总之,既名曰词,则必情文并茂,方可传世。若仅乞灵声律,但一工尺谱足矣,又何必填词为邪?"②宣雨苍一方面主张词的创作要以音律表现为尚,另一方面又强调其呈现出一气呵成之势与自然浑成之境。他主张,当有少数字语运用不吻合音律之道时,应当顺其自然,而切忌强为雕琢,以至于有损自然之面貌。宣雨苍评说南宋大词人的创作多应合此艺术特征,他坚决反对强为叶律的做法。宣雨苍以声情并茂作为词的创作根本准则,视音律美为词的创作美之一,虽留意倡导,但不惟而论,摆正了词的创作中"曲"与"辞"的关系,并强调其应与情感表现一起予以弘扬。其论说显示出灵活性、辩证性特征。其又云:"著者讲学,当有渊源。定词韵者必应就古诸大家所作之词,更参古韵而详考之,定为一是,以范后学。则人不敢不瓣香以祀,无可置喙。若舍诸大家所作,而自我作古,定其所定,人亦何不可各定其定,安在必以词韵为准绳邪!"③宣雨苍进一步对协合音律论题加以阐说。他强调,词之音律规则应从前人的词作中加以提炼与概括而出,在融炼众家的基础上予以类分和胪列,切忌无视他人之创作实践而一味自作规范,"定其所定",如此,则其所谓词之音律要求是难以成为通则的,也无法真正起到规范词之创作的作用。其还云:"和韵非古也,诗且不宜,而况乎词?勉强为之,终近生捏。苟有独运意匠,语语自然者,自为有数之作,亦不可废。"④宣雨苍通过对词之和韵的论说,也触论及词律运用与词意呈现的关系论题。他肯定词之和韵是一件甚为不易的事情,强调不能勉强为之,还是应该以意致呈现为上,以用字造语自然为求。他较早将律为意用的创作原则简洁地道了出来。

二、民国中期:对传统协律论修正的兴盛

　　民国中期,为对传统协律之论修正的兴盛时期。这一阶段,对协律论予以过修正的人较

---

①　杨传庆、和希林辑校:《辑校民国词话三十种》,(台湾)花木兰文化出版社 2016 年版,第 67—68 页。
②　张璋等编纂:《历代词话续编》,大象出版社 2005 年版,第 1340 页。
③④　张璋等编纂:《历代词话续编》,大象出版社 2005 年版,第 1341 页。

多,主要有柳亚子、董每戡、叶恭绰、龙榆生、高毓浵、吴梅、冒广生、梁启勋、蔡桢等,他们将对协律论的修正之意很大程度地展衍了开来,使传统词律论更多地显示出辩证展开的特征。

柳亚子在《词的我见》一文中云:"讲到音律,我在当时也是主张解放的。仿佛后来胡适之曾经这样讲过:'清真以前,是文人的词;清真以后,便变而为乐匠的词了。'(原文不在手边,不知正确与否,大意是如此的。)这几句话很合我的脾胃,因为照我批判起来,清真本身就是一个乐匠。并且,我以为在词通于乐的时候,按律填词去做乐匠,也还有相当意义可言。后来,词是根本不能入乐的了:而一般填词的人,还在依梦窗四声,依白石四声,断断不休,到底干吗要这样做呢? 我主张平仄是要的,而阳平阴平和上去入的分别,应该完全解放;这一点也是和老辈词人的见解根本不同的。"①在词的音律表现问题上,柳亚子是主张"按律"与"解放"两方面兼顾的。其主张从总体而言与胡适之论相切。他持同胡适将词大致分为"文人的词"与"乐匠的词",认为周邦彦本人就是音乐家,在开初"词通于乐"的情况下,依律填词是确有必要的,显示出相当的意义,但后来词"不能入乐"了,如果还坚持完全依照平仄四声去加以填制,这完全是逆历史发展而要求的,是不得要领的。柳亚子主张词的创作应该适当讲究平仄,但没有必要过于精细地去辨分其中的些微差异,而应尽可能去除人为的束缚,还词的创作以更为广阔的空间与多样的路径。

董每戡《与曾今可论词书》云:"你的《词的解放运动》中的三个意见,与我所主张大致相同,我没有什么反对,不过我想在你这三个主张之外补充一些:我觉得'依谱填词'这一着,在每个学填词的人是必须遵守的,但是可活用'死律',依我个人的意见,现代人填词,至少须守着以下几个条件:一、不使事(绝对的);二、不讲对仗(相对的);三、要以新事物、新情感入词;四、活用'死律';五、不凑韵;六、自由选用现代语。"②董每戡主张在词的创作中,要将"依谱填词"与"活用死律"结合起来,在"有定"与"无定"中将填词之事引向康庄大道。一方面,必须大致遵守词谱声调的要求,使词的创作确乎显示出音乐文学体制的特征;另一方面,又要活用声律,不为音律所拘束,让语言表达相对体现出自由性,不惟声韵而拘限,在选字用语上以情感表现和意致呈现为旨归。其又云:"总之,现代人如要自作新词,最好不堂而皇之地把原有的词牌名加上,以免混淆。我的友人夏瞿禅君曾做了许多不依旧谱的词,他径称自己的词为'自由词',并不加词牌名,自然,他是想免去'挂羊头卖狗肉'之诮。在近人的词中,使我佩服的确只有夏君的词,先生如买一部况蕙风所辑的《近人词选》来看,那就会看见他初期的作品,近来呢,却更进步了。"③董每戡进一步论说"自作新词"的主张。他认为,现代人作词不必一定要挂上某某词牌之名,人为地给自己套上不必要的枷锁。他称扬夏承焘就创作了不少不依旧谱声调的词,这类作品并不标示词牌之名,其旨在消除名实不符之嫌,而较为灵活自由地用律使韵。董每戡对夏承焘之词是倾心称赏的,将其视为代表了词的创作发展的方向。

叶恭绰在《与黄渐盘书》中云:"词之必讲音律与否,在今日颇成疑问,但弟有一偏见,即以为音律可不必过严,而音节必须谐协。盖有韵之文,不论颂赞、诗歌、词曲,必须读咏之余,铿锵婉转。然后情味曲包。弟尝离开《词律》,而诵近人之词。往往觉其拗口处,一检《词律》,即恰系失律处。又有时四声不错,而清、浊偶误,诵之即不能顺口。类如《齐天乐》'凝怨

---

① 张璋等编纂:《历代词话续编》,大象出版社 2005 年版,第 662—663 页。
② 杨传庆编著:《词学书札萃编》,南开大学出版社 2015 年版,第 523 页。
③ 杨传庆编著:《词学书札萃编》,南开大学出版社 2015 年版,第 525 页。

琼梳'之'梳'字,必用清平。设改之为'琼楼',则直读不下去。此则随时留意,自能合拍也。近人论律过严,弟不甚谓然。以为不差分秒,亦不能唱出,何必如此自讨苦吃? 颇有意做一种可以合今乐之韵文,或依新谱填制,或制后再依编新谱,求其可以照唱。其体裁,则在歌、谣之间,多用白描,使之通俗,而却须有文学上之价值。"①叶恭绰对词的创作中的音律问题表现出甚为辩证的态度。他一方面持论词的声律运用不必过于严苛,另一方面又强调其音节表现必须谐和。叶恭绰认为,自古以来,有韵之文都显示出音韵婉转、余味曲包的特点,词作之体制也应不例外。他坦言,自己诵读近人之词,凡感觉拗口之处即证明为失律之处。叶恭绰主张基本的音律准则还是应该"随时留意"的,在熟识中自然生巧。另一方面,他又认为,近人持律过于严苛,体现出拘谨固执之态度,真可谓"自讨苦吃",也是无甚必要的。叶恭绰倡导出现一种新体歌谣,它突破已有的音律拘限,以"可唱"为准则,界乎歌曲与民谣之间,在语言表现上以通俗易懂为原则,它应合社会变化发展需要而体现出重要的文学价值。叶恭绰是主张在适当的破除束缚中重新建构音律表现大厦的,其论体现出着眼于词的未来发展的可贵眼光,是甚富于启发性的。

龙榆生在《今日学词应取之途径》一文中云:"吾人既知今日之时代环境为如何,又知词为不必重被管弦之'长短不葺之诗',而其语调之变化,与其声容之美,犹足以入人心坎,引起共鸣。则吾人今日学词,不宜再抱'只可自怡悦,不堪持赠君'之态度。阳刚阴柔之美,各适其时。不务僻涩以鸣高,不严四声以竞巧,发我至大至刚之气,导学者以易知易入之途。或者'因病成妍'(元遗山语),以堂堂之阵,正正之旗,拯士习人心于风靡波颓之际。知我罪我,愿毕吾辞。"②龙榆生论说时代环境已经发生很大的变化,词作为单纯音乐文学之体制的历史也早已过去,如此,人们在创作中应该更多地关注语气音律的变化,关注其"声容之美"是如何入乎人心的。龙榆生持论,不应再抱着自娱自乐的态度去从事词的创作了,而应更多地关注其如何"持赠于君"的,如何更丰富多样地传达出创作者的思想情感,在"各美其美"中昌大词作之道的。他强调,应不以追求生僻晦涩为高,不以竞逐四声之巧为好,而应立足于抒发主体的襟怀情性,引导学词者走上创作的通坦大道,重振词坛之风习。

高毓浤《词话》云:"词家四声之说,始盛于王半塘,其后朱古微、况夔笙复起而扬其波,一时学词者咸奉为玉律金科,按照清真、梦窗等词,字字推敲移换,填词已苦,如砌墙之砖,然拘于尺寸,而又限于五色,故此派之词皆奄奄无生气,但求四声不失而已,而实则四声亦不能尽合,往往以他声注为作平、作上、作入,是不惟作泫自欺,而又自乱其例也。且宋词刻本多不同,或有讹脱,亦不尽知,以讹传讹,尤为可笑。其习见之调如《满江红》《金缕曲》《齐天乐》《念奴娇》之类,则诸家各自不同,四声无从确定,亦姑任之。盖词调重在音律,能入歌曲方为正宗,即平仄亦非至要,况四声乎? 不能订其工尺,不能施于管弦,而断断以四声以相訾謷,甚无谓也,而乃自诩为专家哉?"③高毓浤评说宋词刻本多有不同,其中,有些词的音律表现是不尽如一的。一些常见的词调如《满江红》《金缕曲》《齐天乐》《念奴娇》等,不同的人在创作时也有着细微的差异。高毓浤强调,声律之求重在以大致协合音律为原则,至于是否完全符合平仄四声之规则,那是并非很重要的事情。他斥责斤斤于平仄四声之讲究的做法,认为那

① 杨传庆编著:《词学书札萃编》,南开大学出版社 2015 年版,第 329—330 页。
② 龙榆生:《龙榆生词学论文集》,上海古籍出版社 2009 年版,第 116—117 页。
③ 杨传庆、和希林辑校:《辑校民国词话三十种》,(台湾)花木兰文化出版社 2016 年版,第 427 页。

是甚为"无谓"的,而那些自诩为"专家"之人,也令人可笑。高毓浭之论,力主不停留在过于细枝末节的音律纠缠之中,而主张从大致"入歌"的角度激活其创作,其论是富于识见的。

吴梅《词学通论》云:"此论出于宋末,已有不协腔律之词,何况去伯时数百年,词学衰熄如今日乎?紫霞论词,颇严协律。然协律之法,初未明示也。近二十年中,如沤尹、蘷笙辈,辄取宋人旧作,校定四声,通体不改易一音。如《长亭怨》依白石四声,《瑞龙吟》依清真四声,《莺啼序》依梦窗四声,盖声律之法无存,制谱之道难索。万不得已,宁守定宋词旧式,不致偭越规矩。顾其法益密,而其境益苦矣。"①吴梅评说朱祖谋、况周颐等人在对宋人词作的校勘中,不敢轻易更改字语,而完全依据周邦彦、姜蘷、吴文英等人所制之音调,体现出甚为谨拘的态度。他评说因宋人声律之法不传,而导致后人不敢逾越,其规则愈多而今人创作愈苦。此论寓含突破声律之拘限的态度与要求。其又云:"余谓小词如《点绛唇》《卜算子》类,凡在六十字以下者,四声尽可不拘。一则古人成作,彼此不符,二则南曲引子,多用小令。上去出入,亦可按歌,固无须斤斤于此。若夫长调,则宋时诸家往往遵守,吾人操管,自当确从。虽难付管丝,而典型具在,亦告朔饩羊之意。由此言之,明人之自度腔,实不知妄作,吾更不屑辨焉。"②吴梅主张,在词的不同体制中,小令的填制可不必太拘守平仄四声,而应有更多灵活表现的空间,因为古人所填小令便彼此不一,面目多样;但对于长调的创作,他则主张应合乐律,其虽存在一定的难度,却有益于艺术表现与意致呈现,是要尽力而为的。其又云:"平仄一道,童孺亦知之,惟四声略难,阴阳声则尤难耳。词之为道,本合长短句而成,一切平仄,宜各依本调成式。五季两宋,创造各调,定具深心。盖宫调管色之高下,虽立定程,而字音之开齐撮合,别有妙用。倘宜平而仄,或宜仄而平,非特不协于歌喉,抑且不成为句读。昔人制腔造谱,八音克谐。今虽音理失传,而字格具在,学者但宜依仿旧作,字字恪遵,庶不失此中矩矱。凡古人成作,读之格格不上口,拗涩不顺者,皆音律最妙处。张綖《诗余图谱》,遇拗句即改为顺适,无怪为红友所讥也。"③吴梅论说在音律表现之道中,辨分平仄四声尤其是阴平与阳平的细微差异是较为困难的。词的创作本由长短不一的句子组合而成,因此,一切音律表现都应该服从声调的当行之求,以凸显本色为贵。吴梅认为,五代两宋时期,人们创制声调其实是深具用心的,其所用音律都包含着丰富多样的规律,我们不应在宜平处而用仄声,在宜仄处而用平声,应遵循声调表现的内在要求,以"八音克谐"为准的,多元应和,以求妙合。吴梅主张对古人之作,应入会其中,把握妙处,而切忌像张綖在《诗余图谱》中所倡导的那样,凡遇拗句即改为顺适之字语,这是令人可笑之举。吴梅还云:"词之有韵,所以谐节奏,调起毕也。是以多取同音,弗畔宫律,吐字开闭,畛域綦严。古昔作者,严于律度,寻声按谱,不逾分寸。其时词韵,初无专书,而操觚者出入阴阳,动中窍奥,盖深知韵理,方诣此境,非可望诸后人也。韵书最初莫如朱希真作《应制词韵》十六条,其后张辑释之,冯取洽增之。至元陶宗仪,曾讥其混淆,欲为更定,而其书久佚,无从扬榷矣。绍兴间,刻菉斐轩《词林要韵》一册,樊榭曾见之。其论词绝句,有'欲呼南渡诸公起,韵本重雕菉斐轩'之句,后果为江都秦氏刻入《词学全书》中,即今通行之本。词韵之书,此为最古矣。惟近人皆疑此书为北曲而设,又有谓元明之季伪托者,今不备论。自是而沈谦之《词韵略》、赵钥之《词韵》、李渔之《词韵》、

①② 吴梅:《词学通论》,中华书局 2010 年版,第 6 页。
③ 吴梅:《词学通论》,中华书局 2010 年版,第 9—10 页。

胡文焕之《文会堂词韵》、许昂霄之《词韵考略》、吴烺之《学宋斋词韵》，纯驳不一，殊难全璧。至戈载《词林正韵》出，作者始有所依据。虽其中牴牾之处，或未能免。而近世词家，皆奉为令典，信而不疑也。夫填词用韵，大抵平声独押，上去通押，故凡作词韵者，俱总合三声分部，而中又明分平仄。至于入声，无与平上去统押之理，故入声须另立部目，不得如曲韵之例。分配三声以外，不再专立韵目，如《中原音韵》《中州全韵》诸书也。"①吴梅对词之音律表现与规范的发展历史甚为熟识。他论说自南宋绍兴年间起，就出现了如《词林要韵》之类的词韵书籍，当然，也有人认为乃元明时期的伪托之书，此姑且不论。发展到清代，沈谦、赵钥、李渔、胡文焕、许昂霄、吴烺等人都撰有相关词韵之书，直到戈载的《词林正韵》问世，词的音律表现才更见规范，其运用之道更体现出科学性，它亦因此而被近世词家奉为圭臬。吴梅主张，词之音律运用的原则应该是于无定中有定，又于有定中体现出一定的自由度。他主张"平声独押，上去通押"，而不应太拘守平仄之异。他同时主张将入声字"另立部目"，而不应像散曲之音律表现那样，将入声派入平、上、去三声之中。吴梅之论，一方面体现出对词之协律的执着追求，另一方面，又表现出一定灵活性的用韵原则，显示出了作为词学名家所具有的通达识见。

三、民国后期：对传统协律论修正的延续

民国后期，为对传统词律之论修正的延续时期。这一阶段，对协律之论予以过修正的人主要有龙榆生、冒广生、梁启勋、蔡桢等，他们将对协律之论的修正继续延展了开来。

龙榆生在 1941 年所撰《晚近词风之转变》一文中云："往岁彊村先生虽有'律博士'之称，而晚年常用习见之调。尝叩以四声之说，亦谓可以不拘。然好事之徒乃复斤斤于此，于是填词必拈僻调，究律必守四声，以言宗尚所先，必惟梦窗是拟。其流弊所极，则一词之成，往往非重检词谱，作者亦几不能句读，四声虽合，而真性已漓。……以此言守律，以此言尊吴，则词学将益沉埋，而梦窗又且为人诟病，王、朱诸老不若是之隘且拘也。"②龙榆生论说朱祖谋虽有"律博士"之誉，但其晚年填词并不以艺术才力而炫耀，而是常用习见之声调，他并且常常言说平仄四声之规矩也大致不必过于拘守。但有些人却斤斤于此道，每每作词必择选生僻之声调，细究平仄四声之法则，开口闭口习效吴文英，往往导致词意凌乱，作者之真情实性丧失殆尽，令人难以卒读。龙榆生论道，此种做法而言"守律"，则词的创作将走进死胡同，这也是王鹏运、朱祖谋等词学大师们所不愿看到的局面。龙榆生之论，对过于拘守音律的创作行为予以了尖锐的批评，希冀予以修正。

冒广生《疚斋词论》云："近二三十年，人人梦窗，谓其守律之严也。梦窗时无词律，其所守之律，非谓清真之词耶？然尚不如今人之死守，硁硁于平上去入之中，而无一首佳词，甚至无一佳句能上口者，真可怜虫也。"③冒广生评说近几十年来很多人热衷于习效吴文英之词，将其标树为协合音律的典范。但实际上，吴文英所创作时期是没有所谓词谱的，他所遵循之声韵，也不过是周邦彦等人词作所体现出的韵律而已。而当今之人却死守音律，斤斤于计较

---

① 吴梅：《词学通论》，中华书局 2010 年版，第 15—16 页。
② 龙榆生：《龙榆生词学论文集》，上海古籍出版社 2009 年版，第 420 页。
③ 张璋等编纂：《历代词话续编》，大象出版社 2005 年版，第 331—332 页。

四声之异,舍本逐末,导致词作意致呈现深受影响。冒广生将这些人比譬为"可怜虫",认为他们是难以取得很大艺术成就的。其又云:"抑吾尤有说焉:词于中国学术界,实邾、莒也,其领土之小,牌名不过八百有余,其字数不过二百有余。柳、周二公,能于此中用增、减、摊、破四字诀,错综变化,使人如入建章宫,千门万户。今即音乐与文字久离,吾人不敢于古人所增、所减、所摊、所破外,别有增、减、摊、破,奈何为四声所束缚,开口清真,闭口梦窗,甚至非清真、梦窗集中所有之调不填,非清真、梦窗集中所有之难调亦不填,而小令及普通常填之调,若《念奴娇》《满江红》《摸鱼子》等,不几废耶?昔也辟国百里,今也日蹙国百里,名为昌词,实亡词耳。"①冒广生论说词确是一种独特的文学之体,它规制甚小,可发挥的艺术空间从总体而言也是较小的,但即便如此,柳永、周邦彦等人,仍然运用增字、减字与突破原词调谱等手法,使词的艺术表现呈现出富于变化、丰富多样的特征。而现今之人却不敢在前人基础上进一步变化,笔法上少有开拓,却开口闭口谈论是否遵循四声平仄,一味以周邦彦、吴文英之作加以对照,他们不能在创作上有效地开疆拓土,却日益对创作形成局囿,名义上为昌大词道,而实际上使词道趋于衰落。冒广生之言,对一味强调协合音律之论可谓痛斥。其《致吕碧城》又云:"近年词家,人人梦窗,开口辄高谈四声。心滋疑焉。梦窗时无《词律》,所守之律殆即清真之词也。乃先取清真词之同调者,次方、杨、陈三家和词,再次梦窗与清真同调之词,一一对勘,乃无一首一韵四声同者。乃至句读可破,平仄可易。始悟工尺只有高低,无平仄;嘌唱只有断续,无句读。而当世无一开眼之人。自万红友倡千里和清真词无一字四声不合之说,郑叔问扬其波,朱古微拾其唾,天下学子皆受其桎梏。诸人何尝下此死功将周、方词逐首对勘耶?其四声者,指宫调言,非指字句也;指宫商角羽言,非指平上去入也。唐宋合乐以琵琶为主,琵琶四弦有宫商角羽,而无征弦,故曰四声。仆近成《四声钩沉》一书,欲为词家解放。以足下聪明绝世人,病腕数年,不惮其痛苦,乃为足下一发之,知不以为河汉也。同一词也,令词不必讲四声,慢词则讲之。普通慢词又不必讲四声,犹周、吴集中慢词则讲之。统一国家,而法令有二,亦习焉不察耳。"②冒广生进一步论说词作协合音律之事,又一次批评近年来一些人习效吴文英之词,高谈所谓平仄四声的问题。他指出,吴文英词作声韵之美其实是向周邦彦、方千里、杨泽民、陈允平等人学习的结果,品味其词作,实际上没有平仄四声相同的,都体现出变化不断、"句读可破,平仄可易"的特征。冒广生提出,词之音律表现应多讲究高低起伏之分,而少平仄之限,自从万树推扬上述几人之词以来,以至于使当世学词之人大都受到影响。冒广生指出,实际上,四声之异更多地指宫调择选而言,而非就字句运用而论;更多地指具体音符的变化,而非就平、上、去、入之择选。在这点上,不少人是存在着误识的。冒广生坦言,自己著成《四声钩沉》一书,乃意在为词的创作松绑,解放创作者的手脚。他主张,小令的创作可不必讲究四声,慢词则稍加注意而已,这就像治理国家一样,不同的地区,其法令实施应该是有所差异的。冒广生之论,详细论说到词作音律运用的问题,并针对不同词之体制提出了各异的表现原则,是其富于针对性和说服力的。

梁启勋《曼殊室词话》云:"词之格律,只要严守每一韵之字数,至于句读,未尝不可以通融。此语似未经人道,或有之而未获见也。"③梁启勋对词之协合音律与破弃音律的关系体现

---

① 张璋等编纂:《历代词话续编》,大象出版社2005年版,第346—347页。
② 杨传庆编著:《词学书札萃编》,南开大学出版社2015年版,第256—257页。
③ 朱崇才编纂:《词话丛编续编》,人民文学出版社2010年版,第2937页。

出平正通融的态度。他主张，词之协合音律应该主要体现在谨守每一韵之字数多少上，对于其中的平仄句读，则是可以变化的。此论也体现出了他作为词学家的通达识见。

蔡嵩云（蔡桢）《柯亭词论》云："故词家之守律者，必辨四声分上去，以为不如是，不合乎宋贤轨范。浅学者流，每谓守四声如受桎梏，不能畅所欲言，认为汩没性灵。其实能手为之，依然行所无事，并无牵强不自然之病。观清末况蕙风、朱彊村诸家守四声之词，足证此语不诬。"①蔡桢辩说词的创作中的协律问题。他认为，拘谨而论者局于四声之论，强调严分平仄之异，以至于初学者甚感束缚，难以"畅所欲言"，其影响到性灵发抒。实际上，真正善于创作的人，是并无拘束之感的，他们仍然能够自由地传情达意，像况周颐、朱祖谋等人便是这样的词家。蔡桢之论，道出了对一般人而言，音律之求在最初层面上还是有碍于创作的。其又云："词守四声，乃进一步作法，亦最后一步作法。填时须不感拘束之苦，方能得心应手。故初学填词，实无守四声之必要。否则辞意不能畅达，律虽叶而文不工，似此填词，又何足贵。惟世无难事，习之既久，熟能生巧，自无所谓拘束，一以自然出之。虽守四声，而读者若不知其为守四声矣。"②蔡桢对词的创作中的协律问题进一步加以论说。他持论，人们在创作之初，应无须太过于注意音律表现的问题，惟须不感到拘束之苦，才能够得其心而应其手，让意致能相对自由地呈现，等到创作进入到一定层次之后，自然能够在长久的琢磨钻研中熟而生巧，到那时，即使谨守四声之限，却令人浑然不觉。蔡桢之论，道出了词的创作与协律之求在不同阶段的关系，揭橥出所谓协律乃是一个自然而化的命题，它与创作层次的提升是成正比的。其又云："近年社集，恒见守律派词人，与反对守律者互相非难，其实皆为多事。词在宋代，早分为音律家之词与文学家之词。音律家声文并茂之作，固可传世。文学家专重辞章之作，又何尝不可传世。各从其是可也。"③蔡桢主张协律与破律的创作之道应各行其是，论断相互间的指责非难其实皆为多事之举。他认为，早在两宋时期，词的创作便表现出偏于音律与言辞的不同，一重在"声文并茂"，同时诉诸人的视听感官；一重在专尚辞章之美，单向度掘进，它们各有艺术优长，是不可一概而论的。其还云："总之尚自然，为初期之词。讲人工，为进步之词。词坛上各占地位，学者不妨各就性之所近而习之。必是丹非素，非通论也。"④蔡桢进一步归结词的创作有"尚自然"与"讲人工"两种模式，他认为，前者主要呈现于初期之创作形态中，后者主要呈现于不断变化的创作形态中。他主张，人们应该根据自身的天性特点择其近者而为之，切不可执一而论，偏持己见。蔡桢之论，很好地体现出了协律与破律各有存在合理性的持论，其论说是甚为平正的。

四、新中国以后：对传统协律论修正的回响

新中国建立以后，朱庸斋论说到词之协律与破律相互结合的论题，他将对传统协律论的修正之意进一步发挥了开来，体现出对传统词律论修正的回响之声。

朱庸斋《分春馆词话》云："词既为有一定格式之文体，吾人填词不能不依照其格律，盖不守格律，即非词矣。填词同部韵可叶，唯平声韵须注意阴、阳平之配搭，稽诸古人名作，其音

①　唐圭璋编：《词话丛编》，中华书局 1986 年版，第 4899 页。
②　唐圭璋编：《词话丛编》，中华书局 1986 年版，第 4901 页。
③④　唐圭璋编：《词话丛编》，中华书局 1986 年版，第 4902 页。

节或铿锵可诵,或和婉流畅,盖阴、阳平参叶得当之故。设使一首词中,一连四五韵均叶阴平,则声调必然过响,转无抑扬顿挫之致;设使一首词中,一连四五韵均叶阴平,则声调必然过响,转无抑扬顿挫之致;相反,一连四五韵均叶阳平,则必然低沉黯哑,了无爽朗声情。阴平声响,阳平声沉。如要声调稍为低沉,可多叶阳平声韵;如须激越高亢,可较多叶阴平声韵。总之,断乎不可一连叶三个阴平声韵或者三个阳平声韵,叶韵时视文情而定。至于仄声韵亦须上、去声安排妥当,然后声调才有起伏升沉之致。"①朱庸斋界定词的创作要以协合音律为基本准则,由此,而体现出其为"有一定格式",否则,便脱离了作为独特文体的质性。朱庸斋又论说到词作音律谐和要注意的具体技巧。他认为,平声韵要注意阴平与阳平之间的搭配,如果一首词中,连续运用四五个阳平之音,则容易使语句显得低沉哑闷,难以表现出爽朗的情感意绪。因此,如表达低回深沉的思想情感,就多用阳平之音;而如表达激越高亢的情感意绪,则多用阴平之音。其总的原则是,一般不应连用数个阴平或阳平之音,以作品思想情感的表现为旨归,在努力安排好音律之美中,使作品显示出独特的艺术魅力。其又云:"守律无须坚守古人四声,一般只分平仄即可。否则因声害意,窒息性灵,了无生气。可于古人作品中,仔细校勘其多用或必用上去入声者择其善者而从之。"还云:"出笔寄意不能为词谱声律所约束,须多读熟读古人名作,心领神会,务使所作既坚守格律,又读来自然洒脱,若不矜意者。"②朱庸斋明确申言,协合音律并不是指固执地坚守平仄四声之道而不能有所通变之意。他认为,大致平仄区分即可,切勿因声律表现而有害于意致呈现,有害于创作主体性灵发抒,有害于作品生机蕴含。朱庸斋所拈出的总的原则是声为意用、律随意变,反对因声而拘意,他强调在熟读古代名家之作中开悟心神,如此,便既有音律之美,又有意致之求,是为词之创作的理想境界。

总结民国以降词学对传统协律之论的修正,可以看出,其大致可以分为四个阶段:一是民国前期为凸显期,朱鸳雏、宣雨苍等人将对协律论的修正之意初步凸显出来;二是民国中期为兴盛期,柳亚子、董每戡、叶恭绰、龙榆生、高毓浵、吴梅、冒广生、梁启勋、蔡桢等人,将对协律论的修正之意从不同方面发挥开来;三是民国后期为延续期,龙榆生、冒广生、梁启勋、蔡桢等人将对协律论的修正之意继续延展开来;四是新中国建立以后,朱庸斋等人将对协律论的修正之意继续承衍了下来。民国以降词学对传统协律之论的修正,与对协律的标树之论及消解之论一起,共构出民国以降传统词律之论的空间,它更多地体现出了兼容性、灵活性、辩证性的特征,更多地应和了词之创作发展的时代要求,将传统词律之论推向了一个新的平台,引入了一个新的境界。

(原载《古代文学理论研究》第四十七辑,华东师范大学出版社 2018 年版)

---

① 张璋等编纂:《历代词话续编》,大象出版社 2005 年版,第 1168 页。
② 张璋等编纂:《历代词话续编》,大象出版社 2005 年版,第 1169 页。

民国中期传统词律论的辨说与展开

云南师范大学　　胡建次

词律论是我国传统词学中的基本论题。这一论题主要从词的创作是否需要协律以及如何协合音律等方面来加以展开。在我国传统词学史上，有关词律之论是甚为丰富多样的，形成相互联系、相互交织的几个维面与线索，显示出富于历史观照的特征。民国时期可谓我国传统词学的落日余晖期，但也是传统词律之论探讨与展开得甚为具体与深入的时期，将传统词律论引向一个新的平台。本文对民国中期传统词律论的辨说与展开予以考察。

一、偏于对协律的标树之论

民国时期，传统词律论辨说与展开的第一个维面，是偏于对协律的标树之论。这一维面线索，先是出现在徐珂、周焯、陈匪石、吴东园、方廷楷、梁启超、陈洵、蒋兆兰、张德瀛、况周颐、陈锐、朱彦臣等人的论说中。发展到民国中期，翁麟声、胡云翼、龙榆生、夏敬观、林大椿、俞平伯、刘永济、刘坡公、施则敬、陈兼与、夏仁虎、何嘉等人，或对协律的必要性进一步予以强调，或对如何协律不断加以探讨，将协合音律之论推向历史的高度。

翁麟声《怡簃词话》云："《古今词曲品》谓：'学词不学器，与不学等。盖其所作词，必不能入乐。无论其造句如何佳妙，要亦不过文章家之骈散文耳。'语固精审扼要，顾期之今世，填词之家，有几工是说者乎？所谓学器，即知音也。音韵声律，又有不同。考律者只知十二律，二十八调等宫调之原理，而究竟某宫须用何种声音之字配之，则未能确指而明言也。乐工则只知工尺等字，不复考其工字属何律？尺字属何律？第按谱吹声，于节拍无差，即为能事矣。而究其工字应用何种声音之字，配之乃合，亦茫然如声聩耳！而韵学家只以四声辨韵，问其某韵合于宫谱管色中之何字，则亦惟有茫对者。惟音学家独能以四声辨五音，以五音配管色，以管色求律吕。故词曲家必知音，知音者，学器之初仞也。"[①]翁麟声引用《古今词曲品》中之语，评说当世词的创作者中讲究声律之求的人较少。他认为，所谓"学词"之"学器"，乃指知音审律而言。词之音律运用的规则是十分丰富多样的，不同音律之间搭配协调确是件非常复杂的事情。不同的人即便如"乐工""韵学家"所熟识的也只是其中的某些内容，只有"音学家"能够通过平、上、去、入之"四声"而辨分宫、商、角、徵、羽之"五音"，又以"五音"而协合"管色"，抒写出和谐动人的词作。翁麟声总结道，凡词曲家必以知音审律为先决条件，由此，

---

①　杨传庆、和希林辑校：《辑校民国词话三十种》，(台湾)花木兰文化出版社 2016 年版，第 195 页。

才可以真正入乎词作之道中。翁麟声之论,明确体现出对协合音律的坚定要求,这当然与其作为戏曲名家的身份是密不可分的。胡云翼在《宋词研究》中云:"从音节方面看,词不但论平仄,并且讲求五声。词押韵比诗更要严格,故词之音乐成分,只有比诗复杂;音节比诗更要响亮。音节与韵律容易在听觉上骤增抒情的力量,易于引起情绪的波动,发生联想的感情,故音节在抒情诗里面至关重要。而词的音节,自然是适宜于抒情了。"①胡云翼对词的音律表现十分看重,细加论说。他认为,词的押韵比诗更为严格得多,其音律表现也比诗之体制更为复杂多样,其总的要求是在讲究平仄的基础上注重"宫""商""角""徵""羽"的运用,使音节响亮而分明,从审美角度而言,易于诉诸人的听觉,易于引发人的情绪波动与情感起伏,进而影响联想与想象,产生意味不尽的效果。

龙榆生在《词律质疑》一文中云:"词本依声而作,声必协律而后可歌,此必然之理,古今无异议者也。然此所谓律者,乃律吕之律,依所属宫调不同,而异其作用,必准之管弦而俱合,付之歌喉而无所戾,初未尝专以四声清浊当之。唐、宋以来曲子词,据王灼说:'音节皆有辖束,而一字一拍,不敢辄增损。'(《碧鸡漫志》一)牛僧儒谓:'拍为乐句。'(《漫志》一引)后世所谓依谱填词,但按其句度长短之数,声韵平上之差,便以为能尽协律之能事。其实所谓'音节皆有辖束'者,断不能以后来词谱所定句豆,为可尽之。"②龙榆生论说依照声调而协合音律为词的创作的本质要求,他概括此乃古今之通论。他认为,词律之"律"主要指"律吕之律",旨在依照不同曲调而应合管弦,付之于歌唱,它与专门讲究平仄四声的音律之道还是有所不同的。宋代王灼等人所提出的"音节皆有辖束"之论与其也还有所区别。它重在依照句子长短不同而协合声韵,而绝不仅仅拘限于以所谓词谱所定字语而为之。龙榆生之论,对传统协律内涵予以了修正与深化,是甚具理论意义的。他在《填词与选调》一文中又云:"词本依声而作,声依曲调而异。词为文学之事,声为音乐之事。然二者并发于情之所感,而藉声音以表达之。方成培曰:'以八音自然之声,合人喉舌自然之声,高下一贯,无相夺伦而成乐矣。'(《香研居词尘·宫调发挥》)乐以抑扬抗坠,疾徐高下之节,表达喜怒哀乐,万有不同之情感。文人倚其声而实之以文字,而文字之妙用,仍在其所代表之语言。举凡语气缓急之间,与夫轻重配合之理,又莫不与作者之情感相应。所谓'情动于中而形于言'、'声成文谓之音'(《诗·大序》),必也三者吻合无间,乃为能尽歌词之能事。"③龙榆生努力张扬词为音乐性文学体制。他概括文辞与声调作为两种艺术表现的因素,它们都缘发于人之情感表现,通过声音而传达出来。龙榆生论断,在词的创作中,人们倚声而填以文辞,因声而文,其中,是较为讲究语气的高下缓急与音调的轻重配合的,而这些讲究又始终与创作主体情感表现紧密相联。只有将情感表现、音律运用与文字择选三者融为一体,才可谓"尽歌词之能事"。龙榆生将协律之求作为词之艺术表现的有机组成部分,体现出作为一代词学大师的艺术理想。

夏敬观在《灵鹊蒲桃镜馆词序》中云:"词之源出于隋唐之际,被诸管弦。惟用郑译所演苏祇婆胡琵琶四旦、七均、二十八调。其始制词,不过五七言,乐工增以散声,代以谱字,犹汉魏乐府杂写声、辞、艳也。贞元、元和间,文学之士逐声置字,乃渐广为令慢引近。制调者,乐工耳,而为文词以就其范,谓之填词。拘以句豆,不足,又限之以四声,非必若是始合于乐工

---

① 张璋等编纂:《历代词话续编》,大象出版社 2005 年版,第 1075 页。
② 龙榆生:《龙榆生词学论文集》,上海古籍出版社 2009 年版,第 144 页。
③ 龙榆生:《龙榆生词学论文集》,上海古籍出版社 2009 年版,第 195 页。

所用均调。然好之者必习而为之，不苦其束缚才思，久而出于自然。"①夏敬观论说词在最初产生之时，是可以应之于管弦歌唱的。其开初，体现在文字方面，大都为五言与七言句，后来，乐工们"增以散声，代以谱字"，在为应和旋律中逐渐加以衬字，这便像汉魏时期乐府诗中所谓的"××辞"之体了；发展到唐朝贞元、元和时期，文学之士从乐工手中接过"逐声置字"的权柄，广泛创作出多种词的体制。他们始终以音调表现为本位，而以文辞运用为附丽，强调通过不断修改字语，调整文思以应合音调，即便感到束缚也在所不惜，并追求在不断实践的过程中由拘束而走向自然。夏敬观之论，对由"乐工"之调到"文士"之声的演变发展过程予以了很好的阐明。林大椿在《词之矩律》一文中云："词之本性，原具矩律，后之作者，纵在歌法失传字谱零落之今日，岂可遽使违背本性顿失原则。谱法虽亡，旧词尚在，尽可择其格律严整者，仿用多数决之标准，以定依违，所以距宋元数百年之后，尚得凭之以制谱，虽与原有之谱合否未可知，而大体要亦勿违。"②林大椿论说协合音律为词之艺术表现的本质所在。他持论，即便在现今词之调谱失传的情况下，词的创作也决不可有违其本性，仍然应该在大体上依照音律表现的原则进行创作，虽不一定能完全吻合调谱的要求，但大体上还是要以协合音律为基本原则的。

俞平伯《诗余闲评》云："词是有调子的，它有一个特色，就是调子固定。比如说《浣溪沙》，调子永远不变，你要作，就得按照着调子作，原来的形式绝对不许更动。调子既不能迁就文章，一定要用文章来迁就调子，所以叫做'填词'。这一点很重要，因为由此造成词之所以特异之点。比如文字方面，声音的高下，都和调子有关，看其文词，就可以知道填的是甚么调子，因为文词一定要合律的缘故。"③俞平伯持论词的创作一定要依照声调，在这点上是无法改变的。他强调不同的词调有着各异的音律表现特点，因此，所谓"填词"就体现为以文辞而应合曲调，一定要在文辞的运用中适应声调表现的要求，这便是"合律"的首要之义。俞平伯之论，对协律之求予以了甚为通俗易懂的解说。刘永济《词学通论》云："自永明四声之说倡，而文艺之事一变，浸淫五百余年，至于词体之兴，其法愈趋而愈密。昔人知其然，而未言其故。夫文家之用四声，有定则焉：曰相间，曰相重。二者所以求音节协和之美，而别韵文于散体也。"④刘永济在总体上是主张协律填词的。他论说自南朝永明时期声律之说肇始，声律之求便成为文学美的种类之一。及至词之体制兴盛，音律规则愈加讲究，成为一种独特的文学形式。刘永济概括音律表现应遵循两个原则：一是相互错杂，二是相互应和，它们构合出文学谐和之美的世界，是音乐性文学体制得以成就的根本所在。

刘坡公《学词百法》云："五音者，宫、商、角、徵（音止）、羽也。喉音为宫，齿音为商，牙音为角，舌音为徵，唇音为羽。昔人填词度曲，字字须审其音之所属，而后精研以出之，故能律协声谐，绝无落韵失腔之弊。韵书云：'欲知宫，舌居中；欲知商，开口张；欲知角，舌根缩；欲知徵，舌拒齿；欲知羽，口吻聚。'此即审辨五音之不二法门，而亦学习填词者所当注意也。夫学词与学诗，虽有难易之分，而其注重音韵则一。南宋时有内司所刊《乐府混成集》，列举各种词曲宫调，当日填词家莫不奉为圭臬。迨后，《混成集》失传，好填词者但依旧谱按字填缀，

---

① 冯乾编校：《清词序跋汇编》，凤凰出版社 2013 年版，第 2053 页。
② 张璋等编纂：《历代词话续编》，大象出版社 2005 年版，第 1099 页。
③ 张璋等编纂：《历代词话续编》，大象出版社 2005 年版，第 853 页。
④ 张璋等编纂：《历代词话续编》，大象出版社 2005 年版，第 668 页。

不复研究宫商,而词律遂日渐废矣。今欲学习填词之法,不可不先审辨五音,至于辨别四声,则已叙明在《学诗百法》第一则,兹不复述焉。"①刘坡公详细对"宫""商""角""徵""羽"所属发音的具体部位及所应注意的方面予以论说,他归结辨分"五音"之异乃学习填词者所必须注意的。刘坡公概括诗词创作虽有难易之分,但在注重音律表现上是一致的。他例说南宋时期朝廷内务司编有《乐府混成集》一书,从人们的创作实践中总结出各种词牌曲调,但后来此书失传,填词者又只能根据旧有的音调而加以创作,词律之道日渐走向荒弛。刘坡公倡导当世人作词还是应从辨分音律入手,在熟识音律表现的规律与特征中昌明创作之道。施则敬在《与龙榆生论四声书》中云:"词本为文学与音乐相合而成,音读、音调不可偏废,惟是宫商律吕既失传,歌法又失传,词已脱离音乐之域,而为纯文学之产品矣。吾人既无以复知商律吕及歌法,则亦只有退而以文学论文学耳。诚如吾兄论词所云,所尚惟在意格,而声律次之。彼长短不葺之诗,在宋贤引为讥议者,而生乎宋元之后,惟赖前贤遗制,以推究其声调之美,藉达作者心胸所蕴之情耳,此真拨云雾而见青天之论。"②施则敬论说词乃音乐性文学体制,其音律之美是必不可少的。他论说由于声律调谱失传,词逐渐脱离音乐而成为纯粹的文学之体,惟意致表现为尚,音律表现退居次要的地位。施则敬持论,宋元之后的人只能有赖于"前贤遗制"而推究前人之作所具音律美,再由此而探析作者所蕴含在其中的思想情感。施则敬之论,对音律在词作艺术表现中的作用予以了充分肯定。

陈兼与《读词枝语》云:"清末词人趋向于讲音律,辨四声阴阳,自取桎梏。不能者视而却步,能者则以此为乐。况蕙风即云:'严守四声,往往获佳句、佳意,为苦吟中之乐事。'此等事,如击球赌牌,只可作为一种游戏,随人所好。昨者苏洗齐(昌辽)自南京寄予辛酉绍宋词课及壬戌玉阶词课二册,金陵吟侣月课一词之作,所谓'玉阶'也。填词是否必如此严守四声,所见不一。然在此词学式微之际,尚有人效方千里、杨泽民、陈允平之所为者,亦空谷之足音也。"③陈兼与对协合音律之事亦体现出推尚的态度。他评说晚清词人趋尚于讲究音律表现之道,擅长者以此为乐,不擅长的人则望而止步。他转述况周颐之言,肯定严守音律对于提升词作艺术表现确是有助益的,但对于一般人而言,则只能随人所好,任其自然了。陈兼与叙说"词课"确为进境词学殿堂之阶石,尤其在现今词学衰微之际,他认为,讲究音律之求虽似"空谷足音",却有着独特的意义,是应该努力倡导的。

夏仁虎《谈词》云:"词之谐不谐,恃乎韵之合不合,此不可不察也。吾之此说,近于过高,然宫调既已失传,词学将成绝响,故指出数书,令人易解易学。为慢词,有沈伯时《乐府指迷》中之简易法,填词觅韵,用戈顺卿之《词林正韵》,可无大过。至于初为小令,则熟读唐五代之名词,自然音节遒亮。选声之道,以此为阶梯可也。"④夏仁虎对于词的创作是主张要协合音律的。他甚为重视词之用语的音节谐合问题,将之视为词作协律的关键。他认为,词的音律表现之道是有阶梯可遵循的。创作慢词长调应从沈义父的《乐府指迷》入手,而以戈载的《词林正韵》为准的,至于小令的填制则可在熟读唐五代名家之词的基础上逐渐悟入其道。夏仁虎对词之音律表现是有着细致论说的。其又云:"清代词人,自朱、厉而降,知音盖希。辨体

---

① 刘坡公:《学词百法》,上海书店 1987 年版,第 1 页。

② 杨传庆编著:《词学书札萃编》,南开大学出版社 2015 年版,第 504 页。

③ 刘梦芙编校:《近现代词话丛编》,黄山书社 2009 年版,第 110 页。

④ 杨传庆、和希林辑校:《辑校民国词话三十种》,(台湾)花木兰文化出版社 2016 年版,第 126 页。

辨声,万律严于萧律,然亦尚有见不到处,有见到而注律未详处。凡句法之属上属下,字法之宜去宜上,最须辨认清晰。其辨认之法无他,则多读古人之名作,以比较参详,久自得之耳。"①夏仁虎认为,自朱彝尊、厉鹗等人以来,谙熟音律表现之道的人已经很少了。他主张词的创作还是应在字法、句法上加以讲究,将平、上、去、入的运用落到实处,从细处入手,在反复体会前人名作的过程中悟入其道。夏仁虎的这些言论,发表于民族水深火热,抗日战争烽火连天的岁月,可见,其对词之音律表现的痴迷与重视。

何嘉《颐斋词话》云:"词贵守律,前贤言之者多矣。（清人词有极不守律者）自阳羡万氏树（红友）《词律》一书出,学词者往往奉为规臬也。夫古人作词或前后两首,偶有不同,亦为习见。承学之士,往往以此为借口,率尔乱填,或妄自制腔调,滋可厌也。坊肆有所谓词谱者,每于古人词旁,乱注可平可仄,最为误人。微特平仄须当注意,即四声阴阳,亦以不苟为是。一调之中,岂无数字自以互用,然必无通篇可以随便通融之理,学词入手时,应严格自绳,他日受用不尽也。"②何嘉可谓协合音律的坚定持论者。他认为,万树的《词律》对人们填制词作具有十分重要的作用。他批评一些人学习前人,只见其表而不知其里,往往随意制腔作调,或对前人词谱随意改窜,误人不浅。何嘉主张,词的创作应从对平仄四声的细致注意开始,对每一字语的运用都持以谨严的态度,既努力从最细微之处协合音律,又在适当之处能够变化。何嘉对"词贵守律"的论说,在体现出辩证态度的同时,更显示出对词体本色要求的努力维护。

二、偏于对破律的张扬之论

民国时期,传统词律论辨说与展开的第二个维面,是偏于对破律的张扬之论。这一维面线索,最初主要体现在胡适、吴虞、郑文焯等人的论说中。发展至民国中期,易孺、徐英、翁漫栖、《词通》作者、萧莫寒、陈柱、憾庐、杨圻等人,对拘守声律之论不断予以批评,从不同的方面对之予以了消解。

易孺《韦斋杂说》云:"唱词之法亡,而填词者愈众,此可以谓之趁人之危,而巧取豪夺。填词者众,求唱词之法者寡,是谓因陋就简,畏难苟安。"又云:"作有好词,填有好词,大众吟赏字句。不必管宫调配合与否,尤不必问声韵协和与否,亦何尝不是豪举,不是快事? 而且于所谓文学占一重要位置,依然加冕不坠。又何必自寻烦恼,摇破舟耶,追绝港耶? 以上是许多人向我呆子不宜宣诸口而默示以意者也。但我现尚未能唱词,即唱词之法,亦未尽行搜集。虽然,不知老之将至,尚日日在继续努力,单人努力。"③易孺论说虽然古代词谱失传,但词的创作者却越来越多,人们不因词谱失传而词业受损,相反,"因陋就简"地创作出大量的作品。因为不必在意所谓声调是否配合,音律是否协和的问题,而着重于选字造语,这何尝不是件令人快意的事情啊! 易孺持论词作为传统文学体制,在疏离声调之求的情况下仍然表现出其重要性,在文学大家庭中仍然有着相当的地位,如此,何必自寻烦恼去追求所谓的音律之美呢? 徐英在《复潘生元宪论词为诗余书》中云:"近体诗有格律,而不必有谱,词则必

① 杨传庆、和希林辑校:《辑校民国词话三十种》,（台湾）花木兰文化出版社 2016 年版,第 132 页。
② 杨传庆、和希林辑校:《辑校民国词话三十种》,（台湾）花木兰文化出版社 2016 年版,第 298 页。
③ 张璋等编纂:《历代词话续编》,大象出版社 2005 年版,第 348 页。

按谱而填字,此正词格之卑而词事之拙也。恶可以证其非诗之余哉。夫词之有谱,犹近体诗之有格律,若谓其有格律可寻,而谓其不出于齐梁,何异□呆之妄语。"①徐英对按谱填词之事甚为低视。他认为,近体诗的创作虽然讲究音律表现,但并无律谱应循,而词的创作则强调依谱循律,依声而填字,这正体现出词之体制的局限性所在。徐英将依谱填词比譬如齐梁之人作诗,是在形式表征上过度的要求与讲究而已,是大可没有必要的。徐英之论,对机械的词律之求可谓痛斥,其消解词律之意也是甚为明确的。

翁漫栖在《词改善的意见》一文中云:"所以我自己的改善却是把词谱完全解放,因我觉得词是意内言外的一种柔情的淡描,若照谱去填,未免太过把心内的心情埋没,并且改善词的最大原因,便是求其畅所欲言,使心内的情感易于扬出,所以才有这一举的主张。在一般改善于小部分的人之主张,谅可知其与我的主张不同,所以无须我详细去决断,总之,个人有个人的意见,故我自己主张把谱改善的解放,似乎比那些高呼解放而解放小部分的人来得痛快,而且不会将旧词的谱加以一种沾辱。因自己工作创谱亦与老词绝无影响。其实改善的词又有什么谱可言,然,我又要一句声明。重立一体的词格,另创一格的声律便是谱。但是我这个谱不喜欢人来照填,我仍在希望人们照着我的精神去创谱而做词,不要把自己的创作天才埋没,而切不应照着老古董的格式去填。因这是一种破坏旧词的精彩的工作呢?"②翁漫栖主张词的创作不需要依照旧有的词谱而填,他界定情感表现与意致呈现乃词作之本,切勿"照谱去填"而有碍"畅所欲言",有碍主体情感情绪的抒写。他强调自己的主张是不同于一部分人的。有些人可能主张一定范围地改变声律要求,修修补补,而自己则主张"创谱","与老词绝无影响"。他又强调"改善的词",其实是没有什么谱可依的,只能说大体上依照其规范与声律去加以创制而已。翁漫栖祈望人们能够在词的创作中有定而无定,张扬出自身的艺术才华,抒发出自身的情感意致,努力从内在激活词的创作,改变词的命运。

佚名《词通》云:"声律者,自然之事,而不出于勉强。自声失而作词者以比勘字句,斟量声韵,为尽律之能事;于是谨严中有律,而自然中无律;凡言律者,咸勉强为能知律焉;皆食马肝中毒,而仍未尝知味者尔。"③《词通》作者主张音律表现应出于自然,而不应勉强为之。他认为,自从词之调谱失传以来,不少人在创作中酌斟字语,极力追求所谓的音律协和,这使他们的作品呈现出不一样的面貌特征,即创作态度严谨时就讲究音律,而荒弛时则音律不显。《词通》作者评说那些斤斤于音律者为"食马肝中毒"之人,是深中其毒而不辨其味的。他对拘泥于音律之求是努力破解的。姚华在《与邵伯纲论词用四声书》中云:"又今人用词韵,以戈氏为则,鄙意亦不谓然。戈韵可资词学之考校,而不可以为填词科律,守之太过,则自加桎梏,亦如四声当依声情时地而活用之。文章之事,关才情,不关学问,太放纵则杨升庵之流优为之,太拘泥则乾嘉考据诸老,所以不能蜚声艺苑也。"④姚华对词之音律表现持甚为活脱的态度。他评说戈载词韵之书过于拘谨,可多用于词学校考,却不可为填词科条而自缚手足。他认为,填词之事在本质层面上应依照主体情感表现,以情为本,活用声律,既要避免如杨慎等人完全不守音律,又要避免如乾嘉时期那些长于考据之人以学问为词。总之,姚华主张词

---

①　杨传庆编著:《词学书札萃编》,南开大学出版社 2015 年版,第 507 页。

②　杨传庆编著:《词学书札萃编》,南开大学出版社 2015 年版,第 528—529 页。

③　张璋等纂纂:《历代词话续编》,大象出版社 2005 年版,第 518 页。

④　杨传庆编著:《词学书札萃编》,南开大学出版社 2015 年版,第 301 页。

的创作原则是守律而不拘于音律,在张扬主体才情的基础上,努力体现出音律之美。

萧莫寒在《上陈柱尊导师论诗词书》中云:"考词之初作本甚简单,迨盛行之后,始有格律,是则古人创词者,其本志不拘拘于字句之多寡,而后之学词者自封其步也。生在中学时代,尝询国文教师以作词之法,彼云:作词有一定之格式,即字句多寡及四声之运用,必有定格,作词者则照厥格式,按其字数填之可也。在生之意则不然,盖某调云者,为一种歌咏时合某词谱之名称也。而在此种名称未有之先,作此谱者复凭谁之格式乎?此如《菩萨蛮》词,在未有《菩萨蛮》谱以前,首先创《菩萨蛮》谱调者,复凭何人之格式,按何人之字句乎?如无前人之词谱,则吾人将永不能创作乎?为何后人则必如此固执前规以缩小词之范围耶?原夫词之产生,正欲解诗之束缚,缘何吾人复以铁链加于词耶?由斯观之,可知古人作词,并不拘于字句之多寡,乃贵乎能表达情意,及音韵之和谐为原则,而吾人亦不必拘于古人格式也明矣。"[1]萧莫寒论说词的创作在最初之时是不拘于所谓声调音律的,只是后来逐渐盛行之后,音律之论才逐渐拈出,而成为规范其创作的条条框框,他论断这实际上是"自封其步"的行为。萧莫寒转述其中学时期国文教师之言,认为在字数多少及平仄四声的运用上,词的创作确是应讲究一定规制的。但萧莫寒认为,最初是没有词调的,词调乃人们在歌唱时所取之名也。其实,在词调命名之前,人们就一直在创作着,并没有局限于某一种声调、某一种格式,凭什么后来的人却要人为地套上不必要的枷锁呢?他进一步持论,词的出现本来就基于解放诗之体制束缚的需要,它长短不一,自由随性,应合了语言自然表达的需要,一方面有利于主体情感传达与意致呈现;另一方面也更为应合声律自然和谐的原则,它是对诗体内在束缚的冲破,显示出文学形式自我解放的意义。萧莫寒之论,旨在破解音律束缚,还词的创作以相对自由的空间。

陈柱在《答学生萧莫寒论诗词书》中云:"然尝窃以为今人作词,必斤斤于填古人之词谱,实大愚不解也。夫词之必有谱,岂不以为依谱填之,便可被于管弦邪?吾恐今人所为之词,未必果能被于弦管,反之若有音乐专家,即吾辈平日所为之诗,又何尝不可制成乐谱?今之国歌、校歌固往往先请诗词家作成诗歌,而后请音乐家制成乐谱,非其明证乎?然则彼辈填词,非音乐家亦不能被于弦管,吾人为诗,遇音乐家亦可以被于弦管,然则彼辈之雕肝镂肾以必求合于词谱者,果何为耶?故吾昔日尝为自由词、自由曲,盖取词曲长短之声调,随意为之,而不守其谱,亦不用其名也,世有通人,不必以我为妄。"[2]陈柱对词的填制中斤斤于古人词谱声调之事不以为然,他对此持反对态度。他认为,依照古人之调谱填词,其难道就可以被之管弦吗?事实情况未必如此。现在不少人所填之词,未必都能被之管弦歌唱。相反的情况是,现在的很多诗歌包括国歌、校歌在内,虽然其文辞事先而成,但其旋律却是后来谱制的,因文而曲,这便是由诗而乐的明证。如果填词之事过于讲究音律,即使音乐家也难以为之,正缘此,陈柱认为,词的创作与其"雕肝镂肾"追求合于所谓调谱,确是不必要而为之的。他提出"自由词""自由曲"之名,主张在音律的长短参差中,相对自由地加以表达,而不为乐谱声调所拘束。此论表达出由辞而乐的创作主张,对拘守声律之论也予以了消解。其又云:"故诗必当有韵,而后可以极力形容其情,宣达其情,否则永歌、嗟叹之效力必减,此可以实验

① 杨传庆编著:《词学书札萃编》,南开大学出版社 2015 年版,第 528—529 页。
② 杨传庆编著:《词学书札萃编》,南开大学出版社 2015 年版,第 376—377 页。

而知者也。故鄙人于诗，不论文与白，而但求其好，且以为诗重乎宣情，有韵则情多，无韵则情减，故诗必以有韵为宜，无韵者已失诗之效力，不谓之诗可也。然诗虽必有韵，而有韵者未必定为诗，犹人必有头，而有头未必定为人也。若谓有韵者必为诗，则小学之千字文，药书之汤头歌，亦得冒充诗，则非鄙人所感闻也。至于近人所为白话诗，尚少能成家者，今姑不论焉可也。"①陈柱主张诗词创作应以协合音律为宜，惟其如此，才更有助于宣达其情，让主体情感得到充分的表现，否则，其艺术效果必然受到影响。陈柱将协合音律与情感表现视为成正比的事情，强调协韵对于情感表现的重要性。但陈柱亦强调有韵未必为诗，"千字文""汤头歌"之类虽朗朗上口，都非属诗。陈柱将协合音律视为了拓展诗词艺术表现的有效途径之一。

憾庐在《怎样读词》中云："词话里给人最惑乱的，就是韵律，词的起源是'乐曲'，当然有韵律。可是，韵律并不就是词，只是词的衣裳。当时作者并不拘于韵律，所以有许多字句不同之处。因为后来的文士不懂词的曲调，不明白音乐，于是便把韵律说得那末神秘而不可解。其实，韵只是很随便可以的，正像古诗并不如后来的拘守诗韵，而词是给人唱的，更不必斤斤于照着甚么韵，只要唱的某一地方的韵便可以。当时词极盛，但是并没有词韵的书。至于音律，那是乐调的事，作者只要当时给人唱以和乐，能不拗不逆便可。现在词的曲调乐谱都遗失了，更不必去管它。"②憾庐对是否协律明确提出自己的主张，反对拘守音律之论。他认为，历代词话中最迷惑人的就是所谓词律的问题，但词律其实如人之衣裳，是其表而非其里。开初，人们在填词之时，其实是并不拘于音律的，那时，所谓的词韵其实是比较自由随意的，因为词在最初是唱给人听的，所以，其创作时有可能遵循某一地方的声调，而显示出某种独特的音律之美。但当时并没有词韵之书，人们只是根据一定的乐调，"唱以和乐"而已，是并不拘守所谓声律规则的。其又云："我们要打破了一切旧词话的妄谈和无价值的批评才可以赞词。最明白的证据，就是周清真、吴梦窗，姜白石等人都是精于音乐的。他们从不曾说过苏东坡或谁人的词不协律。只是后来的人把前人用的韵和调编成了词韵调谱，然后据之来评量谁的词出韵不出韵，协律不协律，这真有点幽天下之大默！"③憾庐提倡要破除"一切旧词话的妄谈和无价值的批评"，还词的音律之论以历史的本来面目。他评说周邦彦、吴文英、姜夔等人即使精通音乐，但他们从不曾批评苏轼或其他什么人的创作不协音律。憾庐之论，进一步破解了所谓词韵之书的经典性、神圣性，道出了所谓音律乃人们在长期的创作实践中逐渐探索而出的，并不是一成不变的，应根据创作的发展不断总结创新，从而使词的创作更富于艺术魅力。

杨圻在《覆王心舟书》中云："词本乐章也，古之词家，不言音律，而皆以被之管弦。后人不解音而竟言律，考其所谓律者，则为格律之律，而非音律之律者。考其所谓格律者，则骈列诸体，考其异同而已；填词家则死堆硬砌，对仗必工而已。于律有何哉？故自言词律而调乃愈下，要之苟解音律，无施而不可，否则何解乎？白石多自度之声，《满江红》之可异乎调哉？"④杨圻论说在本质意义上，词乃音乐性文学体制。他评说自古以来的词家，虽然在口头上不斤斤于言说音律，但他们的创作却以合乎音律为特征；但后来之人，虽斤斤于言说音律，

---

① 杨传庆编著：《词学书札萃编》，南开大学出版社 2015 年版，第 377 页。
② 张璋等编纂：《历代词话续编》，大象出版社 2005 年版，第 1302 页。
③ 张璋等编纂：《历代词话续编》，大象出版社 2005 年版，第 1302 页。
④ 杨传庆编著：《词学书札萃编》，南开大学出版社 2015 年版，第 296 页。

而实际上并不太精通音律之道。杨圻论说这些人所谓的音律，大多指"格律"层面的涵义，亦即平仄四声的运用上，其所指范围是比较狭窄的，更多地重在对仗之美等方面。杨圻认为，真正意义上音律之美的范围应是比较宽泛的，并不仅停留在对仗工整的层面。它应上升到整体层面上的音乐之美，其表面虽不斤斤于平仄对仗，但内在富于节奏之变与音调之美，它是活脱生动的，富于艺术生命力。杨圻以姜夔等人自度曲为例，表明词乐之美的本质应不拘限于某些平仄对仗的局囿，而追求整体意义的美。杨圻对协合音律的认识是甚为辩证的。

三、主张协律与破律相结合之论

民国时期，传统词律论辨说与展开的第三个维面，是对协律与破律的相结合之论。这一维面线索，最初出现在朱鸳雏、宣雨苍等人的论说中。发展至民国中期，柳亚子、董每戡、叶恭绰、龙榆生、高毓浡、吴梅等人，对拘守声律与完全抛弃声律之论不断予以批评，而主张将协合音律与破除音律拘限有机结合起来。

柳亚子在《词的我见》一文中云："讲到音律，我在当时也是主张解放的。仿佛后来胡适之曾经这样讲过：'清真以前，是文人的词；清真以后，便变而为乐匠的词了。'（原文不在手边，不知正确与否，大意是如此的。）这几句话很合我的脾胃，因为照我批判起来，清真本身就是一个乐匠。并且，我以为在词通于乐的时候，按律填词去做乐匠，也还有相当意义可言。后来，词是根本不能入乐的了；而一般填词的人，还在依梦窗四声，依白石四声，断断不休，到底干吗要这样做呢？我主张平仄是要的，而阳平阴平和上去入的分别，应该完全解放；这一点也是和老辈词人的见解根本不同的。"[1]在词的音律表现问题上，柳亚子是主张"按律"与"解放"两方面兼顾的。其主张从总体而言与胡适之论相切。他持同胡适将词大致分为"文人的词"与"乐匠的词"，认为周邦彦本人就是音乐家，在开初"词通于乐"的情况下，依律填词是有必要的，显示出相当的意义，但后来词"不能入乐"了，如果还坚持完全依照平仄四声去加以填制，这完全是逆历史发展而要求的，是不得要领的。柳亚子主张词的创作应适当讲究平仄，但没有必要过于精细地去辨分其中的些微差异，而应尽可能去除人为的束缚，还词的创作以更为广阔的空间与多样的路径。

董每戡在《与曾今可论词书》中云："你的《词的解放运动》中的三个意见，与我所主张大致相同，我没有什么反对，不过我想在你这三个主张之外补充一些：我觉得'依谱填词'这一着，在每个学填词的人是必须遵守的，但是可活用'死律'，依我个人的意见，现代人填词，至少须守着以下几个条件：一、不使事（绝对的）；二、不讲对仗（相对的）；三、要以新事物、新情感入词；四、活用'死律'；五、不凑韵；八、自由选用现代语。"[2]董每戡主张在词的创作中，要将"依谱填词"与"活用死律"结合起来，在"有定"与"无定"中将填词之事引向康庄大道。一方面，必须大致遵守词谱声调的要求，使词的创作确乎显示出音乐性文学之体的特征；另一方面，又要活用声律，不为音律所拘束，让语言表达相对体现出自由性，不惟声韵而拘限，在选字造语上以情感表现和意致呈现为旨归。其又云："总之，现代人如要自作新词，最好不堂而

---

① 张璋等编纂：《历代词话续编》，大象出版社 2005 年版，第 662—663 页。
② 杨传庆编著：《词学书札萃编》，南开大学出版社 2015 年版，第 523 页。

皇之地把原有的词牌名加上,以免混淆。我的友人夏瘿禅君曾做了许多不依旧谱的词,他径称自己的词为'自由词',并不加词牌名,自然,他是想免去'挂羊头卖狗肉'之诮。在近人的词中,使我佩服的确只有夏君的词,先生如买一部况蕙风所辑的《近人词选》来看,那就会看见他初期的作品,近来呢,却更进步了。"①董每戡进一步论说"自作新词"的主张。他认为现代人作词,不必一定要挂上某某词牌之名,人为地给自己套上不必要的枷锁。他称扬夏承焘就创作了不少不依旧谱的词,这类作品并不标示词牌之名,其旨在消除名实不符之嫌,而较为灵活自由地用律使韵。董每戡对夏承焘之词是倾心称赏的,将其视为词的创作发展的方向。

叶恭绰在《与黄渐盦书》中云:"词之必讲音律与否,在今日颇成疑问,但弟有一偏见,即以为音律可不必过严,而音节必须谐协。盖有韵之文,不论颂赞、诗歌、词曲,必须读咏之余,铿锵婉转。然后情味曲包。弟尝离开《词律》,而诵近人之词。往往觉其拗口处,一检《词律》,即恰系失律处。又有时四声不错,而清、浊偶误,诵之即不能顺口。类如《齐天乐》'凝怨琼梳'之'梳'字,必用清平。设改之为'琼楼',则直读不下去。此则随时留意,自能合拍也。近人论律过严,弟不甚谓然。以为不差分秒,亦不能唱出,何必如此自讨苦吃?颇有意做一种可以合今乐之韵文,或依新谱填制,或制后再依编新谱,求其可以照唱。其体裁,则在歌、谣之间,多用白描,使之通俗,而却须有文学上之价值。"②叶恭绰对词的创作中音律表现问题表达出甚为辩证的态度。他一方面持论词的声律运用不必过于严苛,另一方面又强调其音节表现必须谐和。叶恭绰认为,自古以来,有韵之文都显示出音韵婉转、余味曲包的特点,词作体制也不例外。他坦言,自己诵读近人之词,凡感觉拗口之处即证明为失律之处,他主张基本的音律准则还是应"随时留意"的,在熟识中生巧。另一方面,他又认为,近人持律过于严苛,体现出拘谨固执之态度,真可谓"自讨苦吃",也是无甚必要的。叶恭绰倡导出现一种新体歌谣,它突破已有的音律拘限,以"可唱"为准则,界乎歌曲与民谣之间,在语言表现上以通俗易懂为原则,它应合社会需要而体现出重要的文学价值。叶恭绰是主张在适当的破除音律束缚中重新建构音律表现大厦的,其论体现出着眼于词的未来发展的可贵眼光,是富于启发性的。

龙榆生在《今日学词应取之途径》一文中云:"吾人既知今日之时代环境为如何,又知词为不必重被管弦之'长短不葺之诗',而其语调之变化,与其声容之美,犹足以入人心坎,引起共鸣。则吾人今日学词,不宜再抱'只可自怡悦,不堪持赠君'之态度。阳刚阴柔之美,各适其时。不务僻涩以鸣高,不严四声以竞巧,发我至大至刚之气,导学者以易知易入之途。或者'因病成妍'(元遗山语),以堂堂之阵,正正之旗,拯士习人心于风靡波颓之际。知我罪我,愿毕吾辞。"③龙榆生论说时代环境已经发生很大的变化,词作为单纯音乐性文学体制的历史也早已过去,如此,人们在词的创作中更多地应关注语气音律的变化,关注其"声容之美"是如何"入人心坎"的。龙榆生持论,不应再抱着自娱自乐的态度去从事词的创作了,而应更多地关注其如何"持赠于君"的,如何更丰富多样地传达出创作者的思想情感,在"各美其美"中昌大词道的。他强调,应不以追求生僻晦涩为高,不以竞逐四声之巧为好,应立足于抒发主

---

① 杨传庆编著:《词学书札萃编》,南开大学出版社 2015 年版,第 525 页。
② 杨传庆编著:《词学书札萃编》,南开大学出版社 2015 年版,第 329—330 页。
③ 龙榆生:《龙榆生词学论文集》,上海古籍出版社 2009 年版,第 116—117 页。

体的襟怀情性，引导学词者走上创作的通坦大道，重振词坛之风习。龙榆生在《晚近词风之转变》一文中又云："往岁彊村先生虽有'律博士'之称，而晚年常用习见之调。尝叩以四声之说，亦谓可以不拘。然好事之徒乃复斤斤于此，于是填词必拈僻调，究律必守四声，以言宗尚所先，必惟梦窗是拟。其流弊所极，则一词之成，往往非重检词谱，作者亦几不能句读，四声虽合，而真性已漓。……以此言守律，以此言尊吴，则词学将益沈埋，而梦窗又且为人诟病，王、朱诸老不若是之隘且拘也。"[1]龙榆生论说朱祖谋虽有"律博士"之誉，但其晚年填词并不以艺术才力而炫耀，而是常用习见之声调，他并且常常言说平仄四声之规矩也大致不必过于拘守。但有些人却斤斤于此道，每每作词必择选生僻声调，细究平仄四声之法则，开口闭口习效吴文英，往往导致词意凌乱，作者之真情实性丧失殆尽，令人难以卒读。龙榆生论道，此种做法而言"守律"，则词的创作将走进死胡同，这也是王鹏运、朱祖谋等词学大师所不愿看到的局面。龙榆生之论，对过于拘守音律的创作行为予以了尖锐的批评。

高毓浵《词话》云："词家四声之说，始盛于王半塘，其后朱古微、况夔笙复起而扬其波，一时学词者咸奉为玉律金科，按照清真、梦窗等词，字字推敲移换，填词已苦，如砌墙之砖，然拘于尺寸，而又限于五色，故此派之词皆奄奄无生气，但求四声不失而已，而实则四声亦不能尽合，往往以他声注为作平、作上、作入，是不惟作泫自敝，而又自乱其例也。且宋词刻本多不同，或有讹脱，亦不尽知，以讹传讹，尤为可笑。其习见之调如《满江红》《金缕曲》《齐天乐》《念奴娇》之类，则诸家各自不同，四声无从确定，亦姑任之。盖词调重在音律，能入歌曲方为正宗，即平仄亦非至要，况四声乎？不能订其工尺，不能施于管弦，而断断以四声以相訾謷，甚无谓也，而乃自诩为专家哉？"[2]高毓浵评说宋词刻本多有不同，其中，有些词的音律表现是不尽如一的。一些常见的词调如《满江红》《金缕曲》等，不同之人在创作时也有着细微的差异。高毓浵强调，音律之求重在"入歌"，亦即以协合音律为原则，至于是否完全符合平仄四声规则，那是并非重要的事情。他斥责斤斤于平仄四声的做法，认为其是甚为"无谓"的，而那些自诩为"专家"之人，也令人可笑。高毓浵之论，力主不停留在过于细枝末节的纠缠之中，而主张从大致"入歌"的角度激活创作，其论是富于识见的。

吴梅《词学通论》云："紫霞论词，颇严协律。然协律之法，初未明示也。近二十年中，如沤尹、夔笙辈，辄取宋人旧作，校定四声，通体不改易一音。如《长亭怨》依白石四声，《瑞龙吟》依清真四声，《莺啼序》依梦窗四声，盖声律之法无存，制谱之道难索。万不得已，宁守定宋词旧式，不致僭越规矩。顾其法益密，而其境益苦矣。"[3]吴梅评说朱祖谋、况周颐等人在对宋人词作的校勘之中，不敢轻易更改字语，而完全依据周邦彦、姜夔、吴文英等人所制之调，体现出甚为拘谨的态度。他评说因宋人声律之法不传，而导致后人不敢逾越，其规则愈多而今人创作愈苦。此论寓含突破声律之拘限的态度与要求。其又云："余谓小词如《点绛唇》《卜算子》类，凡在六十字以下者，四声尽可不拘。一则古人成作，彼此不符，二则南曲引子，多用小令。上去出入，亦可按歌，固无须斤斤于此。若夫长调，则宋时诸家往往遵守，吾人操管，自当确从。虽难付管丝，而典型具在，亦告朔饩羊之意。由此言之，明人之自度腔，实不

---

① 龙榆生：《龙榆生词学论文集》，上海古籍出版社 2009 年版，第 420 页。
② 杨传庆、和希林辑校：《辑校民国词话三十种》，（台湾）花木兰文化出版社 2016 年版，第 274 页。
③ 吴梅：《词学通论》，中华书局 2010 年版，第 6 页。

知妄作,吾更不屑辨焉。"①吴梅主张,在词的不同体制中,小令的填制可不必太拘守平仄四声,而应有更多灵活表现的空间,因为古人所填小令便彼此不一,面目多样;但对于长调的创作,他则主张应合乐律,其虽存在一定的难度,却有益于艺术表现与意致呈现,是要尽力而为的。其还云:"平仄一道,童孺亦知之,惟四声略难,阴阳声则尤难耳。词之为道,本合长短句而成,一切平仄,宜各依本调成式。五季两宋,创造各调,定具深心。盖宫调管色之高下,虽立定程,而字音之开齐撮合,别有妙用。倘宜平而仄,或宜仄而平,非特不协于歌喉,抑且不成为句读。昔人制腔造谱,八音克谐。今虽音理失传,而字格具在,学者但宜依仿旧作,字字恪遵,庶不失此中矩矱。凡古人成作,读之格格不上口,拗涩不顺者,皆音律最妙处。张綖《诗余图谱》,遇拗句即改为顺适,无怪为红友所讥也。"②吴梅论说在音律表现之道中,辨分平仄四声尤其是阴平与阳平的细微差异是较难的。词的创作本由长短不一的句子组合而成,因此,一切音律表现都应服从声调的当行之求,以凸显本色为贵。吴梅认为,五代两宋时期,人们创制声调其实是深具用心的,其所用音律都包含着丰富多样的规律,我们不应在宜平处而用仄声,在宜仄处而用平声,应遵循声调表现的内在要求,以"八音克谐"为准的,多元应和,以求妙合。吴梅主张对古人之作,应入会其中,把握妙处,而切忌像张綖在《诗余图谱》中所倡导的那样,凡遇拗句即改为顺适之字语,这是令人可笑之举。

总结民国中期对词律论题的辨说与展开,可以看出,其主要体现在三个维面:一是偏于对协律的标树之论,二是偏于对破律的张扬之论,三是主张协律与破律相结合之论。在第一个维面,一些词论家对协律的必要性不断予以强调,对如何协合音律予以了探讨。在第二个维面,一些词论家对拘守声律之论不断予以了批评与消解,体现出有针对性的辨说之声。在第三个维面,一些词论家从较为综合的眼光与更为平正的视点出发,对词律表现之道予以了会通,他们一方面强调协律的必要性,另一方面又对协律持较为融通平正的态度,主张因意而音,律为意用。上述三个维面,相互交融,相互补充,共构出民国时期传统词律论的主体空间,将词律之论推向了一个新的境界。

(原载《社会科学研究》2019 年第 1 期)

---

① 吴梅:《词学通论》,中华书局 2010 年版,第 6 页。
② 吴梅:《词学通论》,中华书局 2010 年版,第 9—10 页。

民国时期词学批评中的"清词"之论

云南师范大学   胡建次

我国古典词学的演变发展,在不同历史时期总体情况怎样,各有何艺术成就与审美特征,相互之间优劣高下如何? 这是我国传统词学反复探讨的一个重要论题。历代不少词论家在对具体词人词作展开论评的同时,往往对不同历史时期词坛予以总体性观照,继而对词的演变发展及其特征有较为清晰的认识把握。本文对民国时期词学批评中的"清词"之论予以考察。

一、对清词复兴的不断标举之论

在我国传统词学史上,对清词的总体性之论起始于其当世。这一时期,伴随清词作为正在运行中的一代文学,不少词论家结合对前人或当世词人词作的批评,不同程度地对清词予以了总体性评说。其主要体现在丁澎、鲁超升、杨凤毛、王初桐、徐乔林、赵怀玉、顾广圻、董思诚、贾敦艮、黎庶焘、谢章铤、杜文澜、陈廷焯、文廷式、焦继华、胡薇元等人的言论中。他们将清词复兴之论不断予以了彰显与标举。

民国时期,清词作为一代文学已然成为历史的风景,人们对其的认识与反思得以不断拓展和深化。此时,蒋兆兰、周庆云、冯秋雪、程松岩、王蕴章、陈匪石、仇埰、许泰等人,将清词"复兴"之论继续张扬开来。蒋兆兰在《词说·自序》中认为"有清一代,词学屡变而益上。中叶以还,鸿生叠起,辟门户之正,示轨辙之程。逮乎晚清,词家极盛"[1]。周庆云在《浔溪词征序》中评说"词导源于汉魏乐府,滥觞于唐五代,而畅流于南北宋。有清艺苑集历代大成,倚声之学亦多能希踪南渡,蔚为词宗"[2]。程松岩在《兰锜词跋》中持论"词学之兴,肇于有宋,而盛于晚清"[3]。王蕴章在《梦坡词存序》中认为"词盛于宋,衰于元,中绝于明,至清而复成地天之泰、贞下之元焉"[4]。仇埰在《蓼辛词叙》中评说"清初名流,激扬风雅,志欲起前代之衰"[5]。许泰在《梦罗浮馆词自序》中持论"词始于唐,衍于五代,盛于宋,稍衰于元明。迨夫清代乾嘉

---

① 唐圭璋编:《词话丛编》,中华书局 1986 年版,第 4625 页。
② 冯乾编校:《清词序跋汇编》,凤凰出版社 2013 年版,第 2025 页。
③ 冯乾编校:《清词序跋汇编》,凤凰出版社 2013 年版,第 2094 页。
④ 冯乾编校:《清词序跋汇编》,凤凰出版社 2013 年版,第 2120 页。
⑤ 冯乾编校:《清词序跋汇编》,凤凰出版社 2013 年版,第 2127 页。

之际,人自成家,家各有集,几与两宋相埒"①。等等。

在对清词复兴之论的标举中,有的论说较为具体,将清词演变发展的主要关节点及相关状况更为细致地予以了叙说。如,冯秋雪《冰簃词话》有云:"词之有宋,犹诗之有唐。有清一代,词学大昌,集宋之成者也。吴梅村、顾梁汾也,则可追踪幼安;曹食庵也,可伯仲方回、美成;纳兰容若,则升南唐二主之堂;朱竹垞、陈其年、厉樊榭也,则容与乎白石、梅溪、玉田、梦窗之间;王小山则直逼永叔、少游;张皋文则集两宋之精英,开词家未有之境;项莲生则从白石、玉田、梦窗而超出其外;龚璱人则合周、辛一炉而冶,作飞仙剑侠之音;蒋鹿潭则与竹垞、樊榭异曲同工,胜朝杜工部也。鹿潭而后,虽有作者,然大都从字句间雕琢,有辞无气,过此目往,恐成广陵散矣。"②冯秋雪对有清一代词的创作甚为称扬,他将其比之为集宋词之大成。他详细地例说吴伟业、顾贞观之词可追踪辛弃疾,曹溶之词可与贺铸、周邦彦相媲美,纳兰性德之词深得李璟、李煜之作的精髓,朱彝尊、陈维崧、厉鹗之词与姜夔、史达祖、张炎、吴文英之作不相上下,如此等等,一直到晚清的蒋春霖,其词作与清初的朱彝尊、厉鹗等人异曲同工,他在词坛的地位可比肩诗坛之杜甫。此后,清词的创作逐渐呈现出以字句为求的特征,讲究辞华,内在缺少气脉贯注,走上了衰落之道。冯秋雪对有清一代词的创作发展历程及其特征有着甚为通盘性的把握,对清词的艺术成就较早予以了推扬。陈匪石《声执》有云:"词肇于唐,成于五代,盛于宋,衰于元。……亡于明,……复兴于清,或由张炎入,或由王沂孙入,或由吴文英入,或由姜夔入,各尽所长。其深造者柳、苏、秦、周,庶几相近。故治词学者,虽以唐五代宋为矩矱,而宋实为之主。"③陈匪石在梳理传统词作演变发展历史的基础上,界断清代为词的复兴时期。他认为,清代词人在创作取径上都是以宋人为效仿对象的,其或以张炎、或王沂孙、或以吴文英、或以姜夔等人为创作模范之本,词作体现出各有所效、各见所长的特征。其中的代表性词人之创作境界直可与宋代柳永、苏轼、秦观、周邦彦等人相媲美,也正由此,将清词定位为词的复兴之期是十分恰当的,富于说服力。陈匪石实际上从创作取径上对清词"复兴"作出了理论阐明。

新中国以后,朱庸斋《分春馆词话》也有云:"有明一代误于'词为艳科'之说,未能尊体,陈陈相因,取材益狭,趋向如斯,词道几绝。逮及清季,国运衰微,忧患相仍,诗风大变,声气所汇,词学复盛,名家迭出。此道遂尊,言志抒情,不复以体制而局限。故鹿潭、半塘、芸阁、彊村、樵风之作,托体高,取材富,寓意深,造境大,用笔重,炼语精。其风骨神致足与子尹、韬叔、散原、伯子、海藏诸家相颉颃,积愤放吟,固无减于诗也。"④朱庸斋论说清代确为词的复兴时期。他认为,虽然其时社会动荡不安,国运不断衰微,但"国家不幸诗家幸",人们将对社会历史的认识与现实生活的感受都对象于文学创作之中。词坛名家辈出,词的创作受到前所未有的推尊。发展至晚清,蒋春霖、王鹏运、文廷式、朱祖谋、郑文焯等人,其词的创作在总体上呈现出体制高妙、取材宏富、寓意深致、境界阔大、用笔凝重、精于锤炼等特征,他们将词的创作推向一个前所少有的新境地,也最终完美地成就了清词的"复兴"之功。此时期词的创作与诗的创作取得同样受尊的地位,词作成就亦可与晚清诗坛大家相媲美,诗词两体同时在

① 冯乾编校:《清词序跋汇编》,凤凰出版社2013年版,第1939页。
② 杨传庆、和希林辑校:《辑校民国词话三十种》,(台湾)花木兰出版社2016年版,第107页。
③ 唐圭璋编:《词话丛编》,中华书局1986年版,第4970页。
④ 刘梦芙编校:《近现代词话丛编》,黄山书社2009年版,第357页。

文坛上闪耀出璀璨的光芒。朱庸斋从明清两代人对词之体制的认识与创作实践展开而论，进一步对清词"复兴"之论作出了很好的阐明。

二、对清词演变发展史的勾画梳理之论

民国时期传统词学批评中"清词"之论的第二个维面，是对清词演变发展史的勾画梳理。在这一维面，陈匪石、刘坡公、金武祥、蒋兆兰、徐珂、王蕴章、蔡桢、仇埰、陈运彰等人，从不同的视点作出过论说，他们将清词演变发展历史多方位地予以了揭橥与呈现。其对引导人们更好地认识清词实际状况，对启发后人进一步完善清代词史建构都显示出重要的价值与意义。

民国前期，陈世宜(陈匪石)《复高剑公书》有云："盖乾、嘉以前，湖海宗苏、辛，竹垞宗玉田(世称浙西派为姜、张派，实则入张之室多，入姜之室鲜也)。衍为两派，茗柯继起，碧山家法，卓然成为一支。迄于清末，白石、梦窗，由冷红、彊村两先生各拔一帜，为三百年之殿。窃以依此读清词，当可什得八九。"①陈匪石对清代词学衍变发展的历程予以勾勒。他认为，在乾隆、嘉庆时期以前，陈维崧等人以苏轼、辛弃疾为创作宗尚，朱彝尊等人以张炎为创作宗尚，形成了阳羡词派与浙西词派交替衍生与共同行进的历史轨迹。之后，张惠言承衍王沂孙之法，逐渐聚拢人气，又形成独特的一支脉络。延至清代末年，由郑文焯、朱祖谋各领一脉，各张一帜，引领着晚清词坛的创作走向。陈匪石紧扣清代词学发展的"点"与"线"，对其历史流变的关节点及所呈现特征予以了概括性描画。

刘坡公在《学词百法》中有云："清初词人，当以龚鼎孳、吴伟业为最。二人皆明季遗臣，入清复仕，乃为时论所讥。惟其词在屯田、淮海之间，均不愧为一代作家。继之者有宋徵舆、钱芳标、顾贞观、王士禛、纳兰性德、彭孙遹、沈丰垣、陈维崧、朱彝尊诸人。而渔洋尤杰出，格力风韵仿佛晏叔原、贺方回。康、乾之际，言词者大率宗尚朱、陈。厉鹗、过春山学朱，郑燮、蒋士铨学陈，然皆不免佻巧粗犷之病。惟太仓诸王，戛然独异，导源晏、欧，能自成一家。阳湖张惠言与其弟琦，选唐宋诸家词为《词选》一书，于是朱、陈二家之外，别成常州一派，恽敬、左辅、丁履恒、李兆洛辈附之，根基益固。其后效之者，有龚巩祚、庄棫、谭廷献诸人。其不入常州派者，有戈载、项鸿祚、蒋敦复、姚燮诸人。"②刘坡公对清代前中期词史流变历程予以勾画叙说。他论说清代前期词的创作是深受明季词坛风尚影响的。龚鼎孳、吴伟业等人由明入清，他们将对宋代婉约词风的推尚承衍倡扬开来。其时，涌现出宋徵舆、钱芳标、顾贞观、王士禛、纳兰性德、彭孙遹、沈丰垣、陈维崧、朱彝尊等一批名家，他们的创作直接造就了清代初期词坛的繁荣兴盛气象。延至康熙、乾隆时期，厉鹗、过春山、郑燮、蒋士铨等人将由朱彝尊、陈维崧分别所导引的创作路径与艺术风格发扬开来，形成新的词学群体与创作流派。这之中，虽然词的创作水平参差不齐，有的甚至流于佻巧粗犷之病，但总体上词坛创作兴盛，异途并进，各显其美。之后，张惠言又开创出常州一派，恽敬、左辅、丁履恒、李兆洛等人羽翼左右，一时彬彬大盛，他们将词的"尊体"运动热热闹闹地推广开来。常州派对词的创作的独特

---

① 杨传庆编著：《词学书札萃编》，南开大学出版社 2015 年版，第 353 页。
② 刘坡公：《学词百法》，上海书店 1987 年版，第 70—71 页。

倡导,一直影响到清代中后期的不少词家。刘坡公对清代前中期词坛流变及内中关节点都作出详细的阐明,其对进一步启发清代词史梳理与建构显示出重要的意义。

金武祥在《三家词录序》中有云:"有清一代,词家亦分两派。竹垞、樊榭,狎主齐盟。笙磬同音,于斯为盛。自宛邻《词选》出,阐意内言外之旨,于浙派外独树一帜。别裁伪体,上接风骚。谭复堂谓倚声之学由二张而始尊,信非虚语。"①金武祥将清代词坛大致界分为两大派别:即一是以朱彝尊、厉鹗为代表的词派,即所称"浙西派",这一派较早崛起于词坛,其创作突出地讲究词的本色当行之美。二是以张惠言等人为代表的词派,即所称"常州派",其突出的特点表现为倡导"意内言外",追求"寄托"之意,强调词的创作要具有"风人之意",表现诗骚之旨趣。他们的创作直接导致词坛"尊体"运动的展开,词的创作由此承载了更多的社会价值功能。

蒋兆兰在《词说·自序》中有云:"有清一代,词学屡变而益上。中叶以还,鸿生叠起,辟门户之正,示轨辙之程。逮乎晚清,词家极盛,大抵原本风雅,谨守止庵,导源碧山,历稼轩、梦窗以还,清真之浑化之说为之。虽功力有浅深,成就有大小,而宁晦无浅,宁涩无滑,宁生硬无甜熟,练字练句,迥不犹人,戛戛乎其难哉。其间特出之英,主坛坫,广声气,宏奖借,妙裁成,在南则有复堂谭氏,在北则有半塘王氏,其提倡推衍之功,不可没也。"②蒋兆兰将清词的演变发展界分为三个历史时期。他评断有清一代词的创作是由低而高的,其创作呈现出逐渐上升的鲜明特征。他认为,清代中期,词的创作不断增多,很多人都以周济所倡导的"导源碧山,历稼轩、梦窗以还清真之浑化"为创作原则,参悟返视,融炼诸家,努力达于深致浑融的艺术境界。谭献、王鹏运分别在南北词坛倡导推衍,词的创作由此走向兴盛繁荣的局面。蒋兆兰之论,主要联系清代中后期词坛演变发展状况,进一步展开了对清词历史线索的梳理及三个阶段划分的论说。

徐珂《近词丛话》有云:"明崇祯之季,诗余盛行,人沿竟陵一派。入国朝,合肥龚鼎孳、真定梁清标,皆负盛名。而太仓吴伟业尤为之冠,其词学屯田、淮海,高者直逼东坡,王士禛以为明黄门陈子龙之劲敌。自余若钱塘吴农祥、嘉兴王翃、周篔,亦有名于时。其后继起者,有前七家、后七家,前十家、后十家之目。前七家者,华亭宋征舆、钱芳标,无锡顾贞观,新城王士禛,钱塘沈丰垣,海盐彭孙遹,满洲性德也。……更益以华亭李雯、钱塘沈谦、宜兴陈维崧三家,遂为十家。"③"后七家者,张惠言、周济、龚自珍、项鸿祚、许宗衡、蒋春霖、蒋敦复也。……七家中莲生、海秋、鹿潭之作,大都幽艳哀断,而鹿潭尤婉约深至,流别甚正,家数颇大,人推为倚声家老杜。合以张琦、姚燮、王拯三家,是为后十家,世多称之。"④徐珂叙说有清一代词坛代表性人物与词学群体构成。他将龚鼎孳、梁清标、吴伟业都标树为清初词坛的大家,认为其在向北宋优秀词人学习的过程中,善于继承创新,他们的词作有力地引导了其时词坛的创作。之后,徐珂创造性地提出"前七家""后七家","前十家""后十家"的称名,将活跃在清代词坛上的代表人物归纳进不同的群体之中。大致而言,"前七家""前十家",主要是指活跃在清代前期词坛的一些代表性词人,"后七家""后十家",则主要是指活跃在清代中后

① 冯乾编校:《清词序跋汇编》,凤凰出版社 2013 年版,第 1963 页。
② 唐圭璋编:《词话丛编》,中华书局 1986 年版,第 4625 页。
③ 唐圭璋编:《词话丛编》,中华书局 1986 年版,第 4222 页。
④ 唐圭璋编:《词话丛编》,中华书局 1986 年版,第 4223—4224 页。

期词坛的一些代表性词人。他们的创作各具取径与特色,共同标示出清代词坛的繁荣兴盛与艺术成就。徐珂的概括归纳前所未见,新人耳目,体现出原创性,甚便于我们对清代词坛的认识把握。

民国中期,王蕴章在《梦坡词存序》中有云:"有清一代,作者辈起,粤在初叶,宗尚小令,犹是《花间》余韵。竹垞、樊榭出,一以姜张为主,清空婉约,遂开浙派宗风,及其弊也,饾饤琐屑。张皋文、周止庵救之以拙直重大,而常州一派爰继浙派而代兴。光宣之间,王半塘、郑叔问、况夔笙、朱沤尹唱于互唱,笙磬迭和,造诣所及,圭臬两宋,导源风骚,极体正变。后有作者,莫之或逾矣。"①王蕴章将清代主体性词作历史发展大致界分为三个阶段:一是清代前期,以朱彝尊、厉鹗等人为代表形成浙西词派;二是清代中期,以张惠言、周济等人为代表形成常州词派;三是晚清,王鹏运、郑文焯、况周颐、朱祖谋等人唱响于词坛,他们的创作成为其时词坛的风向标,有效地导引了后世词的创作。这之中,浙西词派提倡向姜夔、张炎学习,倡导清丽空灵、委婉含蓄的艺术旨趣,然而其末流之弊不免于琐屑纠缠,在细枝末节上显摆才气,词作之道由此日益虚化。之后,常州词人以标举"拙"、"直""重""大"的创作题材、意致呈现与风格表现而逐渐替代浙西派的影响,词的创作风气为之一变。再后,光绪、宣统年间,晚清"四大家"逐渐占据词坛的主体位置,词作成就直可与两宋优秀词人相提并论,他们又将词的创作推向一个新的艺术境界。王蕴章之论,将对清词"复兴"的论说具体落实在前、中、晚三个阶段词学流派的不断衍化与代兴之中了。

民国后期,蔡嵩云(蔡桢)《柯亭词论》有云:"清词派别,可分三期。浙西派与阳羡派同时。浙西派倡自朱竹垞,曹升六、徐电发等继之,崇尚姜张,以雅正为归。阳羡派倡自陈迦陵,吴薗次、万红友等继之,效法苏、辛,惟才气是尚,此第一期也。常州派倡自张皋文,董晋卿、周介存等继之,振北宋名家之绪,以立意为本,以叶律为末,此第二期也。第三期词派,创自王半塘,叶遐庵戏呼为桂派,予亦姑以桂派名之。和之者有郑叔问、况蕙风、朱彊村等,本张皋文意内言外之旨,参以凌次仲、戈顺卿审音持律之说,而益发挥光大之。此派最晚出,以立意为体,故词格颇高。以守律为用,故词法颇严。今世词学正宗,惟有此派。余皆少所树立,不能成派。其下者,野狐禅耳。故王、朱、郑、况诸家,词之家数虽不同,而词派则同。"②蔡桢亦将清代词派的衍化与清词的历史分期结合起来加以论说。他认为,清代词派的形成与发展呈现出明显的阶段性特征。大致而言,第一阶段主要是浙西词派与阳羡词派的活动时期,第二阶段主要是常州词派的活动时期,第三阶段主要是临桂词派的活动时期。蔡桢分别对不同词派的主要代表人物、取法对象、美学追求及艺术特征等予以叙说与比照。他认为,在人员构成上,浙西词派以朱彝尊为首,曹贞吉、徐釚等人羽翼之;阳羡词派以陈维崧为首,吴绮、万树等人羽翼之;常州词派以张惠言为首,董士锡、周济等人羽翼之;临桂词派最初由王鹏运导引而来,而以郑文焯、况周颐、朱祖谋等为代表。在美学追求上,浙西词派以典则雅正为创作旨归,阳羡词派以张扬才气为艺术追求,常州词派以意致表现为审美本位,倡导"寄托"之意,反对拘守声调音律;临桂词派则进一步张扬以"立意"为本,将"意内言外"视为词之本质所在,同时,又谨守音律表现的本色之道,词作呈现出格调高迈的特征。以上几个词派

---

① 冯乾编校:《清词序跋汇编》,凤凰出版社 2013 年版,第 2120 页。
② 唐圭璋编:《词话丛编》,中华书局 1986 年版,第 4908 页。

相续相替,共同衍化与推动着清词创作的演变发展。蔡桢对清代词派衍化与清词历史分期的论说甚为精粹,对照更见清晰,在传统词学史上显示出重要的意义。

仇垛在《蓼辛词叙》中云:"词至南渡以后,能事毕矣。元继其轨,风流未沫。有明一代,此事寖微。清初名流,激扬风雅,志欲起前代之衰。鸳湖、毗陵,分镳竞进,极其精粹,类能具宋人一体。迨惠言作,而词之途正;止庵作,而词之道尊。流风所扇,迄于光宣之季。粤西崛起,造重、拙、大之境,殚心精微,突过前辈。"①仇垛对清代词作历史发展线索予以勾画梳理。他论说清代前期词的创作开始走向兴盛,很多文人雅士都侧身于词道,这改变了有明一代词之衰亡的历史。鸳湖词派、毗陵词派中诸人在创作取径上各具特色,从不同的角度复兴了唐宋词作之途,词坛由此兴盛繁衍。延至清代中期的张惠言、周济等人,词作之途逐渐入乎正道而最终归位于"尊体"的序列中,词的创作获得前所未有的社会地位。再发展到晚清的况周颐,他以"重""拙""大"为审美理想,亦即在词作艺术表现方面倡导拙致之用笔、深致之立意与阔大之境界创造等。他并为此努力实践,取得了超越于前人的创作成就。仇垛在这里将清词的演变发展历史提纲挈领式地落实到以代表性词人为重要关节点的三个阶段划分之中,进一步呼应与张扬了张德瀛等人以来对清代词史的勾画梳理。

陈运彰《纫芳簃说词》有云:"清代词派凡更数变,可就当时撰录觇之。若王渔洋、邹程村之《倚声集》,朱竹垞、王兰泉之《词综》,皆属别出手眼,能使古人就其模范,一时风气,为之丕变。张(惠言)、董(士锡)结集,切箴时弊,实奠常州词派之始基。而周(济)、潘(德舆)乃首为发难,《词辨》之选,即其帜志。介存自云'全稿厄于黄流'者,乃是饰辞。观其拟目,则'正'、'变'两卷,俨然与张、董为敌国,其他琐琐,乃不足论矣。复堂于光绪初元,主持风雅,最为老师,《箧中》之集,《词辨》之评,亦此志业。然一派之盛衰,其是非利钝,及行之久暂,则时代为之,有非大力者所能左右者矣。"②陈运彰对清词尤其是清代词派的流变发展予以勾勒与论说。他评说,清初的王士禛、邹袛谟、朱彝尊等人的词的创作都"别出手眼",显示出独特的面貌特征与艺术风格,成为后人学习的榜样,他们的创作部分地改变了清初词坛的浮靡风习。之后,张惠言、董士锡等人的创作紧扣现实,有感而发,为常州派挺立于词坛奠定了根基。再后,周济、潘德舆等人进一步树立典范,标举旗帜,以"正""变"之道而界分词人词作,努力引导当世创作风气。延至光绪初年,谭献极力倡导复兴风雅之道,追求以寄托为旨,他将常州词派的创作传统进一步予以了发扬光大,其对导引晚清词作的兴盛起到了重要的作用。其又云:"清初词派也。风气所趋,贤者不免。中间有一二大力者为之主持,则移潜默化,有不期然而然者。及其既衰,则又不期然而变者矣。清代二百数十年,词格屡变,每变而益高,而门派愈多,党争遂起,一派之兴,亦各主持数十年,彼非一是非,尚不知其所属也。"③陈运彰论说清代词的创作在几百年间其艺术表现路径与面貌特征不断发生变化,但总体上体现出在变化中不断提高,在消解中不断发展的特点。此中,伴随的是创作流派的不断出现,创作门径的不断多样化,整个词坛呈现出较为繁盛的景象。陈运彰对清代词派流变与发展的论说,是甚富于启发性的。

---

① 冯乾编校:《清词序跋汇编》,凤凰出版社 2013 年版,第 2127 页。
② 杨传庆、和希林辑校:《辑校民国词话三十种》,(台湾)花木兰出版社 2016 年版,第 315—316 页。
③ 杨传庆、和希林辑校:《辑校民国词话三十种》,(台湾)花木兰出版社 2016 年版,第 317 页。

三、对清词不足的多视点批评之论

民国时期传统词学批评中"清词"之论的第三个维面，是对清词不足的多视点批评。在这一维面，清代谢良琦、周而衍、陈维岳、徐钪、王文治、贾敦艮、孙麟趾等人曾作出过论说，延至民国时期，陈去病、胡适、况周颐、柳亚子、郑文焯、张尔田、邵瑞彭、杨圻、刘缉熙、吴庠、陈运彰等人，主要针对清词所体现出的多方面缺欠予以了论说。他们将对清词的反思观照不断展衍开来，从不同视域深化与完善了对清词的认识把握。

（一）对清词的整体性观照批评

陈去病、胡适、邵瑞彭、刘缉熙、陈运彰等人，对清词予以过整体性观照批评，较早从不同方面揭橥出有清一代词作在整体上所呈现出的特征及其不足。

民国前期，陈去病《镜台词话》有云："词肇于唐，盛于宋，衰于元明，而再振于清，然则清之词，将仿佛乎宋之徒欤？亦未也。唐宋研精声律，其词多可入箫管，而清贤俱谢不能，此古今优劣之比较略可睹矣。"①陈去病从声韵表现的角度论说到清词。他肯定清词中兴，彬彬大盛。但相对于唐宋词合于声韵、入于歌唱而言，他认为清词在声韵表现方面确又显示出劣势，这是毫无疑问的。故从体制本色而言，清词其实并不够当行。

民国中期，胡适在《词选序》中有云："清朝的学者读书最博，离开平民也最远。清朝的文学，除了小说之外，都是朝着'复古'的方面走的。他们一面作骈文，一面做'词的中兴'的运动。陈其年、朱彝尊以后，二百多年之中很出了不少的词人。他们有学花间的，有学北宋的，有学南宋的，有学苏辛的，有学白石、玉田的，有学清真的，有学梦窗的。他们很有用全力做词的人，他们也有许多很好的词，这定不可完全抹杀的。然而词的时代早过去了，过去了四百年了。天才与学力终归不能挽回过去的潮流。三百年的清词，终逃不出模仿宋词的境地。所以这个时代可说是词的鬼影的时代；潮流已去，不可复返，这不过是一点之回波，一点浪花飞沫而已。"②胡适持论清人读书丰赡，学养深厚；同时，也肯定清人之中有不少全力于词作之道的人。他认为，清词的创作渊源丰富，路径多样，从唐五代到南宋之词，无不得到承衍发扬，从很大程度上看确乎呈现出"中兴"气象，这是毫无疑问的。但从整体而言，胡适认为，"词的时代"早已过去了，这是文学历史发展的必然结果。清人的丰厚学养与辛勤创作并不能从根本上扭转历史发展的必然趋势，由此，他判定三百年的清词终逃不出"模仿"的尴尬境地，是为词的"鬼影时代"。胡适之论，既看到清词的"中兴"气象，但更强调其"回光返照"性、"一点浪花飞沫而已"，从一个独特的视域，对清词的艺术成就予以了论评，富于反思观照性。邵瑞彭在《珠山乐府序》中有云："倚声之学，元氏以降，日即颓落。有清一代，号为复古，要未能越辛、刘、张、史之墐塄。末流所趋，噪凌谖靡，无复雅音。"③邵瑞彭论说清代词坛以"复古"相标榜，希图以唐宋人为旨趣，看齐唐宋词作，但很多人的创作取径实际上未能超越辛弃疾、刘过、张炎、史达祖等人范围，呈现出喜于仿效而相对缺乏创新的特征，而其"末流"之作，或

---

① 杨传庆、和希林辑校：《辑校民国词话三十种》，(台湾)花木兰出版社 2016 年版，第 31 页。

② 张璋等编纂：《历代词话续编》，大象出版社 2005 年版，第 712 页。

③ 冯乾编校：《清词序跋汇编》，凤凰出版社 2013 年版，第 2129 页。

叫嚣豪亢,或萎靡猥俗,与雅致之求相隔甚远。邵瑞彭对清代词作在整体上评价并不太高。其论亦显示出独特的批评旨趣,启发我们进一步观照与反思。

民国后期,刘缉熙在《词的演变和派别》一文中论评明清两代词的创作特点。他批评明人之词在艺术表现上"有时表现天分很高,而少妥当处",而清人之词在艺术表现上"妥当之至,持稳得不得了,所谓厚重端庄是也",但"也可以一'庸'字形容之",而"清初的词还带些浮浪气"①。刘缉熙道出了清人之词在艺术创新上有所不足的特点。陈运彰《双白龛词话》有云:"《蕙风词话》曰:'余尝谓北宋人手高眼低。其自为词,诚复乎弗可及。其于他人词,凡所盛称,率非其至者,直是口惠,不甚爱惜云尔。后人其闻其说,奉为金科玉律,绝无独具只眼,得其真正佳胜者。流弊所及,不特薶没昔贤精谊,抑且贻误后人师法。'按清代词人乃反是,其流传论词之语,议论之精辟,乃有复绝古人者,迨其自为之,乃多不践其言,不仅为眼高手低已也,是以读宋人论词语,当别白是非,读清人说词,尤当知其所蔽,昔人以初学填词,勿看元以后词,余谓阅词话诸书,于清代诸家,非慎选严择,其流弊亦相等也。"②陈运彰比较北宋人与清人所作之词的不同。他认为,北宋人"手高眼低",他们所填之词实际上已经达到一个很高的艺术层次,是后人难以企及的,但他们并不自知,往往对前人之作予以推扬。但清人所填之词则与所论往往并不太相符、不太一致,"眼高手低"现象常常出现,这在此时期是甚为突出的,也是我们在观照清人词作时必须特别注意的。陈运彰在相互比照的视域中,对清词的艺术成就从总体上予以了辩证的把握。陈运彰又评说到一些清代词人的创作态度或过于拘谨,或过于随意便易。其云:"清人词之所以不及五代北宋者,以其看得太正经,又一面则太随便也。"③陈运彰论说清词在总体创作成就上是比不上五代北宋之词的。其内在缘由主要便在于或过于重视比兴寄托之意,注重与诗体为近,显得过于庄重趋正;有的又过于脱却相应拘限,显得过于便辟,有违词之本色当行质性。在灵活地把握词体艺术表现的"度"上是有所不足的。陈运彰实际上从创作旨向与艺术表现上对清词予以了指责。

(二)对清前中期词的观照批评

况周颐、杨圻对清代前中期之词予以了观照与批评。民国中期,况周颐《词学讲义》有云:"清初曾道扶(王孙)、聂晋人(先)辑百名家词,多沉着浓厚之作,近于正始元音矣。康熙中,有所谓《倚声集》者,集中所录,小慧侧艳之词,十居八九。王阮亭、邹程村同操选政。程村实主之,引阮亭为重云尔;而为当代巨公,遂足转移风气。词格纤靡,实始于斯。自时厥后,有若浙西六家,是其流弊所极。轻薄为文,每况愈下。于斯时也,以谓词学中绝可也。"④况周颐批评康熙时期以来词的创作,呈现出追求技巧、风格侧艳的特征,不少偏离了正道。他认为,后世词作格调之纤弱浮靡便大致始于此。至于浙西六家则为"轻薄为文"之所极,将词的创作进一步引向了纤弱浮靡的境地,词的创作由此走向死胡同。其又云:"清朝人词(断自康熙中叶)不必看,尤不宜看。看之未必获益,一中其病,便不可医也。且亦无暇看。吾人应读之书,浩如烟海,即应读之词,亦悉数难终。能有几许余力闲暇,看此浮花浪蕊,媚行烟

① 张璋等编纂:《历代词话续编》,大象出版社 2005 年版,第 1282 页。
② 杨传庆、和希林辑校:《辑校民国词话三十种》,(台湾)花木兰出版社 2016 年版,第 305 页。
③ 杨传庆、和希林辑校:《辑校民国词话三十种》,(台湾)花木兰出版社 2016 年版,第 309 页。
④ 张璋等编纂:《历代词话续编》,大象出版社 2005 年版,第 44 页。

视,灾梨祸枣之作耶?"①况周颐对康熙时期以来词的创作持甚为批评的态度。他评说读之"未必获益,一中其病,便不可医也"。他认为,人的时间与精力是有限的,而应读的书籍却浩如烟海,确不应花费过多的时间与精力消磨在那些无谓的作品之中。况周颐对清代中期之词创作旨向与艺术风格表现出极尽贬低之意。杨圻在《致王心舟》中有云:"国朝浙西诸家勃兴,辞赡学博,论其精力有过古人,然皆组甲饂饤,有意爱好,性灵全失,等诸赋体,而词之体用全湮失矣。每览数阕,昏睡即来。纵极精湛,终不免一'近'字。故苏、辛,词而诗者也,浙西诸老,词而赋者也。"②杨圻论说浙西词人的创作在彰显学养才情与用辞宏富的同时,体现出过于注重组织穿贯与细部把握的特征,这在很大程度上有碍于创作主体性灵发抒,导致词作过于向辞赋之体的趋近,模糊了文体之间的界限,是难以引发接受者审美兴味的。

(三)对晚清词的观照批评

柳亚子、郑文焯、张尔田、吴庠等人对晚清与近代之词予以了批评。民国初期,柳亚子在《与高天梅书》中有云:"近世词家,如郑文焯辈,弟亦殊不满意。其病亦坐一涩字,往往一句中堆砌无数不相联络之字面。究之,使人莫测其命意所在,甚有本无命意者。此盖学白石、玉田,而画虎不成者也。"③柳亚子批评晚清词作大都过于滞涩不畅,流转乏力,缺少清彻空灵之意味。他批评晚清词人往往喜欢将不太相关涉的一些字语组织在一起,这实际上模糊了词的命意,消解了词之主旨,甚或导致词作意致呈现的虚化。柳亚子认为,这都是时人一味宗法姜夔、张炎的结果,所谓"学虎不成反类犬",他们实际上将词作之道引向死胡同。郑文焯在《致朱孝臧》中有云:"近世作者,乃见两宋词眼清新,对仗工丽,遂复移花换叶,涂饰陈陈,窸窣支离,几莫名其所自,是专于词中求生活者,固难语以高诣,而炫博者又或举典庞杂,雕润新奇,失清空之体,坐掎撤之累,是误于词外作注脚者,亦未足以言正宗也。"④郑文焯批评晚清词人在向两宋词人学习的过程中,并未能很好地吸收其精华,却往往在一些方面过于凸显,体现出偏失。一是过于注重修饰,致使词体清彻空灵之本色意味有失;二是过于注重细枝末节之技巧运用,面目之美有失完整浑融;三是一些人还盲目寓事用典,导致词作缺少直致切近之美,与接受者之间形成较大的隔阂。上述几方面缺失,直接导致了近世词作于正道有所偏离,是令人遗憾的。

张尔田在《致夏承焘》中有云:"词之为道,无论体制,无论宗派,而有一必要之条件焉,则曰真。不真则伪(真与实又不同,不可以今之写实派为真也),伪则其道必不能久,披文相质,是在识者。今天下纷纷宫调,率有年学子,无病而呻,异日者,谁执其咎?则我辈唱导者之责也。彊村诸公,固以词成其家者,然与谓其词之可贵,无宁谓其人之可贵。若以词论,则今之词流,岂不满天下耶?古有所谓试帖诗,若今之词,殆亦所谓试帖词耶?每见近出杂志,必有诗词数首充数,尘羹土饭,了无精采可言。"⑤张尔田批评晚清近代以来,虽从表面而言,词的创作亦甚见繁荣兴盛,但一些人以"试帖"态度填词,或随意而为,或无病呻吟,是毫无精采可

① 张璋等编纂:《历代词话续编》,大象出版社2005年版,第44页。
② 杨传庆编著:《词学书札萃编》,南开大学出版社2015年版,第296页。
③ 杨传庆编著:《词学书札萃编》,南开大学出版社2015年版,第361页。
④ 杨传庆编著:《词学书札萃编》,南开大学出版社2015年版,第186页。
⑤ 杨传庆编著:《词学书札萃编》,南开大学出版社2015年版,第3—4页。

言的。其所缺便在于一个"真"字,亦即情感之真、意致之真、艺术表现之真,这使他们的词作缺少意趣,是难以吸引与感动人的。吴庠在《致夏承焘》中有云:"近代词坛,瓣香所奉,类皆涂抹脂粉,碎裂绮罗,字字餖饤,语语劈积,土木之形骸略具,乾坤之清气毫无,作者先难其详,读者更莫名其妙,此其三也。此在老手,或犹讲音律,而兼识辞章。乃使少年遂欲假艰深以文浅陋,词学不振,盖有由来。"①吴庠批评晚清近世词坛,不少人热衷于粉饰辞采,搜讨字句,在奇字僻语中显摆学养,在对零碎意象的拼接中寄托其晦涩之思致。他们的词作,多枯槁之面目显现而少生动清迈之气脉流动,读者是难以深入其中而体会其意味的。

总结民国时期传统词学批评中的"清词"之论,可以看出,其主要体现在三个维面:一是对清词复兴的不断标举,二是对清词演变发展历史的勾画梳理,三是对清词不足的多视点观照与批评。其中,在第一个维面,清词"复兴"之论成为传统词学一以贯之的主体声音。在第二个维面,人们对由浙西词派、阳羡词派、常州词派、临桂词派等组构而成的衍化线索予以了阶段性勾画,对清词流变大都予以了三个阶段的分期。在第三个维面,人们评说清词在声韵表现方面显示出劣势,存在创新不足,有些或过于拘谨或过于随意便辟等,将对清词的反思观照不断展衍开来。民国时期词学批评对"清词"的论说,从一个独特的视点展开与深化了对古典词史演变发展的认识,显示出重要的价值与意义。

(原载《贵州社会科学》2018 年第 12 期)

---

① 杨传庆编著:《词学书札萃编》,南开大学出版社 2015 年版,第 314—315 页。

民国时期词学批评中的吴文英论

云南师范大学　胡建次

　　吴文英(约 1200—1260)，字君特，号梦窗，四明(今属浙江宁波)人，南宋著名词人。正史无传，其他文献也鲜有载述。他的大半生以辞章曳裾侯门，布衣终身。其生前自编词集《霜花腴》已佚，故很长时期词作流传不广，至明末清初，毛晋刻印《梦窗甲乙丙丁稿》才重显于世。清中叶以后，从复古中求得新变的常州派继重形式、轻意格的浙西派而出，影响深远，以张惠言、周济等人为代表的常州派，强调以丰富深致的寄托之意改变浙西派貌似清雅、缺少真情的创作弊端。而吴文英之词因着重视协律声情，讲究琢字修辞，善于炼字用典，具有含蓄不露、柔婉朦胧等审美特质而受到常州词人的赏识。在这样的大背景下，吴词也开始了渐行渐盛、大行于世的传播接受历程。至此，词坛掀起了习效吴文英之词的热潮，至清末民初达于顶峰。

一、周吴比较论

　　周邦彦与吴文英，一为北宋格律词代表，一为南宋格律派典范，他们的词有着许多相似之处。其主要体现为：在内容上侧重抒写儿女情怀，在结构上深细缜密，在音律表现上婉转和谐，在语言运用上精于炼字。民国时期词学批评中吴文英论的第一维面，便是将他与周邦彦予以比较。这一维面批评，主要从两人词作风格、炼字用语、声韵格律、创作手法等方面加以展开。

　　在词作风格上，吴文英之词含蓄柔婉、秾丽典雅，有周邦彦词之风貌神味。陈洵《海绡说词》云："清真不肯附和祥瑞，梦窗不肯攀援藩邸，襟度既同，自然玄契。诗云：'惟其有之，是以似之。'"①陈洵从创作主体品性气质方面评说吴文英与周邦彦的相似。他认为，两人都不肯攀附权贵，他们有着相通的襟怀情性，都为世人所景仰。同时，在艺术风格上，吴词是可以上追周邦彦之作的，是对其创作路径与艺术风格的继承发展。其又云："吾年三十，始学为词。读周氏四家词选，即欲从事于美成。乃求之于美成，而美成不可见也。求之于稼轩，而美成不可见也。求之于碧山，而美成不可见也。于是专求之于梦窗，然后得之。因知学词者，由梦窗以窥美成，犹学诗者由义山以窥少陵，皆涂辙之至正者也。今吾立周吴为师，退辛

---

　　① 唐圭璋编：《词话丛编》，中华书局 1986 年版，第 4841 页。

王为友,虽若与周氏小有异同,而实本周氏之意,渊源所自,不敢诬也。"①陈洵持论,他赏读周济《宋四家词选》之后便想习效周邦彦之词,他先从学习辛弃疾、王沂孙之作入手,但都学不像周词,后来专学吴文英之作,才学得像周邦彦之风格。陈洵之论,道出学词从吴文英开始而可以有周邦彦之艺术风格的奥妙。汪东《唐宋词选评》云:"梦窗学清真最似,可谓遗貌取神,其佳处殆不多让。然饾饤晦涩之病,即亦未能为讳也。"②汪东也论说吴文英与周邦彦之词的相似处。他认为,两宋词人中,吴文英与周邦彦最为相近,他们的词不仅形似而且神逼,吴词妙处大致不比周词差多少,只不过吴词有过于雕琢辞藻以至晦涩的弊端。薛砺若在《宋词作风的时间分剖》一文中云:"继姜史之后,略为晚出的吴文英,又为此派人添了一个异样的色彩。他是姜夔时期一贯下来的一个小小的旁枝,一个奇特的结晶,他的作风亦如姜史之雅正,而更要来得古典,更要来得温丽,他将姜史的风调,披上一层北宋缙绅阶级(晏欧等)诗歌的神貌,于是由周邦彦派以来的词风,至此乃成一个凝固的躯壳,一个唯一的典型作品了。崇拜他的人,至称之为'前有清真,后有梦窗',而列为两宋词坛中最大的两个巨头。"③薛砺若评说吴文英为"清真派"后期的代表人物,犹如一朵鲜艳的奇葩。他继承周邦彦所开创的词风,并将其拓展与衍化得更为温丽,成为一种典型的创作风格。这使得崇拜他的人,将其与周邦彦一同视为两宋词坛的代表。由此可见,周、吴之词有着许多的相似之处。

在炼字用语与音律运用方面,民国时期词论家大多持吴文英师承周邦彦之论。张尔田《与龙榆生论词书》云:"以梦窗词实以清真为骨,以词藻掩过之,不使自露,此是技术上一种狡狯法,最不易学,亦不必学。"④张尔田认为,吴文英之作是以周邦彦之词作为骨骼,再使用辞藻修饰而成的。他不赞同吴文英的创作之法,认为其过于机灵,不容易学,也大可不必学。夏敬观《蕙风词话诠评》云:"梦窗学清真者,清真乃真能不琢,梦窗固有琢之太过者。"⑤夏敬观评说吴文英学习周邦彦下语用字讲究的特点。他认为,吴文英习效周邦彦之词,周词真挚不刻意雕琢,但吴词过于讲究刻画,失去了韶秀空灵的特征。其又云:"南宋清空一派,用此勾勒法为多。用之无不得当者,南宋名家是。乾嘉时词,号称学稼轩、白石、玉田,往往满纸皆此等呼唤字,不问其得当与否,遂成滑调一派。吴梦窗于此等处多换以实字,玉田讥为七宝楼台,拆下不成片段,以为质实,则凝涩晦昧。其实两种皆北宋人法,读周清真词便知之。清真非不用虚字勾勒,但可不用者即不用,其不用虚字,而用实字或静辞,以为转接提顿者,即文章之潜气内转法。今人以清真、梦窗为涩调一派,梦窗过涩则有之,清真何尝涩耶。"⑥夏敬观认为,南宋词家偏好使用白描之法,但吴文英笔法迥异,偏好运用实字,喜好堆砌与构架,由此被张炎讥笑为"七宝楼台"。其实,吴之笔法是取于周之善用实字特点的。周词虽偏好使用实字,但没有摒弃虚字,只是能不使用虚字就尽量不用而已,吴词则完全不用虚字,过度使用实词,结果导致词作呈现密实晦涩之失。汪东《唐宋词选评》云:"梦窗以丽赡之才,吐沉雄之思,镂金错采,而其气不掩,尹惟晓拟之清真,正以其开阖顿挫,潜气内转,与美成同

---

①　唐圭璋编:《词话丛编》,中华书局 1986 年版,第 4839 页。
②　屈兴国编:《词话丛编二编》,浙江古籍出版社 2013 年版,第 2309 页。
③　张璋等编纂:《历代词话续编》,大象出版社 2005 年版,第 865 页。
④　杨传庆编著:《词学书札萃编》,南开大学出版社 2015 年版,第 286 页。
⑤　唐圭璋编:《词话丛编》,中华书局 1986 年版,第 4587 页。
⑥　唐圭璋编:《词话丛编》,中华书局 1986 年版,第 4592 页。

法,非谓貌似也。世人学梦窗者,但知撷取字面,雕缋满纸,生意索然。矫枉过正,则有或欲并梦窗而废之,斯为两失矣。玉田专主清空,故仅举《唐多令》一首,以为集中如是者不多。其实读梦窗词,须于秾采中求其空灵之迹。兹所选录,皆情辞相副,丽内有则,绝无过晦之病,庶几使读者知惟晓之果为公言,而玉田所称,犹有未尽也。"①汪东认为,吴文英是与周邦彦采取相似创作法度的。他评说吴文英以丰富多样的才情来表现含蓄深挚的思致,他虽然刻意雕饰文辞,但其词作气脉并没有被掩盖。尹惟晓将吴文英与周邦彦相比,正因为他们词中纵横起伏、生气流转的创作法度相同。只是后人,要么只学吴词雕饰密丽的特点,要么完全摒弃吴词,这两种方法都是得不偿失的。张炎因为自身在审美上偏好清隽空灵,所以认为吴词只有《唐多令》这类作品才称得上佳作。汪东批判张炎之论而赞同尹惟晓之言,认为吴词于秾艳中见出空灵,于华丽中有着法则,并没有过于晦涩的毛病。周焯《倚琴楼词话》云:"若专事雕琢,未免涩晦,徒费心血而已,法梦窗者多膺斯病,不知梦窗才气过人,决不为累,然玉田尤时病之,故堆砌雕琢,填词者切不可犯。"②周焯认为,炼字琢句应讲究适度、过犹不及,若雕饰堆砌,则使词意滞涩难明。他评说吴文英才气过人,填词一气呵成,不容易为雕饰辞句所拘束,确乎显示出过人的才情,但张炎就常为炼字琢句所扰,他与吴文英在创作境界上实属于两个层次。吴文英与周邦彦都精通音律,能自度曲。对此,蔡桢《柯亭论词》云:"北宋如屯田、方回、清真、雅言诸家,南宋如白石、梅溪、梦窗、草窗、玉田诸家,大都妙解音律,所为词,声文并茂。"③蔡桢将两宋善解音律之词人一一道出,周邦彦、吴文英俨然在列。他评说两人均通晓音律,所以填词之时都甚为重视格律与声情。吴庠《与夏瞿禅书》云:"居桓流览古今词刻,其守四声者,宋人如方千里、杨泽民、陈西麓、吴梦窗,皆能依清真四声。……梦窗佳矣,然合四稿观之,究多费解语。昔人谓梦窗意为辞掩,不佞以为意之受累于辞,实词之受累于声。盖梦窗能知清真之词,不能知清真之词之声,所以清真一调两词,能自变通其声,而梦窗不能,其不能也,其不知也,惟有拘守而已。特其聪明过人,故伎俩较方、杨、陈三家为高耳。"④吴庠从声律表现出发,阐说吴文英之词较周邦彦之作晦涩的原因。他认为,能遵守周邦彦所定四声的词人有方千里、杨泽民、陈允平、吴文英等。吴文英不仅能谨守周邦彦创立的音律规则,而且创作手法比较高明,所以其词作上佳。但是吴词仍有让人费解的地方,前人以为吴词过于雕饰的原因,实际上乃因吴文英不能完全知晓周词声律之妙,导致词意为声律表现所影响。陈匪石《声执》云:"至全依四声,则除方千里和清真以外,梦窗填清真、白石自度之腔亦谨守之。故某人创调,其四声即应遵守某人。"⑤在陈匪石看来,除方千里和周邦彦填词能够遵循四声加以应和之外,吴文英使用周邦彦、姜夔所度曲也能自如地按照其内在要求加以创作。所以,后人填词应有"同感"意识,即遵循创调之人所制格律而运用之。

在章法结构上,吴文英继周邦彦之后进一步打破时空次序,把不同时空的情事统摄于同一画面之内,或将实有的情事与虚幻的情境错综叠映,使艺术意境扑朔迷离,产生神奇的效果。陈洵《海绡说词》云:"清真格调天成,离合顺逆,自然中度。梦窗神力独运,飞沉起伏,实

---

① 屈兴国:《词话丛编二编》,浙江古籍出版社 2013 年版,第 2315 页。

② 杨传庆、和希林辑校:《辑校民国词话三十种》,(台湾)花木兰文化出版社 2016 年版,第 23—24 页。

③ 唐圭璋编:《词话丛编》,中华书局 1986 年版,第 4899 页。

④ 杨传庆编著:《词学书札萃编》,南开大学出版社 2015 年版,第 313—314 页。

⑤ 陈匪石编著,钟振振校点:《宋词举(外三种)》,江苏古籍出版社 2002 年版,第 182 页。

处皆空。梦窗可谓大,清真则几于化矣。由大而几化,故当由吴以希周。"①陈洵分析吴文英、周邦彦之词在章法上的区别。他持论,在笔法结构上,周词开阖自然,有着内在法则的;而吴词结构转换跳跃不定,表面看来过于质实,内在却显现空灵之貌,具有独特的表现力。陈洵认为,吴词艺术境界超出一般词人,而周词艺术境界则更近于浑然天成的层次,学词之人想要从超越之境升华至天成之境,可先从模仿吴词入手。张尔田《梦窗词集跋》云:"梦窗词,殿天水一朝,分镳清真,碎璧零玑,触之皆宝。虽埋藩溷,其精神行天壤,固自不敝。"②张尔田认为,吴文英与周邦彦之词的结构章法截然不同。他认为,虽然吴词犹如掩埋在篱厕之处,但其仍似破碎的璧玉与零散的珠玑,浑身是宝,其精、气、神不会衰败。由此可见,吴词于奇特的想象之中,善于创造出如梦如幻的艺术境界。夏敬观《忍古楼词话》云:"予尝谓梦窗词,如汉魏文,潜气内转,不恃虚字衔接。不善学者,但于字句求之,失之远矣。"③夏敬观评说吴文英之词就像汉魏时期的散文一样,内有运转之气脉,其结构脉络自有气机潜贯流转,不需要运用虚字来加以衔接。不善于学习的人,倘若抠字抠句地加以模仿习效,是学不到其气脉潜贯的艺术特征的。

二、用字下语论

吴文英在词作艺术上惨淡经营,不遗余力,他的词在南宋后期甚富于独创性,闪烁出夺目的光彩。民国时期词学批评中吴文英论的第二个维面,便是对其用字下语继续展开论说。

吴文英填词很下工夫,其用字偏好文雅、华丽、含蓄之风格,所以词作深致入骨,引人兴味。对此,陈匪石《旧时月色斋词谭》云:"予谓造句琢字,不外一'化'字。用一故实,必有数故实以辅佐之。意取于此,用字不妨取于彼,合数典为一典,自新颖而有来历。如白石词中'昭君不惯胡尘远,但暗忆、江南江北'之类,即得此诀。而梦窗尤擅用之,《甲乙丙丁稿》中,举不胜举,吾人欲求造句琢字之妙,须于梦窗词深味之。"④陈匪石认为,造句琢字,不外乎"化用"二字。使用一个故实,最好同时有数个故实来加以印证。意思取自此,用字取自彼,可以合用数个故实为一个事典,这样就既显得新颖生动又体现出来历分明。如姜夔词中"昭君不惯胡尘远,但暗忆、江南江北"之句,就是这种表现方法。吴文英特别擅长使用此法。陈匪石还认为,今人想要入乎造句琢字之妙,就必须从吴词之中去深入体悟,学习挖掘。吴梅《词学通论》云:"梦窗词,以绵丽为尚,运意深远,用笔幽邃,练字炼句,迥不犹人。貌观之,雕缋满眼,而实有灵气行乎其间。细心吟绎,觉味美于方回,引人入胜,既不病其晦涩,亦不见其堆垛。此与清真、梅溪、白石,并为词学之正宗。"⑤吴梅对吴文英评价很高,认为他和周邦彦、史达祖、姜夔一起,体现出词之正宗的创作路径。他认为,吴文英之词崇尚绵丽,内蕴深远,下语深致,炼字炼句与众不同,表面看来似乎雕饰太多,实际上很有灵气行乎其间,用心品味便觉得比贺铸等人词作更引人入胜、回味无穷,所以,吴文英之词堪称正宗,是值得大力提倡

① 唐圭璋编:《词话丛编》,中华书局 1986 年版,第 4841 页。
② 龙榆生:《唐宋名家词选》,上海古籍出版社 1980 年版,第 367 页。
③ 唐圭璋编:《词话丛编》,中华书局 1986 年版,第 4827 页。
④ 屈兴国:《词话丛编二编》,浙江古籍出版社 2013 年版,第 2600 页。
⑤ 吴梅:《词学通论》,中华书局 2010 年版,第 90 页。

的。蔡桢《柯亭论词》云："梦窗慢词，高华丽密处最难学，须有灵变之笔以御之，若无此笔，慎勿学梦窗，否则必流于晦涩。"[1]蔡桢评说吴文英的慢词高华密丽最难习效，只有使用灵活多变的文笔才能体现出来。他认为，没有此种艺术表现力的人学习吴词，是很容易显晦涩之病的。蔡桢《乐府指迷笺释》又云："梦窗词，绵密妍练，运用丽字，如数家珍。"[2]蔡桢认为，吴文英之词周密工整，能够十分熟练地运用秾丽的字语，这确是其一大创作特征。高旭《论词绝句三十首》（之二十五）云："梦窗才藻艳于霞，七宝楼台眼欲花。心赏蘋洲渔笛谱，白莲花底思无涯。"[3]高旭也识见到吴文英之词密丽深致的特点，但对之并不太欣赏。他评说吴文英才藻华丽犹如七宝楼台令人眼花缭乱。高旭比较欣赏周密之词，他认为，周氏《蘋洲渔笛谱》一词让人浮想联翩，确属妙作。祝南《无庵说词》云："梦窗词以丽密胜，然意味自厚，人惊其丽密而忘其意味耳。其源出自飞卿。"[4]祝南看到吴文英与温庭筠艺术风格的相似之处。他持论吴词有着密丽深致的特点，但其词作同时具有内蕴深厚、沉郁动人的艺术魅力。他认为，世人品赏吴词往往会被其秾丽的辞藻、密实的意象所惊艳，而忽略其沉挚内敛的艺术意味。蒋兆兰《词说》云："继清真而起者，厥惟梦窗，莫思壮采，绵丽沉警，适与玉田生清空之说相反。玉田生称其'何处合成愁'篇，疏快不质实。其实梦窗佳处，正在丽密，疏快非其本色也。"[5]蒋兆兰认为，吴文英是继周邦彦之后的大词人，吴词文采壮丽，周密意蕴沉郁，与张炎的清隽空灵相反。张炎评价吴词"何处合成愁"一篇，开阔而不密实。但是吴词妙处正在于丽密而非疏快。可见，民国时期词论家对吴文英之词用字偏丽、深致入骨、引人兴味有着比较一致的看法。

工于研炼是南宋末季词家的艺术追求，这之中，吴文英可谓典型。他甚为讲究炼字炼意，力求凝练，精美雕饰，尽态极妍，在继承前人的基础上，独创幽隐密丽一格，在南宋词坛上卓然一家。杨铁夫《吴梦窗词笺释》云："梦窗诸词，无不脉络贯通，前后照应，法密而意串，语卓而律精。而玉田七宝楼台之说，真矮人观剧矣。"[6]杨铁夫论说吴文英之词炼意灵巧，认为其脉络贯通，法度严密，意义连贯，字语卓绝，格律精巧。他批评张炎"七宝楼台"之说如矮人观剧，其实并未见戏中巧妙之处，是对吴文英之词的偏视。陈洵《海绡说词》云："清真格调天成，离合顺逆，自然中度。梦窗神力独运，飞沉起伏，实处皆空。梦窗可谓大，清真则几于化矣。由大而几化，故当由吴以希周。"[7]陈洵评说吴文英之词匠心独运、沉浮不定，所谓密实之处其实都很空灵。他持论，在笔法结构上，周词开阔自然，有着内在的法则；吴词则具有独特的艺术表现力，表面上看来过于质实，内在却显现出空灵的特点。所以吴词超出一般词人的境界，而周词则接近于浑然天成的层次，可以先从吴词入手模仿学习进而达到周词的艺术境界。蔡桢《乐府指迷笺释》云："梦窗喜炼字面，即恐用字太露。然有时矫枉过正，结果往往流于晦涩。"[8]蔡桢也道出吴文英炼字过度的弊端。他认为，吴文英为避免用字直白，过于喜爱

① 张璋等编纂：《历代词话续编》，大象出版社 2005 年版，第 658 页。
② 张炎著，夏承焘校注·沈义父著，蔡嵩云笺释：《词源注·乐府指迷笺释》，人民文学出版社 1963 年版，第 40 页。
③ 程郁缀、李静：《历代论词绝句笺注》，北京大学出版社 2014 年版，第 566 页。
④ 张璋等编纂：《历代词话续编》，大象出版社 2005 年版，第 1328 页。
⑤ 张璋等编纂：《历代词话续编》，大象出版社 2005 年版，第 538 页。
⑥ 吴文英著；杨铁夫笺释，陈邦炎、张奇慧校点：《吴梦窗词笺释》，广东人民出版社 1992 年版，第 10—11 页。
⑦ 唐圭璋编：《词话丛编》，中华书局 1986 年版，第 4841 页。
⑧ 张炎著，夏承焘校注·沈义父著，蔡嵩云笺释：《词源注·乐府指迷笺释》，人民文学出版社 1963 年版，第 40 页。

炼字琢句,有时矫枉过正而流于晦涩,令人难以悟解。赵尊岳《珍重阁词话》云:"梦窗之炼字,在炼形容事物之字,有时从苍劲中锤炼得之,有时从艳冶中锤炼得之,有时从明媚中锤炼得之,各极其胜。然苍劲者难,雕琢者易。"①赵尊岳认为,吴文英喜爱锤炼形容事物的语词,这些语词有从苍劲、艳冶、明媚等字语中锤炼而出的,不过从苍劲之中炼字较难,而雕饰之径就比较容易。舍我《天问庐词话》就吴文英《风入松·听风听雨过清明》和《高阳台·丰乐楼》二词进行评说。其云:"近数十年,作者多趋重梦窗,盖因仲修有涩字之论。涩即棘练之简称,而梦窗则专以棘练见长者也。如'黄蜂频扑秋千索,有当时纤手香凝','断红若到西湖底,搅翠澜,总是愁鱼'等句,皆想入非非,非率尔操觚者所能做到。惟棘练太甚,则难免牵强不通,学者所当慎也。"②舍我持论,因为谭献判评吴文英之词密实幽邃,近人便纷纷效仿推崇吴文英。"涩"与"棘练"意思相近,常被用来形容吴词,吴文英之词确有隐晦幽渺、章法奇特的特点。舍我认为,像"黄蜂""纤手""香凝"这些色彩鲜明、意象含情的语词,充分体现出缠绵悱恻、秾丽清空的特点。只不过吴词有时过于锤炼,显得太过直白,后人学之应当慎重。

吴文英填词独具匠心,其语言搭配、字句组合,往往打破正常的语序和逻辑惯例,与其结构安排相得益彰。对此,陈匪石《声执》云:"有曲直,有虚实,有疏密,在篇段之结构,皆为至要之事。曲直之用,昔人谓曲已难,直尤不易。盖词之用笔以曲为主,寥寥百字内外,多用直笔,将无回转之余地;必反面侧面,前路后路,浅深远近,起伏回环,无垂不缩,无往不复,始有尺幅千里之观、玩索无尽之味。两宋名家随在可见,而神妙莫如清真、梦窗。"③陈匪石认为,吴文英在词的结构安排上匠心独运。其词有回环起伏、虚实相间、浅深相融的特点,这些特点在篇幅构造中都是最为要紧的事,所以吴词能让人在品尝时玩赏不尽,意味无穷。两宋名家中,吴文英和周邦彦之词最为突出。刘绪熙在《词的演变和派别》一文中云:"他学清真而善变化,清真词固已绵密,而文英的词更加甚了。"④刘绪熙将吴文英与周邦彦之词进行比较,认为吴词有学习周词的痕迹,但吴文英善于变化创新。在他看来,周词的结构法度已很绵丽密实了,但吴词的意象运用更加密集,风格呈现更加绵丽。赵尊岳《填词丛话》云:"宋词以晏、秦、周、柳、苏、吴、姜、张为八大家。……吴以精金美玉胜。细针密缕,学者望之似有迹,学之辄无功。"⑤在赵尊岳看来,吴文英之词似精美的金银玉器,其如细针密缝,后世学者看着似乎有迹可仿,但学起来往往徒劳无功,这之中是蕴含着各异艺术功力的。其又云:"梦窗精整而有气机,斯不窒滞。玉田疏荡而有性情,故不空泛。学者取径两家,当先立此二戒。"⑥赵尊岳论说道,吴文英之词并不让人觉得窒滞,就在于其结构精炼规整而有生机气脉充蕴之故。张炎的词疏朗跌宕有真性情,所以不会让人觉得空泛,赵尊岳告诫后世学词者应注意这两个方面,努力加以创造。

① 张璋等编纂:《历代词话续编》,大象出版社 2005 年版,第 780 页。
② 朱崇才编纂:《词话丛编续编》,人民文学出版社 2010 年版,第 2292—2293 页。
③ 杨传庆、和希林辑校:《辑校民国词话三十种》,(台湾)花木兰文化出版社 2016 年版,第 190 页。
④ 张璋等编纂:《历代词话续编》,大象出版社 2005 年版,第 1280 页。
⑤ 屈兴国编:《词话丛编二编》,浙江古籍出版社 2013 年版,第 2772 页。
⑥ 屈兴国编:《词话丛编二编》,浙江古籍出版社 2013 年版,第 2806 页。

三、创作得失论

民国时期词学批评中吴文英论的第三个维面,是对其创作得失的论说。由于吴文英之词幽邃艰深、骤难索解,因此,对其人其词的评价毁誉参半。从宋末张炎著名的"七宝楼台"之评,到将其置于十大词人之一的"大家"地位,其间经历了起落变化。从清代中叶起,逐步掀起推尚吴文英的热潮,至清末民初达到顶峰。吴梅《乐府指迷笺释序》云:"近世学梦窗者,几半天下。"①许多词论家也都对吴文英之词进行评说。他们对于吴词的艺术成就看法各异。其中多为欣赏推崇的,也有一些词论家认为,吴文英词有晦涩雕饰之不足,上述两个方面,形成一定的批评交锋。

陈锐《词比自序》云:"大抵词自五季以降,以耆卿为先圣,美成为先师。白石道人崛起南渡之余,明心见性,居然成佛作祖;而四明吴君特以其轶才,贯串百氏,蔚为大宗,令人有观止之叹。"②陈锐评说五代以后的众多名家,对吴文英之词评价很高。他认为,吴文英有超出同辈的才能,汇集百家之言而成为一代词宗,令人叹为观止。其《褒碧斋词话》又云:"白石拟稼轩之豪快,而结体于虚。梦窗变美成之面貌,而炼响于实。南渡以来,双峰并峙,如盛唐之有李、杜矣,顾词人领袖必不相轻。"③陈锐认为,姜夔效仿辛弃疾的豪放,但往往不直接抒发自身情感,而是喜于在艺术幻化中表现主体意致。吴文英却深得周邦彦之作神髓,他在其基础上更讲究炼辞琢句,寓虚于实,有机化合。南渡之后先有姜夔,后有吴文英,双峰并峙,犹如盛唐时期的李白与杜甫,他们影响了相当一批词人。陈洵《海绡说词》云:"周止庵立周辛吴王四家,善矣。……周氏之言曰:'清真,集大成者也。稼轩敛雄心,抗高调,变温婉,成悲凉。碧山切理餍心,言近指远,声容调度,一一可循。梦窗奇思壮采,腾天潜渊,返南宋之清泚,为北宋之秾挚。是为四家,领袖一代。'所谓师说具者也。又曰:'问途碧山,历梦窗、稼轩,以还清真之浑化。'所谓系统未明者也。"④陈洵与周济持相近之论。他认为,周邦彦是宋词的集大成者;辛弃疾有着雄心壮志,以文为词,使豪放词的创作大放光彩;王沂孙之词辞直义畅,言浅意深,音律和谐,有法度可循;吴文英之词则想象奇特,有神思壮采,一改南宋词的清泚风格,而有北宋词的秾艳,这四人不愧为宋代四大词家。同时,陈洵还认为,上述四人之中,周邦彦的成就最大,只有取径王沂孙,再学习吴文英、辛弃疾,才能达到浑然化一的艺术层境。闻野鹤《恻簃词话》云:"自乐笑翁有'姜白石如野云孤飞'一语,于是论词者竞尊石帚,而梦窗则竟折抑矣。要知'清空'、'质实'云者,不徒以面目判也。石帚天分孤高,洞晓声律,其学自宜迈人。所谓'清空'者,犹不过其面目耳。若梦窗则作词浑厚,遣词周密,若天孙锦裳,异光耀目,无丝缕俗韵,特学者每以蕴意深邃为憾,于是有以凝滞诮之者矣,要之皆非本也。且所谓'金碧楼台,拆散下来,不成片段'者,此语尤未能适当。词如人体然,完好无恙,则神采奕奕,使从而支解焉,则臭腐随之矣。以其臭腐,遂亦谓人体不善耶?试以姜白石之野云拆之,亦未审其果成何片段也。嗟乎,惟其不能成片段,益足见构造之者之苦心。且楼台自楼台,

① 张炎著,夏承焘校注·沈义父著,蔡嵩云笺释:《词源注·乐府指迷笺释》,人民文学出版社1963年版,第92页。
② 张璋等编纂:《历代词话续编》,大象出版社2005年版,第141页。
③ 张璋等编纂:《历代词话续编》,大象出版社2005年版,第137页。
④ 唐圭璋编:《词话丛编》,中华书局1986年版,第4838—4839页。

亦正无烦于拆散。而乐笑翁乃以此抑梦窗，真冤煞矣。"①闻野鹤评说后人受张炎之论影响，对吴文英之词多有贬抑，与张炎所推崇的"清空"不同，吴词是一种秾挚的艺术风格，就像织女织出的锦裳，光亮耀眼，没有丝缕俗韵，所以初学者都感到其意蕴深厚，很难学到。其实，词作犹如人体一样，是不能肢解的。如果把姜夔的词拆开，也是不成片段的。况且吴词结构严密，其独特的艺术美是令人高仰的。陈匪石在《旧时月色斋词谭》中反驳后人攻击吴词之论。其云："张玉田论梦窗词，谓如七宝楼台，炫人眼目，拆碎则不成片断。是美其奇思异彩，而以其过于典实，意犹不知足也。玉田论词取清空，不取质实。夫质实之流弊，晦涩与堆砌易蹈其一。玉田之说，未可厚非。但细谈梦窗各词，虽不着一虚字，而潜气内转，荡气回肠，均在无虚字句中。亦绚烂，亦奥折，绝无堆垛饾饤之弊。后人腹笥太空，读之不能了解，辄袭取乐笑翁语，亦为质实而不疏快，不亦谬乎！"②陈匪石对吴文英之词评价很高。他反驳张炎所评吴词"如七宝楼台，炫人眼目，拆碎则不成片断"之论。他认为，张炎论词，偏好清空不喜密实，所以，其虽赞美吴词的奇思异彩，但认为其过于质实，导致词意表达不足。质实之病，一般是由晦涩与堆砌所导致的。但陈匪石认为吴文英不用虚字，词中有生气运转，能让人有荡气回肠之感，其绚丽幽深，引人回味，绝无堆砌晦涩的毛病。一些人因为腹中诗书太少，品尝不了吴词的艺术妙处，所以往往沿袭张炎之评，取笑吴词过于质实，这是令人可笑与遗憾的。其又云："世人病梦窗之涩，予不谓然。盖涩由气滞；梦窗之气，深入骨里，弥满行间，沉着而不浮，凝聚而不散，深厚而不浅薄，绝无丝毫滞相。浅尝者或未之知耳。但必有梦窗之气，而后可以不涩。"③陈匪石不认同世人对吴文英词晦涩的评价。他认为，词作晦涩是由于生气滞塞的缘故，而吴词中的气机是深入骨髓，弥漫于字里行间的，它沉着而不轻浮，凝聚而不溃散，深厚而不浅薄，没有丝毫滞塞的样子，没有细致品味的人是难以知道的。钱振锽《谪语》言："玉田云：'词要清空，不要质实。清空则古雅，质实则凝涩晦昧。白石词，如野云孤飞，去留无迹。梦窗词如七宝楼台，眩人眼目，碎拆下来，不成片段。此清空、质实之说。'案玉田语竟无是处。质直亦是好处，从来质实文字安有凝涩晦昧者乎？不曰绛云在霄，而曰野云孤飞，寒俭之至。七宝楼台非质实之谓也，且何故拆下？梦窗自拆耶，他人拆耶？若系自拆，原不算楼台，若他人拆，于梦窗何与！惟其以涩昧指目梦窗，则不谬耳！"④钱振锽反对张炎"清空质实"之说而大力称扬吴文英之词。他认为，意象密实也是词作艺术表现的妙处所在，质实的文字实际上是不一定凝滞晦涩的。反观姜夔之词，喻其如"野云孤飞"，这其实是道出它显寒促简俭之态。"七宝楼台"之语并不能很好地道出吴词质实的缺点，况且一座完整的楼台为什么要拆开？是作者自己拆还是他人拆？如果是自己拆，那吴词本身就算不得楼台，如果是他人拆，又与作者有什么关系呢！钱振锽评判张炎因为主张"清空"之说，便以凝滞晦涩指责吴文英之词，真是犯了大错误。吴梅《词学通论》云："梦窗词，以绵丽为尚，运意深远，用笔幽邃，练字炼句，迥不犹人。貌观之，雕缋满眼，而实有灵气行乎其间。细心吟绎，觉味美于方回，引人入胜，既不病其晦涩，亦不见其堆垛。此与清真、梅溪、白石，并为词学之正宗。一脉真传，特稍变其面目耳。犹之玉溪生之诗，藻采组织，而神韵流传，旨趣永

---

① 朱崇才编纂：《词话丛编续编》，人民文学出版社2010年版，第2316—2317页。
② 杨传庆、和希林辑校：《辑校民国词话三十种》，（台湾）花木兰文化出版社2016年版，第215页。
③ 陈匪石编著，钟振振校点：《宋词举（外三种）》，江苏古籍出版社2002年版，第219页。
④ 屈兴国编：《词话丛编二编》，浙江古籍出版社2013年版，第1851页。

长,未可妄讥其獭祭也。昔人评骘,多有未当,即如尹惟晓以梦窗并清真,不知置东坡、少游、方回、白石等于何地,誉之未免溢量。至沈伯时谓其太晦,其实梦窗才情超逸,何尝沈晦?梦窗长处,正在超逸之中,见沉郁之思,乌得转以沉郁为晦耶?若叔夏七宝楼台之喻,亦所未解。"①吴梅认为,吴文英之词风格绵丽而内蕴深远,下语深邃,炼字琢句与众不同,表面看来似乎雕饰太多,实际上很有灵气行乎其间,用心品味方觉回味无穷。吴梅对吴文英评价很高,认为他和周邦彦、史达祖、姜夔都为词学正宗。吴梅论说吴文英之词犹如李商隐之诗,辞藻华美,想象奇特,风韵流动,旨趣深长。吴梅看到了吴文英之词正是以辞藻华美、神韵流转、旨意隽永而见长的,因此,他认为,前人对吴文英的评价有失偏颇,意在纠偏与修正。

　　一些批评家对吴文英词的艺术成就则大致持批评态度。碧痕《竹雨绿窗词话》云:"张叔夏《词源》论吴梦窗词如'七宝楼台,眩人眼目,拆碎下来,不成片段',盖以其太质实耳。予读其'何处合成愁,离人心上秋。纵芭蕉、不雨也飕飕。都道晚凉天气好,有明月、倦登楼。

年事梦中休,花空烟水流。燕辞归、客尚淹留。垂柳不萦裙带住,漫长是,系行舟'一阕,实足与清真相将,不落质实之讥。他如'渺空烟四远','宫粉雕痕'等句,亦属咎有应得。"②碧痕认为,吴文英之词被张炎称为"七宝楼台,眩人眼目,拆碎下来,不成片段",是因为其词太过于质实。但碧痕自己品读吴词时,发现吴文英有些词确可以和周邦彦相提并论,有些词则过于雕饰。他甚为称赏吴文英《唐多令·惜别》,认为此词有周邦彦之作的风采,而《高阳台·宫粉雕痕》《八声甘州·渺空烟四远》中的'渺空烟四远'、'宫粉雕痕'等句,则诚如张炎在《词源》所评的,质实雕琢,眩人耳目。夏敬观《蕙风词话诠评》云:"梦窗学清真者,清真乃真能不琢,梦窗固有琢之太过者。"③夏敬观认为,吴文英虽然学习周邦彦之词,但周词真挚,没有雕饰之气,吴词却藻饰过度,令人遗憾。周曾锦《卧庐词话》言:"《白石道人诗说》有云:'雕琢伤气'。予谓非第说诗而已。惟词亦然。梦窗诸公,恐正不免此。"④周曾锦指出吴文英之词显现雕饰之弊。他认为,词和诗一样,都不能过于雕饰,不然会损伤气脉贯穿,而吴词就有着这样的毛病。蔡桢《乐府指迷笺释》云:"梦窗喜炼字面,即恐用字太露。然有时矫枉过正,结果往往流于晦涩。"⑤蔡桢评说吴文英喜欢炼字,但有时矫饰过度,使词作流于晦涩。祝南《无庵说词》云:"梦窗词亦有气势,有顿宕,特不肯作一平易语,遂不免陷于晦涩。读者须于此处求真际,不应专讲情韵、猎采藻也。"⑥祝南论说吴文英之词颇有跌宕起伏的气势,但用字雕饰,所以常常让人读起来觉得晦涩。他认为,品赏吴词应当注重其艺术高妙之处,不能只讲究韵致飘动与辞藻飞扬,不然会让词作陷于晦涩之境地。胡适《评唐宋词人》云:"清朝词人之中,张惠言不喜梦窗;周济却把梦窗抬得很高,列为宋四大家之一。近年的词人多中梦窗之毒,没有情感,没有意境,只在套语和古典中讨生活。所以我选他的词,特别加严,只取了一首最本色的。"⑦胡适反对周济将吴文英列为"宋四大家"之一的做法。他和张惠言一样,不喜欢吴

① 吴梅:《词学通论》,中华书局2010年版,第90页。
② 朱崇才编纂:《词话丛编续编》,人民文学出版社2010年版,第2267页。
③ 唐圭璋编:《词话丛编》,中华书局1986年版,第4587页。
④ 张璋等编纂:《历代词话续编》,大象出版社2005年版,第557页。
⑤ 张炎著,夏承焘校注·沈义父著,蔡嵩云笺释:《词源注·乐府指迷笺释》,人民文学出版社1963年版,第40页。
⑥ 张璋等编纂:《历代词话续编》,大象出版社2005年版,第1328页。
⑦ 张璋等编纂:《历代词话续编》,大象出版社2005年版,第763页。

文英,并认为近些年来不少人趋重吴文英,填词缺乏情感内涵,不注重意境表现,只讲究套语和堆砌。所以,胡适选吴文英之作特别苛严,只择取了其最本色的一首。

唐圭璋则对吴文英之词有着比较中肯客观的评价。其《评〈人间词话〉》云:"南宋诸家如梦窗、梅溪、草窗、玉田、碧山各有艺术特色,亦不应一概抹杀。王氏谓梦窗'映梦窗凌乱碧',谓玉田'玉老田荒',攻其一端,不及其余,尤非实事求是之道。"①唐圭璋反对王国维贬低包括吴文英在内的南宋词人艺术成就的言论。他认为,王国维对吴文英"映梦窗凌乱碧",张炎"玉老田荒"的评价都过于极端,不见公允。包括吴文英在内的众多南宋词人,他们的词作各有独特的艺术魅力,不能一概抹杀,应实事求是地加以分析评价,充分肯定其艺术成就与词史地位。

总结民国时期词学批评中的吴文英之论,可以看出,其主要体现在三个维面:一是周、吴比较论,二是下字用语论,三是创作得失论。其中,在第一个维面,词论家们普遍对吴文英以周邦彦为师而自成一家予以肯定与称扬;在第二个维面,词论家们围绕其用字密丽、炼意深致、匠心独运进一步展开评说;在第三个维面,词论家们对其创作得失进行了多样的分析评说。民国时期的词学批评,进一步从不同视点上将对吴文英的认识予以了衍化、充实、深化与完善,为后人更好地把握其人其作提供了丰富的辨识,将对吴文英的认识观照不断推向历史的高度。

(原载《北方论丛》2019 年第 6 期)

---

① 张璋等编纂:《历代词话续编》,大象出版社 2005 年版,第 922 页。

论朱祖谋清末民初的词集批评及其词学观念

华东师范大学　　朱惠国

朱祖谋是继王鹏运之后清末民初词坛公认的领袖型人物,虽然也有个别词家对其有过微词①,但总体上并不能动摇朱祖谋词坛祭酒的地位。朱祖谋的言行一定程度上代表并引领了当时的风气,举足轻重。但遗憾的是,与况周颐相比,朱祖谋词学活动主要以词的创作和词籍校勘为主,几乎没有写过系统的理论性文字,甚至连"词话"一类的片段式短文都几乎没有。因此目前对朱祖谋的研究,主要侧重其创作、生平事迹以及词籍的编纂、校勘等方面。尽管人人皆知朱祖谋对词有自己的见解,且这些见解对当时词坛有重要影响,但由于相关资料的匮乏,目前较少有此方面的研究。事实上朱祖谋在清末民初撰写了数量不少的词集序跋、题辞等,时间主要集中在 1904 年至 1931 年底,愈后愈密。这些序跋、题辞不仅体现出朱祖谋的词学观念,也对这些词集,尤其是同时代词人词集的评价、传播等产生积极影响。

但有一个问题:这批留存于世的词集序跋、题辞是否出自朱祖谋之手,是否代表朱祖谋的真实思想? 据龙榆生所编《彊村老人评词》中的附记:"彊村先生,早年专力为诗。四十以后,复壹意填词,与校刊词籍。生平绝不愿为骈散文。所有传世遗文,大抵皆他人代笔,而先生略加润色者。独与友好往还书信,为出先生手。虽寥寥短幅,而别饶风致,洄词人吐属,故自不同也。"②其实不仅骈散文,即使题咏诗词也有代笔现象。龙榆生《彊村集外词》跋尾:"先生晚岁酬应题咏之笔,间或假手他人,即此册中,亦复时有代作。"③应酬性文字请人代笔,本是民国时期的普遍现象,但朱祖谋的词集序跋、题辞是否也属于龙榆生所说的"骈散文"和"题咏诗词",有代笔现象呢? 在没有确凿证据前,不宜轻易下定论。但我们综合这些词集序跋的写作背景和所表达的内容,有一点可以肯定,绝不是其"生平绝不愿为"的文字。朱祖谋留存的词集序跋大致可以分为两类:一类是他在校勘唐宋人词集时的跋语,主要保存在所编《彊村丛书》中,内容主要是对校勘时所用材料以及版本等情况作说明。朱祖谋一生心血主要在校词,跋语主要是对词集版本和校勘过程所作的说明,因此请人代笔几无可能。另一类则是为同时代词人词集所作的序跋,这类词集序跋最能代表其词学见解,是最有理论价值的部分,同时也是最有可能敷衍,甚至请人代笔的文字。但从朱祖谋留存的此类序跋看,大部分为师友所撰,与词集作者的关系比较密切,有的甚至是为作者整理词集后所撰的序跋,比

---

① 　如郑文焯、况周颐。详见夏承焘《天风阁学词日记》1936 年 3 月 22 日条。《夏承焘集》第五册,杭州:浙江古籍出版社、浙江教育出版社 1997 年版。因日记本身有日期,不再注明页码。

② 　朱祖谋撰、龙榆生辑:《彊村老人评词》,唐圭璋编《词话丛编》,中华书局 1986 年版,第 4382 页。

③ 　朱祖谋:《彊村集外词》,民国刻本。

较严肃,也比较认真。如《半塘定稿序》就明确说明是为王鹏运整理词集后撰写的序:"《半塘词》尝刻于京师,为丙、丁、戊三集。今刻于广州者,乃君衷其前后七稿,删汰几半,仅存百许首,自定本也。予校雠既竣,而序之曰。"①龙榆生1964年在《彊村先生旧藏半塘老人丙丁戊己稿跋》中也曾提到彊村编订《半塘定稿》的事。另朱祖谋丙午(1906)八月所撰《半塘剩稿跋》,也专门提到其亲手编订《半塘剩稿》。又如朱祖谋辛未(1931)初秋为老友周庆云《梦坡词存》撰写序言也属于此类情况。其序曰:"乃自忘衰颓,谬为删薙,似不乖梦坡旨趣,梦坡以为何如?"②周庆云自己也在"自识"中说"右词经沤尹点定一卷,尚未付梓,而沤尹遽归道山,后复益以近作,分为两卷,并附挽沤尹及题遗照之词,为之腹痛者累日。"③王蕴章也在其序中说:"(梦坡词)每一篇出,朋辈传唱殆遍,先生复不自满,假丐沤尹为之删定。抽芜撷英,都为一卷。"④因此这类序跋代笔的可能性几乎没有。此外还有一些序或题辞是朱祖谋与作者的往来书信,被作者用来刻在卷首,起到代序的作用,如廖恩焘《忏庵词》卷首的《忏庵词题辞》、徐鋆《澹卢诗余》的《澹卢诗余题词》等,这些"与友好往还书信",按龙榆生的说法,"为出先生手",是没有疑问的。当然朱祖谋存世词集序跋中也有极少数是在晚年身体渐衰,名声日隆的情况下为一些关系并不密切的词人所写,但这些序跋未必就是假人之手,退一步讲,即使是代笔之作,也是"先生略加润色者",是朱祖谋过目并修改定稿的,能够反映朱祖谋的真实想法。因此总起来讲,这批词集序跋、题辞基本出自朱祖谋之手,能够反映朱祖谋的真实思想和词学观念。

通过对这些序跋、题辞和词集本身的比较阅读,并联系朱祖谋留存的论词书信等其他词学文献,我们打算对朱祖谋词集批评的特点以及所体现的词学观念等问题作些粗浅的讨论,以期抛砖引玉。

一、由人及词或由词及人,秉承知人论世、以意逆志的传统批评方法

知人论世、以意逆志是中国传统的批评方法,前者强调从作者的经历、思想等方面来理解和考察文学作品,后者要求以读者的阅读感受去探求和理解作者的本意。两者虽然接受路径不同,但都要求读者(批评者)对作者比较熟悉。词集序跋和一般的文学作品有所不同,是主要产生于师友、同道之间的文字,撰写者和词集作者之间的关系大部分比较亲密,相互之间比较了解,因此一般都能自觉或不知不觉地运用知人论世、以意逆志的批评方法。这点在朱祖谋的词集序跋中体现得尤其明显。朱祖谋一些重要的词集序跋主要为师友所撰,往往能从对方的经历着手,揭示其词的主要情感色彩和艺术特点。先看他为王鹏运《半塘定稿》所写序言中的两段:

① 朱祖谋:《半塘定稿序》,王鹏运:《半塘定稿》,光绪三十二年刻本。
② 朱祖谋:《梦坡词存序》,周庆云:《梦坡词存》,民国二十二年刻本。
③ 周庆云:《梦坡词存自识》,《梦坡词存》。
④ 王蕴章:《梦坡词存序》,《梦坡词存》。

　　君天性和易而多忧戚，若别有不堪者。既任京秩，久而得御史，抗疏言事，直声震内外，然卒以不得志去位，其遇厄穷，其才未竟厥施，故郁伊不聊之概，一于词陶写之。①

　　始，予在汴梁纳交君，相得也，已而从学为词，愈益亲。及庚子之变，欧联队入京城，居人或惊散，予与同年刘君伯崇就君以居。三人者，痛世运之凌夷，患气之非一日致，则发愤叫呼，相对太息，既不得他往，乃约为词课，拈题刻烛，于唱唱酬，日为之无间。一艺成，赏奇攻瑕，不隐不阿，谈谐间作，心神洒然，若忘其在颠沛轪靵中，而以为友朋文字之至乐也。比年，君客扬州，予来粤东，踪迹乖阻，书问时月相往还，每有所作，必以寄示。予谓君词于回肠荡气中仍不掩其独往独来之概，君乃大以为知言。②

　　这两段文字并不陌生，但以往主要作为词学史料来看，其实换个角度，也是运用知人论世批评方法的经典型案例。第一段序文结合王鹏运在清廷任职的经历，揭示其词的情感意蕴和主要表达方式。王鹏运在京担任御史期间，曾抗疏言事，公开上书反对慈禧太后、光绪帝驻跸颐和园，并提出请办京师大学等主张，虽"直声震内外"，但"卒以不得志去位，其遇厄穷"，加上其"天性和易而多忧戚"，积郁在心，故"一于词陶写之"。这段文字清晰地描述了王鹏运的人生经历和其词创作的密切关系，对于理解和评价其词集具有重要价值。龙榆生在谈到王鹏运词的时候也有类似的表述，他比较了王鹏运和文廷式两人的词，说："半塘直逼稼轩，而道希径入东坡之室，其系心宗国，怵目外侮，一以抑塞磊落不平之气发之，故自使人读之神王。"③均着眼于词中蕴含的"抑塞磊落不平之气"。第二段文字则具体描绘《庚子秋词》的具体写作情况和人物心境，重点对"君词于回肠荡气中仍不掩其独往独来之概"的气质以及形成过程作了比较详细的描述。而"君乃大以为知言"则表明王鹏运对朱祖谋上述批评文字的认可和赞许。

　　朱祖谋之所以能十分熟练地运用知人论世的批评方法，准确揭示《半塘定稿》的情感意蕴和精神面貌，主要基于对批评对象的熟悉和了解。朱祖谋的词学生涯即开始于和王鹏运的交往，据他自己说："予素不解倚声，岁丙申，重至京师，半塘翁时举词社，强邀同作。翁喜奖借后进，于予则绳检不少贷。"④龙榆生也回忆说："彊村先生尝语予五十后始学填词，实出半塘翁诱导。"⑤而精于清代文坛掌故的徐珂则写得更为详细："朱古微少时，随宦汴梁，王幼霞以省其兄之为河南粮道者至，遂相遇，古微乃纳交于幼霞，相得也。已而从幼霞学为词，因益亲。"⑥两人的关系在师友之间，十分密切。至于八国联军进京，两人与刘伯崇一起困守京城，相约作词的经历，更进一步强化了两人之间的亲密关系，也增加了对各自词创作旨趣的了解。朱祖谋自己说"会庚子之变，依翁以居者弥岁。相对咄咄，倚兹事度日，意似稍稍有所领受。"⑦长期的交往和交流，使两人彼此十分了解，朱祖谋曾明确表示："翁（王鹏运）平生旨趣，余不敢不知。"⑧正是基于这种相互之间的了解和信任，当他们的创作有了一定积累，考虑

---

① ② 朱祖谋：《半塘定稿序》，《半塘定稿》。
③ 龙榆生：《彊村先生旧藏半塘老人丙丁戊己稿跋》，冯乾编：《清词序跋汇编》，凤凰出版社2013年版，第1806页。
④ 朱祖谋：《彊村词自序》，朱祖谋：《彊村语业》三卷，民国刻本。
⑤ 龙榆生：《彊村先生旧藏半塘老人丙丁戊己稿跋》，《清词序跋汇编》，第1806页。
⑥ 徐珂：《近词丛话》，《词话丛编》，第4227页。
⑦ 朱祖谋：《彊村词自序》，《彊村语业》三卷，民国刻本。
⑧ 朱祖谋：《半塘剩稿跋》，王鹏运：《半塘剩稿》，光绪三十二年刻本。

结集时,想到的均是请对方为自己的词作进行最后的评判,决定去取,因此相约互为对方的词集定稿。朱祖谋《彊村词自序》:"明年秋,遇翁于沪上,出示所为词九集,将都为《半塘定稿》,且坚以互相订正为约。"又说:"予强作解事,于翁之闳指高韵,无能举似万一。王则敦促录副去,许任删削。"①"强作解事","于翁之闳指高韵,无能举似万一",自然是一种客套,透过文字,实质是朱祖谋对王鹏运及其词集的深入了解和准确阐发。而他对王鹏运词的"作解事"、阐发词中的"闳指高韵",全部凝聚在所作的《半塘定稿序》中。可见,朱祖谋通过序文对半塘词的批评,完全基于他对作者几十年的交往,对其词旨的透彻了解,是知人论世批评方法的一种自觉呈现。而"王则敦促录副去,许任删削",则是对知音的肯定和信任。以后朱祖谋在刊刻自己词集时也用了王鹏运的删定本,"复用翁恉薙存拙词若干首付剖氏。即以翁书弁之首,以永予哀云"②。

王鹏运的友人钟德祥受朱祖谋之邀③,也为《半塘定稿》作序,曰:"今再读其遗词,幼眇而沉郁,意隐而指远,腷臆而若有不可于名言。盖斯人胸中别有事在,而莘然不能行其志也与仆同。脱幼霞能稍濡忍,事或未可知。乃决然佗傺以去,宁流落至死,一瞑而不视,岂谓非慷慨扼腕、独立不屑之士也欤。"④同样看到了词中的"意隐而指远",指出其"腷臆而若有不可于名言",惜未能充分展开。但其欲言之语,朱序得以表达。可见王鹏运词集因朱祖谋的词序而益加彰显于世,其"闳指高韵"也得以清晰阐发。钟德祥在《半塘定稿》题识中说:"其严冷之气不可传,而章疏又不欲于自传,勤以生平劬嗜所谓长短句者,遥托诸侍郎之老友。"⑤由此看来,朱祖谋也可谓不负所托了。

朱祖谋为其他人的词集题序也同样注意结合人的生平经历来分析和评价词作。如他为《笤雅余集》作序,就非常注重郑文焯由富贵而贫困,由七次会试不中而绝意进取,最后以遗老自居,独立特性的人生经历,以为"君以独行之志,胥疏江湖,固墨墨以词自晦者,至是而仅仅以词显欤?惟其名益高,其志益苦,其诣益进,而其遇益穷。"并感叹:"岂词果不祥之音,而于穷者尤验邪?抑昔人所谓昌其身,不若昌其文邪?"⑥序文对郑文焯《笤雅余集》的情感意蕴和表达手法等做了分析,在结尾处再次对其人生遭际发出感叹:"嗟乎!君何不幸而以词传,不佞更何忍以词传君?"语气十分沉痛。又说:"顾廿余年同调之雅,自半塘翁下世,惟君能感音于微。世变靡常,金玉永閟。思有以稍稍慰君生平,而抚卷低徊,所得于风雨鸡鸣者,亦如是而已夫。"⑦由人到词,又由词而感叹人;分析词细致而到位,感叹人则沉痛而凄婉。

除了在词集批评中运用知人论事的手法,朱祖谋还注意用自己的人生体验来感受和理解所序词集,其中最突出一点,就是在论词过程中注意感受并揭示词中的沦落之感和黍离之悲。朱祖谋鼎革后寄寓上海,以遗老自居,往来也较多前清遗老,并辑有遗民词集《沧海遗音集》。同为遗民,有相近的人生经历和相似的心路历程,因此很能感受其他词人在词集中流露的沧桑之感。王国维《彊村校词图序》:"(王国维)遇先生于上海,同时流寓之贤士大夫,颇

①②　朱祖谋:《彊村词自序》,《彊村语业》三卷。

③　钟德祥:《半塘定稿序》:"侍郎曰:'日吾且开雕,然则非君序之不可。'"王鹏运:《半塘定稿》,光绪三十二年刻本。

④　钟德祥:《半塘定稿序》,《半塘定稿》。

⑤　钟德祥:《半塘定稿题识》,《半塘定稿》。

⑥　朱祖谋:《笤雅余集序》,郑文焯:《笤雅余集》民国吴兴朱氏无著庵刻本。

⑦　朱祖谋:《笤雅余集序》,《笤雅余集》。

得相从捧手焉。"在谈到彊村为朱祖谋故里时,强调"先生少长于是,垂老而不得归,遭遇国变,惟以作词刊词自遣"①。况周颐在其《餐樱词自序》也说:"壬子以还,避地沪上,与沤尹以词相切磨。"②"遭遇国变,惟以作词刊词自遣"的人生况味,使其在阅读词集时往往对其中的遗民情怀特别敏感,并与同为流人的作者产生心有戚戚焉的共鸣。

如甲子(1924)春,朱祖谋为冯煦《蒿庵词剩》作序。冯煦为光绪十二年(1886)进士,授翰林院编修,后官至四川按察使、安徽巡抚,鼎革以后,寓居上海,以遗老自居。冯煦与朱祖谋在京师接触,以后朱祖谋从王半塘学词,冯煦"已之官皖中","劳燕分飞,晌为十稔"。但"辛亥国变,后先侨海上,同作流人"。再次相遇,心境大变,相互酬唱,不乏遗民的沧桑之感。该序虽然不长,但颇能扣住所谓"忧离伤生"之感,发抒遗民"无涯之悲"。序文专门提到冯氏"与孝臧唱酬为独多",并说"逃空谷者闻足音而喜,君与孝臧殆有同感矣",表达了同为海上流人的内心感应。正是这种感应,使他对冯煦的《蒿庵词剩》有较为深入的理解。

又如辛未(1931)初秋为周庆云《梦坡词存》作序也是如此。周庆云别号梦坡,浙江吴兴南浔人。周氏虽为前清秀才,并以附贡授永康教谕,例授直隶知州,但均未就任。后主要从事实业,为南浔富商,因此并非冯煦一类的遗民。周庆云颇爱诗词书画,收藏文物古籍,并与吴昌硕、朱祖谋、王文濡多有交往。其在词学方面的著述有《历代两浙词人小传》《浔溪词征》等。曾参与春音社、沤社的创立,是其中的骨干词人,在当时词坛,尤其是海上词坛有一定影响。周庆云词集《梦坡词存》由朱祖谋删定③,并由朱祖谋、王蕴章作序。朱祖谋在序中叙其经历,评其词作,重点突出其创立两个词社中的作用,流露出较浓的遗民意识:"辛亥后蛰居海隅,郁伊善感,抱琴孤啸,以予为知音,同集春音词社,欲以进复古之音,兴举世之废。谁无哀乐,聊写襟怀。"又说:"于是海上流人,重有沤社之课,行吟菰蒲之中,与鸥鹭为伍,亦云凄矣。"④对于两人在词社中的交往,以及词社酬唱中哀乐之感,王蕴章在《梦坡词存序》中有所提及:"国步既更,海上一隅,词流云集,吟事斯盛。沤尹以灵光一老迭主敦槃,先之以春音,继之以沤社,感兴遣时,补题乐府,比于汐社之诸贤。"⑤王蕴章以南宋末"补题乐府""汐社"相比,可见其中的遗民情怀。

除了关系较密,有相同人生感受的词人词集撰序时流露遗民情绪,并以此论词外,朱祖谋在为其他词人作序时也会自觉或不自觉地流露遗民的伤感情绪。如他寄调《寿楼春》,为葛金烺《竹樊山庄词》题辞,其下片曰:"桑海幻,人琴亡。换旧游、惊秋沧江。怕辽鹤归魂,行吟未忘离黍伤。"其中"离黍"之感充溢纸上。葛金烺晚清时曾任刑部主事等职,但1890年即已去世,朱祖谋抒发的其实是自己的沧桑之感。

① 王国维:《彊村校词图序》,朱祖谋、龙榆生编:《彊村丛书(附彊村遗书)》第10册,上海古籍出版社,1989年影印民国二十二年(1933)刻本,第8732—8737页。
② 况周颐:《餐樱词自序》,况周颐:《餐樱词》,约民国五年(1916)刻本。
③ 据王蕴章《梦坡词存序》:"《梦坡词存》假丐沤尹为之删定,抽芜撷英,都为一卷。"周庆云《自识》:"右词经沤尹点定一卷,尚未付梓,而沤尹遽归道山。"见周庆云《梦坡词存》,民国二十二年刻本。
④ 朱孝臧:《梦坡词存序》,《梦坡词存》。
⑤ 王蕴章:《梦坡词存序》,《梦坡词存》。

二、接轸风骚，区别正变，延续常州词派的词学批评理念

朱祖谋等晚清词人从词学渊源上看，基本上属于常州词派，因此在词学理念和创作方法上都受到该派的影响，其中非常重要的一点，就是十分讲究词的源流正变。朱祖谋曾在《蒿庵词剩序》中回忆他与冯煦最初的词学交往："往岁在京师，同年冯君蒿庵示以宝应成恭恪公《漱泉词》一卷，因举倚声源流正变之故，辄瞠然不晓所谓。"①这大概是朱祖谋第一次接触"源流正变"的问题，因其尚未正式学词，故"瞠然不晓所谓"。到了丙申（1896）、丁酉（1897）间，朱祖谋开始向王半塘学词，这才慢慢对源流正变的问题有所领悟。朱祖谋在《彊村词自序》中回忆王鹏运教导其学词的过程，并对源流正变的问题有所揭示：

> 微叩之，则曰："君于两宋涂径固未深涉，亦幸不睹明以后词耳。"贻予《四印斋所刻词》十许家，复约校《梦窗四稿》，时时语以源流正变之故。旁皇求索，为之且三寒暑。则又曰："可以视今人词矣。"示以梁汾、珂雪、樊榭、稚圭、忆云、鹿潭诸作。②

从这段话看，他所说的源流正变主要指学词的路径，强调学两宋，要求从词的源头、正途入手。但为什么将两宋之作视为正源？并没有太多的展开。源流正变在晚清民国的词学话语中是一个出现频率非常高的词语，经常在词集序跋等论词文献中被论及。常州词派中对正变问题谈得比较具体、深入的词家是张惠言。他在《词选序》中说：

> 自唐之词人，李白为首，其后韦应物、王建、韩翃、白居易、刘禹锡、皇甫淞、司空图、韩偓并有述造，而温庭筠最高，其言深美闳约。五代之际，孟氏、李氏、君臣为谑，竞变新调，词之杂流，由此起矣。至其工者，往往绝伦，亦如齐梁五言，依托魏晋，近古然也。宋之词家，号为极盛，然张先、苏轼、秦观、周邦彦、辛弃疾、姜夔、王沂孙、张炎渊渊乎文有其质焉；其荡而不反，傲而不理，枝而不物，柳永、黄庭坚、刘过、吴文英之伦，亦各引一端，以取重于当世。而前数子者，又不免有一时通脱放浪之言出于其间。后进弥以驰逐，不务原其指意，破析乖剌，坏乱而不可纪。故自宋之亡而正声绝，元之末而规矩隳。以至于今，四百余年，作者十数，谅其所是，互有繁变，皆可谓安蔽乖方，迷不知门户者也。③

张惠言在此处提出正声的概念，认为以温庭筠为代表的唐代词人，以及张先、苏轼、秦观、周邦彦、辛弃疾、姜夔、王沂孙、张炎等宋人所作的词均为正声，其特征或"其言深美闳约"，或"渊渊乎文有其质"。而与正声相对的就是杂流。张惠言认为"五代之际，孟氏、李氏、君臣为谑，竞变新调"，与最初的词相比已有变化，所谓"词之杂流，由此起矣"。此外宋人中以词"重于当世"，但又"有一时通脱放浪之言出于其间"者，虽未明确定为杂流，但与"正声"相比，已经不纯，属于次一等次。从这里可以看出，张惠言区别词的正声和杂流的一个重要标准就是内容要素，他要求词文质兼善，深美闳约。张惠言在这里没有直接提到源流的问

---

① 朱孝臧：《蒿庵词剩序》，冯煦：《蒿庵词剩》民国刻本。
② 朱祖谋：《彊村词自序》，《彊村语业》三卷。
③ 张惠言：《词选序》，《词话丛编》，第 1617 页。

题，但他将唐代词人列前，以为各家"并有述造"，又在论及五代词中"至其工者"时，认为其"亦如齐梁五言，依托魏晋，近古然也"，显然有溯源的意思。此外他在谈到"后进弥以驰逐"的情况时，指责他们"不务原其指意，破析乖刺，坏乱而不可纪"，自然也有这方面的考虑。可见张惠言的观念里，"正声"和"正源"是有一定关联的。由于后进"不务原其指意"，"坏乱而不可纪"，张惠言认为，"自宋之亡而正声绝，元之末而规矩隳"。

了解了这一点，再来看王鹏运要求从两宋入手，将《四印斋所刻词》中的十许家作为初学的入门教材，并为朱祖谋尚未"睹明以后词"感到幸运，就能够理解其中的含义了。王鹏运的词学观念主要来自张惠言等常州词家，注重源流正变，将之作为词学训练的基本环节。受此影响，朱祖谋也强调词的源流正变，并将此作为词集批评的重要标准。他在《映庵词序》中评夏敬观的词，就十分注重词集的情感内容，以为其词"原本忠爱，区别正变"①，给予很高的评价。

当然，张惠言作为常州词派的鼻祖，他对常州派理论的主要贡献只是提供基本的理论元素，该派理论的真正成型是在周济手中。因此朱祖谋等人的源流正变观还受到周济理论的影响，不再像张惠言那样笼统地将两宋词视为正声，而是区别南北宋，提出由南入北的学词路径。朱祖谋在《半塘定稿序》中高度评价王鹏运的词，说："君词导源碧山，复历稼轩、梦窗，以还清真之浑化，与周止庵氏说契若针芥。其必名于后，固无俟予之赘言。"②明确指出王鹏运词的演进路线，并说明与周济的理论"契若针芥"。按周济这段话源于其《宋四家词筏序》，原话是："学者务逆而溯之，先之以碧山，餍切事物，言近指远，声容调度，一一可循，学者所由成章也。继之于梦窗，奇思壮采，腾天潜渊，使夫柔情曒志，皆有瑰伟卓荦之观，斯斐然矣。进之以稼轩，感慨时事，系怀君国，而后体尊。要之以清真，圭方璧圆，琢磨谢巧，夜光照乘，前后举澈，能事毕矣。"③四人中，北宋的周邦彦最高，是学词的最高境界和最终目标。也就是说，从学南宋入手，经历王沂孙、吴文英、辛弃疾，最后达到北宋周邦彦的浑化。也即所谓"由南入北"。周济还说："北宋词，下者在南宋下，以其不能空，且不知寄托也。高者在南宋上，以其能实，且能无寄托也。南宋则下不犯北宋拙率之病，高不到北宋浑涵之诣。"④因此常州派在周济之后，历来将北宋视为词的高境。这种观点对朱祖谋的影响也很大。请看他在《守白词跋》中的话：

> 托旨深，故无浮藻；选言洁，故无滞音。高朗之致，把臂汴京。其次者，亦不堕金源以下。把卷三复，唯有低首。⑤

前面两句是对许之衡词的具体评论，后面两句则是问题的关键。他用"把臂汴京"评价其词，暗含的意思就是将北宋词视为词中的高境。当然，朱祖谋以此赞誉许之衡词，多少有客套成分，但将"汴京"视为词的高境则是比较明确的。黄福颐也为《守白词》题跋，曰："守白论作词之法，云以大、重为主脑，以两宋为融合，以清真为归宿。今观所作，殆骎骎乎能副所

---

① 朱祖谋：《映庵词序》，夏敬观《映庵词》，民国刻本。

② 朱祖谋：《半塘定稿序》，《半塘定稿》。

③ 周济：《宋四家词筏序》，周济：《止庵遗集》宣统乙酉盛氏刻本。此序后被改称《宋四家词选序》，详见拙文《周济词学论著考略》，《词学》第十六辑，华东师范大学出版社 2006 年版，第 172—179 页。

④ 周济：《介存斋论词杂著》，《词话丛编》，第 1630 页。

⑤ 朱祖谋：《守白词跋》，许之衡《守白词》民国十八年北平印本。

言矣。"①联系黄福颐的跋语，朱祖谋所指的"汴京"，主要就是指周清真。另外，朱祖谋所谓"其次者,亦不堕金源以下。"则明显看出受到张惠言、王鹏运的影响，以为两宋之外，已无"正声"，因此将"金源以下"之作视为较次的等次。除此之外，朱祖谋在《映庵词序》中也表现出对北宋词的推崇，如他评价夏敬观的词："君之所造,颇颃邦贤。沈思孤迥,切情依黯。融斋之论词曰:'如异军突起,如天际真人。'是能于西江前哲,补未逮之境,抑且于北宋名流,续将坠之绪也。"②同样是将"北宋名流"作为词中高境，以为《映庵词》不仅补西江前哲未逮之境，而且还续北宋名流将坠之绪。

需要说明的是，朱祖谋追求北宋，但并不排斥南宋。他之所以追求北宋，主要是看重北宋词浑化的境界，而此种境界的前提是必须经历辛弃疾的阶段，需要在词中"感慨时事,系怀君国"。只有这样，才能达到"体尊"的目的。从常州派的核心理论看，"感慨时事,系怀君国"才是创作的主要目的，而浑化只是经过从"有寄托入"到"无寄托出"所达到的艺术效果。从晚清民国词坛实际看，朱祖谋他们所要感慨的"时事"，主要是晚清日落西山，回天无力的感慨和鼎革后世事沧桑的哀伤。朱祖谋1915年为郑文焯的《苕雅余集》作序，对"苕雅"两字做了解释："其义殆取之《小雅》篇终《苕之华》。闵时而作,有怨诽之音,又乱之以哀思也。"③而他自己的创作也同样注重抒发此种麦秀黍离的感伤。由此，宋末元初张炎、周密等经历国变，无限伤痛的遗民词人的词，就与他们有了心心相印的契合。孙德谦为朱祖谋、况周颐词合集《鹜音集》作序，以为朱彊村、况蕙风两人"因寄所托,动涉身世。宜其趣流弦外,誉馥区中矣。岂矧伟长抱质,抗志箕山;邺下昔游,独称传后。词家如玉田、草窗辈,残灯瘦倚,惜记梦华;翠袖孤吟,深悲离黍。甘是埋暖,无惭逸民"④。将两人和宋末的张炎、周密相提并论，正是看到了他们"翠袖孤吟,深悲离黍"的情感和"甘是埋暖,无惭逸民"的心态。事实上朱祖谋自己也将张炎、周密等人作为论词的标杆之一。他为冯煦《蒿庵词剩》作序，以为其词"瓣香石帚,又出入草窗、玉田间"，又说"数十年前,吾乡词宗谭复堂大令已倾心敛手,固无俟孝臧妄赘一语也"⑤，给予很高评价。可见朱祖谋不仅不排斥南宋词，还对张炎、周密等宋末词人有一种同情和好感。

三、审音辨律,雅志矜慎,注重以词体本身的特性作为批评的标准

朱祖谋作为晚清民国的词坛领袖，对当时词坛影响颇大，在他的周围，聚集了一批创作旨趣相近的词人，这批词人通常被称为"彊村派"。"彊村派"一般认为源于常州词派，只不过在当时环境下有所变异：一方面继承常州派的风骚精神，注重词的抒情功能，另一方面由于"世变""失意"等原因，他们在政治生活中被逐渐边缘化，郁伊善感，有"以作词刊词自遣"的倾向，因此对词律、词艺十分讲究。沈曾植在《彊村校词图序》中对此情况有所概括："鹜翁取

---

① 黄福颐:《守白词跋》,《守白词》。
② 朱祖谋:《映庵词序》,《映庵词》。
③ 朱孝臧:《苕雅余集序》,郑文焯《苕雅余集》民国吴兴朱氏无著盦刻本。
④ 孙德谦:《鹜音集序》,朱孝臧、况周颐《鹜音集》,民国刻本。
⑤ 朱孝臧:《蒿庵词剩序》,《蒿庵词剩》。

义于周氏而取谱于万氏，彊村精识分铢，本万氏而益加博。"①龙榆生对此种状况也有十分精到的描述："逊清末叶，内忧外患，岌岌可危，士大夫感愤之余，寄情声律，缠绵悱恻，自然骚辩之遗。鼎革以还，遗民流寓于津沪间，又恒借填词以抒其黍离、麦秀之感，词心之酝酿，突过前贤。"②这主要是就其抒情性而言。龙氏的话虽然简短，但思路清晰，这里有两个时间概念。一个是"逊清末叶"，人物是"士大夫"，抒情的特点是"缠绵悱恻，自然骚辩之遗"；另一个是"鼎革以还"，人物是"遗民"，抒发的是"黍离、麦秀之感"。其实两个时间段内的词人是重合的，他们实质上经历了从"士大夫"到"遗民"的转变，因此词中抒发的情感也从"骚辩之遗"变成了"黍离、麦秀之感"。朱祖谋是这批词人的代表。由于这批词人在政治生活中已经找不到自己的位置，除了抒发类似"桑海幻，人琴亡"的感慨外，还有就是在校词、刊词、研究词律、词艺等偏于技术性的词学活动中聊以自遣。因此"一时词流，如郑大鹤（文焯）、况夔笙、张沚尊（上龢）、曹君直（元忠）、吴伯宛（昌绶）诸君，咸集吴下，而新建夏映庵（敬观）、钱塘张孟劬（尔田）稍称后起，亦各以倚声之学，互相切磨，或参究源流，或比勘声律……一时有'清真教'之雅谑焉"③。与张惠言、周济等早期常州派词家相比，朱祖谋等词人对声律更加讲究。学梦窗，讲四声，成为一时风气。虽然这种风尚一旦走向极致会带来弊端（实际情况也正是如此），但在当时，抒情性加上严密的声律，对于维护和强化词体本身的特性是有所帮助的。

朱祖谋是这种创作风尚的倡导者和实践者，自然也用这种标准来进行词集批评。请看他在《映庵词序》中的一段话：

> 尧章以番阳布衣，建言古乐，襟韵孤复，声情道上，瑰姿命世，翕无异辞。盖尝退蟄众家，寻绎微恉，大抵韫芳悱之思，出以疏隽；摒浮曼之响，易以沈深。灵秀所钟，风调斯远已。我朝二百七十年来，英硕辈生，博综艺事，独于斯道，颇疑晚出益工。诚以审音辨律，雅志矜慎，劬学笃嗜，或可企及。至于明阴洞阳之奥，腾天潜渊之才，接轸风骚，契灵乐祖。④

这段话虽然由姜夔引出，但结合后半段对清代词学的评论，一定程度上表达了朱祖谋对词的看法。这段话的核心有两点：其一是"审音辨律"其二是"雅志矜慎"。先谈后者。"雅志"的说法比较容易理解，张炎《词源》："词欲雅而正，志之所之，一为情所役，则失其雅正之音。"⑤"矜慎"，从字面看，就是谨严慎重是意思。两者合起来，就是要用严肃认真的态度抒发雅正的情志。这种观点比较接近南宋崇风雅的词学观念，与俗艳词的路子有所区别。如果结合语段中"大抵韫芳悱之思，出以疏隽；摒浮曼之响，易以沈深"几句，就更加具体一些。

"审音辨律"是这段话中重要的观点，也是朱祖谋在创作实践中比较注重，影响比较大的词学观念。如上所述，学梦窗，辨四声风气的形成有其特殊的社会背景，而在此过程中，朱祖谋起了十分重要的推动作用。据冒广生《四声破迷》："同时吾所纳交老辈朋辈，若江蓉舫都

---

① 沈增植：《彊校词图序》，《彊村丛书（附彊村遗书）》第 10 册，第 8727—8732 页。
② 龙榆生：《晚近词风之转变》，《同声月刊》1941 年第 1 卷第 3 号，第 61—69 页。
③ 龙榆生：《晚近词风之转变》。
④ 朱祖谋：《映庵词序》，《映庵词》。
⑤ 张炎：《词源》，张炎、沈义父著，夏承焘注、蔡嵩云笺释：《词源注　乐府指迷笺释》，人民文学出版社 1981 年版，第 29 页。

转、张午桥太守、张韵梅大令、王幼遐给谏、文芸阁学士、曹君直阁读，皆未闻墨守四声之说。郑叔问舍人，是时选一调，制一题，皆摹仿白石。迨庚子后，始进而言清真，讲四声。朱古微侍郎填词最晚，起而张之；以其名德，海内翕然奉为金科玉律。"①冒氏明确认为"言清真，讲四声"的风气是朱祖谋"起而张之"，并因为其词坛地位，"海内翕然奉为金科玉律"。冒广生年龄比朱祖谋小十六岁，但基本上是同时代人，经历了从晚清到民国的变化。他的话应该可信。另外吴眉孙也说过类似的话。据夏承焘《天风阁日记》1940年3月22日条："途间谈叶誉虎编清词钞事。归过吴眉翁，谓水云楼及金梁梦月皆不尽守四声，大鹤也不坚守，此事决推古微。彊村词四卷中，仅有二三处失律耳。"②吴眉孙的思路和冒广生相似，都是查核朱祖谋之前名家词的四声情况，认为蒋春霖、周之琦词均不尽守四声，而且与朱祖谋同时的郑文焯也不坚守四声，由此认定严守四声是从朱祖谋开始的。他还仔细阅读了四卷本的《彊村词》，"仅有二三处失律耳"，由此证实自己的观点。夏承焘在记录此条日记的第二天，即1940年3月23日，再次在日记中引述吴眉孙的话："过冒鹤翁谈词律……又谓郑大鹤为词初学白石，继学清真，晚年讲四声，作比竹余音。古微正于是时始为词，乃大倡依四声之说。郑之瘦碧、冷红二集犹不依四声。"又说："鹤翁二十余始见大鹤，从未闻其谈四声云。"记录更为详细，分析也更为细致。吴眉孙认为郑文焯直到晚年创作《比竹余音》时才讲四声，而之前"从未闻其谈四声"。朱祖谋恰在此时开始作词，"乃大倡依四声之说"。吴眉孙话中，隐约有一种朱祖谋受郑文焯影响的意思。但他又说郑文焯早期并不守四声，朱祖谋只是受到他后期创作的影响。朱祖谋的辨四声是否真的是受郑文焯影响，可以作进一步查证和讨论，但我们认为朱祖谋开始的"审音辨律"的词学倡导，有其内在的必然性，是晚清民初词坛上主流词人身份、心境变化而带来一种词风转化。需要说明的是，上述冒广生、吴眉孙的话，都是在二十世纪三十年代末，四十年代初词坛上刻意守四声，终成弊病情况下，追溯源头时说的，有批评的成分。但就"审音辨律"本身而言，是词体的重要特性。从李清照到南宋姜夔、张炎等均十分强调。至于不善学者刻意拘守，以至于出现以声害辞，以辞害意的弊病，则与朱祖谋并没有直接关联。龙榆生也提到过朱祖谋的守四声，他说："往岁彊村先生虽有'律博士'之称，而晚年常用习见之调。尝叩以四声之说，亦谓可以不拘。"③说明朱祖谋辨四声，但不是死守。用夏承焘在《词四声平亭》中的话来说，是"活声律"，不是"死声律"。但朱祖谋这一倡导的影响力确实很大。况周颐在《餐樱词自序》中说："沤尹守律綦严，余亦怳然向者之失，断断不敢自放，《餐樱》一集，除寻常三数熟调外，悉根据宋元旧谱，四声相依，一字不易。其得力于沤尹，与得力于半唐同。"④对况周颐的影响如此，对其他词人的影响可以想见。

一方面是"审音辨律"的形式要素，另一方面是"雅志矜慎"的情感要素，两者结合，构成朱祖谋重要的词集批评标准。朱祖谋以为，这样的词才算是"接轸风骚，契灵乐祖"，文质兼得。

事实上朱祖谋在词集批评实践上也的确比较注重对声律的关注。如他对词人寿铄《珏庵词》的评论就体现了这一点。朱祖谋《珏庵词》题词十分简短，从形式看，应是朱祖谋给寿

---

① 冒怀辛编：《冒鹤亭词曲论文集》，上海古籍出版社1992年版，第111页。
② 夏承焘：《天风阁学词日记》。
③ 龙榆生：《晚近词风之转变》。
④ 况周颐：《餐樱词自序》，况周颐：《餐樱词》，约民国五年（1916）刻本。

铢的一封短信，被他作为题词置于卷首。朱祖谋首先对《珏庵词》作了高度评价："把酒数四，神骨秾远，真大传四明矣。惟有倾服，不能为一辞之费。"然后说："卷中略有讹文脱字，或未协律处，别纸列上，幸勘正。"①寿铢以学梦窗见长，其词非常注重四声的运用。张素《珏庵词序》以为："吾友石工固以学梦窗自见者，其所为词，往往眇曼而幽咽，令人不可猝读。至揆之于律，则四声悉准原制，无毫发之差。盖亦酉生、沤尹类也。"又说："今石工乃独为诸词家所难，一切炼字选声，务以梦窗为法，可不谓为有志者欤？"②对于《珏庵词》的学梦窗，朱祖谋给予了肯定，所谓"真大传四明矣"，但张素所言《珏庵词》"四声悉准原制，无毫发之差"，并未得到朱祖谋的认同。朱氏在信中直接指出其词"讹文脱字""未协律处"。朱氏能直言其有"未协律处"，一方面是两人关系比较密切，据邵瑞彭《珏庵词序》，"昔年沤尹朱先生北游时，珏庵以词就正"，有过师生之谊，可以说得比较直接，另一方面也表现出朱祖谋对声律的重视。联系寿铢《珏庵词》学梦窗的背景和张素"四声悉准原制，无毫发之差"的评价，则朱祖谋指出其有"未协律处"尤其值得关注。

四、思窈而沈，笔重而健，不徒赏守律之严、藻绘之丽

朱祖谋对声律重视与熟练运用，使其获得"律博士"的称号③，但朱祖谋绝非为声律而声律，徒赏守律之严。我们先来看两段他对他人词集的评论：

> 思窈而沈，笔重而健，是深得清真法乳者。若徒赏其步韵之稳，守律之严，犹皮相也。④

> 读其词，言情则萦纡善达，体物则婉约多姿，不泥雕琢，而能律谐吕协，真清真之贤裔也。⑤

这两段话都以清真词为标杆，称赞词集作者能深得清真之真髓，从中也体现出他对清真词的理解和对声律问题的看法。第一段话是他为许之衡《守白词乙稿》所题的跋语。许之衡《守白词乙稿》又称《步周词》，从其名称上大致也可看出作者的用心和词的主要特点。夏孙桐对其曾有"守律至严，字字熨帖，会心处辄有远韵"⑥的评价，关注的就是守律问题，并结合其"辄有远韵"，给予较高的评价。许之衡在《自序》中说："余喜清真词，时有和作。四声一字不易，惟上去两通之字，则据诗韵及《中原音韵》兼用之。"⑦强调的也是严守声律。但朱祖谋的跋语却完全不同，认为只关注其词表面的"步韵之稳，守律之严"，只是得其皮相，并没探得词的实质。那么实质是什么呢？朱祖谋并没有详细探讨，只用了"思窈而沈，笔重而健"八字加以描述。查夏敬观也为《守白词乙稿》题跋，曰："意深而能透，辞碎而能整，《丹凤吟》以次，

---

① 寿铢：《珏庵词》，民国刻本。
② 张素：《珏庵词序》，《珏庵词》。
③ 沈曾植：《彊村校词图序》："（彊村）究上去阴阳，矢口平亭，不假检本，同人惮焉，谓之律博士。"
④ 朱祖谋：《守白词乙稿跋》，许之衡《守白词乙稿》民国刻本。
⑤ 朱祖谋：《梦坡词存序》，《梦坡词存》。
⑥ 夏孙桐：《守白词乙稿跋》，《守白词乙稿》。
⑦ 许之衡：《守白词乙稿自序》，《守白词乙稿》。

用笔动荡,纤悲微痛,发于肺肝,尤得美成神理。"①说得比较详细些。如果再联系朱祖谋对许之衡《守白词》"托旨深,故无浮藻"②的评语,则大概可以看出其意思了,就是词必须要有"托兴",必须有"纤悲微痛,发于肺肝"的真情。如果看不到词的旨意和真情,只是欣赏其守律之严,藻绘之丽,就只能是皮相之谈。第二段话是朱祖谋为周庆云《梦坡词存》所作的序,从所引几句看,主要是谈表达的问题,但如果联系序文中类似"行吟菰蒲之中,与鸥鹭为伍,亦云凄矣"③等话语,其实也是指如何将遗民情怀以一种婉约的方式表达出来。朱祖谋认为周庆云的词"不泥雕琢,而能律谐吕协",而且"言情则萦纡善达,体物则婉约多姿"。有真感情、真内容,同时又能借助自然的语言,和谐的声律,委婉地表达出来,这才是"真清真之贤裔也"。将上述两段话综合起来,大致可看出朱祖谋的观点和他对清真词的理解。他固然重视声律,重视婉约的风格,但更加重视词中的"托旨",也即词中的情感因素。这其实也和常州词派的核心理论相一致。如前所述,后期常州派词人的一个重要特点,就是将常州派传统理论与严密的声律相结合,所谓"取义于周氏而取谱于万氏",而在这两者中,朱祖谋更看重的是前者。他认为,清真并非徒有声律之美,只有"思窈而沈,笔重而健",并出以"浑化",才"是深得清真法乳者"。这和夏敬观的表述十分接近,夏氏也以为只有这样,才"尤得美成神理"。1930年春,朱祖谋受叶恭绰之托,为广东富商徐礼辅的词集《渌水余音》写序,称其词"神采飙举,妙语霞起。思深而笔茂,质厚而思远"。徐礼辅为邵瑞彭弟子,题序又是应叶恭绰之请,因此朱祖谋的序文或有溢美的成分,但"思深而笔茂,质厚而思远"的说法与"思窈而沈,笔重而健"比较接近,确系朱祖谋的词学追求,也是其词集批评的重要依据。

除了周邦彦,朱祖谋对吴文英也有相似情况。吴文英是朱祖谋最看重的词人,龙榆生说:"彊村老人论词最矜慎,未尝率意下笔。"又说:"梦窗词集,为老人用力最勤者。"④彊村一生学梦窗、尊梦窗,并四校《梦窗词》,殚精竭虑,被认为是得梦窗真髓者。王鹏运曾说:"自世之人知学梦窗,知尊梦窗,皆所谓但学兰亭面者,六百年来真得髓者,非公更有谁耶?"⑤那么"真髓"到底是什么,体现在哪里?张尔田1924年为《彊村语业》作序,或可帮助我们理解此问题:

> 《语业》二卷,彊村先生晚年所定也。曩者半塘翁固尝目先生词似梦窗。夫词家之有梦窗,亦犹诗家之有玉溪。玉溪以瑰迈高材,崎岖于钩党门户,所为篇什,幽忧怨断,世或小之为闺襜之言,顾其他诗"如何匡国分,不与素心期",又曰"夕阳无限好,只是近黄昏",岂与夫丰艳曼睩竞丽者?窃以为感物之情,古今不易,第读之者弗之知尔。先生早侍承明,壮跻懋列,庚子先拨之始,折槛一疏,直声震天下,既不得当,一抒之于词。解佩纕以结言,欲自适而不可。灵均怀服之思,昊天不平,我王不宁,嘉父究讻之忾,其哀感顽艳,《子夜》《吴趋》;其芬芳悱恻,哀蝉落叶。玉溪官不挂朝籍,先生显矣,触绪造端,湛冥过之。信乎所忧者广,发乎一人之本身,抑声之所被者有藉之者耶?复堂老人评《水云词》曰:"咸同兵事,天挺此才,为声家老杜。"余亦谓当崇陵末叶,庙堂厝薪,玄黄水

---

① 夏敬观:《守白词乙稿跋》,《守白词乙稿》。
② 朱祖谋:《守白词跋》,许之衡《守白词》民国十八年北平印本。
③ 朱孝臧:《梦坡词存序》,《梦坡词存》。
④ 朱祖谋撰、龙榆生辑:《彊村老人评词》,《词话丛编》,第4379页。
⑤ 王鹏运:《彊村词原序》,《彊村语业》。

火，天生先生，将使之为曲中玉溪耶？迨至王风委草，小雅寝声，江濆飞遁，卧龙无首，长图大念，隐心已矣。懂留此未断樵风，与神皋寒吹，响答终古。向之渚口哓音，沈泣饮章，腐心白马者，且随艰难天步以俱去。玉溪未遭之境，先生亲遭之矣。我乐也，其无知乎？我寐也，其无吣乎？是又讽先生词者，微吟焉，低徊独抱焉，而不能自已也。①

该序主要阐述彊村词的特点和创作背景，但反复将朱祖谋和李商隐作比较，并将李商隐和吴文英联系起来。按照序文的逻辑：朱祖谋与李商隐相近，而"词家之有梦窗，亦犹诗家之有玉溪"，因此朱祖谋与吴梦窗相近。故"曩者半塘翁固尝目先生词似梦窗"。通过李商隐、朱祖谋的创作经历和作品特点，可以帮助我们理解吴文英词及其在晚清人中的实际印象。序文认为李商隐诗"幽忆怨断"，"世或小之为闺檐之言"，但"岂与夫丰艳曼睩竞丽者"，实际上这也是朱祖谋等人对吴文英词的理解。

由此可见，朱祖谋心目中的梦窗词，并非徒有严密的声律和华丽的辞藻，而是要有感于兴衰的情怀，甚至"灵均怀服之思"。因此学梦窗要从根源上学，否则"犹皮相也"。反过来说，王鹏运以为朱祖谋是"六百年来真得髓者"，也有此方面的意思，并非是泛泛之语。龙榆生在朱祖谋去世后为其整理词稿，将其之前删除之作搜集起来，编为《彊村词剩稿》，跋曰："其词为定本所删者过半，在先生固不欲其流传，然先生所不自喜者，往往为世人所乐道，且于当时朝政以及变乱衰亡之由，可资考镜者甚多。"②说彊村词能"于当时朝政以及变乱衰亡之由，可资考镜者甚多"，则从一个侧面证明朱祖谋的创作旨趣。而他的词作普遍被认为是最为接近梦窗，是得梦窗"真髓"者。

为了进一步说明问题，我们再来看朱祖谋和陈洵的往来书信。龙榆生说："老人于并世词人，最推重新会陈述叔先生。其评《海绡词》云：'神骨俱静，此真能火传梦窗者。'又云：'善用逆笔，故处处见腾踏之势，清真法乳也。'"③1925 年，朱祖谋作《望江南·杂题我朝诸名家词集后》，补题两阕，其二曰："雕虫手，千古亦才难。新拜海南为上将，试要临桂角中原。来者孰登坛。"而序云："意有未尽，再缀二章，红友之律，顺卿之韵，皆足称词苑功臣，新会陈述叔、临桂况夔笙并世两雄，无与抗手也。"陈洵由此在词坛地位得以极大提升。朱祖谋和陈洵多有书信往来，据余意先生研究，陈洵从 1918 年起即致函朱祖谋，讨教词学问题④，一直持续到1931 年。1929 年 6 月 12 日，陈洵致朱祖谋第七函，以词话形式评说清真、梦窗等人，共有六条，其中两条如下："陆辅之以清真之典丽、梦窗之字面为两家所长，此言殊可笑。若但如此，何人不能，真所谓微之识碔砆也。""清真不肯附和祥瑞，梦窗不肯攀援藩邸，襟度既同，自然玄契。诗云：'维其有之，是以似之。'"⑤前一条引陆辅之语，以为将清真的典丽、梦窗的字面视为两家所长，是误将碔砆作珠玉。"微之识碔砆"典出元好问《论诗三十首》，原文为："排比铺张特一途，藩篱如此亦区区。少陵自有连城璧，争奈微之识碔砆。"是元好问对元稹评论杜诗的再评论。元稹特重杜甫晚年所写的排律，给予极高评价。而元好问认为排律只是杜甫诗歌的一途，如果无视杜诗的核心精神，徒赏其排律之精美，是只见碔砆，无视珠玉，因此十

---

① 张尔田：《彊村语业序》，《彊村语业》。
② 龙榆生：《彊村词剩稿跋》，朱祖谋：《彊村词剩稿》，民国刻本。
③ 朱祖谋撰、龙榆生辑：《彊村老人评词》，《词话丛编》，第 4379 页。
④ 见余意：《陈洵致朱祖谋书廿一则》，《词学》二十六辑，华东师范大学出版社 2011 年版，第 301 页。
⑤ 余意整理：《陈洵致朱祖谋书廿一则》，《词学》二十六辑，第 305 页。原件保存于广州中山大学图书馆。

分可笑。此处陈洵将清真、梦窗比作杜甫,如果只看到两人的典丽和字面,无视两人词中的托兴,就像元稹"识碔砆"一样可笑。后一条则直接将清真、梦窗的词作与他们的为人联系起来。此条后来加上"襟度"的标题,收入《海绡说词》的总论部分。两条结合起来看,意思大致清楚,即清真、梦窗词的长处固然体现在多个方面,但主要是其为人和襟怀,至于典丽和字面,则是表面因素。朱祖谋十分赞同陈洵的观点,他在同年9月底的回函中说:"承示推演周吴,自为此道,独辟奥窔;若云俟人领会,则两公逮今,几及千年,试问领会者几人?"[1]结合陈洵信中批评陆辅之的话,则"试问领会者几人"的反问,明显是对当时人徒赏清真、梦窗守律之严、藻绘之丽的不满。再回过了头来看王鹏运引黄庭坚诗句,批评当时人学梦窗"但学兰亭面者",以及"六百年来真得髓者"只有彊村一人等话语,确实比较深刻。

正因为朱祖谋对梦窗的此种理解,他在给陈洵的信中说:"公学梦窗,可称得髓,胜处在神骨俱静,非躁心人所能窥见万一者,此事固关性分尔。"[2]又说"公词渐趋沉朴,窃以为美成具体。"[3]均非从字面、藻饰着眼。另外朱祖谋1931年8月为廖恩焘《忏盦词》删定词稿[4],在给廖氏的信中说:"胎息梦窗,潜气内转,专于顺逆伸缩处求索消息,故非貌似七宝楼台者所可同年而语。"[5]也对"貌似七宝楼台者"表示不满。另外,他在给徐鋆的信中说:"词至壬子后,一洗少作粉泽之态,可谓善变。"[6]同样表现出对"粉泽之态"的不满。在给夏承焘的信中说:"词则历落有风格,绝非涂附秾丽者所能梦见。"[7]也批评了"涂附秾丽者"。

可见,倡导思窈而沈,笔重而健,反对徒赏守律之严、藻绘之丽是朱祖谋重要的词学思想,一直贯穿于他的词集批评活动。

综合以上的阐述,我们认为朱祖谋的词集批评有几个特点:由人及词或由词及人,秉承知人论世、以意逆志的传统批评方法;接轸风骚,区别正变,延续常州词派的词学批评理念;审音辨律,雅志矜慎,注重以词体本身的特性作为批评的标准;思窈而沈,笔重而健,不徒赏守律之严、藻绘之丽,讲求词法的合理性和批评的现实针对性。朱祖谋的词集批评具有词人论词的特点,当行、严谨,并大致成体系,在当时词坛具有引领风气的作用。

---

① 刘斯翰整理:《朱孝臧致陈述叔书札》(十一通),陈洵著、刘斯翰笺注《海绡词笺注》"附录",上海古籍出版社2002年版,第502页。

② 刘斯翰整理:《朱孝臧致陈述叔书札》(十一通),《海绡词笺注》,第499页。

③ 刘斯翰整理:《朱孝臧致陈述叔书札》(十一通),《海绡词笺注》,第500页。

④ 据廖恩焘《忏庵词自识》:"辛未七月既望,归安朱彊村先生在病中,余自海外归沪上。赍六年来所为词百五十余首,亲诣就正。未获晤,留稿而去。一月后再访,则先生扶病起,以稿见还。汰存慢令百二十八首,殷殷劝付剞劂。重违先生宏奖之雅,镌版焉,即以先生题语弁简端。"廖恩焘《忏庵词》,民国印本。

⑤ 此信被廖恩涛置于卷首作为题辞。

⑥ 见朱祖谋:《澹卢诗余题词》,徐鋆《澹卢诗余》,民国刻本。按:题词原为朱祖谋的信,后被徐鋆置于卷首作为题词。

⑦ 见夏承焘:《天风阁学词日记》1930年12月5日条。

报刊体"文学话"与中国现代文学观念的普及[*]

华中师范大学　黄念然　杨瑞峰

随着晚清文学现场的突变,取义"文章博学"的传统文学观念在加入西学质素后,于内涵、外延等方面发生变构,开始统摄诗、词、文、小说、戏曲等诸多子目,并成了与哲学、史学等并列的人文学科门类。民国文学批评界敏锐地捕捉到了清末以来文学观念的递变,于是,在传统的话体文学批评(诗话、词话、曲话、小说话等)之外,大量专话"文学"的"文学话"应运而生。民国"文学话"的诞生,使得"文话"的范围得以拓展,这一拓展感性地体现于"文话"之专话"文章"与"文学话"之综话"文学"的职能分野。"文学话"的盛行大幅提升了晚清以来基本定型的中国现代文学观念在普通民众之中的普及性,并使其为更多的人所接受、所讨论,在集体言辞中更加明晰。以此为契机,"文学"因进入了大众话语体系,积极投合了民国时期整体社会的启蒙心境而获得了进一步的积极建构。

一、"文学"新变与民国"文学话"批评的兴起

传统话体文学批评中,"文话"的地位一直比较暧昧,并未受到应有的重视。清代张潮在《伯子论文题辞》中就曾感慨"古有诗话而无文话",同时代的阮元也曾有类似的说辞:"唐宋诗话多而文话少,而明以来四书文话更少,非无话也,无纂之者也。"①甚至连《辞源》《辞海》等大型辞书的词条中也是有诗话,却无"文话"。究其原委,首先是因为古时"文"的含义本身很模糊。在中国古代,"文"既指"纹身"②又指"文德"(如《逸周书·谥法解》之中的记载"经纬天地曰文,道德博文曰文,学勤好问曰文,慈惠爱民曰文,愍民惠礼曰文"),既指"礼制"(如《韩非子·解老》所谓"事有礼而礼有文;礼者,义之文也"),又指传统诗、文并称意义上的"文章"。需要特别注意的是,"文"作"文章"解,实际上也经历了一个复杂的涵化过程。在某种程度上,其"文章"的含义内化了作为"文章"表述基础的"文字"和表征"文章"审美特质的"文

---

　　*　**基金项目**:本文系 2015 年国家社会科学基金重大招标项目"民国话体文学批评文献整理与研究"(项目号15ZDB079)子课题"民国文学话文献整理与研究"的阶段性成果。

　　①　阮元:《研经室续集》(卷三),《四部丛刊》本。

　　②　一般认为,"文"最早的含义是指文理,花纹,例如学界通常认为《易·系辞下传》中所谓"物相杂,故曰文"、许慎《说文解字》"文,错画也。象交文。凡文之属,皆从文"之中的"文"都指"文理、花纹",但综合朱芳圃《殷周文字释丛》中对"文即文身之文,……文训错画,引申之义也"的考证和《甲骨文诂林》中"立人身上有文身"的说法来看,"文"之本义当是"文身"。

雅"(也作优美解)①。

"文""文章"等词义含混的基本情势在"文话"上得到了延承,并具体体现为"文话"起源论和"文话"界定论的双重迷思。目前学界普遍认为"文话"起源于宋代,此说的代表人物为王水照先生,他在自己主编的《历代文话》序言中明确指出:"随笔体的诗话、词话和文话,均起源于宋代。"②而王更生在其论作《开拓中国古代文学理论的新局——从整理"文话"谈起》一文中梳理"文话"发展脉络时,则上溯《尚书》《礼记》《论语》,下迄近代刘师培、吴曾祺、姚永朴、林纾、陈衍等的论文之作,大大误拓了"文话"疆界。其后,胡大磊又提出了"'文话'出现于隋唐"③的看法。总体而言,在"文话"的起源问题上,目前学界观点有倾向于统一的趋势,但仍存在很大的对话余地。

与此同时,"文话"的内涵也一直处于含混状态。袁茹在《"文话"考释》一文中通过史料搜集考证了"文话"的六项基本内涵:"文话"即"话古文"、"文话"即"话文学"、"文话"指"话故事"、"文话"即"文雅的话"、"文话"是"书面语和口头语的合称"、"文话"指"文言"。这一分类,在补辞典编纂之白的意义上是可行的,但在"文话"作为一种与诗话、词话位于同一序列的话体文学批评体式的意义上来看,则问题颇多。首先,认为"文话"即"文雅的话"、是"书面语和口头语的合称"、指"文言"的看法,背离了作者将其作为一个"古典文学批评史上的专门术语"去推究其基本意涵的初衷,是从纯语言学的角度所作的考索;其次,认为"文话"即"话故事"在严格的学理意义上来讲也有失妥当,因为既然"文话"是一种文学批评体式,那么其所"话"故事必然有其理论规定性,一般指文坛掌故或揭示某一文学批评原理的故事,而通常意义上所谓的民间故事,文学作品中所讲的故事自然不在其列④。

"文话"即"话文学"这种误解尤其值得注意,因为古代的"文"与"文学"并不是一回事。中国古代的"文"有"文章"之义,却无"文学"内涵,基于这一认识,学界对"文话"的研究疆界已经做了明确的界定:"文话是中国古代文学批评的重要著作体裁,它以话文为主要性质,分析品评作家作品,记录本事丛谈,阐释文章演进轨迹,叙述文章流派递嬗,并结合具体作品而杂以考订、辩伪、辑佚等多方面内容,形式多样,内涵丰富,是以专集形式出现的文章学著作⑤。有学者认为"文话"即"话文学"的主要原因在于他们想当然地认为中国古代所谓的

---

① 关于"文字"之义,《左传·昭公元年》之中的"于文,皿虫为蛊"杜预注为"文、字也",朱熹在《四书章句集注·孟子集注》中解释《孟子·万章上》"此莫非王事,我独贤劳也。故说诗者,不以文害辞,不以辞害志。"中"文"的含义时也说:"文,字也。"关于"文雅(优美)"之义,《周易·系辞下》之中有"其旨远,其辞文"的说法,很明显,这里的"文"与"远"相对,处于修饰性位置,当为形容词,作"文雅""优美"解。

② 王水照:《历代文话序》,《历代文话》第一册,复旦大学出版社 2007 年版,第 1 页。

③ 胡大雷:《"文笔之辨"与中国文章学的成立——"文话"出现于隋唐考辨》,《社会科学研究》2013 年第 2 期,第 170 页。

④ 袁茹在《"文话"考释》一文中论证"文话"有"话故事"这一含义时,完全背离了将其视之为一种文学批评体式的初衷,其所举证也均在话体文学批评的预设范围之外展开。例如,文章在证明作者的论断时,首先以唐传奇《李娃传》是白行简根据自己听到的《一枝花话》改编的为例,很显然,这是在文学创作而不是在文学批评的层面进行立论的。其次,文章又以郑振铎《民族文话》中所谓的"文话"都是以通俗的文字记录评述历代文学作品中有关民族大义的英雄故事,向读者宣传爱国主义思想为例进行论辩,这里有两个问题:第一,"文话"的"文"指古代诗文并置意义上的"古文"(散文),而不是文字,更不是历代不分体裁的所有文学作品;第二,既然其所评述的对象是有关民族大义的英雄故事,其目的又是宣传爱国主义思想,那就与纯粹的文学理论、文学批评相去甚远。引文参见袁茹:《"文话"考释》,《辞书研究》2010 年第 3 期,第 185—185 页。

⑤ 慈波:《文话研究引论》,《江海学刊》2006 年第 3 期,第 145 页。

"文"（文章）就是现代意义上包含诗、词、赋、散文、戏曲、小说等在内的"文学"。比如袁茹在考证这一观点时就说："'文'，又指'文学'，文学样式包括诗歌、散文、小说、戏剧等。"①而早前的王更生也曾说道："唐宋以下至近代的文话，可分散文话、四六话、辞赋话，以及小说话。"②实际上，现今中国通行的包含小说、戏曲在内的"文学"，并非中国传统文化语境中顺延而得的产物，而是在异域思想的助推下经现代性洗礼才得以确立的新式范畴。大致说来，秦汉时期，"文学"的内涵经历了由"文"和"学"各自独立的含义凝结起来，形成最初的文学用例，继而在不同思想家的论述里以要么侧重"文"的质素，要么侧重"学"（学术、学问等）的质素为基本表征的初步形态。在这一阶段，"文学"的内涵波及"经学""儒学""文章""博学""礼法制度"以及"学经之人"等，指向驳杂，但总体偏重于"学"的含义。魏晋南北朝随着"文学自觉"进程的展开，"文学"概念又呈现出了总体上重"文"抑"学"的基本状貌。隋唐以降，"文学"的词义更为丰富，一方面，"文学"仍指对上古文献的学习、研究，带有行为实践的动态特质，另一方面，固有的"文学"内涵依然播布甚广，但总体而言，这一时期的"文学"概念更侧重于"文章"之义。可以说，隋唐以来纷杂的"文学"内涵在清末民初之前于不同层面、在不同流派的学术论说里回响不绝，构成了其后很长一段时期内"文学"探论的基本理据。故此，产生于隋唐之后的"文话"也就自然是一种文章学意义上的话体文学批评。而清末民初之后产生，并为今人随意支取的"文学/literature"概念，"在中西文化的历史进程中也并非古已有之"，而是"历史古今演绎的结果"，在思想史、文化史的意义上来看，"包含了中西对接的历史面相③；在具体内涵方面讲，一方面褪却了传统文章学意义上以道统为核心、以伦理为主导的"道之文"色彩，另一方面又因将戏曲、小说等"君子弗为"的"小道"纳入其文体范围，重视个人情感的生发与表达从而走向了"心之文"的轨道。所以，民国新兴的"文学话"是顺应"文学"新变而新生的一种话体文学批评体式，对传统"文话"的体式特征有所延续，却并非同一事物的不同称谓。

民国时期，出现了不少"文学话"，如《文学杂话》《文学细话》《文学琐话》《文学漫谈》《文学漫话一打》《文学随话》《谈文学》《谈谈文学》《文坛逸话》等。出现"文学话"这种形式，说明传统的"话体"文学批评能够及时地关注文学界动态，适应文学新思潮的发展而做出反应和探索。遗憾的是，迄今为止，"文话"与"文学话"之间还存在严重的乱体现象，受其影响，对"文学话"的研究遭到了"文话"研究的压抑，仍处于被遮蔽状态，导致"文学话"这种文学批评体式一直未能引起文学批评界的重视，如赵景深于1927—1930年在《小说月报》上连载《现代文坛杂话》共253篇，至今无人整理，而关于民国"文学话"的研究成果更是基本阙如。

民国"文学话"主要探讨文学的性质、体裁、特征、作法等文学理论基本问题，因而是不分文体地综论文学的一种话体文学批评，其综论特性确立于中国古代传统文学观念实现现代转型的基础上，因而，"文学话"与"文学"之间的关系主要体现在互为应答的两个层面：首先，现代性"文学"观念的形成是"文学话"得以产生的先决条件；其次，"文学话"的发展演变又促使新生的现代文学观念借助其丰富多元的理论载体和浅显易懂的言说风格进入了大众话语体系，在"普及即建构"的意义上得到了进一步的完善。

---

① 袁茹：《"文话"考释》，《辞书研究》2010年第3期，第185页。
② 王更生：《开拓中国古代文学理论的新局——从整理"文话"谈起》，《学术月刊》1994年第4期，第83页。
③ 余来明：《"文学"概念史》，人民文学出版社2016年版，第1页。

二、报刊体"文学话"与"文学"言说方式的异变

荷兰学者贺麦晓(Michel Hockx)认为,中华民国时期(1911—1949)的文学实践有两个显著的特点:一是"作家特别喜爱在文学社团中工作";二是"作家热爱在文学杂志上发表作品"①。如果把这两个特点引介到民国文学理论界,也是适用的。19世纪晚期,随着现代印刷技术在上海出现,定期出版的文学报刊以其低成本、高频率的发行优势开始主宰文学阅读市场。于是,很多优秀的文学作品和深刻的文艺理论批评文章也通过报刊这种新兴媒介得以传播。"文学话"这一极具民国特色的话体文学批评体式正是在这样的时代背景下诞生的。作为民国新生的话体文学批评体式,"文学话"以现代文学观念为主要探讨对象,以大量的文学报刊为主要载体。于是,其话语风格的形成也在其论述"对象"与"载体"的相互关系中滋生。

作为传统话体文学批评的民国变种,文学话在延续了传统话体文学批评语体性征的同时,又对其进行了改造,而这种改造得以实现的首要条件则是民国"谈话风"的确立。关于"谈话风"的缘起,可以追溯到1921年6月8日周作人署名"子严"发表在《晨报》第七版上的一篇短论,即后来收入《谈虎集》的《美文》。在这篇短论中,周作人说道:"外国文学里有一种所谓论文,其中大约可以分为两类。一是批评的,是学术性的。二是记述的,是艺术性的,又称作美文,这里边又可分出叙事与抒情,但也很多两者夹杂的。……读好的美文,如读散文诗,因为它实在是诗与散文中间的桥。中国古文里的序,记与说等,也可以说是美文的一类。"②可见,周作人所谓的"美文",首先是一种"论文",但又与传统意义上纯粹说理的论文有所不同,它能给人一种"如读散文诗"般的感受,因而是一种具有诗化特质的论文。其后,周作人又在《中国新文学大系散文一集·导言》里变相对他所倡导的"美文"做了进一步阐释:"无论一个人怎样爱惜他自己所做的文章,我总不能说上边的这两节(笔者注:指周作人《祖先崇拜》一文中的首两节)写得好,它只是顽强地主张自己的意见,至多能说得理圆,却没有什么余情。"③为了批评这种"至多能说得理圆,却没有什么余情"的文风,周作人例举了《美文》全文,对此,刘绪源先生颇有见地地解释道:"从这里不难看出,他所强调的'论文'的'诗化的性质',最根本的,还是在'论文'之中,要能容纳这种真实的'余情'。用我们现在的话说,也就是要写得从容、随意、丰饶,有余味,耐咀嚼。"④

周作人所提倡的这种"有余情"的文章,后来被胡适纳入了白话散文,并以"小品散文"名之,对其特性,胡适归纳为"用平淡的谈话,包藏着深刻的意味"⑤,此后,经周作人在理论上倡导,实践中开风气之先的"美文"之语体特性便在五四之后被称为"谈话风"。关于"谈话风"涉足领域之广,刘绪源先生说道:"一说到'谈话'风,我们总是把它归结到散文批评中去,或是看做散文的语言风格的一种,只在文学批评的一个分支中占了一席之地。而其实,'谈话

① [荷兰]贺麦晓:《文体问题——现代中国的文学社团和文学杂志(1911—1937)》,陈太胜译,北京大学出版社2016年版,第1页。
② 周作人:《美文》。见阿英:《现代十六家小品·序》,《现代十六家小品》,光明书局1935年版,第1页。
③ 周作人:《中国新文学大系·散文一集导言》,《中国新文学大系·散文一集》,良友图书印刷公司1935年版。
④ 刘绪源:《今文渊源——近百年中国文章之变》,青岛出版社2016年版,第5页。
⑤ 胡适:《五十年来中国之文学》。见《胡适学术文集·新文学运动》,中华书局1993年版,第160页。

风'的出现,不仅影响到散文,也同样影响到小说创作,影响到学术批评,影响到中国文学的各个方面,甚至可以说,这正是中国文学古今演变的标志之一呢。"①的确,这种抹煞了文体边界,追求个性化表达的语体特征迅速发展并且渗入到文学理论、文学批评中去,成了一种流贯时代的文风。

"谈话风"一经确立,便很快在"文学话"中得到了应用。原因首先在于作为话体文学批评之一种,"文学话"在语体特征方面本身就与"谈话风"所希求的审美特质深度切合,这一点,从其表现形态与命名习惯中就可看出,"其主要表现形态为笔记体、随笔型、漫谈式,凡论理、录事、品人、志传、说法、评书、考索、摘句等均或用之,其题名除直接缀以'话'字之外,尤在民国期间往往用'说'、'谈'、'记'、'丛谈'、'闲谈'、'笔谈'、'枝谈'、'琐谈'、'谈丛'、'随笔'、'漫笔'、'卮言'、'闲评'、'漫评'、'杂考'、'札记'、'管见'、'拾隽'等名目,也给人以一种'散'的感觉"②。同时,"谈话风"一经与"文学话"结合,便焕发出了更为蓬勃的生命力。由于"谈话风"文章大多率性而为,思绪跳荡,而"文学话"又不讲求逻辑严密,"随意"发挥,所以其结合使得民国报刊成了"文学话"的最佳载体。因为这种话体批评文章一般篇幅不长,且大多分则论述,因而更适合刊登在影响力大且出刊频繁的报刊上③。比如蓬生发表在《亚光周刊》第二卷第三期上的《文学漫话一打》,叙述架构与王国维的《人间词话》颇为相似,全文一共十二则,分别论述了"文学与社会、个人之间的关系","中国文学的殉情主义传统","文学思潮的产生","文学在表面上的倾向","古典主义的文艺"(五、六则),"浪漫主义的文艺"(七、八、九则),"自然主义文艺"(十、十一则),"文学的主题"等八个问题,各则论述主题均与文学相关,且显现了对"文学"这一范畴现代性转换的理论自觉和世界视野,但各则之间又各有独立旨归,并未按照严格的理论性文章进行深入、系统、逻辑严密的论述。论述风格上往往浅显易懂,点到为止,不做深入地学理探源,比如第十二则:"文学上所谓主题,即凡一个作家他都有客观的现实,他把这个客观的现实,加以整理,加以描写,这个作者的观点,就是主题。"④

文学报刊频繁的出刊率加之"文学话"鲜明的"谈话风"色彩,与传统意义上纯学理性的文学批评论著判然有别。知识精英的理论见地介入到大众表达的话语机制中,又糅和着现代性的情怀,加之诸如浪漫主义、自然主义等异域文学眼界的辐射,既有精深的理论洞见,又有缓缓流溢的"本我意识",便构成了所谓的"美文",使得现代性文学观念及其基本理论问题的讨论在普通民众之中的接受度大大增加,进而促使现代文学观念迅速全面地进入大众话语体系。

三、报刊体"文学话"与"文学"言说主体的位移

诚然,"文学话"之所以相较其他批评体式而言,更容易进入大众话语体系,首先是因为它在很好地利用了文学期刊的传播效力的同时将其与"谈话风"这种语体做了很好地结合。

---

① 刘绪源:《今文渊源——近百年中国文章之变》,青岛出版社 2016 年版,第 8—9 页。
② 黄霖:《应当重视民国话体文学批评的研究》,《复旦学报(社会科学版)》,2017 年第 3 期,第 76 页。
③ 类似的情形周作人曾有描述,他曾说:"《晨报》第七版不久改成副刊,是《中国日报》副刊的起首老店,影响于文坛者颇大,因为每日出版,适宜于发表杂感短文,比月刊周刊便利得多,写文章的人自然也多起来了。以后美文的名称虽然未通行,事实上这种文章却渐渐发达,很有自成一部门的可能。"见周作人:《中国新文学大系·散文一集导言》,《中国新文学大系·散文一集》,良友图书印刷公司 1935 年版。
④ 蓬生:《文学漫话一打》,《亚光周刊》,1936 年版,第 2 卷第 3 期,第 17 页。

这样一来,论述对象/内容("文学")、语体特性、论述形式都发生了变化。然而,更值得注意的是,这种"变化"的背后潜藏着一个更值得我们警觉的核心观念——在关乎文学批评体式的语言风格、形式和内容的论辩中,"理论家"的学缘结构、个人背景同样也应该被考虑进去。因为"正是这种个人、社会和文本的混杂,才返回到了经典的'体'或'规范形式'(normative form)的概念"①。这就意味着,在我们研究民国"文学话"时,其撰述主体与批评主题、语体风格等必须被视为同一审美经验之中的对等成分来看待。无独有偶,各文学报刊所载"文学话"的作者身份与其审美属性之间的关联很好地验证了上述理论臆想,并为我们探秘报刊体"文学话"与"文学"概念的大众言说之间的另一重隐秘关联开启了一个合乎情理的突破口,那就是,在"文学话"领域,出现了"文学"言说主体身份底层化的位移现象。

传统文学批评中,处于文化高势位一端的知识精英向处于文化低势位的普通民众"灌输"文论知识是一种行为惯性。即使是最"自由率性""充满人间趣味"的诗话、词话、曲话、序跋、小说评点等,尽管在正统文人看来,多少带有"小道"的意味,难登大雅之堂,但于普通民众而言,也有一定距离。这种现象的产生当然更多的与传统文化体制及这一体制之中"文章"必备的"道统伦理"性质有关,但也与语言(文言)的晦涩不无关系。民国时期,随着"文学话"的兴起,这一延续千年的批评传统遭遇了前所未有的挑战,在语言改制(白话文兴起)与语体变异("谈话风"的确立)的双重压力之下,知识精英不得不将文学批评的部分话语权移交给普通民众,"文学话""全民批评"的特质因此得以凸显。

于是我们看到,在报刊刊载的"文学话"中,出现了许多与主流文学史、文学批评史落落寡合的名字,这其中,有的人是中学生,有的人是某报刊的普通读者,有的人是不知名的文人,尽管他们的"文学话"作品泥沙俱下,良莠不齐,但却与文坛主流话语之内的文学批评作品大不相同,是未经秩序化,未被等级化的。由这些因作者身份而显得更为小众的"文学话"进入民国"文学话"批评,一方面有助于我们了解该批评体式在民国时期的普及性与民众参与度,进而通过探求其成因核定其文论价值,另一方面,更有助于我们进入在后设的文论史叙述中业已消失的"文学批评现场",对民国时期文学批评的整体生态有所了解。

以中学生的"文学话"为例就很能说明问题。在中学生的"文学话"作品中,张标发表在1937年创刊的《江汉思潮》上的《谈谈文学》一文极具代表性,该文认为,"文学的要素"应该包括"真挚的情感""永久的生命""合于国民的心理""艺术的手腕""正确的思想"和"神秘的组合"等六点。文中不乏洞见,譬如,作者认为情感的真挚是文学的第一要素,因为"雕琢和抄袭的文章,当然不是出乎做者的真意,当然不是纯文学。"②更为重要的是,作者已经意识到并反复阐述自己的"读者意识",比如在讨论情感的重要性时,他认为情感不真挚的作品还有一大害处就是"大有害于一般的读者"。同样,在论述文学如何"合于国民的心理"时,作者认为,所谓"合乎国民的心理"的文学,就是那种不"故意雕琢",不"爱用古典冷字",因而通俗易懂,能为普通大众所接受、理解的文学。对于作家而言,就得放下"词章大家的架子",使其作品由"偏重贵族"化向晓畅明白化发展。这里不难看出郑振铎、周作人等人文学观念的影子,而作者敦厚的学识及其对主流文艺观念的心领神会亦由此可见一斑。再比如,在讨论"永久

---

① 〔荷兰〕贺麦晓:《文体问题——现代中国的文学社团和文学杂志(1911—1937)》,陈太胜译,北京大学出版社2016年版,第31页。

② 张标:《谈谈文学》,《江汉思潮》,1936年版,第4卷第4期,第44页。

的生命"这一要素时，作者认为古人的文学多半"是自私自利的个人主义的文学，不是社会的文学，不是平民的文学，不是供人实用的文学。是谈鬼说怪的文学，是为帝王将士作言行录的文学，是描写风花雪月才子佳人的文学。这些，绝对没有益人生，绝对无所谓文学的资格。"①对中国古代文学持基本否定的态度固然有失偏颇，但在现代性文学观念的浸染之下，能作出如此"大胆"的论断，就作者作为一个"中学生"的身份来看，也很好地展示了其学术魄力和独特文学观念的基本面相。此外，作者对文学与语言文字之关系的看法，对当时文学的"娱乐化"倾向的批判，对世界文学名著译作的呼吁等以现今评古时，以世界看中国的看法都极具思想价值。如果抛却"中学生"的身份，任意署上某一主流文论界认可的理论大家之名，也足以以假乱真，引起学术界的重视。

报刊体文学话之所以能够促进文学言说主体的位移，进而促进现代文学观念的大众传播，还与民国报刊本身的"民间化"倾向和大量"话体"批评专栏的设置密切相关。"在现代传媒影响下，中国文学公共领域的形成，有三大要素至关重要，一是报纸，二是期刊杂志，三是文学社团。"②其中，作为"文学话"重要载体的报刊，自面世伊始，就带有强烈的公众化诉求。这种"公众化诉求"不仅表现为一种通俗化的语言风格，而且更内在地指向一组文学论述、文学接受与文学生态的编码形式，因此对于民国时期文学创作、文学生产与文学批评的基本样态可以提供极大的对话空间。在这种公众化倾向的形成过程中，充当主要角色的是语言的变异。白话文出现后，大多文学报刊都兴起了摒弃文言、采用白话的办刊理念，并将其发行对象定位为底层大众。如《民报》早在1876年3月30日增出的二日刊发刊词中就明确说道："本报专为民间所设，故字句俱如寻常说话，每句人名地名，尽行标明，庶几稍识字者，便于解释。"《中国白话报》发刊词，也明确其发行对象为"种田的、做手艺的、做买卖的、当兵的，以及那十几岁小孩子阿哥、姑娘们"③。在办刊理念的民众化倾向上，早期的期刊杂志与报纸达成了共识，都将其对象定位为一般读者，并希望期刊的出现能够达到使"浅识者可以明白，愚者可以成得智，恶者可以改就善，善者可以进诸德"④的效果。晚清以来流贯不息的报刊底层化倾向发展到民国中期，便表现为一大批具有明显"话体"特征的文艺批评专栏的设置。如《浙江青年》杂志于1936年开辟的"文艺讲话"栏目，《读书生活》杂志、《五洲》杂志分别于1934年、1936年开辟的"文学讲话"栏目，《新亚》《矛盾月刊》《读书周报》《礼拜六》《大众知识》等杂志分别于1934年、1935年、1936年开辟的"文学讲座"栏目等⑤。这些专栏的设置，

---

① 张标：《谈谈文学》，《江汉思潮》，1936年版，第4卷第4期，第45页。
② 黄霖主编，付建舟、黄念然、刘再华著：《近现代中国文论的转型》，上海古籍出版社2015年版，第36页。
③ 林白水：《中国白话报发刊词》，《中国白话报》，第1期，1903年12月。
④ William Milne：《〈察世俗每月统纪传〉序》，《察世俗每月统纪传》，第1卷第1号，1815年8月。
⑤ 民国时期许多文艺期刊都开辟了与话体文学批评命名相似的文艺批评专栏，里面的确刊载了大量的"文学话"，比如，《读书生活》的"文学讲话"栏目刊载了赵景深"作文谈话"系列文章；《读书周报》上的"文学讲座栏目"连载了洪为法的"文学讲话"系列文章；《浙江青年》"文艺讲话"栏目刊载了许杰探讨文学问题的系列文章；《小说月报》则连续两年的时间为赵景深开辟"现代文坛杂话"专栏，发表了其145则"文学话"作品。[对于这种某一理论家集中在某一专栏发表的"文学话"，我们在整理研究的过程中，最好以专栏名命名，并将其视作一篇（编）文学话，这样一来，整理资料时有助于保证文学话的体系完备，进行研究时则有助于全面深入地了解某一单个理论家的文学话批评特性及其理论侧重点。]但与此同时，我们还需注意辨析，因为并非所有刊物开辟的类似"文学话"批评专栏里的文章都是"文学话"，名实错位的现象也时有发生。比如，《监政周刊》1935年开辟了"文学漫谈"栏目，但其所刊载的系列文章却并非讨论文学理论、文坛逸事等问题的"文学话"，而多是一些题名为"点绛唇""蝶恋花""洞仙歌"之类的古体诗词文学作品。

为"文学话"创作者提供了"成果展示"的载体和渠道,虽然其中较为典型的"文学话"多为"名家"之作,但也不乏普通民众、一般读者的积极参与,因而也是"文学"言说主体实现由知识精英向普通民众位移的表征一端。

四、结语

民国"文学话"的兴起建基于晚清以来中国传统文学观念的现代转型,传统话体文学批评的民国态质也在这一转型的脉络中得以具体呈现,除了延续逻辑上富有弹性,文字表述以"娓谈"为基调的"话"性特征从而保证其体式独立外,诗话、词话、曲话、小说话、戏曲话等既有话体文学批评都在文学观念的转型框架中作了相应的自我调试。作为新生的话体文学批评,"文学话"更是以其所话对象的现代性、批评内容的综合性、批评主体的广泛性等特质拓展了话体文学批评的固有版图,也有力地见证并促进了传统文学观念现代转型的历史进程。民国"文学话"以现代文学观念为批评对象,这是其区别于传统"文话"的逻辑起点,同时也是我们研究民国"文学话"的切入点。但"文学话"与"文学"之间的关系却远非如此单维,它还更为深刻地体现在另一个层面上,即"文学话"本身的发展演变又促使新生的现代文学观念借助其文本载体和语体特性进入了大众话语体系,为更多的人所了解,所讨论,从而实现了进一步的积极建构。就文本载体而言,民国"文学话"可分为单行本的批评专著、报纸所载"文学话"与期刊所载文学话三种。三者中,以后两者尤为重要。首先,许多专著体文学话均为作者事先零散发表于各文学报刊的话体文学批评文章的结集;其次,报刊自身独特性与"文学话"体式特征的结合更有力地推动了现代文学观念的普及,具体而言,这种普及是通过文学言说方式的异变与文学言说主体的位移实现的。传统文学批评叙述中,"文学话"是缺席的,这种缺席固然与话体文学批评本身的边缘化不无关系,但也显示了主流文学批评的不良惯性。通常意义上的文学批评,带有鲜明的精英化倾向,批评对象不是经典文本便是著名理论家,这种批评范式固然可以很好地反映特定时空文学批评的主体面相,却无法全面揭示文学批评的历史本相。通过民国"文学话"批评文献的整理与研究,这种不良倾向的弊端必然得到全面的揭示,其本真、天然、活态的理论寄生场域、多元化的理论载体,与文学观念变迁天然绾结且几近同步的理论演变轨迹在披露传统文学批评中精英意识之傲慢的同时,也告诉我们,脱离了文学现场的经典理论叙事是残破而暧昧的。唯有意识到这一点,进而回归史料、回归原生态的文学批评场域,传统文学批评版图不完整、体系单维化、视野局限化、思维西式化等一系列问题才能得到一定程度的有效补救。

朱光潜与民国"文学话"的创构

——以《谈美》和《谈文学》为例

华中师范大学　　黄念然

朱光潜是现代著名的文艺理论家、美学家,他在民国时期写下了大量颇具学术价值的理论著作。其中,《文艺心理学》和《诗论》备受学术界称赞,而多次重印、产生了广泛社会影响的《谈美》和《谈文学》,对青年学生影响尤大。甚至可以说,当时以及当代很多青年学人对朱光潜的了解并非始自他那些学术性、学理性极强的著作,而是这两部经典作品。以往学界常常将其完全看作纯学理性的"美学原理"或"文学原理"著作,这种观点是值得商榷的。实际上,它们既具有民国时期"话体"文学批评的典型特征,也暗含了朱光潜对传统"话体"文学批评的现代改造。此外,由于在内容方面,《谈美》一书涉及了许多文艺学基本原理问题,所以本文将其与《谈文学》一道视为民国"文学话"来看。

一、"话体"文学批评与民国"文学话"

话体文学批评,指的是那些既不同于传统文学批评中诸如序跋、评点、论诗诗、曲谱、词谱、单篇论文等批评文体,也有别于现代有系统、成体系的文学论著的独成一编(篇)的理论著述。其在内容上,可论理、可录事、可品人、可志传、可说法、可评书、可考索、可摘句;在表达形式上则以笔记体、随笔型、漫谈式为主,因而是一种非常具有中国民族特色的文学批评体式。在话体文学批评的整体框架内,"诗话""词话""文话""曲话"等都是中国传统文学批评的重要形式。

就"文话"而言,虽说古代"文"的概念内涵丰富,在有些语境中它也可以用来指称"诗"(如真德秀的《文章正宗》),甚至还可以用来泛指小说、戏曲乃至"一切之文学"(如金圣叹),但随着古人文体自觉意识的强化,"文"主要集中地用来指称与"诗"并称"诗文"的"散文",亦即与诗词相对的"古文"(或现代惯称的"散文")、"辞赋""骈文"之类,因此,那些论述对象为历代古文(散文)、辞赋、骈文、时文及其具体作家、作品的话体文学批评作品便是传统意义上所谓的"文话"或"文(章)话"。

而与宋代谢伋《四六谈尘》、吕祖谦《古文关键》、谢枋得《文章轨范》这类主要涉及古文或骈文的"文(章)话"不同,民国时期出现了一种新的话体文学批评体式——"文学话"。所谓"文学话",是综论或不分文体地论述"文学"的一种话体批评方式,该批评方式与古代"文话"有很多相似、相通或承续之处,在其漫谈、散议的基本品格中依然可见传统"文话"的余绪。其题名除直接用"话"之外,还往往用"说""谈""记""丛谈""闲谈""笔谈""枝谈""琐谈""随笔""卮言""闲评""漫笔""谈丛""杂考""札记""管见""拾隽""漫评"等等,同样给人以一种"散"的感觉,但从其内容上看,又有明显的不同,即它以文学为总体观照对象,主要探讨文学的本体、本质、基本特征、构成要素、活动空间及研究方法等问题,较少或基本不涉及具体文学现象或具体文类,如诗格、词法、小说或戏曲的叙事等。因而同"诗话""词话""文话""小说话""曲话"等在内容上有着明显的区别,是民国"话体"文学批评中一道别样的风景。

民国"文学话"的大量涌现,有其特殊的时代与文化原因。民国时期,文艺思想及其表述形式呈现出鲜明的新旧杂陈、中西碰撞的特点,一方面,传统的文话形式仍然得以保存与发展。如民国初期姚永朴的《文学研究法》卷三所论之性情、神理、气味等,基本上是承接桐城派义法论的余脉,文学观念上也十分陈旧,但其卷一"起原"篇中论"言志""根本"篇中论"文质""范围"篇中论"文理"与"文道"等,则又有试图超越旧有的文章学范轨从而上升到文学本质论、文学特征论、文学方法论等层面以扩展文学研究视野的企图。另一方面,西方近现代以来的文学理论言说方式及文体形式又逐渐为国人了解并研习,"文学话"因而取得了更为长足的发展。其突出表现是:一、大量文学概论形式的专书、讲稿或随笔出现,换之以"论""评""概论""讲义""讲座""大纲""通论""研究"等,如唐文治《文学讲义》、老舍的《文学概论讲义》、朱湘的《文学闲谈》、巴人的《文学读本》、夏丏尊的《文艺讲座》和《文艺论 ABC》、朱光潜的《谈文学》与《谈美》、胡斗南的《文艺十二讲》、何典的《文艺漫谈》、李广田的《文艺书简》等。比如,朱湘的《文学闲谈》阐述了作者的纯文学理论、比较诗学和异域文学观念,该著深入浅出,旁征博引,既能引起读者的阅读兴趣,又能拓展读者的文化视野。又如李广田的《文艺书简》。其内容涉及:客观事实与作品的真实性;人的年龄的增长与人格的成长;从散文与诗歌、小说的异同看散文的本质;为欣赏而阅读到用批评的态度去阅读;写作的内容、技巧与生活等文学基本问题,在论题上各有其独立性,形式上又具有鲜明的书信体、恳谈式的话体特征。二、出现大量散见于各类期刊杂志上的"文学话"专文。如署名"秀"的《文学漫话》、蓬生的《文学漫话一打》、署名"未"的《文学漫谈》,大白的《随便谈几句文学上的话》、罗黑芷的《文学漫谈》、许钦文的《文学细话》等。三、各类报纸杂志上话体文艺批评专栏的开设。如《春光》杂志于 1934 年开辟的"文艺座谈"栏目,《文学旬刊》开辟的"杂谈"栏目等,往往以专题的形式,集中讨论文学原理与文学批评基本问题,也极大地促进了"文学话"这一批评形式的繁荣。四、一些著名文学理论家批评家参与"文学话"的写作。其中著名的专论、专篇有鲁迅的《门外文谈》、茅盾的《杂谈——文学与常识》、俞平伯的《常识的文艺谈》、阿英的《谈文学》、梁遇春的《文艺杂话》、郭沫若的《文艺与科学》、周扬的《文学与生活漫谈》等等。其共同特点都是从一般文章学层面跃升到文学理论与批评层面去综论文学。

上述现象说明,民国以来的"文学话"与传统文话主要作为一种写作学论著不同,其范围远远超越了时文写作,不仅仅阐述普适性的文章写作规则,更有文学理论层面的总体观照、阐释与论述。这些"文学话"在新旧文化交替的历史变动之际,对文学本体论、体裁论、创作论、鉴赏论与批评论等提出了不少创新性见解,值得充分重视,民国"文学话"进行价值阐释具有重要的理论意义。首先,通过民国"文学话"资料的整理与研究可以更全面、客观地描述民国文学批评的真实演进历史和批评全貌。其次,通过考察民国"文学话"在新的历史文化条件下所发生的内容与形式方面的重大转型,可以在民国独特的文化生态和文艺生态中更深入、全面地阐释民国文学批评传统性与时代性相互交织的特征。第三,通过深入评估民国

"文学话"对中国文学理论与批评的重要贡献，特别是相比于传统文话，民国"文学话"在文学观念、批评理念、批评形态等方面所提供的重要文学理论价值，以及对传统文话的重要推进作用，可以帮助我们着力发掘民国"文学话"在当代文学理论与批评体系建构中的重要作用。

二、《谈美》《谈文学》的"文学话"特质

在朱光潜的学术著作中，有不少是逻辑论证极为严密、理论性非常强、影响极大的著作，如《文艺心理学》《悲剧心理学》《变态心理学》《诗论》等。《悲剧心理学》一书，是他在法国斯特拉斯堡大学进修了三年，在心理学系主任夏尔·布朗达尔教授（Prof. Charles Blondel）和波兰人科绪尔教授（Prof. A. Kozsul）的悉心指导下，用英文完成的博士论文，该著于 1933 年由斯特拉斯堡大学出版社出版。大概是考虑到西方人的思维习惯和行文特点，这本书是典型的"高头讲章"式的学理性极强的著作。从第一章绪论"问题的提出与全书提要"到第十三章"总结与结论"形成了一个结构严谨的论述系统。其《诗论》和《文艺心理学》可以说是姐妹篇。《文艺心理学》旨在"把文艺的创造和欣赏当作心理的事实去研究，从事实中归纳得一些可适用于文艺批评的原理"[①]，是一部"从心理学观点研究出来的'美学'"。《诗论》则旨在应用《文艺心理学》的基本原理去"讨论诗的问题，同时，对于中国诗作一种学理的研究"[②]。朱光潜在其中系统地阐述了中国诗的音律创造问题及其后来走上律诗道路的原因，并用中国诗论去印证西方诗论，又用西方诗论去解释中国诗，目的是寻求一种能够称得上具有普遍意义的诗学美学。总而言之，《诗论》作为朱先生自认"比较有点独到见解"的成果，"以其谨严的逻辑体系和自觉的理论思维、现代批评方法的借鉴运用以及一些颇有创见的理论主张取得了巨大成功。它既沟通了中国诗学与西方诗学的联系，也在新的文化语境中赋予中国传统文学批评鲜活的生命，显示了中国现代文学批评的实绩"[③]。

而在《谈美》与《谈文学》中，这种高度"理性"的话语模式并不多见，更多的是极为通俗的"对话体"。朱光潜曾撰写《谈对话体》一文对说理文的行文风格发表看法，并强调道："本文所谈的对话专指不是戏剧、小说或历史，而是自成一种特殊体裁叫作'对话'（dialogue）的那一类，像柏拉图的许多著作。"[④]实际上，所谓"对话体"与为人所熟知的民国"谈话风"气脉相通。民国时期，由于语言变革及知识分子学缘结构变化的影响，文学创作与文学批评领域中"谈话风"盛行，前者以朱自清为代表[⑤]，而后者则可以朱光潜为典范。在《谈美》和《谈文学》这两部著作中，朱光潜非常注意用通俗易懂的方式和明白如话的语言将高深古奥的美学问题或文学原理问题讲得深入浅出，引人入胜。此外，在朱光潜看来，"对话体特别宜于论事说理"的一个重要原因是这种体式凸显了思想观念领域中"宾"的重要价值，从而使得理论观点

---

①　朱光潜：《文艺心理学》，《朱光潜全集》（1），安徽教育出版社 1987 年版，第 197 页。

②　朱光潜：《文艺心理学·序言》，《朱光潜全集》（1），安徽教育出版社 1987 年版，第 200 页。

③　文学武：《中国传统文学批评的创造性转换——以朱光潜〈诗论〉为中心的研究》，《上海交通大学学报》（哲学社会科学版）2012 年第 5 期，第 83 页。

④　朱光潜：《谈对话体》，《朱光潜全集》（9），安徽教育出版社 1987 年版，第 459 页。

⑤　朱自清的写作平淡而优美，有雅怀，多以娓谈风见长，想到哪里写到哪里，并不刻意组织行文结构，因而具有鲜明的宛如谈话般舒缓的格调，故而其创作风格被学界称之为"谈话风"的典范。

的阐发能够避免片面、主观等不良效果的产生①。要重视"宾"的价值,就要预设行文的"呼应结构",因此,朱光潜在《谈美》②的"开场话"中就明确将他所谈的对象定位于"朋友",将他的讲述方式定位于给自己的弟弟妹妹们写回信:

> 朋友:
>
> 从写十二封信给你之后,我已经歇三年没有和你通消息了……在写这封信之前,我曾经费过一年的光阴写了一部《文艺心理学》。这里所说的话大半在那里已经说过,我何必又多此一举呢? 在那部书里我向专门研究美学的人说话,免不了引经据典,带有几分掉书囊的气味;在这里我只是向一位亲密的朋友随便谈谈,竭力求明白晓畅。在写《文艺心理学》时,我要先看几十部书才敢下笔写一章;在写这封信时,我和平时写信给我的弟弟妹妹一样,面前一张纸,手里一管笔,想到什么便写什么,什么书也不去翻看,我所说的话都是你所能了解的,但是我不敢勉强要你全盘接收。这是一条思路,你应该趁着这条路自己去想。一切事物都有几种看法,我所说的只是一种看法,你不妨有你自己的看法。我希望你把你自己所想到的写一封回信给我。③

显然,他的讲述方式主要是恳谈式的、对话式的,明显区别于传统的说理性文章或著作,尽量预设生活化的说理情境,从生活化的类比切入,将抽象的文学理论具象化、简易化,在语言方面具有明显的口语化性征,在思绪方面具有鲜明的随想录特质。这种特质在这两部著作中随处可见,是《谈美》与《谈文学》成为"文学话"的重要原因。在《谈文学》中,这种特质也表现得非常明显:

> 比如园里那一棵古松,无论是你是我或是任何人一看到它,都说它是古松。但是你从正面看,我从侧面看,你以幼年人的心境去看,我以中年人的心境去看,这些情境和性格的差异都能影响到所看到的古松的面目。古松虽只是一件事物,你所看到的和我所看到的古松却是两件事。假如你和我各把所得的古松的印象画成一幅画或是写成一首诗,我们俩艺术手腕尽管不分上下,你的诗和画与我的诗和画相比较,却有许多重要的异点。这是什么缘故呢了这就由于知觉不完全是客观的,各人所见到的物的形象都带有几分主观的色彩。④
>
> ……一个人的普遍智力高,无论读书、处事或作战、经商,都比底能人要强;可是读书、处事、作战、经商各需要一种特殊智力。尽管一个人件件都行,如果他的特殊智力在

---

① 朱光潜认为,不用对话体进行说理论事的文章,虽然只要能够自圆其说,也是可以的,但这种"单刀直入"的文章有如平面画面一般,且只注重"主"(主观性),不看重"宾"(客观性、全面性),看到的永远是真理或事实的一个方面,没有立体感。他认为,对话虽然也是将事物的各个方面平铺直叙,却依然是有"主"有宾,重点仍然在"主",但"宾"有时可以托主,有时可以变主,更重要的是"宾"可以改变"主"的思路或纠正他的片面观的偏蔽。最能体现这种"主—宾"关系的文体是书信体,所以朱光潜的《谈美》与《谈文学》以及其他很多文章在行文时都预设了读者,且希望得到读者回应。参见朱光潜:《谈对话体》,《朱光潜全集》(9),安徽教育出版社 1987 年版,第 459—460 页。

② 在此之前,他写过一本《给青年的十二封信》,用书信的形式,漫谈文艺、美学、哲学、道德、政治等问题,发人思考,指点迷津,在青年中引起很大反响,成为重印了 30 多次的畅销书。但这本书主要谈的是人生修养,还没有充分展示朱光潜的美学思想。于是,作为《给青年的十二封信》的姊妹篇,朱光潜以给青年的第十三封信为副标题,写作了这本《谈美》。

③ 朱光潜:《谈美》,《朱光潜全集》(2),安徽教育出版社 1987 年版,第 5 页。

④ 朱光潜:《谈美》,《朱光潜全集》(2),安徽教育出版社 1987 年版,第 8 页。

经商,他在经商方面的成就必比做其他事情更强。对于某一项有特殊智力,我们通常说那一项为"性之所近"。一个人如果要专门做文学家就非性近于文学不可。如果性不相近而勉强去做文学家,成功的固然并非绝对没有,究竟是用违其才;不成功的却居多数,那就是精力的浪费了。①

《谈文学》是朱光潜专门写给青少年朋友的文学启蒙读本。关于这部著作,朱先生曾作序发表过如下看法:"这些短文都是在抗战中最后几年陆续写成的,在几个不同的刊物上发表过,因为都是谈文学,所以我把它们结集成为这个小册子。""这个小册子说浅一点不能算是文学入门,说深一点不能算是文学理论。它有时也为初入门者说法,有时也牵涉到理论,但是主要的是我自己学习文艺的甘苦之言。""这些短文就是随时看和随时想所得到的一点收获。""我希望这个小册子和坊间一般文学入门之类书籍微有不同。"②按照朱先生自己在《谈文学》"序言"中的说法,其"文学话"特征更为鲜明,一方面,它所讲述的是文学理论知识,但又不像通常意义上的文论知识那样体系化、讲求说理的深刻与逻辑时序,而是"随时看和随时想所得到的一点收获";另一方面,由于这些短文并非集中写作而成,只是出于它们在内容方面"都是谈文学"的考虑,才集中成册,所以其篇章与篇章之间并没有严密的逻辑关联,而这一点正是《谈文学》与《谈美》可以被视为"文学话"来看的又一个重要缘由。因为,《谈美》既涉及美是什么,美感是什么以及艺术的本质是什么这样的一般美学本体论或艺术本体论问题,也涉及艺术或审美心理要素如情感、想象(审美或艺术心理学),艺术创造活动中的格律、模仿(艺术创造论)等具体理论问题。而《谈文学》讨论的问题似乎更为分散,涉及文学与人生的关系,作家个人修养与创作的关系、文学趣味问题、作者与读者关系问题、情与辞关系问题、如何提高创造能力的问题,等等。

三、朱光潜对传统"话体"文学批评的改造

朱光潜通过《谈美》和《谈文学》所体现的"文学话"批评实践,对传统话体文学批评进行了改造,这种改造具体体现在以下几个方面:

(一) 文学观念的整合

《谈文学》的主要内容有:"文学与人生""资禀与修养"、文学的趣味"文学上的低级趣味(上):关于作品内容""文学上的低级趣味(下):关于作者态度""写作练习""作文与运思""选择与安排""咬文嚼字""散文的声音节奏""文学与语文(上)""文学与语文(中)""文学与语文(下)""作者与读者""具体与抽象""情与辞""想象与写实""精进的程序"(进益的程序分"疵""稳""醇""化"四境)、"谈翻译"。一共十九篇文章,多个专题,但核心都指向:什么样的文学观念才是合适的、恰当的文学观念。

与传统话体文学批评缺乏一个统一性的文学观念的支撑因而往往呈现出"碎片化"特征不同的是,在《谈文学》中,朱光潜非常强调对文学观念的重新整合,强调对于种种相关文学

---

① 朱光潜:《谈文学》,《朱光潜全集》(4),安徽教育出版社 1987 年版,第 165—166 页。
② 朱光潜:《谈文学·序》,《朱光潜全集》(4),安徽教育出版社 1987 年版,第 155 页。

概念作出辨析,在正、反、合的推衍中,作出新的演绎。这种整合与演绎,将不执一边的理论思考方式和随笔、闲话式的表述方式紧密结合起来,轻松展现了他对文艺的深刻体会与洞见,为民国"文学话"的后续发展起到了很好的示范作用。

不妨将《谈文学》与姚永朴的《文学研究法》进行对比。《文学研究法》是姚永朴任北京大学教席时所撰写的文学讲义,也具有非常明显的话体特征。该书一共四卷二十六章,分别是起源、根本、范围、纲领、门类、功效、运会、派别、著述、告语、记载、诗歌、性情、状态、神理、气味、格律、声色、刚柔、奇正、雅俗、繁简、疵瑕、工夫等。其中既涉及文章学的一般原理,也涉及散文创作的内在机制或外在风格,但并没有一个清晰的、现代意义上的文学观念作为支撑。如卷一"起原"篇中论"言志""根本"篇中论"文质""范围"篇中论"文理"与"文道"等,基本上都是在旧有的"诗言志""文以载道"的文学观念基础上展开的;卷三所论之性情、神理、气味等,则是承接桐城派义法论的余脉,文学观念上也十分陈旧。这种将文章学、文学研究方法论和范畴研究混在一起的做法,显然是固守旧学所致,以至于他的弟子吴孟复在《书姚仲实先生〈文学研究法〉后》一文中将《文学研究法》看作是"篇章语言学"或"文章学"。朱光潜《谈文学》中十九篇的内容虽各有不同,但不同篇章之间的内容,往往是有所呼应,且都以"文学"为论述核心。该著没有标榜任何主义的旗号,亦没有受任何理论的桎梏,却又依据一定的学理基础,结合个人学养和经验,为那些与文学有关的观念,作深入浅出的说明,对于不同的概念厘清了不少谬误,作了一次彻底的整合。浅显的文字,让读者在书页的翻动间,重整过往那些似懂非懂的文学概念,以及解答了久置于内的疑窦。比如:《作文与运思》讲文艺创作中理智与感性的平衡;《情与辞》强调要用适当的言辞把内在情思恰当地表达出来;《写作练习》《散文的声音节奏》《选择与安排》都重点谈了理智在创作过程中的重要性;《文学与语文》强调"思想必须要与语文同一"等等,所有这些,都说明朱光潜在《谈文学》传达了一种更高境界、更具整体观照价值的文艺理念,即:思想情感于文艺鉴赏与创作的决定性作用;思想的深度与情感的广度决定了文艺作品的力度和鉴赏者的共鸣度,而思想情感的决定性作用体现在文学创作的诸多层面和阶段,如创作理念、风格、意境和翻译等。

(二)从判断式结论到问题式诠解

朱光潜对传统话体文学批评有所改造的第二个方面突出体现在:把传统"文话"偏重于对文学理论与批评下一个判断式结论的方式转换到对基础原理问题的提出、逐一诠释与解答上来。以《谈美》中的"论题核心"和"问题意识"为例,就能看得很清楚:

篇目排序	标题	论题核心	问题意识
一	"我们对于一棵古松的三种态度"	实用的、科学的、美感的	三者的区别何在?
二	"当局者迷,旁观者清"	艺术和实际人生的距离	二者的关系如何?
三	"子非鱼,安知鱼之乐"	宇宙的人情化	宇宙与人生的关系如何?
四	希腊女神的雕像和血色	美感与快感	二者的区别何在?
五	"记得绿罗裙,处处怜芳草"	美感与联想	美是联想所产生的吗?二者的区别与联系?

篇目排序	标题	论题核心	问题意识
六	"灵魂在杰作中的冒险"	考证、批评与欣赏	三者的区别与联系？
七	"情人眼底出西施"	美与自然	二者的关系如何？
八	"依样画葫芦"	写实主义和理想主义	二者的错误体现在哪里？
九	"大人者不失其赤子之心"	艺术与游戏	二者的关系如何？
十	"空中楼阁"	创造的想象	创造性想象的本质是什么？
十一	"超以象外，得其环中"	创造与情感	二者的关系如何？
十二	"从心所欲，不逾矩"	创造与格律	二者的关系如何？
十三	"不似则失其所以为诗，似则失其所以为我"	创造与模仿	二者的关系如何？
十四	"读书破万卷，下笔如有神"	天才与灵感	二者的关系如何？
十五	"慢慢走，欣赏啊"	人生的艺术化	人生与艺术的关系如何？

如果我们将《谈美》与近代刘熙载的《艺概》进行比较就更清楚看到这种特点：

"艺者，道之形也"；——对艺术本身"艺"（文）与"道"（质）关系的揭示

"文之道，时为大"——艺术随时代而发展变化，是艺术发展的规律

"山之精神写不出，以烟霞写之；春之精神写不出，以草树写之。故诗无气象，则精神亦无所寓矣。"——文艺的形象性问题

"诗品出于人品。"——对艺术家的主体修养的重视

"诗为天人之合"——对美和艺术的本质的概括

"诗可数年不作，不可一作不真。"——对创作中表现真情实感的强调

诸如此类的表述在《艺概》中比比皆是，如"文贵法古，然患先有一古字横在胸中。盖文惟其是，惟其真，舍'是'与'真'而于形模求古，所贵于古者果如是乎"；"文得元气便厚"；"志者，文之总持。文不同而志则一。犹鼓琴也，声虽改而操不变也"；"文以识为主，认题立意，非识之高卓精审，无以中要。才、学、识三者，识为尤重，岂独作史然耶"；"古人意在笔先，故得举止闲暇；后人意在笔后，故至手脚忙乱"；等等。这些表述显示，刘熙载《艺概》中有关文艺学基本问题的看法，大多是结论式的判断句式，主要是基于作者的学术直觉，有一种不容置疑的话语特点，与朱光潜在《谈美》中所遵循的"设置话题——提出问题——逐一解答"的话语方式有着明显的不同。由此我们不难看出朱光潜致力于用西方文艺理论的逻辑性、条理性和问题意识进行"文学话"改造的自觉性。这种改造，正如朱自清在《谈美》"序言"中所说的，主要是朱光潜基于当时的青年在"东鳞西爪积累起来"的"凌乱的知识"里，"得不着清清楚楚的美感观念。徘徊于美感与快感之间，考据批评与欣赏之间，自然美与艺术美之间，常时自己冲突，自己烦恼，而不知道怎样去解那连环"的现状，去改变知识青年一方面鄙夷传统的"注""话""评""品"等的不够透彻，同时，其"力量不够应用新知识到旧材料上去"的窘境，而指给知识青年"一些简截不绕弯的道路"，不至于让他们"彷徨在大野里，也不至于彷徨

在牛角尖里"①,而可以举一反三,矫正其错误或缺失而有意为之的。

（三）从隐喻性言说到演绎性言说

中国传统诗话、词话、文话、曲话、小说话、剧话等,在言说方式上的一个重要特点就是大量运用隐喻性言说,而自觉的演绎性言说并不多见。所谓隐喻性言说"指的是古代中国人在文学批评活动中往往借助指代、假借、象征、类比、连类、引申等方式通过即兴的直觉把握在意象之间建立瞬间联系,并实现符码与符码、意象与意象的相互碰撞,从而生发出新的意义或韵味。"②比如,庄子以筌鱼、蹄兔之喻论"言不尽意",严羽以"空中音""相中色""水中月""镜中象"喻艺境之审美特征,王骥德论作曲"犹造宫室者然",郑板桥以"眼中之竹""胸中之竹""笔下之竹"论艺术创造的基本环节,等等,都说明隐喻性言说倾向于以某一具象的事物直接类比相对抽象的阐述对象,其思维方式基本是类比式思维,重视主观感悟。所谓演绎性言说,指的是在文艺理论建构与批评实践中按照某种一般原理或程式进行理论归约、逻辑推导或模型解析,一般会严格按照"始—叙—证—辩—结"的分析程式去进行某一理念的推演。在西方,黑格尔的《美学》、康德的《判断力批判》等都是典型的演绎性言说经典。

隐喻性言说方式在中国文学理论与批评的发展中,到近代也并无太大的改变。比如,王国维在《人间词话》中运用的就是大量的隐喻性言说方式(如"唐五代北宋之词,倡优也。南宋后之词家,俗子也"),其在诗学观念的阐述方式上也往往是结论多于论证。后世学者虽多有将"境界"作为透视王国维诗学思想的关键,但细究起来,王国维虽然以"境界"为核心确立了诸如"情"与"景""造境"与"写境""有我之境"与"无我之境"等一系列概念群,"但是如何将'境界'这一核心词语逻辑性贯穿到他的各种诗学观念中,王国维并没有给后世提供更多的操作性范例,只是将各种即兴的感悟或评点加诸到各种具体的文学作品,用作品去例证其'境界'理论。"③由此可以看出,在王国维这里,对现代演绎法的运用还缺乏基本的认识。再来看《谈美》,该书由 15 个小章节或者小问题组成,大体可以分为六个部分:前三章为对美感产生的条件进行了分析,分别是审美态度、与被欣赏事物的距离以及移情作用;第四、五、六章是讲解几种与美感相似的心理感受,即分别带有实用主义意味的快感、联想,以及欣赏与批评考证的关系;第七、八章为美与自然关系的讨论以及自然美和艺术美的区别和联系;第九章在简单讨论欣赏与创造的关系后,进行比较总结发现艺术与游戏的相似性;第十到十四章为艺术创造的各种条件;第十五章为全书的总结,提出了一个深刻的问题:人生的艺术化。通过对全书整体结构及其内容的归纳,我们能够发现,现代西方演绎法"始—叙—证—辩—结"的基本思路十分明显。贯穿全书的一条主线是如何理解人的主观感情在审美过程中对美这样一种感觉的影响和作用。《谈美》完整表述了"美"这一概念在人的主观情感中产生的过程以及如何去追求美感和追求美感的最终结果,进而为我们提供了如何在日常生活中评述周遭的事物、如何用美学的观点深入理解文艺作品的有效门径和实用的方法。更值得注意的是,朱光潜曾在《诗的显与隐》一文中曾专门批评王国维在《人间词话》中以"隔"与"不隔"等二分法判断诗歌优劣的作法,并指出诗虽有"显"和"隐"之别,但各有千秋,因而对诗歌

---

① 朱自清:《〈谈美〉序》,《朱光潜全集》(2),安徽教育出版社 1987 年版,第 98—99 页。

②③ 黄念然:《论中国文学批评文体的现代转型》,《华中师范大学学报》(人文社会科学版)2012 年第 4 期,第113 页。

的优劣要辩证看待。① 不难看出,王国维之所以遭到朱光潜的批驳,主要原因是他对西方诗学理论中的演绎法不甚了解,他的批评方式依然是构筑在传统学识积累基础之上的印象式批评和隐喻性言说,因此他并不能够对诗歌所谓"显"与"隐"的问题作逻辑归属上的深入思考。而在对于如何将传统的隐喻性言说方式嫁接到现代西方文艺批评方法中并上升到较为理性的文学批评高度这一点上,朱光潜借助克罗齐"直觉印象"理论,将"美感态度"与"批评态度"进行整合所建构的以"了解—欣赏—反省—传统"为思考路径的批评程式,则在一定程度上实现了由隐喻性言说到演绎性言说的现代转型,也为民国"文学话"的创构提供了可资借鉴的范例。

结语

民国时期,在如何创构"文学话"这一新型话体文学批评体式方面,朱光潜功莫大焉。通过《谈美》和《谈文学》,我们不仅可以窥见民国"文学话"的理论属性和表述肌理,即它是不分文体地综论"文学"的一种话体文学批评,而且可以以此为切入点,更深入具体地了解民国文学批评现场的变化。民国以来话体文学批评注入了新风,在很大程度上是理论言说主体的位移所致,朱光潜通过对"对话体"的提倡和实践,改变了传统话体文学批评重感悟、重印象的话语风格,开创了一种亲切而有内力的话语机制。在这一机制中,朱光潜的创举在于他考虑到了理论接受主体的能动作用,即他在《谈对话体》一文中所说的"宾"可以托"主",也可以变"主",这就很大程度上为"文学话"写作制定了言语规范。此外,朱光潜所强调的对文学观念的重新整合和对其相关概念的辨析,打破了传统文论将文章学、文学研究方法论和范畴研究混在一起的文学研究程式,而其强调借鉴西方思维对某一具体的文学基本原理作"问题式诠解"和"演绎性言说"的理论主张,则改变了传统文学批评惯于下结论、用"隐喻"的思维习尚。质言之,朱光潜的"文学话"实践从理论构思、话语机制、思维习性等多方面改变了中国旧有文学批评的基本模式,在很大程度上促进了中国文论与世界接轨,实现现代转型的历史进程,更为我们进一步研究民国"文学话"打开了一扇可供透视的窗口。

---

① 朱光潜:《诗的显与隐》,《朱光潜全集》(3),安徽教育出版社 1987 年版,第 356 页。

新小说·兴味派小说·五四小说

——中国小说现代转型的三部乐章

上海师范大学　孙　超

在试图将所谓民初"旧派"小说家正名为"兴味派"的过程中①，我们深感言说之困难。由于"五四"以后"新文学家"及其继承者垄断了建构文学史的权力，到如今，很多学者还会以"约定俗成"为托辞避开民初"旧派"（"鸳鸯蝴蝶派""礼拜六派""黑幕派"）的称谓问题。实际上，一旦落入"新文学家"话语的陈套，就必然看不清民初"兴味派"的真面目，更无法重估其在文学史上的真价值。好在近年来中外一些学者已开始跳脱陈套、逼近真相，特别是对晚清小说"现代性"及其对"五四小说"之影响的揭示，让我们不禁思考：处于二者之间的民初"兴味派小说"究竟是"现代性"的"逆流"，还是富有独特的"现代性"呢？ 它与"新小说""五四小说"间到底是什么样的关系呢？ 通过系统考察，我们发现民初"兴味派小说"不仅富含"现代性"，而且民初"小说兴味化热潮"与清末"小说界革命"、五四"新文艺小说潮流"构成了中国小说现代转型的三部乐章。

一

中国近代遭遇的是"三千年一大变局"②，亦是"五千年来未有之创局"③，古今中外各种资源在"历史场"的急骤变化中一下子汇集在一起。如何处理那些世代累积下来的传统文化，如何造出一个独立富强的现代中国，是以中化西，还是全盘西化，是否还有其他出路？ 这些前所未有的宏大、复杂、迫切的历史课题成了当时国人的不堪承受之重。这一变局对后人而言可以考察种种预兆，而对时人来说却实在太突然、太剧烈、太暴力。鸦片战争、太平天国运动、甲午海战、维新变法、义和团运动、辛亥革命、洪宪帝制、张勋复辟、五四运动等等。战争接着战争，中国存亡悬于一线；革命连着革命，似乎只有这种激烈的方式才能救中国，这就是中国近现代社会的主流特征。在这样的历史境遇里，中国小说的古今巨变也势所难免，自然加快了它走向现代的步伐。

---

① 围绕此论题，黄霖先生曾在《文学评论》2010 年第 5 期发表《民国初年"旧派"小说家的声音》。笔者已完成博士论文《民初"兴味派"小说家研究》，复旦大学 2011 年；发表了《"兴味派"：辛亥革命前后的主流小说家》（《文学遗产》2013 年第 3 期）、《由传世、觉世到娱世——民初主流小说家的自我调适与智慧抉择》（《文艺研究》2015 年第 2 期）、《论民初主流小说家的百年命运》（《复旦学报·社会科学版》2017 年第 3 期）等论文。

② 吴相湘：《晚清宫廷实纪》，中国大百科全书出版社 2010 年版，第 97 页。

③ 曾纪泽：《曾纪泽遗集·文集卷二》，岳麓书社 1983 年版，第 135—136 页。

顺着清末民初小说史的发展脉络仔细寻绎，中国小说现代转型的号角首先由政治家兼文学家的梁启超吹响，清末他倡导的"小说界革命"是这一转型的第一部乐章。这一点学界已取得基本共识。如，黄霖认为 1902 年 11 月《新小说》杂志的创刊及其引发的"小说界革命""标志着中国小说的创作与理论由古典转向了现代，开创了中国小说发展的新纪元"①。陈平原也把"新小说的诞生"当作中国现代小说的起点，他说："二十世纪初年，一场号为'小说界革命'的文学运动，揭开了中国小说史上新的一页。"②袁进不但指出"'小说界革命'处在中国古代小说向近代小说转化的发端地位，它所产生的心理定势、认知图式常常或明或暗、或隐或显地影响了中国小说后来的发展"③，并且针对"新小说家"的创作实践与"小说界革命"的主张不完全一致的文学现象，强调"晚清的小说热潮是以'政治小说'为其主流的，它主要包含了两个方面：一是当时的职业小说家们是跟着本来与小说无缘的政治家、思想家提倡'新小说'走的，接受了他们的小说主张。二是政治小说的影响渗透到了其他小说之中，包括传统的武侠、公案、言情、历史等题材之中，占了主导性地位"④。杨联芬则将清末配合思想启蒙而产生的"诗界革命""新文体""小说界革命"等一系列文学革新视作中国文学现代转型的开始。⑤ 以上都是对"小说界革命"及其影响下的"新小说"是中国小说现代转型第一部乐章的确认。当然，将"小说界革命"作为中国小说现代转型的开端，并非漠视之前的晚清小说出现的一些"现代性"因素，实际上正是有了量的积累才有质的新变。总体上说，"小说界革命"前六十年的晚清小说虽然出现了一些新质，但其主流特征仍是传统的。正如施蛰存所说"我排了一张年表，发现 1900 年以前的小说还都是传统的章回小说，内容也还是传统的公案、侠义、才子佳人。1900 年以后，才开始出现近代型的新小说，它们的形式与内容都和过去的传统小说不同了。由此，可以设想，近代型的新小说都是在外国文学的影响下产生的。"⑥这个论断告诉我们，中国小说直到在西方文化强力刺激下出现"小说界革命"才发生现代性质变，它以梁启超明确提出中国小说应向西方学习为肇始，之后这便成了中国小说现代转型的主导方向。

梁启超号召"小说界革命"、提倡"新小说"，主张中国小说应向西方学习是其接受西方现代化模式来救亡图存的思想在文学领域的实践。在观念层面，主要表现为他在提倡"新小说"的前几年已有明确的西方时间观念与民族国家观念。李欧梵指出，梁启超在 1899 年的游记《汗漫录》里使用的"19 世纪，这完全是一个西方的观念。后来'星期'的引进，'礼拜六'休息日的影响也非常值得关注。……这种新的时间观念其始作俑者是梁启超，虽然他并不是第一个使用西历的人，但他是用日记把自己的思想风貌和时间观念联系起来的第一人"⑦，这种时间观念"其主轴放在现代，趋势是直线前进的"⑧。梁启超引入这种时间观念后，在其后二十年间深刻影响了中国思想界，也为中国小说现代转型期各阶段小说家所普遍认同。

① 黄霖：《中国小说现代化的一大关捩——纪念〈新小说〉创刊 100 周年》，《求是学刊》2003 年第 4 期。
② 陈平原：《中国现代小说的起点——清末民初小说研究》，北京大学出版社 2005 年版，第 1 页。
③ 袁进：《中国小说的近代变革》，广西师范大学出版社 2009 年版，第 153 页。
④ 袁进：《中国小说的近代变革》，广西师范大学出版社 2009 年版，第 31 页。
⑤ 杨联芬：《晚清至五四：中国文学现代性的发生》，北京大学出版社 2003 年版，第 2 页。
⑥ 施蛰存：《文艺百话》，华东师范大学出版社 1994 年版，第 370 页。
⑦⑧ 李欧梵，等：《现代性的中国面孔》，《文艺理论研究》2003 年第 6 期。

"新小说家"所谓"新小说"与"旧小说"的划分,"兴味派"所谓"不在存古而在辟新"①,"新文学家"对小说的第二次"新""旧"划分,都含有这种时间观念。再往深处推究,就会发现这种指向"现代"的直线性时间观的接受与推介有其特定的思想史背景。1895 年可视作中国思想史的古今转捩点。在这之前,主流思想界还以日本全面向西方学习导致"国事益坏"为戒②,当甲午战败,1895 年 4 月 17 日与日本签订马关条约,举国思想于此刻发生巨变。"大国在小国的炮口下签订城下之盟,这种忧郁激愤的心情和耻辱无奈的感觉,才真的刺痛了所有的中国人。"③于是,以向西方学习为转向的维新变法一度成为现实,虽然旋即失败,但向西转的"变法图强""救亡图存"的思想主脉并未被切断。梁启超接受上述西方时间观念,并在社会上推广,与其"维新"的思想背景密切相关。有了这一时间观念,中国二千年来"天不变道亦不变"的观念即被攻破,"维新派"提倡的"变者天道也,变者天下之公理也""新也者,群教之公理也"④等,便可轻而易举地被作为"公理"安放在历史时间的向前发展之中。王德威"以现代为一种自觉的求新求变意识⑤,并以此来印证晚清小说的"现代性",其认识路径与晚清小说界对"现代"的思考实相吻合。这种追求新变的"现代"意识由"新小说"肇始,此后贯穿于整个中国小说的现代转型过程之中。再看在同一历史背景下产生的现代民族国家观念。由于中国思想界遭到甲午战败的强烈刺激,来自西方的现代民族国家意识集中在 1895 年之后出现。1895 年,严复写了《论世变之亟》,这是当时中国思想界"救亡图存"之集体焦虑的表现;他接着又写了《原强》《救亡决论》,译了《天演论》,这表明在时势迫使下中国思想界选择了包括现代民族国家观念在内的西方现代化模式。从此以后,以"物竞""天择"为口号的社会进化论一直盛行,直至马克思主义进入中国。在这一思想背景下,梁启超在倡导"小说界革命"前就先后发表《论近世国民竞争之大势及中国前途》《新民说》来阐释现代民族国家观念,并针对中国之病开出了"新民"的药方。在之后创作"新小说"时,他更将这种民族国家意识带进小说作品,在《新中国未来记》中展开了"对于中国国家新的风貌的想象"⑥。这类政治理想小说随即不断涌现,如 1904 年蔡元培作《新年梦》、1905 年吴趼人作《新石头记》、1910 年陆士锷作《新中国》,等等。响应"小说界革命"的清末四大谴责小说则通过对当时社会各种怪现状的讽刺、批判,表达"新民"这一迫切的时代诉求。总之,正是由于梁启超等晚清政治家、思想家有了明确的西方时间观念与民族国家观念,接受了西方现代化模式,为了挽救民族国家危亡,才进行"小说界革命",他们希望通过创作"新小说"来"新民""发起国民政治思想""激励其爱国精神"⑦。他们在小说创作观念上的这种求新求变意识与民族国家意识(包括对民族危机的叙述与创造富强民族国家的想象)成为贯穿整个中国小说现代转型过程的主线,这是与"革命"前的"旧小说界"有质的区别的。

---

① 冥飞,等:《古今小说评林》,民权出版社 1919 年版,第 144 页。

② 例如葛兆光指出,"就在前两年,郑孝胥在日本,还很自得地批评日本变旧法行新政,'外观虽美而国事益坏',幸灾乐祸地说,这是'天败之以为学西法者之戒',觉得清朝恪守旧章只做小小改良还蛮不错"。参见葛兆光:《中国思想史》(第二卷),复旦大学出版社 2007 年版,第 530 页。

③ 葛兆光:《中国思想史:第二卷》,复旦大学出版社 2007 年版,第 532 页。

④ 周阳山,等:《近代中国思想人物论——晚清思想》,台北联经出版事业公司 1980 年版,第 541 页。

⑤ 王德威:《被压抑的现代性——晚清小说新论》,北京大学出版社 2005 年版,第 5 页。

⑥ 李欧梵,等:《现代性的中国面孔》,《文艺理论研究》2003 年第 6 期。

⑦ 新小说报社:《中国唯一之文学报〈新小说〉》,《新民丛报》1902 年第 14 期。

作为中国小说现代转型的第一部乐章，"小说界革命"及其影响下的"新小说"开启了小说现代化的众多法门。首先，是小说观念的转变，特别是强调"小说为文学之最上乘"①——"新小说家"在初步接受西方文艺观念影响下，逐步将小说向中国"文学场"的中心推动。这是中国小说现代转型的重要标志，是后来"兴味派"与"新文学家"努力的共同方向。其次，是《新小说》等专门的小说杂志的出现开辟了现代小说作品利用报刊等新兴媒体传播的方式。与之伴生的"稿酬制度"加速了现代文学自由职业者的出现，成为文学进一步脱离政治独立存在的关键因素。民初"兴味派"就是一个在此基础上发展起来的文学自由职业者群体。五四"新文学家"的文学活动也主要围绕着报刊进行，而且也在很大程度上依赖"稿酬制度"。第三，"新小说"向西方小说学习，运用报刊传播方式等加速了中国小说叙事模式及其他艺术技巧的现代转变。在叙事时间、叙事角度、叙事结构方面，"新小说"都有开创性的贡献；在小说抒情化、心理化上，"新小说"也已经开始了实验；"新小说"在否定"旧小说"时，还把目光投向了"史传"与"诗骚"传统，体现出一种"由俗入雅"的倾向。这些变化与倾向也被"兴味派"与"新文学家"接续下来，并进一步充分发展。第四，"新小说家"引进了政治小说、开智小说、爱国小说、科学小说、哲理小说、实业小说、侦探小说、理想小说、国民小说、军事小说、冒险小说、种族小说、伦理小说等等，这就在写作内容上开辟了新领域，也体现出初步的现代小说分类意识。这一点被"兴味派"继承下来，并引进了更多品类，且加以细化。"新文学家"则将这种小说分类进一步学理化，形成了更富现代性的小说分类。第五，为了配合政治改良、思想启蒙而兴起的"小说界革命"，在小说语言上主张使用"俗语"（白话）以达到通俗易懂的目的，裘廷梁甚至在"小说界革命"前夕就已经提出"崇白话而废文言"的主张②。这实际上开启了中国小说语言的现代化——白话化之路。"兴味派"与"新文学家"沿着这条道路继续前行，虽然他们对"白话"的认识有所不同，但在小说由文言到白话发展趋势的判断与大力变革上是一致的。最后，作为"小说界革命"主要目的的"新民"，实际包含着严复、梁启超等人在构想民族国家理论时对"个人"的思考。这种思考一直延续下来，在"兴味派"与"新文学家"那里都有新的推进，最终形成以展示人性为目的，以人的生活、生命和心灵为本原，以人的个性化表达为特征，以人的身心彻底解放、自由为指向的现代小说面貌。

二

"小说界革命"发起后的清末十年由"新小说家"领衔演奏了中国小说现代转型的第一部乐章。它整体上是激越高昂的，很大程度上是在西方强势文化冲击下的一种应激反应。因此，在小说传统的现代转化与小说审美独立性上存在明显失误，即使当时已有人发出小说应重"兴味"之呼声，甚至出现了王国维的小说美学论，但显然都未受重视。当辛亥革命爆发，出乎意料地造出一个中华民国，"新小说家"企望"以文救国"的幻梦就破灭了，其依存的"末世"背景也立即消失。加之，"新小说"缺乏"小说味"的弊端早已显露。"兴味派小说家"在民初正式登场也便成为历史必然，他们集体上演了中国小说现代转型的第二部乐章——"小说

---

① 饮冰：《论小说与群治之关系》，《新小说》1902 年第 1 期。
② 裘廷梁：《论白话为维新之本》，《中国官音白话报》1898 年第 19—20 期。

兴味化热潮"。

　　"兴味派小说家"是一群走向现代的"江南文人",与文学传统有着一种天然感情,又在初具现代姿容的上海"卖文为生"。他们在总结"小说界革命"经验教训的基础上继续沿着"新小说家"开辟的中国小说现代转型之路前行,但同时救偏补弊,在小说传统的现代转化与小说审美独立性上用力。不过,过去对"现代性"的认识普遍持西方一元化标准,中国的现代化模式便长期被认为是单纯外发型的。因而,从传统中走来的民初"兴味派"及其掀起的"小说兴味化热潮"也往往被视作中国小说现代化的"逆流"。如今,越来越多的学者认识到要想完整解释所谓"中国的现代性"或"中国文化(文学)的现代性"之发生,还需从中国和中国文化(文学)自身寻找根据。李欧梵对晚清时西方给予中国现代性的刺激打过一个比喻,他说:"投石入水,可能会有许多不同的波纹,我们不能仅从西方的来源审视这些波纹。"①有西方学者也曾说过:"晚清时期对于小说现代化的重要意义不应在西化过程中去寻觅。"②章培恒甚至认为"中国新文学乃是中国文学优秀传统的新的发展,西方文化思潮的影响只不过促使这种发展能够在短时期内迅猛地呈现出来"③。我们正是在这样的学术背景下来看待"兴味派"对文学传统之现代转化的。"兴味派"向传统回归其用意不在复古,而是激活小说传统中的现代性因子更充分地向现代转型,所谓"不在存古而在辟新"④。

　　中国古代小说的"兴味"传统在审美上追求艺术兴味,在功能上强调兴味娱情,"兴味派"将其继承下来并进行现代转化,恰可纠"小说界革命"之偏。强调小说兴味娱情不仅可打破"新小说"乏味少趣、过分政治化的沉闷局面,亦可满足民初广大都市居民紧张生活中舒展身心的需要,它有利于人性的发展。人性发展的重要方面就"是不断地发现、肯定个体的需要并为其实现而努力"⑤,"兴味派"主倡小说兴味娱情正着眼于此。例如,"兴味派"对"言情小说"所言之"情"的认识便突破了"新小说家"所谓的"公性情",而聚焦于"儿女私情",这正反映出两派关注"群体"国族与"个体"兴味的本质区别。正是对儿女私情的关注促使"兴味派"在民初接受西方的"悲剧"美学,大写青年男女的恋爱悲剧,掀起了打破传统小说"大团圆"结局的"哀情小说"潮。也正是由于"兴味派"更关注个体而主动"识小",他们写男女爱情、婚姻生活,写社会百态、家庭问题、人情冷暖,编织艺术美梦、续写各类"传奇",整体以日常叙事为主,充满了人情味,塑造出不少血肉丰满的人物形象,张扬的主要是人性中的善、美、真。这实际上发展出中国小说的一个重要的现代面向,使小说不仅在茶余饭后对读者有精神按摩的作用,也在寓教于乐中进行着现代生活启蒙。但由于它从传统母体中孕育诞生,"新文学家"在反传统的旗帜下必然要将其视作同传统一体而弃之若遗。时至今日,我们自然要打破"五四"以来的这种偏见,看到"兴味派"不断趋新求变得丰富现代性。更何况,"兴味派小说家"多同时从事外国文学翻译,文艺报刊编辑,他们在引介西方现代人性观、传播西方"文明"生活方式等方面,其工作虽稍显零碎,但贡献并不小,而且为后来"新文学家"开展这方面工

---

　　① 李欧梵,等:《现代性的中国面孔》,《文艺理论研究》2003 年第 6 期。
　　② 米列娜:《从传统到现代——19 世纪至 20 世纪转折时期的中国小说:导言》,北京大学出版社 1991 年版,第 14 页。
　　③ 章培恒:《日译〈中国文学史新著〉(增订本)序》,《复旦古籍所学报》2012 年第 1 期。
　　④ 冥飞等:《古今小说评林》,民权出版社 1919 年版,第 144 页。
　　⑤ 章培恒:《中国文学史新著(增订本第二版):导论》,复旦大学出版社 2011 年版,第 5 页。

作奠定重要基础。若从"个体"与"世俗人性"的角度着眼，"兴味派"表现出了与"新小说家""新文学家"均不相同的现代化面向，它是中国传统小说"渐变"的结果。实际上，历史悠久的古代小说传统与丰富的传统小说正是中国现代小说存在的基石，保存还是抛弃这些传统与遗产，对于"中国小说"而言至关重要。假如"全盘西化"，就只会出现中国人写的"西方小说"了。可见，"兴味派"在接续小说传统并进行现代性转化上的确功不可没。这种"渐变"后来被张恨水、张爱玲等继承了下去。二十世纪二三十年代，甚至包括周作人、林语堂、老舍等提倡"趣味""性灵""幽默"的众多"新文学家"也在不同程度地在向这个方向靠拢。基于此，我们不禁要问：同是揭露旧婚制的不自由、呼唤人性的解放，同是歌咏爱情，甚至同是写革命＋恋爱，为什么"兴味派"要被加上都是专注"鸳鸯蝴蝶""都是吊膀术的文字"呢？另外，同是为了消闲解闷写写"开心话""滑稽语"，为什么周作人主张的"趣味主义"就是"提倡自由思想，独立判断，和美的生活"[1]，而他们则被斥为"游戏的消遣的""《礼拜六》那一类的文丐"呢？

　　"兴味派小说家"看到"新小说家"因不注重小说的艺术审美而失掉广大读者，因而发挥其江南才子特有的艺术才能，努力追求小说的文学"兴味"性。同时，他们在从事小说翻译过程中受到西方文艺观的影响，普遍认识到小说具有审美独立性，所谓"文学者，美术之一种也。小说者，又文学之一种也。人莫不有爱美之性质，故莫不爱文学，即莫不爱小说"[2]。为了进行"美的制作"，他们在艺术形式上进行了种种实验，为中国小说艺术上的现代转型摸索着新路。比如切实进行小说语言的白话化变革，转变章回体小说的叙事模式，大力提倡短篇小说创作并进行多元探索——西方日记体、书信体、对话体、游记体、独白体等都是最先由"兴味派"引入短篇小说创作的，等等。甚至包括一直为人诟病的民初骈体小说，凭实而论，也不失为一种求新求变的小说文体实验。可以说，"兴味派"小说家无论是像包天笑、周瘦鹃那样向西方文学资源借鉴多一点，还是像李涵秋、叶小凤那样继承传统文学资源多一点，抑或像刘半农那样积极向民间文学资源汲取营养，其总体面向的都是现代。虽然他们心中想象的"现代小说"的具体样貌的确不同于"新小说"与"五四小说"，他们所做的实验有成功也有失败，但求新求变的现代意识是一致的，他们对现代小说的重大影响随着对其认识的不断客观深入正逐渐被揭示出来。他们继承"新小说"继续推进小说叙事模式的转变，这为掌握了西方现代小说理论的"新文学家"进行更现代化的形式变革准备了条件；他们对短篇小说的大力提倡及其富有现代性的短篇小说著、译直接诱发了"五四"短篇小说的产生；他们对小说情节的有意淡化，增强抒情性，及诗化、散文化特征，重视心理描写等都潜在地被"五四小说"继承；他们对"都市民间"的日常叙事也可能启示过"新文学家"对"乡土小说"的探索，至少最初将"新文学家"的目光引向民间文学（文化）资源的正是从"兴味派"走出的刘半农。当然，在五四时期这是绝不被承认的，出于"文学场"断裂的需要，"新文学家"不但不会透露其中的秘密，而且还通过打一场"硬仗"将"兴味派"赶出了"文学场"的中心，从而形成一个属于他们的"文学场"。不过，这些秘密今天已不难窥破。我们以"新文学家"视为小说现代性标志文体的短篇小说为例，很多学者早就指出短篇小说在民初即已出现了中国小说史上从未

---

① 周作人：《〈语丝〉发刊辞》，《语丝》1924 年第 1 期。
② 管达如：《说小说》，《小说月报》1912 年第 9 期。

有过的兴旺发达的景象①,这个事实再次证明"新文学家"的确有故意切断与民初"兴味派"的联系,自我正典的嫌疑。这也解释了为什么鲁迅等"新文学家"在五四初期最早取得成就的是短篇小说,因为他们已有了"兴味派"摸索的基础——看到其失败可以少走弯路,借鉴其成功可以迅速成熟。更何况,他们有的人在民初也曾参加过这支实验团队,无论否定还是继承,这些人都有不少切身的体会。

实际上,经过现代转化的"兴味"小说观一度成为民初小说界的普遍观念,这在中国小说史上具有划时代的意义。中国小说最终能突破"文以载道""史传之余"等传统观念之束缚,在西方文艺理论影响下获得审美独立性,成为现代文学的主要文体,民初"兴味"小说观的确立与流行是其中关键的一步。由于以往文学史研究者总是跳过民初"兴味派",直接到"晚清小说"中寻找"五四小说"现代性的发生语境,这就让我们无法明白"新文学家"移植西方小说艺术理论、强调小说的审美独立性,以及当时知识界、读者接受这些主张的知识背景与心理基础是从哪里来的? 毕竟,晚清小说家对小说审美、艺术形式等的重视是不够的,"小说界革命"在实质上还加强了小说"载道"的功能。还原民初"兴味派"及其"兴味"小说观的重要性就在这里显示出来:离开了它,就无法理清中国小说在艺术上进行现代转型的真实脉络。另外,随着对"现代小说史"格局的认识趋向完整,以前被驱逐出文学史的所谓"现代通俗小说"正在逐渐获得"现代小说"的身份。这些"现代小说"受民初"兴味派"的直接影响更是显而易见的。

另外,民初"兴味派"的报人小说家身份本身就是现代性文化场域的产物。清末也有一些报人小说家,但那时他们的地位、数量都还不是文坛的主导力量,主导文坛的仍是士大夫文人。而在民初,"兴味派"作家不仅是文学界的主流,在报界,甚至是整个文艺界,他们也都占据着最主要的位置。与民初上海现代都市畸形繁荣相对应,民初"文学场"体现出的是一种超前现代性,有些现代性甚至是当代"文学场"还在努力追求的。作为自由职业者,"兴味派"作家既没有清末士大夫文人的政治资本,也没有五四知识分子的高校资源,"兴味派"获得"自由"的条件就是在文化市场上"卖文"。为了更好地"卖文",他们办刊著译的宗旨都是以读者为本位,包天笑所谓"以兴味为主"②。因此,他们很注重报刊的装帧设计、讲究图文并茂,甚至连字体的大小、纸张的使用,也力求满足读者的"兴味"。这就形成了现代都市的一种新文化——报刊文化,谈论报刊在民初也成为一种时髦。据笔者翻阅的几十种"兴味派"主办的报刊来看,其形式真是五彩纷呈,与内容又相得益彰,体现出他们追求"美"的匠心,具有现代启蒙的绝妙作用。这种报刊文化导源于晚清,梁启超"从《清议报》到《新民丛报》,再到《新小说》,他在办报时已逐渐把启蒙与经营合为一体,他是主笔,又是经营者;读者是启蒙对象,同时也是消费群体。为了满足读者市场的消费需求,吸引更多的知识分子阅读《新小说》,热爱《新小说》,梁启超还从内容到形式进行了多方面的革新与尝试③。"兴味派"正是沿着"小说界革命"开启的这种由报刊登载小说的现代传播方式继续进发,并将报刊载体本身提升到了"艺术"的高度。以当代主流报刊为参照,将"兴味派"报刊与"新文学"报刊稍加

---

① 这在 20 世纪 90 年代之后便逐渐成为学界共识,参见陈伯海,袁进:《上海近代文学史》,上海人民出版社 1993 年版,第 371 页。

② 包天笑:《〈小说大观〉例言》,《小说大观》1915 年第 1 期。

③ 黄霖:《中国小说现代化的一大关捩——纪念〈新小说〉创刊 100 周年》,《求是学刊》2003 年第 4 期。

比较便知，谁更现代？！

三

"兴味派"在民初活跃了也大约十年，其追求"兴味"就意味着走向多元，但中国当时的民族危机并没有解除，贫穷落后的状况也没有改变，上海的都市繁荣是畸形的，"兴味派"由其滋生的很多"现代性"都是越位的。中国急需统一思想，进行新的启蒙，"新文化运动"应时而生，形成了一股崭新的追求"民主"与"科学"的时代思潮，它代表了中国历史前进的大方向。"兴味派"虽然在"新文学家"登上文坛的最初几年仍处"文学场"中心，但其主倡"兴味"的文学观由于天生"软性"，在打破令人绝望的时代氛围上已显得无能为力。当"五四"前后民族危机空前加重，严肃的时代空气笼罩文坛时，"新文学家"领衔的中国小说现代转型的第三部乐章——"新文艺小说潮流"——奏响了。

"新文化运动"的主要倡导者陈独秀、胡适、刘半农、周作人、鲁迅、钱玄同等，除了来自"兴味派"的刘半农，当时都是留学归国的现代知识分子。他们的确掌握了比梁启超、包天笑等更先进的西方人文精神，更地道的西方文艺思想，更开阔的世界文学视野。于是，他们决定完全向"西"转，走一元化的道路，带领那些接受西方思想的青年知识分子开展新的文学革命。他们摆出彻底与传统决裂的姿态，在文化上反对旧礼教，在文学上反对旧文学。他们希望"真心的先去模仿别人。随后自能从模仿中，蜕化出独创的文学来"①；他们甚至极端地说："新文学是在外国文学潮流的推动下发生的，从中国古代文学方面，几乎一点遗产也没摄取"②；他们曾自豪地宣称："中国现代的小说，实际上是属于欧洲的文学系统的"③"新文学家"这种激烈反传统的表述与实践在当代不断引起一些学者的责难——认为这导致了中国文化的"断裂"，造成了无法弥补的损失；同时，也引起一些学者研究"五四"与传统关系的热情——纷纷论证古代、近代文学传统对"五四新文学"产生的种种影响。单就小说而言，只要顺着清末民初小说史的发展脉络客观梳理，就不难确定五四"新文艺小说潮流"是中国现代小说转型的第三部乐章。总体上讲，"新文学"提倡"为人生""为艺术"的"人的文学"，明显有三个指向：第一，进行"真正"的现代思想启蒙；第二，进行"真正"的现代文学艺术探索；第三，进行"真正"的现代白话文运动。在这里之所以要加上"真正"二字，一是为了说明在"新文学革命"之前，这三个方面的变革都已经展开，一是为了凸显"新文学家"一贯善于自我正典化。这二者又是相互联系的，因为要自我正典化，所以必然要遮蔽以前开展的工作，要声明抛弃传统，这就导致当下学者不断去敞开那些被压抑的现代性。实际上，稍有历史观念的人都清楚，中国小说的"现代性"不是在五四时期一下子就产生的，它必然有一个孕育、发展、成熟的过程。鲁迅曾说："新主义宣传者是放火人么，也须别人有精神的燃料，才会着火；是弹琴人么，别人的心上也须有弦索，才会出声；是发声器么，别人也必须是发声器，才会共鸣。"④按照这个逻辑，"新文学"（包括"新文艺小说"）能够在五四时期成为一场运动，并迅速挺进"文学

---

① 周作人：《日本近三十年小说之发达》，《新青年》1918 年第 1 期。
② 鲁迅：《鲁迅全集：第 8 卷》，人民文学出版社 1981 年版，第 399 页。
③ 郁达夫：《小说论》，严家炎：《二十世纪中国小说理论资料：第二卷》，北京大学出版社 1997 年版，第 418 页。
④ 鲁迅：《鲁迅杂文选集：随感录五十九"圣武"》，人民文学出版社 1993 年版，第 16 页。

场"的中心,绝不是简单移植西方先进思想就能做到的,它须有一个接受基础,这基础正是由梁启超、包天笑们准备的。

"新文学家"普遍接受的依然主要是进化论思想,由于他们很多人都沐浴过欧风美雨,对梁启超等引进中国的西方时间观念与民族国家观念有更切身的体会。他们主张彻底向西方文学学习,创造融启蒙与艺术于一体的"新文学",面向"现代"进行小说革新,这正是沿着"小说界革命"以来的中国小说现代转型之路继续拓展。"新文学革命"及"五四小说"的现代思想启蒙指向显然是承继"小说界革命"及"新小说"的"新民"思想而来。在"新文学革命"之初,"新文学家"曾基于此点而追认"梁任公实为创造新文学之一人"①。他们在小说中所用的启蒙武器——民主、科学、人文主义等,"小说界革命"时期已经萌芽,"小说兴味化热潮"中有些还得到进一步发展(如人性解放与浪漫文学追求)。不过,在现代启蒙指向上,应当承认是"新文学家"第一次完整清晰地将西方人文主义植入现代小说之中,精彩地完成了中国小说思想精神——"以人道主义为本"②、真实地表现人性("不是兽性的,也不是神性的")③——的现代转型。从此以后,人文主义成为现代小说的精神特质。在小说主题选择上,"五四小说"面对愈加深重的民族危机,愈发聚焦于清末以来"救亡强国""改造国民性"等迫切的时代课题上。在推动小说艺术现代转型方面,"新文学家"在近代前驱者摸索的基础上,以西方纯艺术理论为指南,紧跟世界小说潮流,进行新的艺术探索,确立了现代小说不断求新求变的道路。另外,"五四"白话文运动使小说语言也发生了彻底的现代转型,当然这是建立在"新小说家"清末进行白话文运动、并大力提倡白话小说创作,以及"兴味派"民初继续探索白话小说创作之路、并获得相当成功的基础上的。不过,必须加以说明的是,"兴味派"继承"新小说家"探索出的是一条"中式白话"之路,而"新文学家"走的则是一条"欧式白话"之路。由于"新文学"在二十世纪二十年代后逐步确立了文学正典地位,"五四以后中国的文学家们所用的'现代汉语'就是建立在'翻译'的基础之上的了"④,这不能不说是一个遗憾。

当然,上述对中国小说现代转型前两部乐章的继承,"新文学家"是故意遮蔽的,因为这显然与其反传统的姿态不符。他们对传统小说的评价整体很低,甚至以"非人的文学"加以全盘否定⑤。这的确造成某些小说传统的断裂。幸好"兴味派"以其丰富的创作实践使中国小说传统得以现代转化,并培养了众多喜欢这种"现代小说"的读者。如此一来,虽然一直受"新文学"压抑,甚至被赶出"现代小说"家族,但其客观的存在,不仅保留了一些"新文学家"失掉的宝贵传统,而且或隐或显地对现当代小说产生了深刻的影响。最后,我们要特别指出的是,从梁启超开始就非常注重小说与报刊、市场的结合,包天笑等将其推到新的现代化高度,但此点并未被"新文学家"很好地继承,甚至出现倒退。可见,小说在这些方面的现代转型倒是由"兴味派"完成的。

---

① 钱玄同:《致陈独秀信》,《新青年》1917 年第 1 期。

② 周作人:《人的文学》,《新青年》1918 年第 6 期。

③ 周作人在《新文学的要求》中提出文学要真实地表现人性,参见赵家璧编:《中国新文学大系:文学论争集》,良友图书公司 1935 年版,第 142 页。

④ 何映宇、顾彬:《失望是因为爱》,《新民周刊》2008 年第 39 期。

⑤ 例如周作人就在《人的文学》中以"非人的文学"视之。

结语

　　近年来，学界已普遍认识到清末"新小说"之于"五四小说"的前驱意义，并将"小说界革命"到"新文学革命"描述为中国小说现代转型之路，而民初"兴味派小说"却被纳入"近现代通俗小说史"进行论述，并继续被视为"五四小说"的对立面。对此，我们首先要认识到"通俗"乃是"新小说""兴味派小说""五四小说"共同的追求，小说文体正因其显著的通俗特性而被"新小说家"选为"新民"的工具、被"兴味派"看成"寓教于乐"的津梁、被"新文学家"用作"改造国民性"的利器。因而直认"兴味派小说"为"通俗小说"，不但不能揭示其本质特征，反而割裂它与"新小说""五四小说"的联系，人为制造雅俗对立。其次，我们应该认识到只把"革命"与"突变"作为关键词来解读中国小说的现代转型已远远不够，还需引入"改良"与"渐变"等新的关键词才能全面深刻真实地重构这一过程。从这两点认识出发，我们做了以上平实之梳理，得出的结论是：中国小说的现代转型由清末"小说界革命"肇其始，民初"小说兴味化热潮"充其实，五四"新文艺小说潮流"收其功。经过这个复杂、艰难的转型过程，中国小说才真正步入现代。这是一部"三乐章交响曲"，若是整体来听，它的节奏的确似乎只有快节奏，这种快节奏正好对应着二十世纪初急风骤雨般变幻莫测的时代气象；它的主旋律是群治新民、救亡图存、破旧立新、以西为师，甚至发展为全盘西化。然而，仔细倾听，它的节奏却是快—慢—快无疑，其中的"慢"节奏其实也正对应着它产生的时代氛围——民初上海社会"短暂平稳"、走向现代的"江南文人"主动疏离政治、传统道德的失落与民族国家"危机重重"、人需要快乐地活着，等等。作为整部乐曲的副旋律，它的内容是回归个体、主张兴味，也不断进行各种克服个体与民族危机的种种尝试。如果说，在民族危机深重的近现代，"兴味派"出现在"新文学家"及其继承者眼里显得那样不合时宜，甚至需要彻底抹掉它曾经存在的事实，进而将它驱逐出文学史。那么，在当下中华民族文化全面复兴的时代，在当代"新文学传统"出现危机，"80、90后"写作在经济权力推动下逐渐进入"文学场"中心的时代，在网络文学、类型文学、创意文学大行其道的时代，我们认为，重新审视、研究"兴味派"这个在中国小说现代转型过程中做出过独特贡献的小说家群体，还原中国小说现代转型激变与渐变相接续的"三部曲"过程，不仅有明显的重写文学史的意义，也能为当下小说界提供一些借镜。

（原载《四川师范大学学报》［社科版］2018年第4期）

"兴味派"文人与小说话关系探论

湖南大学　朱泽宝

小说话,滥觞于明代胡应麟的《少室山房笔记》,经过三百余年不绝如缕的嬗变,最终于1902 年在梁启超等人主持的《新小说》"小说丛话"栏目中正式定名。由此,小说话借着小说跃居文坛中心的时代背景,也呈现出蓬勃发展之势。到新中国成立前夕,据不完全统计,小说话的存世数量已有千余种之多,成为二十世纪上半期中国小说批评不可或缺的一翼。无论就文本数量还是批评实绩而言,经过这不到半个世纪的积累,小说话已可与诗话、词话、文话等并肩立于话体文学批评之林而无愧色。在这其中,民国"兴味派"①文人的功绩不可忽略。他们积极投入到小说话的创作,以丰硕的创作业绩巩固着小说话的批评史地位,并将小说话锻造成其流派建构的重要工具。可以说,"兴味派"文人赋予着小说话更为完整的话体文学批评体性,而得益于小说话不同于其他批评样式的灵活形式,"兴味派"文人鲜活的文坛形象与批评姿态也更为显豁地突显,小说话遂成为保存其理论发声与群体认同的一份宝贵档案。本文即着力探寻"兴味派"文人与小说话间呈现出的双向塑造之关系。

一、"正名":小说话批评地位的确立与宣扬

话体文学批评之产生,本缘于文人的从容闲谈。"话"之对象的选取,实际上是文人喜好与趣味的体现。小说话的长期缺席与小说的备受欢迎间构成的强烈反差,客观地展现出小说在雅俗文化中截然不同的地位。到了二十世纪初,受西方文学思潮的影响,在内忧外患的国家局势刺激下,梁启超等人始极力推崇小说的无上地位,赋予其"新民"的社会。在此背景下,小说话这一概念的提出,本就带着推尊小说文化地位的意义。正如梁启超在其《小说丛话》中说"诗话、文话、词话等,更汗牛充栋矣。乃至四六话、制义话、楹联话,亦有作者。⋯⋯惟小说尚阙如,虽由学士大夫鄙弃不道,抑亦此学幼稚之征也。"②这既交待出小说话出现的必要 性,更能从其中看出梁启超为小说争取与诗、词、文,甚至四六、制义、楹联等争取同等地位的急迫之心。此后,吴趼人在《月月小说》上连载的《说小说》,黄人在《小说林》上发表的《小说小话》等有影响的小说话都接踵而起。这些晚清名人对小说话的呼唤与理论实践,在

---

① 本文的"兴味派",大致指民国初年追求"兴味"的一批小说家。学界或称其为"鸳鸯蝴蝶派""礼拜六派""民国旧派""通俗文学派"等,因其含义多偏负面或不完全,本文不取。"兴味派"小说家以其丰硕的创作实绩堪称民国初年小说界的主流,其影响波及整个民国时期。详见孙超《"兴味派":辛亥革命前后的主流小说家》,《文学遗产》2013 年第 3 期。

② 梁启超:《小说丛话》,《新小说》,1903 年版,第 1 卷第 7 期。

小说批评领域固然极有价值，但纵观当时的知识界，小说话在事实上并没有赢得与诗话、词话等同等的地位。如清末民初卓有影响的《民权素》《庸言》等刊物上都有"诗话"等专栏，小说话则往往只能屈身于"文苑""评论"等栏目下，尚未有独立之资格。因此，为小说话"正名"甚至"争名"的任务就历史性地落到了"兴味派"文人的肩上。大致说来，"兴味派"文人做了这几种尝试。

第一，从梁启超那里"接着说"，重申小说话的存在是文学批评演进历程中的必然结果。其论说策略与梁启超基本相似，即以诗话、词话等为参照，将小说话的缺失视为文学批评领域的不正常现象。如胡寄尘就在《小说管见》中直言小说话存在的必要。"小说自是一种文艺，诗有话，文有谈，小说亦不妨有论。"[①]此处虽提到的是"论"，但从其前后语境来看，实与现代性的学术专论不同，其含义应与"话""谈"等相当，指的就是话体文学批评样式。经过晚清"小说界革命"的宣传与近二十年的实践，小说作为文艺之一种的观念已为大众所认同，在这种情形下，还没有小说话，自然是不合时宜的。而发表于《珊瑚》、署名说话人的《说话》对此现象谈得更为明彻："诗有话，称诗话；词有话，称词话；曲有话，称曲话；谜有话，称迷话……小说也应该有话，说小说的话，应称'说话'。"[②]"说话"虽与"小说话"字面有所歧异，但两者内涵与外延却并无二致。这段话看似老调重弹，只是将梁启超三十余年前的话再说一遍，却有了新的时代内涵。三十年代各文体之分布格局已与梁启超的时代有了天壤之别，当年诗歌等尚是文坛之正宗，而此时无论新文学家还是旧派文人，都主要致力于小说创作。若此时小说话还没有其存在的合理性，那无疑就是传统话体文学批评在新的时代背景下丧失活力的表现。故而对于尚有传统批评思维的学者而言，小说话的有无，关系着小说与话体文学批评的双重颜面。因此，"兴味派"文人在新的时代背景下，将梁启超的当年重新演绎一遍，自有其新鲜的意味，而其为小说话正名的努力也由此显得更为迫切与有力。

第二，"兴味派"文人创作的大量小说话被直接命名为"小说话"，从直观层面上直接扩大着小说话的影响力。小说话的接受度不如诗话、词话等的一个重要原因就是其标识度不够明显，在小说话产生之初，基本上没有小说话被直接称为"某某小说话"，而往往标作"小说丛话""小说杂话""小说闲评"等名目，虽然点明了其话体批评之实质，却也在客观上削弱了小说话这一新生事物的知名度与传播度。至"兴味派"文人手中，方开始径称这一批评文体为"小说话"，如解弢的《小说话》、何海鸣的《求幸福斋小说话》、补庵的《铃斋小说话》、范烟桥的《小说话》、吕君豪的《小说话》、龙友的《小说话》、陈元品的《小说话》、织孙的《小说话》、虎啸的《小说话》等，都出之"兴味派"文人之手，或刊载于其主持的刊物上。此外，还有上文提到的《说话》及《息庐小说谈》《民国小说谈》等，其命名也与"小说话"极其相似，而内涵完全相同，也推进着小说话这一名目的传播。更为重要的是，这些命名为"小说话"的小说话，虽然篇幅或有长短，最初发表的载体各有不同，但都严格以散谈的形式来闲评各种小说现象，严格地恪守着话体文学批评的规范，对于后来的小说话都有极强的示范效应。尤其是解弢的《小说话》，其语言之典雅、视野之广阔、评论之精当、乃至方法之邃密，都在整个民国话体文学批评中都堪称上乘之作，足为小说话史上的典范之作。小说话的文体规范在这一系列

---

① 寄尘：《小说管见》，《民国日报》1919 年 2 月 20 日。

② 说话人：《说话》，《珊瑚》，1933 年版，第 13 号。

"小说话"的引导下也逐渐定型。

第三，"兴味派"文人利用掌握的媒体资源，采取各种策略，推动小说话的规模化发表，直接扩大小说话的影响。最明显的举措就是设置专门用于发表小说话的专栏。其实，小说话从其定名之初即与报刊有着莫大的关联，梁启超主持的《小说丛话》就在《新小说》的"论说"栏连载，前后持续一年之久。当然，这里的"论说"远不限于小说话，更有许多政论性文字存乎其间。民国初年，上海等地的通俗文化刊物多掌握在"兴味派"文人手里，为他们宣传、发表小说话都提供了足够的平台。"兴味派"文人则更进一步，常在其主持的报刊上开辟专栏，专门用于小说话的发表。如《小说日报》就曾专辟"小说话"专栏，专门刊载小说话文字，前后有许廑父、徐枕亚、何海鸣、徐卓呆、秋月柳影、听潮生、瀣一、郑逸梅、俞天愤、冯霭如、董巽观、梁寿卿、张乙庐、金智周等五十余人在其中发表对于各种小说现象之看法。其间参与的人数、话题的广度以及理论的深度比起《新小说》中的《小说丛话》，都有过之而无不及。再如《星期》曾先后创立"小说杂谈""谈话会"等两个专栏，琴楼、马二、无虚生、琴倩、伊凉、以刚、赓夔、灵蛇、鹃魂、董希白、吴兴、转陶、郑逸梅、无浄、吟秋、戴梦鸥、醉绿、镜水生等数十人先后在其中谈论其对小说的感想，随写随载，语言活泼，内容广泛，涉及新旧小说之对比、小说的社会功用、古代小说的研究等当时小说评论领域的时髦话题。还有的刊物则开辟小说话栏目，用以专门讨论某一类型的小说。如《半月》从第一卷第六号至第四卷第一号就开辟"侦探小说杂谈""侦探小说琐话"等栏目，先后登载了张舍我、王天恨、朱瘦、鲍眹、程小青、范菊高、郑逸梅等人小说话，专门谈论侦探小说的创作、阅读诸问题。这在推动小说话形态多元化与功能多样化方面起着良好的作用。

与开辟专栏以成规模地发表小说话相映成趣的是，"兴味派"文人还常编选若干种小说话，汇为一集，予以出版。这种"选本"式的小说话结集，实体现出"兴味派"文人在小说话批评特性上的深度自觉，有着将小说话经典化的意味。如周瘦鹃、骆无涯曾编选一部小说集，名曰《小说丛谭》，于1926年10月在大东书局出版。是书共收程瞻庐《望云居小说话》、范烟桥《小说话》、张舍我《侦探小说谈》、胡寄尘《说海感旧录》、郑逸梅《小说杂志丛话》、黄厚生《说林嚼蔗录》、周瘦鹃《说瓠》等十三种小说话。这些小说话都出自当时文坛名人之手，且颇有理论价值，其中蕴含的引领示范意义自不待言。不管是小说话专栏的开辟，还是小说话的结集出版，本质上都是小说话的规模化发表，都是以成批出现的集群效应来拓展小说话的知名度与接受度。

第四，"兴味派"文人开始着意有意识地叙述小说话"史"。这种"史"的描述或有不够准确之处，但已无关紧要，重要的是其凸显出小说话的产生有其常理意义，并已形成客观的演变谱系，其中呈现出为小说话正名并巩固其地位的强烈意图。如对小说批评素有研究的胡寄尘就说过："小说之有评论，始于民国元年之《太平洋报》，但所论多不确当，无足取者，自后六七年来，小说盛行，而评论独付阙如。今小凤首先提倡，著《小说杂论》，继者踵起，《日报》小说栏中，时见有此项言论。《小说新报》且又预告另添论坛一类矣。不可谓不盛也。惟有一事，须预防其流弊者，即不可各分门户、自立党派是也。"①此段评论言简而意远，既有对小

<hr>

① 寄尘：《小说管见》，《民国日报》1919年2月20日。这里提到的"小说之有评论"，实特指小说话而言，从下文提到的叶小凤的《小说杂著》即可印证此点。再者，习见意义上的小说评论渊源久远，以胡寄尘之学养，不可能仅将其追溯至"民国元年"。更可说明此段是指"小说话"。

说话起源的追溯，也有对其演变趋势的前瞻。他明确提出的小说话起点是"《太平洋报》"，实则指的是无名氏于 1912 年 8 月 8 日至 9 月 25 日在《太平洋报》上连载的无名氏的《小说闲评》，每则文字从数十字到数百字不等，分别讨论《官场现形记》《孽海花》《九尾龟》等白话小说、《右台仙馆笔记》等文言小说、《鲁滨逊漂流记》等外国小说以及小说作法、小说评点等小说现象，完全没有混入传奇、弹词等其他文体，堪称标准的小说话体裁。胡寄尘将小说话的起源追溯至此，或因其体例规范使然。更可贵的是，其更在当时小说话著作趋于繁盛的时代，表现出极强的洞察力与预见性，警惕着小说话中可能出现的门户之见。这一切都预示着小说话具有充分的创作积累与阐释空间。

二、"辨体"：小说话批评体性的扩充与完善

话体文学批评最初由诗话发其端，由于诗歌在中国文体中的正宗地位以及诗话最初创作者欧阳修、司马光等人巨大的示范效应，诗话一举奠定中国话体文学批评样式的写作形式。诗话"集以资闲谈"[1]的创作意趣、"辨句法，备古今，纪盛德，录异事，正讹误"[2]的话题选择以及"即目散评"式的写作形式等，都为词话、文话、曲话等继承。小说话作为话体文学批评的后起之秀，能否具备前代诗话、词话等呈现出的批评体式与精神内涵，是其是否有资格被称为"话"的根本要素。

二十世纪初的时代背景已与涵孕出诗词、词话的传统社会已相差甚大。当时，中国正面临"三千年未有之大变"，生于其间的文人们大都没有当年诗话作家们从容闲谈的闲情与余裕[3]。改革与救国是当时知识分子的主流追求，相应的文学批评也自然要为这一目标服务。就连小说话的定名者梁启超本人即是当时功利主义小说思想的代表人物。即以《新小说》上连载的"小说丛话"而论，也是理论批评者过多，而闲谈故事者偏少，话体文学批评"资闲谈"[4]的精魂在小说话的诞生之初，都存在着相当程度的缺位。

此外，话体文学批评的基本文本形式必须是由若干条内容组成，"一条一条内容互不相关"[5]。在西方学术体制强势涌入的二十世纪初，追求论著的体系性与逻辑性成为潮流，小说话这个刚诞生不久的新批评样式不可避免地受到此种风气的影响。仅仅在小说话正是定名十年后，小说话已开始偏离传统话体批评的轨道，甚至还表现出明显的与小说转论合流的倾向。如常被视为小说话代表之作成之的《小说丛话》与管达如的《说小说》，然细读之下，可发现二者均呈现出严谨细密的写作逻辑与构建完整的小说知识体系的雄心[6]，都是有徒小说话之名，其形制与内容已不是"话体"所能囊括的。

不管是早期的梁启超还是诚之、管达如等人，其笔下的小说话都承担着反省中国小说传

① 欧阳修：《六一诗话》，何文焕：《历代诗话》，中华书局 1981 年版，第 264 页。
② 许顗：《彦周诗话》，何文焕：《历代诗话》，中华书局 1981 年版，第 378 页。
③ 宋人优裕、闲适的晚年生活，是诗话产生与发展的一个重要背景。见张伯伟《中国古代文学批评方法研究》，中华书局 2002 年版。
④ 有学者认为"资闲谈"是诗话的基本写作方式。见祝尚书《论宋诗话》，《文学遗产》2016 年第 1 期。
⑤ 蔡镇楚：《中国诗话史》，湖南文艺出版社 1988 年版，第 7 页。
⑥ 如黄霖先生即认为"《说小说》将晚清一些主要的小说观点条理化，显得颇有系统"，"《小说丛话》对晚清的小说理论做了一次归纳"。分别见黄霖等《中国历代小说论著选》，下册，江西教育出版社 1985 年版，第 351、403 页。

统以及建构完整的小说知识体系的严肃任务,客观上来说是对内忧外患的时代背景的一次理论回应。至于其本应具有的理论特质,就被有意无意地忽略了。如此,话体文学批评样式中"资闲谈"的内核在小说话中荡然无存,也即是说,此时的小说话徒然具有话体批评的形式,还远没有继承其应有的精神特质。迎接着现代曙光诞生的小说话,饱受着紧张的文人心态与西方学术论著形式影响的双重干扰,是否能兼备千百年来话体批评沉淀下来的所有必要特质,在当时的条件下,确是个未知之数。

这一困局在"兴味派"文人那里得到了根本的扭转。可以说,在"兴味派"文人的小说话写作中,文人的写作风格与批评样式的根本特质达成了浑融的契合。有学者曾提出"宋诗话的本质特征是'消费'诗歌"①。更准确地说,消费诗人与消费诗歌在诗话的理论话语中充当了同等重要的功能。其后,不管话体批评样式如何变异,增添何种新的功能,这种以消费作品与消费作家为特质的闲谈始终是其稳固不变的内核。梁启超等人没有赋予小说话的"闲谈"属性,在"兴味派"文人那里充分完成了。"兴味派"文人多活跃在上海等现代消费主义盛行的大都市,其主办的报刊也大多数以消遣为基调肆意地消费流行小说。消费小说名家,也成了"兴味派"小说话的重要话题。早期话体批评中展露出的轻松闲适的氛围,在"兴味派"文人所作的小说话里得以复现。

首先,从小说话的命名上看,"兴味派"文人着力彰显其"闲谈"的本质属性。"名定而实辨"②,通过对一项事物的命名,往往能呈现出命名者的态度倾向。欧阳修开辟了"以资闲谈"的诗话写作风格,有学者指出:"从诗话之体的首创者、体式、性质、风格特征诸方面来考察,欧派诗话应当是中国诗话之坛上的正宗。"③由于诗话的典范效应,"闲谈"也遂成为传统话体批评中的主导风格与规定性特征,内容选择的丛杂性与写作倾向的谐趣性是其题中应有之义。不同于诗话、词话等,小说话在最初发表时,基本上不在小说话前冠以作者的姓名、字号、室名等个人化信息。"兴味派"文人笔下的小说话多以"小说某话"来命名,当然,这里的"小说"可置换为"说部""稗乘""稗官"或具体的小说名等,"话"常由"评""谈""谭""说""言"等代替。重点在于,"兴味派"文人对于作为联结言说形式的"话"与言说对象的"小说"的"某"字的选择,往往能准确地体现话体批评应有的神韵。一般来说,"杂"与"闲"二字是小说话中出现频率最多的字眼。举例而言,含"杂"的有叶小凤《小说杂谈》、周瘦鹃《小说杂谈》、李薰风《小说杂谈》、民哀《稗官琐谈》、寄尘《小说拉杂谈》等,含"闲"字的有马二先生的《我之闲谈》、眷秋的《小说闲评》、姚民哀《小说闲话》、藏拙斋主人《小说闲语》等。其他与此语意相近的"琐""漫""丛""屑"等也都是"兴味派"文人命名小说话的常用字。此类文字所指示的作者态度看上去"并不严肃"④,却精准地传递出小说话的批评精髓,契合着传统话体文学批评随性而发、散漫而谈的文本特质。正是这一篇篇"小说杂话""小说闲评",在专题论著成为学术主流著述方式的二十世纪上半期,延续着话体批评最后的光辉,小说话的话体批评特征也变得无可置疑。

其次,从小说话的内容选择上看,重"论事"而轻"论辞",小说家的言行成为其对关注的

---

① 祝尚书:《论宋诗话》,《文学遗产》2016 年第 1 期。
② 王先谦:《荀子集解》,上海书店出版社 1996 年版,第 275 页。
③ 蔡镇楚:《中国诗话史》,湖南文艺出版社 1988 年版,第 18 页。
④ 郭绍虞评价宋人诗话时说"其性质之并不严肃"。见郭绍虞《宋诗话考》,中华书局 1979 年版,第 4 页。

话体。在以消遣为底色的都市文化环境中，传统话体批评"资闲谈"功能在"兴味派"文人的笔下得到了前所未有的展现。"闲谈"的对象多半是当时最活跃的那批小说家。无论是说坛名家，还是无名读者，都习惯将其所熟知的小说家秘闻作为独家新闻而公之于世。其"闲谈"的内容则五花八门，涉及小说家生活的方方面面，从生活琐事到文学活动，几乎无所不包。有的记录小说家的生活习惯，王天恨《说海周旋录》，提到施济群时说，"济群写的信很潦草，和我一样，提起笔来，只管有一事写一事，所以常常写上几张信笺，字却一点不考究"①。有的推崇小说家的性情品德，如金智周《说海珍闻》表彰许廑父慷慨资助贫寒学生的豪举。有的复述小说家对文坛风气的看法，如黄转陶《说林忆旧录》尤玄甫"现在的小说界，有了'小说阀'了，人家说旺盛是好现象，吾倒说现象不好。所以吾殊不愿再以有用的笔墨，贡献给小说阀"②。有的则披露小说家的创作秘辛，郑逸梅笔下的小说话多能及此，如其称孙漱石写《海上繁华梦》时说"犹虑曲苑中有秘不告人之处，万难出于意想，他就把天香院主娶了回来，金屋藏娇，玉楼偎倩，在温柔乡中消受艳福。于是知无不言，言无不尽。他著书时才得鞭辟入里，大之如院中之一切弊害，小之则一切忌讳、一切规例，都从天香院主那里得来。"③更有的指出小说家团体形成及其风格传承，如姚民哀的《说林濡染谈》就认为于右任、钱芥尘、周少衡、包天笑及严独鹤等人，分别通过办报、办学等途径，造就了一大批小说家。由于谈者与被谈者间普遍存在的亲密关系，小说话中贡献的"谈资"足以成为研究"兴味派"文人生平甚至近现代通俗文学史不可多得的宝贵材料。

三、小说话中的"兴味派"群体建构策略

小说话与"兴味派"文人间呈现出双向塑造的关系，"兴味派"文人完善着小说话作为话体批评的应有属性，而小说话也成为"兴味派"文人群体意识建构的重要武器。如果说在二十世纪二十年代曾出现过一场激烈的"新""旧"文学观念之争的话，那么论争的双方并不是势均力敌的，以茅盾为代表的新文学一派大张挞伐，而"旧派"的声音却极为微弱，甚至存在严重的"失语"现象。其作为一个文学流派的形象也显得模糊不清，甚至长期作为一个被攻击而无法反击的沉默的负面形象而存在。"作为一个群体，它是一个由建构、想象而生成的动态群体。"④从其后世对其纷杂的称呼中就可见一斑。事实上，"兴味派"小说家们具有鲜明的群体观念，小说话正是其构建群体意识的重要武器，只是由于小说话长期以来的被遮蔽而显得不为人知。当我们开始钩沉那沉埋已久的小说话文献时，"兴味派"文人在其中寄寓的特殊的群体建构策略也应一并表明。

第一，规范"小说"边界，摒除新小说家⑤。对于"新""旧"文学观念之争中，"兴味派"文人

---

① 王天恨：《说海周旋录》，《半月》，1925年，第4卷第23号。
② 黄转陶：《说林忆旧录》，《半月》，1924年，第3卷第15号。
③ 郑逸梅：《说林掌故录》，《上海生活》，1940年，第4卷第2期。
④ 胡安定：《鸳鸯蝴蝶派的形象谱系与自我认同》，《文学评论》2011年，第4期。
⑤ 为论述方便，本文提到的"新小说家"均沿习称，指"五四"以后的"新文学"一派的小说家。实则相对古典小说而言，"兴味派"文人也自称为"新小说家"。如周瘦鹃《小说杂谈》就曾说"吾国古时小说，未有作日记体者，惟新小说始有斯体……其最先见者，有包天笑《馨儿就学记》，后有徐枕亚《雪鸿泪史》，均日记体之长篇小说，颇脍炙一时人口。"

看似采取守势,面对新文学家们咄咄逼人的批判,只能发出调和性的声音,如"各有所长,不相掩没;各有所短,亦不能强为辩护"①外,绝少见其能针锋相对地对新文学一派从思想主旨到遣词造句作系统性的理论批判。这并不意味着"兴味派"文人们将新小说家的主张完全认同。在小说话中,"兴味派"文人常常将新小说家不纳入讨论之范围,就很能说明问题。小说话,顾名思义,当是批评各种小说现象之作。易言之,但凡是小说,无论新旧古今,都可纳入小说话的讨论范围。而详察"兴味派"诸人各种类型小说话,提及新文学的寥寥无几。特别是专门讨论"当代"小说家的小说话,完全没有新小说家的一席之地。如民哀的《民国小说谈》,仅"谈"杨尘因、王大觉、叶小凤三人的小说创作面貌,无一语及新派文人。孙绮芬的《小说闲话》,也只是闲话吴双热、天虚我生、周瘦鹃等"旧派"文人的小说。再如署名"可怜虫"的调侃之作《小说界的十二金钗》,所列也全是"旧"文人。这种近乎将"小说"等同于"兴味派"小说的观念几乎笼罩着"兴味派"文人笔下的所有小说话,如郑逸梅的《小说杂志丛话》中,也未话及任一种"新派"小说杂志。

署名大胆书生的《小说点将录》最能说明问题。大但书生以点将录的体例,将"兴味派"诸人类比为《水浒》英雄,每人下加以按语,评论极高,兼及其文坛地位或文学成就。如将李涵秋比拟为林冲,赞曰:"禁军教头(涵秋为师范学校教师有年),冠绝时流。见摈王伦,有志莫酬(涵秋曾有纪事自述昔年初作小说时,有稿投某书局未录)。怒潮澎湃起英雄(涵秋以《广陵潮》得名),匹马单枪孰与俦。"②以"点将录"之方式开展文学批评的第一人舒位,曾谈过其旨趣所在:"爱效东林姓氏之录,演为江西宗派之图。"③所谓"江西宗派图",就是吕本中所作的《江西诗社宗派图》,"江西诗派"这一诗人群体的概念也正是发源于此。有学者指出,"《点将录》确实是《宗派图》的延续。"④《小说点将录》正起到了强烈的群体确认的作用。既名曰"小说点将录",那么就理当将当时小说家全部"点"过一遍。事实上,被其"点"者,有七十余人,全是"兴味派"小说家,如包天笔、陈冷血、王钝根、李涵秋、周瘦鹃等,而当时的新文学小说名家如鲁迅、郁达夫等皆未被列入。大胆书生的《小说点将录》问世后,陆澹庵(署名"莽书生")鉴于其"所点只七十余人","戏为大胆书生补成全璧,易其名曰《文坛点将录》,示范围之较广也。"⑤其派别意识更为强化,所评亦皆为"兴味派"文人,于"新派"小说家中仅列入茅盾一人,将其比附为"地兽星紫髯伯皇甫端",并不怀好意地下了这样的赞语:"勾角磔格,蛮夷之语,犬羊之属,君与为侣。"按语更为恶毒:"雁冰善蟹行文,编《小说月报》,提倡新文学,新文学家大多主张非孝主义,乃禽兽之属也。"⑥于是,在对本派文人的褒扬与对新文学家的攻击间,"兴味派"文人的优越感顿生,其派别意识也在这比较中得以强化。

第二,重建经典小说谱系,完成自我经典化。孰为小说之正宗,是新旧两派论争的必争之地。"兴味派"文人在理论话语的建构上新文学家稍逊一筹,但也曾做出过相关尝试,如范烟桥撰《中国小说史》,就将"最近十五年"的"兴味派"文人的小说创作誉为千年来的"小说全

---

① 绮缘:《小说琐话》,《小说新报》,1919 年,第 12 期。
② 大胆书生:《小说点将录》,《红杂志》,1922 年,第 1 期。
③ 舒位:《乾嘉诗坛点将录序》,《三百年来诗坛人物评点小传汇录》,中州古籍出版社 1986 年版,第 5 页。
④ 龚鹏程:《中国文学批评史论》,北京大学出版社 2008 年版,第 145 页。
⑤ 莽书生:《文坛点将录》,《金钢钻报》1925 年 7 月 30 日。
⑥ 莽书生:《文坛点将录》,《金钢钻报》1925 年 9 月 27 日。

盛时期"，包天笑、徐枕亚、李涵秋、叶小凤等人独领风骚，而新小说家在其中无一席之地。对于其间的缘由，包天笑在该书的《弁言》中说得很清楚："吾国之小说，自有其悠远之历史，讵稗贩舶来之品，摹拟蟹行之文，以为斯业之足传？"①而出自"兴味派"文人之手的小说话者不约而同地体现出这一精神，在建构中国小说谱系时，极力凸显"兴味派"小说与古典小说的传承关系，而将"新"小说摒之于外。如大觉的《稗屑》，杂论古今小说，在民国部分仅论及苏曼殊、叶小凤等人；周瘦鹃《小说杂谈》纵论中外小说，于当时的小说家也仅提到包天笑、天虚我生、刘醉蝶等人。任情《小说漫谈》表现得更为明显，在详论《三国演义》《水浒传》《红楼梦》《儒林外史》《镜花缘》《七侠五义》等作品后，转入对"近十余年来"小说界状况的描述，其结论为"旧小说虽种类繁多，不乏名作，而厌故喜新，乃人之恒情，有求则必有供，新小说家遂应时而出，遍于大江南北，南方小说家如李涵秋、徐枕亚、周瘦鹃、张春帆、徐卓呆、不肖生等，皆享名一时。北方小说家如张恨水、刘云若、李薰风、赵焕亭等，亦为人所盛道。"②这里谈到的"新小说家"，指的就是如李涵秋、徐枕亚、张恨水这一班"兴味派"文人。在任情的叙述中，"兴味派"小说自然接续上中国古典小说的演变脉络，是悠长的小说传统在新时代的当然继承者，其在小说界的正统地位不容置疑。有意思的是，任情在《小说漫谈》的最后也提到了"所谓新文艺小说家"，除鲁迅、茅盾外大多数皆不置可否，根本就在于新小说家"今但谋其毛皮而忽略其实学，则文字虽作到如何华丽，骨子里则终不免空虚也"③。在其看来，大多数新小说家旧学根底的缺乏，使其小说不足以跻身经典小说序列。同时，重视中国古典文学的滋养，是"兴味派"文人与新派文学观念的又一个重要分野，也不可避免地反映在其小说经典建构谱系中。张恨水曾作一篇小说话曰《今小说家与古文人孰似》，特意强调"兴味派"文人学习前代文学的功力，将当时主要"兴味派"文人与古代著名文人一一作类比，如认为陈蝶仙父子似"苏氏父子"，恽铁桥"似柳柳州"，李涵秋"似陆剑南"④，又"仿佛袁随园"，如是等等，皆意在将"兴味派"文人视为古代文学传统在当时的传承者。总而言之，"兴味派"小说话构建的经典小说谱系，透露出一条崭新的小说从古至今的演变路径，已颇具自我经典化的意味。

第三，渲染文人轶事，强化群体认同。如上文所述，"兴味派"小说话中最常见的内容就是"闲谈"，"兴味派"文人的生平事迹更是闲谈的主要对象。在这看似无聊更无关紧要的闲谈中，"兴味派"文人的群体意识正在不断被树立与强化。在这看似无关紧要的闲谈中，往往具有浓厚的社会意义。"所有这些故事，都会创造出一种群体感，是这种感觉把有着共同世界观的人编织到了同一个社会网络之中。重要的是，故事还能使我们明白，生活在旁边那条峡谷里的人们是否属于自己人，是否可以和我们同属一个群体。"⑤《红杂志》上《文坛趣话》的发起与跟进，就完整地呈现出以故事聚拢团体的镜像。发起者施济群在交待写作缘由时说"比年以编辑杂志故，时得与文坛诸子握手言欢，而诙谐笑乐之性，初未稍改。积久趣事弥夥，因撷记忆所及，录刊《红杂志》，名曰《文坛趣话》，盖皆纪实也。"⑥《文坛趣话》在当时就起到了很强的聚合同仁的作用，黄转陶、严独鹤、枫隐等人先后这一创作行列，并持续不断以发

① 包天笑：《弁言》，范烟桥《中国小说史》，苏州秋叶社1927年版，第1页。
②③ 任情：《小说漫谈》，《盛京时报》1937年6月4日。
④ 张恨水：《今小说家与古文人孰似》，《申报》1921年2月12日。
⑤ ［英］罗宾·邓巴：《人类的演化》，上海文艺出版社2016年版，第274页。
⑥ 施济群：《文坛趣话》，《红杂志》，1923年，第2卷，第1期。

掘贡献新的趣话,就明显的表征。《文坛趣话》共连载四十余期,先后谈及严独鹤、尤半狂、程瞻庐、姚民哀、顾明道、许指严、周瘦鹃、赵苕狂等数十余人的趣事。这其中披露的许多"趣事"甚至极其琐屑无聊,如嘲笑赵眠云头太小,程小青喜欢吃五香豆,取笑郑逸梅吃西瓜子没有黄雀快。这些信息本在充作谈资或聊以考证外,基本上没有任何的文学批评价值。但当其以小说话的面貌出现在公开发现的杂志上时,却有了特别的意味。其最初也只在朋友之间流传,现在将其堂而皇之地将其刊载于杂志上,公之于众,除了博读者一笑,满足其对这些名闻一时的小说家生活的好奇心外,还无形中具备了建构群体认同的作用。《文坛趣话》中出现的谈者与被谈者的人数共有五十余人之多,基本上聚拢了当时"兴味派"的主要人物,可谓是"兴味派"的一次集体亮相。其中没有出现任何一个新小说家,清楚地显示了彼此的界限。而且,这些趣事的发表,在他们看来,不过就是就将寻常的闲谈取笑从客厅搬到了报刊上,多了一些听众或观众而已。这些看似仅可称为八卦的故事,被翻着花样地不断讲述,拉进了小说家与普通读者的距离,使其追求趣味的文风更为深入人心。其他如郑逸梅的《著作家之嗜好》《文坛清话》、王天恨的《说海周旋录》、潘祖贤的《谈谈几位小说家》等等,都是以同样的轻松笔调描写"兴味派"文人的逸闻趣事。通过反复的重复言说,在这些"插科打诨"的趣话中,"兴味派"文人和群体风格变得前所未有的鲜明,塑造文学群体意识这一严肃的活动也正在徐徐展开。

第四,运用类比,确定格调。话体批评中普遍存在的类比思维,最初发源于《周易》①。这种思维方式的实践形式是"常常凭着对事物可以感知的特征为依据,通过感觉与联想,以隐喻的方式进行系联"②。类比之物的选取,往往能反映其人对社会的感知角度,进而折射出其审美意趣与思想倾向。"兴味派"文人常常在小说话中常常将其派中之文人类比成当时社会流行之事物,正好与其迎合都市民众心理的消遣主义倾向相契合,而"兴味派"的主流风格也从此可窥。最常见的就是常将文人比作名花。如郑逸梅的《稗苑花神》将严独鹤、周瘦鹃、徐卓呆等二十余位"兴味派"文人比附为各种花神,其理由多五花八门。如严独鹤为"玫瑰神",因其"近辑《红玫瑰》杂志"。徐卓呆为"梅花神",因"卓呆一署半梅、逸梅,愿为梅花神执鞭"③。此外还有慕芳的《文苑群芳谱》等,沿袭着此种路数,将包天笑等小说家比拟为花,而在论述上更为细致,如分析包天笑何以为莲花时说"天笑作品,清芬悠远,喻以莲花,最为相宜。他有时写得很秾艳,有时却出诸白描,又可拿红白莲花来比仿。"④可见,将"兴味派"文人比作花是当时的潮流。署名"可怜虫"的《小说界的十二金钗》,特意列举当时颇有盛名的字号中有女性色彩的"兴味派"文人,一一加以调侃。将小说家类比为名花美人,并不纯为追求谐趣使然,也不全然是对"男子作闺音"的文化传统的切身实践,实是与民国初年出版界喜以名妓、名花充作杂志封面的风气相契合。"兴味派"文人又曾自命为"社会之花",潮流杂志《社会之花》的主编王钝根就有这样的豪迈宣言"今吾侪以优美之文艺为社会之花,此花长好而不萎,爱花者皆可得之,无一人快意众人羡妒之弊。得之者欢喜把玩,无爱晒烦恼丧志贼

---

① 《周易·系辞下》云:"古者包牺氏之王天下也,仰则观象于天,俯则观法于地,观鸟兽之文,与地之宜,近取诸身,远取诸物,于是始作八卦,以通神明之德,以类万物之情。"

② 葛兆光:《七世纪以前中国的知识、思想与信仰世界》,复旦大学出版社1998年版,第122页。

③ 郑逸梅:《稗苑花神》,《半月》,1925年,第4卷第4号。

④ 慕芳:《文苑群芳谱》,《红玫瑰》,1925年,第1卷第32期。

命之虞。"①他们将本派文人比喻为名花,寄寓着服务社会的意愿。

更重要的是,在以轻松的笔调迎合都市中产阶级心理的过程中,也宣告了这一群体文人的主流风格。"兴味派"文人对自身形象的比附,远不限于名花美人。粗粗翻阅当时的小说话,就会发现,凡是当时都市普通人群热爱的事物,如"雀牌""戏子""影戏演员""酒",如是等乖,都会被拿来作为本派文人形象的对照物②。其比附之方式有出于风格相似者,更多的则纯是无谓有噱头,如称"毕倚虹,是红酒",恐怕就是因"虹""红"二字谐音而已,更有甚者,有的根本没有指出比附的理由。其合理性已不再重要,热衷于将"兴味派"文人比附为流行之物本就能释放出重要的信号,即这类小说家是与消费市场紧密联系在一起的。他们的存在,本质上就是巨大的消费生产体系的一部分。

四、余论

"兴味派"构成了二十世纪前半期文坛的半壁江山,小说话也是当时小说批评的重要一翼。二者的关系是如此的密切,其身后的命运又是如此相似。"兴味派"文人长期面临着污名化的困境,以至于其追求"兴味"的文学宣言都被漠视、被置换;小说话这一批评样式则长期被遗忘,即使偶有人提起,也仅能见其只鳞片爪。小说话的少人问津事实上更加重着"兴味派"应有风采的埋没。这是现代学术规范嬗变中必然会出现的悲剧。

"兴味派"文人喜以话体批评来传达其批评理念与群体意识,在新的时代背景下必然面临"失语"的现象。受西方学术规范的影响,现代的学术体制确立以后,学者们渐渐摒弃以传统的话体批评形式来研究各类文学现象,科学严谨而富有逻辑性的专论开始成为主流的学术写作方式。对于话体批评,学界更关心的是其学术批评功能,对作为其根本特征的"闲谈"一直不够重视。这种倾向在话体批评研究领域,几有买椟还珠之嫌。正确认识话体批评的内涵与功能,对于研究中国文学批评史与文学流派,都有着不容忽视的意义。具体到"兴味派"小说话,"闲谈"固然占据了巨大的分量,其间的批评意味已不可低估。何况其中还有大量理论色彩浓郁的小说话,"或记作小说之程序,或评为小说之优劣"③,都有加以整理与研究之必要。这些小说话都是"兴味派"理论声音的表达,借助于小说话,"兴味派"在中国文坛上的形象将由自己的声音所塑造,而不再仅以"他者"的形象存在于新文学的对立面。因此,小说话必然会成为了解"兴味派"的重要工具,随着小说话研究的不断深入,"兴味派"的真实面目也将逐渐清楚。

---

① 王钝根:《〈社会之花〉发刊词》,《社会之花》1924年1月创刊号。

② 分别见新庵《小说家与雀牌》(《小说日报》1923年2月4日)、洲钱金智周《小说家与影戏演员》(《小说日报》1923年3月4日)、章抱桐《小说家与戏子》(《小说日报》1922年12月17日)、洲钱金一仙《小说家与酒》(《小说日报》1923年3月12日)。

③ 民哀:《小说丛话》,《小说新报》,1920年,第6卷,第9期。

新变与重构：论小说话中小说品第的开展及其意义[*]

湖南大学　　朱泽宝

　　小说品第，就是对小说成就高低的区分判明，既是小说经典化过程中的必要步骤，也是热衷于排序的民族文化在小说评论中的必然投射。应该说，自有小说起，便有小说品第。明清小说的繁荣，也带动了小说评点、序跋以及文人笔记中小说品第的盛行。这一时期的小说品第，就品第视阈而言，多数集中于"四大奇书"，或是以其为绝对的参考标准；就价值判断而言，掺杂着极为主观的审美标准与特殊的商业动机。过于私人化的评价标准与过于狭窄的批评视野，都使得当时的小说品第难以尽乎公论，更不可能向精深方向发展。直到小说话正式出现后，这样的局面才有所改观。本文即以民国时期的小说话为载体，以小说品第为切口，力图再现小说话在小说品第领域的拓展，并以此为基础，勾勒出小说话在中国近现代小说批评史上的创获与意义。

一、拓展、细化：小说品第对象之变迁

　　明清时期的小说品第，之所以给人以零碎而不成系统之感，客观上是因为小说缓慢而狭隘的小说传播机制。评论者们注意和品第的小说数量极为稀少，更缺乏综合性的视角与分类化的思维，其中自难免出主入奴、囫囵笼统的主观倾向。时民国，小说界生态发生了翻天覆地的变化，基于小说作品流动迅速、小说新作层出不穷、小说样式花样百出、西方小说汹涌传入的现实，小说话作者们的视野空前开阔，小说品第对象在小说话中呈现的面貌较之此前有拓展、细化的趋势。以下分别言之：

　　其一、小说品第对象的拓展。民国小说话作者们，立于中西小说交流密切的文化潮头，辅之以现代化的小说流通环境，视野远超前人。如此，小说话中品第的小说数量也远多于前，大有综纳古今、融合中西之概。以"史"的眼光，将不同时段的小说一同纳入品第范围，已成为小说话的常态。如解弢的《小说话》遴选出十三部明清经典小说，综合考量，"次第其高下"①，这已是明清文人未曾有过的盛举。织孙的小说品第视野甚至不再局限于古代小说，已绵延至其同时的小说。其自言"生平最爱读平话小说"，说《红楼梦》《水浒传》都是"天地之至

---

　　* 本文为国家社会科学基金重大项目"民国话体文学批评文献整理与研究"（项目编号 15ZDB079）阶段性成果；本文受"中央高校基本科研业务费"资助。

　　① 解弢：《小说话》，中华书局 1919 年版，第 100 页。

文"①，随后即提到了当代小说，"近人平话小说之佳者，莫如李涵秋之《广陵潮》"。如此，古代小说与近代小说皆在其观察视阈之内，这是时代赋予民国小说话的新特质，也是民国小说界创作自信的表现。

视野的突破，带来的是思维的革新。此时的小说品第，已不再以"四大奇书"为先验的价值参考。最终入围"甲等三种"的，分别是"第一《红楼梦》，第二《水浒传》，第三《儒林外史》"②。"四大奇书"中，惟《水浒传》位列"甲等"，《西游记》《金瓶梅》仅为"乙等"小说，《三国志演义》甚至根本没有进入这十三部小说之列。织孙心目中的最佳"平话小说"，也只有《水浒传》而已。这一切，都说明着，原有的品第标准已然崩塌。

有赖于中西交流的大背景，小说话的小说品第视野开始扩展至外国小说，这是以往从未出现的现象。周瘦鹃在这方面的工作尤为突出。他的《小说杂谈》就列举出西方小说的各类"第一"，如称"嚣俄为法兰西社会小说第一作手"③，又说"欧美言情小说中，其芳馨凄感，能令人作十日思者，要以《茶花女》为第一"④。这实是以中国化的思维模式与评价标准对西方小说的次序做出的一次重建。而中西贯通的视角，也能将中国小说置于世界文学之林，来品评其地位。如周氏还推崇《红楼梦》为"旧小说中第一杰作"⑤，又评论其"描写家庭、描写情爱之细，正不让狄根司氏之描写社会也"⑥。在西方文化极为强势的近代，如此贯通的品第视角，对于重拾传统文化之信心的意义，正是不言而喻。

此时的小说品第，已不局限于评骘小说作品。小说家甚至小说情节、小说杂志都进入品第视野，这都是以前不曾出现过的盛况。

特别是在讨论民国小说时，小说话的品第兴趣主要集中于小说家，而不是小说作品，与古代小说的情境完全相反。此现象的出现正与古代小说家生平不彰和近代小说家"有人无书"的局面相吻合。如范烟桥评论民初小说界现状时，就仅谈到小说家，而没涉及任何一部小说作品。"林琴翁物化以后，文言一派，遽趋黯淡，陈小蝶氏，几为中流砥柱矣……长篇小说，世多宗江都涵秋。涵秋物化有年矣，一时称雄者，尚有天笑、瞻庐、倚虹诸先生。"⑦此时无论是文言小说，还是长篇小说，范烟桥都没有列举出名目，恐怕是非不能也，是不为也。这是当时小说话品第民国小说的普遍策略。还比如有人在讨论民初长篇社会小说时，也是提到"惟天笑倚虹二人"⑧较为出色。究其原因，民国小说在当时远没有经历经典化的过程。小说家的作品亦往往泥沙俱下，参差不齐，因而就极易造成"有作家而无作品"的状况，如此创作现象决定了品第策略。

当时小说话作者与小说家多关系密切，甚至同时兼有二重身份。由此，在小说话中品第小说家，或为了推销，或仅作消遣，屡见不鲜。如郑逸梅谈武侠小说家、范烟桥评长篇小说家，即是显例。甚至还有人在小说话中专门列举当时名小说家的名单，马二先生就作过《我

① 织孙：《小说话》，《十日》1922年，第2期。
② 解弢：《小说话》，中华书局1919年版，第101页。
③⑥ 周瘦鹃：《小说杂谈》，《申报》1919年5月26日。
④ 周瘦鹃：《小说杂谈》，《申报》1919年5月23日。
⑤ 周瘦鹃：《小说杂谈》，《申报》1919年5月24日。
⑦ 范烟桥：《说林咀舌》，《新月》1926年，第6期。
⑧ 环：《小说杂话》，《新月》1925年，第4期。

所佩服的小说家》，谈叶小凤、周瘦鹃、徐卓呆等小说家的风格，虽其特意强调"不分次序，并非以某位第一，某为第二"①，终究还是在当时"车载斗量"的小说家中标举出佼佼者，不失品第之意。大胆书生在《红杂志》上连载《小说点将录》，以《乾嘉诗坛点将录》等"点将录"体例，以当时的小说家来比附天罡地煞，品第之意义更为显豁。

民国小说杂志风起云涌，各类杂志从内容编排到版式设计都争奇斗艳。在此新形势下，小说杂志也开始进入小说话的品第视野。春梦就写过《小说界之顶……》，专门讨论小说杂志的各项第一，如其称："小说杂志的本子，要算《紫兰花片》顶小；要算《笑画》顶大。小说杂志的印刷，要算《半月》《紫兰花片》《家庭》顶好顶美观。"②由于当时小说作品几乎都首发于杂志，杂志编辑面对众多的投稿，也常兴之所至，对投稿者的作品品第高下。如顾明道在小说话中说过"游戏世界'家庭号'中有'我的家庭'一栏，系各著作家自述家庭情形……著者共十四人，卓呆所作尤为奇特。"③品第同一专栏同一主题的作品，无疑更具有可操作性与征实性。这些小说多是中短篇，还有小说话喜欢在一部长篇小说中指出其最精彩的境界。如解弢就认为在《七侠五义》中"以白玉堂三试严夺敏一回，最为洒脱生色。"④解弢《小说话》中关于小说情节的品第还所在多有，此处不再一一枚举。

其二、小说品第对象的细化。民国小说话不光在小说种类上扩展小说品第的范围，更开始认识到各种小说在文体性质与审美品格方面的巨大差异，常常在意识到差异化的前提下开始品第。当时比较通行的做法是，先将小说分为长篇与短篇、白话与文言等类，再分别加以批评。如藏拙斋主人的《小说闲语》将小说分为"大家"与"名家"两类："小说有大家、名家之分。大家如长江大河，洪涛万顷，极世界之奇观，然有时泥沙并下，亦不自择""名家如卅里西泠，明湖一鉴，纤尘不染，风景宜人。"⑤从其例举的小说名目来看，"大家"指恢弘的白话长篇章回小说，如《列国志》《儒林外史》等；"名家"则指精巧的文言短篇小说集，如《聊斋志异》《阅微草堂笔记》等。这里的"大家""名家"，似是借用诗家术语，却不含评骘高下之意，只是对两种不同类型小说风格的贴切概括。如此分类，较好地避免了以往的小说品第多将文言短篇小说排除于外的惯习，充分尊重了中国古代小说作品的多样面貌。

由于分类观念的盛行，小说话如要品第小说史上最优秀的作品时，往往会在前面加上限定性名词。如枫隐的《小说蠡测录》谈到三种不同类型的小说，分别评选出其最优作品。"章回小说至《水浒》《红楼》而造其极，笔记小说至《聊斋》而造其极，传奇小说至清初而造其极。"⑥三类小说不同的文体特征与发展阶段被充分地尊重，而各部"造其极"的小说都有其各臻巅峰的风格特性与文体特征，不能为其他小说凌驾其上。先分类，再品判，已成为小说话在涉及小说品第时的一种共识。长篇与短篇、白话与文言，泾渭分明，不容混淆。除却如此荦荦大者指出不同类型小说的代表作，即便在讨论细微的小说写作艺术时，民国小说话也会将不同类型小说分别对待。如藏拙斋主人说："小说状人，工架身段而能惟妙惟肖者，文言首

---

① 马二先生：《我所佩服的小说家》，《晶报》1922 年 8 月 18 日。
② 春梦：《小说界之顶……》，《申报》1922 年 7 月 24 日。
③ 顾明道：《小说杂谈》，《游戏世界》1923 年，第 24 期。
④ 解弢：《小说话》，中华书局 1919 年版，第 2 页。
⑤ 藏拙斋主人：《小说闲语》，《夏之花小说季刊》1926 年，第 1 期。
⑥ 枫隐：《小说蠡测录》，《新声》1921 年，第 4 期。

推《聊斋》……白话首推《水浒》。"①

小说话中的这种基于差异化的分类意识,在品第民国小说时更有用武之地。民国小说的一大特征,就是类型小说极为流行。社会小说、言情小说、武侠小说、侦探小说等大行其道,在内容选择、艺术技巧、审美趣味甚至语言风格等方面,都有明显的差异。因此,小说话在各类型小说中分别品第出佼佼者,既有商业化因素的鼓荡,也是小说创作实践所决定的。如郑逸梅即如此品第当时武侠小说名家:"当代以武侠小说鸣者,为不肖生、张冥飞、陆士谔。"②类似的小说品第,在当时的小说话中数不胜数。在类型化思维的影响下,小说话在谈及旧小说时,也习惯于为其在某一类型小说中找到位置。如许廑父有过如此的品第:"神鬼式的侦探小说,如《包公案》一书,即为此派之最著者""飞行式之侦探小说,以《七侠五义》一书为最"③。虽有牵强附会之处,却也如实地反映出当时小说界的真实样貌。

即使是同一个小说家创作的小说作品,小说话也常会在其中区分出高下。如李汉秋的小说,就有人如此品第:"以《广陵潮》为最。后出之《侠凤奇缘》《战地莺花录》,虽云不弱,已似逊前。"④有百余种之多的林译小说更整体上处于小说话的品第视野内。解弢专门为其排过序次:"林译小说,以哈葛德之蛮荒为第一,迭更司及欧文之社会为第二,司各德及科南达利之战事为第三,哈葛德及大仲马之言情为第四。侦探最下。"⑤寂寞徐生还特意指出其最优者与最劣者:"大概以译华盛顿·欧文、却尔司·迭更司及哈葛德三人之著作为最佳,《新天方夜谈》《贝克侦探谈》二书为最劣。"⑥

二、多元化与多维度:小说品第体性之塑造

民国小说话中的小说品第,较之明清时代,道德化色彩渐渐稀释,品第视角开始呈现多维化的趋势。不同小说话从不同维度做出的小说品第,共同构成小说批评的丰富样貌。

其一,主观体验与客观剖析并行。小说阅读本是私人化的行为,小说话中更是不乏兴到之笔,作者们常敞开心扉,直言其最爱的小说。如王泪痕曾动情地说:"予鬌龄即负笈他乡,稍壮,又为衣食奔走。每于旅店无聊时,辄手稗说一卷,以半岑寂,而生平最爱读者,厥唯《红楼梦》《水浒传》《儒林外史》三书。"⑦可见其纯粹是从感情体验的好坏来标举小说,而最终得到的结果,与解弢推许的"甲等小说"并无二致。在小说话品评论语境中,完全不排斥读者的主观阅读体验,甚至还时时加以表露。如有人谈道:"今日之小说家,于旧小说各有所嗜。以余所知,天虚我生嗜《红楼梦》,小凤嗜《水浒》,鹓雏嗜《儒林外史》。"⑧作者的感情体验,正成为小说品第的重要标准。如卢梦珠说:"近世小说,除《碎琴楼》外,无有能致余哭者。惟读

① 藏拙斋主人:《小说闲语》,《夏之花小说季刊》1926年,第1期。
② 郑逸梅:《武侠小说话》,《半月》1925年,第5期。
③ 许廑父:《侦探小说丛话》,《小说日报》1922年12月27日。
④ 钱杏村:《小说闲话》,《新世界》1920年3月24日。
⑤ 解弢:《小说话》,中华书局1919年版,第5页。
⑥ 寂寞徐生:《小说丛谈》,《申报》1921年5月21日。
⑦ 王泪痕:《稗官闲语》,《紫罗兰》1927年,第13期。
⑧ 莲垞:《稗官谈屑》,《金钢钻月刊》1933年,第3期。

《半月》杂志周瘦鹃君《哭阿兄》一文，曾泣数行下。此作非小说而能令人哭者，在情生于文也。"①

当然，在近代救国与新民的舆论背景下，小说品第不能全然从以个人体验出发，更时常以社会价值为其评判标准。一旦在小说品第中祭出社会意义这条大旗，无疑具有当然的合理性。如玄父就以道德标准为标尺，指责解弢将《金瓶梅》列入经典小说之列，说："吾不知彼之所谓小说审定会者将以端阅者之趋向乎？抑以歧阅者之趋向乎？将以树作者之模范乎？将以长作者之兽心乎？将以改良社会乎？将以堕落社会乎？"②这里呈现出的社会文化批评维度，纯以社会影响来衡量小说优劣。

小说话中小说品第的理性色彩更多地还表现在对小说学理因素的平心剖判。有学者谈到明清时期的小说品第时说："大部分小说序跋或评点不免有入主出奴的倾向；谈论其他小说往往只是为赞赏本书做铺垫，褒贬之处难得公允。"③小说话已大多消弭了"出主入奴"的倾向，即使在以某部小说为参照来讨论另一部小说时，也能对两部小说做出多方面全方位的审视。所持褒贬，多能做到全面客观。如吴灵园讨论《碎琴楼》的价值时，虽以《红楼梦》为参照，并未在主观上厚此薄彼。"我国旧式言情小说，既多如《红楼梦》之偏写富贵俗情，而此《碎琴楼》，独能不同凡调，独标创格，则似又进《红楼梦》一层矣。然《碎琴楼》全书，完全以哀剧动人，结束亦重生离死别，要亦不可谓非与《红楼梦》布局同也。"④首先指出《碎琴楼》在题材选择上高出《红楼梦》一筹，又认识到其布局并不强与后者，还是没有彻底做到"独创标格"。如此先扬后抑的批评态度，恰恰是小说品第中理性精神的彰显。正因如此，小说话评价某部小说时，极少出现绝对溢美或绝对鞭笞的现象。即使是经典小说，也难逃来自不同方面的质疑。如姚玄父质疑"四大奇书"并称的合理性："《西游记》虽近于哲理，然晦而不明，其弊坐偏于依托，偏于想象，致涉荒诞而不经。《金瓶梅》则淫书之尤者耳。"⑤张冥飞指出《儒林外史》的结构"实不免于松懈也"。⑥如此不溢美、不隐恶的品第态度，保证了小说话的品评品味。

当然，在许多小说话中，品第者的主观体验与理性分析常不能截然区别开来，更多的情况是，二者糅合一处，难分彼此。如大觉推尊《水浒传》的立足点所揭示的那样："生平最爱读《水浒传》，爱其无一语不是作者噙泪呕血体会出来，篝天之秘，启龟之灵矣。"⑦其评论虽由情感好恶而发，但终究没有流于情感的宣泄，其中还是有理性评析之处。强烈的情感体验与主观嗜好，是小说话品第小说话的起点，而在随后的逻辑推演中，则充溢着浓郁的理性气质。小说话在涉及小说品第时，常常感性与理性并具，绝少激于感情的妄评和不动声色的剖断。

其二，小说品第维度的多元共存。这在评价民国"当代"小说家时尤为明显。一方面，作者如林，作品如山，又以体裁、题材、风格等方面的不同各自归类。另一方面，小说评论也变

---

① 卢梦珠：《小说小话》，《申报》1923 年 9 月 23 日。
② 冥飞等：《古今小说评林》，民权出版部 1919 年版，第 202—203 页。
③ 陈平原：《小说史：理论与实践》，北京大学出版社 1993 年版，第 177 页。
④ 吴灵园：《小说闲评》，《申报》1921 年 3 月 16 日。
⑤ 冥飞等：《古今小说评林》，民权出版部 1919 年版，第 135 页。
⑥ 冥飞等：《古今小说评林》，民权出版部 1919 年版，第 36 页。
⑦ 大觉：《稗屑》，《民国日报》1922 年 3 月 29 日。

得极为便捷与自由。当众多的小说评论者对众多的小说家、小说作品等展开批评时,便有着多种着手处。在众声喧哗的批评话语中,小说家或小说作品被从方方面面加以衡量。随之而来的小说品第,常常兼顾不同的面向。有署名"说中人"的作者在品第小说界现状时说:"近今说界巨子,天笑以清丽胜,瘦鹃以哀艳胜,倚虹以流利胜,鹓雏以浑雄胜,西神以词采声,寄尘以短峭胜,瞻庐、卓呆以诙谐胜。以专门著者有玉声、瘦菊之社会,小青之侦探、恺然、士谔之武侠。"①这里从小说类型与作品风格两方面来品第其中的擅场者。但这并不意味着以风格论的小说家并不以类型小说著名,同样也不意味着"以专门著者"的小说家没有特定的风格,小说话的作者们不过抓住其印象最深刻的方面予以品第而已。若将不同的小说话对同一小说家从不同维度的评价合在一起考察,更能见其全貌。如这里以风格擅胜的小说家们,不少人在顾明道的《小说杂谈》中则被置于另一品第维度上。如"瞻庐长于社会……卓呆长于戏曲……瘦鹃长于哀情……寄尘长于短篇"②。两者合于一处,呈现出的小说家,庶几接近真相。即使是对同一部小说,不同小说家的评判维度也不尽相同。如《儒林外史》,姚鹓雏评价其为"社会小说之初祖也"③,这是就类型而言,任情又说"小说中之最幽默者,莫过于《儒林外史》"④,这是就风格而言。而《儒林外史》在两种品第维度中都被置于首位,更可见其价值。

三、建构、重构与镜鉴:小说品第意义之探寻

民国小说话在小说品第方面做出的种种探索,显示出的种种特性,无论是对于小说话批评体性的确立和现代小说批评的建构,都有重要的意义。

其一,姿态纷呈的小说品第彰显了小说话的话体文学批评体性。话体文学批评由诗话发端,诗话体例对其他话体批评的生成有着典范性的意义。在千年的诗话发展史上,品第甲乙一直是诗话的重要内容。何文焕的《历代诗话》首列钟嵘的《诗品》,即是对诗话的品第功能的确认。其他如《词品》《曲品》等有明确的品第意义。即使没有命名为"品"的诗话、词话、曲话、文话,品第作家高下,排列作品次序,也一直是重要话题。如早期产生的具有标杆意义的《温公续诗话》,就有二十余则品第前代或当朝诗人的诗歌。品第高低几成话体文学批评的标配,定名于中西文化冲突激烈时期的小说话,开始开展小说品第,尤具特殊意义。一方面,这是确立其传统话体文学批评性质的重要指标,可以说,大规模小说品第塑造着小说话的传统体性。

其二,小说话中的小说品第在文化自信失落的近代舆论中具有重建经典序列、还古典小说以实际地位的特殊作用。清末知识分子反思国势贫弱的原因时,开始归咎于旧小说,甚至将旧小说看作"中国群治腐败之总根源"的声音也是不绝于耳。当革命的高潮过后,小说话以平静理性的态度而不是以极端的立场来审视传统小说时。即使是充满怀疑的小说话作者,也开始在"一团漆黑"的古典小说中找出几部经典小说作为光明的象征。如李晨光在《小

① 说中人:《小说杂谈》,《新月》1925年,第3期。
② 顾明道:《小说杂谈》,《游戏世界》1923年,第24期。
③ 姚鹓雏:《说部摭言》,《晶报》1919年11月27日。
④ 任情:《小说漫谈》,《盛京时报》1937年6月3日。

说杂谈》中说:"旧小说除少数有特殊价值(如《红楼》《三国》《水浒》《儒林外史》《镜花缘》等)外,均卑卑不足道矣。"①黄厚生对古典小说的评价更是刻薄,但也没有完全否定,"降至今日,舍《儒林外史》《水浒传》《红楼梦》数种,略备文学之雏形而外,他则皆不具体未成熟之作品也。"②在诸如此类的排他性小说品第中,能脱颖而出的也就是《红楼梦》《水浒传》《儒林外史》这几部经典小说。经过这番拣选,无意中也进行着小说经典化的工作,旧时的名著在新的思想舆论中恢复并确立其地位。值得指出的是,小说话对传统小说的经典化意义,至今学界注意较少。在对某些小说的经典化的时间与程度上,小说话远强于其他批评样式。即以《儒林外史》而论,1940年前的文学史对其的评述还多停留于"经验描述式呈现"③,而小说话早已赋予其一流小说的地位。

其三,小说品第作为小说批评的一种形式,对于当时的小说创作有着重要的镜鉴意义。民国的小说场表面上虽然一片欢腾,但其中暗藏着种种不尽如人意的地方,让当时有识见的小说家和评论家都深怀焦虑,对其中艺术性的缺失尤为警惕。因此,在品第古典小说时,常常有意识地为当时的文坛提供镜鉴。如谈到当时小说成书过快过易且过滥时,以古典小说为对比,探讨两种小说的价值,以施耐庵、吴敬梓、曹雪芹等人终身著一书而身名不朽,来反衬当时的作品成书之快而沦为速朽的现状,所谓"阅者不及终卷,即并其书名而忘之矣"。在例举具体艺术描写的胜境时,小说话推选对象也多是古典小说。藏拙斋主人讨论小说"绘声绘影"之妙时,以《红楼梦》中相关片段为例;讨论"小说状人,工架身段而能惟妙惟肖者"时,又以《聊斋·画壁》篇和《水浒传》"武松大闹狮子楼为例"。解颐讨论小说中各项事物描写之最,也都从古典中举例,如写战之妙首推《水浒》;"专制朝廷之威严,莫过《红楼》";写四时景物之妙,亦推《红楼》。遍考清末民国的小说话,很少有人讲当代小说中的相关描写视为经典案例。巨大的反差,无不在暗示着民国小说远不如前人的现实。有的小说话就直接指出小说界今不如昔的现状,如李薰风做过这样的对比"吾国之《水浒》《三国》等才子书,对话莫不力求单纯,决无此问彼答,此答彼问,纠纷至不可止之时。近人小说,则有通篇非某某道,即某某说,专以对话见长者,其描写之方式,等于一个话剧"④。在讲求语言经济的文化背景下,指责小说等于话剧,不仅是指其混淆文体界限,更是意味着良好的写作传统的丧失。以品第古典小说的笔法来反衬当代小说现状,确也暗含着两者之间在艺术上的巨大鸿沟。此时,小说话中小说品第的当代意义也就由此愈加凸显。

结语

小说话产生于西风正盛的大时代,西方的学术观念及著述形式影响学人至深,强调小说意义的人物大多又认同西学,而小说又多是不同于诗歌(此处指广义)的叙事性文体,能否在小说话中完好地注入话体文学批评中业已形成的感悟性、片段性、随兴式而又沉浸着古典韵味的批评气质显得尤为重要。当小说话登上文学批评舞台后,显然不能仅凭"话"字就与诗

① 李纯康:《小说杂谈》,《晨光》1923年,第7期。
② 黄厚生:《论今后小说之趋势》,《时报》1921年11月20日。
③ 秦军荣:《文学史书写与〈儒林外史〉的经典化》,《江淮论坛》2015年第1期。
④ 李薰风:《小说杂谈》,《实报半月刊》1936年,第7期。

话、词话等有着千百年积淀的话体批评形式争雄，不能单靠着散评的形式就无愧于来自其他话体批评的质疑。鉴于此，从一开始，取径诗话词话，以求从各方面完善话体批评体性，便成为小说话建设的当务之急。小说品第恰好就是一个很好的突破口。首先，列榜单、排座次是既有民族特色的文化传统，具体到文学领域，便是品第高下、区分甲乙，这甚至已是话体批评的特殊功能之一。小说话中大规模地品第小说，无疑可与此文化传统接榫。其次，小说品第多为简短的片断性文字，多是作者兴到之语，也最适于展现其话体文学特性。民国小说话在小说品第上做出的种种开拓，其视野之开阔与其思维之细，都远超越前人，实际上丰富着小说批评史的内涵。小说话中的小说品第，既彰显着其话体批评性质，更以此独特的姿态完成其文学批评之使命，且为重新建构小说史或小说批评史提供了重要的文献支撑与理论视角。简而言之，小说品第即彰显小说话之"体"，亦促成小说话批评之"用"。

论民初主流小说家的文化身份

上海师范大学　孙　超

　　"封建遗老""买办洋少""市民大众作家"等身份标签一直以来牢牢贴在所谓"旧派文人"的民初主流小说家身上,这些论断严重遮蔽了他们真正的文化身份。实际上,综观其家世出身,一脉传承的对审美、闲适兴味的追求,由"文化贵族"心态到"社会精英"意识之转变,及其面对富有现代性的上海文学场域由传世、觉世到娱世的自我调适与智慧抉择,我们看到的乃是一群走向现代的"江南文人"。从人文地理上讲,这批小说家多来自"江南"文化区。梁启超曾说:"燕赵多慷慨悲歌之士,吴楚多放诞纤丽之文,自古亦然。自唐以前,于诗于文于赋,皆南北各为家数;长城饮马,河梁携手,北人之气概也;江南草长,洞庭始波,南人之情怀也。散文之长江大河,一泻千里者,北人为优;骈文之镂云刻月,善移我情者,南人为优。"[①]这一论断显明地指出放诞多情、爱好文艺乃是"江南文人"品性中千载承传的文化基因,他们早在唐前就在文学史上写下了缘情绮丽的篇章。白居易在做过苏、杭刺史后,写有三首脍炙人口的《忆江南》,江南的景物佳妙、生活安逸、美酒醉人与女子妩媚,都被这位晚年追求"闲适"的诗人写了出来。随着宋以后全国经济重心南移,江南市民文化更加繁荣起来。这一文化以"消闲"为目的,以艺术为载体,形成了趣味化、艺术化的特征,有着浓重的商业成分。到明清,"江南文人"与发达的市民文化结合更加紧密,使其文化品性愈发独特:情感细腻、多愁善感、个性飞扬,爱美和艺术,追求闲适兴味,认同"儒士"与"儒商"的双重身份,等等。这些品性在唐伯虎身上已有体现,经由掀起晚明文坛个性解放思潮的徐渭、屠隆、陈继儒、袁宏道、冯梦龙等的大力推动而进一步近代化。再经由清代袁枚、云间词派、浙西词派、常州词派以及沈复、龚自珍、王韬、韩邦庆、曾朴等一脉相传,一直传到民初主流小说家身上。

一、继承"入仕"与"游艺"的精英意识

　　我们注意到近代的"江南文人"从小接受传统文化教育和艺术技巧训练并非纯粹为了"游艺",而是为"入仕"做准备。他们一开始是作为统治阶级成员的"儒士"来培养的,科举成功通常是其人生首选,江南子弟在明清两代科举上的辉煌显然为其树立了榜样。可以说,时至近代,"江南文人"仍普遍怀有作为"社会精英"的"文化贵族"心态。这种"精英意识"的强弱与转移是区隔清末文学、民初文学与五四文学各自"文学场域"生成的重要参照。在清末

---

①　梁启超:《中国地理大势论》,见刘梦溪《中国现代学术经典(梁启超卷)》,河北教育出版社1996年版,第707页。

文坛上，"江南文人"也曾响应"小说界革命"的倡导，在原本用于"娱目快心"的小说中注入"新民"的内容、"救国"的思想。很多人还加入了直接进行政治革命的同盟会，更多人参加了进行"排满"宣传的南社。这是其强烈"精英意识"的自然表现。然而，辛亥革命胜而无果，共和政体成为幻象，就连陈其美、宋教仁这样的"革命伟人"也被袁氏政府派人刺杀，民国的象征孙中山也被迫流亡，本来就多愁善感的江南志士们顿感"跼天踏地一身多"①，在"拼痛哭，送悲歌"②中一下子失去了生命的支点。很快，失路英雄们便无奈地重回旧日文场，在吟风啸月、诗酒风流、都市花间重显其"江南文人"本色。1914 年《民权素》上蒋箸超的一首小词恰可作他们当时心态的注脚：

> 东南金粉，本文士女儿撑住。眼见得风云吃紧，河山迟暮。时势不甘刁斗静，文章偏有宰官妒。没奈何低首拜红裙，小青墓。　　挥妙手，珊瑚树，问迷津，鸳鸯渡。且整顿全神，卿卿是注。歌馆当年莺语细，画梁此日燕泥驻。借美人颦笑觅生涯，聪明误。③

这首词从江南文化的"文士女儿"特征说起，言及因民族危机而起的斗争及其失败，并细致刻画了他们在人生的"迷津"中大写"鸳鸯蝴蝶"小说、"借美人颦笑觅生涯"的无奈心态。费振钟曾分析传统"江南文人"的品性说："在正常的时代环境中，会以自己超群出众的才华，睥睨现实，其人生姿态或许相当积极；而环境不好，尤其在发生了纷乱的历史转换时，那个悲世主义就跑出来，把他们拉回到消极放任的老路上去。"④这番剖析对于民初主流小说家也是适用的，因为他们正是这些传统"江南文人"的嫡传。

当然，民初主流小说家中真正参加民族革命的失路英雄居于少数，更多的是早已在上海文化市场上卖文为生、拥护民主革命的作家，同样的文化身份使他们迅速结盟。由于大多数"新小说"作品寡味少趣，不能吸引读者，清末"小说界革命"过于政治化的弊端暴露无遗。在这样的文化境遇中，"江南文人"一脉相传之审美的、"闲适"的兴味便与都市文化市场需要之接受的、"消闲"的兴味亲密结合了。1914 年《民权素》创刊号"第二集出版预告"里赫然大字印着"文学的、美术的、滑稽的"，这正是民初主流小说家在文艺上的主要宗旨；1915 年《小说大观》则正式打出了"无论文言俗语，一以兴味为主"⑤之倡导"兴味"的大旗；一些杂志则更直白地以"游戏""消闲""香艳"相标榜。这一方面确确实实是想打破民初到处充斥着的不快活的空气，一方面也是招徕读者、适应市场的需要。更重要的，它是江南文人遭遇历史纷乱后，其"游艺"意识——追求生活的闲适及审美的兴味——在文艺上的自然呈现。同时，面对"江南文人"依赖的文化基础发生空前危机，文人地位迅速跌落、新的政治体制还未真正建立、新的文化格局还未完全成型的社会现状，民初主流小说家中很多人残留的"精英意识"驱使他们还未完全放弃、也有条件参与当时社会主流意识形态的建构。从有关文献来看，民初主流小说家不少都是社会精英，交游的人物也多是政治、经济、文化、教育各界的上层、主流。可见，他们对当时主流文化的影响实在是举足轻重。然而，当 1919 年"五四运动"发生，在"新文学家"——现代知识分子——以凌厉的姿态掌握了中国现代思想建构的话语权之后，这批

---

① ②　枕亚：《鹧鸪天》，《民权素》1915 年第 5 期。
③　箸超：《满江红·周子瘦鹃以香艳丛话索题，率倚一阕》，《民权素》1914 年第 3 期。
④　费振钟：《江南士风与江苏文学》，湖南教育出版社 1995 年版，第 41 页。
⑤　包天笑：《小说大观·例言》，《小说大观》1915 年第 1 集。

小说家中的多数人便无奈地将最后一点"精英意识"也丢掉了,成为完全意义上的"市场作家"。

二、脉承"审美"与"闲适"的名士风度

"江南文人"追求之审美的、闲适的兴味实际上就是追求生活的艺术化、精致化。这一文化基因清晰地显现在民初主流小说家身上。他们多是情感细腻、多愁善感,精通数艺、爱美的才子。包天笑、李涵秋、徐枕亚、周瘦鹃、陈蝶仙等代表作家均以敏感柔顺的女性化性格著称,正是我们印象中传统的"柔弱书生"。这种文化品性让他们多选自然界柔弱且富诗意之物为笔名,比如"小凤""鹓雏""鸳雏""独鹤""秋虫""小蝶""冰蝶""寿菊""碧梧""红蕉""逸梅""眠云""寒云"等等。他们常常兴高采烈地评论这些笔名,蒋吟秋写过《小说家的题名趣谈》、慕芳作有《文苑群芳谱》、可怜虫写了篇《小说界的十二金钗》,都是饶有兴味的。这却引来了鲁迅的辛辣讽刺,专门写了篇短文《名字》发表在《晨报副刊》上。这恰体现出当时新旧派文学家审美趣尚之不同。民初主流小说家多情感细腻、善感多愁,徐枕亚自命为"多情种",曾感叹"才美者情必深,情多者愁亦苦"[1];周瘦鹃这位"小说界的林黛玉"曾坦言说:"我的心很脆弱,易动情感,所以看了任何哀感的作品,都会淌眼抹泪,像娘儿们一样"[2];苏曼殊则是一位吟出"袈裟点点疑樱瓣,半是脂痕半泪痕"[3]有"难言之恸"的情僧。除了这些长日眼泪汪汪的人物,像李涵秋、包天笑、吴双热、李定夷、叶小凤、朱鸳雏等也多是此类"多情人"。民初主流小说家情感细腻的另一个表现是对"微物"的喜爱。胡晓真曾指出王蕴章和《小说月报》文人圈有一种"微物崇拜"倾向,即对琐碎之事物有着异乎寻常的兴趣和沉迷,她说:"杂志不但刊登许多传统笔记小说式的文字,更到处充斥着残、余、碎、零之类的字眼,不断提醒读者这种片断式的美感营造"[4]。更为典型的作家是周瘦鹃,他爱小的对联、小的扇面、小的盆景,主编被称为"顶小"的个人小杂志《紫兰花片》。实际上,这也有"江南文人"传统的基因,代表人物当属《浮生六记》的作者沈复。他是苏州人,曾言及自己的一个癖好:"见藐小微物,必细察其纹理,故时有物外之趣。"[5]根据现代美学的说法,美的类型通常划分为优美、壮美、崇高等,优美与形体小常相关联。江南文人最爱阴柔的优美,当然表现出对"微物"的偏嗜。如江南园林就是很好的表征,那是"江南文人"们试图将天下山水搬进家中庭院的产物。园中的花卉、盆景是其中的艺术结晶。据邱仲麟介绍,明清江南地区,由于文人、富人、妓女多,加上节庆、交际、休闲活动频繁,对于花卉的需求甚大,形成了以南京、苏州、上海为中心的园艺市场。[6] 这是宋元以来,文人园艺趣味在经济刺激下逐渐普及的结果,反过来又加强了文人的这一雅趣。民初主流小说家普遍有种花植草的爱好,周瘦鹃后来还成为著名的园

① 徐枕亚:《玉梨魂》,清华书局1929年版,第9页。
② 周瘦鹃:《红楼琐话》,见《拈花集》,上海文化出版社1983年版,第92—93页。
③ 苏曼殊著,柳亚子编:《苏曼殊全集》(3),当代中国出版社2007年版,第65页。
④ 胡晓真:《知识消费、教化娱乐与微物崇拜——论〈小说月报〉与王蕴章的杂志编辑事业》,《"中央研究院"近代史研究所集刊》,2006年第51期。
⑤ 沈复著,王稼句编:《浮生六记》(典藏插图本),北京出版社2003年版,第30页。
⑥ 详见邱仲麟:《花园子与花树店——明清江南的花卉种植与园艺市场》,《"中央研究院"历史语言研究所集刊》第七十八本,第三分,2007年9月。

艺大师，他手下那些灵心独具的盆景正是其生活艺术化、精致化的体现。周瘦鹃曾说："我是一个爱美成癖的人，宇宙间一切天然的美，或人为的美，简直是无所不爱。所以我爱霞，爱虹，爱云，爱月；我也爱花鸟，爱虫鱼，爱山水；我也爱诗词，爱字画，爱金石。因为这一切的一切，都是美的结晶品"①。

实际上，民初主流小说家普遍具有这种爱美的名士品格，他们精通数艺本身就是对美的追求。陈蝶仙十五岁便创作长篇弹词《桃花影》，他不仅精通当时流行的各种文体，还精通音乐、书法、绘画等，后来，他虽然创办实业，融入了上海现代工业体系，但他始终以名士自居，临终时的遗言是"我以名士身来，还以名士身去"②。他的长子陈小蝶与其有大小仲马之称，十几岁便扬名沪上文坛，吹拉弹唱、书画诗文均称擅场。王钝根出身江南文学世家，自幼非常聪慧，十岁时，"凡旧小说，几无不览"③。后为《申报》开辟"自由谈"副刊，创刊标榜"消闲"，实则百味杂陈的《礼拜六》，成为民初主流小说家群体的重要代表，亦身兼数艺。王西神"中举时还是十六岁的少年。据说喜报到时，他还在城头上放风筝，乡里传为佳话。后来治词章、擅书法，又通英语"。④ 李涵秋、范烟桥等也都被视为早慧、多才的江南名士。实际上，这批文人向往的正是"萧闲如六朝人的生活"⑤，脉承的正是六朝人的名士风度，延续的还是明清以来"借美人颦笑觅生涯"的才子佳人传统。因此，他们同样具有传统"江南文人"的"三楼"情结。他们在茶楼上谈心，在酒楼上行乐，在青楼上买笑。无论是记录他们民初生活的资料，还是他们笔下的小说，酒会雅集、艳妓佑觞都是最常出现的生活场景。据此，我们也就能理解为什么他们创作那么多"言情小说""社会小说"与"滑稽小说"，原来很大程度上这些正是他们文人生活的实录。

三、传承"儒士"与"儒商"的文化品性

然而，民初上海已经形成了现代都市空间，打破"旧礼教"的呼声也越来越响，以市场为导向的"文学场"也已生成，这一切催促着民初主流小说家快点走向现代。除了上面我们提到的文人"闲适"与市场"消闲"的结合，在走向现代的过程中，"江南文人"追求自我精神独立的固有品性也起了关键作用。追求自我精神独立这一点从庄子所谓"逍遥游"开始就成为南方文人的胎记，在后来的发展过程中，又结合了孟子所谓"独善其身""不食嗟来之食"等质实性的人格独立，逐渐形成不与政权合作、山林隐逸、放诞任我的六朝风度。这种风度传至明代"江南文人"则再变为阳明心学、李贽"童心"说、三袁"性灵"诗学、汤显祖"唯情"主义、冯梦龙"情教"论等，整体形成晚明人性解放思潮与文学浪漫思潮，其根柢乃在于他们兼容"儒士"与"儒商"的求"通"之士风。他们突破了一般儒士的"穷"—"达"二元框范，或官、或隐、或商，都努力追求一种自由自在的生活状态。清代"江南文人"则顺承此风，至晚清则更炽。

民初主流小说家正是明清"江南文人"的嫡传，他们依靠这些追求自我精神独立的固有

---

① 周瘦鹃：《〈乐观〉发刊辞》，《乐观》1941 年第 1 期。
② 陈定山：《我的父亲天虚我生——国货之隐者（上）》，《传记文学》（台湾）1978 年总第 192 期。
③ 魏绍昌：《鸳鸯蝴蝶派研究资料》，上海文艺出版社 1984 年版，第 535 页。
④ 芮和师：《以词章擅场的小说名家——王西神评传》，南京出版社 1994 年版，第 226 页。
⑤ 芮和师等：《鸳鸯蝴蝶派文学资料》，福建人民出版社 1984 年版，第 203 页。

资源来理解西方舶来的"个人主义"。刘禾曾详细考察过"个人主义话语"在清末民初的跨语际实践,她说:"这时期的个人主义观念并不包容多年后新文化运动里涌现的意识形态及情感内涵。对杜亚泉而言,个人主义的意义是模糊的,需要重新界定。'吾侪非个人主义者',他说,'但吾侪之社会主义当以个人主义发明之。孔子所谓学者为己,孟子所谓独善其身,亦此义也'。而社会主义和儒家思想对于他又是完全兼容的,这是他对个人主义的最有启示的用法"①。这是就杜亚泉在 1914 年第 12 期《东方杂志》上发表的《个人之改革》一文发表的看法。同时,她还通过解读陈独秀的《虚无的个人主义及任自然主义》,指出了陈氏在 1920 年时对"个人主义"的理解仍未脱道家的色彩。② 循此考察,我们发现民初主流小说家对"个人主义"所作的也多是类似之解读。这批小说家基本上都是"旧礼教"的改良主义者,长期浸润于"儒教"之中,他们完全可能像杜亚泉那样将"个人主义"比附于儒家的"学者为己""独善其身"。同时,他们又有追求人性解放与浪漫文学的精神自由传统,显然也有可能将"个人主义"理解为道家的"任自然主义"。这从当时民初主流小说家主编的杂志发刊词中即可寻出证据,《〈游戏杂志〉序》一方面将世间万物皆归于游戏,一方面又声明"今日之所谓游戏文字,他日进为规人之必要亦未可知也"③;《〈眉语〉宣言》说:"锦心绣口,句香意雅,虽曰游戏文章、荒唐演述,然讽谏微讽,潜移默化于消闲之余,亦未始无感化之功也"④;《〈小说新报〉发刊词》则声称:"纵豆棚瓜架,小儿女闲话之资;实警世觉民,有心人寄情之作也"⑤;这些都可看作是儒、道两家思想共同影响下的"个人主义"表述。刘禾还指出,近现代中国"个人主义话语"实践导生了一个为实现解放和民族革命而创造个人的工程。⑥ 这一点在民初主流小说家那里虽然表述较少,但由于他们还有残存的"精英意识",类似表达也出现在了《〈中华小说界〉发刊词》里:"一曰作个人之志气也。《小说界》于教育中为特别队,于文学中为娱乐品。促文明之增进,深性情之戟刺。抗心义侠,要离之断脰何辞;矢志国雠,汪锜之童殇奚恤?有远大之经营,得前事以作师资,而精神自奋;有高尚之理想,见古人已先著手,而诣力益坚。无形之鞭策,胜于有形之督责矣"⑦。当然,还有那些流行一时、数量众多的"哀情小说"也是很好的证据。民初主流小说家一方面呼唤自由恋爱,要求解除封建礼教的种种束缚,一方面又不敢完全打破,只是摆了一个人性解放的浪漫主义姿态,却最终"发乎情,止乎礼义"了。另外,我们还应认识到"个人主义"毕竟是西方文化的产物,按照五四以来的"'西方文化'优越于'东方文化',一如'现代'胜于'传统'"⑧的惯性思维逻辑,我们从这一兼容中亦能看到这群民初的"江南文人"正在缓步走向"现代"。

由于江南市民文化依赖于都市经济的发展,早在明清时期,在"江南文人"的观念中就不排斥做"儒商"或"文艺商人"。例如,唐伯虎所在的明代"吴门画派"就已富有浓重的商业色彩,后出的陈继儒、王稚登辈更是典型的文化商人;到清代"扬州八怪"更是靠书画来谋生了,

① [美]刘禾:《跨语际实践》,北京三联书店 2002 年版,第 119 页。
② [美]刘禾:《跨语际实践》,北京三联书店 2002 年版,第 129 页。
③ 爱楼:《〈游戏杂志〉序》,《游戏杂志》1913 年第 1 期。
④ 《〈眉语〉宣言》,《眉语》1914 年第 1 期。
⑤ 李定夷:《〈小说新报〉发刊词》,《小说新报》1915 年第 1 期。
⑥ [美]刘禾:《跨语际实践》,北京三联书店 2002 年版,第 122—123 页。
⑦ 瓶庵:《〈中华小说界〉发刊词》,《中华小说界》1914 年第 1 期。
⑧ [美]刘禾:《跨语际实践》,北京三联书店 2002 年版,第 112 页。

清代著名文学家袁枚筑随园,成豪富,也与他善于"卖文"有关。余英时在《士与中国文化》一书中曾提到"心学"大师王阳明为商人方麟(节庵)所写的一篇墓表,他据此墓表及其他相关文献剖析了王阳明对儒家四民论所提出的新观点,即商人"虽终日作买卖,不害其为圣贤","古者四民异业而同道,其尽心焉,一也"。他认为"其最为新颖之处是在肯定士、农、工、商在'道'的面前完全处于平等的地位,更不复有高下之分",并进一步指出王阳明以儒学宗师的身份对商人的社会价值给予这样明确地肯定,是新儒家伦理史上的一件大事。[①] 这一论断,在文化史、思想史上确认了明清"江南文人"兼容"儒士"与"儒商"的文化品性。因为民初主流小说家脉承了这种文化品性,才顺理成章地成为近代第一批职业作家。包天笑、陈景韩、李涵秋、陈蝶仙、王钝根、周瘦鹃、严独鹤等就是其中的杰出代表。由于这批文人处在民初以经济资本为核心权力的"文学场"中,适应文化市场自然势所难免,他们之所以全力投入著译"言情小说""社会小说""滑稽小说""武侠小说""侦探小说",固然有上面提到的种种主观因素,也与迎合市民读者口味紧密相关。这就引发文人固有"兴味"与现代文学市场的冲突与调和,冲突缘于他们来自传统,而调和恰恰证明他们正走向现代[②]。

四、结语

综上可见,民初主流小说家真正的文化身份是走向现代的"江南文人"。对这一文化身份的重新确认有助于厘清一些基本史实,从而打破百年来将这批小说家错误定性、进行鞭挞、打入另册的处置惯性。实际上,不仅继续使用"封建遗老""买办洋少"身份标签进行的所谓"鸳鸯蝴蝶派""礼拜六派"研究,就是那些视其为"市民大众作家"的较为中性的"旧派小说"史论探讨或力图抬升其地位的"近现代通俗文学史"话语建构,在具体论述中仍不免受制于这种强大的惯性。仅以"旧派"这一称呼为例,略窥一斑。当今多数论者仍用"旧派"来称呼民初主流小说家,这是沿用范烟桥《民国旧派小说史略》《民国旧派文艺期刊丛话》,以及严芙孙等《民国旧派小说名家小史》的习惯用法。其实,"旧派"这个名词,是因"新文学家"的批判而产生。胡适在 1918 年发表的《建设的文学革命论》中明确使用了"旧派文学"一词,概指与他提倡的"新文学"相对的一切固有文学。其他"新文学家"批判民初主流小说家时也多指认其"旧",视其为"旧文学"。后来为了甩掉"鸳鸯蝴蝶派""礼拜六派""黑幕派"这些更富"反动"意味的帽子,范烟桥等便退而求其次,选择了"旧派"这个稍显中性的称谓,以与"新文学家"相区隔。我们只要将范烟桥完成于 1927 年的《中国小说史》的"最近之十五年"一节与解放后在此基础上增删而成的《民国旧派小说史略》做一比较,这种无奈心理便清晰可见。笔者虽然早在几年前就基于这批作家在中国近现代小说急剧变革中主倡"兴味"——以小说的"审美性""娱情化"为旨归——的本质特征而将其正名为"兴味派"[③],但为了与学界进行有效对话,在交流时往往还要借助"旧派"这个大家习以为常的说法予以一定说明。这固然证明百年沉积而成之惯性话语的强势,也同时证明重新确认这批小说家文化身份及打破惯性话

---

① 可参看[美]余英时:《士与中国文化》,上海人民出版社 1987 年版,第 525—527 页。
② 关于这一冲突与调和的具体论述请参看拙作《由传世、觉世到娱世——民初主流小说家的自我调适与智慧抉择》,《文艺研究》2015 年第 2 期。
③ 详见拙作《"兴味派":辛亥革命前后的主流小说家》,《文学遗产》2013 年第 3 期。

语形成的重重遮蔽确实具有特别重要的意义。

对这一文化身份的重新确认,还可引起当代人注意其如何脉承传统而走向现代,进而重视并借鉴其宝贵遗产。由于今天的整个社会文化基础已与民初更靠近传统的情况大为不同,我们对民初的这批作家,无论读其文,还是识其人,都存在着很大的文化隔膜。读他们写的"滑稽小说",我们有时很难发出一笑;读某些"言情小说"也确实感到"肉麻";读"社会小说",有时会因其过分的"现实"主义而感到艺术上的拙笨和乏味,有时会因其过分暴露社会的黑幕与人性的弱点而感到愤怒或绝望。不过,假如当代读者有一定的传统文学修养,对民初历史有一定的了解,特别是能够"同情"地去认知这一群无奈的"江南文人",就一定会发现他们的文化心态并非一直以来反复批判的"复古""保守",而是逐渐走向现代的"多元""开放",就一定能或多或少地借鉴其进行多元文学实验的成果。可以说,在当下中华民族文化全面复兴,"新文学传统"正在受到重估,"80后""90后"写作在市场推动下逐渐进入文坛中心,网络文学、类型文学、文化创意产业大行其道的时代,重新审视、研究这个在中国小说现代转型过程中做出过独特贡献的小说家群体,学习借鉴他们对古今中外文学资源的种种转化和创造,学习他们卓有建树的文化创意产业实践,实在是一件迫切且重要的事。

(原载《中国文学研究》2019 年第 2 期)

论民初主流小说家的百年命运

上海师范大学　孙　超

　　民初主流小说家们主倡"兴味",脉承传统,一度在新的时代境遇中凭着文学性、东方性、娱乐性、趣味性、多元性、市民性、自由性、趋新性、知识性、市场性、通俗性与民俗性等优势引领时尚,在中国小说现代转型过程中扮演了重要角色。然而,随后各领风骚的文艺界非但没有延承他们的合理甚至先进的内核,反而不断地将其冠以"旧派""鸳鸯蝴蝶派""礼拜六派""黑幕派"等戏谑之名进行打压。先是新文学家、一些左翼作家对其批判否定;继而是新中国头三十年对其进行的彻底驱逐。直到新时期,随着通俗文学研究掀起热潮,随着对中国文学"现代性"探讨的焦点化,人们对其价值才有所重估。现在,重新梳理这批小说家的百年遭遇,不仅有利于还原那段历史,而且有利于反思时务之于文艺思潮的复杂关系。

一、遭遇新文学家之否定性遮蔽

　　在"五四"新文化运动扫荡一切旧文化潮流中,民初主流小说家被定性为"旧派",连同其"兴味"小说一起成为这场新旧之争的牺牲品。

　　1917 年,来自所谓"旧派"内部的刘半农首先倒戈,他宣告说:"余赞成小说为文学之大主脑,而不认今日流行之红男绿女之小说为文学。"[①]其后,胡适在《建设的文学革命论》中整体否定了晚清以来的旧小说。接着,周作人对属于此派的《广陵潮》《留东外史》等进行了批评,说它们在"形式结构上,多是冗长散漫,思想上又没有一定的人生观,只是'随意言之'。问他著书本意,不是教训,便是讽刺嘲骂污蔑。……他总是旧思想,旧形式";甚至认为"《玉梨魂》派的鸳鸯蝴蝶体,《聊斋》派的某生者体,那可更古旧得厉害,好像跳出在现代的空气之外,且可不必论也"[②]。可见,事态伊始,"鸳鸯蝴蝶体"并非指称所有的除"新文艺小说"[③]之外的民初小说,而是专指《玉梨魂》派的民初言情小说。然而,随着"新文艺小说"潮的奔涌上升,原来专指的"鸳鸯蝴蝶派"的范围被扩大了,"非我族类"的"黑幕派""礼拜六派""聊斋体""笔记体"等,一概被新文学家纳入其中。不仅如此,新文学家还从作家、作品、读者、时代等各个层面对其作了彻底的、毫不留情的否定性批判。这样一来,民初主流小说家主倡"兴味"的特征遭到遮蔽,"专谈风月"的"消闲"特色、"揭人阴私"的"诲淫"末流被放大。

---

①　刘半农:《我之文学改良观》,《新青年》第 3 卷第 3 号,1917 年 5 月。
②　周作人:《日本近三十年小说之发达》,《新青年》第 5 卷第 1 号,1918 年 7 月。
③　新文艺小说指新文学家创作的小说,如范烟桥《民国旧派小说史略》中说:"所述限于旧派,不涉及新文艺小说。"

新文学家普遍认为民初主流小说家思想陈旧、无可救药。例如,沈雁冰认为"他们的作者都不是有思想的人,而且亦不能观察人生入其堂奥;凭着他们肤浅的想象力,不过把那些可怜的胆怯的自私的中国人的盲动生活填满了他的书罢了"①,并指责他们继承了传统有毒的"文以载道"观念,借文学来宣扬陈旧有害的封建思想。② 此外,在批判他们"保守旧道德"、继承传统文艺观的同时,新文学家还猛烈攻击其创作态度。C. P. 批评道:"说他注意时事,他却对于无论怎样大的变故,无论怎样令人愤慨的事情,他却好像是一个局外人而不是一个中国人一样,反而说几句'开玩笑'的'俏皮话',博读者的一笑。"③西谛(郑振铎)严厉批评他们"以游戏文章视文学,不惟侮辱了文学,并且也侮辱了自己"④。志希(罗家伦)则点名批评"徐枕亚的《玉梨魂》骗了许多钱还不够,就把他改成一部日记小说《雪鸿泪史》又来骗人家的钱"⑤。成仿吾说他们办的刊物是"拿来骗钱的龌龊的杂志"⑥。沈雁冰批评他们"简直是中了'拜金主义'的毒,是真艺术的仇敌"⑦。总之,新文学家认定他们的文学观念是"游戏的消遣的金钱主义",并据此断定其作品只能供人玩赏,而不能真正"为人生",也与"真艺术"绝缘,必须从根本上铲除。实际上,民初主流小说家多为上海文艺市场上的职业作家,"卖文为生"是其本色。与晚清"新小说""五四小说"相比,民初小说"载道"的色彩最弱,它主要继承了传统小说的"兴味娱情"观念,从而提倡"游戏""消遣"与"有味"。当然,这一追求的形成也缘于他们对西方小说强调"文学性"的接受,同时还出于适应市场的需要。从他们的办刊主张、小说观念及著译作品的整体来看,这批小说家不但自觉追求小说的艺术本位,也并未抛弃小说的教化功能,而且更注重现代日常生活的启蒙。他们积极推动"旧道德"的现代转化即是在做这方面的努力,却遭到了彻底反传统的新文学家的强烈批判。他们的"兴味"小说甚至未曾被新文学家仔细看过,就得出"该死"的结论。在"新文学"正典化之后,"严肃的文学"一统天下,越是"有味""有趣""有市场"的文学,就越被压抑,就越是处于边缘化,甚至被当作"非文学"看待,被驱逐出文学史。

对于民初主流小说家的作品,新文学家还从文学性、创作技巧等方面极力予以贬损。例如,沈雁冰受西方文艺学影响,批评"旧派"作品"完全用商家'四柱帐'的办法"叙事必然导致"连篇累牍所载无非是'动作'的'清帐',给现代感觉敏锐的人看了,只觉味同嚼蜡",进而认为"旧派"创作的"短篇只不过是字数上的短篇小说,不是体裁上的短篇小说"。⑧"向壁虚造"则是新文学家批评"旧派"小说的又一弊病。沈雁冰说:"他们不知道客观的观察,只知主观的向壁虚造,以至名为'此实事也'的作品,亦满纸是虚伪做作的气味,而'实事'不能再现于读者的'心眼'之前。"⑨西谛也说:"他们不过应了这个社会的要求,把'道听途说'的闲话,'向空虚构'的叙事,勉勉强强的用单调干枯的笔写了出来。"⑩另外,沈雁冰还批评"旧派"的创作"一方剿袭旧章回体小说的腔调和结构法,他方又剿袭西洋小说的腔调和结构法,(是)

---

① 沈雁冰:《自然主义与中国现代小说》,《小说月报》第 13 卷第 7 号,1922 年 7 月。

② 玄(茅盾):《这也有功于世道么?》,《文学旬刊》第 9 号,1921 年 7 月。

③ C. P.:《著作的态度》,《文学旬刊》第 38 号,1922 年 5 月。

④ 西谛:《中国文人(?)对于文学的根本误解》,《文学旬刊》第 10 号,1921 年 8 月。

⑤ 志希:《今日中国之小说界》,《新潮》第 1 卷第 1 号,1919 年 1 月。

⑥ 仿吾:《歧路》,《创造季刊》第 1 卷第 3 期,1924 年 2 月。

⑦⑧⑨ 沈雁冰:《自然主义与中国现代小说》,《小说月报》第 13 卷第 7 号,1922 年 7 月。

⑩ 西谛:《悲观》,《文学旬刊》第 36 号,1922 年 5 月。

两者杂凑而成的混合品"①。新文学家还普遍认为"旧派"的作品"都是千篇一律,没有特创的东西,当然也没有价值"②,"称之为小说,其实亦是勉强得很"③。实际上,民初主流小说家的作品不仅广受读者欢迎,也颇富创新性、文学性,具有十分独特的价值。仅就新文学家批判的几点来看,"记账式"叙事乃是我国古代小说经典的叙事方法,符合国人喜欢听有头有尾故事的民族传统心理,民初主流小说家将之继承下来并结合时代进行新变,自有其贡献;对短篇小说的现代转型,他们也做过多路径探索,并取得了不小的成绩。另外,民初主流小说家在创作上也并不完全是"向壁虚造",他们固然有一些脱离现实的作品,但更多作品要么出于客观的观察,是情感的自然流露,要么虽属间接取材,但由于融进了自身对社会、生活的理解与体会,也别有价值,因此深受广大读者的喜欢。而"中西混合"则是中国小说现代转型的必然表现,也是民初主流小说家主动向西方文学学习的明证。由于面向市场,民初主流小说家的创作是存在一定的模式化倾向,但其多方向探索,多元化创作的努力同样也显而易见。总之,新文学家所激烈批判的——"他们做一篇小说,在思想方面惟求博人无意识的一笑,在艺术方面,惟求报账似的报得清楚。这种东西,根本上不成其为小说"④——并不符合实际。但由于"五四"之后,新文学家渐渐成为文坛话语主宰,这些评判却长期被当成了真相。

"现在看来,新旧文学的关键之一在于争夺读者。"⑤由于"旧派"小说受到读者广泛欢迎,而读者"对于新的作品和好的作品并没有表示十分的欢迎"⑥,所以新文学家宣称要对读者社会进行改造。这种改造主要表现在对青年读者阅读趣味、阅读水平的激烈批评上。西谛斥问:"许许多多的青年的活泼泼的男女学生,不知道为什么也非常喜欢去买这种'消闲'的杂志。难道他们也想'消闲'么?……'商女不知亡国恨,隔江犹唱后庭花。'我真不知这一班青年的头脑如何这样麻木不仁?"⑦当"黑幕小说"流行时,新文学家将"旧派"所有作品混为一谈,据此批评读者的阅读水平。宋云彬说:"我国人看书的程度低到这样,真可令人痛哭!"⑧成仿吾甚至叱问青年读者:"堕落到了这层光景,还不去饱享精神的食粮,还要去嚼猪粪么?"⑨当时的新文学家就是一心希望将读者的眼光转换过来,他们并不能理解"旧派"小说流行不衰的真正原因。"旧派"小说固然存在新文学家指出的某些缺陷,但绝非全无意义的"闲书",更非完全是导人入歧途的"坏书"。实际上,民初主流小说家接续古代小说传统,又力图在小说现代转型中有所新变,创作出了一大批既符合国人"兴味"审美习惯,又与都市时尚合拍的作品。因此,即使受到了新文学家的猛烈批判,民初"兴味"小说依然拥有大量受众。面对这一"畸形"繁荣景象,新文学家也曾试图找出时代、社会的成因。然而,他们从未对此进行认真、客观的分析,而是简单地将其归因为时代、社会之恶。例如,钱玄同认为此种书籍盛行乃是因为政府厉行复古政策,这就严重遮蔽了此派小说是晚清小说在民初时段的接续和新变的事实。面对 1920 年代上海"消遣式的小说杂志"重新流行,西谛认为"他们自寄生在

---

①③④　沈雁冰:《自然主义与中国现代小说》,《小说月报》第 13 卷第 7 号,1922 年 7 月。

②　仿吾:《歧路》,《创造季刊》第 1 卷第 3 期,1924 年 2 月。

⑤　钱理群等:《中国现代文学三十年》(修订版),北京大学出版社 1998 年版,第 94 页。

⑥　西谛:《杂谈》,《文学旬刊》第 40 号,1922 年 6 月。

⑦　西:《消闲?!》,《文学旬刊》第 9 号,1921 年 7 月。

⑧　引自钱玄同:《"黑幕"书》,《新青年》第 6 卷 1 号,1919 年 1 月。

⑨　仿吾:《歧路》,《创造季刊》第 1 卷第 3 期,1924 年 2 月。

以文艺为闲时的消遣品的社会里的。"①成仿吾则指出"这些《礼拜六》《晶报》一流的东西"是"应恶浊的社会之要求而生的"②。

综上可见,"五四"前后,新文学家从各个层面激烈批判民初主流小说家,甚至不认其创作为"文学"。沈雁冰就认为:"这些《礼拜六》以下的出版物所代表的并不是什么旧文化旧文学,只是现代的恶趣味——污毁一切的玩世与纵欲的人生观(?),这是从各方面看来,都很重大而且可怕的事。"③成仿吾说:"他们没有文学家应有的素养,够不上冒充文学家,他们无聊的作品,也够不上冒充文学的作品。"④这场批判的关键是新文学家欲以"新"小说观取代"旧"小说观,即以"西化"小说观取代"兴味"小说观。在当时,新文学家普遍认为"中国向来所谓闲书小说,本有章回体的《红楼梦》《儿女英雄传》,与笔记体的《聊斋志异》《阅微草堂笔记》这两类"⑤,他们既然如此看待传统小说经典,将民初"旧派"小说看作"消闲品"自不足怪。新文学家发动这场批判的目的是打倒一切"非我族类",争得领地,并进一步掌控文坛话语权。他们以强大的西方文学理论话语为武器,很快成为文坛"合法"的主持者。正如刘禾所说,"理论起着合法化的作用,同时它自身也具有了合法性的地位"。⑥ 当新文学正典化之后,上述批判性论断便成为文学史的定论,民初主流小说家从此也被罩上了一重强固的否定性遮蔽。特别是新文学家"不容匡正"的粗暴批判态度,给中国现代文学的发展与客观评价民初主流小说家带来了严重的副作用:那些带有贬斥意味的冠名和批判,虽然曾引起民初主流小说家的抗辩,但他们终于被迫转向理论话语底层,失去了反驳的空间;在创作上也"越发向'下',向'俗'发展"⑦,这在相当程度上阻碍了中国现代文学平等、多元、交互发展的可能。就这样,民初主流小说家从此失掉本来面目,被戴上"消闲、娱乐、低俗"的"大帽子",在此后"救亡图存"更为急骤的时代风潮中,越发显得不合时宜,自然处在被继续批判的境地。

二、陷入一些左翼作家的抹杀性遮蔽

通过批判旧文学,"中国新文学存在权的获得,大致是稳定了"⑧,新文学家逐渐成为文化界的实际领导者,新文学也随即走上不断被正典化的道路。"构建一种文学发展模式,在重写文学史的同时,树立自家旗帜;而革命一旦成功,又迅速将自家旗帜写进新的文学史"⑨,这是新文学家自我正典化的一贯做法。早在1922年,胡适就在《申报》上发表《五十年来中国之文学》来定位他和陈独秀等人领导的新文学运动的伟大性。此后,从1925年胡适在武昌大学讲演《新文学运动之意义》,到1929年朱自清编写《中国新文学研究纲要》、1932年周作人探讨《中国新文学的源流》,再到1935年胡适宣讲《中国文艺复兴》以及众多新文学领袖联手编纂《中国新文学大系》,新文学家们正是通过这一系列自我历史化、正统化、经典化的努

① 西谛:《悲观》,《文学旬刊》第36号,1922年5月。
②④ 仿吾:《歧路》,《创造季刊》第1卷第3期,1924年2月。
③ 沈雁冰:《真有代表旧文化旧文艺的作品么?》,《小说月报》第13卷第11号,1922年11月。
⑤ 仲密:《论"黑幕"》,《每周评论》第4号,1919年1月。
⑥ 刘禾:《跨语际实践》(宋伟杰等译),三联书店2002年版,第330页。
⑦ 钱理群等:《中国现代文学三十年》(修订版),第94页。
⑧ 阿英:《中国新文学的起来和它的时代背景》,《阿英全集》第5卷,安徽教育出版社2003年版,第428页。
⑨ 陈平原:《学术史上的"现代文学"》,《中国现代文学研究丛刊》1997年第1期。

力，来奠定新文学在中国现代文学史上的正统地位。新文学家之所以忙着将刚发生不久，且在创作方面仍显薄弱的新文学正典化，除了缘于自我事迹历史化的内在动机，更重要的是出于两种现实斗争的需要。一种需要是继续打倒包括民初主流小说家及其新生代在内的"旧文学"，这是来自新文学阵营外部的斗争；另一种需要是应对 1927 年后逐渐兴起的革命文学新主潮，这属于新文学阵营内部的论争。

跳脱新文学家建构的文学史遮蔽，放眼 20 世纪 20、30 年代的文坛，很容易看到：新文学家虽然掌握了文学界领导权，但占有最广阔文学市场的依然是所谓新旧"礼拜六派"。面对这一事实，新文学家能做的就是尽力压抑"他者"与自我正典化。当然，也有一些人迅速从"文学革命者"变为"革命文学者"。鲁迅在 1934 年写的《〈草鞋脚〉小引》中曾说："最初，文学革命者的要求是人性的解放，他们以为只要扫荡了旧的成法，剩下来的便是原来的人，好的社会了，于是就遇到保守家们的迫压和陷害。大约十年以后，阶级意识觉醒了起来，前进的作家就都成了革命文学者"①。这里的"大约十年以后"，从 1917 年新文学运动算起正是 1927 年。1927 年之后，新兴的左翼作家一方面继续批判所谓"礼拜六派"，一方面也批评"五四文学革命"的不彻底性，从而打出自家的旗帜。

瞿秋白在 20 世纪 30 年代初发表了一系列文章，指出了以"文腔革命"②为核心的"五四文学革命"在读者接受层面的实质性失败。他说："从'五四'到现在，这种文腔革命的成绩，还只能够说是'鬼门关以外的战争'。为什么？因为鬼话（文言）还占着统治的地位，白话文不过在所谓'新文学'里面通行罢了。"③在瞿秋白眼中，"新文学所用的新式白话，不但牛马奴隶看不懂，就是识字的高等人也有大半看不懂。这仿佛是另外一个国家的文字和言语。因为这个缘故，新文学的市场，几乎完全只限于新式知识阶级——欧化的知识阶级"④。正因如此，广大文学市场依旧被所谓的新旧"礼拜六派"掌控着，瞿秋白曾一针见血地指出，"二三十年前新出的白话小说：《二十年目睹之怪现状》《官场现形记》《老残游记》等等好的东西，他们继承《红楼梦》《水浒》，而成为近代中国文学的典籍；就是坏一点的，例如《九尾龟》，《广陵潮》，《留东外史》之类的东西，也至少还占领着市场，甚至于要'侵略'新式白话小说的势力范围：例如今年出版的张恨水的《啼笑因缘》居然在'新式学生'之中有相当的销路"⑤。这段话比较准确地反映了当时的文坛状况，瞿秋白据此发出进行"第三次文学革命"的号召。他特别强调"要认清现在总的责任还有推翻已经取得三四十年前《史记》《汉书》等等地位的旧式白话的文学"；"在文腔改革上，不但要更彻底的反对古文和文言，而且要反对旧式白话的权威，而建立真正白话的现代中国文"。⑥ 实际上，瞿秋白的"第三次文学革命"是要建立中国的"普洛文艺"——无产阶级的大众文艺，他当然要批评"欧化士大夫的'文艺享受'"⑦，也会一如既往地批判新旧"礼拜六派"，且开启了将张恨水为代表的"新派"与"旧派"混为一谈的论

① 鲁迅：《鲁迅全集》第六卷，人民文学出版社 1981 年版，第 20 页。
② "文腔革命"：即以白话代文言。
③ 瞿秋白：《鬼门关以外的战争》，《瞿秋白文集（三）》，人民文学出版社 1953 年版，第 620 页。
④ 瞿秋白：《鬼门关以外的战争》，《瞿秋白文集（三）》，第 629 页。
⑤ 瞿秋白：《鬼门关以外的战争》，《瞿秋白文集（三）》，第 626 页。
⑥ 瞿秋白：《鬼门关以外的战争》，《瞿秋白文集（三）》，第 630 页。
⑦ 瞿秋白：《论大众文艺》，《瞿秋白文集（三）》，第 862 页。

述，形成了对民初主流小说家的新遮蔽。例如，1932 年钱杏邨就这样叙述："一般为封建余孽以及部分的小市民层所欢迎的作家，从成为了他们的骄子的《啼笑因缘》的作者张恨水起，一直到他们的老大家的程瞻庐，以至徐卓呆止，差不多全部动员的在各大小报纸上大做其'国难小说'"①，很显然，他也将所谓新旧"鸳鸯蝴蝶派"混为一谈。在对具体作家作品的分析中，钱杏邨则运用无产阶级文学观将其定位为"反映了封建余孽以及部分的小市民"思想的文艺。这种混为一谈和阶级定位，一直影响到当下对民初主流小说家的正确命名与评判。

由于新文学的正典化，由于新旧"礼拜六派"的确存在杂糅共生的历史形态，民初主流小说家群体一直难以获得恰当的历史定位。虽然有些左翼作家看到了所谓的"礼拜六派""新""旧"有别，但由于文学观的根本限制，他们只是在抗日战争的特殊背景下曾给予它惊鸿一瞥式的正面关注。② 掌握文坛话语权的批评者们，更多的是将"新、旧礼拜六派"捆绑在一起，用"阶级"定位的办法宣判其种种罪名。

新中国成立后，民初主流小说家进一步遭到抹杀性遮蔽。在前三十年里，我们无法找到一篇从历史实际出发来研究这批作家及其小说的论著。从当时各大高校编著的《文学史》教材中看到的乃是整齐划一的阶级定位、思想艺术批判以及"小说逆流"之结论。如，北京大学中文系 1955 年级集体编著的《中国文学史》第 9 编第 6 章第 4 节的标题，即为《小说逆流——鸳鸯蝴蝶派和黑幕小说》，编者认定此派作品"在思想倾向上，它代表了封建阶级和买办势力在文学上的要求"，其成员由"封建遗老"与"买办洋少"组成，其读者是"趣味庸俗的小市民"。③ 同年出版的复旦大学中文系古典文学组学生集体编著的《中国文学史》将"黑幕小说与鸳鸯蝴蝶派"也定位为"文坛上的逆流"④。此后编著的《文学史》均秉持此种论调，一面反复引用新文学家"五四"创造的经典批判话语，一面接过此前左翼作家"阶级论"的大旗，对所谓"鸳鸯蝴蝶派"进行彻底清算。这些《文学史》的编者也像新文学家一样从作者、作品、读者、时代、社会诸方面来分析其反动、逆流本质，而且强化了"阶级论"的分析方法。在这些《文学史》中，此派作者要么被说成"只是一班封建遗少，一班没落的封建阶级的病态人物，一班中了西方反动文艺思潮的毒素并传布这种毒素的资产阶级文人"⑤，要么被斥为"资产阶级的纨绔子弟"⑥；批评他们的"创作态度更是极不严肃，为了牟取稿费，竟不惜胡乱杜撰……"，斥责他们"把小说从改造社会的工具堕落为消遣游戏品"⑦。由于编者们抱持这种"文学工具论"，他们批判此派作品"脱离时代精神，极力宣扬低级庸俗的感情"⑧；称"他们的'作品'只是红男绿女的色情生活，腐朽的资产阶级的颓废情调和没落的封建阶级的苦闷哀鸣"⑨。对

---

① 阿英：《上海事变与鸳鸯蝴蝶派文艺》，《阿英全集》第 1 卷，安徽教育出版社 2003 年版，第 600 页。

② 如佐思（王元化）的《礼拜六派新旧小说家的比较》一文就非常明确地将所谓"礼拜六派"分出新、旧两派，还对包天笑为代表的"旧派"与张恨水为代表的"新派"进行了比较客观的评判。

③ 北京大学中文系专门化 1955 级集体编著：《中国文学史（四）》，人民文学出版社 1959 年版，第 384 页。

④ 见复旦大学中文系古典文学组学生集体编著：《中国文学史》下册，中华书局 1959 年版，第 508—509 页。

⑤ 复旦大学中文系 1957 级文学组学生集体编著：《中国现代文艺思想斗争史》，上海文艺出版社 1960 年版，第 85 页。

⑥ 北京大学中文系 1955 级《中国小说史稿》编辑委员会编：《中国小说史稿》，人民文学出版社 1960 年版，第 580 页。

⑦⑧ 北京大学中文系专门化 1955 级集体编著：《中国文学史（四）》，人民文学出版社 1959 年版，第 386 页。

⑨ 复旦大学中文系 1957 级文学组学生集体编著：《中国现代文艺思想斗争史》，上海文艺出版社 1960 年版，第 85 页。

于此派影响甚大的言情小说,写"哀情小说"者被斥为"作者写作的目的并不是要反映封建势力对青年婚姻自由的束缚和迫害,号召人们去和它斗争,而是玩味爱情悲剧,沉迷其中,并以此来刺激读者";而写"美满爱情"者又被指责为"毒害性更大,它们反映了买办资产阶级的生活面貌和他们的生活欲望"①。总之,无论怎么写,"他们并不是企图揭露当时封建婚姻问题上的社会根源和解决办法,而是通过这些题材发泄颓废绝望的感情和庸俗无聊的思想"②。这样的批判显然和实际情况相去甚远。另外,针对此派作家所做的种种文学形式、艺术技巧方面的成功探索,这些《文学史》要么一概抹杀,贬之为"在结构上、语言上,无论是'黑幕小说'或'鸳鸯蝴蝶派'的作品,都是千篇一律,枯燥无味,根本谈不上什么艺术性"③;要么即使略为提及,但仍旧归结为没有创新价值:"'鸳鸯蝴蝶派'作品在艺术上吸收了西方小说的一些描写技巧,但多是形式主义的模仿,谈不到有什么创新。"④面对此派取得较大成就的白话短篇小说,虽然他们不得不承认其"接近现代小说形式",但又指责其"内容空虚,所以这种形式也就成为僵硬的外壳",由于"生搬硬套,千篇一律,结果形成一种新的死硬的公式"。⑤ 综上可略窥在新中国建立的头三十年中,民初主流小说家及其小说在大陆所遭受的抹杀性遮蔽。从此,他们作为"小说逆流",头顶各种反动帽子被驱逐出正常的文学研究领域。

三、被纳入"通俗文学史"的错位误读

新时期以来,一些学者起而为民初主流小说家正名辩诬。虽然已取得不少成绩,但总体倾向是将其纳入"近现代通俗文学史"的视域进行考察。1981 年,美国学者林培瑞(Link,E. Perry)出版了广为学者引用的《鸳鸯蝴蝶派:20 世纪初中国城市的通俗小说》一书。此后,海外多数学者视这一阶段的小说为"中国传统风格的都市通俗小说",台湾学者则习惯称之为"民初的大众通俗文学"。大陆方面则在二十世纪八、九十年代之交承续此风大谈"民国通俗文学"。以范伯群的研究为例,1989 年他接连发表《对鸳鸯蝴蝶——〈礼拜六〉派评价之反思》《现代通俗文学被贬的原因及其历史真价》,开始将"鸳鸯蝴蝶派"纳入"通俗文学史"视野。二十一世纪初,范伯群及其弟子更通过编著《中国近现代通俗文学史》,为这批小说家正式加冕"通俗文学家",并推出了著名的"两个翅膀论"——中国现代文学的两翼分别是"严肃文学"与"通俗文学"。

从历史观念上看,至少从宋元话本时代起,"话须通俗方传远"⑥已成为主流小说界的通识。明代冯梦龙更加明确地指出了"通俗小说"用俗语、白话来创作的语言特征,其《古今小说叙》云:"大抵唐人选言,入于文心;宋人通俗,谐于里耳。天下之文心少而里耳多,则小说之资于选言者少,而资于通俗者多。…… 茂苑野史氏,家藏古今通俗小说甚富,因贾人之

---

① 北京大学中文系 1955 级《中国小说史稿》编辑委员会编:《中国小说史稿》,人民文学出版社 1960 年版,第 579—580 页。
② 复旦大学中文系 1956 级中国近代文学史编写小组编著:《中国近代文学史稿》,中华书局 1960 年版,第 381—382 页。
③ 复旦大学中文系古典文学组学生集体编著:《中国文学史》下册,中华书局 1959 年版,第 508 页。
④ 北京大学中文系:《中国小说史》,人民文学出版社 1978 年版,第 370 页。
⑤ 复旦大学中文系 1956 级中国近代文学史编写小组编著:《中国近代文学史稿》,中华书局 1960 年版,第 386 页。
⑥ 语出《清平山堂话本·冯玉梅团圆》。

请,抽其可以嘉惠里耳者,凡四十种,界为一刻"①,其刊刻的"通俗小说"正是有别于传奇体文言小说的话本体白话小说。另外,明清时期的《三国志通俗演义》《水浒传》《西游记》《金瓶梅词话》《儒林外史》《红楼梦》等经典"通俗小说",也全都是用当时的白话写的。可见,传统所谓的"通俗小说"其最大的特点正是语言的白话化。② 直到 1933 年孙楷第出版《中国通俗小说书目》时,还是基于这一历史观念进行编撰而拒收文言小说。刘半农在新文学革命时期曾别出心裁地提出过新的"通俗小说"概念:

> "通俗小说",就是英文中的"Popular Story"。英文"Popular"一字,向来译作"普通",或译作"通俗",都不确当。因为他的原义是——
>
> 1. Sutiable to common people; easy to be comprehended.
> 2. Acceptable or pleasing to people in general.
>
> 若要译得十分妥当,非译作"合乎普通人民的,容易理会的,为普通人民所喜悦所承受的"不可;如此累坠麻烦,当然不能适用。现在借用"通俗"二字,是取其现成省事;他的界说,仍当用"Popular"一字的界说;决不可误会其意,把"通俗小说"看作与"文言小说"对待之"白话小说",——"通俗小说"当用白话撰述,是另一问题。③

这番界定倒是和新时期通俗文学史家的说法有几分相像,都紧扣住"Popular"立论。这个概念的问题是名实不符——用的是中文"通俗"二字,表达的却是英文"'Popular'一字的界说"。它一面强调"通俗小说"不是与"文言小说"相对的"白话小说",一面却自我消解说:"'通俗小说'当用白话撰述,是另一问题。"从所论对象来看,有小说,有戏曲,习惯上认为是"通俗小说"的《水浒传》《红楼梦》《西游记》等被赶了出去,而只认《今古奇观》《七侠五义》《三国演义》等是"通俗小说"。后面的讨论则更加混乱,让读者无法判断他说的"通俗小说"到底是什么。据施蛰存《"俗文学"及其他》一文所说,新文学家及后来的无产阶级文艺家口中的"popular literature",是指民间文学、民俗文学、大众文学④,并非指称"礼拜六派"文学。实际上,新时期之前,主流批评界没有强调或批判民初主流小说家的"通俗性",更罕称其为"通俗文学家",一般是用"鸳鸯蝴蝶派""礼拜六派"等来指称,批判其"消闲性"。原因何在? 就新文学家而言,他们从来没有反对、压抑过"通俗文学",恰恰相反,他们发起新文学革命的目的正是要推翻文坛上已有的"雕琢的阿谀的""陈腐的铺张的""迂晦的艰涩的""不通俗"、用文言写作的旧文学,而明确倡导"建设明了的通俗的社会文学"⑤。他们革命的主要对象就包括所谓"鸳鸯蝴蝶派"的文学,他们认其为"旧文学",而不是"通俗文学"。到 20 世纪 30 年代,新文学的代表人物郑振铎著《中国俗文学史》,意在提倡通俗文学,但仍然将所谓民初"旧派"作品排除在外。可见,"通俗文学"(以"民国旧派文学"为主体)与"严肃文学"(以"新文学"为

---

① 冯梦龙著,许政扬校注:《古今小说》,人民文学出版社 1958 年版,第 1 页。
② 这种以"白话化"为"通俗小说"标识的历史观念,是由"文言"在中国古代社会中作为"书面文字"的特殊地位决定的。韩南指出:"标准的'书面文字'必须具备已经定型的风格型式,并须有一定的合乎规范的原型典籍来证明它作为高雅文化的价值。中国的文言正好符合上述概念的要求。"
③ 刘复:《通俗小说之积极教训与消极教训(一九一八年一月十八日在北京大学文科研究所小说科演讲)》,《太平洋》月刊第 1 卷第 10 号,1918 年 7 月。
④ 施蛰存:《文艺百话》,华东师范大学出版社 1994 年版,第 346 页。
⑤ 陈独秀:《文学革命论》,《新青年》第 2 卷第 6 号,1917 年 2 月。

主体)的划分并不符合新文学革命者的初衷。另外,无产阶级文艺家也不认民初"旧派"文学为"通俗文学",因为他们要努力建立无产阶级的大众通俗文艺。这一点在上引瞿秋白的文章和毛泽东1943年发表的《在延安文艺座谈会上的讲话》中都可找到证据。从阿英《一九三六年中国通俗文学的发展》所指的对象来看,"通俗文学"也是指借鉴民间文学形式创作的通俗易懂的无产阶级大众文学,如,瞿秋白创作的五更调《上海打仗景致》、小说《英雄巧计献上海》;其他作者整理改写的新歌谣、新弹词、地方戏、演义小说,等等。新中国成立后,论者正是坚持这一标准而视民初"旧派"小说为"小说逆流"的。综上可见,用"通俗"两字来概括民初主流小说家及其作品的基本特点,既偏离了传统的"通俗文学"观念,亦不符合新文学革命以来新文学批评话语的一般认知。

从民初主流小说家著译的大量小说作品来看,语言方面就不仅是白话,还有文言。其中不少代表性作品就不是用通俗的白话写的,而是用"雕琢的铺张的"、今天读来似乎很"艰涩的"骈体、古文体写的。这显然与传统的"通俗小说"观念相抵触,也与我们对"通俗"的一般理解和阅读"通俗小说"的种种体验相悖反。从文体上看,如果说凡"小说"都属"通俗文学",那么新文学家创作的小说亦应划归"通俗文学",又何必在现代文学史上强分什么"严肃文学"与"通俗文学"呢? 实际上,民初"旧派"小说中也有很多严肃的作品,如一系列的"国难小说""问题小说"等;新文艺小说中也有十分通俗的作品,如巴金的《家》《春》《秋》就是当时脍炙人口的流行小说("Popular Fiction");赵树理《小二黑结婚》、孙犁《荷花淀》、袁静、孔厥《新儿女英雄传》等更是具民俗色彩的通俗小说。可见,"严肃文学"与"通俗文学"的分类法不够科学,将民初"旧派"小说作为"通俗文学"来研究显然是种误读。

从作家角度来谈,通俗文学史家将近现代文学史上的作家分为"知识精英作家"(新文学家)和"市民大众作家"(通俗文学家)。这一分类实乃沿用新文学革命以来的文坛偏见,不同处在于不再贬低"市民大众作家",而是要为其争取和"知识精英作家"一样的文学史地位。实际上,民初主流小说家的身份地位、道德意识、政治追求、生活理念、价值观念诸方面都非常复杂,很难定于一端。我们略举几例来观其一斑:此派领袖包天笑是晚清秀才、清末苏州宣传维新思想的健将、近代最早的小说翻译家之一、清末民初著名报人、著名的教育小说家、清末江苏教育总会干事、革命团体南社成员、民初小说改革家、最早的影评人之一、旧体诗人、大报的时事评论员等等。在政治上,他支持革命派的"新政制";在道德上,他提倡改良后的"旧道德";在生活上,他追求名人雅士的"闲适",肯定"世俗享乐";在文学上,他既追求作品"娱世"畅销,又追求作品"觉世"醒民,甚至还追求作品"传世"不朽。另一位因在民初发表《玉梨魂》而享有盛名的徐枕亚,是一位典型的热爱革命者,他任编辑的《民权报》是革命党宣传革命的重要阵地,他后来还直接参加过"五四运动",他始终怀有趋新的思想。但他又惯唱"情"与"泪"的哀歌,常年借酒浇愁,仿佛是一个最不可救药的颓废者。他是一位骈文小说家,是撰写诗钟的行家,是当时著名的书法家,可见他十分爱好和擅长传统的文艺。他又借鉴莎翁的"朱丽叶"、小仲马的"茶花女",让自己塑造的主角唱西洋歌曲、写煽情日记,他的这一面又仿佛一位留学归国者。再如长期被视作"倡门小说家"的何海鸣,辛亥革命时,他是叱咤风云的"少将参谋长";"二次革命"时,他在南京代黄兴任讨袁总司令。他也曾任《民权报》编辑;还是个社会学家,1920年他撰著的《中国社会政策》就是一部严肃的学术著作,目的是为中国找出路,公开主张"社会主义"。又如,叶小凤是早期革命者、著名报人、后来官至国民政府的宣传部长；姚鹓雏曾就读京师大学堂，后投身报界、积极参加革命，既做过国民政府官员、兼职大学教员，又任过新中国的松江县副县长。从上举数例即可见出，民初主流小说家中很多都是当时的"知识精英""社会精英"。当然，这个群体中也有周瘦鹃这样的比较纯粹的"市民大众作家"，但同时也不乏像刘半农那样后来脱离"旧派"，进入新文学阵营，甚至成为新文学领袖的作家。显而易见，民初主流小说家很难用"市民大众作家"（"通俗文学家"）来指称。

由于通俗文学史家将民初"旧派"小说视为"通俗文学"，从而将其读者定位为俗众、小市民。这也是沿袭新文学家"小市民文艺"的说法而来，并不符合实情。民初"旧派"小说的读者正像它的作者一样复杂多元。其中大部分是清末"小说界革命"培养起来的读者，两个时段的读者群没有太大不同。这个读者群中既有"出于旧学界而输入新学说者"，亦有新兴都市市民，还有前清遗老遗少，有革命者，也有留学生等等。特别需要指出的是：在新文学革命前，中国小说界只有所谓的"旧"小说，别无分店，要读新出的小说，就得读所谓"旧派"的小说，可见它的读者群应囊括当时所有阅读新出小说者。新文学革命兴起后，一批热爱新文艺的读者才逐渐被分化出去，但直到二十世纪二十年代初这种分化还是非常有限的。只有等到新文学完全被"正典化"，批评者才给民初"旧派"小说的读者贴上"俗众""小市民"的标签。

当然，也毋庸讳言，新时期运用"通俗文学"视角重新审视民初主流小说家，纠正了新文学革命以来形成的很多不当论断，激发了学界客观平实研究这批作家的热情。不过，由于通俗文学史家是将民国几十年的所谓"近现代通俗小说家"看作一个整体来研究的，因而导致民初主流小说家的独特性被忽视，其继承传统、主倡"兴味"、推动小说现代转型的重大贡献继续被遮蔽，而其市场性和消闲性则被过分肯定和放大。综合以上诸方面来看，用"通俗文学"来为民初"旧派"小说加冕并不恰当，将民初主流小说家纳入"通俗文学史"来考察显然是种错位误读，并未抓到痒处。

纵览民初主流小说家不断遭遇遮蔽与误读的百年命运，我们不能不为其中蕴含的时势之于文学的复杂关系而感叹。在历史上，过激主张和某种意识形态规范可能起到过积极作用，特别是在"国家危机"与"文化危机"的双重关口，强调"一元化""唯一性"往往成为挽狂澜于既倒的一剂猛药，但随之而来的是对某一历史事物过于主观的评价和定位。民初主流小说家长期被批判、抹杀、遮蔽，就是一个显例。它导致这批作家在现代文学时段头顶"旧派""鸳鸯蝴蝶派""礼拜六派"等帽子在压抑中创作，其文学才能无法得到全面施展。新时期，研究者赶上了中国大陆"通俗小说热"，并且还有海外、港台大量的有关"通俗文学"（"popular literature"）研究的成果可资借鉴，于是很自然地将民初主流小说家纳入"近现代通俗文学史"视域来考察。他们要借势将所谓"近现代通俗文学"推到与"新文学"同等的地位。虽然解决了不少问题，但却从根本上忽视了"通俗文学"在我国文学史上使用的复杂性及其对民初主流小说家的不适用，这种误读就造成了对这批作家独特贡献、独立地位的新遮蔽。可见，梳理并反思以上遮蔽与误读十分必要，撕下百年来贴在民初主流小说家身上的种种标签乃是还原其历史本相的首要前提。这样做，还有利于我们吸取新文学革命以来文学界强分阵营和以西律中曾给我国文学发展带来损失的教训，为形成实事求是、多元共融的当代文学批评新风提供借镜。

民国小说话关于写人问题的探讨及其理论建树

山东大学　李桂奎

在中国传统文论中,写人理论占有很大的分量。在民国(1912—1949)那段特殊历史时期里,随着西学东渐的不断拓展,乘着援古借洋之东风,小说写人理论得到较大进展。尤其是各种报刊登载的各类小说话以简洁明快的形式在宣扬小说社会功能的同时,也特别注重探讨写人等问题,并不同程度地上升到理论高度。对此,以往相关研究较少,郑家建先生《中国20年代小说理论研究(之一)》在分析、研究二十世纪初的中国小说理论时,对人物性格理论、人物内在心理描写,以及如何传达人生真相等几个层面进行过梳理;[①]黄霖先生《清末民初小说话中的几个理论热点》谈到"典型"理论以及各种小说话拿《金瓶梅》等小说人物比附现实人物等问题。[②] 本文基于较为全面的搜集整理,对民国小说话中的写人话题进行较为系统的研究。

一、从社会人生高度探讨写人效果

民国时期,无论是倡导人生论者,还是主张艺术论者,以及其他未加入派别者,大多乐于以短小精悍的小说话形式阐发小说表达社会人生的功能,并把写人当作小说创作的要义,以突显其在小说创作中的地位。

受启蒙运动与社会变革洪流的影响,民国时期的许多小说话侧重于社会政治批评,惯于从社会人生视角强调写人之功用。这类小说话可追溯到民国之前的革命岁月。当年,人们呼唤英雄,许多小说话也往往围绕这一时代主题借题发挥,如娲石女氏《读小说昙花梦》赞美《昙花梦》所写英雄人物及会党组织说:"其学之邃,其德之高,其才之敏,其志之坚,圣贤豪杰,若彼党者,可谓兼之矣。"赞美其中的男性英雄:"蹈水火而不辞,冒锋刃而莫顾,千磨百折,濒九死而不悔,唯达其正鹄之是求。"颂扬其中的巾帼英雄:"烛知其国政之腐败,国民之危险。乃毅然牺牲一切庸福,排百障历千艰,于修业之余,组织一秘密机关,可谓独立特行。"基于对小说所写英雄人物之赞美,这篇小说话借题发挥,深切地希望革命党人要以这部小说为借鉴,"痛诚而深省"。[③] 民国建立后,这类小说话得以发扬光大,涉及面更广。有的谈到正反面人物描写之于社会人生的鉴戒意义,如云黼《小说谭》指出:"论小说效用,是很多:过去

---

①　郑家建:《中国20年代小说理论研究(之一)》,《文艺理论研究》1996年第2期。
② 黄霖:《清末民初小说话中的几个理论热点》,《复旦学报》2009年第1期。
③ 娲石女氏:《读小说昙花梦》,载《汉帜》第2期"附录",光绪三十二年丙午十二月十二日(1906年1月25日)。

的忠臣义士、侠男烈女,都可以表彰出来,使人兴感;奸诈强盗,都可以活现出来,使人惩戒;现在社会的情状,五光十色,魑魅魍魉,都可以拿燃犀之笔,描写出来,使人取鉴。他如理想、哲理等小说,亦可使人有远尚思想、进化智识。有这些效用,无论是庄严、是诙谐、是嘲、是讽,总而言之,小说之势力,是很大的。"①这里包含的意思有,今昔小说所写人物虽然有所不同,但总会通过写正反面各色人等,发挥其惩戒、启智等作用。同时,与强调小说社会功能相关,梦生《小说丛话》认为,《金瓶梅》之所以是"最佳最美之小说",主要是因为它"写社会下等人物无一不酷似""为普天下奸夫淫妇、贪官恶仆、帮闲娼妓一齐写照",乃是一部"惩劝世人、针砭恶俗之书"。② 另外,也有的小说话关注到家庭小说由家而国的社会功能,如季新(汪精卫)《红楼梦新评》指出:"国家即是一大家庭,家庭即是一小国家。"《红楼梦》这部小说"是中国之家庭小说",而所写贾府中的人物又是"纷纷然相倾相轧、相攘相窃""极残忍、极阴鸷、极诡谲、极愁惨"。在季新看来,小说作者通过写人物之间的勾心斗角、尔虞我诈,既揭示出"中国家庭种种之症结",又批判了当时国家政治的专制。③

在民国小说话注意运用社会批评眼光来审视小说人物的同时,人们还纷纷注重对小说人物进行道德品行批评。如白的《红楼人物》有这样一段话:

> 黛玉是一个情感过敏的女孩子,宝钗则是一个具有高度理智的成人。黛玉多疑善妒胸无余蓄,宝钗则从时随分机智深沉。黛玉毕生知己只宝哥一人,而宝钗则贾府合家上下个个欢迎。黛玉好比孽子孤臣,宝钗俨然贤妻良母。黛玉好比是落拓诗人牢骚满腹,宝钗好比逢时巧宦大紫大红。黛玉口角尖酸固然讨嫌,宝钗世情十足亦甚惹厌。若为己身选择配偶,宁愿娶林妹妹,若为子孙选媳妇,则我愿推荐宝钗。若说好两人都好,若说坏两人都有坏处。④

在此,白的从多个层面对林黛玉、薛宝钗校短量长,并表达了选偶宁选林黛玉与选子孙媳妇愿选薛宝钗的动议,后来的钗黛之争基本沿承如此基调。当然,其中不少小说话还经常拿小说人物与社会生活对号,强调小说写人要符合社会人物的身份。如唐荒《读〈红楼梦〉者理想中之娇妻》以戏谑的笔调历数《红楼梦》中的林黛玉、薛宝钗、晴雯、鸳鸯、探春、惜春、妙玉、秦可卿、香菱、王熙凤、尤二姐、袭人等十一位美人的性格特点与才情短长后,认为这部小说中一切出色人物,都不可以当配偶,只能"垂青于傻大姐,亦聊以趋从时俗耳",此外,"尚有一人可以不费踌躇而致之",即"晴雯之嫂子是已"。⑤ 这是小说流传以来"宝黛之争"的继续,也是后来人们喋喋不休地争论"《红楼梦》中的美女谁最适合做妻子"的序曲。

除了对小说人物进行道德批评,在继承明清以来的小说理论传统的过程中,民国小说话也对小说所写人物情性有较多关注。如吴灵园《小说闲评》重视写"情"、特别是"男女之情"与写"下级社会",认为"写富贵俗情易而写贫贱真情难",呼吁作家"发其悲天悯人之意,从蚁封狗洞中取材,为此下级人物一道疾苦"。值得重视的是,这篇小说话还提出了一个"性的表

---

① 云衢:《小说谭》,载《群强报》1914 年 11 月 16 日。
② 梦生:《小说丛话》,载《雅言》1914 年第 1 卷第 7 期。
③ 季新:《红楼梦新评》,载《小说海》1915 年第 1、2 期。
④ 白的:《红楼人物》,《新民报晚刊》(重庆)1943 年 6 月 16 日。
⑤ 唐荒:《读〈红楼梦〉者理想中之娇妻》,载《上海泼克》1918 年第 1 卷第 1 期。

现的文学"概念,注意到了文学在表现人物情性方面的功能①。另外,还有的小说话注意到了小说所写人物性情的复杂性,如冥飞《古今小说评林》有言:"书中写曹操,有使人爱慕处,如刺董卓,赎文姬等事是也;有使人痛恨处,如杀董妃,弑伏后等事是也;有使人敬佩处,如哭郭嘉,祭典韦,以愧励众谋士及众将,借督粮官之头,以止军人之谤等事是也。有曹操之机警处,狠毒处,变诈处,均有过人者;即其豪迈处,风雅处,亦有非常人之所能及者。盖煮酒论英雄及横槊赋诗等事,皆其独有千古也。"②这段话以事论人,打破了毛宗岗父子评《三国志演义》关于曹操描写的"奸绝"性格单一性之说,强调了这一形象的立体感。总之,为做到言必有据,民国小说话常常以《三国志演义》《聊斋志异》《红楼梦》等名著的写人文本为依据,既继承了传统写人理论中的"性格""情理"观念,又能够接受外来观念,带有新时代新气象。

相比之下,宛扬的《小说的论理》的见解更具启发性和理论价值。关于什么是"论理",宛扬如是说:

> 小说不外写人生。写人生却要合于论理。"论理的人生,人生的论理。"这两句话,做小说的不可不知。我们都知道了,小说要写得普遍。何谓"普遍"? 便是非偶然,普遍与非偶然,换言之即是论理。原来论理的法则是一定的,决不是偶然的。偶然发生的事情,不必一定合于论理,小说因为要合于论理,所以只宜描写普遍的人生,不宜描写偶然的人生。③

这篇小说话认为,小说以写人生为主要目的,而写人生即要合于"论理"。既然作者造出一个人物来,那么这个人物的事迹如何,结果如何,便有一个自然的法则在内。作者所谓的"论理"指的就是小说创作要符合人物生活发展的逻辑。"论理"本质就是普遍的、非偶然的,即是规律性,具体到小说中,即是生活发展的规律,就是蕴藏在表层的故事背后等待发现的法则。其具体表现,或是社会的深刻现实,或是人情的恒久定律,如是等等。这一下子就与偶然性的、表层的故事区别看来。小说的任务便由讲述偶然性的故事转化为解释普遍性的规律,虽写的同样都是人生,但在创作趣味上却跃升不止一个档次。

当然,民国小说话在探讨小说写人生观念的同时,也顾及结构、环境等问题。如,忍杰《小说漫谈》认为,在中西小说中,托尔斯泰与莫伯桑两人善写人生社会,且能做到"深致钦佩者",特别是托翁的《复活》,能"以精微之思,写至情之事,布局既奇特,结构复无一疏漏懈笔",故而堪称世界第一流作品④。

二、从社会生活视角探讨小说人物与现实人物关系

小说人物与现实人物的关系问题是小说写人理论中的重要问题。民国小说话也热衷于这一问题,并从多个维度进行探讨,包括作者应设身处地地揣摩现实人物、"绘影绘声"地模拟人物声态,以及依据某种生活原型写人等。

---

① 吴灵园:《小说闲评》,连载于《申报·自由谈·小说特刊》1921年2月至6月。
② 冥飞:《古今小说评林》,民权出版部1919年版。
③ 宛扬:《小说的论理》,《申报·自由谈》1921年7月10日。
④ 忍杰:《小说漫谈》,载《申报·自由谈·小说特刊》1921年1月9日。

在关于作者写人如何达到传神等理论探讨上,"设身处地"是一个关键词。中国传统文艺理论向来注意从人物身份视角探讨写人造诣,如金圣叹在评《水浒传》第十八回写林冲火并王伦一节说:"有节次,有声势,作者实有设身处地之劳也。"①在第五十五回的回前评中,金氏又提出了影响深远的"亲动心"说:"惟耐庵于三寸之笔、一幅之纸之间,实亲动心而为淫妇,亲动心而为偷儿。"②这一传统在民国小说话中得以发扬光大。先是,民国前夜,《小说丛话》作者群体在透辟入微地论证创作与生活关系之后,进一步探索小说创作过程。浴血生指出:"有人焉,稍思冥索,设身处地,想象其身段,描摹其口吻,淋漓尽致,务使毕肖,则吾敢断言曰:若而人者,亦必以小说名于世。"③这里所谓的"设身处地"云云,指的就是小说人物是作者深入生活感受的结果。民国年间,叶楚伧《小说杂论》曾探讨"性格描摹"问题,并指出,施耐庵的《水浒传》之所以将鲁达之爽快、武松之雄俊、杨志之郁勃、石秀之精灵描摹得惟妙惟肖,主要是因为作家"相其才,度其性,别其遇,以体贴揣摩之";小说中的人物"同为强盗,而仪容性情之不同如此,遂翕然赞叹其揣摩之精,而不知施之乖觉绝世也"。④ 在那个年代的人们思想意识里,要把一个人物写好,首先就要对其性情进行"体贴揣摩",这未免带有经验主义色彩。在此前后,胡适在其非小说话的《论短篇小说》也指出:"人说赵子昂画马,先要伏地作种种马相。做小说的人,也要如此,也要用全副精神替书中人物设身处地,体贴入微。……唐以前的小说,无论散文韵文,都只能叙事,不能用全副气力描写人物。《虬髯客传》写虬髯客极有神气,自不用说了。就是写红拂、李靖等'配角',也都有自性的神情风度。"⑤继而,《古今小说评林》发扬光大了传统小说戏曲批评中的"设身处地"说以及"亲动心"说:"小说之所以能真,在作者之无处不设身处地。纪晓岚所述某伶之言曰:'为贞女则正其心,虽笑谑亦不失其贞;为淫女则荡其心,虽庄坐亦不掩其淫;为贤女则柔婉其止,虽盛怒无疾言;为悍女则拗戾其心,虽理屈无逊词'。小说作者,亦犹如是。"⑥此处借《阅微草堂笔记》中的狐狸谈其如何能幻化为各类女子,来谈小说中的人物刻画。其实还有一段点睛之语没有引用,"喜怒哀乐,恩怨爱憎,一一设身处地,不以为戏,而以为真,人视之竟如真矣。他人行女事而不能存女心,作种种女状而不能有种种女心,此我所以独擅场也。"⑦这是在要求作者能沉浸在小说的故事中,实地体会小说人物喜怒哀乐,能以人物之心为心,能抓住人物的主要性格,然后其各种行为的描写都围绕着主要性格展开。自 1921 年 11 月 5 日至 1922 年 3 月 22 日,李涵秋在《小时报》上发表了 98 则题名为《我之小说观》而实为创作经验谈的短论。其中,他曾结合其自身写作经验说:"写淫妇我化为淫妇,写恶棍我化为恶棍,写腐儒我化为腐儒,写龌龊吏我化为龌龊吏,写纨绔子弟我化为纨绔子弟,取之不穷用之不竭,天下最经济、最取巧、取愉快之事,宁复有逾于著小说者?"⑧谈的也是这层意思。

在小说人物与现实人物的探讨中,中国特色的探索人物生活原型的索隐考证研究也大

---

① 《第五才子书水浒传》,上海古籍出版社 1995 年版,第 1012—1013 页。
② 《第五才子书水浒传》,上海古籍出版社 1995 年版,第 3085—3088 页。
③ 浴血生:《小说丛话》,载《新新小说》第 1 号 1904 年。
④ 叶楚伧:《小说杂论》,载《民国日报》民国七年(1918)副刊。
⑤ 胡适:《论短篇小说》,1918 年 3 月 15 日在北大文科研究所小说科的讲演,载《新青年》1918 年第 4 卷第 5 号。
⑥ 冥飞等:《古今小说评林》,民权出版部 1919 年版,第 74 页。
⑦ 纪昀:《阅微草堂笔记》,上海古籍出版社 2010 年版,第 289 页。
⑧ 李涵秋:《我之小说观》,载《时报》1921 年 12 月 19 日。

量以小说话的形式问世。如乐水(洪深)《榛梗杂话》在探论刘鹗《老残游记》所写的人物时指出：

> 书中所述，皆本于事实，其人物亦班班可考。若"玉贤"之为"毓贤"，"刚弼"之为"刚毅"，其行事已昭昭在人耳目。庄勤果公即张曜，抚鲁时颇事虚声，好延揽宾客，一时抚署附近，旅栈寓客，充塞至不能容，张公均予接纳。时致馈遗，丰厚有加，而咨询之事，则月不得一。顾一时已啧啧入口矣。白子寿太守，即黄子寿。黄名彭年，黔人，少时曾文正家书中，曾称其英器非凡，后为能吏，尝任秦藩，又主讲关中、莲池二书院，崇士右文，颇邀时誉。尤以决狱才见称。书中记其明察平反，盖着实也。①

对《老残游记》中的人物原型进行了一一对号入座。受到当年风行一时的"小说就是作家自叙传"等观念的影响，许多小说话将小说人物说成是作者"自况"。如无名氏《谈瀛室随笔》在探论《九尾龟》所写的人物时指出："书中以章秋谷为全部重要人物，描写其性情之豪侠，举动之阔绰，气概之高迈。文章则咳吐珠玉，勇力则叱咤风云。至于猎艳群芳，陶情适性，则又风流跌宕，旖旎缠绵，有杜牧之闲情，擅冬郎之绮语。是盖宇宙间独一无二之全才，亦即张君以之自况也。"②即通过几种精神面貌的阐发把主人公章秋柳论定为作者张春帆的自况。鸠拙(郑逸梅)《说部卮言》在以往旧红学关于《红楼梦》索隐基础上，对人物原型进行了索隐和辨识，其立论部分："小说家多好以自身所经过之历史为著述之资料。如《儒林外史》中之杜少卿，即著者吴敬梓、徽君之自寓也。《儿女英雄传》著者文铁仙，曾简驻藏大臣，以事不果往，故书中安龙媒将有乌里雅苏台之役而卒不成行，殆亦以泚笔之时感触身世，因而自为描写耳。"③此乃直接从清末民初徐珂编撰《清稗类钞·著述类》之"著书自述身世"条目搬来，而关于《儒林外史》《红楼梦》中的人物与生活人物的对照，也基本来自《清稗类钞·著述类》的相关部分。通俗小说作家张恨水不仅自己创作的小说具有自况性，而且其《花月痕考略》也从《花月痕》一书的创作时代、人物原型与命意等方面加以考证，认为该小说中的主人公乃作者自况，小说的命意"完全为发泄牢骚"。④ 另外，《古今》杂志关于《孽海花》的系列索隐也属于这类小说话，包括纪果庵的《〈孽海花〉人物漫谈》(《古今》第27、28期合刊，1943年7月)、周黎庵的《〈孽海花〉人物家世》(《古今》第37期，1943年10月)、冒辟疆的《〈孽海花〉闲话》(《古今》第41—50期，1944年2—7月)等。

　　面对小说人物与现实人物关系问题，小说话作者总是力求指出小说作者是如何做到合乎人物身份和情理而写人的，并对小说绘影绘声写人方面的得失，以及所写人物的原型进行探求、阐释。

三、从艺术技巧视角探讨小说写人笔法问题

　　在民国小说话作者眼里，小说是重视写人的艺术。梦生《小说丛话》有言："善读小说者，

① 乐水(洪深)：《榛梗杂话》，载《小说海》1915年第1卷第6期。
② 无名氏：《谈瀛室随笔》，载《文艺杂志》1915年第5期。
③ 鸠拙(郑逸梅)：《说部卮言》，载《小说新报》1919年第9期。
④ 恨水：《花月痕考略》，载《申报·自由谈·小说特刊》1921年4月3日。

赏其文;不善读小说者,记其事。"①纳川《小说丛话》指出:"小说之妙,只一味描写。""摹拟书中人物,必令惟妙惟肖"。② 民国小说话对小说的文学性比较重视,其关于写人问题的探讨及其进步性也往往在于此。其中,关于写人笔法的探讨颇能承前启后。

民国小说话对"绘影绘声"问题给予了特别关注。"绘声绘影"或"绘影绘声",是中国古代文论术语,在戏曲小说评点中曾有使用。所谓绘影,即对人物形貌加以描绘;所谓绘声,即对人物语言进行传达。如《儒林外史》卧闲草堂本评第十七回所写杨执中、权勿用等人达到的效果:"绘声绘影,能令阅者拍案叫绝,以为铸鼎象物,至此真无以加矣。"黄小田评第四十五回所写余氏兄弟葬亲时尝土定坟情景:"绘影绘声手段。"清梁廷枏《曲话》:"《桃花扇》笔意疏爽,写南朝人物,字字绘影绘声。"民国前,平子《小说丛话》指出:"《红楼梦》之佳处,在处处描摹,恰肖其人。作者又最工诗词,然其中如柳絮、白海棠、菊花诸作,皆恰如小儿女之口吻,将笔墨放平,不肯作过高之语,正是其最佳处。"③这是继承传统,强调写人要恰如其分。民国小说话普遍认为,小说写人必须注重"绘声绘影"。如周瘦鹃论《红楼梦》之写人说:"《石头记》允为吾国旧小说中第一杰作,其描写细腻处,匪特绘影绘声而已,直绘及其一毫一发。每写一人,必兼写其声光气,笔笔有神,故幽怨如黛玉,痴顽如宝玉,富丽如宝钗,粗豪如焦大,古拙如刘老老,吾人每读一过,即觉诸人憧憧往来于脑府心坎中,不能或忘,一若真有其人,而吾曾与之把晤款接者,真神笔也。世之爱是书者,殆不下数百万人,为之缠绵颠倒而不自觉。"④小说写人,必须善绘,不仅要注意粗线条、大轮廓地"绘声绘影",而且还要努力绘至细部,做到写人的点点滴滴都能传神。民国小说话对"绘声"尤为重视。因为,人物对话容易有失身份。民国小说话特别看重小说"绘声绘影",强调人物语言要符合身份,对有些一味地追求典丽古奥而没有顾及人物身份的人物对话予以指疵。如琴楼的《小说杂谈》曾经讲到这样一种失误现象:"尝见一般小说,譬如写一个乞丐说话,引用了许多古典。试想乞丐的话,那里会引用古典。做书人不顾事实不符,只要文法深奥。"⑤乞丐讲出来的话竟然还引经据典,不合乎情理。另外,汝衡《红楼梦新评》对《红楼梦》的若干具体的描写的得失也作了一些点评,认为小说写宝、黛幼时如成人,这是"不明孩童心理之故";以淫辞秽语滥入小说,是"并非欲描写人生,实不过迎合社会心理耳"。他认为"《红楼梦》写情之妙,即在故意流连,忽进忽退,令人难窥底蕴"。⑥藏拙斋主人《小说闲语》对这一问题的探讨更加具体,他指出:"作小说无他,亦曰绘影绘声而已。斯二者,虽绝大名家不能无误。然绘影之误,其破绽易露,读者容或知之;而绘声之误,则读者往往因赏其词藻之典丽而不之察焉。"相对于绘影而言,绘声之误更不易察觉。随后,藏拙斋主人举了两个例子加以说明:

> 如《红楼梦》,宝玉看宝钗做兜肚,里面缝好而绣花未完,此绘影之误也。读者所已知也。如《聊斋志异·寄生》篇媒媪与容生对答,有曰:"医果良也,求和而缓至,可矣。"夫医和、医缓典出《左传》,读书者不得注解或尚未可知,何物老妪,而博雅乃尔! 此绘声

① 梦生:《小说丛话》,载《雅言》第1卷第1期。
② 纳川:《小说丛话》,载《中华小说界》1916年第3卷第6期。
③ 平子:《小说丛话》,载《新小说》第2卷1904年。
④ 瘦鹃:《小说杂谈》,载《申报·自由谈》1923年2月5日。
⑤ 琴楼:《小说杂谈》,载《星期》1922年第23期。
⑥ 汝衡:《红楼梦新评》,连载于《时报》1922年6、7月。

之误也,读者所未察也。然则如之何而后可,曰:"必求如《红楼梦》刘老老对凤姐言'你们拔一根寒毛,比我们的腰还壮呢';行酒令则'花儿落了,结成一个大倭瓜'。按头制帽,恰如其分,然后绘声绘影之能事毕矣。"①

即如《红楼梦》这样的经典名著,也有诸如写宝玉看宝钗做兜肚,里面缝好而绣花未完之类的"绘影"失误。在小说"绘声"方面,得失问题更是大有存在。蒲松龄的《寄生》这篇小说写民间老妇对答,竟然引经据典,显然超越了其文化程度;而《红楼梦》对刘老老的"绘声",模拟了庄户老太的口吻,就处理得恰如其分。

除了绘影绘声,民国小说话还涉及写心问题。如,仲明《杂感》指出:"好的文学作品乃是具有无限的活气的,乃是从最内在的地方描写的。他们不仅粗粗的叙述一个人,或一件事的外表而已,乃是进到里面,描写出他们的心灵,描写出他们的最挚切的性格,描写出他们的最精莹的内容的。"②

同时,民国小说话作者已经清醒地意识到:"小说之难点在乎描写。"③对于描写技法,他们曾经进行过一系列分门别类的探讨。关于写人之具体笔法,漱石生《余之古今小说观》:"著章回小说,宜有伏笔、衬笔、反笔、逆笔、及对照笔、不犯特犯等笔,余病未能,而有时每效之,师古法也。至于摹写书中人物,究宜语有分寸,令阅者开卷如见其人。《三国》《水浒》之颠扑不破者,以此叙事之处亦然,须骤视之若出人意外,细按之仍在人意中。庶不至蹈荒诞不经之弊。《野叟曝言》一书,诗兵医算诸学,固非腹俭者所能妄道只字,惜刻意炫奇,致多天壤间莫须有之事,成古今来不可得之人,为阅者所诟病。"④环岛《小说漫谈》在谈到"作小说之条件"的"笔法"时说:"有明写,有暗伏。写风景如披图画,写人物各有面目,写风俗如身历其境,写社会如亲见其人。虚者实之,实者虚之,强中有弱,弱中生强,操纵自如,有游刃有余之势。"⑤关于"白描"笔法,秋星(恽震)《小说闲评》:"《女蜮记》描写妖妇入情入理,而事迹有奇尽奇绝,此其白描之工,又岂寻常人所可几及乎?"⑥又如,箸超(蒋子旌)于《古今小说评林》在论及写人问题时说,不能只重主角而"看陪宾为轻"。⑦ 刘恨我《小说一得》说:"说家脑际常深刻一理想的美人。做小说描摹一人一物,一举一动,俱宜近乎情理,切勿过于铺张。"⑧这里所谓的小说家要写好美人必须"脑际常深刻一理想的美人",是关于写人问题的心得。由此,我们容易联想到蒲松龄之所以创作出一部精美的《聊斋志异》,原因之一是脑子里有一个理想的美人顾青霞。李涵秋《我之小说观》除了强调涉及代人立言的写人之道,还对写人技巧进行了许多精致的探讨:

凡撰一种小说,其全部登场人物各人有各人的性情,各人有各人的口吻。为贤、为愚、为智、为蠢、为君子、为小人、为侠、为盗,下而至于为奴、为婢、为娼优、为隶卒,虽恃

---

① 藏拙斋主人:《小说闲语》,载《夏之花小说特刊》1926年第1期。

② 仲明:《杂感》,载《文学周报》1925年1月5日第155期。

③ 倩文:《小说杂谈》,载《啸声》1924年第9期。

④ 漱石生:《余之古今小说观》,载于《新月》1925年11月1日第2期。

⑤ 环岛:《小说漫谈》,载《圣公会报》1926年第19卷第16期。

⑥ 秋星:《小说闲评》,载《民国日报》1919年1月5日。

⑦ 箸超:《古今小说评林》,民权出版部1919年版。

⑧ 刘恨我:《小说一得》,载《半月》1925年1月24日第4卷第4号。

吾妙腕——写出来,尤恃吾妙腕——画出来。所谓画出来者,又非粉墨渲染,描头画角也。在我要出以不甚经意,彼读吾书者遂能于无字无句处仿佛亲睹其为人,而与之周旋,能使人忽而怒,忽而恨,忽而笑,忽而哭,忽而怒发冲冠,忽而回肠荡气,如此乃可谓为写生妙手,在旧文字中谓之写生,在新文化中便谓之写实。一而二,二而一者也。虽然,其中有诀窍焉。第一滑不得又滞不得,轻不得又重不得;粗心不得,过泥迹相又不得;浅尝不得,过于深奥又不得。譬如花,然我化身为蝴蝶,只须得其一枝一叶一须一蒂一蕊一瓣,究其若何安插,若何布置,为之盈盈写照,则自然而然,色香俱活。若先告人以此为何花,此为何种,则索然意尽矣。①

在这段文字中,李涵秋继承金圣叹等人的小说写人观念,强调活灵活现地写人就是把贤愚、智蠢、君子小人、侠盗以及奴婢、娼优、隶卒等不同层次、不同身份的人物“画出来”,并产生使读者随着人物的遭遇“忽而怒,忽而笑,忽而哭,忽而怒发冲冠,忽而回肠荡气”。同时,这段文字还借鉴大量绘画术语,不仅突出“画人”“写生”“写照”之重要,而且还对传统的“加一倍写法”进行了申论:“人之性情容止,若平平写法,依旧未足动人心目,其足动人心目者,必须加一倍写法,使得言有声有色。”②此“加一倍写法”来自张竹坡的《金瓶梅读法》:“文章有加一倍写法。此书则善于加倍写也。如写西门之热,更写蔡、宋二御史,更写黄太尉,更写蔡太师,更写朝房。此加一倍热也。如写西门之冷,则更写一敬济在冷铺中,更写蔡太师充军,更写徽、钦北狩,真是加一倍冷。”张竹坡所谓“加一倍写法”主要是指写人应该注意不断强化人物性情。另外,李涵秋还从具体的笔法层面指出,小说家要注意“以我笔端之言”写出“人人心中之所欲言”,以及“腾挪敷佐法”“处处是闲言语,而实非闲言语”“倒卷水晶帘法”“若棋子信手撮置,为我所用”。

有的小说话针对欧美小说的文学性展开阐发,如瘦鹃《小说杂谈》不仅在梳理西方“能描写社会者为工”这类小说的基础上,强调名著创作要以人生为主体,而且对《茶花女》的写人效果进行了如下评说:“写茶花女,则不特写其情影,且写其芳魂。写亚猛,则不特写其泪痕,且写其哭声。遂令读者读其书,如见一真茶花女、真亚猛涌现于行间字里,一一都活。即写老公爵之豪,傻伯爵之痴,亚猛老父之顽,女伴配唐之忠,亦各恰到好处。而卷末茶花女病中日记数则,尤极哀感悱恻之致。深夜读之,恍见个侬骨瘦香桃,呻吟锦衾绣簟间也。”③这种以“活”为评赏旨趣以及分别以一字概括人物性情的评赏话语是中国传统金圣叹、张竹坡式的。

总之,民国小说话关于写人笔法问题的探讨林林总总,涉及人物影像、声口以及内心等方方面面,表明对小说文学性的重视;关于具体运行笔法,也提供了诸多方案,奠定了现代小说写人理论的基础。

四、关于“典型”“三要素”等理论的建构

民国小说话对探讨写人之道多有探讨,其最大贡献是关于“典型”理论的引进与阐发、应

---

① 李涵秋:《我之小说观》,载《时报》1922 年 1 月 6 日。
② 李涵秋:《我之小说观》,载《时报》1922 年 2 月 25 日。
③ 瘦鹃:《小说杂谈》,连载于《申报·自由谈》1919 年 5 月至 12 月。

用。在"典型"定名之前，中国文艺理论界的先知先觉的评论家们已开始吸取西方的"典型"观念来探讨中国文学作品了。

从清末开始，西方典型论被逐步引入，与传统的形神论、性格论等相结合，在本土化过程中被论者逐步运用。在这方面，民国前夜，1904年王国维在《红楼梦评论》中的最后一部分谈论贾宝玉这一形象的塑造时就曾指出："惟美术之性质，贵具体而不贵抽象。于是举人类全体之性质，置诸个人之名字之下。……善于观物者，能就个人之事实，而发见人类全体。"此初步涉及"典型"的个性与共性问题。假如说，早于《红楼梦评论》一年，侠人在《小说丛话》中称："今明著一事焉以为之型，明立一事焉以为之式，则吾之思想可以瞬息而普及于最下等之人。"①在某种意义上，这里所谈到的"型"和"式"的"著"和"立"，就是针对代表性艺术典型形象的创造而言的。如果说这番言论还较多地带有传统色彩的话，那么到成之（吕思勉）的《小说丛话》（1914）就比较成熟地运用西方观念来诠释写人问题了。他在认定小说是"美的制作"的基础上，指出艺术典型化的过程是必须经过模仿（见物之美而思效其美）、选择（去物之不美之点而存其美点）、想化（吾脑海中自能浮现一美之现象）、创造（以我脑海中之所想象者表现之于实际）四个阶段，然后"造出第二之社会"，即理想化了的、创造性的美。它较之实际社会，"其差有二：一曰小，一曰深"。"小"即描写的人与事是个别的、具体的；"深"即比实际生活更强烈、更集中、更有普遍意义。他称这种典型的普遍意义为"代表意义"。接着，他用大量的篇幅对《红楼梦》中金陵十二钗的"代表意义"进行了一一分析，并概括指出："所谓十二金钗者，乃作者取以代表世界上十二种人物者也；十二金钗所受之苦痛，则此十二种人物在世界上十二种人物所受之苦痛也。"②尽管他对这些人物的"代表意义"的理解未必得当，但能运用一种新的理论与方法批判索隐派、自传说，并对《红楼梦》的人物进行示范分析，应该说也是一种进步。③ 尤其是，他在该文中反复讲到的"代表意义"大致相当于后来所谓的"普遍意义"，是借鉴西方"典型"理论分析小说写人问题的早期成果，值得我们重视。

与此同时，民国小说话的另一大理论贡献是对人物、情节、环境"三要素"说，并不时地推波助澜。小说话关于写人问题的探讨首先是夹杂在小说"三要素"的推出与论定过程中进行的，而且写人也常常被视为小说的第一要务。民国伊始，小说话就打破了政教一统天下的格局，对小说的文学性给予了探讨。对此，柳珊《前夜的涌动——论民国初期的小说理论》说："继管达如的《说小说》后，许多大大小小的批评文章都要有意无意地提及一下小说的文学性，这既是信心不足的表现，也是人们渴望建立小说新规范的开始。由于小说的文学性长期遭冷漠，被忽视，可以用来描述小说文学性特征的一整套概念术语、原则规律都没有形成，人们仅能依凭些片鳞只爪的旧小说点评发表感想，因而最初赏识小说文学性特征的批评者不得不用他们所熟悉的、鉴赏古文的眼法来评判小说。"④宛扬《小说的论理》讲得较具体："小说的组成有三个要素：一是人物；二是事迹；三是背景。因为论理的关系，这三个要素，有一个

---

① 侠人：《小说丛话》，原载《新小说》光绪二十九年至光绪三十年（1903—1904），此引子黄霖、韩同文《中国历代小说论著选》（下），江西人民出版社2000年版，第64页。

② 成之：《小说丛话》，原载《中华小说界》1914年，引自黄霖、韩同文《中国历代小说论著选》（下），江西人民出版社2000年版，第378页。

③ 黄霖：《清末民初小说话中的几个理论热点》，《复旦学报》2009年第06期。

④ 柳珊：《前夜的涌动——论民国初期的小说理论》，《文艺理论研究》1999年第6期。

确定时,其余的两个也同时无形的确立,再变不得。人物是怎样,那么事迹一定是怎样,背景也一定是怎样。有怎样的背景,那么便有怎样的事迹和人物。古宫月夜,墓道黄昏,宜于鬼怪;花明柳暗,帘幕春深,宜于言情。设有违此,便不是好小说。何故不是好小说?因他不合论理。"显然,这里主要探讨的是小说三要素之间的匹配与协调等问题。强调小说家在创作时不能任意编造故事情节,在写作时必须遵循特定事件的运行法则或"论理",必须坚持情节的推进符合人物的性格,而不能在此之外越雷池一步。他进而明确指出:"小说也是如此,作者既然造出一个人物来,这个人物的事迹如何,结果如何,便有一个自然的法则在内。不由作者不照此自然法则做去。这自然的法则是甚么?便是论理。"①小说创作要取得较高成就,就必须坚持如此"论理"。继而,瞿世英《小说的研究》也强调说:"小说的范围便是人生,小说家的题材是人们的经验和人们的感情。他们所写的是他们观察人类之所得,人们的情绪与思想。……总之,他们(指小说与诗)所注重的是人。'人'是他们共同的注意点。""小说是人生的一部或一片段的图画。人生原是不断之流,不能强为分割。小说家任取一片段以文字表现之。最要紧的有一件事,便是精细的观察。观察不精细,则所绘之图画必不真。不真即不能为好小说。"②将小说定义为"图画",而这图画又仅仅是人生某一片段的截图,其所写人物特别讲究一个"真"字。他还说:"一篇小说,无论是长篇短篇,有三种元素是必备的。这三种元素便是人物,布局和安置。换言之,就是小说家是要说明某某人(或许多人)在某某环境下做的什么事,说的什么话,或者想些什么。若没有人物,没有事情,没有背景的文字,还能算小说吗?"③这里也讲了组成小说的人物、布局和安置"三种元素"之间的密不可分,协调一致。在这段历史时期里,外来相关小说理论不断传入,尤其是1924年,美国哈米顿的《小说法程》传入,该书通过对史梯芬孙小说的研究,提出了"结构""人物""环境"三分法理论。1926年,国内出版的美国培里《小说的研究》也提出了"人物""布局""处景"三分法理论。受此影响,茅盾《人物的研究》(《小说研究之一》)(1925)、郁达夫《小说论》(1926)等小说理论著作纷纷接受并阐发了"结构""人物""环境"三要素。相对于写人而言,当年人们对叙事,尤其是对传统那些粗拙的叙事,是不以为然的。尤其难能可贵的是,该时期的小说话还对具体的写人方案进行了探讨。如1925年茅盾发表的《人物的研究》一文曾为"先论人物"找了这样的理由:"最近因为人物的心理描写的趋势很强,且有以为一篇小说的结构乃不足注意者。……惟因人物之创造尤为作家及批评家所加意讨论。"并进而指出,在写人问题上,一个小说家无论是用简笔,还是用工笔,"这二者,虽方法不同,形式也不同,其能传神则一"。"一个小说家若希望他所创造的人物有极大的吸力,能引起读者无限的兴味,则最好他创造一个有个性的人物。"值得注意的是,茅盾还把人物区分为"静的人物"和"动的人物",前者是指"小说中人物自从开篇的时候便已是一个定形,直到书终而不变",描写的是"一个性格如何应付各种环境";后者是指"自从开篇以至书终,刻刻在那里变动",描写的是"许多不同的环境或事变如何影响而形成一个性格。"④另外,茅盾在《自然主义与中国现代小说》一文中,针对旧小说那种商家"四柱帐"式的叙述指出:"须知真艺术家的本领即在能够从许多动作中拣

① 宛扬:《小说的论理》,《申报·自由谈》,1921年7月10日。
② 瞿世英:《小说的研究》,载《小说月报》1922年第13卷第7号。
③ 瞿世英:《小说的研究》(中篇),载《小说月报》1922年第13卷第8号。
④ 茅盾:《人物的研究——〈小说研究〉之一》,载《小说月报》1925年第16卷第3号。

出一个紧要的来描写一下，以表现那人的内心活动；这样写在纸上的一段人生，才有艺术的价值，才算是艺术品。须知文学作品重在描写，并非记述，尤不取'记帐'式的记述。"①茅盾还在《杂谈》一文中强调"人物"重于"情节"：

> 小说的骨干却在有"人物的个性"和"背景的空气"。没有这两者，该篇小说的著作是多事。换一面讲，要一起小说出色，专在情节布局上着想是难得成功的，应该在人物与背景上着想。"情节"的方式是有限的，凡恋爱的悲剧无非是一男一女或数男数女恋爱终之以悲或欢：这是无往而不如此的。两篇好的恋爱小说所以各有其面目，各能动人，就因为他们中间的人物的个性是不同的，背景的空气是不同的；读者所欣赏于他们的，是灵魂的搏战与人格的发展，决不是忽离忽合像做梦似的"情节"。②

与茅盾的见解构成呼应的是郁达夫，他在出版于1926年的《小说论》中引用俄国作家杜葛纳夫（屠格涅夫）的话说："在他一篇小说的胚胎，并不是结构，——（结构他是不管的）是几个人物的显现。'……本来小说里的事件，都系由人演成的，人物当然是小说中最重要的要素。"③再后来，老舍在《人物的描写》一文中说："小说的成败，是以人物为准，不仗着事实。世事万千，都转眼即逝，一时新颖，不久即归陈腐；只有人物足垂不朽。此所以十续《施公案》，反不如一个武松的价值也。"这就把检验一部文学作品成败的标准确定在其"写人"方面。老舍还在《人物、语言及其他》一文中总结过这种写作之道："一定要根据人物的需要来安排事件，事随着人走；不要叫事件控制着人物。""《三国演义》看上去情节很多，但事事都从人物出发。"④这一方面指出了以《三国志演义》为代表的传统小说对"写人"的偏好，另一方面旗帜鲜明地表达了"事随人走"的主张。其他作家也大多纷纷站在"人物第一"或"人物中心"立场上去。张天翼《谈人物描写》同样持这种看法："人物总是居于主动地位，是人物自己在活动而有故事。人物第一。"⑤围绕小说"三要素"探讨，茅盾、巴金、老舍、张天翼等生活于民国年代一批小说家一度都在强调"人物第一"，把"人"视为小说写作的主要对象和生命。以上见于民国各报刊的相关文章尽管有的并非属于纯粹的小说话，但在写人问题上却与小说话形成呼应合唱，故此统而论之。当然，期间还有的小说话作者从人物、情节方面指出了古代小说的缺陷，如民哀（姚民哀）《红楼梦质疑录》从人物、情节等角度，对《红楼梦》中的十余处疏漏、矛盾之处进行了评析，等等。⑥

民国小说话关于写人问题的探讨以短小精悍、灵活机动的方式传达了那个年代人们对小说写人问题的认知和理解，能够从社会人生高度突出小说的写人功能及其价值，并对小说人物与现实人物之间的关系提出了一系列看法，对写人笔法也有较为独到探讨。特别是，对小说"三要素说"与"典型"理论的中国化传播和重新建构做出了突出贡献。

（原载《中国文学研究》2018年第2期）

---

① 茅盾：《自然主义与中国现代小说》，载《小说月报》第13卷第7号。
② 茅盾：《杂谈》，《茅盾文艺论集》上集，文化艺术出版社1981年版，第138页。
③ 郁达夫：《小说论》，见《郁达夫文集》第5卷，广州：花城出版社、三联书店香港分店1982年版，第26页。
④ 以上二则引文分别见胡挈青编：《老舍论创作》，上海文艺出版社1980年版，第83、143页。
⑤ 《张天翼论创作》，上海文艺出版社1982年版，第191页。
⑥ 民哀：《红楼梦质疑录》，连载于1921年3、4月《小说新报》第7卷第3、4号。

民国《新闻报》所载《红楼梦》稀见史料论札

台州学院　　张天星

1893 年 2 月 17 日,《新闻报》创刊于上海,中外商人合资,英商丹福士为总董,蔡尔康任主笔。1899 年 11 月 4 日,转由美商福开森接办。20 世纪 20 年代末,福开森将该报股权售给中国商人,后来大部分股权归于史量才,1949 年 5 月因上海解放而停刊。《新闻报》是近现代很有影响的大报,与《申报》长期并称为"申新"或"新申"。民国《新闻报》刊载了不少《红楼梦》研究资料,涉及《红楼梦》索隐、电影、影响、翻译、戏剧等多个方面,在红学研究史上具有一定参考价值,且绝大多数未见著录和研究者称引,属稀见史料。本文拟将其内容和价值予以梳理,冀以引起同好的关注,并请方家不吝赐正。

一、民国《新闻报》所载《红楼梦》资料多为稀见史料

民国期间,《新闻报》共刊载红学资料 37 篇(则),参见表 1:

表 1　民国《新闻报》刊载《红楼梦》资料统计表

作　者	篇　目	刊载时间	刊载栏目	批评方式
寄鸥	《读〈石头记〉感言》	1912 年 8 月 4 日	趣谈录	小说话
仰伯	《订红楼内阁谱》	1912 年 9 月 15、16 日	趣谈录	小说话
摩门	《活画的一部〈红楼梦〉》	1914 年 5 月 16 日	庄谐丛录	小说话
子贞	《红氍毹上〈红楼梦〉》	1919 年 2 月 16 日	快活林	剧评
隐庵	《这是新牌的林黛玉》	1920 年 10 月 4 日	快活林	小说话
	《也是一个小说迷:〈红楼梦〉送了性命》	1921 年 10 月 4 日	快活林	小说话
柳簑	《〈红楼梦〉索隐别记》	1925 年 3 月 9 日	快活林	小说话
柳簑	《新红楼梦索隐》	1927 年 2 月 17 日	快活林	小说话
	《〈红楼梦〉英文名称》	1927 年 6 月 19 日	本埠附刊	电影新闻
	《复旦〈红楼梦〉影片已摄竣》	1927 年 6 月 24 日	本埠附刊	电影新闻
咽雪	《〈红楼梦〉影片试映后》	1927 年 6 月 28 日	本埠附刊	影评
	《复旦公司〈红楼梦〉将公映》	1927 年 7 月 7 日	本埠附刊	电影新闻

续表

作　者	篇　目	刊载时间	刊载栏目	批评方式
	《古装〈红楼梦〉中之陆美玲》	1927 年 7 月 9 日	本埠附刊	电影新闻
	《古装〈红楼梦〉新讯》	1927 年 7 月 18 日	本埠附刊	电影新闻
	《复旦〈红楼梦〉定期公映》	1927 年 7 月 19 日	本埠附刊	电影新闻
	《〈红楼梦〉在中央开映之盛况》	1927 年 7 月 22 日	本埠附刊	电影新闻
	《〈红楼梦〉今日仍在中央开映》	1927 年 7 月 23 日	本埠附刊	电影新闻
	《世界开映〈红楼梦〉》	1927 年 7 月 31 日	本埠附刊	电影新闻
	《中华开映〈红楼梦〉》	1927 年 8 月 11 日	本埠附刊	电影新闻
公达	《红楼小语(一)(二)》	1930 年 7 月 11、12 日	快活林	小说话
柳簑	《红楼梦抉微》	1930 年 7 月 24 日	快活林	小说话
薛寒梅	《续红楼小语》	1930 年 7 月 25 日	快活林	小说话
陈积勋	《〈红楼梦〉之作者》	1930 年 8 月 2 日	快活林	小说话
双园	《红楼隽谈》	1930 年 11 月 7 日	快活林	小说话
杨柳	《林黛玉的喝茶》	1932 年 12 月 7 日	快活林	小说话
仲寅	《我之〈红楼梦〉观》	1934 年 1 月 16 日	快活林	小说话
林拙庵	《荀慧生之红楼新剧》	1934 年 2 月 24 日	广告栏	广告
阿良	《谈荀慧生之红楼二尤》	1934 年 3 月 3 日	快活林	剧评
文波	《黛玉葬花》	1936 年 4 月 2 日	艺海	影评
君宜	《赛珍珠译著中国〈红楼梦〉与〈水浒传〉》	1936 年 9 月 25 日	新园林	小说话
镛子	《黛玉将上银幕》	1939 年 9 月 16 日	艺海	影评
伊妮	《〈红楼梦〉文艺片新光映》	1939 年 10 月 7 日	艺海	影评
冯柳堂	《从〈红楼梦〉谈顺治出家》	1943 年 12 月 9 日至 1944 年 1 月 20 日	茶话	专题论文
周光勋	《红楼梦考证》	1948 年 1 月 14 日	新园林	小说话
含凉	《〈红楼梦〉中的诗》	1948 年 5 月 23 日	新园林	小说话
一星	《〈石头记〉中的政治学》	1948 年 5 月 27 日	新园林	小说话
文弟	《革命的文学:〈红楼梦〉与〈西游记〉》	1949 年 4 月 3 日	新园林	小说话

表 1 所统计的 37 篇(则)民国《新闻报》所载《红楼梦》资料,再根据一粟编《红楼梦资料汇编》(中华书局 1964 年版)、顾平旦主编《〈红楼梦〉研究论文资料索引 1874—1982》(书目文献出版社 1982 年版)、朱一玄编《红楼梦资料汇编》(南开大学出版社 2001 年版)、刘晓安和刘雪梅等编《〈红楼梦〉研究资料分类索引(1630—2009)》(国家图书馆出版社 2012 年版)、赵慧芳《民国时期〈红楼梦〉研究拾遗》(《红楼梦学刊》2014 年第 5 辑)、中国艺术研究院红楼梦研究所和人民文学出版社编辑部编《红楼梦研究稀见资料汇编(增订本)》(人民文学出版

社 2015 年版)等红学研究资料著作的收录或著录情况①,统计见表 2:

表 2　民国《新闻报》所载《红楼梦》资料收录或著录情况统计表

《新闻报》所载篇目	收录或著录编著名称及页码	收录或著录形式
柳簃《新红楼梦索隐》	《〈红楼梦〉研究论文资料索引 1874—1982》,第 277 页。	著录
	《红楼梦研究稀见资料汇编(增订本)》,第 182 页。	收录
柳簃《红楼梦抉微》	《〈红楼梦〉研究论文资料索引 1874—1982》,第 282 页。	著录
	《红楼梦研究稀见资料汇编(增订本)》,第 363 页。	收录
文弟《革命的文学:红楼梦与西游记》	《〈红楼梦〉研究论文资料索引 1874—1982》,第 308 页。	著录
	《红楼梦研究稀见资料汇编(增订本)》,第 1426 页。	著录

由表 2 可见,民国《新闻报》所载《红楼梦》资料被《红楼梦》资料编著收录或著录的只有柳簃《新红楼梦索隐》《红楼梦抉微》两篇,被著录的仅有文弟《革命的文学:红楼梦与西游记》一篇。可见,民国《新闻报》所载《红楼梦》资料有 34 篇(则)为红学研究资料之佚文,属稀见史料。无疑,它们一定程度上可以丰富《红楼梦》研究文献,值得我们关注。

就作者方面言,《新闻报》所载《红楼梦》资料的作者署以字号、笔名者居多,一些作者真实面目尚不可考,如"寄鸥",当时有"蔡寄鸥""王寄鸥"等。现将可考者简述如下:

公达,即徐公达,江苏吴县人,民国时期《申报》《心声》等报刊的积极撰稿人,著有长篇小说《醒狮梦回录》等。

柳簃,即廖柳簃,广东人,工诗文,善书法、篆刻,20 世纪 20、30 年代常署名"柳簃"在《申报》等报刊上刊发诗文、售画广告。

隐庵,即周湘(1871—1933),字印侯,号隐庵,上海青浦人,中国画家、美术教育家,1920年曾参与创办《美育》杂志。

薛寒梅(? —1968),字天游,江苏扬州人。民国时期上海报人,曾任《中报》总主笔、《市民报》主编。

陈积勋(1907—2007),笔名蝶衣,江苏武进人,民国时期上海文化名人,自 20 岁起先后编辑《大公报》《新闻报》和《社会日报》副刊、《明星日报》《万象》《春秋》等报刊。

镛子,即吴镛子,籍贯生卒年不详,1940 年与陈亚里、严次平编辑《影迷画报》,在 1940 年前后在《申报》《青青电影》等报刊发表影评署名"镛子"。

君宜,即朱君宜,籍贯生卒年不详,1930 年代《申报·自由谈》《新闻报》等报刊的投稿者。

冯柳堂(1892—1945),原名贻箴,字柳堂,后以字行,浙江海宁人。毕业于浙江高等学堂,曾任上海《商报》《申报》编辑,上海市粮食委员会主席。著有《乾隆与海宁陈阁老》《中国历代民食政策史》等。晚年研究《红楼梦》,著有《红史》,未及校订付梓而逝。

周光勋,籍贯生卒年不详,民国报人,1940 年代与陈孚木、叶德铭等编辑《中国与东亚》

---

① 这 37 篇(则)资料中,含凉《红楼梦中的诗》还刊载于《一四七画报》1948 年第 21 卷第 8 期,为赵慧芳《民国时期〈红楼梦〉研究拾遗》(《红楼梦学刊》2014 年第 5 辑)著录。

杂志。

含凉，即范烟桥（1894—1967），学名镛，字味韶，号烟桥，别署含凉生、含凉、鸥夷室主、万年桥、愁城侠客等，吴江同里人，小说家、报人，著有《中国小说史》《鸥夷室杂缀》等。

以上可见，《新闻报》所载《红楼梦》资料作者中可考者主要是报人作家，说明民国《新闻报》所载《红楼梦》资料作者的主体为报人作家。

就批评方式而言，民国《新闻报》所载《红楼梦》资料多为小说话。小说话是一种立足于杂评散论、随笔性文学批评方式。它是传统诗话、词话、文话等启发的产物，随笔批评、形式灵活为其特色。红学史上，乾隆年间周春《阅红楼梦随笔》、徐凤仪《红楼梦偶得》即为典型的小说话。民国《新闻报》所载《红楼梦》资料中至少20篇（则）为小说话。兹举一例：

林黛玉的喝茶

杨 柳

诸位茶客，你们知道林黛玉的喝茶么？

林黛玉在家里喝茶，是在饭后过片时而后喝的，但到了荣国府，就不是这样了，且看下面一段《红楼梦》中的记载：

> "当日林家教女以惜福养身，每饭后必过片时方吃茶，不伤脾胃，今黛玉见了这里（按即荣国府）许多规矩，不似家中，亦只得随和着些。接了茶，又有人捧过漱盂来，黛玉也漱了口，又盥手毕，然后又捧上茶来，这方是吃的茶。"

这一段记载，是描写林黛玉初次在荣国府吃饭后吃茶的情形，同时提及她在家中的喝茶时候。诸位看了，亦可以知道一些林家和荣国府不同的情形①。

这则资料依据文本细读的记忆，介绍黛玉在家中的喝茶习惯与贾府不同，细枝末节之处，引人兴趣，体现了小说话随感随发、自由灵活的特点。联系民国《新闻报》所载《红楼梦》的小说话都是刊载在《新闻报》的副刊上，说明《新闻报》所载《红楼梦》资料既是红学批评和传播的产物，也是报纸副刊文艺性、趣味性、灵活性等媒介特性影响的结果。

二、民国《新闻报》所载《红楼梦》资料的主要内容和价值

根据内容，《新闻报》所载37篇红学资料涉及红学索隐、电影、影响、翻译、戏剧等多个方面，它们对了解民国时期红学研究史、红学传播情况等皆有一定价值，现分述如下：

（一）五篇《红楼梦》索隐与反对索隐的资料

即公达《红楼小语》、薛寒梅《续红楼小语》、柳簑《〈红楼梦〉索隐别记》、冯柳堂《从〈红楼梦〉谈顺治出家》②、仲寅《我之〈红楼梦〉观》。这五篇资料可分为坚持索隐和批判索隐两个方面：

其一，坚持索隐，有公达《红楼小语》和薛寒梅《续红楼小语》。20世纪30、40年代，索隐

---

① 杨柳《林黛玉的喝茶》，《新闻报》1932年12月7日，第16版。

② 西泠印社拍卖有限公司2011春季拍卖会"近现代名人手迹暨纪念辛亥革命专场"拍卖冯柳堂手稿单目有"《从红楼梦谈顺治出家》稿本散页300页"，尚不知花落谁家。

派虽不及清末民初那么风行，但仍不绝如缕。公达《红楼小语》反对俞平伯《红楼梦辩》提出的"自叙传"说，坚持《红楼梦》是影射明珠家事，"余自幼即闻宝玉为影射纳兰容若之说，故至今主此不改。"并带着民族主义的眼光来索隐，认为戚本第六十三回"小土番""耶律雄奴"附会纳兰性德原本为清人所灭的叶赫纳兰氏，叶赫部落本忠于明朝，故纳兰性德词中颇多如"江南好，建业是长安""回首十三陵树，暮云寒""斜日十三陵下，过新封猎骑"等思念前明的心语。"明珠家事说"发端于清代赵烈文《能静居笔记》所载，乾隆读《红楼梦》后说："'此盖为明珠家事作也。'后遂以此书为珠遗事。"[1]后来"明珠家事说"成为索隐派中较有影响的观点之一，公达从纳兰词中寻找证据，以圆通该说，可谓煞费苦心。公达《红楼小语》可见在"新红学"成为主流之际，坚持索隐者仍不乏人。

薛寒梅《续红楼小语》把林黛玉与唐寅（1470—1523，号六如居士）联系起来，认为林黛玉"即影射六如"。早于薛寒梅《续红楼小语》八年，俞平伯《唐六如与林黛玉》认为唐寅葬花的故事和唐寅诗作影响了曹雪芹对林黛玉葬花及林黛玉诗歌的构思。俞平伯将唐寅与林黛玉相联系，旨在说明曹雪芹创作伟大著作《红楼梦》时，广泛吸收了中国古代文学的营养，"古语所谓'河海不择细流故能成其大'，正足以移作《红楼梦》底赞语。"[2]薛寒梅则走的是索隐一路，认为曹雪芹以黛玉暗写唐寅，似有才子自况之意，"盖六如名寅，其父亦名寅（雪芹之祖曹棟亭亦名寅），故假设黛玉之名以传"。这与俞平伯之旨趣迥异，在索隐派中另立一说。薛寒梅《续红楼小语》可见索隐派在吸收"新红学"派的成果，与时俱进。

其二、反对索隐，有柳簃《〈红楼梦〉索隐别记》、冯柳堂《从〈红楼梦〉谈顺治出家》、仲寅《我之〈红楼梦〉观》。柳簃《〈红楼梦〉索隐别记》虽名曰"索隐"，实则是一篇批判索隐派的诙谐文字。柳簃认为《红楼梦索隐》"虽近穿凿，颇能比附"。若以1925年2月溥仪潜赴天津事件附会《红楼梦》"则更为入妙矣"。例如，宝玉出家时19岁，溥仪当年满19岁；贾府亡于子弟种种不肖，清朝亡于亲贵揽权纳贿，等等。这种诙谐的比附，实则是对索隐派影射比附的诙谐否定。

《红楼梦》影射"顺治董小宛爱情故事"，这是红学索隐派的诸多观点中影响甚大的观点。冯柳堂《从〈红楼梦〉谈顺治出家》（以下简称冯文）即为反对该观点而作，属长篇大论，在《新闻报》上连载两个余月，其撰写态度严谨："汇集史传笔记之所见，不重空谈，不尚武断，一以客观的态度，求传闻之由来。"冯文从"董妃是否即董小宛？""董妃究是何等样人？""顺治何以独钟情于董妃？""顺治何以有出家之传说？""何以谓宝黛即影射顺治与董妃？"五个方面细致地辨正了顺治与董小宛传闻的由来。其实，1915年，孟森《董小宛考》已经有力地辩驳了《红楼梦》影射"顺治董小宛爱情故事"的说法。冯文的价值在于：依据史料，溯源了"顺治董小宛爱情故事"说法的由来。其一、董妃是与顺治感情甚笃的董鄂妃，董鄂氏，内大臣鄂硕之女，非董小宛。冯文根据的史料是顺治所撰《董氏行状》《玉牒》，加上《清史稿·列传》《清史稿·鄂硕传》等，认为清初冒辟疆为名闻天下的董小宛作忆语写诔词，"会有董妃者死，而哀礼隆重，随以为此董也即那董也，混而为一。其时满汉之仇恨稍消，南北之界限易生。一传再传，误以为真，乃至流传后世。"其二、顺治和董鄂妃，尤其是顺治信佛耽禅，突然驾崩，时人生疑，

---

①　朱一玄编《明清小说资料选编》（下），南开大学出版社 2006 年版，第 600 页。

②　俞平伯《红楼梦辩》，人民文学出版社 1973 年版，第 200 页。

乃有出家之说。冯文主要依据的是顺治遗诏、吴梅村《清凉山赞佛诗》《啸亭杂录》等史料。同是对"顺治董小宛爱情故事"索隐说的反驳，与孟森《董小宛考》《世祖出家事实考》《清世祖董鄂妃生死特殊典礼》三篇力作比较，冯文在征引文献之丰富、论证之细密上有差距。此外，冯文虽不同意"董小宛入宫""董小宛即董鄂妃"，但认为董小宛假死、被人抢去，且以诗证史。其关键证据一是冒辟疆《影梅庵忆语》"姬亦于是夜梦数人强之去，匿之幸脱，其人尚猰猰不休也。讵知梦真而诗谶，咸来先告哉"。二是吴梅村《题冒辟疆名姬董白小像》"欲吊薛涛连梦断，墓门深更阻侯门"。言董小宛进入"侯门"。前者属于抒发悲情的记梦之言，凿实甚难，后者是以诗证史，恐断章取义。后来陈寅恪、高阳、邓小军、陈云发等学者也将二者结合证明董小宛假死，"被北兵劫去"①。其实，清代文人就开始对冒辟疆所记董小宛之死生疑、以被他人抢去为实，"讳以为梦耳""若小宛真病殁，则侯门作何解？岂有人家姬人之墓谓其深阻侯门者乎？"②当然，用"墓门深更阻侯门"来以诗证史，确有断章取义之嫌，如研究者言："此诗第二首明明赞董小宛'珍珠无价玉无瑕'，怎会随即又暗示她入宫受宠？"③至于冯文是否参考过孟森《董小宛考》等著作，不得而知。综合来看，冯文反对"顺治董小宛爱情故事"说，虽没有孟森相关著作高屋建瓴，但在持"顺治董小宛爱情故事"说颇不乏人的现代红学史上④，冯文以较严谨的态度，依据史料，剖析"顺治董小宛爱情故事"的原由，并通过当时很有影响的《新闻报》传播，客观上对廓清"顺治董小宛爱情故事"说起到一定的以正视听的作用，是一篇值得我们关注的红学研究长文。

仲寅《我之〈红楼梦〉观》也是一篇很有见识的批评索隐派的文章。该文回顾了《新闻报·快活林》所载柳捯、公达、薛寒梅等人的《红楼梦》论作，重点摘评了李伯元《南亭笔记》关于"纳兰性德说"的文字，进而反对《红楼梦索隐》所言："《红楼梦》一书，大抵为纪事之作，非言情之作"的观点，认为《红楼梦》所以不可磨灭、流传世间，是因为它写出了至情和真情，"我以为自有世界以来，中外古今，天老地荒，海枯石烂，惟情字永远不可磨灭，《红楼梦》一书，不必指一人，不必指一事，字里行间，流露至情，是以可传，所传者真情也。若必求一人摘一事以实之，则凿矣。"不要在《红楼梦》中考索影射的人和事，而应该把它作为传递真情的文学作品来读，仲寅的观点即便是对今天的红学研究而言，也是具有指导意义的。

（二）十四则《红楼梦》电影资料

即《复旦〈红楼梦〉影片已摄竣》《〈红楼梦〉影片试映后》《复旦公司〈红楼梦〉将公映》《古装〈红楼梦〉中之陆美玲》《古装〈红楼梦〉新讯》《复旦〈红楼梦〉定期公映》《〈红楼梦〉在中央开映之盛况》《〈红楼梦〉今日仍在中央开映》《世界开映〈红楼梦〉》《中华开映〈红楼梦〉》《〈红楼梦〉英文名称》《〈红楼梦〉文艺片新光映》《黛玉葬花》《林黛玉将上银幕》⑤。

---

① 陈寅恪《柳如是别传》，上海古籍出版社 1980 年版，第 778 页。
② 小横香室主人撰《清代野史大观》（卷一），中华书局 1915 年版，第 16 页。
③ 祝总斌《董小宛入宫说始于何时——兼略探吴梅村〈清凉山赞佛诗〉的创作意图》，《北京联合大学学报》（人文社会科学版），2007 年第 1 期。
④ 20 世纪 40 年代，不少学者仍坚持"顺治董小宛爱情故事"说，如 1944 年方豪《红楼梦新考》、1947 年湛卢《红楼梦发微》都认同"顺治董小宛爱情故事"说。
⑤ 其中，《〈红楼梦〉英文名称》涉及翻译，后文将介绍。

20 世纪 20 年代以后,中国电影事业蓬勃发展,《新闻报》所在的上海更是电影公司集中地,据统计,1925 年前后,中国成立了 175 家电影制片公司,其中有 141 家在上海。亦是在此时期,《红楼梦》开始较完整地搬上荧幕。民国《新闻报》刊载的十四则《红楼梦》电影的报道或影评,是了解《红楼梦》电影传播的重要文献,集中体现在对复旦版《红楼梦》和大华版《红楼梦》的进一步了解上。

1. 关于复旦版《红楼梦》的八则资料。复旦版《红楼梦》是第一部完整的《红楼梦》电影,在《红楼梦》影视传播史上具有重要地位。《新闻报》对 1927 年上海复旦影片公司《红楼梦》(通常简称复旦版《红楼梦》)报道评论较详细,共有八则。据这八则资料可知:

(1) 复旦版《红楼梦》拍摄和上映的较具体的时间。复旦版拍摄时间和上映于 1927 年,但在 1927 年何时? 以往知道的并不具体。据《新闻报》所载资料,复旦版《红楼梦》从编剧到完成摄制"费时半载",①其中摄制"未及两月"②试映时间是 1927 年 6 月 27 日,地点是新中央戏院③。正式公映时间是 1927 年 7 月 20 日夜,地点是中央大戏院,连映四天④。

(2) 复旦版《红楼梦》公映时受到观众的热烈欢迎。复旦版《红楼梦》是时装片,一般认为,"由于影片中人物穿的都是时装,显得不伦不类,故在当时及以后都遭到很大争议。"⑤那么,它上映时的上座率如何呢? 可以用火爆来形容。7 月 20 日正式开映,"一星期来,在中央、新中央两大戏院开映,每日均售满座,虽天气炎热,而观客仍拥挤不堪"⑥。然后转至世界大戏院、中华大戏院等处开映,观者甚众。因为《红楼梦》电影深受观众欢迎,影响较大,复旦影片公司以后数年都将《红楼梦》作为"本公司在国内最受群众欢迎之佳片"为公司摄制的电影打广告⑦。有研究者言:"复旦版《红楼梦》的成功与否,因未见影片,无法断然下结论。"⑧但从《新闻报》所载资料看,复旦版《红楼梦》至少在市场上是大获成功了。

题为《〈红楼梦〉影片试映后》的影评,也对复旦版《红楼梦》赞赏有加,主要有:一是光线取景,并皆佳妙,"大观园之纷华幽蒨,曲折回环,皆于刘老老醉后巡行衬出,至觉得体"。二是演员神情,逼真得体,"以陆剑芳女士之黛玉为最出色,其神情芬止,直仿佛一观众理想中之林颦卿也。宝玉为陆剑芬女士乔饰,亦佳"。"周空空之刘老老,滑稽突梯,令人绝倒"。这些表明,作为默片,复旦版《红楼梦》布景和演员选择上有独到之处,特别是在电影市场上获得成功,推动了《红楼梦》的电影传播。

2. 关于大华版《黛玉葬花》的一则珍贵影评。1936 年,大华影业公司摄制《黛玉葬花》,导演兼编剧:金鹏举,主演:李雪芳(饰黛玉),冯侠魂(饰宝玉)。这是第一部有声《红楼梦》故事片,结束了《红楼梦》电影无声的时代。但摄制该影片的公司、影片的优长、传播情况和效果等,我们所知不多。1936 年 4 月 2 日《新闻报·本埠附刊》刊载一篇文波《黛玉葬花》的影评可以告知我们一些有价值的信息。关于大华影业公司所在地,学界有两个说法,一是在香

---

① 《复旦〈红楼梦〉定期公映》,《新闻报》1927 年 7 月 19 日,本埠附刊第 2 版。
②③ 咽雪《〈红楼梦〉影片试映后》,《新闻报》1927 年 6 月 28 日,本埠附刊第 2 版。
④ 《复旦〈红楼梦〉定期公映》,《新闻报》1927 年 7 月 19 日,本埠附刊第 2 版。
⑤ 张伟《都市·电影·传媒:民国电影笔记》,同济大学出版社 2010 年版,第 83 页。
⑥ 《世界开映〈红楼梦〉》,《新闻报》1927 年 7 月 31 日,本埠附刊第 1 版。
⑦ 《剧场消息》,《申报》1929 年 11 月 2 日,本埠增刊第 2 版。
⑧ 李海琪《于无声处传红楼——复旦版〈红楼梦〉改编研究》,《红楼梦学刊》2011 年第 2 辑。

港,二是在上海。据该影评,大华公司设在华南,上海影迷对其很生疏,所以大华公司应该在香港;该影片用粤语,在上海上映时改配国语对白,由于是重新配音,影片中人物讲话的神气与发音的嘴唇动作出现了一些不协调;该影片饰黛玉的李雪芳和饰宝玉的冯侠魂,皆为出色的粤剧演员,该影片用粤剧演唱,观众有"看广东戏或是听广东戏"的感觉;该影片的编剧有精巧之处,"如黛玉的死,用宝玉的新房中吹过一阵风,把花烛吹熄"。悲喜映衬,表现黛玉之死的凄凉和绝望;该影片也有不足之处,如黛玉听说宝玉大婚,吐血病倒在床,要紫鹃拿诗稿焚毁,但接下来,"黛玉却又起来,站在地当中唱了一段很长的歌曲"。不合情理;另外,该影片的音质尚佳,"全片声音很清楚"。

由于早期电影胶片难以保存,这些《红楼梦》影评和新闻报道就成为我们了解当年《红楼梦》电影传播的不可多得的史料,《新闻报》所载《红楼梦》电影资料的文献价值自不待言。

（三） 两则青年读者痴迷《红楼梦》的资料

即《这是新牌的林黛玉》《也是一个小说迷:〈红楼梦〉送了性命》。

《红楼梦》最重要的主题是爱情主题,作者通过一系列关目和细腻的描写刻画出宝黛之间诗意情怀和日常温情兼备的爱情世界,"深刻地触及了人类理想的爱情及婚姻的本质,具有超越时代的价值"①。这种爱情价值观对憧憬爱情的青年、尤其是爱不能遂愿的青年往往具有摇荡心灵的震撼力。提及《红楼梦》对青年读者的感染力,研究者常征引陈其元《庸闲斋笔记》所载杭州贾人女临死大哭曰"奈何烧杀我宝玉"的故事,笔者曾经介绍了晚清祝生读《红楼梦》"得咯红症",后竟痴狂、不知所终的悲剧②。民国《新闻报》所载《这是新牌的林黛玉》《也是一个小说迷:〈红楼梦〉送了性命》则是《红楼梦》对现代青年读者情感影响的两则资料。

《这是新牌的林黛玉》报道了南京下关名妓林黛玉,年方二九,姿色可人,初识文墨,每天练习书法。林妓与机关职员某君情爱甚笃,某君日与讲《红楼梦》,林妓听至入神。不料某君忽染病去世,林妓大为悲伤,乃将平时所习书法悉数焚去,"谓焚稿断痴情"。这则新闻可见《红楼梦》对风尘女子情感的感染——《红楼梦》激发了如林妓一般沉沦妓僚女子对真挚情爱的憧憬。

《也是一个小说迷:〈红楼梦〉送了性命》则是一个凄婉的悲剧。北京机织街彭慧贞,自幼聪敏,一个月前,慧贞在青云阁买了一部《红楼梦》,回家终日反复阅读,未几身体日弱,面无血色。其母以为慧贞有伤春之意,遂托人为慧贞寻找婆家,但慧贞告知其母"愿终身不嫁"。其母暗查慧贞乃是红迷,遂夺去《红楼梦》并予以焚毁,慧贞大哭曰:"烧毁我宝玉也。"自是饮食不进,病情日重,延医诊治无效。慧贞父亲询问其故,慧贞云:"生平所喜者,仅《红楼梦》中之宝玉,若得与是人相伍,虽死无憾。"由此终日或哭或笑,状类神经,至八月二十九日,遂香消玉殒。这则新闻还被 1921 年 10 月 3 日《民国日报》"地方新闻"栏目报道,题目为《痴女子身殉〈红楼梦〉》,较《新闻报》所载稍详细,可见该新闻流播之广。慧贞看《红楼梦》断送性命的新闻几乎是杭州贾人女临死大哭曰"奈何烧杀我宝玉"故事的翻版。从美学上看,祝生、杭

---

① 李剑国、陈洪主编《中国小说通史（清代卷）》,高等教育出版社 2007 年版,第 1387 页。
② 张天星《晚清报载〈红楼梦〉禁毁史料辑释》,《红楼梦学刊》2015 年第 6 期。

州"贾人女"、慧贞的这种审美现象叫作"移情",即审美客体的主体化。他们将自己的感情深深融入《红楼梦》中,遂将小说人物当作生活中的真人,全身心地投入而不能自拔,最后酿成悲剧。慧贞阅读《红楼梦》断送性命的新闻一定程度上可见《红楼梦》对现代青年的巨大感染力。

（四）五篇《红楼梦》批评与时政评论结合的资料

即《读〈石头记〉感言》《订红楼内阁谱》《活画的一部〈红楼梦〉》《〈石头记〉中的政治学》《革命的文学:〈红楼梦〉与〈西游记〉》。

这几篇小说话都将《红楼梦》与政治时局相结合,借小说评时政,带有新闻评论的性质。如寄鸥《读〈石头记〉感言》中的一节:

> 我读《石头记》,读到贾迎春出嫁一节,宝玉云:"大家横竖要散的。"说得凄凉悲切,令人心痛,我对于唐总理之退出内阁时,也有这个心理。

唐总理,即唐绍仪(1862—1938),中华民国第一任内阁总理。唐绍仪主持内阁期间,勤于政务,恪遵《临时约法》,挑选宋教仁、蔡元培、陈其美等同盟会骨干入阁,担任农林、教育、工商总长,使同盟会会员在政府中占据多数,政府呈现一派新气象。1912年6月15日,唐绍仪因见《临时约法》已遭破坏,其与袁世凯裂痕已深,遂愤然辞职。上引这则感言就是将宝玉"大家横竖要散的"与唐绍仪辞去总理的时政结合,表达了对政治局势的不安和伤心之情。近现代中国,满目疮痍,危若累卵,生活于此时代的读者,经常带着社会政治意识去阐释《红楼梦》或用《红楼梦》关联批评现实社会,这是近现代红学研究鲜明的时代特色之一。《新闻报》所载五则与政治时势结合的《红楼梦》批评资料即是这种时代特色的体现。再如《订红楼内阁谱》根据贾元春、林黛玉、王熙凤、薛宝钗、薛宝琴、李纨、贾探春、史湘云、贾银春、贾惜春、邢岫烟等十一人的出身、性格和特长,认为分别宜为国务总理大臣、内务部长、财政部长、外交总长、交通部长、教育部长、陆军总长、海军总长、农林总长、工商总长、司法总长。该文发表于1912年9月,联系7—9月间中华民国政府内阁总理及阁员频繁易人,这则小说话乃"皮里阳秋",是在拿红楼人物讽刺民国政府内阁不得其选。《活画的一部〈红楼梦〉》《〈石头记〉中的政治学》也皆是此类小说批评和时政评论兼而有之的小说话。

《新闻报》刊载的最后一则《红楼梦》资料是《革命的文学:〈红楼梦〉与〈西游记〉》,也是一篇结合时势的批评,它把《红楼梦》解读成启发人革命的文学,认为宝玉由浮薄轻狂而蜕变成坚毅果决,他的出家可说是向封建势力投降,也可认为是向封建势力反抗,"人是应当有几分反抗性的,不应当向黑暗低头,否则永远沉沦,只有反抗黑暗才有得到光明的机会",进而得出"中国如果要自由要民主,只有彻底清除这种专制余毒,而奠定一个新生的石基"的结论。该文刊发的时间是1949年4月3日,1个月又23天后,解放军占领上海。《革命的文学:〈红楼梦〉与〈西游记〉》一文对《红楼梦》《西游记》的解读实际上反映出在天崩地坼之际,人心思变的心态和对中国未来的期望。

（五）两篇《红楼梦》翻译问题的资料

即《〈红楼梦〉英文名称》《赛珍珠译著中国〈红楼梦〉与〈水浒传〉》。

《〈红楼梦〉英文名称》是一则电影新闻报道，内容是孔雀电影公司拍摄古装《红楼梦》时，依据剧情和原名起见，给《红楼梦》翻译英文名称。经过深思熟虑和长时间讨论，确定译为"*The Red Chamber Dream*"。《红楼梦》英译名称最早是 1830 年英国人德庇时（John Franeis Davis）翻译为"*Dream of the Red Chamber*"，随后在百余年的《红楼梦》英译史上，《红楼梦》英译名称常译为"*A Dream in Red Mansions*""*The Story of the Stone*""*Stone Story*""*Dream of the Red Chamber*"等，而 1927 年孔雀电影公司将其译为"*The Red Chamber Dream*"，则是这种翻译方式最早的一例，也是不常见的一例，对了解《红楼梦》英文名称翻译演变，稍有参考价值。

朱君宜《赛珍珠译著中国〈红楼梦〉与〈水浒传〉》介绍了美国作家、诺贝尔文学奖获得者赛珍珠（1892—1973）翻译《红楼梦》和《水浒传》的情况。赛珍珠历时 5 年将《水浒传》译成英文，命名为《四海之内皆兄弟》，于 1933 年出版，这是中国古典名著的第一部英文全译本，此早有定论。赛珍珠对《红楼梦》也评价甚高，1938 年她在接受诺贝尔文学奖时所作的演讲就高度评价了《红楼梦》等中国古典小说，但她是否翻译过《红楼梦》，学界尚阙然无闻。而朱君宜记载赛珍珠将《红楼梦》书名译为《东方古代女性的故事》，出版后"得到一般人的好评"，版权还被一个墨西哥商人用四十万美金买去，预备译成西班牙文出版。"她把林黛玉描写成一个使剑善舞的武侠女子，结局且把林黛玉嫁给了贾宝玉。"这些记载是否属实，目前尚无确证，有待我们进一步发现。

（六）三篇红楼戏资料

即《红氍毹上〈红楼梦〉》《荀慧生之红楼新剧》《谈荀慧生之红楼二尤》。

《红氍毹上〈红楼梦〉》报道了 1919 年刘豁公编《大观园》的演出情况，对红楼戏演出史的梳理和考订有一定价值。《京剧剧目辞典》中《大观园》条言："刘豁公编剧，初演于上海天蟾舞台。……布景中高扎牌楼，并密装电灯，以逞新奇。"[①]刘豁公编《大观园》初演于何时？演出效果如何？《红氍毹上〈红楼梦〉》可回答这两个问题。该剧初演于 1919 年元宵前后，是各戏园元宵期间竞演灯彩戏中"吸引力最大"的剧目，"颇饶雅趣，剧中布景亦佳，各艺员演来亦均称职。故日来卖座之盛，实以天蟾为首屈一指云。"可以说《大观园》从编剧到演出，效果颇佳。

《荀慧生之红楼新剧》《谈荀慧生之红楼二尤》都是 1934 年初荀慧生赴沪演出的剧评。这里重点谈《荀慧生之红楼新剧》，该文五百余字，虽刊登在广告栏，实际是一则剧评，作者林拙庵，其人虽不详，但其人熟稔戏剧则可肯定，如作新社 1917 年版曲谱剧本《戏选》（第一册）前有林拙庵序、弁言和胡琴工尺说明，1939 年 11 月出版的《王玉蓉专集》收录有林拙庵《从王瑶卿说到王玉蓉》一文。1934 年初，荀慧生应上海天蟾舞台等戏园邀请，携《红楼二尤》《紫玉钗》《谎妻嫁妹》《白娘子》等新剧至沪演出。天蟾舞台在《新闻报》刊登广告，《荀慧生之红楼新剧》即为荀慧生的名剧《红楼二尤》而作，文中将荀慧生冠以"写情圣手"，认为《红楼梦》没有比"尤三姐殉柳湘莲死得再侠烈出色的了，却也没有比乃姊尤二姐死得再凄惨冤苦的了"。荀慧生先饰尤三姐描摹出浓情蜜意、英爽刚烈，后饰尤二姐改为懦弱温柔、动人怜惜，

———————
① 曾白融《京剧剧目辞典》，中国戏剧出版社 1989 年版，第 1040 页。

"前后判若两人,迥不相袭"。这则广告式的剧评,与《谈荀慧生之红楼二尤》一起,作为荀慧生《红楼二尤》早年在沪演出时的评介文字,不可多得。此外,这则广告式剧评还可以看出媒介在近现代名伶商业演出中起着重要的推介作用。像荀慧生此次沪上演出,除报刊广告外,沪上留香社还编辑《慧声》每晚在剧场分送,更借用中西药房的无线电台报告演出消息、介绍荀慧生的艺术,荀慧生演出头三天,均告满座,"售得一万数千元"①,可谓名利双收。

吕启祥先生在论及民国期间的红学研究时说:"在那个时代红学虽则远不如当代之'显',但同样为人们关注和爱重。当时的人们对《红楼梦》的观感和见解自有其独特之处,作为一段历史是不可复现不能替代的;因而,不仅治红学学术史者应当了解,即便是普通的读者和研究者,也可从中得到启示和借鉴。"②可见挖掘红学资料,全面深入地认识民国时期红学面貌和特点,给当今的红学研究以启示和借鉴,是一项很有意义的工作,前辈和时贤在此方面已打下了坚实的基础。但由于民国文献数量庞大,尤其是报刊浩繁,民国《红楼梦》资料偶有遗珠之憾。本文对民国《新闻报》所载《红楼梦》资料的梳理说明,民国时期《红楼梦》资料仍有一定的发现余地。(同门李德强博士帮助复制了本文的部分资料,特此致谢。)

(原载《红楼梦学刊》2017 年第 3 期)

---

① 《荀慧生登台盛况》,《申报》1934 年 2 月 17 日,第 4 张。

② 中国艺术研究院红楼梦研究所和人民文学出版社编辑部编《红楼梦研究稀见资料汇编·前言(增订本)》,人民文学出版社 2015 年版,第 2 页。

从科举到新式学堂到报人作家以卢天白、尤墨君为例看民初文学的"通俗化"

宁波大学　罗紫鹏

清末民初是中国文学的大变革时期,在由古至今,由传统到现代的社会全面转型过程中,中国文学的变化与文人作家的更换流转"齐头并进"、密不可分。从晚清至民国,中国文学经历了"小说界革命""白话文运动"等系列"变革"的洗礼,同时代的知识分子也从科举考场走进新式学堂、走向报界文坛——清末民初文人的身份变化影响了他们与文学长期以来的"相处状态",他们在民国文坛的"出"与"处"既展示了一代知识分子的"文学命运",也为中国文学"现代化"的转型、民初文学的"通俗化"作了很好的注脚。

这些历经旧式科举与新式学堂的知识分子在进入报界文坛时普遍带有传统文学的烙印,但新式教育的影响却少有明确的表露;更多的知识分子在"古今转型"中首先成为"旧派"通俗文学作家,而只有少数留洋归国的人士树起"新文学"的大纛。范烟桥在《民国旧派小说史略》一书中曾说,"旧式文人"因为"科举废止了,他们的文学造诣可以在小说上得到发挥,特别是稿费制度的建立,刺激了他们的写作欲望"[1]。然而"写作欲望"在清末民初却更普遍地往"旧派"通俗文学方向宣泄,大量迫于生计而涌入文坛的"旧式文人"选择了撰写通俗小说以赚取稿酬。这些人的"大名"在文坛似有若无,其思想看起来也似新又旧,但他们却最能呈现报刊新媒体作用下文人撰稿者的整体特征,最能体现近代知识分子转型过程中对文学发展形态的干预——曾经的"旧派"小说家卢天白与南社社员尤墨君即为其中之重要代表。

一、卢天白与民国"旧派"文人的互动

卢天白,本名卢美意,字幼仝,又字天白,号忆珠楼主,安徽庐江人,生于 1884 年。民国期间曾出任上海光华大学教员,二十世纪二三十年代一度在上海商务印书馆编译所任职[2]。建国后,尝为安徽学院的教员,亦曾为江苏省文史研究馆馆员[3]。其家世代书香,祖上多有在朝为官者。他在《忆珠楼笔记》中曾说:"余家庐江城南,居宅为先九世祖烈愍公(公讳谦明,万历中官副都御史)所置,世守至今,盖二百余年矣。宅中厅事即公殉难(崇祯中,献贼来犯,

---

① 魏绍昌:《鸳鸯蝴蝶派研究资料》,上海文艺出版社 1984 年版,第 269 页。
② 《江苏文史资料选辑(第 10 辑)》,江苏人民出版社 1982 年版,第 230 页。
③ 《江苏省文史研究馆建馆三十五周年纪念册 1953—1988》,江苏省文史研究馆 1988 年版,第 41 页。

公守城遇害,事详《明史》本传)处。"①其父卢国华"字筱湘,安徽庐江人。光绪二十三年甲午举人,官湖北枝江知县,有《潜园集》"②。

在卢天白初入文坛时,他曾撰文对自己的过往经历进行总结。他说:"余生二十有九年矣。此二十九年可析为三期,由今而上溯壬寅,凡十年为余游学奔走时代……由壬寅而上溯丙申为余涉猎文学时代,由丙申而上溯丁亥为余受家庭教育时代,其第二期为吾书之星宿海,而其第一期则吾书之初源也。"③盖 1902 年(壬寅)之前,是他接受传统旧式教育的时期:

> 予生三年,即受书于先大父……余十一龄应童子试,倖博一衿。时人方重帖括,余独不乐为之。读经既毕,遂肆力于词章史学,好作古体文及诗歌以自娱。余十龄已谐声律,试帖颇工丽,诸老宿辄奖誉之,然古近体诗则发祥于十三龄时也。④

这一"旧式"教育阶段一直持续到他长大成年,在这期间他学习帖括、声律、词章史学等内容,既为其"旧学"打下了良好的基础,也基本确定了其日后文学创作的大致方向。

1902 年农历五月,卢天白首次离开家乡到南京求学,从此开启了他的"新式学堂"求学时期。他说:"余年十八,朝议罢科举,兴学校……时江南诸郡立学最先而规则完善者金陵为之冠……余父遂赁扁舟携余首途,时端阳节后之五日也。"⑤他几经转折于 1903 年考入江南高等学校,在校期间主习英文,至 1907 年毕业,且名列优等。1907 年 2 月 7 日的《申报》上曾登录《江南高等学堂学生毕业名单》:

> 兹将各生姓氏录后,最优等二十名:(东文)毛洪勋、吴肇璜、方俊琦,(英文)卢殿虎、卢美意、刘树圻……⑥

按,当时他曾有机会到日本留学,但其父及长辈缪荃孙均对其进行劝阻,认为他"习英语而留学东邦犹南辕而北其辙,不如俟本校卒业后再游学英伦以图深造,庶取径较为直捷"⑦。然而,此后卢天白再也没有出国深造的机会。

大约在武昌起义爆发后,卢天白离乡赴沪,自此开始了囊笔濡墨的文字生涯。1912 年初,他开始在《申报·自由谈》上发表作品,最初以旧体诗词作品为主,也有少量的文章。其诗作有《申江冶春词》《题桃花扇》《春宫怨》《香妃行并序》《长春宫词·悼清后》等,哀怨婍妮,各体皆有。盖在发表作品的过程中,卢天白还结识了不少《申报·自由谈》的投稿同人,除了他早先认识的李生(注:李生即李野民,为卢天白同乡,曾随卢学习英文)之外,他还加入了"自由谈"同人创立的"俭德会",并受到主编王钝根的赏识。他说:

> 二十年前,小子也是上海新流行杂志小说界和新闻纸尾巴栏里一个小小投稿家(先生太客气了)。最初的时候投几首歪诗到自由谈里去,承那位钝根先生居然接受登载起来,于是那一般大词坛蝶仙、了青、瘦蝶坛坫之间也被小子占了小小一席。后来钝根主

---

① 天白:《忆珠楼笔记》,《申报·自由谈》1916 年 2 月 12 日。
② 钱仲联:《清诗纪事(十九)》,江苏古籍出版社 1898 年版,第 13840 页。
③④ 天白:《十年游记》,《游戏杂志》1914 年第 2 期,第 5 页。
⑤ 天白:《十年游记》,《游戏杂志》1914 年第 2 期,第 6 页。
⑥ 《江南高等学堂学生毕业名单》,《申报》1907 年 2 月 17 日。
⑦ 天白:《十年游记》,《游戏杂志》1914 年第 10 期,第 5 页。

编《游戏杂志》，小子的《十年游记》也就滥厕一栏。不久钝根又编什么《礼拜六》，蝶仙（又号天虚我生）、瘦鹃、小蝶、常觉、小凤都是这小册子里头健将，小子第一篇童男作（非童男处女作也）叫做什么《花间人影》，钝根也大圈特圈（圈而又圈）的登载出来，小子从此高兴做小说。第二篇是什么《予做皇帝》……①

如他所说，民国初年王钝根主持的《申报·自由谈》《游戏杂志》《礼拜六》上多有他的作品，且在诗词之外，他还创作了不少的小说。

其中《申报·自由谈》上共刊有他的小说二十余篇短篇小说，《空中岛》《双指环》《灵魂世界》《峭壁双鸳》《狼吻余生记》诸篇皆以外国人事为背景与内容，《仙河泪影》写拿破仑情史，《条纳黎宫人琐语》写"拿破仑轶事"，这些似乎均为翻译之作（没有注明翻译，故不能完全断定）。而描写中国人事风物有《长沙生》《一耳僧》《翠娘》《解五狗》诸篇，它们同属于一个笔记小说系列——《忆珠楼笔记》。该笔记系列为文言体，共有等十篇作品，刊于《申报·自由谈》1916 年 2 月至 3 月间。而他在《游戏杂志》《礼拜六》等刊物上发表作品类型与《申报·自由谈》大抵相同，其中《游戏杂志》上连载的《十年游记》是其对自己二十九岁之前经历的回忆和总结，而《礼拜六》前一百期中刊有他的近三十篇小说作品，1914 年第 30 期上还曾登载他与女儿穉兰的合照。

由上可知，卢天白初涉文坛时，因与王钝根及"自由谈"同人的相识，他的大部分作品都"贡献"给了"自由谈"撰稿同人及王钝根编辑的刊物，并成为这些刊物较固定的撰稿人。当然，在这些之外，他亦曾向当时的其他同类刊的投稿，如其《忆珠楼笔记》没有在"自由谈"上登完，"后来大部分进了独鹤的《快活林》"②。但总的来说，民初前十年间，卢天白没有特别地发挥他在江南高等学校学到的专长，反而是重起炉灶的"小说创作"、向报刊投稿为其打开了新的人生方向和思路，而他不仅成为《申报·自由谈》《礼拜六》等流行报刊的撰稿人，还成功跻身于当时的"小说家"之列。

进行二十年代之后，卢天白回乡任教。1928 年间，他又回到上海在商务印书馆任职。1932 年商务印书馆被日军炸毁，他不得重操笔管，以撰述为业。盖同一年，《枕戈》杂志在上海创刊，由刘豁然编辑，卢天白为该刊主撰，曾以幼仝、天白之署名在该刊上发表大量的诗作及一些小说作品。此外，他还有《长安新梦记》、"写实小说"《二十年前之上海》及署名为"忆珠楼主"的笔记小说《冯孝子》《瀛国公印》等笔记、小说作品。《二十年前之上海》是天白回忆当年在《申报·自由谈》《礼拜六》《快活林》发表作品的情形，是对自己二十年前境况的一份记录；《冯孝子》《瀛国公印》等介于笔记与小说之间；《长安新梦记》题曰"长篇小说"，共刊出十回，全篇以黄邦杰的人生经历为主线，写其"亲历党狱"、出洋留学及父亲被杀诸事。主人公黄邦杰似以作者自己为原型，虽然文中人事与卢天白的经历并不完全相同，但觉处处有作者的影子。所刊出的十回仅是此作的"初集"，第十回后题曰"初集完"，故作者有计划创作续集，但却并未见到。

在这之后，卢天白主要转入教育界，以教书为业。盖从上述情况来看，卢天白在举业、新式学堂、投稿创作的半生经历中，"旧学"对其后来的文学创作起了更为关键的作用——他与《礼拜六》杂志等"旧派"通俗文学的联系与接触主要是通过"旧体"诗词与"旧派"通俗小说建

---

①② 卢天白、豁然：《写实小说：二十年前之上海（我之小说）》，《枕戈》1932 年第 10 期，第 5 页。

立起来的,而他这种读过新式学堂的"旧人"又为民初的通俗文学提供了新鲜血液,如翻译英文小说之类,在一定程度上促进了"旧派"文学的发展转型,但从其整体的创学内容及创作过程来看,卢天白与"旧派"文学的联系都更加紧密,他更多地参与了民初文学的"通俗化""市场化"发展,而非汲汲于对传统文学施以改革。

二、自南社"进驻"小说界的尤墨君

尤墨君,名翔,原名志庠,字玄甫(亦写作玄父),又字墨君,生于 1888 年,苏州吴县人,有书斋曰"捧苏楼"①。他约于在辛亥革命之后加入的南社,社号为 205。《南社社友录》中有其小传曰:"尤翔,原名志庠,字墨君,号黑子,江苏吴县人,205。"②

尤墨君儿时接受过系统的旧式教育,他在《我的中学生时代》《我的学生时代》两文中曾记述自己年少的读书情景。据他说,其自幼跟随母亲学习《三字经》《千字文》等开蒙读物,八岁时"讲到书本方面,读毕了论、孟、五经;从写作方面,从辨四声、对对子、做五言八韵直至开笔做八股"③。而这种学习情况一直持续到十五岁。

政府议废科举之后,尤墨君入苏州第一民立小学堂读书,并开始学习英文④。1905 年前后,他考取苏州府中学堂,两年之后又考取苏州府设立的"游学预备科",有了预备出洋的资格⑤。1908 年,他从游学预备科毕业,《申报》上曾报道《游学预备科举行毕业》的消息,在该消息中"尤志庠"名列英文优等生之列⑥。然毕业之后,他并没能出国留洋,而是开始了笔墨生涯。

因为加入南社,故此一时期他主要与南社诸友往还唱和,柳亚子所编的《南社诗集》中曾录其诗,署为"尤翔黑子诗"。民国初年,他开始向文艺报纸杂志投稿,在诸多流行刊物上发表有诗词、文章及小说作品,《小说月报》《民权素》《小说海》《文星杂志》《生活》等杂志上均有他的作品。这些杂志多为南社社友所主编创办,这也说明尤玄甫早期的文学活动与南社文人圈不可分割的联系。如南社社友王钝根主编的《申报·自由谈》《新申报·自由新语》有其以"黑子"之名发表的《苦儿院》,以"玄甫"之名发表的两篇译作《飞矢韶华》和《战争之赐》(两篇均为法国毛柏霜原著,按今译"莫泊桑");又如他与南社社友张冥飞、蒋箸超合撰的《古今小说评林》(1919 年由民权出版社出版)等。

他的作品包含各类体裁,但以小说的成绩最为突出,如《双星杂志》中的《一曲为卿歌》,《妇女杂志》中的翻译小说《女权国》,《小说海》中的《拾箱奇遇》《酒狂搏虎》《暴死奇案》《七贤党》《趾环印》诸篇,《小说月报》中的《百龄女郎》《盗约记》及"小说俱乐部"栏目征文活动等,有言情、侦探等多种题材,皆是他民初数年间的成绩。不过,他的英文译作却很少,虽然有《飞矢韶华》《战争之赐》两篇,但他学习英文数年,这仅有几篇译作说明他并没有较好地利用

---

① 尤墨君:《捧苏楼墨屑》,《双星杂志》1915 年第 3 期,第 3 页。
② 柳亚子:《南社纪略·南社社友姓氏录》,柳无忌:《柳亚子文集》,上海人民出版社 1985 年版,第 182 页。
③ 尤墨君:《我的学生时代》,《江苏教育》1942 年第 3 期,第 151 页。
④ 尤墨君:《我的学生时代》,《江苏教育》1942 年第 3 期,第 150—153 页。
⑤ 尤墨君:《我的中学生时代》,《中学生》1931 年第 16 期,第 8—14 页。
⑥ 《游学预备科举行毕业》,《申报》1908 年 1 月 28 日。

这一才能。

1920年，尤墨君所撰的长篇小说《碧玉串》被收入《说部丛书》第3集，由上海商务印书馆出版。此篇为侦探小说，白话体，内容围绕碧玉串及秘密文件的丢失一案为核心，一步步展开事件的真相及人物的真面目。篇中人物皆用外国人名，似为译作，但题目之下并未标注"翻译"字样，固也可能是作者的一篇"仿作"。此后，尤墨君逐渐淡出文坛，并向教育界发展。在二十年代，他与李叔同、马公愚等人尚有来往。1921年，他曾搜集李叔同的旧作，集成《霜影录》；1929年，《大夏周报》第65期上曾载有他与马公愚的赠和诗，如《答马公愚用原均集阮石巢句》《再答马公愚集阮石巢龚定盦句》等。然而因为此时他主要在各地教书，故文坛已基本将其遗忘，特别是他在民初撰写诗词、小说时多署名"玄父"或"玄甫"，而投身教育之后，则多以"尤墨君"之名示人。因此，《碧玉串》可以说是他小说创作的最后成绩，虽然后来他偶有诗文发表，但因为作品的数量相当有限，加上长期远离"文学中心"——上海，他一直没有挤进核心的作家群体中，未能"入围"民国小说名家行列。

回顾尤墨君的文学生涯，我们可以发现他的创作内容与阵地也基本为"旧派"诗文、小说与"旧派"文艺杂志，他与卢天白及当时大多数的"转型"知识分子一样依靠幼时积累的传统写作经验进行创作，一如他《我的学生时代》所说："今日得粗会写作，自然是在那时能打定基础。"[1]至于他很早学习英文的经历，他在苏州府中学堂所受的新式教育却并没有对其文学认识、文学创作进行深刻的改造，他进驻小说界之后仍是依靠"旧派"文学刊物发表作品的撰稿人。

三、近代文人的身份变化与民初文学的"通俗化"

由上述卢天白、尤墨君的情况来看，生于1880年代的知识分子基本上要经历科举、新式学堂、报刊作家三个时段的身份变化。虽然幼年接受"旧学"、准备科举的时段与在新式学堂就学的时段都属人生命运的"准备期"，但其对"主人公"之后的"事业"发展却有截然不同的作用。就卢天白、尤墨君而言，"旧学"对他们的启蒙与教导比新式学堂对其进行的教育时间要长，而"旧学"对他们文学创作的培养也比新式学堂施加的影响要深刻得多，也因此他们走向文坛之后，延续"旧体文学"创作的可能性也要比开创"新学"大得多。

卢天白、尤墨堂的文学创作基本都属于"旧体"范畴，而其新尝试的"小说"虽是传统文人不会轻易尝试的体裁，但是创作的笔法依然延续着晚清以来的习惯与特点——他们从创作言情、侦探、社会小说等"通俗小说"上起步，与当时一些没进过新式学堂的"小说家"王钝根、陈蝶仙、王蕴章等人一样，他们都在清末民初的报界文坛上找到了自己"举业"身份丢失之后的"暂栖"之地。

本来，接受过新式学堂教育的人应该更倾向于"文学改良"，倾向于摒弃"旧学"，但事实上"转型中"的知识分子却普遍地成为促成民初"旧派"通俗文学繁荣的主要因素。

首先，就卢天白、尤墨君等人的身份变化而言，清末民初的知识分子大部分都在失去科举之后成了报界文坛通俗文学的"投稿者"与"后备军"。汤克勤在《论晚清小说家的分类》一

---

① 尤墨君：《我的学生时代》，《江苏教育》1942年第3期，第151页。

文认为"士的近代转型可能具体分解为三个部分：一、传统士大夫向知识分子转型，二、普通士人向知识分子转型，三、近代新式学堂培养的学生（包括留学生）向知识分子转型。我们拟确定的三类晚清小说家：士大夫出身的小说家、以报人身份为主的职业、半职业小说家和新学生（包括留学生）小说家，恰好与士的近代转型三部分一一对应"①。然而真实的情况要复杂得多，因为普遍士人与新式学堂学生之间的差别很难估量，而新式学堂培养出来的学生与留学生也不一定情况相同。如卢天白和尤墨君都是新式学堂出来的学生，但是他们并没有走上"文学改良"之路，反倒是与《申报·自由谈》《礼拜六》《小说月报》等通俗刊物的编辑王钝根、周瘦鹃、王蕴章等人有较多联系，在文学创作上也内容相近、格调一致。他们在转型的过程中还不及王钝根、周瘦鹃等人成功，没有在"旧派"文坛成为"名家"，但却是成批涌入文坛的文人队伍中的一个；他们没能像前辈林纾等人一样执文坛牛耳，但却为"旧派"文坛注入了无限的力量。盖当时除了卢、尤二人之外，像陈小蝶、张舍我等人也是读过新式学堂的，但其在民初的创作与成还要高于卢、尤二人。

至于汤克勤所说的"留学生"，这些人成为小说家后，往往成为"新文学家"，成为批判"旧派"文学的改革者。举凡民国时期的"新派"作家和学者要么有"留学"背景，要么就是出生于科举制度废除之后的"新生代"——不曾经历清末民初知识分子的"身份割裂"与转变的新一代学生，如留学归来的胡适、鲁迅、郑振铎等人就是批评民初"旧派"通俗文学的代表。他们与卢天白、尤墨君的不同不仅在于"留学"，因为受到了"西学"的充分洗礼，还因为留学而错过了清末民初十余年间的文学发展，错过了参与清末民初文学的创作"机遇"，他们归来时恰好面对着"旧派"文学的繁盛局面与潜在的诸多问题，所以他们才会走到一般的知识分子"文学创作道路"的反面，而这时卢天白、尤墨君等人已经为文坛创造了不少"成绩"。

其次，就卢天白、尤墨君等近代知识分子的文学创作而言，他们促进了清末民初文坛的"通俗化"倾向，推动了当时"旧派"文学的繁荣。清末民初的旧体文学、通俗小说之所以产量激增，当时的"旧派"通俗刊物之所以繁盛而流行，主要是因为转型中的近代知识分子为其提供了一个庞大的"作者队伍"，因为从传统社会走出来的旧式文人主要依照旧有的创作习惯与阅读习惯进行文学创作。而"旧式文人"的知识储备与创作习惯是什么？不是白话文，不是西洋小说，而是旧体诗文，是《红楼》《西厢》《水浒》等通俗小说与戏曲，而清末民初"旧派"通俗文学的主要养料即源于此。

李欧梵在其《中国现代文学与现代性十讲》说："随着科举制度在 1905 年的终结，知识分子已无法在科举入仕之途中获得满足，参与办报撰文的大部分是不受重视的'半吊子'文人，但是我认为恰恰就是他们完成了晚清现代性的初步想象。"②这种"现代性"虽多体现于作品中所描写的时代新风物，但因为立足于"晚清"，故不可避免地映衬着传统的"旧影"，而所谓的清末民初"旧派"文学"其旧"正在于此。以卢天白为例，他的《忆珠楼笔记》内容主要为奇人轶事，有时又托言从朋友处听来，文章写得流畅自如，颇似古人手笔，几乎没有民初"新文风"的习气。他在《枕戈》杂志担任主撰时，曾辑录的"现代名家诗选"，入选者均为陈石遗、李拔可、黄秋岳等当时名家的诗作，可知他"心仪者"仍在旧诗而非新诗。特别是他与李拔可等

---

① 汤克勤：《论晚清小说家的分类》，《中国近代文学研究三十年回顾与前瞻学术研讨会暨中国近代文学学会第十六届年会论文集》，湖南大学文学院 2012 年版，第 579 页。

② 李欧梵：《中国现代文学与现代性十讲》，复旦大学出版社 2002 年版，第 13 页。

前辈有极好的交情,他在《赠拔可师》①一诗中曾记其与诸前辈的相识:

忽雷斋寂鉴园空,坛坫夫留夒铄翁。光绪壬寅,意侍先君子于吴鉴泉丈座上,始见师。明年癸卯,师与先君子暨刘聚卿年伯同游日本,今惟师康健逾昔。

岂为苦吟搔鬓短,非关醉酒驻颜童。怕论旧梦沧桑后,喜接春风杖履中。丁卯先君子遇难,遗孤辟地,依师以笔耕为业。

坡老与公同丙子,灿然牛斗古今同。师以光绪丙子生。

故有如此多的"旧学"渊源,卢天白在文学创作中肯定是倾向于"旧派"的。而这种"旧"的倾向表现在小说创作上,自然会与"旧派"通俗作品更为亲近。

同时,因为清末民初"小说"是文学的"新兴"事物,也是主要的稿酬来源,近代知识分子在转型过程中尝试创作小说的积极性很高,署名"寅半生"的评论家说曾说:"十年前之世界为八股世界,近则忽变为小说世界……小说之书日见其书,著小说之人日见其夥,略通虚字者无不握管而著小说。"②而在当时的"小说世界"中,从文学的连续性上看,必然是"旧派"通俗小说的天下;从时间上看,"新派"文学尚未全面兴起,"新派"作家还大都在国外或者学校,自然也是"旧派"通俗小说进一步繁盛的局面,而"略通虚字者"正是广大通晓文墨的旧式文人,是卢天白、尤墨君等转型而来的"新小说家"。

如果不是科举制度的废除,不是近现代以来的民主平权运动,不是学习西方的现代式学科细化与分工,不是新的商业发展及社会职业的出现,就不可能有造成如此多的小说创作者出现,更不会在一两种报刊的运营之下形成一个固定的"小说家"群体。科举制度的废除"解放"了一大批知识分子,虽然同时也给他们的"生计"造成了困扰,但是也促进了他们向"政途""耕读"以外的其他职业和生活方式分流。对于卢天白、尤墨君等未出国门的知识分子而言,进入新式学堂以及当初的"留洋"计划其实是"举业"的一种变形与延伸,只是他们不知道留学归国之后的"思想"会与当初的"计划"产生"割裂",并极易走向"旧我"的反面。而因为他们没能达到新式学堂的就学目的——留洋,所以只能在"旧学"的格局中进行自我调整与改变,而当时普遍的出路就是"撰述"与"发表",是在报界文坛占有一席之地。"留学"只是个别知识分子的"幸运",像卢天白、尤墨君这种因受"旧学"浸染而自然地进行旧体文学、通俗文学创作的情况才是近代知识分子转型过程中的普遍现象。

他们的文学启蒙与创作力的培养是由传统"旧学"完成的,而在学堂里"英文读国学文编第三,奈斯非而文典第二及牛津大学之地理读一,彼得巴利氏之万国史记,每日上课七小时而英文居其大半",虽可以增长其知识,但并不能提高其文学感受力与敏感度。因而,从新式学堂毕业之后,由于"生计所迫",他们很快进入了"旧体"通俗文学的写作之中,新式学堂所学的英文仅仅辅助了他们的小说翻译,所以卢天白、尤墨君、张舍我等人在新式学堂毕业之后均自然地开始了报刊投稿之路,且主要地以旧体文学、通俗小说为写作内容。可以说,正是近代知识分子的转型与变化,才有了清末民初文学的"旧派"主导形势,才有了清末民初"通俗"小说的短暂繁荣。

---

① 天白:《赠拔可师》,《青鹤》1935 年第 3 期,第 4 页。

② 寅半生:《小说闲评叙》,《游戏世界》1906 年第 1 期,第 1 页。

论吴宓的小说批评及其特征*
——以《学衡》为中心

复旦大学　杨志君

一、引言

　　吴宓是中国现代的诗人、学者、诗论家、批评家、翻译家,也是中国比较文学的开创者之一。在吴宓生前,这位"以维持中国文化道德礼教之精神为己任"的诗人、学者①,由于其保守的文化立场而被文学史所遗忘。一直到 1987 年——吴宓逝世 10 周年,才出现纪念吴宓的文章。到了 90 年代,伴随着四场吴宓学术研讨会的召开、论文集的出版,及《吴宓诗及其诗话》(1990 年)、《吴宓自编年谱》(1995 年)、《吴宓日记》(1998 年 6 月出版 1—8 卷,1999 年 3 月出版 9—10 卷)等书的面世,吴宓研究逐渐升温。到了新世纪,学术界对吴宓的生平、诗歌、日记、诗歌翻译、思想文化、教育思想,及其与学衡派的关系等多个方面展开了探究,取得了一定的成果。但关于吴宓的文学批评实践,显然关注不够。

　　吴宓除了上述多重身份外,还是《学衡》杂志的总编辑。吴宓曾说:"《学衡》为我之事业,人之知我以《学衡》。"②可见吴宓是把《学衡》当作人生的事业来经营的。在编辑《学衡》的十余年间,吴宓可谓殚精竭虑,不仅投入了大量的时间去誊写、编辑、约稿、宣传,还在面临停刊时每期补贴中华书局 100 元,这才使得《学衡》从 60 期延续到了 79 期。吴宓在编辑《学衡》过程中,一方面自己撰稿,对当时的诗歌、小说、格言乃至新文化运动进行评析,表达自己在文学创作、文学研究乃至文学批评方面的观点;另一方面翻译西方作品,包括哲学、文化、小说、诗歌方面的著作,以"译者识""译者序""编者按""双行小注"等形式对文本加以阐释、引申与发挥,并时时不忘拿中国的文学作品、文化思想、现实处境进行比较,以揭示中西文化的异同。吴宓在《学衡》上的批评实践,形式多样,文体各异,既有传统的影子,又有现代的因素,是中国文学批评史上一笔宝贵的遗产。

　　学术界对吴宓的诗歌批评有较多的关注,却基本忽略了他的小说批评。除少数学者注意到吴宓对《红楼梦》的批评外,还没有人对吴宓的小说批评作专门的论述。

---

　*　**基金项目**:国家社会科学基金重大项目"民国话体文学批评文献整理与研究"(15ZDB079)。
　①　吴宓:《吴宓日记(三)》,生活·读书·新知三联书店 1998 年版,第 346 页。
　②　吴宓:《吴宓日记(三)》,生活·读书·新知三联书店 1998 年版,第 419 页。

二、吴宓小说批评的多样形态

吴宓的小说批评首先表现为对国内小说所作的序与评论。《人海微澜序》是吴宓为潘伯鹰的小说《人海微澜》写的序。他首先指出在中国作小说很难，理由是小说是描写社会人生的，而去描摹现实中纤微琐屑、卑鄙猥污之事，会使人觉得它很庸俗；而"托体过高，命意甚深"，又容易空虚板滞、描绘失真，难以打动人，所以吴宓说："小说之真正难事，厥为如何运理想于事实之中，藉事实以表现其理想，合斯两美镕于一炉。"①接着，吴宓提出较材料作法更难的是文体的观点。他认为昔日长篇小说都是用雅洁的俗语写成的，而当时中国小说的语言纷乱而无标准，单就白话就有旧体白话与欧化白话两种，因而导致文体混杂的现状。这篇序主要谈的是长篇小说的内容、文体，对《人海微澜》直接评论的文字不多，也没有对它作具体的分析，只是谈了作者读这本书的大体感受。从这篇序可以看出，吴宓心目中的理想小说是"运理想于现实"及文体雅洁的作品。

《评杨振声玉君》是一篇长达 14 页的书评。它指出，《玉君》注重理想，以轻描淡写之笔，表平正真挚之情，文体圆转流畅，是一种理想主义小说，不同于当时盛行的短篇写实小说。他对新文学界提倡短篇小说，标榜写实主义有批评，并归纳了当时短篇小说容易形成苟且成名之念、潦草塞责之风等四种弊病。在吴宓看来，小说不是把所见所闻一时一地实在情况的记录，而须对这些情况进行选择、加工，使之成为完美的材料。他说："上等之理想小说，兼具写实之长，特其方法灵活，选择精当，而不用生吞活剥，杂凑堆积之材料耳，是则凡写实小说之具有纯正深厚之人生观者，即可称为理想小说。"②可见，理想小说与写实小说并不是对立的，只要具备纯正深厚的人生观，写实小说便是理想小说。难能可贵的是，吴宓还指出了结构对于长篇小说的重要性，他认为结构的优劣可以判断小说的高下，并根据结构把小说分为故事、短篇小说、连贯小说、长篇章回小说。然后，他又对《玉君》中的两个主人公——玉君与林一存，根据情节做具体的分析。他肯定玉君与林一存的性情敦厚、行事端正，但认为他们持的是浪漫派的人生观，主张纵性任情，而不承认礼教规矩的价值。对于《玉君》攻击礼教、摹仿乡间人或儿女之口吻、用英文文法语句之构造、混入时派学生所习用之名词、所常道之思想，及采用的西式标点等，吴宓皆有批评。但总体而言，吴宓对《玉君》是肯定的。

吴宓小说批评最有特色的是在翻译的西方小说里夹杂的"译序""译者识""双行小注"。在《学衡》第一期的"文苑"专栏里，吴宓就翻译了沙克雷（即萨克雷）的《钮康氏家传》第一回，后面又陆续翻译了五回。除此之外，他还翻译了沙克雷的《名利场》的楔子与第一回。在《钮康氏家传》第一回的正文前，有一篇"译序"。它先拿中国读者熟知的西方作家迭更司与《钮康氏家传》作者沙克雷进行比较，认为迭更司多叙市井里巷卑鄙龌龊之事，而沙克雷专述豪门贵族奢侈淫荡之情；迭更司惩恶扬善，人物是扁形的，由于刻画过度而不真实，而沙克雷以客观的态度描写人物，详其状貌声色，写出人物善恶交织的复杂性，因而更合情理。接着，吴宓又对英国的感情派小说探本溯源，追溯到李查生的《潘美拉》，追溯写实派的源头——费尔

---

① 吴宓：《人海微澜序》，《学衡》1930 年第 73 期，第 128—130 页。
② 吴宓：《评杨振声玉君》，《学衡》1925 年第 39 期，第 120—134 页。

丁的《Joseph Andrews》，认为沙克雷继承的是费尔丁的写实传统。最后对沙克雷的生平经历作了较详细的介绍。简而言之，这篇"译序"不仅介绍了作者、作品的背景性知识，还对作品的题材、人物塑造、写实风格乃至结构、技巧方面的特征做了归纳。

在吴宓翻译的《名利场》的"楔子"前，有两页多篇幅的"译者识"，主要谈两个方面的内容，一是书名"名利场"的由来，即对英文"Vanity Fair"涵义的斟酌比较；二是对书中人名的拟定及其蕴含意义的说明。而在《钮康氏家传》第六回的译文中，"译者识"是置于文末的，这里仅节选最后一段来呈现这种新型的批评形式：

> 吾屡言今日吾国文学界最急要之事，即为创造一新文体。强以固有之文字，表西来之思想，以旧形式入新材料，融合之后，完美无疵。此本极难之事，执笔者人人有责。时人竞尚语体，而欲铲除文言，未免有误，且无论文言白话皆必有其文心文律，皆必出以凝练陶冶之工夫，而致于简洁明通之域，大凡文言者须求其明显以避艰涩佶钉，白话则首须求其雅洁，以免冗沓粗鄙，文言白话，各有其用，分野殊途，本可并存，然无论文言白话，皆须精心结撰，凝炼修饰如法，方有可观者。约翰生博士 Dr. Johnson 赞阿狄生 Addison 之文章，谓为 familiar but not coarse, elegant but not ostentations。其上半句可用作吾国今日白话之模范，下半句可用作吾国今日文言之模范。吾译《钮康氏家传》亦惟竞竞焉求尽一分子之责，以图白话之创造之改良而已。①

吴宓认为中国文学界最急要之事是创造一种新文体，"以固有之文字，表西来之思想，以旧形式入新材料，融合之后，完美无疵"。他认为时人崇尚白话文是错误的，不管文言、白话都有"文律"，必出以凝练陶冶之工夫，而致于简洁明通之域。文言须避免艰涩佶钉，求其明畅，白话须避免冗沓粗鄙，求其雅洁。他认为文言、白话各有其用，不必厚此薄彼，可并行不悖。值得注意的是，"译者识"包括文中的"双行小注"都是用文言写的，但《钮康氏家传》（包括《名利场》）却是用白话文译的，这表明吴宓对白话文并不像胡适等新文学家对文言文那么痛恨，他只是觉得白话文需要改良，所以愿意在翻译小说时尽绵薄之力。在这则"译者识"中，译者还交代了在译文中加评注的原因："至于加评加注，乃为解释原文之意义，俾明显至极，盖非详知英国历史及当时风俗制度等，断难了解句中之义，故为之注。又非领悟对谈之机锋及语句中之含蓄，则读之味同嚼蜡，故为之评。"②但在笔者看来，吴宓的评注远远超出了"解释原文之意义"与"领悟对谈之机锋及语句中之含蓄"的功能，比如《钮康氏家传》第一回中的"译序"，就对作品的结构、风格、人物塑造等艺术特征进行了归纳；《钮康氏家传》第六回中的"译者识"，则完全绕开了《钮康氏家传》的内容，谈的是翻译及写作的文体问题，而"双行小注"的功能则更多。

笔者按功能的不同，将吴宓翻译作品中"双行小注"归纳为四种类型。第一种为解释性的，相当于吴宓说的"解释原文之意义"，即对译文中的人名、地名、书名等专有名词，及读者难以理解的词或句子作注，如《名利场》"楔子"中"此外有甚喜戏中小儿者"之后，有一处双行小注："按，此指小乔治 George Osborne The Younger 即薛美理第一次嫁后所生之子，观后书中自明。"③这句话是为解释"戏中小儿者"的。这一类大多比较简短，但数量是最多的。第

---

①② ［英］沙克雷：《钮康氏家传》，吴宓译，《学衡》1922 年第 8 期，第 111—126 页。
③ ［英］沙克雷：《名利场》，吴宓译，《学衡》1926 年第 55 期，第 136—148 页。

二种为阐发性的,相当于吴宓说的"领悟对谈之机锋及语句中之含蓄",即对某些含蓄语句的具体阐发,道出其"微言大义"来,如《名利场》第一回中"却见卞仁美手拿一个包裹,跑到门前叫车停住,一面将包裹递给薛小姐说道:'好小姐,恐怕你受饿,这是些火腿面包。'又向沙小姐道:'贝儿,贝儿,这一本书,是我姐姐,是是是我,我给你的'"之后,有双行小注:"意谓此书乃我赠汝者,特假托吾姊之名耳,卞仁美与贝儿厚,恐其不得字典而伤心,而乃姊又不许给,故以己之私蓄赠之,而托言姊命,以安贝儿之心也。仁美多情之至。"[英]沙克雷:《名利场》,吴宓译,《学衡》1926 年第 55 期,第 136—148 期。联系前面的情节,可知沙贝珈在卞克登私立女学校毕业了,按理卞克登校长应送一本约翰生博士编著的大字典给她,但由于当年入学时立了字据,言明不收沙贝珈的学费,只是让沙贝珈在学校相帮作事。在卞校长看来,沙贝珈在她的学校白吃白住了六年,给她的恩惠已经不少,所以不愿送她字典。而卞校长的妹妹卞仁美,在沙贝珈离开学校前,怕她为没收到姐姐送的字典而伤心,便把自己的字典送给了她,还谎称是她姐姐送的,这里确实可以看出卞仁美心地之善良,为人之体贴多情。而卞仁美对沙贝珈说的"贝儿,贝儿,这一本书,是我姐姐,是是是我,我给你的",确实有些复杂,到底是"姐姐"给的,还是"我"给的,以及这看似含混的表述中包含的微言大义,如果不作阐发,一般读者确实难以搞清楚。

第三种是补充性的,即对部分故事情节补充一些相关的材料,以让读者能更好地理解文本。如在《钮康氏家传》第一回"当我年少之时"后面有一处双行小注:

> 按:沙克雷所作佳小说有《Pendennis》一书,先于一千八百五十年出版。书中主人公为 Arthur Pendennis,其人乃中上流乡绅之子,早丧父,为寡母所钟爱,其戚有孤女,名 Laura Bell,寄养于家,美而贤,与 Arthur 同读,互相爱悦,母意亦欲聘之为妇,迨 Arthur 稍长,赴伦敦,入大学肄业,Arthur 固风流倜傥,自是为朋辈引诱,荒嬉广交,不务学业,赌博烟酒,为狭邪游,日趋浮靡,识一女曰 Emily Blanche,慕其华贵,竟与订婚。然此女殊无诚信,后竟绝 Arthur 而归他人。Arthur 始而悲,继而悔悟,大病,归。母与 Laura 尽心调护,病愈。一改前非,聘 Laura 为妻,旋即娶之,潜心学业,为文人,居伦敦,主某报《Pall Mall Magazine》笔政,兼为滑稽画,与沙克雷自身之职业同。此《Pendennis》书中事实之大略也。迨沙克雷作《钮康氏家传》则假设为赓续前书也者。以前书中之人物,均牵入此中,一再登场,新知故交,别饶兴趣。……(引者省略)①

这里补充了大量相关的信息,先介绍了沙克雷此前创作的小说《Pendennis》大致的故事情节,然后交代沙克雷作《钮康氏家传》是假设为赓续《Pendennis》一书,并对该小说的人物及情节安排作了补充说明。《钮康氏家传》第三回第一段"目前且把太尉遣送儿子回国之时所接收的信札抄出几封,供读者阅看,自可知晓当时太尉的景况了"后面,有一段较长的双行小注,它先交代书信体小说的起源——英人李查生《Samnel Richardson》,阐明该小说诞生的始末,进一步分析书信体小说的利弊,这是对书信体小说的补充说明。《钮康氏家传》第五回在"布莱央之妻纽康夫人,带着一群儿女,每逢四旬节,总是吃斋茹素,又遵奉旧派主教的信条"之后,也有一大段双行小注,补充了英国教会宗教改革的经过,及耶稣教对天主教的继承

---

① [英]沙克雷:《钮康氏家传》,吴宓译,《学衡》1922 年第 1 期,第 86—103 页。

与竞争的关系。这些补充性的信息,能不同程度地加深读者对文本内容的理解。

第四种为揭示叙述技巧的,即对小说在取材、结构、人物塑造等方面的技巧加以提炼。《钮康氏家传》第五回"太尉上了海船,扬帆西去,不日到了英国,一别数十年重临故土"之后,有双行小注:"按此书开卷数回,多用穿插补叙之法,往复重叠,前后错综,易致淆乱迷惘,然此种章法,至本回之末,业已完结,此后一线到底,依序直下,不再有此,而易领会矣。"①这里揭示了小说中穿插、补叙的技巧,并理顺故事发展的脉络。《钮康氏家传》第六回"那太尉跑到启斯威克路卜克登女士所设的女学堂"之后,有双行小注:"按,沙克雷善于绾合,常以己所著甲书之人物牵入乙著,使读者恍若此等皆真有之人,并时生存而互有交涉者,益觉作者书中之情境逼真矣⋯⋯(此处为引者省略)。"②这里揭示该著人物设置的技巧,即以自己已经创造出来的人物进入到另外的小说中,使小说具有情境逼真的效果。同回"这解查理在下议院里,以惯学驴叫出名,乱嚷乱喊,故意搅得反对党议员说不成话,以此为本党尽力"之后,有一段双行小注:"按,民国元二年间,北京国会亦有类此之事。当时报纸所载哼哈二将,最为出名。庞乃斯居心阴险,办事精明,出语刻薄,即此回可见⋯⋯(此处为引者省略)此回专写布莱央、何布生、庞乃斯三人之性情,下回则写布莱央、何布生之妻之性情,而爱瑟儿为主要人物,其出乃最晚,盖烘托陪衬,宾主轻重法宜然也。"③这里一方面以中国相似的社会现实对前面情节加以说明,让中国读者能更好理解故事;另一方面,也揭示了小说中塑造人物的烘托陪衬手法。此外,《名利场》第一回"例如古有陶潜其人,今吾书叙一清高之隐士,可名曰陈潜号又陶,或叙一旧家庭之女郎名曰伍淑仪,则正合分际,斯为最佳矣"之后,也有一处双行小注:"小说取材不贵实事,脱化选择,实为首要,以实有或生存之人物入书,乃作小说所宜忌。⋯⋯"④这里揭示的是小说在取材方面的技巧,认为取材不要拘于实事,要注意对素材的选择与脱化。如果说前面三种类型的双行小注侧重的是内容层面的阐发,那么,这种揭示叙述技巧的双行小注,则侧重的是形式层面的分析。通观吴宓在翻译小说中的"双行小注",我们会发现他借用这一特殊的批评形式,对文本作了全面、深入而细致的评注工作,这为读者与作品之间架起了一座桥梁,让读者能更好地理解文本,领会作者的意图。

虽然吴宓没有系统地阐述他的小说批评观,尤其是"双行小注"这种形式显得很零散,但纵观吴宓的小说批评实践,我们可以总结出以下六个方面的特点:一、强调取材要寓理想于现实之中;二、小说的文体要雅洁明畅;三、结构的优劣决定小说品质的高下;四、人物要性情敦厚,反对纵性任情;五、反对欧化的句法及西式标点;六、重视小说的叙述技巧。吴宓以表面看起来比较随意的多种批评形式,不管是对国内小说的评论,还是对西方小说的评注,从取材、文体、结构、人物、句法、叙述技巧等多个层面,初步建构起一套比较完整的小说理论体系。

三、吴宓小说批评的特征

对吴宓在《学衡》上的小说批评实践作整体的观照,我们可以归纳出以下几个方面的特

---

① [英]沙克雷:《钮康氏家传》,吴宓译,《学衡》1922年第7期,第84—108页。
②③ [英]沙克雷:《钮康氏家传》,吴宓译,《学衡》1922年第8期,第111—126页。
④ [英]沙克雷:《名利场》,吴宓译,《学衡》1926年第55期,第136—148页。

点来。

首先,形式多样,文言书写,文体各异。从批评的形式来看,有序、书评、"译序""译者识""双行小注"。而吴宓文学批评的文体,毫无例外都是用雅洁流畅的文言写的。吴宓曾说:"盖凡文以简洁、明显、精妙为尚,而古文者固吾国文章之最简洁、最明显、最精妙者,能熟读古文而摹仿之,则其所作自亦能简洁、明显、精妙也。故惟精于古文者,始能作佳美之时文与清通之白话。古文一降而为时文,时文再降而为白话,由浓而淡,由精而粗,又如货币中之金银铜,其价值按级递减。"①可见,在吴宓心中,古文是我国文章中最简洁、最明显、最精妙的,其地位远高于时文,更高于白话文。这在白话文运动取得胜利、大行其道之时,无疑显得有些不合时宜。吴宓固执地逆流而动,一方面自然是出于文化保守的立场,另一方面,也未尝没有改变当时"冗沓粗鄙"的白话文的目的——这从上引《钮康氏家传》第六回的"译者识"中可以看出。然而,即便同样是文言,不同的批评形式,文体亦是各异的。论文篇幅较长,视野宏大,论证严密,理论性强;"凡例"比较严谨,条理清晰,层次分明;序与书评通常先抒发自己对诗歌或小说的观点,再就作品在这些方面的特点作具体的阐发;"译序"则从作者出发,紧扣西方文学史背景,揭示作品艺术方面的特征;"编者按"与"译者识"一般置于正文前后,篇幅或长或短,语言简练,是对作品背景性知识的扼要交代;"双行小注"则夹杂于正文之中,少则三五字,多则数百字,灵活多态,信笔点染,内容驳杂,显得随意零散。多样的形式,不同的文体,体现了吴宓文学批评的丰富性与创造性。

其次,体现了传统与现代融通的精神。吴宓对传统文化尤其是儒家文化有一种深情,他在长达万言的《我之人生观》中说道:"吾确信首宜奉行下列之三条:一曰克己复礼……二曰行忠恕……三曰守中庸。"②足见吴宓对孔子及儒家文化之推崇。在给学生李赋宁的信中,他写道:"宓惟一系心之事,即极知中国文字之美,文化之深厚,尤其儒家孔孟之教,乃救国救世之最良之药。惜乎,今人不知重视,不知利用,为至极可痛可惜者也。"③可见吴宓是把孔孟之教当作救国救世的良药。而他在给其师白璧德的信中,又以加括号的形式坦诚:"《学衡》的创办宗旨就是要宣传您的思想理念和儒家学说。"④可知宣传儒家学说是他编辑《学衡》的重要出发点。这一思想不仅体现在他的编辑实践中,也体现在他的小说批评实践中。在《评杨振声玉君》中,他强调纯正深厚的人生观,批评小说否定礼教规矩的价值,明显是对儒家思想的维护。吴宓坚持用文言论述、评注,本身就体现了对传统文化的一种认同与坚守。而序、书评、论文、凡例、"双行小注",是古代就有的批评形式,只是运用的对象有所区别。

吴宓是传统文化的拥趸者,却不是固守国粹的国粹派。他奉行的是"昌明国粹,融化新知"。这里的"新知",很大程度上就包括了西方的思想文化,他在"述学"专栏中翻译《世界文学史》《但丁神曲通论》,在"通论"专栏翻译《白璧德之人文主义》《拉塞尔论柏格森之哲学》,在"文苑"专栏中翻译《名利场》《钮康氏家传》等作品,就鲜明地说明了他的"昌明国粹",并不排斥西学,只是认为于西学要博极群书,深窥底奥,然后审慎取择。所以在对待西方文化方面,吴宓与新文学家无本质的区别,只是前者审慎,后者激进而已。在吴宓的小说批评形式

① 吴宓:《论今日文学创造之正法》,《学衡》1923年第15期,第14—41页。
② 吴宓:《我之人生观》,《学衡》1923年第16期,第28—53页。
③ 吴宓:《吴宓书信集》,生活·读书·新知三联书店2011年版,第379页。
④ 吴宓:《吴宓书信集》,生活·读书·新知三联书店2011年版,第36—37页。

中,"编者按""译者识""译序"等,是在近现代受西方文化影响下而兴起的报刊上出现的新文体,它们评注的对象是西方的作品,本身就具有现代的特征。甚至"双行小注"这种远绍经书注疏、近袭小说评点的旧形式,由于运用在西方小说的译文中,着意于对西方专有名词、句子及技巧的阐发,也是具有现代色彩、富有创意的行为。王国维曾说:"今之言学者,有新旧之争,有中西之争,有有用之学与无用之学之争。余正告天下曰:学无新旧也,无中西也,无有用无用也。"①在吴宓的文学批评实践中,真正体现了其好友的"学无新旧""无中西"的立场。他以开阔的视野、中正的眼光,对古今中外的文化资源、理论成果、批评形式加以整合,使旧的批评形式焕发出新的光彩,并创造性地运用一些现代的批评形式,使他的批评具有融通传统与现代的精神。

再次,吴宓的小说批评坚持审美与道德并重的双重标准。吴宓很重视文学作品的美学价值。他认为小说的文体应该雅洁明畅,强调小说的结构对其品质的关键作用,并重视小说的叙述技巧等,这些都属于文学的审美方面。也就是说,不管是面对诗歌,还是评注小说,他都比较重视它们的审美价值。在坚持审美标准的同时,吴宓还遵循着道德的标准。吴宓是儒家文化的忠实信徒,把孔孟之道当作救世救国的不二途径:"对于人心世道之功用,则孔子譬如医生之施刀圭,进药饵,以医学之成规,按部就班来施诊治,其道虽似迂缓,舍此更无二途。"②而儒家文化是一种伦理文化,非常重视文学的教化作用。吴宓也非常推崇他在哈佛留学时的老师白璧德的新人文主义,而白璧德也非常重视道德的作用——"白璧德认为政治的根本在于道德,认为治理政治与社会的根本方法,不在政治、经济之改革,而在于改善人性,培植道德"③。这个观点,吴宓有几乎一样的表述:"真正之革命,惟在道德之养成。真正之进步,惟在全国人民之德智体力之增高,真正之救国救世方法,惟在我自己确能发挥我之人性(即真能信仰人本主义)而实行道德,推己及人,力行不懈。"④儒家文化及新人文主义的影响,使吴宓的文学批评着上了一层浓厚的道德色彩。他认为文学是人生的表现,而道德是人生的关键。在评价小说时,他既关注作品的艺术特征,又留意小说中人物性格是否端正,行为是否放纵,乃至取材要寓理想于事实之中,而不要录像式地描写现实中的卑污、黑暗,其实都是着眼于小说的教化作用,把小说当作改善个人道德的工具。审美批评,关注的是文本的艺术特征,可以看作是一种"内部研究";道德批评,关注作品与社会及作者的关系,可以看作是一种"外部研究",这两种批评融汇在一起,由此打通了文学的内部与外部,可以看作是文化批评的先声。

最后,吴宓的小说批评普遍地运用比较的方法,时时拿中西文学进行比较。他把中国文学作品置于世界文学史的视域中进行打量,而对西方文学作品的阐释、评注,又时时不忘拿中国的现实、文化及文学作品进行比较。《钮康氏家传》第一回前的"译序"中,吴宓拿《红楼梦》与《钮康氏家传》作比较,认为后者是西方小说中在结构及技巧方面最接近《红楼梦》的。《钮康氏家传》第二回开头两句为:"上回书讲到钮康克莱武谨随父亲钮康太尉,回家去睡觉。这钮康克莱武既是本书之主人,作者不得不先将其家世渊源叙说一番。"后面紧接"双行小

---

① 王国维:《国学丛刊序》,《国学丛刊》1911 年第 1 期,第 1—7 页。
② [德]雷赫完:《孔子老子学说对于德国青年之影响》,吴宓译,《学衡》1926 年第 54 期,第 17—29 页。
③ [美]伊略脱:《白璧德论民治与领袖》,吴宓译,《学衡》1924 年第 32 期,第 11—16 页。
④ 吴宓:《浪漫的与古典的》,《国闻周报》1927 年第 37 期,第 1—5 页。

注":"按,名家所为长篇小说,局势宏阔,因之入题迂缓,徐徐从旁引进,而不逯取核心。然如此乃见其万户千门、庄严邃密之境,此书至第十回,女主人方出场,故开卷之初,凡十余回皆追溯当年,或从旁铺叙。然每回各有其趣味浓深之处,读者切不可有厌烦之心,忽略看过,辜负良工苦心。此回为本书第二回,其位置及内容,均与《石头记》第二回冷子兴演说荣国府相同,足见大作者取途之暗合矣。"①这里拿《钮康氏家传》第二回与《红楼梦》第二回进行比较,认为它们在全文中的位置及发挥的作用相同,这与"译序"中的观点基本吻合。《钮康氏家传》第五回在"双行小注"中还拿辜老夫人与《红楼梦》的史太君进行比附,认为她们各自在书中人物的位置相同。吴宓拿中国人所熟悉的《红楼梦》中的人物、结构、技巧去与《钮康氏家传》进行比较,一方面能让读者更容易理解《钮康氏家传》,另一方面也说明了中西文学有共通的一面,正如钱钟书所言:"东海西海,心理攸同。"吴宓在20世纪20年代,就自觉地在文学批评中运用比较的方法,加上他在清华大学长期开设《文学与人生》的这门课,从后来出版的同名书来看②,这门课也常涉及中西文学的比较。在这个意义上,称吴宓是中国比较文学的开创者之一,是毫不为过的。

吴宓在《学衡》上发表各种形式的小说批评文字,基本做到了"以中正之眼光,行批评之职事"。他的立场虽略嫌保守,却不同于国粹派的一味复古,埋首于对古人学术的整理,而是在立足传统文化的基础上"别求新声于异邦",重视中西文学乃至文化观念的互相比较与融合,其思维方式及批评观念更具现代色彩。与新青年派过于推崇西方,猛烈攻击传统文化不同,吴宓坚决捍卫传统文化及文学作品的价值,并有针对性地撰写评论与翻译文章,从学理上指出其谬误,故而其文学批评实践对新文学家的激进主义文学观念具有一定的纠偏意义,"可以有效地补充和纠正新文学阵营在文学工具意识驱使下将文学现代性、社会现代性混为一体的理论偏颇和在进化论的价值预设下所持的趋新求异的现代诗学建构立场"③。

---

① [英]沙克雷:《钮康氏家传》,吴宓译,《学衡》1922年第2期,第84—101页。
② 吴宓:《文学与人生》,清华大学出版社1993年版。
③ 孙媛:《现代性视域中的吴宓诗学思想研究》,《山东大学》2009年第2期。

一位地质学家的戏曲创作与人类忧思
——论章鸿钊《南华梦杂剧》及《自鉴》

华南师范大学　左鹏军

吴书荫主编《绥中吴氏藏钞本稿本戏曲丛刊》所收《南华梦杂剧》,为钞本,且是"不见于著录的孤本"①,由于吴晓铃的收藏才得以流传至今,可以揭示新的戏曲史和文学史事实,弥补以往载记之不足。署"半粟填词初稿,蟫庐订定制谱",作者为著名地质学家章鸿钊,制谱者为著名戏曲家和戏曲史研究家王季烈。有关《南华梦杂剧》作者及相关文献史实问题,笔者曾撰文进行讨论②。本文拟在此基础上对《南华梦杂剧》的创作用意和思想主旨、表现的精神苦闷与思想困惑、寄托的文化忧思和精神向往及蕴含的道德理想、人文情怀及其启发意义、恒久价值进行讨论,以期更加准确深入地认识章鸿钊所作《南华梦杂剧》以及《自鉴》的意义价值及相关问题。

一、《南华梦杂剧》的创作用意和思想主旨

《南华梦杂剧》,四折一楔子,是典型的元杂剧体制,楔子在第一折与第二折之间。第一折《闻叹》、楔子《赠饭》、第二折《友会》、第三折《神游》、第四折《说梦》。附工尺谱。剧名"南华梦",出自《南华真经》(即《庄子》),立意显然与《南华真经》有一定关系。在《南华梦杂剧》中,作者通过以人物史事为基础的想象与虚构、以具体场景和事件为基础的超时空处理等戏曲化手段,花费许多笔墨、从不同角度议论、阐述、表达对人类处境、世界局势的担心,并不断从老子、庄子等中国古代思想家的观念学说中汲取对当时人类处境和世界局势有借鉴价值的理论资源,试图为处于科学困境、竞争苦难、战争杀伐中的人类探寻出路,试图解决世界前途和人类命运这一极其重大、非常紧迫的共同难题。剧中的多个片段、许多内容一再表现这样的思想观念,作者的创作用意和作品的深微主旨也从而得到了集中展现。结合作者的知识结构、思想变化、处世态度和深厚的中国传统文化素养、现代地质学家身份,尤其是 20 世纪 30 至 40 年代日军侵华战争爆发给作者生活和心灵造成的巨大冲击与突然变故,引发的对于科学与人文、物质与精神、战争与和平等问题的思考,对于人类当前处境、命运和未来出路的忧患。可以认为,《南华梦杂剧》是一部在日寇侵略、民族危难、国破家亡的特殊政治文化背景下创作出来的具有深刻现实感怀、理性思考和情感寄托的戏曲作品。这部出自著名

---

① 吴书荫:《吴晓铃先生和"双楉书屋"藏曲——〈绥中吴氏藏钞本稿本戏曲丛刊〉序》,吴书荫主编《绥中吴氏藏钞本稿本戏曲丛刊》第一册卷首,学苑出版社 2004 年版,第 7 页。

② 关于《南华梦杂剧》作者及相关史实,可参看拙文《〈南华梦杂剧〉作者及相关史实考》,《戏曲艺术》2014 年第 1 期。

地质学家之手的集科学性、哲理性、人文性和忧患意识、道德理想、感伤情调于一体的戏曲作品，为文人传奇这种传统戏曲形式赋予了新的时代内容和新的思想深度，因而获得了突出的戏曲史意义。

在近代以来从西方传入中国的多种理论观念、思潮学说中，进化论无疑是传播最为广泛、影响最为深远的一种。章鸿钊在《南华梦杂剧》中对以进化论为中心的西方近代科学及其以生存竞争、武力强权为中心的利益追求给人类带来的严重后果进行反思、抵拒和批判，对进化论的影响及结果作出了迥异于流俗的认识和评价，这是该剧最为引人注目的思想倾向和价值评判尺度。第一折《闺叹》通过表现颜子游之妻服膺庄子学说，对利名牵心、追求富贵的世人多有讽刺，特别是对那些为所谓拓土开疆、争地争城、建功立业而使得百姓朝不保暮、命似草菅之人予以批评，并对借物竞天择的进化论学说进行此征彼讨、杀运频开、只有强权、并无人道与平等的国家予以谴责，希望教导世人洗心革面，以挽回劫数。这是贯穿该折的思想线索，也是全剧立意的思想主旨。剧中对野心家、好战者因不断扩张、贪念无已、欲壑难填及其造成的恶劣后果和悲惨局面提出批判、抒发感慨，写道："且不要单讲个人，还有许多国家，几种民族，本来应该各治其国，自理其民，共享太平，同臻富庶。奈何有史以来，此征彼讨，杀运频开。近世又出了一种进化论，倡物竞天择之狂言，认优胜劣败为公理。野心家借作护符，备战论因而张目。山河满眼，和平只是武装；蛮触寻仇，举世尽成焦土。咳！世界到了今日，只有强权，全无人道，那有平等可言？……〔寄生草〕土地黄金贵，生灵不值钱。一会价袅亭亭直北狼烟卷，一会价暗沉沉半壁愁云展，一会价惨凄凄四海腥风扇。我怕的陵迁谷变将陆沉，他道是优胜劣败归天演。咳！天演呵，世上的人，不知被你牺牲了多少？你好利害也！你好忍心也！"①从世界大势、国家民族的高度对眼前的悲惨境况予以斥责，反省造成战争不断、同类相残、强权横行而无公理、无平等局面的原因，认为以物竞天择、优胜劣败为核心观念的进化论是造成这种种不幸的根本原因。这是作者坚信不移并在剧中一再强调的一个核心观念。

中国近现代社会的一个突出特征就是内忧外患频、天灾人祸不断。其中因为各种外敌入侵、内部动荡而产生的连续不断的战争，给中国人民造成了极大的心灵痛苦和精神创伤。章鸿钊一生的许多时候，就处在这种无休止的动荡和战争之中，作为第二次世界大战重要组成部分的日军侵华战争将这种苦难推向了极端。因此，对于战争灾难的感同身受和对于时局的冷峻观察、对于出路的艰难探索，就自然成为《南华梦杂剧》着重表现的思想内容之一。作者对于当时残酷竞争、战争频仍、生灵涂炭的人类处境和世界局势表现出极大的失望，对人类文明理想与世界未来局势产生了深切的忧患。第一折《闺叹》中就对战争给普通百姓造成的苦难表现出深切同情；第二折《友会》中又通过子祀、子犁、子来、子舆、子琴、子反几人之间关于什么是人、人格对于人的意义的论辩，批判进化论学说将人导向纵欲背理、恶性竞争、相争相杀一途，而不懂得树立人格的可悲道路，写道："人有人格，人格完全，方能算是个人；人格不具，便不能算是个人了。可恨那些进化论者，未尝知道人格，却将人与禽兽一例看待，导之于相争相杀之途，岂非是人类之蟊贼乎？"②从另一角度表现了对进化论与野蛮性关系的

---

① 吴书荫主编：《绥中吴氏藏钞本稿本戏曲丛刊》第二册，学苑出版社 2004 年版，第 112—114 页。
② 吴书荫主编：《绥中吴氏藏钞本稿本戏曲丛刊》第二册，学苑出版社 2004 年版，第 124—125 页。

思考,表达对战争局势和人类前途的忧患。无论是对于当时章鸿钊的思想意识、生活处境来说,还是对于当时的国家局势、民族命运来说,这种思考和忧患都是真挚而深刻的,也反映了章鸿钊对近现代西方科学观念与中国传统文化精神以及二者关系的深切体认,其思想认识的深刻性与独特性也从中得到了充分的反映。

近现代以来,在中西古今文化碰撞冲突、交汇融通的文化背景和极端特殊的政治环境下,一代又一代中国知识分子为了民族独立、国家富强、文化复兴,一面忍受着列强的殖民侵略、侮辱欺凌,一面努力向西方学习,艰难地探求救国救民的真理,经历了极其艰难曲折的文化历程和心灵历程。既受中国传统思想文化熏陶浸润、又接受了西方近现代科学思想的章鸿钊,当然也是这个先进知识群体中的一员。但是,第一次世界大战之后、第二次世界大战正在进行中的特殊历史时刻,以进化论为代表的西方社会政治观念、文化思想观念的局限性首次如此鲜明、如此集中地表现出来的时候,一些知识分子对西方价值标准的先验式膜拜、向西方寻求真理的执着热情甚至迷信式崇拜不能不受到巨大影响,基于理性精神的对于西方科学技术、思想学说天然合法性的迷信开始向反面转化,怀疑、质疑、重新思考过往和眼前一切的意识,在一部分中国知识分子心中滋长起来。章鸿钊也是既熟悉西方科学又熟悉中国文化、既率先觉醒又最早陷入困惑的近现代中国知识分子中的一员。在西方的权威性、真理性资源遭到挑战、受到怀疑的时候,具有深厚中国传统文化修养的章鸿钊自然将眼光投向了中华民族的思想传统。这种思想转向在《南华梦杂剧》中得到了充分的反映。最集中的表现就是对庄子、老子、孔子哲学思想的现世意义、当代价值及中国传统文化中其他思想精髓可能给人类处境和世界前途带来出路进行认真地思索,并在此基础上积极倡导鼓吹。这种思想转变和由此引发的科学观念、文化观念等方面的明显变化,也成为《南华梦杂剧》另一项引人注目的核心内容。第三折《神游》以子桑户神游四方为线索,集中描绘了最繁华的都市与最恐怖的战场并存且互为因果的现象,认识到表面的文明景象中实际上包含着许多矛盾、隐藏着不少危险,由此感慨盛衰无常,兴亡满眼,古今中外,无不皆然,感到生死存亡,本是一体,无可留恋,却不知世人之梦何时能醒。小生扮子桑户云:"我想世界上,惟其有如此繁盛的都市,方有适才所见恐怖的战场。可见文明景象中,包含着许多矛盾,隐藏着不少危险。"①如果说批判进化论的主旨在于破除广泛流行甚至成为主导思想倾向、价值标准的对于西方文化与价值观念的迷信,那么对于包括庄子、老子、孔子在内的中国传统思想学说的运用和宣传,则表明章鸿钊在充分了解、深入研究了西方进化论等思想学说之后,对于中国传统文化所蕴含的现代价值的思考和呼唤,也是在价值危机、人类危难之际向中国传统人文精神的一种自觉回归。其意义价值不仅是章鸿钊个人式的,而且具有反映时代思想转换的意味。

基于对进化论广泛流行所带来的局限性的认识和批判,加之正处于动荡不安的战争局势之中,章鸿钊希望从中国传统思想学说中寻求解脱、超越的出路。但是这种思考和探求并没能真正解决思想上的困惑,也无法真正消解精神上的痛苦,于是难免让章鸿钊产生孤独无助、失望消极的情绪。《南华梦杂剧》中对于世界上是非、长短、生死等判断标准的不确定性、相对性的思考和表达,对于人生如梦、人类价值与出路虚幻性的感慨抒发,就是这种精神状况和内心情绪的反映或宣泄,从而也成为该剧内容的一个重要方面。第四折《说梦》通过子

---

① 吴书荫主编:《绥中吴氏藏钞本稿本戏曲丛刊》第二册,学苑出版社 2004 年版,第 130—133 页。

游访问庄子、庄子对时局的议论,就集中表达了这种情绪。庄子认为:一般人强分是非、争长论短,是造成无安宁日子的根本原因;如今七国争雄,生灵涂炭,你争我伐,岁岁不休,正不知何所底止,这种凄凉景象,世界上何时何地都有,世上已无干净土,人间只有是非场;实际上世上无真是非,连生死也是相对的、无法断定的,人生无非大梦一场,即使是古往今来那些英雄豪杰,也都如同一场大梦而已。作者借剧中人物之口,表达自己心中的迷茫与失望、焦灼和困苦,也希冀从中获得些许心理上的安慰、情感上的超脱,同时作品的思想主题及其与当时战争动荡时局的密切关系也由此得到了集中充分的体现。这种写法和情绪作为全剧的结尾,也反映了作者对时局的深切关注和深刻忧虑,也可以引起悠远的反思。

可见,章鸿钊在《南华梦杂剧》中表现了非常重要且特别深刻的思想观念和文化态度,反映了作者对当时人类处境、世界局势与人类前途的忧患。因此,《南华梦杂剧》绝非寻常的借戏遣兴、自娱娱人之作可比,而是作者生逢国家危难、民族危亡之际,身处艰难困苦、彷徨求索之中,以感同身受的情感体验、深切的人文情怀和科学观念为基础创作的一部宣传人本思想、渴望人类和平、完善世界秩序的具有哲理反省意味、道德理想主义色彩的戏曲作品,寄托了作者的忧时伤世情怀、探寻人类文明前景和社会文化理想,饱含着对人类命运、世界未来的深刻认识和独特预见,可谓内涵丰富、思想深邃、用意深微,具有深刻的思想价值和精神象征意义。因此,《南华梦杂剧》所表现的文化价值标准、蕴含的独特思想观念足当重视,而且益发显示出至今犹在的启发意义和历久弥新的警世价值。

二、《南华梦杂剧》与《自鉴》的人类忧思

从个人经历和思想脉络来看,章鸿钊对于近代以来人类处境、世界局势和前途的忧患并非从《南华梦杂剧》的创作开始,而是由来已久。他曾有感于 20 世纪初叶的政治局势、文化状况,特别是担忧西方科学日益发达、人类嗜欲日益恣肆、文化前途日趋渺茫的现实情况,特著《自鉴》一书以警醒世人。从中华民国十年(1921)上半年开始撰写、至民国十一年(1922)春天完成的《自鉴》一书,就集中地反映了章鸿钊的科学观、文化观和世界观,也是他一生所作最具有哲学思辨色彩、文化忧患意识和文明理想向往的作品。

《南华梦杂剧》和《自鉴》的创作前后相隔整整二十年,这在人的一生中并不能说是很短的时间,而且一为戏曲作品,一为思想论著,二者在创作体制、文体形态上存在着显著差异;但从思想脉络、文化态度、情感趋向、理想寄托等方面来看,它们之间又表现出非常明显的相关性和一致性,而且这一切都是作者的有意为之,堪可关注和研究。

作为此剧的订谱者、也是最早读者之一的王季烈,作于壬午冬至(中华民国三十一年十二月二十二日,1942 年 12 月 22 日)的《南华梦杂剧序》值得特别注意。该序详细介绍了《南华梦杂剧》的创作经过和觉迷救劫、互爱互存的主旨,特别指出此剧所针对的就是以进化论为中心的西方科学的广泛影响和由此导致的人类相争相杀、弱肉强食乃至战争掠夺的公然盛行,而改变这种惨状、挽救这种劫运的思想资源就是以孔子、孟子为代表的儒家学说、以老子、庄子为代表的道家学说为代表的中国传统思想文化体系中的可取因素,揭示了作品的思想寄托、文化忧患及其与早年所作《自鉴》的密切关系,可谓知己见道之语。从中可见《南华梦杂剧》并不是偶然出现或意外产生的率性之作,而是作者经过多年文化学术积累、不断思

考探求之后而创作的一部用心悠远、托意深微的作品。这篇序文也是王季烈借他人之创作寄托一己文化忧患的用心着意之作,其中表达得颇为强烈的对于世界前途、人类命运的担忧,与他在《人兽鉴传奇》中表达的思想主题具有明显的相通性和一致性。

从创作时间、政治背景、文化环境来看,20世纪40年代初期创作的《南华梦杂剧》固然有种种外在条件的刺激和触发,是作者思想观念、文化态度、情绪心境与当时民族命运、国家局势相联系、相呼应的结果。从章鸿钊自身的人生处境、思想情感、哲学观念、文化态度的变化轨迹与逻辑过程可以看出,创作《南华梦杂剧》最直接、最重要的思想基础就是他早年写下的具有道德思想录和文化理想录性质的《自鉴》一书。章鸿钊先写《自鉴》、后作《南华梦杂剧》,这一时隔二十年的创作过程中存在着一种连绵不断、一以贯之的深远文化思想用意,特别是对当时国家命运、世界局势、人类命运的深切关注和深刻忧患。

关于《自鉴》一书的主旨和内容,章鸿钊在1922年4月3日为此书所作《自叙》中说:"为什么要作《自鉴》,就是要我们认识自己的真面目。'自鉴'的意思,就是要从全体去体认,不是单从一部去体认,还要反身将全体放在性灵化的明镜里去体认。不是单放在形质化的肉眼里去体认。"[1]还说过:"《自鉴》的问题究竟是什么? 就是人类在这个大世界里负着何种责任,带着何种精神,从前是怎样来的,将来又应当怎样去的,这是本着要解答的一个问题。"[2]可见作者所思考和解决的问题就是人类的整体处境和未来出路问题、人类的自我认识与自我反省问题。这在当时是具有一定预见性、超越性的思想,也具有普世性的文化忧患和人类关怀,在近一个世纪后的今天看来,仍然不失其借鉴、反思的思想价值。

对于如此严肃而深刻问题的冷峻反思、深刻内省和在此基础上形成的忧患意识与真理性诘问,以及对于世界局势的估计、人类未来可能出路的探寻,贯穿于《自鉴》全书始终,成为其最具有特色、最为深刻的思想,也是最具有借鉴价值和警示意义的前瞻性思考。第三章《人类的能力》中指出:"现在的科学,不是追求真理的正路。这还不单是科学本身的问题,因为研究科学的,专顾着实业上或经济上的需要,只向着物质方面去发展,结果就完全变成一种欲利主义了。"[3]又说:"不单是个人的争夺,还有国际的战争,社会的革命,也都会跟着这自私自利的一念鼓动起来。……久而久之,仍旧免不了争夺、战争、革命种种危险。"[4]在这种情况下也就必然产生国家主义强权、帝国主义战争的结果,也就必然导致武力争夺、战争不断的难堪局面:"山河依旧,和平只是武装,蛮触偶争,举世尽成焦土。弱小民族,遇着强权,便不能在脆弱的公法底下留得一寸独立的土地,只得低首下心,吞声饮泣,去作大国奴隶。公理虽还没有死绝,有时也尝借作纸上宣传,但不能压倒强权,终不能认为平和有力的保障。"[5]相当明显,这种思想观念和价值取向在后来所作《南华梦杂剧》中再次得到充分表现,连有的语句也是如此的相似。《自鉴》对《南华梦杂剧》的影响清晰可见。

对于进化论的泛滥及其带来的严重后果、恶劣局势的揭示与批判并不是章鸿钊理论思考、文化忧患、警示告诫的终点,在此基础上还展开更深层次的思考,探索寻求突围的办法与

① 章鸿钊:《自叙》,《自鉴》卷首,1923年铅印本,第1—2页。
② 章鸿钊:《自叙》,《自鉴》卷首,1923年铅印本,第3页。
③ 章鸿钊:《自鉴》,1923年铅印本,第48页。
④ 章鸿钊:《自鉴》,1923年铅印本,第49页。
⑤ 章鸿钊:《自鉴》,1923年铅印本,第51页。

方向。他在《自鉴》第六章《人类的始末》中指出，由于人类抛弃了自己的责任，受到"生存竞争"学说的影响，以至于产生了以战争形式残杀异族、同时也是自杀的种种残酷局面，以此达到淘汰异己、不断进化的目标。而孔子、老子、孟子、墨子、耶稣、释加牟尼等思想家、宗教家所坚持的立场和所宣扬的学说，正是为了唤起人类慈祥的本性、真性灵的本心，以求挽回人类正在走向的厄运，给人类指出一条通途。因此以中国以先秦诸子为中心的传统思想、西方基督教、印度佛教等为思想资源，结合他所擅长的地质学理论方法，提出并阐述自己的"螺化论"思想，指出："种族的变化，是从先天的内性的动机发展出来的。不是直进的，也不是完全循环的，是不规则的螺线形的。从全体看来，是个个衔接的，有首有尾的，首即是尾，尾即是首，不能分别的。从一面去看，是个个分离的，没有首没有尾的。在相对的范围内，只能看见正面，不能看见背面，正面是一个境界，背面又是一个境界。这个螺线的曲度，常常要变的，没有可以指定的规则的。他的轨迹，又不一定是从小至大的，可以小便小，可以大便大。主线中间还有无数的分线，是代表种族的分支的。时代越远，分支越少，直到源头，仍合本线。若断若续，即续即断。无穷无尽，要和世界同尽。"①"螺化论"是章鸿钊针对"进化论"而创造的一个核心概念，并对其内涵、原理、用意等进行了详细的描述和阐发，在概念内涵及其思想基础、理论意义、应用范围等方面进行了详细的说明。这是章鸿钊在《自鉴》一书中提出并建立的一个非常重要的具有哲学思辨意味、方法论、认识论意义的概念，也是其科学思想、哲学思想和文化观念核心内涵的集中体现，反映了他的人本观念、人文情怀和以人为本体、以人为世界中心的思想。

既然"螺化论"是针对近代以来在中国大行其道的"进化论"而提出，而且与中国传统思想观念既有诸多联系又有明显区别，于是章鸿钊通过对与"螺化论"相区别、相关联的几个概念的辨析，进一步明确了"螺化论"与相关概念的关系，使之更加明晰、更加确切。《自鉴》中着重分析道："'螺化论'和'进化论'的区别，就是'进化论'看重自然或环境的影响，或者看重习惯的效力，一切变化都是从外面发生的，并且是后天的，'螺化论'是看重心性方面的作用，认定一切变化都是从内面发生的，并且是先天的。'螺化论'不单是和'进化论'不同，又和老庄派的'自化论'也不相同。'自化论'唯一的方法，就是一个'天钧律'，好像走的是一个单式的轨道，'螺化论'不单是随着'天钧'去流转，还要随着内性的动机去转移，好像走的是一个复式的轨道。单主'天钧律'的，推到源头，只归命运，结果只得全凭造化去主张，倾向'内几说'的，推到源头，还要自修，结果便见得人力颇有几分可旋的余地。"②"螺化论"的基本观念与核心思想所强调的变化，不是由于外在环境和习惯，而是回归人的本性与内心；也不是由于自然力量驱动单向运行而最后归于命运，而是由自然与人的力量交互驱动而形成复式的轨道。这是章鸿钊在吸收融会古今中外有关思想学说的基础上进行再思考、再创造而形成的认识人类与世界、表达人生态度与文化观念的一种思想方法，也构成了章鸿钊人文思想的基本结构与核心内涵。

面对当时的人类处境、世界局势，章鸿钊还进一步对人类提出了具有针对性、建设性的道路："我们要觅的走路，总得要比较的切实一点。这个轨迹上的路，有窄的，有宽的，我们就

---

① 章鸿钊:《自鉴》,1923 年铅印本,第 158—159 页。
② 章鸿钊:《自鉴》,1923 年铅印本,第 159—160 页。

要走宽路,不要走窄路。有正的,有歧的,我们就要走正路,不要走歧路。有平的,有险的,我们就要走平路,不要走险路。有远的,有近的,我们还要向远的路走,不要向近的路走。这就是《自鉴》的唯一目的,我们也就认为人类的唯一目的。如何去达到这个目的呢?我们还要再声明一句,就是不要大家单向物质的一条路上去走,要大家向着精神的一条路去走。"①人类的目的就是要走向宽路、正路、平路、远路去走,也就是不要仅仅依赖于物质文化和科学技术,而是要更多地走向精神文明和人性本身。这既是章鸿钊写作《自鉴》一书的根本目的,又是他一生追求和向往的人类目标与世界前途。

既如此,假如要追根溯源的话,那么"螺化论"的原初动力因何而起、从何而来呢?对此,章鸿钊没有像进化论或许多西方科学那样,仅仅向人类以外的物质世界中去探寻,而是回归中国传统思想文化本身,求诸存在于人类本心本性之中的爱与道德。循此思路,章鸿钊将"爱"与"道德"联系在一起,并专门阐述"道德"对于个体的人和人类的独特价值,将"道德"视为人类社会和物质世界中一种先验性的、超越性的存在,视为可以考察规范世间万物特别是人类自身的普遍性价值标准,也就是赋予了"道德"以本体论意义。在此基础上,章鸿钊提出了与"螺化论"具有密切逻辑联系和思想渊源并可以作为其思想基础和动力原点的另一对概念"爱子"与"爱力"。他在《自鉴》中曾细致而充分地阐述这两个概念及其意义价值说:"这种'爱子',弥布宇宙,无大无细,无内无外,无精无粗,永远不能分离,也永远不能破灭。有了'爱',才有宇宙,才有天地,才有万物,才有人类。没有'爱子',便没有宇宙,没有天地,没有万物和人类了。"②"'爱子'直是宇宙万物的大母,一切质,一切力,一切群,都是从'爱子'发生,从"爱子"结合的。"③"'爱子'既然是宇宙中间的大母,便有一种生生不已的原力,这种原力因为都是从'爱子'发生的,我们便叫做'爱力'。一切物界,只要能发挥这种'爱力',便得生存,不能发挥这'爱力',便要死亡,并且还要灭种。"④章鸿钊还曾热切地号召人们唤醒心中的"爱子"和"爱力",发挥其在人类社会与物质世界中的根本性作用,尽自己的本分,维持人类的生存。这些论述不仅集中揭示了《自鉴》一书的核心思想和作者的主要用意,显示出章鸿钊从"螺化论"到"道德"、从"道德"到"爱子""爱力"的思想逻辑、人文情怀和文化观念,对于认识章鸿钊其人其书具有特别重要的价值,而且对于认识和评价《南华梦杂剧》的创作用意、蕴含的深刻思想和深远忧患,也具有直接而珍贵的启发价值。在这个意义上,认为《自鉴》是《南华梦杂剧》的创作基础和思想来源,《南华梦杂剧》是《自鉴》中表达的具有诗性哲学意味和终极关怀色彩的人本思想、"螺化论"和"爱子""爱力"观念的戏曲化表现,也是可以成立的。

三、《南华梦杂剧》的情感寄托与人文启示

关于《南华梦杂剧》的创作情况,多年以后章鸿钊尝回忆说:"是年予又撰《南华梦》杂剧四折,实本予曩年所撰之《自鉴》,举其浅显要义,以北曲传其声而已。填词既毕,王君九季烈

① 章鸿钊:《自鉴》,1923 年铅印本,第 161 页。
② 章鸿钊:《自鉴》,1923 年铅印本,第 104—105 页。
③ 章鸿钊:《自鉴》,1923 年铅印本,第 105 页。
④ 章鸿钊:《自鉴》,1923 年铅印本,第 106 页。

先生谓于杂剧中别开生面者，喜而为之制谱，并赐之序。先生时年已七十矣，犹屡为倚笛歌之，其音激楚动人。子尝言声律之道，通于世教人心，使他日得借管弦砌末，导斯世于和平，拯生灵于水火，斯又区区之微意也。"从中可见《南华梦杂剧》与作者早年著作《自鉴》的密切关系，也反映了作者在早年著作《自鉴》基础上、特殊的国家政治局势和个人经历心态之下创作此剧的深远文化用意。

杨钟健尝于 1947 年撰有《记章爱存先生》一文，述及章鸿钊文学、戏曲创作情况，中有云："先生尝为《南华梦杂剧》以见志，此剧本尚未问世，余曾借观，知其中颇多自道与伤时警世之文。……读此两曲，可以想见先生于国难期间，不因贫病而稍移其志者。……其言甚婉，其意甚深，惜乎梦者自梦，醒者自醒耳。"[1]尤可注意者，是其中特别强调的章鸿钊在日军侵华战争期间撰《南华梦杂剧》以"见志""自道与伤时警世"之用意。如上文所述，在思想脉络、文化观念和人生态度上，《自鉴》与《南华梦杂剧》显然具有直接而密切的关联。但是由于创作时间的差距、文体形式的差异以及不同时期国内、国际局势发生的重大事变、产生的巨大变化，二者还是存在着明显的不同。最明显的不同就是完成于 20 世纪 20 年代初的《自鉴》为论著体，以近现代西方自然科学观念、中国传统思想文化的反省为基础，相当全面系统地阐述了作者对于人类自身、人与世界、物质世界与精神文明的认识，寄托了对于人类和世界的理想憧憬，是一部饱含人道主义、人文情怀的文化哲学著作；而完成于二十年后的 20 世纪 40 年代初的《南华梦杂剧》为戏曲体，基于早年关于人类处境、世界未来的思考和丰富的人生经验、当时的国家民族命运，采用四折一楔子的元杂剧标准体制，所表现的对于人类处境与未来、世界前途和命运的看法更加简单明了，寄托的忧患更加深切凝重，也更多地带有一些无可奈何的感慨和悲观伤感的情绪。二十年间，《自鉴》和《南华梦杂剧》在思想观念上的一脉相承与变化差异，不仅非常突出地表现在这两部不同体式的作品之中，而且更加突出地发生在章鸿钊的思想文化观念之中。

章鸿钊以"螺化论""爱子"和"爱力"以及三者的互动相生关系为核心构成的思想学说，有感于当时的世界和中国的社会文化状况，针对近现代以来在中国及世界许多地区广泛流行的进化论及其带来的弊端而发，包含着人性本善观念、人道主义和人文主义精神，也具有鲜明的道德理想主义色彩。同时，也是作为地质学家的章鸿钊对于包括地质学在内的近现代西方科学进行批判性反思、转化生新、变革发展的成果。这不论是从中国近现代以科学主义为主要标准和追求目标的思想路径来说，还是从以救亡图存、反对侵略、国家独立和民族解放为主要任务的政治向往来说，都具有独特的思想价值、批判建设性和时代意义，在近一个世纪之后的今天看来，仍然具有突出的针对性、预见性和启示性。

应当特别指出的是，《南华梦杂剧》创作于日军侵华战争全面爆发、中国人民已经进行了艰苦卓绝的抗日战争近五年之后，彼时正值中国人民抗日战争最艰苦、战争局势最不明朗的时期。当时章鸿钊为躲避战乱而居于家乡，《南华梦杂剧》所写内容虽颇具离奇荒诞色彩，但绝非一般文人墨客的自我遣兴、寄情风月之作，而是具有强烈现实感怀、时势针对性和思想文化深度的伤时感事之作。结合作者的思想行事、剧作内容和 20 世纪 30 年代末至 40 年代

---

① 杨钟健：《记章爱存先生》，《文讯》第七卷第六期，文通书局印行，中华民国三十六年十二月十五日（1947 年 12 月 15 日）出版，第 292 页。

初的中国局势与世界局势,可以认为,此剧是章鸿钊在中国人民遭受野蛮侵略、中华民族面临灭亡危险之际对当时国家前途命运、世界局势与人类未来进行的深沉追问,寄托了强烈的忧患意识和悲悯情怀。因此应当认为这是一部通过离奇人物、荒诞故事反映作者真实而深刻的内心忧患与苦闷、具有明晰而广博的人类意识、世界眼光、人文情怀和国家民族意识的作品,也是一部寄托作者个人情感、宣泄精神苦闷的伤时感事、忧国忧民之作。

从中国近现代以来社会思潮、文化变迁的角度来看,在一个多世纪以来的中国现代文化建设过程中,在进化论、启蒙主义、科学主义、现代化、革命化等激进思潮或文化主张占据主导地位的同时,其实还存在着另一种微弱而持久、低沉而有力的声音。这种声音的核心思想在于从世界文明处境和中国现代文化遭际的角度出发,对人类和世界在走向工业化和现代化进程中,日益众多地出现战争与屠杀、专制与独裁、道德沦落、价值迷失、人心不古等现象进行反思,表现出对人类前途与中国命运的深切忧患,并试图从世界不同宗教、中国传统儒道思想的局限性与恒久价值的高度对包括中国文化在内的人类文化困境提出思考并寻求出路、探索前行的方向。

在以创新变革、突破传统为主导取向的中国近现代戏剧史历程中,也仍然存在着一种以守护传统、传承传统为主要价值取向的戏剧观念,并留下了一些具有特殊人文价值和深刻启示性的剧作。20世纪40年代初杰出地质学家章鸿钊所撰《南华梦杂剧》就是以传统戏曲形式对世界文明、中国文化的现代化过程及其经验教训进行深刻反思的代表作,其中所表现的文化立场、所传递的文化观念表现了深度的文化关怀和深刻的文化忧患,具有特别可贵的观念超前性质和久远的人文价值,值得时人和后来者认真倾听并深入反思。而作者对于戏剧形式的选择、尤其是对于传奇杂剧文体习惯、创作传统的守护和适度变革,则反映了一种更加深刻悠远的戏剧观念和文化观念,较之以批判传统、变古趋新为主导特征并长期流行的戏剧观念和文化观念,都更具有建设性和前瞻性,也更具有思想文化价值。在这个意义上说,假如认为《南华梦杂剧》是一部以传统戏曲形式表现现代文化忧思和人本思想观念的哲理性戏剧,也应当是合适的。

但是,由于这种具有先觉性、预示性和普遍性的文化声音在喧嚣繁杂、急速行进的中国近现代语境中显得过于微弱,鲜有人注意或倾听,更少有人理解或产生共鸣,在长期以来激进主义、科学主义、持续进化、不断革命逻辑为核心价值的话语体系中被严重遮蔽,甚至被粗暴地批判否定。从中国近现代戏剧史和文学史的角度来看,这些戏剧家及其作品不唯从未有过应得的一席之地,甚至尚未引起中国戏曲史、文学史研究者或者思想文化史研究者的应有注意。对于这些戏剧家及其戏剧作品所表现的戏剧观念、文化忧思所具有的警示性、预见性和启发性而言,的确是一个应当尽快弥补的损失,而对于从更加深切、更加辽远的视野下思考中国戏剧与文学、中国文化未来的今人来说,更是一个需要认真吸取的教训。从更大的文化范围、更广阔的思想空间来看,章鸿钊等所持有的这种稳健而生新、批判而建设、保守而变革的思想观念和文化姿态,对于中国近现代以来的思想建构、精神凝聚和文化选择也具有深刻的启发意义,有助于更加深刻有效地认识和反思一个多世纪以来的文化历程所留下的经验教训,并对当下与未来的思想建构、文化选择提供必要的启示和借鉴。章鸿钊对于当时的人类和世界所表达的思想困惑、文化忧患,其中有的已经成为今天必须面对和解决的生态、社会、政治或文化难题,可见当年的种种担心绝非多余。在目前的中国文化发展与建设中,尤其需要既深刻地总结历史的经验,又深入地吸取既往的教训。这样的文化建设才可能是真正有希望、有前途的,也才可能是符合人情与人性的根本需要的。

（原载《学术研究》2019 年第 10 期）

《人兽鉴传奇》的情节结构与宗教哲学意味

——兼及唐文治《茹经劝善小说》

华南师范大学　左鹏军

在一个多世纪以来的中国近现代文化建设过程中，在以进化论、启蒙主义、科学主义、现代化、革命化等激进思潮或文化主张为主流价值、占据主导地位的同时，其实还存在着另一种微弱而有力的声音，构成了思考近现代中国思想文化问题的另一个值得关注的方面。这种声音的核心思想在于从世界文明经验、现实处境和中国现代文化遭际的角度对工业化与现代化、战争与屠杀、专制与独裁、道德沦落、价值迷失、人心不古等现象进行反思，表现出对人类前途与中国命运的深切忧患，并试图从世界不同宗教、中国传统儒道思想局限性与恒久价值的高度，对包括中国在内的人类文化困境提出思考并寻求出路、探索前行的方向。在以创新变革、改造传统甚至批判、清除传统为主导取向的中国近现代戏剧史、文学史历程中，也仍然存在着一种以守护传统、传承传统为主要价值取向的戏剧和文学观念，并留下了具有重要价值、值得关注的剧作。20 世纪 40 年代王季烈所撰《人兽鉴传奇》就是以传统戏曲形式对世界文明、中国文化的现代化过程及其经验教训进行深刻反思和充分表达的代表作，其文化立场、文化观念表达了深切的文化关怀和深刻的文化忧患，以怀旧复古的方式表现出特别可贵的超前意识和先知先觉的人文价值，值得时人和后来者认真倾听并深入反思。

一、王季烈与《人兽鉴传奇》

《人兽鉴传奇》一卷，作者王季烈（1873—1952），由八个单折短剧构成，即《原人》《著书》《解愠》《说法》《救世》《去私》《劝善》和《大同》，与唐文治（1865—1954）所作《茹经劝善小说》合刊，书名《茹经劝善小说　人兽鉴传奇谱合刊本》，中华民国三十八年四月（1949 年 4 月）正俗曲社刊本。

王季烈于日军侵华战争期间拟选辑《正俗曲谱》，收有《龙舟会》《桃花扇》等，惜仅出二集而止。1948 年与唐文治共同发起成立正俗曲社。《人兽鉴传奇》原是作为王季烈所编《正俗曲谱》的亥辑即最后一辑，但由于《正俗曲谱》仅出版了最初的子、丑二辑，其后全书因故未能继续出版，在唐文治的促成之下，遂将《人兽鉴传奇》与《茹经劝善小说》合刊出版，《茹经劝善小说》在前，《人兽鉴传奇》在后，这就是今天所见的《茹经劝善小说　人兽鉴传奇谱合刊本》。对此情况，《茹经劝善小说　人兽鉴传奇谱合刊本》卷首所载《正俗曲谱全目》之后有王季烈所作说明曰："子丑二辑，前岁冬付印，因病中止。病愈编就之稿，工料飞涨，不能复印。去冬全谱脱稿，茹经先生阅之，谓《人兽鉴》八折，尤足劝世，宜提前付印。又承集赀与《劝善小说》

合刊。热诚可感,附记于此。"①中华民国三十八年四月(1949 年 4 月)李廷燮所作《跋》亦有云:"冬间君九先生又数度来沪,携有所著《正俗曲谱》已刊子丑两辑,其余十辑意欲续为编印。并出示新撰《人兽鉴传奇》,谱词佳妙,不愧为曲坛祭酒。同时蔚芝先生亦以其近作《茹经劝善小说》见示。苦心孤诣,尤非寻常小说可比。……按两书均以匡正人心、挽救时艰为旨,寓意深远,有功世道。合成一编,相得益彰。但愿流传日广,于人心风俗有所裨益。此余所馨香祷祝也夫!"②由此可知,王季烈所撰戏曲,并非游戏笔墨,确有拯救世道人心之深意存焉,而以曲学家撰作传奇,特色鲜明,曲律精赡、文词雅妙,着眼时势、用意深远。王季烈《人兽鉴传奇》、唐文治《茹经劝善小说》之密切关系于此已清晰可见。

关于《人兽鉴传奇》的创作用意,1949 年 3 月唐文治所作《〈人兽鉴〉弁言》中有云:"居今之世,为善而已矣。为善当具实力,不易几也。惟有劝善而已矣。人间世善机善因善果,随在皆是,交臂而失之者,何可胜道?诚欲以善行达诸万事,必先敛之于一心。孟子言:'人之放其良心,牯之反复,违禽兽不远。'《曲礼》篇曰:'今人而无礼,虽能言,不亦禽兽之心乎?'扬子《法言·修身》篇云:'天下有三门:由于情欲,入自禽门;由于礼义,入自人门;由于独智,入自圣门。'此三门者,所以警醒人心,昭示后学,最为深切。……余维孟子言'人之所以异于禽兽者几希。庶民去之,君子存之。'引舜禹汤文周公为证。夫圣门未易进也。惟取法乎上,仅得其中,亦可勉为君子人尔。叔季之世,俗尚浇漓,心术变诈。众生芸芸,接之俨然人也。而考其行,则有近于禽兽者矣。……《周礼》云:'国有鸟兽行,则狝之。'人既无异于禽兽,造物乃以草薙禽狝之法处之。而民生之历劫运,乃靡有已时,惨乎痛乎!今君九兄《人兽鉴》之作,其挽回劫运之苦心乎?昔刘蕺山先生作《人谱》,其门人张考夫先生,复作《近代见闻录》以羽翼之。君九兄此书,其体例虽与《人谱》略异,而其救世苦心则一也。深愿家置一编,庶几出禽门而进人门,由人门而进圣门已夫!"③唐文治作为王季烈挚友,对《人兽鉴传奇》的创作用意、主旨寄托进行了准确深入品评并予以高度评价。其中尤可注意者有:其一,当动荡变革之世,为善既已不易为,当以劝善为要务;其二,善之基础是良心、礼义,如同中国古代典籍中的诸多阐述一样;其三,《人兽鉴传奇》之作乃是有感于民生苦难无边,是出于挽回劫运之苦心;其四,《人兽鉴传奇》与明末思想家、理学家刘宗周所作《人谱》及后续著作异曲同工,堪可广泛传播。唐文治对《人兽鉴传奇》的创作用意、主旨寄托进行了准确深刻的揭示,对于认识和理解该剧极具启发价值。

唐文治指出王季烈作《人兽鉴传奇》与刘宗周作《人谱》及其门人张考夫作《近代见闻录》在文体形式上虽迥然不同,但在思想用意、道德理想和救世之心上却有异曲同工之妙,这种论断是有根据的。刘宗周在《人谱》卷首《自序》中说:"子曰:'道不远人。人之为道而远人,不可以为道。'今之言道者,高之或沦于虚无,以为语性而非性也,卑之或出于功利,以为语命而非命也。非性非命,非人也,则皆远人以为道者也。然二者同出异名,而功利之惑人为甚。……予因之有感,特本证人之意,著《人极图说》以示学者。继之以六事功课,而《纪过格》终焉。言过不言功,以远利也。总题之曰《人谱》,以为谱人者莫近于是。学者诚知人之

---

① 唐蔚芝、王君九编著:《茹经劝善小说　人兽鉴传奇谱合刊本》卷首,正俗曲社 1949 年版,第 2 页。
② 唐蔚芝、王君九编著:《茹经劝善小说　人兽鉴传奇谱合刊本》卷末,正俗曲社 1949 年版,第 88 页。
③ 唐蔚芝、王君九编著:《茹经劝善小说　人兽鉴传奇谱合刊本》卷首,正俗曲社 1949 年版,第 3—4 页。

所以为人,而于道亦思过半矣。将驯是而至于圣人之域,功崇业广,又何疑乎!"①又在《人谱续篇一》"证人要旨"中云:"学以学为人,则必证其所以为人。证其所以为人,证其所以为心而已。自昔孔门相传心法,一则曰慎独,再则曰慎独。夫人心有独体焉,即天命之性,而率性之道所从出也。慎独而中和位育,天下之能事毕矣。"②指出探究"人之所以为人"的命题对于人心、人道具有根本性作用,而为人的根本、出发点是为心和慎独。他又在《人谱杂记二》之末识语中云:"右记百行考旋。百事只是一事,学者能于一切处打得彻,则百事自然就理。不然,正所谓觑着尧行事,亦无尧许多聪明,那得动容周旋中礼也!今学者都就百处做,即做得一一好在,亦往往瞒过人,故曰:'其要只在慎独。'"③再次强调一心、慎独对于为人的极端重要性。可见,正如唐文治所说的,王季烈作《人兽鉴传奇》与刘宗周作《人谱》在思想脉络、精神传承意义上具有相通性和一致性,可以视为儒家道德理想主义、内圣外王之学在近现代新奇背景下的一次着力展现。

二、自由荒诞的艺术结构和深沉幽远的思想寄托

在结构方式上,《人兽鉴传奇》综合传统戏曲的体制规范和构思习惯,运用中外科学与人文知识、宗教与社会学说,采用的是具有现代意义的荒诞跳跃的时空安排,设计了不可能存在的自由离奇的人物关系,为了表现思想主题、文化态度,在中外人物、古今故事、史料传说之间进行自主选择和随意运用,形成了相当独特的结构形态,传达出已经完全不同于传统戏曲范畴的创作观念并进行了前无古人的艺术探索。全剧八折,未标明折数次序,每折之间人物、故事、情节都是不连贯的,而是各自具有相当独立的人物设置和内容安排,其间充满了时间空间上的自由性和跳跃性,形成了颇为新奇的艺术结构和呈现方式。这种艺术结构和呈现方式承载着作者更加深刻独特的思想观念、情感寄托和文化观念。

《原人》写生于战国、居处于陵之陈仲子,在"目今世界,七国争雄,人类相戕,无所底止"④之际,忧文明人类,不久灭种。一日昼寝,忽得一梦,至于异境,得见老子、宣尼、释迦、耶稣四神人,授陈仲子素书一卷,指点救世之道。《著书》写生于战国、仕于楚邦之尹喜,值周德已衰、人心诅诈之时,行至函谷关,适遇感于时世、欲隐居求志之老子,尹喜认为老子是既知真理、独见大道之人,遂劝其著书,非为一时一国,为万世而立言。老子遂著《道德经》五千言,传之于尹喜,留至后世,以待明君身体力行,令国家郅治,黎庶安康。《解愠》写孔子率众弟子游列国,去卫适陈,师弟十余人留于陈蔡之间。会吴伐楚,楚君使人来聘孔子,孔子将往。陈蔡之大夫惧孔子用于楚于己不利,遂发兵卒,困孔子师徒于旷野,且绝糇粮,无从得食。众弟子均有愠色,独孔子弦歌不辍,讲诵不衰,颜渊、子贡、子路等相与和之。宰我将此情景说与陈蔡大夫,且言孔子周游列国,期于用时,乃是为息战争、止侵伐,使大国小国相维,强国弱国相安。陈蔡大夫遂深悔前非,随宰我前往向孔子请罪,并献上糇粮,护送前行。《说法》写释迦牟尼使摄摩腾、竺法兰、安世高、支谶四弟子东来宣法,以度震旦众生,并令四人了解震旦

① 吴光主编:《刘宗周全集》第二册,杭州:浙江古籍出版社 2007 年版,第 1—2 页。
② 吴光主编:《刘宗周全集》第二册,杭州:浙江古籍出版社 2007 年版,第 5 页。
③ 吴光主编:《刘宗周全集》第二册,杭州:浙江古籍出版社 2007 年版,第 116 页。
④ 王君九:《人兽鉴》,第 1 页,唐蔚芝、王君九编著:《茹经劝善小说　人兽鉴传奇谱合刊本》,正俗曲社 1949 年版。

风土情形,语言习惯,从宜从俗,入国问禁,使震旦开明。《救世》写耶稣"默察人心,自达尔文倡天演之论,谓生存竞争,适者生存之后,惟物论势力日张,信仰宗教之心日衰,以致尔诈我虞,备战日亟,杀人利器,月盛日新,大非我博爱之心。亟宜联合各宗教之力,以挽此狂澜,先须修改教规,使此教与彼教,无一非劝人为善,而不相攻击"①,于是召使徒保罗、路德、利玛窦和汤若望四人,讨论修改经典教规,以利推行。四人各抒己见,与耶稣共商改革教义之策。《去私》写汪彦闻"回思五十年来,内忧外患,层出不穷,沟壑余生,奄奄待毙,无非人之道德丧亡,私欲太深所致,因填〔北正宫九转货郎儿〕一套,题曰《去私》,借梨园之鼓吹,作世俗之砭针"②。于是将此曲往比邻仲陶山斋中演唱。《劝善》写金陵仲冕(号陶山)在思想上服膺孔孟、师法程朱,近来编成劝善小说,改为新曲,遂约请萧谱与汪彦闻一同观赏,并将六个观善故事新曲逐一演出。《大同》写释迦牟尼有感于"近数十年,大地交通,遍于世界各国;民智启发,偏于物质精微。以玄理为空虚,视生人如机械。遂使良知尽失,性善无闻"③的状况,联合老聃、仲尼、耶稣,四人共同确定公教宗旨,并令门人将公教大纲译成各国文字,传布环球,以救众生。

可见,《人兽鉴传奇》突破了明清文人传奇的许多结构习惯和传统作法,不受既有戏曲创作成法的限制,采用了非常自由灵活的结构方式,在时间空间、人物故事、情节设置等方面都以作品的思想主旨、文化态度、情感寄托为主,以思想主题贯穿全剧。这种作法显然来自明末以来以徐渭《四声猿》为标志,以后来的多种相类作品为后劲而形成新的戏曲创作传统,成为清代至近代戏曲史上一种这种相当突出的创作现象。因此,20世纪40年代末产生的《人兽鉴传奇》采取这种结构,已不算是特别有创新价值或变革意义的体制选择了,但似乎可以将其视为中国传统戏曲结构变革结束过程中的一个标志。

另一方面,《人兽鉴传奇》艺术结构上的延续性、传承性并没有限制其在内容安排、主题表现、情感寄托和文化态度方面的丰富充实、变革出新,而这,正是这部篇幅不长的传奇作品的独特之处和价值核心之所在,也是作者创作这部戏曲作品的主要用意之所在。《人兽鉴传奇》着重表现的对于战争杀伐、残酷竞争、物质崇拜的清醒认识和批判,对于世界状况、人类命运、文明前景的深刻忧患,是传统戏曲中没有出现过的新内容、新因素。这种新内容、新因素正是此剧在精神内涵、思想深度和文化视野上超越传统戏曲从而获得哲学思辨、人类忧患价值的集中表现。应当承认,这是中国传统思想观念与近现代西方宗教科学观念相激发、中国传统戏曲形式与近现代思想观念相结合的新产物,也是中国传统戏曲在近现代中西冲突、古今嬗变背景下取得的新成果。

在以自然进化、生存竞争思想为核心的社会进化观念兴起之后,人类之间的残酷竞争、国家之间的掠夺战争就处于无休无止状态。这种状况将人类带入了无可挽回的困苦之中,给人类道德、文化带来了日益深重的伤害。王季烈在《原人》一折中对这种不幸局面予以指出,在"目今世界,七国争雄,人类相戕,无所底止"④之际,担忧文明人类,不久将要灭种,并用

---

① 王君九:《人兽鉴》,唐蔚芝、王君九编著:《茹经劝善小说 人兽鉴传奇谱合刊本》,正俗曲社1949年版,第36页。

② 王君九:《人兽鉴》,唐蔚芝、王君九编著:《茹经劝善小说 人兽鉴传奇谱合刊本》,正俗曲社1949年版,第44页。

③ 王君九:《人兽鉴》,唐蔚芝、王君九编著:《茹经劝善小说 人兽鉴传奇谱合刊本》,正俗曲社1949年版,第77—78页。

④ 王君九:《人兽鉴》,唐蔚芝、王君九编著:《茹经劝善小说 人兽鉴传奇谱合刊本》,正俗曲社1949年版,第1页。

两支曲子揭示全剧主旨云:"〔大红袍〕天道不偏私,生物循公理。溯地球凝结之初,只块然顽石遍地。渐水冲,渐风化,渐生动植。历几千万岁,历几千万岁,五大洲方生人类。石器期,铜器期,民德未漓。只为着天真日蔽,嗜欲愈滋,同类相争,弱者供刀匕,强者恣吞噬。嗳!圣贤苦心思救世,阐明宗教止杀机。中国有老子宣尼,印度迤西有释迦耶稣相继起。这四家教规,因地以制宜,劝人为善初无异。自然学兴,宗教替,战争多,杀运启。欲免世界末日,宜求诸人兽鉴里。"①又云:"〔清江引〕人生须要求真理,参透天人秘。动物总求生,好杀违天意。劝世人读此书,快把良心洗。"②这种处理方式虽与明清文人传奇的开场家门颇有相似之处,但其内容含量和深度已远远超出了传统戏曲的范围。《人兽鉴传奇》全剧的深刻立意和悠远忧患也从中得到了相当充分的反映。

在此基础上,对造成这种可悲可叹、可忧可愤局面的原因进行追究,指出人类私欲膨胀是最重要原因,因而主张"去私"就成为《人兽鉴传奇》的又一项核心内容,也是王季烈表达情感、寄托忧患的又一重要途径。这在《去私》一折中表现得最为集中。作品借汪彦闻之口说道:"回思五十年来,内忧外患,层出不穷,沟壑余生,奄奄待毙,无非人之道德丧亡,私欲太深所致,因填〔北正宫九转货郎儿〕一套,题曰《去私》,借梨园之鼓吹,作世俗之砭针。"③此曲历数庚子事变以来五十年之治乱兴亡,五四以来三十年间当局不思尊孔之事实,寓沧桑隆替、世变兴亡之感。其中唱道:"〔一枝花〕不堤防余年值乱离,遂使那遍地皆魔障。弃诗书,人心如鬼域,废道德,侪侣尽豺狼。我这个悲悯热肠,劝人少把良心丧。存恻隐,念慈祥,嘎哈哈,须知道人心的善恶分途,即天理的吉凶影响。"④谈及庚子事变,剧中写道:"此事距今已五十年,由今思之,实是致祸之始也。"⑤谈及此后国家局势,又写道:"这三十年中,当局不思尊崇孔孟以正人心,是其大误。"⑥该折最后作者借汪彦闻之口说唱道:"(生)自古移风易俗莫善于乐,小侄此曲呵,〔九转〕这新歌记我的伤心景况,劝世人感发天良。未落笔花笺上,泪珠汪,长吁气呵,毛锥写凄惶。我一生冷不了热肠,垂老犹太平指望。愿秉政的先除诈妄,著书的发挥俭让,教人的行表言坊。劝子弟自己勤修养,好斗狠自取暖灭亡。俺只为洪水猛兽无能挡,因此上善心苦口忠言讲。您休嫌絮叨顽固话长,须知正人心舍此别无他法想。(外)彦兄此曲透彻极了,只是世人听之,能就洗心革面否乎?(生)咳,〔尾声〕俺非是吹箫乞食随吴相,也不学泽畔行吟去吊湘。忧天独抱回天想,凭我的天良,发他的天良,愿普天下人人把私欲消除忠恕讲。"⑦从中分明可见忧世之深、疾世之切,作者浓重的思想感情、深刻的文化忧思也得到了集中宣泄。

在倡导去除私欲、讲究忠恕并强调其必要性的基础上,王季烈还进一步探究人类摆脱这

---

① 王君九:《人兽鉴》,唐蔚芝、王君九编著:《茹经劝善小说 人兽鉴传奇谱合刊本》,正俗曲社 1949 年版,第 2—4 页。

② 王君九:《人兽鉴》,唐蔚芝、王君九编著:《茹经劝善小说 人兽鉴传奇谱合刊本》,正俗曲社 1949 年版,第 4 页。

③ 王君九:《人兽鉴》,唐蔚芝、王君九编著:《茹经劝善小说 人兽鉴传奇谱合刊本》,正俗曲社 1949 年版,第 44 页。

④ 王君九:《人兽鉴》,唐蔚芝、王君九编著:《茹经劝善小说 人兽鉴传奇谱合刊本》,正俗曲社 1949 年版,第 44—45 页。

⑤ 王君九:《人兽鉴》,唐蔚芝、王君九编著:《茹经劝善小说 人兽鉴传奇谱合刊本》,正俗曲社 1949 年版,第 48 页。

⑥ 王君九:《人兽鉴》,唐蔚芝、王君九编著:《茹经劝善小说 人兽鉴传奇谱合刊本》,正俗曲社 1949 年版,第 55 页。

⑦ 王君九:《人兽鉴》,唐蔚芝、王君九编著:《茹经劝善小说 人兽鉴传奇谱合刊本》,正俗曲社 1949 年版,第 54—58 页。

种难堪的物质困境和精神危机的可能出路,冀图为已经走在愈来愈危殆道路上的人类指出一条未来通途。这在 20 世纪以来的世界格局和文化处境中,无论对于任何一个时代的哲学家、思想家和文学家来说,都无疑是一个极其艰难、极具挑战性的话题。王季烈以丰富的中西古今文化、科学、宗教观念为基础,提出了一个既迥异于传统又不同于时人的设想,希望通过世界上影响最大的儒、道、佛、耶四大宗教家及其宗教思想的联合,集不同宗教思想学说之精华,为人类指出一条可以摆脱困境、走出危险的道路。因此对于人类未来前景、文化出路、精神归宿的探求,就成为《人兽鉴传奇》最深刻的创作意图和思想指向。这种思想在该剧的后半部分、也是最为核心的部分中,表现得最为集中。《说法》写释迦牟尼派遣摄摩腾、竺法兰、安世高、支谶四弟子东来宣法,以度震旦众生,并令四人了解震旦风土情形,语言习惯,从宜从俗,入国问禁,使震旦走向开明。在内容表现和结构设计上,开始由现象、问题的描述转向救世方案、人类出路的思考探寻,已经涉及将几种世界范围内影响最大的宗教思想进行整合融通,为人类指出一条可能摆脱困境的出路这一非常紧迫且异常艰难的问题。以下二曲颇能反映作者的思考和该折的主旨:"〔寄生草〕三教同为善,相资莫轻轩。谁非谁是皆偏见,孰奴孰主无庸辨,此心此理非相远。星辰日月共光明,东西贤圣何分辨?""〔赚煞〕不忙立文字禅,且抱定慈悲愿。劝世人常行方便,蝼蚁微躯不妄践,况同此方趾圆颠。畅道恶念俱捐,相爱相亲及乐园。要使他无智无愚,无近无远,都听取莲台说法散花天。"[1]由佛教思想引出对其他宗教学说,将三教同善、心理相通、相亲相爱、皈依佛教作为思考人类摆脱困境、寻求出路的起点。

在《救世》一折中,作者借耶稣基督之口,在阐述基督教要义基础上,进一步提出综合不同宗教思想要义,弘扬博爱平等、为善救民精神,以拯救人类命运,从另一角度阐述对于世界局势和人类处境的看法,探求解决危机、摆脱困境的出路。写道:"我之立教要义,曰博爱,则凡天下之人类,无种族之分,无智愚之别,皆在我所爱之中,不当有仇视而思报复。曰平等,则凡天下之人,苟有识真理、思救民、无私心,非欺世盗名、愚人以自利者,人人皆可为教主,何必定一神之教,信仰俺耶稣外,不许信仰他人乎? 今为二十世纪之中叶,欧洲之政治势力,已遍达于全球。即我新旧二教,信仰者亦日多一日。然俺默察人心,自达尔文倡天演之论,谓生存竞争、适者生存之后,惟物论势力日张,信仰宗教之心日衰,以致尔诈我虞,备战日亟,杀人利器,月盛日新,大非我博爱之心。亟宜联合各宗教之力,以挽此狂澜,先须修改教规,使此教与彼教,无一非劝人为善,而不相攻击。"[2]可见对于不同宗教之间互鉴共生可能性的思考,特别是在 20 世纪中叶欧洲政治势力影响及于全世界的背景下,人类如何寻求出路、摆脱简单的以生存竞争、适者生存为逻辑、为公理的状况,重新回到劝善、救民、求真理、去私心的正轨上来。在当时的社会文化背景下提出如此深刻严峻的问题,其思想深度和预见性确可谓卓尔不群。

循此创作思路,在全剧的最后一折即《大同》中,集中表现了经再三思考得出的认识和形成的思想文化主张,作者通过作品着重传达的思想主题、文化姿态和宗教哲学意味也得到了

---

① 王君九:《人兽鉴》,唐蔚芝、王君九编著:《茹经劝善小说 人兽鉴传奇谱合刊本》,正俗曲社 1949 年版,第 32—33 页。

② 王君九:《人兽鉴》,唐蔚芝、王君九编著:《茹经劝善小说 人兽鉴传奇谱合刊本》,正俗曲社 1949 年版,第 35—36 页。

充分展现。作者通过世界四大宗教代表人物的集中出现、共同商讨、交流切磋,提出人类追求向往的生存境界和理想精神场景就是"大同",也是对于人类前途的向往与期待。四大宗教家从不同角度渐次提出自己的主张,通过不断丰富、逐渐深入的商讨议论,将作者的思想主张、文化态度展现开来,从而完成了作品最深沉的思想寄托和情感表达。释迦牟尼有感于"近数十年,大地交通,遍于世界各国;民智启发,偏于物质精微。以玄理为空虚,视生人如机械。遂使良知尽失,性善无闻"[1]的状况,"拟联合老聃、仲尼、耶稣,先将此四大宗教之经典融和为一体,采集众长,去其门徒崇奉一先生之言,入主出奴,互相攻击,庶几普天下之人,好善恶恶,归于一致,无国籍之分别,无宗教之隔阂,同进于大同之治,天下为公,战争永息"[2],遂前往流沙访老聃。二人相见后,复同往震旦见孔仲尼,共商挽救浩劫之方。面对这种局面,孔子说道:"俺仲尼,自曳杖作歌之后,至今已二千五百余年,虽魂气归天,而一灵不昧,犹依桑梓之乡。历代明王,宗余以治天下,遂使洙泗之泽,源远流长,阙里宫墙,依然美富。不料近数十年,人心忽变,旧说尽翻,薄尧舜而尊蹠徒,非孝悌而好犯上。以致天灾人祸,遍于九州,邪说暴行,毒流万古。示以《易》理,明吉凶悔吝之道而不从;警以《春秋》,极口诛笔伐之严而不惧。开千古未有之奇局,堕万世师表之大防。此非昔时五百年一治一乱所能比拟也。"[3]释加牟尼也阐述公教主旨云:

> 俺想公教主旨,以尼父有志未逮之大同学说为最善。其言曰:"大道之行也,天下为公。选贤与能,讲信修睦。人不独亲其亲,不独子其子,使老有所终,壮有所用,幼有所长,鳏寡孤独废疾者皆有所养。男有分,女有归。货恶其弃于地,不必藏于己;力恶其不出于身,不必为己。是谓大同。"世界各国,苟能共趋于大同之治,则战争自然永息。至其细目,则就现在各教共同所垂为善行者遵守之,为恶事者戒除之,亦可免战端而渐进于大同之域矣。[4]

耶稣接着继续发挥道:

> 这几端,我在《新约全书》中,均已说过,亦为孔夫子之《四书五经》所常言,而释教道教,亦皆有此说,列作公教主要规条,洵可免彼此争论,使劝化之力薄弱。抑我尚有管见:今日人心之堕落,非由各宗教家立论之不周至,而由于世人之不信宗教。所以不信宗教,则由于科学发达,人人过信唯物论,人生于世,只图目前肉体之快乐,而不计将来心地之光明,以致无恶不作,人兽无别。请如来佛再将物质文明之不可恃,精神文明之不可少,再说几句,以警醒世人。[5]

末扮耶稣与外扮老聃又议论道:"(末)你们想,中国的秦始皇,蒙古的元太祖,欧洲的拿破仑,何尝不所向无敌,盛极一时?然或数十年而亡,或数年而亡,未有百年不敝者。乃今之好为

① 王君九:《人兽鉴》,唐蔚芝、王君九编著:《茹经劝善小说 人兽鉴传奇谱合刊本》,正俗曲社 1949 年版,第 77—78 页。
② 王君九:《人兽鉴》,唐蔚芝、王君九编著:《茹经劝善小说 人兽鉴传奇谱合刊本》,正俗曲社 1949 年版,第 78 页。
③ 王君九:《人兽鉴》,唐蔚芝、王君九编著:《茹经劝善小说 人兽鉴传奇谱合刊本》,正俗曲社 1949 年版,第 80—81 页。
④ 王君九:《人兽鉴》,唐蔚芝、王君九编著:《茹经劝善小说 人兽鉴传奇谱合刊本》,正俗曲社 1949 年版,第 82 页。
⑤ 王君九:《人兽鉴》,唐蔚芝、王君九编著:《茹经劝善小说 人兽鉴传奇谱合刊本》,正俗曲社 1949 年版,第 84 页。

穷兵黩武者,犹不自悟,真愚蠢之极矣。(外)此愚蠢之病,非起于世界各国之人民也。今世界各国之政权,大半落于好战者之手,人民虽欲不战而不可得。且一国备战,则各国随之,于战祸一触即发。还请如来思一永久弭兵之法。"①于是四人共同确定公教宗旨,以《礼运》大同之治为主旨,应劝仁爱、忠恕、节俭、温柔四端,应戒贪得、嗔怒、善战、妄言四端。并令门人将公教大纲译成各国文字,传布环球,以救众生。该折结尾写道:"(外末)我们各宗教家,快令门人,将此公教大纲译成各国文字,传布环球,以救众生者。(同唱)〔清江引〕细思量,万善同所归,何分此与彼。共将真理求,莫把良心昧。愿世人见此书如石投水。"②可见作者对当时世界局势的看法,创作此剧的深意亦寄托于其中。这可以看作是作者对全剧创作宗旨的再次揭示,也集中表达了作者的愿望和希冀。

可见,以四位宗教家思想学说为基础而形成并在剧中表达的"公教大纲",其核心思想仍然是儒家的"大同"观念。值得注意的是,这种大同观念已经与道家、佛教、基督教学说产生了深切关联并吸纳了其中的某些思想因素,因而在内容的丰富性、多元性、综合性上发生了显著变化,早已不是传统意义上的大同观念,从而有可能获得更广泛的现世价值。这种在四大宗教基础上形成的公教观念,虽然具有明显的局限性,也未必能为处于种种危机困境之中的人类指出一条康庄大道,因为宗教毕竟不可能是人类命运的寄托和世界的出路所在。但是其中所蕴含的对于由于战争、杀伐、贪欲、竞争而引起的对于人类命运、世界未来的忧患,对于人类解脱困苦、摆脱困境所进行的思考,是具有突出的先觉性和前瞻性的,也对人类提出了警告,敲唱了警钟,这种危机感和警示性正在愈来愈充分地被人类的发展和世界的局势所证明。此剧创作于 20 世纪 40 年代末,当时正值中国的抗日战争和第二次世界大战结束不久之际,战争危害、血腥暴力、贪欲无度等等对人类生存与发展构成了空前严重的威胁,人类的科学与技术、道德与文明遭到空前严峻的挑战。因此可以说,《人兽鉴传奇》集中表现的危机意识、忧患意识,进行的关于人类命运、世界未来的思考,寄托的文化理想和思想情感,表现出强烈的针对性和超前性,尽管这种具有深刻内涵的精神前瞻和人文忧思长期以来处于不为人知或无人懂得的境况之下。

《人兽鉴传奇》就是以如此离奇怪异、荒诞不经的虚构式、超越性艺术结构来表达如此深沉凝重、孤独深刻的人类忧思和世界忧患,二者构成了强烈的对比并形成了奇妙的统一,使之成为一部具有独特艺术内涵和宗教哲学意味的戏曲作品。就其艺术结构来说,在继承传统戏曲体制习惯、结构特点的基础上,综合运用中国儒家道家、印度佛教、西方基督教和近代西方科技中关于时空、生死、轮回、因果等观念进行重新构思与大胆虚构,从而形成了具有鲜明创新性甚至可以说前无古人的艺术构思方式和创作方法,可以视为中国传统戏曲在近现代这一特殊文化背景下在艺术结构、体制构造上的尝试与新变,反映了戏曲家创作观念、艺术思维等方面发生的深刻变革。就其思想内涵来说,剧中传达和确立的具有超越某一国家民族、某一宗教学说、某一具体时空范围的具有明显共同性、普遍性的人类关怀和世界忧患,所表现出来的思辨性和启发性、深刻性与前瞻性,不仅使作品获得了空前深刻的思想内涵、人性光芒和精神底蕴,而且获得了具有深切现实批判性和长远前瞻性的宗教哲学意味。而

---

① 王君九:《人兽鉴》,唐蔚芝、王君九编著:《茹经劝善小说　人兽鉴传奇谱合刊本》,正俗曲社 1949 年版,第 85—86 页。

② 王君九:《人兽鉴》,唐蔚芝、王君九编著:《茹经劝善小说　人兽鉴传奇谱合刊本》,正俗曲社 1949 年版,第 87 页。

这，正是中外文化冲突交汇、融会贯通之世中国戏曲转化生新过程中在思想文化内涵、精神境界方面取得的突破性发展，从而获得了更加长久的思想文化意义。

三、《人兽鉴传奇》与《茹经劝善小说》

如上文所述，《人兽鉴传奇》与《茹经劝善小说》合为一书，以《茹经劝善小说　人兽鉴传奇谱合刊本》之名刊行，是由于唐文治的促成，王季烈对此也颇为高兴。此书前后友朋序跋的相关记载同样证明了二人之间的密切关系和思想认同。实际上，《人兽鉴传奇》和《茹经劝善小说》的关联并不止于此。从作品的内容安排和艺术处理方式上看，可以发现二者之间有着更加密切、更加深刻的事实联系和思想关联。

中华民国三十八年四月（1949 年 4 月）颜惠庆所作《〈茹经劝善小说〉〈人兽鉴传奇谱〉合序》揭示这两种作品的创作意图与思想主旨云："近数十年，人皆喜新厌故，薄相传因果之说，以为愚陋。于是杀机大开，生灵涂炭，迄今益烈，未始非一果也。茹经先生以儒林丈人，为人伦师表，恧焉忧之，撰有《劝善小说》八则。吾友蟫庐与先生同具拯民水火之深心，精南北曲，著述甚富。以为声音之道，感人最深，移风易俗，莫善于乐，拟选昔贤提倡忠孝节义之曲百折，谱以行世，名曰《正俗曲谱》，分为十二辑，月刊一辑。乃甫印两册，因病中辍。茹经先生闻而昔之，谋藉众擎之力，续成斯举。更属蟫庐撰《人兽鉴传奇》八折，载入谱中，为世人修身养心之助。其书阐孔老之微旨，参以佛耶之哲言，外似诡而内不失其正，所以为浅见寡闻者道也。二老善与人同之怀，翕合无间，谋将小说八则，及《人兽鉴》八折合刊行世。杀青将竟，蟫庐来属弁言。余尝独居深念，以为先圣之言仁，佛之言慈悲，耶稣之言博爱，无不以生人爱人为本，而以杀人害人为戒，道无分于中外，理不违夫古今。顷者窃不自量，奔走南北，尝期化干戈为玉帛，消衰心戾气为祥和，亦犹两贤之心也。吾知此书一出，自必家弦户诵，口沫手胝，岂特媲美定宇之注《感应篇》，抑太平之基，兆于此乎！"①不仅详细记载了这两种作品的基本情况和创作经过，而且相当充分地分析了作品中寄予的思想道德内涵、宗教哲学意蕴和对于人类命运、世界未来的关注，对于认识作品具有重要的参考价值。

关于《茹经劝善小说》的创作用意，该书卷首唐文治识语有清楚的说明："近代德清俞曲园先生，著书最多。有《右台仙馆笔记》，欲矫《聊斋志异》秾郁之失，归于平淡，可谓杰出。惟俞氏于善恶无所不载，余仿其意，作笔记数则。有近时新闻，有从前小说，惟以劝善为宗旨。同志君子，相与讲述，于世道人心，不无裨益也。"②此语虽不长，却包含着丰富的信息，尤其值得注意的是：唐文治创作《茹经劝善小说》是受到俞樾《右台仙馆笔记》的启发，但只选择劝善一个方面，内容更加集中，创作用意可以得更好地表达；所写作品的题材，或来源于当时新闻，或取自从前小说，这种既继承传统小说笔记又注意当时新闻时事的取材方式，反映了作者对于当时社会事件、道德状况的密切关注。

《茹经劝善小说》含八个短篇故事，标题依次为：《孝德本原》《崇孝兴廉》《焚楼大善》《天日共鉴》《保全节孝》《苦节回甘》《狐裘节义》《昭雪冤狱》。梗概如下：

---

① 唐蔚芝、王君九编著：《茹经劝善小说　人兽鉴传奇谱合刊本》卷首，正俗曲社 1949 年版，第 1—2 页。
② 唐蔚芝：《茹经劝善小说》，唐蔚芝、王君九编著：《茹经劝善小说　人兽鉴传奇谱合刊本》，正俗曲社 1949 年版，第 1 页。

第一篇《孝德本原》写赵孝子夫妇愉亲尽孝故事，篇幅最短，却颇能反映劝孝为善的创作主旨。录之如下："赵孝子者，夫妇皆为乞丐，品行高尚。其父多病，其母患瘫痪。孝子夫妇，备锣鼓各一，每食时，各背负双亲，至空场，跳舞歌唱以侑食。父母喜而笑，更诙谐助其乐。其父母皆年登大耋。若以此编演戏剧，未始非劝孝之道也。"①

第二篇《崇孝兴廉》取材于《后汉书·杨震传》，写东莱太守杨震为官清廉，不受其故人昌邑令王密所赠重金事，所要表达的是："孝为万善根原。我国孝行，虞舜而下，首推曾子。……孝行之外，以廉洁为最要。"②认为："叔季之世，贪污成习，卑鄙龌龊，无所底止，倘得如杨先生者，大声唤醒其良知，吾国庶几太平乎？"③

第三篇《焚楼大善》写清军南下之际，某邸王俘获江南女子三千多人，托昆山徐太翁看管。徐太翁同情这些女子命运，设计保护她们性命并安排船只遣送她们各自归家。后来徐太翁三位公子皆得中进士、一门三鼎甲预言尽得应验。以此故事表达"积善之报"④的观念。

第四篇《天日共鉴》叙彰德冯生沦为乞丐，拾一盛有金珠之匣，于原地待失主、盐商汤氏婢女绣真而归还之，自己仍然行乞为生。后经堂从兄帮助，乘船赴天津途中遇险获救，居于堂从兄官署中。后一日在东岳庙中巧遇绣真，方知绣真尚未婚配，冯生亦在等待绣真。于是二人约定，由冯生堂从兄作主，成其婚配。汤母认绣真为义女，给予妆奁甚丰。婚后夫妇相得，生子入词林，书香不绝。旨在表达"敦厚温柔，且临财不苟"⑤，必有善报。

第五篇《保全节孝》叙苏州书生文在田素性好善、见义勇为事。文在田于应省试途中在旅店中得知遇赵秀才因家贫不得不鬻其妻子给富翁许氏为妾，姑媳痛苦不堪、伤心不已。文在田遂假托他人将所带应试资用二百金相赠，面见许氏据理力争，解救被鬻女子，自己则放弃应考还家。翌年文在田再度应试，仍住原来旅店，被认出是施恩之人，赵氏一家人感戴莫名。赵秀才与文在田结为兄弟，二人一同中式，友好无间。此事流传于乡里，为人乐道。

第六篇《苦节回甘》叙扬州胡生随母舅游学粤东，舅殁欲回扬州而无川资，被招入郑姓麻风女家中。婚后三日，麻风女设计送走胡生。麻风女被关入麻风院，后得人之助赴扬州寻胡生，居于其家储酒所内，见一大蛇窃饮瓮中酒而死，遂随饮同瓮中酒欲寻死。不料却治好麻风病，容貌复原，胡生父母遂令儿子与郑氏女重行合卺之礼完婚。同时胡生中式喜讯传来，又带郑氏女入粤东为县令，与父母团聚，且将可医治麻风病之酒运至粤东，分发至麻风院以治疗同病者，从此粤地麻风病逐渐被扑灭，爱民勤政，治县有声。

第七篇《狐裘结义》叙杭州李生在赴京应试途泊于苏州城外，于一雪夜里忽遇岸上失火，李生搭救一女子并以狐裘相赠。李生礼部试中式，于殿试前一夜忽梦有人赋诗赠之："大雪

①　唐蔚芝：《茹经劝善小说》，唐蔚芝、王君九编著：《茹经劝善小说　人兽鉴传奇谱合刊本》，正俗曲社 1949 年版，第 1 页。
②　唐蔚芝：《茹经劝善小说》，唐蔚芝、王君九编著：《茹经劝善小说　人兽鉴传奇谱合刊本》，正俗曲社 1949 年版，第 1—2 页。
③　唐蔚芝：《茹经劝善小说》，唐蔚芝、王君九编著：《茹经劝善小说　人兽鉴传奇谱合刊本》，正俗曲社 1949 年版，第 2 页。
④　唐蔚芝：《茹经劝善小说》，唐蔚芝、王君九编著：《茹经劝善小说　人兽鉴传奇谱合刊本》，正俗曲社 1949 年版，第 4 页。
⑤　唐蔚芝：《茹经劝善小说》，唐蔚芝、王君九编著：《茹经劝善小说　人兽鉴传奇谱合刊本》，正俗曲社 1949 年版，第 5 页。

苍茫里,心地似冰清。狐裘表节义,头上有神明。"次日殿试得中探花。媒人介绍吴中高门程姓女子给李生,新婚之夕方发现,新妇正是李生所救之女子,二人大喜。婚后夫妇和睦无间,李生翰苑有声,得二子俱聪颖,其家昌炽不绝。旨在表达"盖节义为神所鉴察,至可畏也"①的观念。

第八篇《昭雪冤狱》叙王文肃锡爵之父、太仓王封翁在江西任县令时,在问询实性之后,将被邻县陷害冤枉的七名平民释放回家,且准备捐自己性命以救七命。其后与枭司设法,称七人生病在县羁押,待病愈后再处置。两个月之后,适逢正德薨逝、嘉靖即位,大赦罪犯。王封翁与枭司向上呈报,办理手续,将此案了结。作者认为:"自来与民切近者,莫如县令。从前各县署中,均有揭示,曰:'尔奉尔禄,民膏民脂。下民易虐,上天难欺。'现在此等榜示,均已销毁,其能自省良心者鲜矣。"②此故事旨在说明:"子孙食德,天道人事,信有征矣。呜呼!造福造孽,在一转念间。吾娄牧令后嗣,昌盛者鲜,甚有绝嗣者。盍以王封翁为则乎?"③

可见,《茹经劝善小说》的八个故事,题材内容比较丰富,或写孝心孝行、廉洁奉公,或写同情弱者、仗义疏财,或写苦节救夫、节义善报,或写仁爱恤民、昭雪冤狱,但均集中于劝善这一主旨,从家庭、子女、夫妇、朋友、主仆、为官、应试、断案等不同方面诠释和表现劝善对于维护全社会应有的道德秩序、维系以忠孝节义为核心的儒家社会理想的价值。作品的思想主旨和价值追求由此也得到充分展现。

值得注意的是,《茹经劝善小说》中宣扬的这种道德理想与价值向往同样突出表现在《人兽鉴传奇》之中,而且成为其内容的一个重要组成部分,给这部篇幅不长的传奇作品带来了新颖而独特的思想内容和表现形式。第七折《劝善》写金陵仲冕(号陶山)"近来编成劝善小说数则,改为新曲,拟付之歌喉,或于易俗移风,不无小补"④,然后就将由劝善小说改编而成的新曲六种逐一表演出来。接下来演述的六个故事,均本于唐文治《茹经劝善小说》,可以说是对这六个故事的改写,具体情况为:《赵丐娱亲》据《孝德本原》,《杨公却馈》据《崇孝兴廉》,《王令雪冤》据《昭雪冤狱》,《徐翁释系》据《焚楼大善》,《郑女完贞》据《苦节回甘》,《文生全节》据《保全节孝》。从上述情况可知,《茹经劝善小说》的八个故事中,只有之四《天日共鉴》和之七《狐裘结义》两个没有被改编;也就是说,《茹经劝善小说》中的绝大部分内容被王季烈改编、写入了《人兽鉴传奇》。从故事的排列次序来看,似看不出唐文治《茹经劝善小说》八个故事的排列有什么逻辑关系或特别用意,当是笔记体小说比较随机的连缀方式。《人兽鉴传奇》改编的六个故事,并没有按照《茹经劝善小说》的原有排列次序,二者出现了明显的不一致现象,而且这种排列次序的改变并不是出于戏曲创作、内容展开的需要。这种情况的出现,或许是小说作者唐文治曾对这八个故事的排列次序进行了调整,或许是王季烈对所改写的六个故事次序进行了改变。而另外两个没有被写入《人兽鉴传奇》的故事,可能是唐文治后来补作、王季烈未及写入《人兽鉴传奇》之中,也可能是这两个故事原来已有、王季烈故意不把写入它们《人兽鉴传奇》之中。目前还不能得出确切结论,其中详细情况尚待考察。

---

①② 唐蔚芝:《茹经劝善小说》,唐蔚芝、王君九编著:《茹经劝善小说 人兽鉴传奇谱合刊本》,正俗曲社1949年版,第13页。

③ 唐蔚芝:《茹经劝善小说》,唐蔚芝、王君九编著:《茹经劝善小说 人兽鉴传奇谱合刊本》,正俗曲社1949年版,第15页。

④ 唐蔚芝、王君九编著:《茹经劝善小说 人兽鉴传奇谱合刊本》,正俗曲社1949年版,第60页。

　　《人兽鉴传奇》之《劝善》一折根据《茹经劝善小说》所写的六个故事，名称有所不同，情节人物安排也有所区别，且一为笔记小说体，全部为叙述和描写文字且间有对话，一为传奇戏曲体，有说白、唱词与科介，角色安排、曲牌联套等俱依传奇体制，二者在文体上的差异显而易见。但更加值得注意的是二者在内容选择、思想观念、文化态度上的一致性，这不仅反映了《人兽鉴传奇》的创作直接受到《茹经劝善小说》影响的事实，反映了唐文治、王季烈在思想观念、道德理想、文化姿态上的一致性。其创作用意正如《劝善》一折之首所唱："〔倾杯芙蓉〕搜罗了懿行嘉言入戏场，爨弄翻新样。撇去了进爵加官世俗陈言，才子佳人香艳词章。但叙那阴功所聚终当报，积善之家必降祥。"①所要表现的思想主题正如此折之末所再次强调的："（末）这剧本虽只六折，包罗至理名言不少，洵有功世道人心之作。（生）这是吾丈一片苦心也。（外）咳！〔尾声〕世沦胥，心悒怏，眼见得虞渊渐降。（末生同）望有个日暮援戈效鲁阳。"②

　　由于改写《茹经劝善小说》、表达积善果报、劝导世道人心这样的原因，遂使《劝善》一折在《人兽鉴》中表现出明显的特殊性，在显示出值得注意的创作用意和艺术面貌。这种特殊性和独特性主要表现在如下几个方面：从内容设置上看，该折的内容安排与全剧明显不一致，表现得相当特殊，只与上一折《去私》在人物关系上有所关联，而与该剧的其他六折并没有什么具体联系，只是在表现劝善的思想主旨上具有统一性和关联性，可见该折内容安排上的特殊性。从艺术结构上看，该折逐一演述六个详略不等的劝善故事，在全剧中字数最多，篇幅最长，与其他各出显得极不均衡。这种有意为之的篇幅安排，使全剧的结构设计发生了明显的变化，从另一角度反映了这折戏的特殊之处。从文体特征上看，该折以接连改写、演述六个劝善故事为主要内容，采取的是以叙述文字为主、曲词为辅的方式，采取边说边唱的形式将六个故事逐一演述完毕，这种明显有别于该剧其他各折说唱、表演相对均衡的文体形式，再次表现了该折戏在全剧中的特殊性和作者的创作用意。

　　因此可以认为，《人兽鉴传奇》之《劝善》一折所表现出来的题材来源和创作用意、故事取舍和内容安排、结构设计和文体形态上的多方面特殊性，使这一折戏具有特别值得品味和认识的价值，与全剧的其他几折之间也构成了明显的差异性。从另一角度来看，也反映了王季烈对待《茹经劝善小说》的特别关注而且采取了特殊的处理方式，在对待这一部分时创作思路与处理方法的有意调整。这种情况恰恰反映了作者王季烈对于这部分内容的特别重视和特殊处理，反映了唐文治《茹经劝善小说》对《人兽鉴传奇》产生的直接影响，当然其中也包含着王季烈在戏曲创作中对唐文治劝善小说进行的有意回应、改编与增饰。而两位作者及其两种作品之间的密切关系、深刻关联，从这些颇显特殊又并不意外的处理方式和表现方式中也得到了更加充分的证明。

四、不可湮没的前瞻性和反省自鉴价值

　　从思想渊源上看，《人兽鉴传奇》和《茹经劝善小说》的出现，当与中国古已有之、至明清

---

　　① 王君九：《人兽鉴》，第 59 页，唐蔚芝、王君九编著：《茹经劝善小说　人兽鉴传奇谱合刊本》，正俗曲社 1949 年版。
　　② 王君九：《人兽鉴》，第 75—76 页，唐蔚芝、王君九编著：《茹经劝善小说　人兽鉴传奇谱合刊本》，正俗曲社 1949 年版。

时期趋于兴盛的"道德劝善"思想运动及在此背景下出现的多种著述活动密切相关①,是这种传统思想观念在20世纪40年代末期这一特殊政治文化背景下的文学化再现。北宋皇帝真宗赵恒曾说过:"三教之设,其旨一也,大抵劝人为善。惟识达之士能一贯之,滞情偏执,于道益远。"②又说:"释氏戒律之书,与周、孔、荀、孟迹异而道同,大指劝人之善,禁人之恶。"③已经提出儒、释、道在"劝善"意义上的相通性问题,从这一特定角度反映了三教合一的思想倾向。这种思想动向在明末清初及以后继续得到发展,正如吴震所说:"以劝善伦理为主道的善书,不唯为佛道所重,亦为儒家所能接受。《太上感应篇》《阴骘文》《功过格》等善书在明清时代的大量出现,乃是时代思潮的一种反映,说明世人(包括儒家士人)对于迁善改过的伦理诉求已变得相当迫切。"④又说:"这场'运动'既有心学家的热心参与,也有普通儒家士人的积极推动,其目标则是通过行善积德以求得最大限度的福祉,进而重建理想的社会秩序。用儒家的传统说法,亦即通过'迁善改过'、'与人为善'以实现'善与人同'的社会理想。"⑤还说:"晚明以降的道德劝善运动愈演愈烈,发展到有清一代,已由儒家士人挑起了大梁,甚至一大批最有资格代表清代知识精英的考证学家,在注重经典考据以反拨宋明儒的义理释经的同时,也充分意识到'劝善之书'对于治理国家、稳定秩序具有极为重要的现实意义,同时又有超学派、超阶层的普适意义,无论是士庶还是僧俗,都应以此作为日常生活的行为指导。"⑥从这一角度看《人兽鉴传奇》和《茹经劝善小说》的创作,可以肯定地说,它们曾受到王阳明《传习录》、刘宗周《人谱》等著作的直接影响。在《人兽鉴传奇》中甚至可以直接看到这种影响的痕迹。《劝善》一折中借汪彦文之口说道:"阳明先生云:'今之戏本,与古乐意思相近。《韶》之九成,即虞舜一本戏;《武》之九变,即周武一本戏。取今之戏本,删去淫词,只取忠孝故事,使愚俗无意中,感发他良心起来,却于风俗,大有补益。'仲丈今日之举,正合阳明先生之意。仲丈曾云:'余教人读文,向主道德教育。迨阅历世变,始悟性情教育为尤急。居今之世,教授国文,必选可歌可泣、足以感发人性情之文读之,方于世道人心有益。'是亦阳明先生之意也。"⑦这段概引自《传习录》的文字,可以作为王阳明思想影响的直接证明。而唐文治《〈人兽鉴〉弁言》中特意强调:"今君九兄《人兽鉴》之作,其挽回劫运之苦心乎?昔刘蕺山先生作《人谱》,其门人张考夫先生,复作《近代见闻录》以羽翼之。君九兄此书,其体例虽与《人谱》略异,而其救世苦心则一也。"⑧不仅可以作为王季烈受到刘宗周思想影响的证明,也反映了唐文治同样受到

---

① 这方面研究,可参考吴震《明末清初劝善运动思想研究(修订版)》,上海人民出版社2016年版。

② 志磐《佛祖统纪》卷44,《大正藏》第49册,第405页。转引自吴震《明末清初劝善运动思想研究(修订版)》,上海人民出版社2016年版,第50页。

③ 《崇释论》,《全宋文》卷262,第125页。转引自吴震《明末清初劝善运动思想研究(修订版)》,上海人民出版社2016年版,第50页。

④⑤ 吴震《明末清初劝善运动思想研究(修订版)》,上海人民出版社2016年版,第53—54页。

⑥ 吴震《明末清初劝善运动思想研究(修订版)》,上海人民出版社2016年版,第425—426页。

⑦ 王君九:《人兽鉴》,第61页,唐蔚芝、王君九编著:《茹经劝善小说 人兽鉴传奇谱合刊本》,正俗曲社1949年版。按此语概引自王阳明《传习录》下第275条,原文作:"先生曰:'古乐不作久矣。今之戏子,尚与古乐意思相近。'未达,请问。先生曰:'《韶》之九成,便是舜的一本戏子。《武》之九变,便是武王的一本戏子。圣人一生实事,俱播在乐中。所以有德者闻之,便知他尽善尽美,与尽善未尽美处。若后世作乐,只是做些词调,于民俗风化绝无关涉,何以化民善俗?今要民俗反朴还淳,取之戏子,将妖淫词调俱去了,只取忠臣孝子故事,使愚俗百姓人民易晓,无意中感激他良知起来,却于风化有益。'"

⑧ 唐蔚芝、王君九编著:《茹经劝善小说 人兽鉴传奇谱合刊本》卷首,正俗曲社1949年版,第4页。

刘宗周思想的影响。而且，唐文治《茹经劝善小说》的写作用意、故事组织，特别是故事中透露出的劝善惩恶、慎独自省、贞烈节义、恩怨果报观念，也与《人谱类记》也存在明显的相通之处。从地域文化上看，王季烈、唐文治生活、活动的苏州、太仓等江南一带，正是道德劝善运动最具传统、最为兴盛的地区。由此可见，明末清初兴盛于江南及其他地区的这场道德劝善运动，不仅深刻影响了清代思想动向的某些方面，而且一直延续到民国时期，并在民国时期的部分学者、思想家、文学家及其著作中得到反映。王季烈《人兽鉴传奇》和唐文治《茹经劝善小说》的出现就是这种情况的值得注意的证明。

与以往劝善书经常综合、杂糅儒道释三家思想的做法相比，《人兽鉴传奇》在思想资源与核心内容上的一个显著变化就是耶稣形象的出现和基督基督教思想的引入，形成了儒、道、释、基督四大宗教兼容合一的格局。这种变化当然是作者知识结构、宗教意识、文化视野发生显著变化的反映，表明对于包括基督教在内的西方文化的空前关注，但更重要的是反映了明末传教士进入中国以来、特别是近代西方文化大举东渐以来对中国传统文化产生的日益深刻的影响，也可以理解为是对基督教学说的一种有意借鉴、运用和传播。从另一角度来看，这种内容选择和创作方式也使得道德劝善这一颇为久远的著述方式在新的思想文化背景下获得了更丰富的内涵和更广阔的适用性，使之具有更强的包容性和普适性，有利于思想的传播和观念的普及，当然也有助于道德劝善效果的实现。

结合20世纪年代末中国的政治文化状况来看待《人兽鉴传奇》和《茹经劝善小说》的创作，可以引发更加丰富的联想和思考。中国在经历近代以来的种种欺凌屈辱、艰苦抗争过程中，进行着同样艰难曲折、永不放弃的救国救民出路的追求探索。特别是在经过了两次世界大战之后，一批知识分子对于中国前途与命运、在世界格局中地位与处境的思考也愈来愈深切。正是在这样的思想文化背景下，在中国人民抗日战争取得胜利、第二次世界大战结束的特殊时刻，产生了《人兽鉴传奇》和《茹经劝善小说》。它们的作者正是既深谙中国传统思想学术、又关注西方思想文化观念，既具有中国传统士人入世济民情怀、又具有近现代知识分子独立人格特征的两位杰出人物。由此看来，这两种作品以传统文学形式承载具有现代思想内涵的文化观念，以戏曲小说寄予对人类前途命运、世界文化出路的担忧与思考，就具有了更加深广的意义和更为长久的价值。

明清以降的中国戏曲史上，以政治时事、宗教观念为题材的作品并不鲜见，这种创作传统在晚清民国时期的戏曲创作中得到继承发展，这一时期的多位戏曲家在戏曲题材内容的拓展、内涵的丰富变革、体制的探索创新等方面进行了有成效的探索。但是，像《人兽鉴传奇》这样从当时世界局势、人类处境、文化前途的角度对生存竞争学说、科学主义泛滥造成的人类命运、世界局势的不稳定，对假进化论之名行贪婪、专制、战争、掠夺之实的行径提出严厉批判，试图综合儒、道、释、基督四大宗教，汲取其共同的合理因素，为人类命运和世界文明指出一条可行出路，表现出具有如此明确深刻的宗教哲学意味的戏曲作品，据笔者目前所见知，可谓绝无仅有。因此可以认为，《人兽鉴传奇》的出现，不仅表明中国传统戏曲题材内容在新的思想文化背景下取得的突破性进展，而且反映了中国戏曲家基于对中西文化经验与教训的深切洞察，产生的对于人类共同命运、世界文化前途的深刻忧患和幽远思考，从而表现出具有突出前瞻性、预见性和超越性的文化眼光和思考深度。

从情节结构和文体特征上看，《人兽鉴传奇》在一些方面着意继承了中国传统戏曲的体制规范和文体习惯,延续了明清以降传奇戏曲的基本作法,在最后阶段的传奇杂剧史上表现出护持传统戏曲、承续戏曲体式的倾向。特别是从文本内容与工尺谱的结合中,可以看到作者对于传奇戏曲舞台性、歌唱性的重视,提供了相当完备的戏曲文本。另一方面,该剧也在一些方面明显地改变着明清传奇的旧有习惯,比较突出者如:以超越时空的大胆想象、任意组织甚至具有荒诞色彩的人物和内容反映深刻的思想主题与文化忧思,以期待中的公教大纲为代表的具有理想主义色彩的图景设计,都反映了以内容表现、理念传达为中心对传奇传统体式进行的改变与创新,特别是《劝善》一折将唐文治《茹经劝善小说》的六个故事引入戏曲,逐一表演讲述,对传奇文体形式进行了大胆突破,形成了颇为新奇的戏曲文体形态,更充分地表现了王季烈传承与创新相结合、以表现文化理念与忧思为目标的戏曲创作观念。对于最后阶段的传奇杂剧来说,这种尝试探索既反映了传统戏曲对于新的文化环境的疏离,也反映了以某些适应性改变以获得生命力、生存空间的愿望。这种创作选择和文化姿态,较之仅仅以批判传统、变古趋新为主导特征并长期流行的戏剧观念和文化观念,显然都更具有建设性和前瞻性,也更具有戏曲史和思想文化史价值。

但是,在近一个多世纪以来的中国戏曲史、文学史乃至思想文化史上,由于这种对传统戏曲、文化观念饱含深情且具有深刻启发性、可贵预见性的声音在喧嚣繁杂的近现代语境中显得过于微弱,甚至经常处于被湮没、被剥夺话语权的境地,鲜有人注意或倾听;在长期以来以激进主义、科学主义、不断革命逻辑为主导的话语体系中被严重遮蔽,甚至被粗暴地批判否定。因而在中国近现代戏剧史和文学史上,这些戏剧家及其作品不唯从未有过应得的一席之地,甚至从未引起研究者的注意,其具有深刻内涵且具有明显前瞻性的思想价值当然也不可能得到应有的尊重。对于这些戏剧家和通过他们的戏剧作品表现的戏剧观念、价值探索和文化忧思而言,是一个应当弥补的损失,而对于从更加深切、更加辽远的视野下思考中国戏剧与文学、中国文化与世界文化未来的今人来说,更是一个应当认真吸取的教训。在当前的世界文化背景和中国文化状况下,特别需要既深刻地总结历史的经验,又深切地吸取既往的教训,也应当是对以《人兽鉴传奇》和《茹经劝善小说》为代表的一批戏曲家、文学家和思想家的思考方式和价值选择进行清醒认识、有效调整的时候了。应当看到,只有这样的文化建设才可能是真正有希望、有前途的,也才可能是符合人情与人性的根本需要的,因而也可能是具有长久意义和普遍价值的。

(原载《中山大学学报(社会科学版)》2018 年第 5 期)

清末民初男性作家弹词创作评述

宁波大学　　罗紫鹏

讲到弹词,一直为学界所拥趸和关注的都是女性弹词,都是女性弹词作家及其作品,男性作家的弹词在学术史与阅读史中则长期受到忽视和遮蔽。郑振铎曾说:"在弹词中有一部分可称为'妇女的文学',如《天雨花》《笔生花》《玉簪缘》之类皆是,一面出于女作家之手,一面亦为妇女所最喜读,真是 by the woman,for the woman 及 of the woman 之书。"①但事实上,弹词并非女性的专属文学。虽然自兴起以来,"弹词不但以女子歌唱为最多,即女子著作的弹词书籍,也是汗牛充栋的多"②,但作为通俗大众欣赏的文学形式,它最初很可能是由男性作家创作、改编而成的,而后才逐渐成为女性文学的代表;它在长期的发展过程中,一直有男性弹词作家的参与,并且男性弹词作家作品在清末民初时期还曾一度超过女性弹词。

弹词既是讲唱文学的流亚与分支,是民间"优人百戏"之一种,也是文人案头的闲余挥毫之作。谭正璧在《中国文学史大纲》中将弹词分为"可唱的"与"不可唱的"③,李家瑞在《说弹词》中分其为"代言"体和"叙事"体④两种,而赵景深也以"唱词"和"文词"⑤将其进行概括区分,大体上用来说唱的可归为戏剧,以文词为主的则可纳入小说的范畴。清末民初的弹词延续着传统弹词的基本形态,既保留了可以讲唱的文本形式,有相当一部分作品进入书场并被艺人所演唱,同时这一时期作为文学文本的弹词、作为小说的弹词也更加受到男性文人的重视,并一度出现了男性弹词文本创作的兴盛局面。因此,我们在谈及弹词文学时便不得不同样重视男性作家的弹词文本创作,而对其在清末民初时期作品增多的原因、其具体的内容与表现、意义与价值也必须进行考察。

一、男性弹词在清末民初的创作高潮及其原因

在清末民初时期,文坛上有不少女性弹词作家,如秋瑾、吴绛珠和姜映清等数位,然而与此同时也涌现了一批男性弹词作家,其中就包括为学界熟知的天虚我生、王钝根、吴东园、程瞻庐等一批知名的小说家。他们的作品无论在数量上还是质量上均不弱于女性弹词作家,

---

① 郑振铎:《西谛所藏弹词目录》,《小说月报》,1927 年第 17 期,第 1 页。
② 李家瑞:《说弹词》,《台湾中央研究院历史语言研究所集刊》,1936 年第 6 期,第 115 页。
③ 谭正璧:《中国文学进化史》,光明书局 1929 年版,第 305 页。
④ 李家瑞:《说弹词》,《台湾中央研究院历史语言研究所集刊》,1936 年第 6 期,第 104 页。
⑤ 赵景深:《弹词选·导言》,《弹词选》,商务印书馆 1938 年版,第 6 页。

而且还在时代环境及文学环境的影响下引领了当时弹词小说的发展,如在内容体裁上的延展、在时代精神表达上的突破等。

按,查郑振铎的《西谛所藏弹词目录》、凌景埏的《弹词目录》、胡士莹的《弹词宝卷目录》及学界最新研究整理成果(如盛志梅的《弹词知见综录》等书),清末民初男性弹词小说作品的大致情况可见下表(以时间为序,撰者不明者不录):

作　者	弹词作品	刊印出版
李伯元	庚子国变弹词	世界繁华报 1902 年铅印本(后又有其他刊本)
锋郎	少年军	《杭州白话报》1902 年第 2 卷第 23 期
锋郎	亡国恨	《杭州白话报》1902 年第 2 卷第 29 期
锋郎	女中师	《杭州白话报》1902 年第 2 卷第 28 期
锋郎	哀新年	《杭州白话报》1902 年第 2 卷第 33 期
讴歌变俗人	新编弹词:醒世缘	《绣像小说》1903 年第 2 期—1906 年第 69 期
棠樾老人	自由花弹词	《安徽白话报》1905 年第 19—22 期
沙源遗老	聊斋志异弹词	吴声报社铅印本(年份未知)
钟情心青	二十世纪女界文明灯	明明学社 1911 年刊本
闻野鹤	兔丝浮萍记	《民国星期画报》1911 年第 8 期
王钝根	聂慧娘弹词	《游戏杂志》1913 年第 1 期—1915 年第 19 期
天虚我生	自由花弹词	《申报·自由谈》1913 年 03.10—05.26,后有中华图书馆 1916 年刊本(后又数次再版)
天虚我生	潇湘影弹词	《女子世界》1914 年第 1 期—1915 年第 6 期
李东野	侠女花弹词	《申报·自由谈》1914 年 04.19—08.19
青陵一蝶	焚兰恨弹词	《小说丛报》1914 年第 1 期—1915 年第 12 期
醒	玉女恨弹词	《小说丛报》1914 年第 1 期—1916 年第 22 期
包醒独	王孙梦弹词	《繁华杂志》1914 年第 3—6 期
包醒独	芙蓉泪弹词	《小说新报》1915 年 1 卷 1 期—1916 年 2 卷第 12 期
姚琴孙	荆钗记弹词	《小说丛报》1915 年第 15 期—1917 年第 3 卷第 12 期
严雾青	最新欧战弹词	上海江东书局 1915 年版
饮甜、了了	儿女孽弹词	《文友社杂志》1915 年第 6—9 期
惜华	相御妻弹词	《妇女杂志》1915 年第 1 卷第 10 期
惜华	霜整冰清录弹词	《妇女杂志》1915 年第 1 卷第 11 期至 1917 年第 3 卷第 10 期
惜华	孟子齐人章演义	《小说月报》1915 年第 6 卷第 9 期
惜华	势利镜弹词	《妇女杂志》1916 年第 2 卷第 12 期
惜华	桃花源弹词	《小说月报》1916 年第 7 卷第 1 期

续表

作　者	弹词作品	刊印出版
惜华	戚三郎弹词	《小说月报》1916 年第 7 卷第 12 期
李东野	孤鸿影弹词	连载于《新闻报·快活林》(1916.04.03—1916.10.06,1917.04.22—1917.11.09),又有上海新民图书馆 1919 年刊本
胡怀琛	罗霄女侠弹词	《申报·自由谈》1916.09.27—1916.11.27,后有广益书局 1933 年排印本(与《血泪碑》合订)
许瘦蝶	尚湖春弹词	连载于《新闻报·快活林》1916 年 10 月至 1917 年 4 月
张丹斧	女拆白党弹词	上海震亚图书局 1916 年铅印本
东园	扬州梦弹词	《小说海》1917 年第 4—5 期
包醒独	林婉娘弹词	《小说新报》1917 年第 3 卷第 1—12 期
檠子	聊斋志异侠女篇弹词	《小说月报》1917 年第 8 卷第 6 期
程瞻庐	孝女蔡蕙弹词	《小说月报》1917 年第 8 卷第 10—12 期
程瞻庐	同心栀弹词	《妇女杂志》1918 年第 4 卷第 1—6 期
程瞻庐	哀梨记弹词	《妇女杂志》1918 年第 4 卷第 7—12 期,又有商务印书馆 1919 年铅印本
程瞻庐	明月珠弹词	《小说月报》1918 年第 9 卷第 1—8 期,又有商务印书馆 1920 年刊本
程瞻庐	藕丝缘弹词	《小说月报》1918 年第 9 卷第 9 期—1920 年第 11 卷第 4 期,有商务印书馆 1920 年铅印本
程瞻庐	君子花弹词	《妇女杂志》1919 年第 5 卷第 1—12 期
胡怀琛	血泪碑弹词	有 1918 年自序,广益书局 1933 年排印本
包醒独	鸦凤缘弹词	国华书局 1919 年排印本
许指严	新编埃及惨状弹词	上海国民图书馆 1920 年铅印本
亚魂	痴人梦弹词	《申报·自由谈》1920.02.29—1920.03.09
胡寄尘	铁血美人弹词	《小说月报》1920 年第 11 卷第 5—12 期
朱兰庵	素心兰弹词	《新声》杂志 1921 年第 1 期—1922 年第 10 期
戚饭牛	红绣鞋	《消闲月刊》1921 年第 1—6 期
戚饭牛	红妆艳影	《红杂志》1922 年第 9 期
程瞻庐	妖怪世界	《红杂志》1922 年第 20 期
范烟桥	玉交柯弹词	《家庭》1922 年第 1—12 期
谭正璧	落花恨弹词（卷上）	《晚霞》1922 年第 2—6 期
高洁	梨棠影弹词	《小说新报》1923 年第 8 卷第 1—6 期
吴东园	五女全贞记弹词	《小说新报》1923 年第 8 卷第 8 期

作　者	弹词作品	刊印出版
（未署名）	金丹劫弹词	《绍兴教育公报》1923 年第 6、8 期
郁郁生	学校现形记	《木铎周刊》1924 年第 206—211 期
风道人	复太古弹词	《野语》1925 年第 1—4 期
沈重威	小游艺会	《儿童世界》1926 年第 17 卷第 17—23 期
王梅癯	黑衣娘	《金刚钻月刊》1934 年第 1 卷第 10 期
绿芳红蕤楼主（陆澹庵）	满江红弹词	上海新声社 1935 年铅印本
郁霆武	红杏出墙弹词	上海曼丽书局刊印（未知刊期），有 1935 年朱敬文序

　　表中所录弹词作品有六十种，但这并非清末民初男性弹词作品的全部（因有些报刊文献尚未能全部查阅，故肯定有所遗漏）。虽然依此表来看，此一阶段男性弹词作品的总量还不算太多，但较之以往的创作情况已有了极大的改变，较之同时期女性弹词作家的作品也显然有所超越。

　　因为只要追溯男性作家弹词的起始脉络，我们就能够发现以往的男性弹词是以书场演出为主的，真正的案头创作并不多。首先，虽然弹词这种文学及文艺体裁是男性开创的，历来学者或认为弹词兴起于唐代的变文（赵景深持此说），或认为弹词开始于南宋（马如飞持此说），然而不管其始于何时（一般认为明代杨慎的《二十一史弹词》是最早的弹词作品①），早期的弹词创作文本是非常少的。查郑振铎的《西谛所藏弹词目录》，在杨慎之后仅有张三异的《明史弹词注》，孙畏侯所注的《廿五史弹词辑注》等作品，而这两部还都是清代的作品，而且在弹词文本较少的情况下，它们的功用也主要在于说唱、在于向民众的传播而不在案头的阅读与鉴赏。其次，在清代弹词文学的兴衰过程中，闺秀案头的弹词作品走向了成熟，而男性弹词仍以弹词艺人的说唱形式为主，尚未突破"民间俗文学"这一主要范畴。按鲍震培在讨论清代女性弹词时，将其分为早期（明末清初至嘉庆年间）、中期（道光初至同治末年）、晚期（光绪至清末民初）三个阶段②，在这一过程中女性弹词从《玉钏缘》《安邦志》到《笔生花》《榴花梦》，再到《四云亭》《九仙枕》等，作品不仅越加成熟而且出现了像《再生缘》这样的艺术高峰。但与此同时，男性弹词的用力之处却不在"案头"，他们虽有所谓弹词书场的"前四家"和"后四家"③等优秀艺人，但是这一较长时段中的弹词小说著作却着实乏善可陈，其演出脚本不少是由元杂剧、明代话本小说等改编而来，如《西厢记》《三笑新编》等，其主要工作和成就

----

　　①　郑振铎、赵景深皆以杨慎的《二十一史弹词》为最早，见郑振铎的《西谛所藏弹词目》（《小说月报》1927 年第 17 卷号外"中国文学研究"号，第 2 页）、赵景深的《弹词研究》（国立北京大学中国民俗学会《民俗丛书》第四辑 1937 年版，第 3 页）。而李家瑞在其《说弹词》则认为"弹词在杨升庵作书以前已经流行"（《中央研究院历史语言研究所集刊》1936 年第 6 卷第 1 期，第 103 页）。

　　②　鲍震培曾在著述中专章讨论"女作家弹词的历史发展"，按照女性弹词自身的发展情况分此三个分期，见《中国俗文学史论》，南开大学出版社 2015 年版，第 357—375 页。

　　③　前四家为乾嘉时期的陈遇乾、毛菖佩、俞秀山、陆瑞庭，后四家为咸同时期的马如飞、王石泉、赵湘泉、姚士章。其主要书场弹词演出脚本，可参见鲍震培的《中国俗文学史》，第 384—385 页。

更多地是对传统曲艺的一种继承,而没有为读者或观众提供全新的文学文本。最后,到了清末民初时期,男性弹词一下子出现上表所列的这诸多文本,而查阅学者已整理的各类弹词目录,这一阶段女性作家的弹词作品总共不超过十部。因此可见,此时女性弹词虽然由盛而衰,但男性弹词作品却由弱变强了。

而之所以这一时期男性作家能够重视弹词文本的创作,究其原因无外乎人们对弹词这一文学体裁在认知上的转变,无外乎学界、文坛对弹词文学评价的普遍提高。之所以人们对弹词会有这种认知和评价上的转变,首先在于清末民初时期俗文学地位的稳步上升,而弹词正是俗文学、是一贯在普通民众中传播社会伦理价值的文学。按,当时不仅学界争先讨论"雅"与"俗"的问题,普通文人及读者也逐渐认识到俗文学之接近民众的特质——在需要开启民智的时代,俗文学可能反而比雅文学具有更重大的社会意义。特别是在继起的新文学家对白话文的推崇、对"一切价值"的重估过程中,俗文学不再是难登大雅之堂的消遣之物,却与雅文学一样具有了自己的文学地位和文学价值。其次,在于小说逐渐成为清末民初时期最为流行、最受重视的一种文学体裁,而"文词类"的弹词也正是一种小说类型,案头弹词文本也正是小说创作的重要内容。晚清以来小说的崛起与发展是时代的趋势与潮流,小说的功用与价值被过分地夸大——其所谓的"熏、染、刺、提"的功用恰可成为普通文人实现自身价值与才情的出口,致使跨入文坛者几乎无人不谈小说、无人不曾尝试创作小说,那么作为小说主要类型之一的弹词自然也在"不断被尝试"之列。诚然弹词本有"唱词"与"文词"之分,然而文人一贯是擅长创作而难以全部通晓音律与说唱的,所以能够肆意写出的文词自然要多于用于演出的唱词,也因此这一时期男性的弹词作品便多标注为"弹词小说",而作为一种小说便自然成为众文人竞相尝试的对象。再次,在于这一时期涌入文坛并冀希望于通过文学创作而成名的普通文人是难以计数的。科举的废除与报刊新媒体的兴起为通俗文坛输送了大批量的创作者,他们在急剧变革的时代中既想通过文学创作来输送自己的思想、实现自身价值,又需要在报刊市场上争夺市民读者、提高自己的知名度,而小说、戏剧等传统的俗文学体裁则是当时最适宜发表、最容易获取市民读者青睐的文学内容,故而刚刚进驻文坛的普通文人便极愿意在俗文学类型之一——弹词的创作上倾注心力。凡此种种,终使越来越多的男性文人投入到弹词小说的创作尝试中去,进而使男性作家的弹词创作取得了一定的发展。

鲍震培在比较清代"男弹词"与"女弹词"的区别时曾说:"男弹词与书场弹词密切相关,或说书场弹词是男弹词的主要形式,而女作家弹词的是案头阅读的文本,是书面文学,基本上是不进书场的。"①但在清末民初时期,随着时代背景和文学环境变化,随着俗文学及小说地位的提高,一批男性弹词作家开始像女性弹词作家一样自觉地创作超越民众娱乐的弹词小说文本,不仅在作家作品的数量上超出了女性作家,同时还使自己的弹词作品具有了全新的时代面貌,为弹词小说在文学革新时代的迅速传播提供了更多的可能性。

---

① 鲍震培:《中国俗文学史论》,南开大学出版社 2015 年版,第 394 页。

二、清末民初男性作家弹词的表现形式与审美倾向

清末民初时期书场之外的弹词作品主要有两个特点,其一弹词作家有比较强烈的创作自觉与主题设定,其二弹词的内容依然主要是"of the woman",即主角为女性。这两个特点决定于清末民初的女性身份地位的崛起,也受制于此一时期通俗文学及小说地位的惯性与改变,并构成了此时独特的弹词文学形态,而男性弹词作家正是这些形态的主要缔造者与推动者,故这两个特点在此一时期男性弹词作品中表现得尤为明显。

就弹词文本的主题内容而言,此一时期的弹词作品明显地渗透着作家的创作意图,特别是男性弹词作家常常会在创作实践之前有意识地进行主题的设定与构建。按,这一时期的弹词出现了新的形式、新的主题。在形式上,增加了新体弹词、时事弹词等新的弹词类型,像前文表格中所列的锋郎所撰四种弹词、惜华的《孟子齐人章演义》、闻野鹤的《兔丝浮萍记》等皆为新体弹词,这些弹词在篇幅上都很短小,有的类似短篇小说,有的又是关于某一话题的讲唱,类似于时事小调、自由短评等报刊中的"时新"文体,虽然是有韵之文,但并非用以弹唱的弹词,而是通过报刊传播用以阅读的文章,是灌注了作者强烈的评论或宣传意图的文章。这种新体弹词一方面延续着弹词的韵文传统,另一方面在词调、用韵及语句上又极为自由,因为要适时、方便地将撰者的意思传达出去,故而一定程度上也消解了弹词文本的本来面目。在主题上,不管是弹词小说还是韵文形式的弹词,才子佳人类的言情题材仍是其主要内容,不过历史、婚恋、侠情等各类题材体已经皆备,其内容的丰富性已大大地提高。大体上,这一时期有两类最为常见的主题,一类是讲谈社会国家时政的时事弹词,一类是写男女婚恋的社会、言情弹词(前一类多为短篇,滑稽讽刺的意味较浓,后一类基本上是长篇,和言情小说的内容大致相同,作品多于第一类,水平也通常高于第一类),且整体上仍延续了弹词以女性角色为叙述主体的特点。其中时事类弹词的不断出现亦说明这一时期弹词作家的"创作意图",像《势利镜弹词》《女拆白党弹词》就是非常明确的时事讽刺作品,文本话语直指时下的社会现象。

阿英在其《弹词小说论》(该文最早发表在 1935 年 3 月 25 日的《申报·自由谈》,署名"寒峰")曾充分肯定李伯元的《庚子国变弹词》,他称这部弹词"不仅替一向把题材局限于男女私情的弹词小说开拓了一条富有社会性的新路,也是中国反帝文学在弹词方面的最初一部书"[①]。显然他也觉察到了清末民初弹词题材的扩大,并且在文学价值上有了极大的提升,而这一切均缘于弹词作者自身的创作选择与思考。传统的弹词文本当然也有撰者的创作意图和希冀"佐助风俗教化"的理想,但是他们的意图和"主题先行"的方式不像清末民初时期的撰者那样强烈,因为其本身并没有对弹词这种文学形式抱以太大的认可和希望,毕竟古人是以俗曲小调看待弹词的,弹词在其眼中或者有助于教化民众,但尚没有推动社会觉醒与变革的强大力量。而在清末民初的撰者眼中,弹词是与小说、戏剧一样最能影响人心的文学内容,且同时被赋予了沉重的社会价值。对于撰者来说,他们自然就会以"担起社会价值"为准

---

① 阿英:《小说闲谈》,古典文学出版社 1958 年版,第 34 页。

则进行弹词创作。姚民哀在《〈孤鸿影弹词〉序》中说弹词"于社会上有极深之关系"①,许瘦蝶在其《尚湖春弹词》的序言中称此作"将以砭俗也",既而感慨:"'红羊'时代去今裁数十寒暑耳。而社会道德之堕落,礼教之废弛,大有江河日下之慨!欲求如惺卿、绮玉其人者,盖已渺不可得!故传其事以励末俗,夫岂无所为而为之者哉!"②显然他们都是想要通过弹词创作来挽救世道人心,其强烈而普遍的"社会改良"参与感在以往的"案头"弹词作品中是很难见到的。

当然,这些感慨、呼吁不无扩大影响以增加文本或刊物销量的可能,但是撰者将弹词的社会价值作为"宣传点"或"卖点"本身就已经说明弹词这种文体正在经历的巨大变化。1915年,上海江东书局在其所刊《欧战弹词》的广告中曾声明:"本局鉴于说部感化社会之能力甚大,而弹词尤过之,深愿一般普通社会人民皆知此事(欧战)之原因与兹事之真相,奋爱国之壮志,共振国威。"③如其所说,《欧战弹词》的印发是为了感化社会,江东书局的经济收益似乎并非首要考虑的内容。但不管这是否是实情,其广告声明至少说明了当时出版社对弹词小说社会价值的重视,而这"社会价值"正是清末民初弹词作品撰者在创作前的"意图"与"构想"的原动力,也正是清末民初男性弹词作者增加的主要原因。

就弹词文本中的女性角色而言,因为清末民初的弹词作品仍以女性角色为主,而此时的弹词作家又有强烈的创作自觉与创作意图,所以使得此一时期弹词中的女性角色既保留着传统的整体形象,但同时也有了一些新颖的时代特质。这些特质既得益于当时小说的地位崛起、通俗小说盛行,同时也因为女性观念意识的觉醒。按,当时主要的弹词小说家都是通俗小说家,而通俗小说的盛行保证了弹词小说以女性为主要角色的情况。因为通俗小说中最重要的言情小说通常是以女性为主角的,而通俗小说的套路架构与弹词小说本来就是同源的——二者的区别不过在于一个是韵文小说,一个是散体的小说而已。这些通俗小说家多是传统文人、兼及报刊行业的编辑,他们既使弹词小说接续了传统的"通俗"特点,又因为对小说、时事、女性的新认识和新观点,为弹词小说注入了新的内涵,一如胡晓真教授在《新理想、旧体例与不可思议之社会——清末民初上海文人的弹词创作初探》一文中所说:"这些弹词小说的作者其实本身便是旧派小说的名家","当旧派小说的题材愈见广泛时,弹词小说也不无新的尝试"④。

首先,此一时期弹词小说中的女性形象更为写实,如天虚我生的《潇湘影弹词》本是读了《再生缘》《天雨花》之后的仿作,同时假托《红楼梦》一书人物结撰而成,"旧弹词"的意味本来较为浓重,但其中的女主角湘琴因受诬谤而自尽,却没有像旧有弹词一样得遇贵人而复生,这就打破了传统通俗小说的离合曲折大团圆套路;又如包醒独在《林婉娘弹词》一文写林婉娘的悲惨遭遇,但只写到她遇人不淑,所嫁非人便就此而止,并没有再设置离奇的情节帮助林婉娘脱离苦海。这种似乎"未完成"的作品在传统弹词中是不可想象的,毕竟给通俗大众讲唱的故事都需要完满的结局,也因此《潇湘影弹词》《林婉娘弹词》便已经超出了为传统通

---

① 姚民哀:《孤鸿影弹词序》,李东野:《孤鸿影弹词》,新民印书馆 1935 年版,第 1—2 页。
② 谭正璧、谭寻:《评弹通考》,上海古籍出版社 2012 年版,第 269—270 页。
③ 《欧战弹词》的广告,《申报》1915 年 7 月 10 日。
④ 胡晓真:《新理想、旧体例与不可思议之社会——清末民初上海文人的弹词创作初探》,李孝悌:《中国的城市生活》,新星出版社 2010 年版,第 261 页。

俗大众所认同、接受的俗套——作者在构思这些作品时早已有了主题思想的"预设",作者是想通过林婉娘这一类人物来展示女性旧有的悲惨命运,进而引起社会的思考,并不需引出离奇的情节来模糊弥合人物命运的悲剧内核。

其次,这些女性角色身上也多有明显的"时代话语",作者常常在其形象的设置上投放明确的伦理评判和价值导向。如《自由花弹词》开篇中就说"取新理想而用旧体例"[①],就是用旧的体例来讲时事,虽然全篇着意于讽刺新式女校的弊端与"新士绅"的虚伪,但同时也借小婢玉梅的话讲出女性的自由权利:

> 我想一个人不幸做了女儿,做不得十分大的事业。但是从古算来,那秦良玉、花木兰一流人物也曾轰轰烈烈做番大事。我辈纵不能觳学他那样,但如小姐的人才资格也不该甘于雌伏,竟让雄飞……趁此时机,收复我那自由权利,做一个完全的人格,岂不是好?[②]

其中"自由权利""完全的人格"等都是清末民初的新词,当时的弹词作者正是将眼光对准了时下女性的生活命运,故他们笔下的女性角色在时代底色的衬托下更直接地展现了作者的创作意图及批判角度。

同时,"时代话语"还表现在对"新女性"的期待上。即,此一时期弹词作品中的女性形象不单单要求"自由权利",还在继承"孟丽君式"奇女子的道路上更进了一步,如前文表格中所列的《罗霄女侠弹词》《聂慧娘弹词》等,就是将富于武侠、传奇与时代色彩的女性角色熔铸到弹词作品之中。以《聂慧娘弹词》[③]为例,作者王钝根将主角慧娘塑造成了一个"杂烩式"的人物,让她经历了从闺秀到强盗,到"女校书"再到将军的离奇命运,其本身集合了普通闺秀、上官婉儿、梁红玉、武则天、孟丽君以及《儒林外史》中沈琼枝等自古以来所有女性角色的特点,让人惊叹之余又有点儿疑惑:

> 说时迟,那时快,只见灯下白光一耀,慧娘早把佩刀抽出,用力向老鸟心头戳下,便听得嗤的一声,热血直喷出来,射了慧娘一脸……慧娘忙把气憋着,双手紧握刀柄,用尽平生之力把刀拔起来,觑准老鸟喉间,高高砍下,切入半个脖子,再起一刀,才把头颅割下。[④]

> 慧娘与林太史一见如故,赋诗饮酒,直到更深。不敢说灭烛留髡,多分是陈蕃下榻了。林太史襟怀忱爽,也没一些客气。居然一住经旬,不言归去。在慧娘其新孔嘉,倒

① 天虚我生:《自由花弹词序》,《自由花弹词》,中华图书馆1917年版,第1页。
② 天虚我生:《自由花弹词》第一回,中华图书馆1917年版,第5页。
③ 全篇共28回,依最后一回末尾"无数离奇光怪事,请诸君且听下回详"之句,全篇应尚未完成。但作者因编辑事宜忙碌,没有续写。该作主要讲述聂慧娘的传奇经历,写其自小被拐卖至杭州秦府为婢,受到虐待,后得刘夫人搭救收为养女。成人后嫁与刘家世侄赵梦花为妻,赵被奸人钱可通害死,慧娘吞金殉夫不得。后与赵梦花表弟李玉卿私奔而去。李玉卿途中被盗所杀,慧娘被俘,遇蛰伏盗窟的韩颜将军相救,杀死白莲教头目。后慧娘跟随韩将军一处过活,因韩妻吃醋,离韩前往广东,遇潘老婆子,遂在潮州为士子评诗衡文,结识并狎溺管经纬、林子云等人。后与林子云一同前往襄阳赴任,遇白莲教攻城,慧娘指挥作战,得胜而回。因见林子云大不堪用,杀死林子云,投奔白莲教,欲嫁与教主。随后又欲脱身,设计前往天津,半途又杀了侍卫,转往四川。后回乡见义母与婆母,又遇韩将军,与韩同归成都。但韩做官心切,慧娘又放其回去云云。
④ 王钝根:《聂慧娘弹词(第八回)》,《游戏杂志》,1914年第4期,第5—6页。

也不嫌其久，只恼了旁边一位管经林先生，向来伺候慧娘不离左右。自从林太史来了，便觉热腾腾插不下手去，心里好生委屈，只不敢说。①

上面两段皆是对于慧娘的刻画，但感觉像两种完全不同的性格安到了一个人身上。且不论该作的文学价值，作者对"慧娘"的角色设置虽然可能是因为没能把握好客观理性的尺度，但更可能是创作意图和设想在具体实践时的一种失控——作者想要高扬女性的自由权利与能力，同时也想对男女的自由交际进行批判，故而这些纠缠模糊的价值取向使"慧娘"这一形象变成一位既贞烈又豪爽，内可诗礼齐家，外有文治武功的"综合型"角色，使得作者意图中的价值评判没能很好地发挥出来。然而不管《聂慧娘弹词》最后的阅读体验与社会效用如何，该作都是通过女性角色表达"时代话语"的一次创作实践。

另外，这时弹词小说中的女性无需再女扮男装。鲍震培在其《清代女作家弹词研究》中讨论"男扮女装"的情节时说："清代女作家创作的长篇弹词小说大都以'弱女能为豪杰事'为出发点，演绎一系列女扮男装故事，易装成为她们梦幻人生的第一步骤。"②而到了清末民初，不管社会对女子抛头露面的"风议"如何，女子以真面目进行公开的社会活动都不再是不可能的事情，故此一时期弹词中的女主角不管是否需要离家逃命、做出功业，都无需再乔装打扮改变性别。这种身份认同最能体现时代的进步，也让弹词小说终于可以较大程度地剥离旧有的离奇套路。像《聂慧娘弹词》中的聂慧娘就只在私奔出逃时换装，而其他如劫杀盗匪、投奔白莲教首等特别需要注意"男女之防"的地方均未换装，这也足以说明聂慧娘不会是传统伦理所能拘囿的一个女性形象。

其实无论是林婉娘的不幸，还是聂慧娘的荒诞，其背后都有一个男性视角的叙述主体存在，而这种男性视角叙事与姜映清女士、绛珠女士的女性视角叙事是有一定程度上的差别的。传统的女性弹词作家在描写女性角色"女扮男装"或者婚恋的离合遭遇时，多是从一种幻想中让女主角完成其悲惨命运的逆转，她们对笔下的女主角有许多主观上的期待，女性角色的身份、才情、抉择甚至矛盾都与创作者的"主观驱使"有关。鲁迅说："中国人看小说，不能用鉴赏的态度去欣赏它，却自己钻入书中，硬去充一个其中的角色。"③其实，真正的小说创作（非依靠听闻而成的轶事记录或纂辑笔记）也往往如此，作者与角色常常借着"叙事者"的勾连而难以彻底的剥离。故古代女性弹词作者常常要深入"剧情"，与角色一起体味各种遭际，并最终获得圆满。比如《笔生花》中德华之被逼入宫，中途被狐仙所救，就似乎是作者将女主角带入陷境后"临时起意"的剧情逆转与用心设计；又比如《再生缘》中孟丽君在面对皇甫少华及众人逼问身份时的愤怒与犹豫，其实恰恰反映了作者在男女身份转换中的痛苦与摇摆。

而对于清末民初的男性弹词作家来说，因为他们在创作时往往带着一定的价值判断与创作意图，所以对女性角色的身份及遭遇的设置都更加理性，更加"置身世外"。如映清女士在《风流罪人》的开篇词中就说："荡佚成风伦理旧，易俗思量能否。"④试图通过作品演述社会

---

① 王钝根：《聂慧娘弹词（第十四回）》，《游戏杂志》1914年第8期，第5页。
② 鲍震培：《清代女作家弹词研究》，南开大学出版社2008年版，第142页。
③ 鲁迅：《中国小说的历史的变迁》，《鲁迅全集》（编年版第2卷），人民文学出版社2014年版，第815页。
④ 谭正璧、谭寻：《评弹通考》，上海古籍出版社2012年版，第170页。

的不良风气,以期达到"易俗"的效果;又如《五女缘》弹词重新演绎五位女性为逃避婚姻而相约自杀的故事,其意图大约也是在为替女性冲破婚恋束缚而张目。而如果说像姜映清女士、绛珠女士有时还会情不自禁地将自己的经历与生活体会"化入"作品的话,那么清末民初的男性弹词作家则更多地将"文学使命"带进创作之中,即使创作者的"自我代入感"依然强烈。吴县程文樾在编写的《同心栀弹词》序言中说:"吴绛雪为前清康熙时之奇女子,惜表章无人,事迹稍晦……不过借巴人下里之词,广其传于普通社会而已!"①则该篇实是为了表章吴绛雪的忠义,至于前文所述陈蝶仙在《自由花弹词》中明确提出"取新理想,而用旧体例",同时也告诉读者该篇是"默体一般闺秀之心理,以及新社会种种不可思议之事实"②而成。所以在这种"表章"或"新理想"意识的驱动下,清末民初男性弹词作家笔下的女性角色才更具时代感,或者说不管他们是否要高扬逐渐觉醒的女性意识、女性权力,他们都依据自己对时代转换中社会风俗变化、女性角色变化的认识给出自己的见解和答案。那么在《苏小小弹词》(绛珠女士作)《五女缘》《风流罪人》等作品中呈现的女性主动"自我发现"与"自我反省"之外,男性作家的弹词作品仍然在婚恋的传统剧情中表现出歌颂"女性贞义"的旧有形态。

故由以上的情况来看,我们知道清末民初的男性弹词作品在继承传统弹词作品的创作手法、故事结构的基础上有了不少新变化。这些新变化既有在弹词形式的部分所革新,更表现在其创作意图及对女性角色的刻画上的诸多"预设"。这一时期男性弹词作品对"婚恋主题"的延伸和拓展,"多声部"的女性形象写作与讨论都使得弹词小说中的女性角色更为细腻,较之传统的闺阁秀女或倾国红颜等简要粗略的叙述,此时有了工笔刻画;同时,作者在恪守传统的写作程式下也出现了某种期待(如聂慧娘及"公开社交"的女性都体现了这种期待,虽然她们仍背负着批评与指责),并在对女性的矛盾态度中渴望着变化。

这些作者的女性审美期待与对女性权利的关注是逐步发生变化的,大多数时候这些女性角色仍然笼罩在传统女性的光影之下——如女性角色仍以传统德慧娴淑为正面品格,女性的基本性格仍是林婉娘、秦俪萧(《自由花弹词》)、吴绛雪(《同心栀弹词》)这种晓知诗书、沉静温婉的形态,而对追逐女性权力的人物表现出中立或嘲讽的态度。但正是这些真实的刻画和描写,才能让我们了解清末民初弹词小说作者在"女性角色"身上寄托的审美期待到底如何。在社会的巨变与转型中,男性作家、传统文人心目中的完美女性包含了作者所有的认识和生活经验,这些"设定"才真正反映了清末民初女性的潜在命运,也因而"言说"出作者对时下女性命运的认识与思考。

三、清末民初男性作家弹词创作的价值及其学术史意义

基于前文所述的文本主题与女性角色这两点,我们看到清末民初男性弹词作家之于弹词文学的意义。即,无论是男性作家层出叠见的弹词小说创作,还是在创作实践中对女性角色的预判、对作品意义的预设,清末民初的男性弹词作家都在特定的时代背景下影响了弹词文学的基本形貌。整体而言,在女性弹词创作走向衰落的时候,男性弹词作品又以真诚的态

---

① 谭正璧、谭寻:《评弹通考》,上海古籍出版社 2012 年版,第 234 页。
② 天虚我生:《自由花弹词序》,《自由花弹词》,中华图书馆 1917 年版,第 1—3 页。

度将弹词拉回到不断发展开拓的轨道之中。

其一，这一时期的男性弹词创作开拓了通俗小说的疆域，使弹词进入了文学之林，使之从传统的曲艺、小道渐趋于进入"有价值"的行列。清末民初弹词文学地位的变化得益于当时整个文坛对于小说、戏剧的重新发现和关注，在"小说界革命"、戏曲改良的同时，弹词的地位跟着被抬升，这种地位的上升影响了传统旧文人的创作，而反过来传统旧文人对各类通俗小说的大胆创作实践也促进了包括弹词小说在内的通俗文学发展进程，二者之间是相互促进的。盖，女性弹词在清末民初是渐趋"式微"的，童李君认为这主要是因为时代环境的改变拓宽了女性表达自我的方式[①]，而男性文人在新环境的自我表达也"拓宽了途径""增加了渠道"。他们的文学创作可以大胆地采纳通俗流行的"小说"载体，可以将弹词文本的写作当成真正的"文学创作"并以此来赢得自己在文坛的名誉和地位。正是当时文坛的"名小说家"，如前文所举的吴东园、天虚我生、王钝根等人直接通过自己的弹词小说创作，使弹词作品从原来的"边缘文学"、只被弹词艺人编写的"不入流文学"或被闺阁女子书写的"私密文学"变成可以登上大众阅读台面、被刊印在报刊上进行传播的名家名作，使之成为被学者、正统文人所重视、讨论、被研究的对象，即便仍不能与诗文等正统文学相提并论，但至少已进入了"主流文学"的范畴与视野之中。

再者，在推动弹词文学"上升"的过程中，清末民初的男性弹词作家的创作一定程度上也促使书场弹词与案头弹词进一步分离，案头的弹词小说逐渐为"文学界"所接受，而书场弹词则在延续传统的讲唱道路上成为"戏曲界"的研习内容。盖清末民初的男性弹词作品更多地继承了清代女性弹词作家的创作经验，他们都是通过具体的案头文本来寻找自我表达的出口或谋求创作意图的实现，但是对于书场弹词的讲唱形式却是有一定隔膜的——书场弹词只是更下层的民间艺人演出时所使用的脚本，这种脚本的粗糙、层累与可变性与案头弹词文本有着先天的区别。正如秦燕春所说："一旦把弹词唱本放在与诗文等'经典'文类对立的'民间文学'或'通俗文学'的范畴，来讨论民间艺人近乎师徒相承、'说''听'互动的类集体化创作，似乎和案头弹词创作，尤其明清闺阁女作家对这一文体的定位与期待，先天就具有了不兼兼容性。"[②]这种"不兼容性"在清末民初的男性弹词作家这里也十分突出，而且他们用更多的创作实践进一步将这种"不兼容性"拉大，大量男性弹词作品的产生使得弹词小说进入了通俗文学的范畴，而与此同时书场弹词进一步沦为民间的"表演"，只在进行"弹词研究"时才会与弹词小说一道进入"主流的"通俗文学场域。

另外，如前文所说，清末民初的男性弹词作家在其创作中仍以女性为主要角色，他们对女主角的设定一方面是出于传统的审美习惯，另一方面也是在变革时代的驱使下增加了对女性问题、女性权益的关注。这些关注促进了市民社会对女性认识的更新，也丰富了通俗小说中的女性形象，整体提升了弹词小说的艺术水平，一如刘豁公在所撰《风流罪人》弹词的序

① 童李君在《清末民初女作家弹词式微的原因初探》一文中讲了三点理由，即"女性社会活动的增多"，"传名及肩负社会责任有了多种途径"，"倡导白话文及新小说的社会思潮"等，其实均是在讲时代环境对女性生活及文学创作的影响。见《时代文学》2014年第8期，第169—170页。
② 秦燕春：《晚清以来弹词研究的概况与得失："书场"缺失与"案头"的百年分流》，《民间文化青年论坛第一届网络学术会议论文集》，黑龙江人民出版社2003年版，第336页。

言中所说："近人所作视昔进步已多,李东埜(野)之《孤鸿影》,张丹翁之《女拆白》其尤著也。"①

因此可以说,清末民初小说地位的提高刺激了文人的创作,相应地当时通俗文坛名家的实践创作也助长了弹词小说的"气焰",使其在通俗文学逐渐被接受的时候获得了应有的"名分"。

而跳出弹词文学、弹词小说创作的狭窄范畴,清末民初男性弹词作家还促使弹词文学进入了学术史之林,促进了清末民初以来的弹词文学研究。正是他们的不断创作,为研究者提供了素材,促进了弹词文学研究的逐步成熟;同时这些弹词创作者本身也是弹词的研究者,故他们的创作某种程度上也是基于一定的弹词研究的结果。

目前,学界在梳理弹词文学的研究史时通常以郑振铎、阿英、谭正璧、赵景深等人的研究入手,对弹词学术史的追溯最早漫不过"五四",其实清末以来对弹词文学的研究与此时的弹词作品创作是同步的,吴东园、王钝根、天虚我生等弹词作家同时也是弹词研究者,他们在自己及诸友弹词的序跋中,在相应的文学评论、小说评论文章中也常常会述及弹词的体例、特点、创作的技法以及作品的艺术水准等诸多学术问题,可以说二十世纪的弹词文学研究是从这些从事具体文本创作的作者这里开启的。

例如,关于弹词的意义价值问题,早在1904年吴趼人谈及"弹词曲本"时就曾称其"皆附会无稽之作。要其大旨,无一非陈说忠孝节义者,甚至演一妓女故事,亦必言其殉情人以死……妇人女子习看此等书,遂暗受其教育,风俗亦因之良也"②。之后阿英就在此基础上有所阐释。又如,关于弹词的体例与派别,程瞻庐认为:"弹词派别甚多,而以脚色登场者为正格,近今弹词家均沿用此格……每回之先,冠以开篇(一名唐诗唱句),此弹词之通例也。"③而天虚我生则说:"夫弹词之体例多矣,或用科白,或用说白,或用七言韵语,自首至尾,不夹一白,大抵兴之所至,笔即随之,初不拘拘于声韵。"④可知二人对于弹词"格式""体例"的理解不尽相同。再如,关于弹词的用字、平仄、押韵等问题,天虚我生说:"读《再生缘》《天雨花》等弹词,窃尝嫌其平仄不调,而押韵处尤复羼杂土音,不可为训。""予以为弹词者,实为词章之一种,其中句法大都为〔清平调〕及〔渔歌子〕、〔小秦王〕之连续体,其于中间偶嵌三字句,以摇曳生姿者,则〔鹧鸪天〕也,其于尾声加一句以协韵者,则〔浣溪沙〕也,明乎此,则不但于学诗有益,且足以为填词之津梁,而点缀情景之处,尤足当诗学含英之用。"⑤即,他将弹词的平仄韵律比之为词章,所注重者在弹词的平仄与押韵,而自称"二十年碌碌无所长,惟于弹词一道较有心得"的姚民哀对弹词的字句有过深究。他说:"弹词与鼓词有别,若延至十余字或多砌接笋,即与鼓词蒙混。贾凫西鼓词、庚子国变弹词皆为杰作,而其疵病即在鼓词、弹词不分。盖弹词正宗以七字为率,而上下句最妙,似对非对,运用成语,如白香山之诗句然斯为尽善尽美。"⑥由此可知这些弹词作家对弹词创作的见解各有不同,在具体的创作中也各有独自的风格与表现,而他们的这些探讨、特别是基于阅读经验与创作实践的研习恰恰开启了弹词文学

---

① 刘豁公:《风流罪人弹词序》,《申报》1926年7月26日。
② 吴趼人:《小说丛话》,《新小说》1904年第7期,第151页。
③ 程文桢:《同心栀弹词弁言》,《同心栀弹词》,商务印书馆1919年版,第1页。
④⑤ 天虚我生:《自由花弹词序》,《自由花弹词》,中华图书馆1917年版,第2页。
⑥ 姚民哀:《孤鸿影弹词序》,李东野:《孤鸿影弹词》,新民印书馆1935年版,第1页。

的"学术史"进程,使弹词作品不仅进入了文学的范畴,还同时在现代的、专门的学术研究中占据了一方领地,而这才是清末民初男性弹词作品之于弹词文学最为重大的意义。

其实,对于弹词文学的研究与讨论,除了在弹词作品的序跋及评论之中进行呈现外,清末民初男性弹词作家还通过刊印、登载以往的弹词文本对弹词文学进行传播与保存,因为当时这时弹词小说家多是报刊的编辑与主政者,许多弹词文本的见刊面世都与其有关。如1915年《商余会报》第1卷上曾连载《廿一史弹词注》,1918年上海碧梧山庄重印杨达奇增订的《二十五史弹词辑注》,又如民国初年上海广益书局、锦章书局、进步书局等都曾重新刊印《再生缘》。这些书局的主要编辑和策划很多都是当时的小说家,故这些旧有弹词的再次面世与传播很可能得益于当时弹词小说家的筹备与努力,而这些编辑刊印的弹词文本进一步促进了读者对弹词文学的注意,推动了更多的文人、学者对弹词的创作与研究,如天虚我生在其《自由花弹词》序言中就曾提到,该作最初是在《申报·自由谈》编辑王钝根的敦促与嘱托下得以动笔成型①。

由此,清末民初男性作家对弹词小说的开拓与发展,对弹词体例的讨论与研习,充分说明了这一文学体裁正在清末民初男性作家的笔下走向成熟。这一时期男性弹词作家的作品较之同时期以及传统女性案头弹词的成绩并不逊色,其对弹词的提倡、传播与研究,为其进入了通俗文学及"学术史"的框架创造了条件。而在这些文学及文学价值之外,我们或者还可以参考这些弹词小说文本来梳理、追寻和认识清末民初时期普通女性的社会地位及身份变化,分析与考察普通文人在时代变换中的职业方式及思想观念的转变,而这些将是清末民初男性弹词创作之于文学以外的特殊意义。

结语

清末民初男性弹词作家的弹词作品其实是其通俗小说创作的一部分,其案头弹词的创作既承接了明清女性案头弹词的艺术手法,同时也在新的历史条件下引入了阅读市场的调节机制,他们在言情婚恋弹词之外,增添了时事弹词,在与书场弹词一样重视市场收益之外,加入了文人创作的社会使命感并真切地维护着小说"刚刚被发现"的价值。

如果"案头弹词创作在明清时期,的确与女性作者队伍建立了极为醒目的特殊联系。作为中国女性除戏曲而外惟一选择的叙事文体,因此而受到学界的一直一致关注"②,那么清末民初时期的男性案头弹词创作也因其作品量与时代感而应当受到关注。毕竟,这一时期的通俗小说名家在潜移默化中使弹词文本更具多样性;同时,因弹词文学被"赋予"了教化人心、影响社会的崇高价值,他们的创作也更具自觉性。而在价值预设的文本实践中,多元、自觉的创作让弹词作品中的核心女主角拥有了更为丰富的内心世界与生命选择,原本属于市井社会的通俗读物也有了一定的"严肃性"。在清末民初通俗小说家的弹词创作、大胆实践

---

① 天虚我生在《自由花弹词·序》说:"会王君钝根方主自由谈笔政,来函论近世说部体例,自以侦探及言情两种最流行品。作者虽众,惜无能谱弹词者。吾子凤擅音律,盍取新理想而用旧体例,以成一种闺阁中欢迎之小说欤?"以此知此篇是在王钝根的敦促下创作的。见《自由花弹词》上海中华图书馆1917年版,第2页。

② 秦燕春:《晚清以来弹词研究的概况与得失:"书场"缺失与"案头"的百年分流》,《民间文化青年论坛第一届网络学术会议论文集》,黑龙江人民出版社2003年版,第335页。

及努力宣传之下,案头弹词与书场弹词都获得了进一步发展,即使书场弹词并非通俗小说家涉猎的范围,但弹词文学地位的上升、文本创作的增多同样为书场弹词的发展增添了助力。在二十世纪三四十年代,一些弹词开始在最新的通俗传媒设备——广播电台上播放①,同时还出现了专门讨论弹词的刊物《弹词画报》②。只是此时案头弹词的创作又渐趋衰落,随着一代通俗小说兴盛局面的逝去,弹词小说也在战火中褪去了清末民初时期的光彩,不过书场弹词因其更加贴近民众的姿态仍能保持继续发展的态势,部分由案头弹词小说转化而来的弹词脚本转而通过书场在民众间进一步传播。而回顾清末民初男性弹词作家的创作历程,无论是其属于通俗小说发展创新的部分,还是弹词作家有关创作心得及弹词的体例、写法的讨论部分,都呈现着这一阶段弹词文学的基本面貌而应该进入"弹词学术史"的梳理之中。

---

① 如1934年《申报》上有《市教局整顿电播材料》一文(10月5日,第13版),文中称"准予播音者有话剧三种、弹词九十八种、歌曲八十三种……",即知当时在电台播放的弹词篇目甚多。

② 1941年在上海创刊,设址在云南路安康里,三日刊,主要登载有弹词脚本、弹词评论文章,并介绍弹词艺人,刊布艺人照片等。连载文章有《书坛人物志》《听书杂谈》等。

民初期刊时调与时调小传统
——以《小说新报》为例

　　《小说新报》(1915—1923)是民国初期旧派小说家的一个大本营,是持续时间较久(9年),发行期数较多(共 94 期),发行范围较广,影响很大的大型通俗文学刊物。该刊所载"时调"有四十七篇,刊载集中于 1915 年第 1 卷第 1—12 期,每期刊登 3—6 篇不等,视稿源而定。清末民初,由于晚清文学界革命与五四新文学运动的兴起与发展,以小说为主导地位的新的文学体系逐渐建立。然而,传统文学样式并未完全退出历史舞台,这一时期报刊中许多"时调"作品的刊载就是最好的明证之一。这一现象表明,尽管西学东渐,域外文学观念和文学作品不断输入,我国文学的发展仍然有自己的节奏,仍然有意无意地在延续某些传统文学样式。由于时调难以与处于主导地位的诗文乃至小说戏剧匹敌,故称之为"小传统"。民初期刊时调完全被忽视,缺乏研究,这种现状必须改变。

　　《小说新报》所载的四十七篇"时调",基本上采用传统的体式与曲调,是对传统的直接延续。相对而言,体式比较少,而曲调则比较多。这四十七篇"时调"涉及的体式七八种,涉及的曲调则有十几种,而曲调比体式更重要,更基本,它直接决定一首时调的吟唱。

一、《小说新报》所载"时调"的主要体式

　　《小说新报》所载的四十多篇时调,根据体式大致可以分为两大类:一曰时序体,一曰诸事体。时序体是以季、月、更等时间单位分节的时调体式,其代表性体式有根据"季"分节的"四季体",根据"月令"分节的"十二月体",根据"更"分节的"五更体"。诸事体是根据某事的不同方面为事项单位分节的体式,代表性体式有"十事体""十二事体"与"十八摸"。此外,还有"开篇体"。

　　"四季体"见于汉魏六朝的"乐府","南朝乐府"中的"吴声歌曲"有"子夜四时歌"。宋代郭茂传编的《乐府诗集》,共收录 75 首"子夜四时歌",其中"春歌"20 首,"夏歌"20 首,"秋歌"18 首,"冬歌"17 首[①]。"子夜四时歌"充满了浓重的抒情之风,其体式基本为五言四句。"春歌""夏歌""秋歌""冬歌"各具相对的独立性。《子夜四时歌》源自《子夜歌》,是其变曲,又称《四时歌》《吴声四时歌》。《乐府诗集》收入清商曲辞吴声歌曲,共七十五首。其中《春歌》二十首,《夏歌》二十首,《秋歌》十八首,《冬歌》十七首。兹各选一首。"春歌:光风流月初,新林

---

　　① 　郭茂倩:《乐府诗集》第 45 卷,中华书局 1979 年版。

锦花舒。情人戏春月,窈窕曳罗裙。/夏歌:田蚕事已毕,思归犹苦身。当暑理绮服,持寄与行人。/秋歌:白露朝夕生,秋风凄长夜。忆郎须寒服,乘月捣白素。/冬歌:渊冰厚三尺,素雪覆千里。我心如松柏,君情复何似?"①这组时调颇有代表性,是后世的范本。

《小说新报》所载时调只有两首属于"四季体",即署名"笑余"的《新四季相思(银纽丝调)》(载 1915 年第 1 期)与署名"我"的《四季花儿哥(九连环调)》(载 1915 年第 1 期)。

"十二月体"是根据月令分节,每月一节,凡十二节。这种结构形式载容量上比四季体、五更体要大得多,一般运用于内容比较丰富的叙事或抒情对象。《小说新报》所载"十二月体"时调有八首,具体为:鸿卓的《学生恨(调寄梳妆台)》(1915 年第 1 期),阿呆的《小学生上学山歌》(1915 年第 2 期),痴郎的《新十二月相思》(1915 年第 3 期),寄恨的《花名山歌》(1915 年第 4 期)、《时事恨(变体漂白纱)》(1915 年第 6 期)、《十二个月女学生(调寄梳妆台)》(1915 年第 11 期),垫庐的《劝我郎(调寄想我郎)》(1915 年第 7 期)与《新十二月相思》(1915 年第 7 期)。

"五更体"见于晚唐时期。罗振玉编的《敦煌零拾》载有"俚曲三种",其中有一台《叹五更》。全首共五段,各段以"一更初""二更深""三更半""四更长""五更晓"作起兴之句,然后是一句七言唱词。全首为:"一更初,自恨长养枉身躯,耶娘小来不教授,如今争识文与书。/二更深,孝经一卷不曾寻,之乎者也都不识,如今嗟叹始悲吟。/三更半,到处被他笔头算。纵然身达得官职,公事文书争处断。/四更长,昼夜常如面向墙。男儿到此屈折地,悔不孝经读一行。/五更晓,作人已来都未了。东西南北被驱使,恰如盲人不见道。"②这首时调产生较早,也很典型,往往为后世所仿效。

《小说新报》所载"五更体"时调有十五首,具体为:豫立的《戒赌新曲(改良五更调)》(1915 年第 1 期),佚名的《酒鬼(五更调)》(1915 年第 2 期),诗隐的《五更调》(1915 年第 3 期),寄恨的《改良叹五更(秋闺怨仿弹词体)》(1915 年第 4 期)、《近体小调》(1915 年第 4 期)、《叹五更(调寄银钮丝)》(1915 年第 4 期)、《改良五更调(戒嫖新曲)》(1915 年第 5 期)、《烟花叹(调寄俏尼偿)》(1915 年第 6 期)、《学究叹五更》(1915 年第 8 期),垫庐的《改良哭小郎》(1915 年第 9 期),颍川秋水的《劝戒烟五更调》(1915 年第 10 期)与《改良五更调(戒赌曲)》(1915 年第 12 期),寄沧的《扬调叹五更(本调)》(1915 年第 12 期),郑逸梅的《小说新报五更调》(1919 年第 1 期)与《小说新报五更调》(1919 年第 7 期)。

诸事体是根据诸多事件来分节的时调体式,其代表性体式有"十事体""十二事体"与"十八摸"等。《小说新报》所载"十事体"与"十二事体"时调为:笑余的《新十杯酒(与梳妆台同谱不同调)》(1915 年第 1 期),诗隐的《用烟花女子叹十声调》(1915 年第 3 期),寄恨的《新十杯酒(送郎留学)》(1915 年第 5 期)、《烟花女子叹十声(分咏格)》(1915 年第 7 期)、《改良十劝词》(1915 年第 7 期),玩物的《十块香帕时调》(1915 年第 5 期),垫庐的《新十杯酒》(1915 年第 9 期),署名"我"的《十二朵绣花(花鼓调)》(1915 年第 1 期)。

《小说新报》所载其他诸体时调有:诗隐的《上海滩道情》(1915 年第 2 期),寄沧的《璇闺愿(虞美人调)》(1915 年第 6 期)、《栽黄瓜(本调)》(1915 年第 6 期),病瞻的《劝戒香烟新开

---

① 王运熙、王国安编著:《乐府诗集导读》,中国国际广播出版社 2009 年版,第 274—279 页。
② 罗振玉:《罗雪堂先生全集·三编·七》,大通书局有限公司 1989 年版,第 2505 页。

片》(1915 年第 3 期)，遯庐的《新闻叹开篇（仿马调）》(1915 年第 5 期)，绮禅的《闺怨开篇》(1915 年第 10 期)，痴郎的《上海滑头》(1915 年第 2 期)，寄恨的《时事恨（变体漂白纱）》(1915 年第 6 期)、《醒嫖曲（调寄黄莺儿）》(1915 年第 8 期)、《王熙凤词（仿弹词体）》(1915 年第 9 期)、《拟缪莲仙嫖赌吃着四戒（调寄驻云飞）》(1915 年第 10 期)，吴君益的《鲜花调》(1915 年第 8 期)。

《小说新报》所载"时调"的主要体式基本上是沿袭传统的，自创的体式几乎未见。由此可以得出三个结论，其一，这些体式很成熟很固定，难以获得新的突破；其二，旧派作家缺乏创新的能力；其三，这种体式沿袭表明了旧派作家借鉴传统讲唱文学样式可谓回光返照，苟延残喘。

二、《小说新报》所载"时调"的主要曲调

体式是时调的结构形式，而其吟唱则体现在曲调上。《小说新报》所载四十多篇时调涉及十六种曲调，如五更调、银钮丝、俏尼偿、梳妆台、想我郎、叹十声、花鼓调、虞美人、仿马调、九连环调、黄莺儿、十块香帕时调、鲜花调、驻云飞、栽黄瓜等，现把主要的曲调剖析如下。

"五更调"是"以五更分段的曲调中之一种"，"以五更分段的曲调，并不全叫作五更调，而叫作五更调的，却全是以五更分段的。以五更分段的曲调，吴立模以为自古有之，曾举《乐府·从军五更转》为例，刘半农又抄敦煌写本中《太子五更转》等例以补之，《永乐大典》戏文《张协状元》及《缀白裘·翡翠园·脱逃》中，也都有《五更转》曲，可见来源很古"[①]。兹录一首代表性的"五更调"："一更初。太子欲发坐心思。奈知耶娘防守到。何时度得雪山川。/二更深。五百个力士睡昏晓。遮取黄羊及车䍐。朱鬃白马同一心。/三更满。太子腾空无人见。宫里传闻悉达无。耶娘肝肠寸寸断。/四更长。太子苦行万里香。一乐菩提修佛道。不藉你世上作公王。/五更晓。大地上众生行道了。忽见城头白马踪。则知太子成佛了。"[②]这首五更调颇受研究者所重视。

《小说新报》所载"时调"中"五更调"不少，例如豫立的《戒赌新曲（改良五更调）》(载 1915 年第 1 期)，第一节为："一更一点夜未央，牌九上场，呀呀笃唅，看想庄洋。几回摆过梢欠长，怎商量，将家伙呀东押西当，呀呀笃唅，弄得精光。"(《小说新报》1915 年第 1 期)

"叹十声"亦分十段，"每一段叹一声，故名叹十声。苏州一带也有用每段叹一声共十声的小曲（名唱春曲），不过和北平的有些不同。苏州十叹的形式是'第一声叹来………'，北平十叹的形式是'………叹了头一声'。北平俗曲集，用这种形式互相摹仿，产生了很多小曲。车王府去本里有《王三公子叹十声》、《小相公十叹》、《笔帖式十叹》等本。戊戌政变以后，北平市面上有仿叹十声的体裁作成《康有为人人乐十声》（俗称笑曰乐），《康有为天下恨十声》，打开是返利拂去，随便仿造，所以有《洋车夫叹十声》，也有《洋车夫乐十声》。叹十声是正体，乐十声，恨十声，都是变体。"[③]《小说新报》所载诗隐的《用烟花女子叹十声调》共十节，每节一叹，其第一节为："中华民国谈革民叹一声，第二次起风潮好不惊心。南京城断送了多少财和

① 李家瑞：《北平俗曲略》，上海文艺出版社 1990 年版，第 92 页。
② 任二北：《敦煌曲校录》，上海文艺联合出版社 1955 年版，第 118—119 页。
③ 李家瑞：《北平俗曲略》，上海文艺出版社 1990 年版，第 122 页。

产,可怜他妇女们半走了枉死城。吴淞口,各屯营,老百姓入地叹无门。战伤中尸首如山积,不过是为权利动刀兵。"(载 1915 年第 3 期)

"银纽丝"出自南方,"在北平有称为探亲调,因为《探亲家》一剧,完全用银纽丝歌唱,银纽丝曲本里,亦即以《探亲家》一剧为最著名;所以称银纽丝,也许有人不解,称探亲调,则无人不知也。"《探亲家》一剧初见于《缀白裘》,名《探亲相属》,其后二簧里也有《探亲家》。昆曲里的探亲是从南方传来的,故名南探亲;二簧的探亲是北平仿作的,故名北探亲,亦称新探亲[①]。《小说新报》所载寄恨的《叹五更(调寄银纽丝)》共五节,其第一节为:"五更天相思月斜西,朦胧曙色透进碧玻璃,最沉迷。无限柔肠绞乱了一点灵犀。远寺霜钟声起,树梢乳莺啼。叹一声手托香腮强自持,无心对镜着甚罗衣。相思深入骨究竟倩谁医?我的老天爷,难道奴苦情独自缠到底?"(载 1915 年第 4 期)又如《小说新报》所载笑余的《新四季相思(银纽丝调)》,共四节,第一节为"春季里,害相思,春归在客先。伤春……人儿……闷坐小楼前,恨难言。伊人一去经岁又经年,懒把眉峰描,徒将眼角悬。可怜侬……梦魂颠倒……将他念。莫不是……在外面……有甚么巧姻缘。侬呀侬的天……天儿吓。他不是负心人,为何陡把心肠变"(载 1915 年第 1 期)。

"梳妆台"是五更体的一种,"以'一更里来梳妆台'一句起首,故名。仿这调子的有《小尼姑自叹》等"。"每段四句,每句七字。音乐是一板一眼,三十板为一阕"。其曲本,"有在五更之后,附加一段或两段的,都是《送情郎》调的曲词。这是唱的人随便拿《送情郎》的词句,补充在后面,以便延长时间,实际和梳妆台没有甚么关系"[②]。《小说新报》所载鸿卓的《学生恨(调寄梳妆台)》,共十二节,每月一节,第一节为:"正月里,水仙花儿鲜,思想起做学生好不惨然。误光阴荒功课又去了数十日。破皮靴旧校服,怎样去贺新年。说甚西装每,不及服翩翩,讲几句文明话,免得去周旋,羡若辈五花马千金裘美,闷瞧戏闲打牌,随意洒金钱。"(载 1915 年第 1 期)

"道情"在《啸余谱》里成为《黄冠体》,"因为原是道士化缘时所唱的一种歌曲,其词意以离尘绝俗为主。唐代末年,就有此种歌曲,《续仙传》记蓝采和尝穿一身破衣,手持三尺余长的大拍板,行乞于城市……""靖康初,民间以竹,径二寸,长五尺许,冒皮为首,鼓成节奏,其声似曰《通同诈》。""无业游民,略熟《西游记》,即挟渔鼓,诣诸姬家,探其睡罢浴余,演说一二回,藉消清倦。""现在唱道情的所用的渔鼓,是三尺余长的竹筒,以薄膜蒙其一端,简子则为两根长竹片,屈其上端。唱的时候,左手报渔鼓,击简子;右手拍渔鼓。简子用节音(打拍子),渔鼓则唱完一句,或一段,才拍一通"[③]。《小说新报》所载诗隐的《上海滩道情》,共十二节,第一节为:"响咚咚,毛竹筒,叹人情,慨世风。看来事事多心痛,热肠公理分明说,牛鬼蛇神变幻工。共和国里称同种,谁知道江河日下,仍就是一味痴聋。"(载 1915 年第 2 期)。

"鲜花调"又名"宜化调""茉莉花"等,是清及近现代流传最广的小调之一。当代南北各地均有流传,有不同的变曲。流传最广的唱词即以"好一朵茉莉花"起兴的唱段,内容系演唱元杂剧《西厢记》中男女主角张生和崔莺莺私自结合的故事,故又称《张生戏莺莺》,当代有记

①　李家瑞:《北平俗曲略》,上海文艺出版社 1990 年版,第 131 页。
②　李家瑞:《北平俗曲略》,上海文艺出版社 1990 年版,第 135 页。
③　李家瑞:《北平俗曲略》,上海文艺出版社 1990 年版,第 173—174 页。

录自河北南皮县的传唱歌词①。《小说新报》所载吴君益的《鲜花调》,共十六节,第一节为:"送客在浔阳,重一句,芦花枫叶,月侵空江。饯筵开,不成欢,相对西风惆怅。"(载1915年第8期)

"九连环"又称"福建调",可能来自福建。乾隆后已流传南北。嘉庆间得硕亭《京都竹枝词》:"更爱舌尖声韵碎,上场先点〔九连环〕。"原注:"此曲每折将终,必作滚舌音以擅长。"滚舌音俗称"花腔",乃以卷舌作"嘟噜"之和声词,是本曲演唱的特点②。《小说新报》所载"我"的《四季花儿歌(九连环调)》,共四节,第一节为"春日暖洋洋,盆中供养兰为花中王。山茶红白镶,玉簪花儿远望白如霜。牡丹色飞扬,红缨白杏飘两旁。茉莉透清芳。桃和李,带着采花黄,荼蘼香。"(载1915年第1期)

"十二杯酒"即"十杯酒"。源于江苏淮阴一带的俗曲,大运河流域均有流传,并沿长江流传到西南诸省。以"杯酒"为序,用女子的口吻,抒写对情郎的深情蜜意。最初为"十杯酒",后来有的唱"十二杯酒",又成为曲调名③。《小说新报》所载埜庐的《新十杯酒》共十节,第一节为:"一杯酒,触我忧,叹一声好夫婿阔别近三秋。凄风苦雨空闺冷,何况虫声四壁名喃啾。箧中棉,手中线,寒到君边衣到也不?望断那山高水悠悠,欲往从之道阻修。"(载1915年第9期)

有的时调不尽遵守原谱原调,而有所创新,如刊发在《小时新报》1915年第1期上的《新十杯酒》,它就与梳妆台同谱不同调,作者"笑余"在该篇之末的按语云:"此曲乃堆字调情,扬州人唱之最佳。予已唱过,内中有抢字,唱法飞定须按旧调唱也。"④不过,总体来看,民初时调的曲调创新基本上没有,因为时调遵循原调而作,若要创造新的曲调比较困难。

三、《小说新报》所载时调的主要内容

《小说新报》所载时调的内容主要分为三类,一是关于社会现实的,二是关于移风易俗的,三是关于消解猥亵的。

关于社会现实的时调。《小说新报》所载时调具有浓厚的现实色彩。有的从多个侧面描绘当时的政治、社会情状,如诗隐的《用烟花女子叹十声调》。有的描绘某个方面的情况,如鸿卓的《学生恨(调寄梳妆台)》描绘学生的多种状况。有的描绘某地的不同方面,如诗隐的《上海滩道情》。时调作者有意通过这种传统的通俗小调来表达他们对当时政治、社会诸多方面的认识与看法。

贡少芹的《时事五更调》集中描绘了民初的政治,共五节,前四节每节描绘一个重大政治事件。

> 一更一点月光洁,山东起交涉,咦呀得而哙,闹得真激烈,矮子真够无道德,实可恨呀,举动太奇特,咦呀得而哙,一味行强迫。
>
> 二更二点月正高,五四起风潮,咦呀得而哙,学生出了校,文明抵制呼声高,来检查呀,又把劣货烧,咦呀得而哙,与他绝了交。

---

①②③　车锡伦:《清同治江苏查禁"小本唱片目"中的曲调》,《扬州师范学院》(社科版)1992年第4期。
④　笑余:《新十杯酒(与梳妆台同谱不同调)》,《小时新报》1915年第1期。

　　三更三点月当头,矮子闹福州,咦呀得而哈,这事怎甘休,枪毙学警把命丢,不算数呀,兵舰来五艘,咦呀得而哈,军队进城游。

　　四更四点月光皎,学生派代表,咦呀得而哈,一齐上京兆,请愿奔走又呼号,联盟会呀,为的是青岛,咦呀得而哈,切莫直接交。

　　五更五点月光沈,大声呼国民,咦呀得而哈,同胞快快醒,中国主权莫让人,要实行呀,誓以死力争,咦呀得而哈,民气为后盾。

　　第一节描绘的是义和团运动,第二节描绘的是五四运动,第三节描绘的是矮子闹福州,第四节描绘的是学生为青岛请愿,第五节向国民发出强烈的呼吁,呼吁民众快快觉悟,争我主权,保家卫国。由此可见,民初旧派作家饱满的政治热情,以及为国为民的呐喊。

　　诗隐的《用烟花女子叹十声调》描绘了谈革民、开议院、考知事、借外债、争选举、出白狼、爱自由、新演剧、失青岛、排日货,凡十项内容。谈革民、开议院、借外债、争选举、失青岛、排日货、考知事、出白狼,都是民初重大或重要的政治问题。其第二节为:"中华民国谈开议院叹二声,廿一省派代表总是虚名。想议院掷墨盒甚至挥拳打,为只为三两言拼了性命争。领薪水,数百金,逛窑子花酒闹纷纷。论人格各省公推定,谁想到都是些假斯文。"(载1915年第3期)爱自由、新演剧两节则事关社会进步。"爱自由"一节为:"中华民国爱自由叹七声,一个个说平等做公民,满口是数不尽文明话,却专心嫖赌与金银。最自由,是结婚,两方面情和意正殷勤。说不定相公两三月,生恶感使控诉在公庭。"(载1915年第3期)作者谈政治极尽讽刺之能事,谈自由也如此。读者由此可以对民初的政治与社会乱象略见一斑。

　　《小说新报》所载诗隐的《上海滩道情》描绘了上海社会奇奇怪怪的情状。篇首有作者的小序,序中称,最繁华的上海滩,真实稀奇古怪不胜谈。新民国形形色色真不忍看。因为二次革命,作者在金陵开设一所学堂,当时烽火频起,生徒星散,家业被劫,无以为生。于是来到春申江上,考卖文为生。然而,作为通商巨埠、人烟稠密、车水马龙的上海繁华不尽,热闹不尽,更无奇不有,作者感慨系之,遂作《上海滩道情》。《上海滩道情》共十二节。第一节是概括上海的世风:"响咚咚,毛竹筒,叹人情,慨世风。看来事事多心痛,热肠公理分明说,牛鬼蛇神变幻工。共和国里称同种,谁知道江河日下,仍就是一味痴聋。"(载1915年第2期)第十二节是总括全文。第二至第十一节,每节描绘一种怪现象,如专门帮助杨若男欺压同胞的洋奴、诈骗的商界、移居上海的军阀富豪、新剧场的丑恶行径、惯于拆梢的小流氓等等。

　　关于移风易俗的时调。民初旧派作家十分关注社会风化,并以开通社会为己任。其时调作品也包括这方面的内容,有的是关于戒烟戒赌戒嫖的,如病瞻的《劝戒香烟新开片》、豫立的《戒赌新曲(改良五更调)》、寄恨的《醒嫖曲(调寄黄莺儿)》与《拟缪莲仙嫖赌吃着四戒(调寄驻云飞)》,有的是抨击酒鬼的,如佚名的《酒鬼(五更调)》,有的是感叹妓女的,如寄恨的《烟花叹(调寄俏尼偿)》(五更)与诗隐的《用烟花女子叹十声调》。

　　豫立的《戒赌新曲(改良五更调)》(载1915年第1期),兹录如下:

　　一更一点夜未央,牌九上场,呀呀笃哈,看想庄洋。几回摆过梢欠长,怎商量,将家伙呀东押西当,呀呀笃哈,弄得精光。

　　二更二点月初高,要想反梢,呀呀笃哈,走路如跑。横唐撇角越吃冒,运不好,为什么呀辟十长捞,呀呀笃哈,心中懊恼。

三更三点夜正长,就是码帐,呀呀笃唅,四赌八相。囊剩余钱手还痒,将半边,四开头呀挖到天亮,呀呀笃唅,精神硬撑。

四更四点月已斜,轮燥还家,呀呀笃唅,心像蟹抓。老婆反脸来相骂,你为啥,偏好赌呀不管儿娜,呀呀笃唅,只装聋哑。

五更五点天将明,我劝诸君,呀呀笃唅,戏场勿亲。士农工商为赌因,伤精神,失事业呀做家不成,呀呀笃唅,快去营生。①

这首时调描绘了赌博场上的四种情景,赌徒的神情活灵活现,第五节是作者的劝诫。劝善是旧派作家最基本的社会职责,"时调"作品也不例外。

三是关于消解猥亵的时调。歌谣出自民间,不免流露猥亵的成分,这些成分反映民间所受的性压抑,涉及猥亵成分的时调有助于民间压抑的性能量的释放。《小说新报》所载时调涉及猥亵成分的有公羽的《老十八摸》(载1915年第11期)与寄沧的《栽黄瓜(本调)》(载1915年第6期)。五四新文学家比较重视歌谣,即使是涉及猥亵的歌谣也不放过,认为这类歌谣仍然具有研究价值。五四时期,周作人、刘半农、沈尹默等新文学家注重歌谣的征集与研究,并创办《歌谣》周刊。周氏所言的"歌谣"包括时调在内。1919年9月,他在《中国民歌的价值》中论述"民歌"时突出抒情民歌《子夜歌》与《山歌》。1923年12月,他在《猥亵的歌谣》中并不完全否定"猥亵的歌谣",如《十八摸》,他认为:"猥亵的分子在文艺上极是常见,未必值得大惊小怪,只有描写性交措词拙劣者平常在被摈斥之列,——不过这也只是被摈于公刊,在研究者还是一样的珍重的,所以我们对于猥亵的歌谣也是很想搜求,而且因为难得似乎又特别欢迎。"②周作人所言的《子夜歌》与《山歌》是一些是时调曲调的来源,《十八摸》是一种包含猥亵内容的时调,在民间颇有影响。

《老十八摸》篇首语云:"老夫少妻,锦帐双栖。一树梨花压海棠,风致正复不浅。暗中摸索,当亦互表同情。旧有小调十八摸,仅属一面之辞,戏为拟之,亦一段老人趣事也。"③此十八摸总体而言比较纯正,前十七摸分别是摸老人头发、眉毛、眼睛、鼻头、耳朵、面孔、嘴唇、肩胛、臂膊、手掌、奶奶、肚皮、肚脐、屁股、脚、小腿、大腿。前二摸摘录如下:

摸到老人头发边呀,老人头发白如雪。唷咯龙冬祥,嗳嗳唷,哎哎唷,嗳唷嗳唷嗳嗳唷,一片羊毛毡,嗳嗳唷。

摸到老眉毛发边呀,一半花白一般褪。唷咯龙冬祥,嗳嗳唷,哎哎唷,嗳唷嗳唷嗳嗳唷,用旧擦牙刷,嗳嗳唷。④

最后一末略微猥亵:"两头摸过摸中间呀,扯扯就长弗扯就短。唷咯龙冬祥,嗳嗳唷,哎哎唷,嗳唷嗳唷嗳嗳唷,一段萝卜干,嗳嗳唷。"

《老十八摸》突出了老夫少妻的恩爱情谊,消弱了猥亵成分。顾颉刚《苏州唱本徐录》中关于"十八摸"云:"凡十八段,是玩笑戏'荡湖船'里头的一节。——李君甫上了船,同船姑顽闹,周摸她的全身,一头摸一头唱的唱句。此歌有特殊的调谱,自成一格,流行得很广的。不

① 豫立:《戒赌新曲(改良五更调)》,《小说新报》1915年第1期。
② 吴平、邱明一编:《周作人民俗学论集》,上海文艺出版社1999年版,第121页。
③④ 公羽:《老十八摸》,《小说新报》1915年第11期。

过歌里头有几段很秽亵,所以有几种刻本里把它删了,另填选别的几段。"①顾氏所提到的玩笑戏《荡湖船》中的"十八摸"是客人与船姑的调情,男客人摸遍船姑全身,其中摸到船姑身体敏感或隐秘的部位。《荡湖船》的猥亵成分很浓厚,而《老十八摸》则不然,大大改进了。

时调《栽黄瓜》本为淫秽之词曲,朱自清在《中国歌谣》中提及"猥亵的时调",关于性交的歌有《民歌研究的片面》中所举的《打牙牌》《洗菜心》《摘黄瓜》《姑娘卖花娃》等,关于肢体的歌有《十八摸》,关于排泄的歌有《民歌研究中的片面》里所举的《踏蹋五更调》②。民初有的文人仍听到有人在沿街度曲,恶之,乃依原曲反其意而用之,作爱国之时调,如寄沧的《栽黄瓜(本调)》。其篇末按语云:"《栽黄瓜》原曲为极淫秽之词,迄今尚有人沿街度曲。予每一闻之,则怒然心悸,乃依原调但改其内容,为爱国时调,以警惕人心。愿吾人人人熟读,举国歌之,勿负作者之深心,国家幸甚,社会幸甚。"③该时调共十二节,内容从播种到护瓜,不涉及淫秽。其前二节与最后二节如下:

姐在哟啊啊后园哟呵呵栽黄瓜哟,(噎呵呀呵呀,)手拿着瓜子泪如麻,思想起真真害怕。(噎呵呀呵呀。)

朝艾呵呵野草哟呵呵暮搭架哟,(噎呵呀呵呀,)费多少工夫服伺瓜,望到他发了芽。(噎呵呀呵呀。)

是我哟呵呵地土哟呵呵种我的瓜哟,(噎呵呀呵呀,)拼着我的性命保护着瓜,那怕你拿刀杀。(噎呵呀呵呀。)

强权哟呵呵难把哟呵呵公理压哟,(噎呵呀呵呀,)尽我的职守不让他,预备着血肉开花。(噎呵呀呵呀。)④

公羽的《老十八摸》与寄沧的《栽黄瓜(本调)》很有代表性,他们把原本十分猥亵的时调进行改造,消解猥亵内容,以积极进步的内容取而代之,这是民初时调的新变化。这种变化实质上是时调的"时代变化",即由传统社会向现代社会的变化;也是时调的"形态变化",即由民间形态向文人形态的变化,体现了与"西为中用"不同的"古为今用"。

总之,以《小说新报》所载"时调"为民初报刊时调代表,作为讲唱文学,"时调"进入民初报刊,由传统的"听"时调发展到民初的"读"时调,这是一个新的变化,是民初旧派作家对传统自觉承续的结果,也是他们通过传统文学样式表现新的时代内容的文学追求。"读"时调与"听"时调最大的差别不仅仅在于消费时调时感觉器官的转换,而且更在于消费主体的转换,有文化水平甚低的"听众"转变为文化水平较高的"读者",由时调的"语言"媒介转换成时调的"文字媒介"。语言媒介是临时性的,文字媒介是长久性,因此临时性的语言媒介往往夹杂更多的低级趣味,包括猥劣的成分,而文字媒介就会有所顾虑。当然,传统的时调也存在诸多"唱本",这些唱本属于文字媒介,也诉诸"读"而非"听",但尽管同样作为文字媒介,但报刊形态的"时调"与唱本形态的"时调"存在很大差别。唱本"时调"一般在民间"秘密"流传,被民众"秘密"阅读,低级趣味包括猥劣的、情色的内容被饱受压抑的读者所"秘密"消费,而

① 顾颉刚:《顾颉刚全集·顾颉刚民俗论文集》卷1,中华书局2010年版,第291页。
② 朱自清:《中国歌谣》,复旦大学出版社2004年版,第152页。
③④ 寄沧:《栽黄瓜(本调)》,《小说新报》1915年第6期。

报刊"时调"则公开消费,在阳光之下,低级趣味包括猥劣的、情色的内容自然就会大大节制。尤其是,唱本"时调"往往不知作者,而报刊"时调"则一般署名作者,为责自负,报刊"时调"的作者会提供"时调"作品的品位,或抨击时弊,或反映广阔的社会现实,大大压缩猥劣情色的空间,逐渐摆脱低级趣味,从而使报刊时调发生巨大的变化。总之,报刊时调体现了时调由传统向现代迈进的步法,由民间意识到换成文人意识的深刻变迁。

谭正璧先生遭诬始末及教训

复旦大学　黄　霖

　　我一直在想，我们在纪念谭正璧先生时，一定要将他如何遭诬的问题搞清楚。这个大是大非问题不搞清楚，一切都无从谈起。这次我花了一点时间摸索，将大致的情况梳理如下。

　　1945 年 8 月 13 日中国文协在重庆成立了"附逆文化人调查委员会"，开展全面调查工作。当时总会给在沪的许广平、郑振铎等写信，谈到了要调查文化汉奸的事。上海虽到 12 月才成立文协会，在会上也讨论了"组织特种委员会检举附逆文人"的事，但早在 11 月，就有一本署名"司马文侦"的《文化汉奸罪恶史》问世。这本书开卷第一篇《几句闲话》说："听说中华全国文艺界协会，对于文化汉奸有所处置，同时也进行调查文奸的工作，这本书，但愿于他们有所帮助。"后面所署写作的时间是"鲁迅逝世九周年纪念日"，当为 10 月 19 日。这本书，实际将柳雨生、陶亢德、关露、胡兰成、张爱玲、苏青等 17 人（不是 16 人）列为"文化汉奸"，全书无一处直接提到谭先生的。当时据我们嘉定人唐大郎说，这本书是一个他的"本家"（按：可能是唐弢）指使学生写的，不久就停售了。所以谭先生到去世，他根本不会想到后人会将他诬为这本书所写的"文化汉奸"的。

　　不过，这本书虽然没有直接点谭先生的名，但对谭先生还是有影响的。这本书在写陶亢德时说，由汉奸柳雨生、陶亢德主持的太平书局（及其机关刊物《风雨谈》）是日伪出版的"大本营"。又在谈张爱玲时说，由袁殊主持的《杂志》，组织去苏州春游的都是"汉奸文人"。这两段话都是与谭先生有关的。谭先生在太平书局出版了《夜珠集》《当代女性作家小说选》等书籍，并在《风雨谈》《杂志》《天地》等杂志上发表了一些文章和参加了几次座谈会等活动，这就很容易被拉扯进去了。

　　正是出于司马文侦类同一逻辑，差不多同时在 11 月 10 日出版的《月刊》创刊号上，有主编沈子复写的《八年来上海的文艺界》一文，在历述八年中上海文艺界的各类情况时，有一段文字谈到柳雨生、陶亢德这些是汉奸文人的"台柱"，接着又另举了十七名"大东亚文坛"上的"健将"之名，其中就有谭先生及谭维翰、杨光政、丁谛、朱朴之、康明、陈孚木、樊仲云等多名司马文侦未曾提及的作家。这段文字，据沈鹏年《行云流水记住》中谈及同时被列入汉奸文人的金性尧时说："不了解内情的沈子复先生在《月刊》发表《八年来上海的文艺界》文中骂他'大东亚文坛'的'健将'。这是不实之词。……子复是先师沈延国先生之弟，后来他对我说：'一时失察，骂错了……'。"可是这段文字马上被 12 月 20 日出版的《汉奸丑史》第五辑全文辑录，并加上一个《"大东亚文坛"上的"健将"》的醒目标题，在社会上产生了更大的影响。

　　这时，据谭先生说，他的几位学生"专程跑来告诉我才看到"，使他顿时感到"有一种严重的力压迫着我"。于是,谭先生就立即做了一系列的澄清工作。

一、立即组织出版了一期《书报》第一辑,于"中华民国三十四年十一月二十日"正式出版。这期 16 页纸的杂志,显然是谭先生一时应急而编辑出版的,其中至少有两篇最重要的文章是谭先生亲自撰写的。第一篇长文《复兴中国新文化之路》,即由谭先生用笔名"梧群"发表,其文分五段论述了抗战后如何复兴中国文化的问题。另一篇即是用实名发表的最为核心的文章《〈琵琶弦〉题记》。这篇题记,乃借题发挥,针对被诬"大东亚文坛"上的"健将"而全面地阐述了他在沦陷时期所发文章的处境、内容与反日爱国的本质。其余编入的文章都是全力烘托抗战的气氛,如刊发介绍郭沫若、茅盾、郑振铎等响当当的抗战文人及抗日名将谢晋元等人与书的文章,登载了将要出版《琵琶弦》及如《怎样惩治汉奸》等一类书的广告。

二、将过去发表的一些有明显反日爱国倾向的文章重新编辑出版,如《琵琶弦》《血的历史》等短篇小说集。在《琵琶弦》的广告中这样写道:"此册所叙皆其过去四年中专借史事来暴露日伪丑恶的小说,曾在当时严密的敌伪审查制度下漏网登出,而博得大批读者的赞许。现在作者重加整理,附以题记,交与本社出版。"这也是对自己的一种宣传。

三、将《题记》的内容,通过各种途径巧妙地散发,以扩大影响。如大风的《谭正璧出让幼女》(《海花》1946 年创刊开号)、朱利翼的《谭正璧投笔从农》(《沪风》1946 年第 3 期)等,其基本内容多从《〈琵琶弦〉题记》出,甚至文字都相同,有的还补充了一些过硬的材料,如《谭正璧出让幼女》中提到,伪方曾拉拢谭先生担任《政治月刊》编辑,他不但不肯就伪职,并且还登报声明过(其《申明》发在《新申报》上),所以他是一个"不肯附伪"的"有正义感的忠贞文人"。

到 1947 年 3 月,他在《申报》上又发了一篇文章,名曰《我选上了乡代表》,这也是从一个侧面说明他根本不是什么"文化汉奸"。是汉奸的,早就判刑了,如柳雨生、陶亢德等。

通过这些工作,基本上将一场风波平息下去了。当然,这主要是谭先生的文章的确是如他所说,是经得起历史的检验的。如在太平书局出版的《夜珠集》,至 2005 年上海社科院文学所编写《上海文学通史》时,仍认为这是谭先生的散文代表作,给予肯定。

但到 1980 年,台湾学者刘心皇写了一本《抗战时期沦陷区文学史》。这本书实际上是一部史料长编。他将"投降敌人依附汉奸政权的作家"统称为"落水作家"。列入"落水作家"的共分六类,其中一类就是"曾经在敌伪的报章、杂志、书店等处发表文章及出版书籍者"。据此,谭正璧也就被明确归入了"落水文人"之中。不过,由于这本书是现代文学史方面的著作,搞现代文学的不太关注谭先生,而古代文学的研究者不大会去翻这本关于现代文学的书,加上又是在台湾出版的,所以这个问题也没有引起大家重视,连谭先生生前也不知道,一时间没有产生多大影响。

1995 年,大陆出版了徐迺翔、黄万华编写的《中国抗战时期沦陷区文学史》。这本书在一处实为谭先生辨诬时,同时引用了《文化汉奸罪恶史》与《抗战时期沦陷区文学史》的材料。他们在先谈到《文化汉奸罪恶史》将张资平、关露、张爱玲、潘予且、苏青等 17 人视之为"文化汉奸"之后,另起一段,又说视为"落水"文人的还有著名作家谭正璧云云。应该说,他们用另起段的写法,是为了表示后一段的文字是出于不同于上一部书的《抗战时期沦陷区文学史》。可惜的是,他们在这里没有明确交代清楚这两段文字是来自两本不同的书。后来的不读书的写书者,肯定没有翻过这两本书中的任何一本,不明白这里另起一段的奥妙,就稀里糊涂地将两条材料合在一起,在"文化汉奸"之中加了一个后段文字中出现的谭正璧,将文字重新组织成"1945 年 11 月出版的《文化汉奸罪恶史》列出张爱玲、张资平、关露、潘予且、苏青、谭正璧等十六名文化汉奸"（人名或有删减），然后在研究张爱玲、苏青热时所出的几乎所有论著中，大家辗转相抄，满天飞了。

从谭先生遭诬事件中，至少有两点教训应该记取：

一是慎划杠杠。研究每一个人，当从实际出发，注重具体分析。在敌伪或貌似敌伪办的书局、刊物上发表文稿，情况是十分复杂的。有的没有媚日反华的意思，只是稻粱谋，即使如与陈公博关系暧昧的苏青也说："我在上海沦陷期间卖过文，但那是我'适逢其时'，亦'不得已'耳，不是故意选定的这个黄道吉日才动笔的。我没有高喊打倒什么帝国主义，那是我怕进宪兵队受苦刑，而且即使无甚危险，我也向来不大高兴喊口号的。我以为我的问题不在卖文不卖文，而在于所卖的文是否危害民国的。否则，正如米商也卖过米，黄包车夫也拉过任何客人一般，假如国家不论我们在沦陷区的人民也尚有苟延残喘的权利的话，我就如此苟延残喘下来了，心中并不觉得愧怍。我投稿的目的纯粹为了需要钱！"也有的如谭先生那样，在大节上有清醒的头脑，在发表的文章中，也不忘渗入一些歌颂民族英雄、宣扬爱国精神的内容。他在一次《杂志》办的讨论《我们该写什么》的座谈会上，就主要说了两点：一是写社会的"黑暗"，二是写心中的"苦闷"。且谭先生在实际上始终与共产党人保持着密切的联系。综观全局，说他是"忠贞之士"，说他是"爱国者"都不为过。还有一些如关露是打入敌伪杂志的特工，如《杂志》的几个领导人袁殊、恽逸群、鲁风等都是共产党人，说袁殊、鲁风及如谭正璧等在《杂志》上发文章、参加活动的都是汉奸，未免太离谱了。

二是不能瞎抄。研究者一定要从第一手材料出发，作出自己的正确的判断。一般抄袭，也是学风不正。稀里糊涂地跟着别人，在公开出版物上轻率地给人乱戴政治帽子，笔下杀人，这恐怕是要负法律责任的了。